方卫平学术文存

第二卷

儿童文学教程

方卫平 著

山东教育出版社

图书在版编目（ＣＩＰ）数据

儿童文学教程/方卫平著.－济南：山东教育出版社,2021.7

（方卫平学术文存；第二卷）

ISBN 978-7-5701-1767-3

Ⅰ.①儿… Ⅱ.①方… Ⅲ.①儿童文学－文学研究

Ⅳ.① I058

中国版本图书馆 CIP 数据核字 (2021) 第 139250 号

方卫平学术文存　第二卷
儿童文学教程　　方卫平　著
ERTONG WENXUE JIAOCHENG

责任编辑：顾思嘉
责任校对：赵一玮
美术编辑：蔡　璇
装帧设计：王承利　王耕雨

主管单位：山东出版传媒股份有限公司
出 版 人：刘东杰
出版发行：山东教育出版社
地址：济南市市中区二环南路 2066 号 4 区 1 号
邮编：250003
电话：(0531)82092660
网址：www.sjs.com.cn
印刷：山东临沂新华印刷物流集团有限责任公司
开本：710 mm×1000 mm　1/16
印张：39.5
字数：469 千
版次：2021 年 7 月第 1 版
印次：2021 年 7 月第 1 次印刷
印数：1–1000
定价：398.00 元
（如印装质量有问题，请与印刷厂联系调换，电话：0539–2925659）

作者简介

方卫平，祖籍湖南省湘潭县，1961年8月出生于浙江省温州市；1977年考入宁波师范学院中文系读本科，1984年考入浙江师范大学中文系读研究生，毕业后留校工作至今。1988年任讲师，1994年由讲师晋升为教授。曾任浙江师范大学中文系副主任、儿童文化研究院院长、儿童文学研究所所长、儿童文学系主任等。

现为浙江师范大学二级教授、博士生导师，中国作家协会儿童文学委员会副主任，浙江省作家协会副主席，意大利马切拉塔大学《教育史与儿童文献》杂志国际学术委员，鲁东大学兼职教授。

主要从事儿童文学、儿童文化研究与评论，出版个人著作多种；在中国、美国、意大利、德国、日本、韩国、马来西亚发表论文和评论文章数百篇，论文曾被《新华文摘》、《中国社会科学文摘》、中国人民大学《复印报刊资料》等转载或摘介。

主编有"中国儿童文化研究年度报告"系列、"中国儿童文学大系"（增补卷10卷）、"当代西方儿童文学理论译丛"、"国际安徒生奖大奖书系"、"中国儿童文学名家论集"、"第六代儿童文学批评家论丛"；选评有"方卫平精选儿童文学读本"、"方卫平精选少年文学读本"、"中国儿童文学分级读本"；主编学术丛刊《中国儿童文化》，合作主编《新语文读本·小学卷》等。

1. 1988 年 10 月，在山东烟台参加中国作家协会举办的全国儿童文学发展趋势研讨会期间，于蓬莱阁海滨留影。那一年春天，开始给本科生讲授儿童文学概论课

2. 2019 年 5 月 11 日，复旦大学出版社主办的"方卫平教授儿童文学大师班"合影

3. 2019 年 5 月 11 日，在复旦大学出版社主办的研讨班上做专题讲座

1. 备课中
2. 2020年11月8日，在本科生的儿童文学课堂上
3. 2019年11月20日，课后答疑
4. 2018年6月19日，与博士生、硕士生、访问学者在一起

1. 2014 年 7 月 20 日，浙江师范大学中文系本科 94 届 2 班的同学们毕业 20 周年后重回校园。当年曾是他们的班主任

2. 2020 年 5 月 23 日当地时间凌晨 2 点，在英国剑桥爱丁顿住所参加指导的博士研究生学位论文线上毕业答辩

3. 2020 年 12 月 27 日晚上，上完了职业生涯中的最后一堂儿童文学概论课，与同学们合影留念

前　言

　　我们知道，儿童文学教材的编写和出版，在"五四"以来中国儿童文学理论建设和知识传播过程中的作用是十分特殊和重要的。早在20世纪20年代，商务印书馆就出版了魏寿镛、周侯予合著的《儿童文学概论》（1923），中华书局出版了朱鼎元所著的《儿童文学概论》。这两部现代中国最早出现的系统的儿童文学理论著作，就是为了适应当时师范学校教学需要而编写的儿童文学教材。到了20世纪80年代初期，新时期儿童文学理论建设的恢复和起步，也是以当时几所高等学校教师编写的儿童文学教材的出版为标志的。

　　进入新世纪以来，儿童文学教材的编撰与出版进入了快车道，集体合作或个人撰著的教材逐渐增多。应高等教育出版社约请，我也与同行友人合作，主编出版了两部教材。一部是高教社2004年5月初版、2009年9月二版的《儿童文学教程》，另一部是高教社2012年7月出版的《幼儿文学教程》。其中《儿童文学教程》初版当年，即被评为"全国优秀教材资源"，并被列为"普通高等教育'十一五'国家级规划教材"。据出版社介绍，截至2014年6月，该教材发行量已有30余万册。

　　但是，许多年来，出版一部能够反映自己学术积累和理论思考的个人的儿童文学教材，一直是我专业生涯的一个愿望。

1987 年初夏，我研究生毕业留校工作；次年春天，我开始给本科生讲授儿童文学概论课程。第一次授课的听众，是浙江师范大学中文系 85 级两个班的同学们。

当时整个文学研究领域已经发生了许多变化：从学术观念到研究方法，从文学观点到理论话语……受那个时代学术文化思潮的影响，在为讲课做准备的日子里，我意识到，传统儿童文学的知识体系，已经无法完整、准确地呈现当代儿童文学的艺术面貌和思想魅力了。我必须走出传统话语系统的束缚，努力建构新的具有时代和个人学术思想特点的儿童文学知识体系。

于是，由中外儿童文学及其理论发展的历史与现实切入，从"童年"作为儿童文学研究的逻辑起点到儿童读者的文学接受心理及其建构，从儿童文学的艺术母题到儿童文学的韵律美学，从儿童文学的梦境叙事到儿童文学的游戏精神，从儿童文学的荒诞美学到儿童文学的神性与宗教文化气质……许多年来，儿童文学课堂，成了我与同学们共同探讨儿童文学艺文之美，思考青春与人生的场所。渐渐地，我的这份讲稿也得到了充实和丰富。

事实上，我发表的理论文字中，有些就是从讲稿中整理出来的，例如《童年：儿童文学理论的逻辑起点》《儿童文学在当代艺术文化中的位置》《儿童文学研究的理论意义》等，最初都是讲稿的一部分。一些年来，也有一些本科生、研究生同学建议我把讲稿整理出版。我自己也早有此念头。记得 1994 年 10 月，一个阳光灿烂的秋日，我去位于上海瑞金路上的陈伯吹先生府上拜访。除了奉上自己一年前出版的《中国儿童文学理论批评史》一书外，我还斗胆恭请伯吹先生为我拟写的教材题写书名。回到浙师大不久，我就收到了先生的来信和两幅珍贵的手书：当代儿童文学原理。这是我当时准备采用的教材书名。陈伯老在信中说，"书名题写了两幅，一为横式，一为竖式，以方便你选用"。如今，先生早已驾鹤西去，我的这部教材，却迟迟未能面世。

前些年，我的儿童文学教材整理和写作计划，被浙江省教育厅列入了"浙江省高校重点建设教材"，这对我这项一直谨慎、犹豫的教材写作计划，无疑是一个有力的推动。2013年9月的一天，复旦大学出版社的查莉、谢少卿女士专程从上海来金华，找我商量出版一本儿童文学教材的事，这与我正在进行的写作计划不谋而合。看到她们大清早从上海坐动车组列车赶来，谈完工作又乘坐当晚最后一班动车组列车匆匆返回，我十分感动。这次会面，无疑给这部教材的整理和写作，提供了决定性的动力。

在这部教材的整理和写作过程中，我主要考虑了以下几个方面：

第一，在儿童文学知识体系的建构上，既要具有儿童文学知识的系统性，又要体现一定的理论前沿性。

本教程在整体论述布局上，综合考虑了儿童文学史论、童年文化理论、艺术本体理论、接受论与教学论的结合，同时，为了对当代儿童文学及其批评发展中的新现象、新课题做出新的理论概括，本教材也专门论述了关于儿童的本质论与建构论、后现代文化中的儿童与儿童文学、儿童文学与儿童文化产业、儿童文学与伦理学、儿童文学的另类叙事等等内容。我希望以一种新的知识拓展和布局，来体现教材所应有的前沿性、原创性和时代感。

第二，在儿童文学知识的呈现和阐释上，注重理论阐释与艺术分析的有机结合。

在我看来，对儿童文学知识进行系统、清晰同时又不乏深度的理论概括和阐释，乃是一本儿童文学教程的基本要务，对其使用者来说，这样的概括和阐释具有提纲挈领的意义和高屋建瓴的价值。但与此同时，它也需要格外警惕理论大于艺术、概念大于文本的毛病。本教程在注重理论阐释的系统性、科学性、前沿性的同时，又从两个方面着重加强了艺术分析的分量。一是通过韵律、游戏、幽默、荒诞、叙事五个典型艺术范畴的细致分析，阐述和讲解儿童文学的相关艺术知识；二是通过一系列儿童文学经典及当代优秀作品的文本解读，力求有助于读者提高对儿童文学的艺术鉴赏水平。

第三，在儿童文学知识的应用和转化上，强调教材的实用性。

这种实用性不仅表现在本教程专设"儿童文学的接受与教学应用"章节，结合具体的儿童文学课堂教学案例，分析和探讨儿童文学教学的一般规律和策略，更表现在本教程自始至终引述了大量优秀儿童文学作品的实例，这实际上是我试图提供给教材使用者们的一份儿童文学经典与佳作的艺术清单——这份清单凝结、体现了我个人三十余年来专业阅读的积累和眼光。我相信，它对于有心的读者而言，既可作为一份可供参考的作品索引，也应该有助于他们在课外的阅读拓展和理论思考。

本教程的写作过程，也为我提供了一次重新打量、整理、思考当代儿童文学知识体系和阐释空间的机会。需要说明的是，出于教材学理性、逻辑性、规范性等方面的考虑，我在课堂上讲述的一部分内容，并未纳入本教程的知识框架。

最后，我要衷心感谢复旦大学出版社的盛情约请，感谢责任编辑为本教程出版所付出的心血和劳动！

方卫平

写于 2014 年 12 月 15 日

目 录

第一章　走进儿童文学

> 所谓的儿童文学之所以存在，就是因为人们相信儿童与成人是不一样的——不一样到需要自己独特的文本。……这些文本之所以特殊，是因为作者创作时脑海里就有一个儿童读者存在。
>
> ——佩里·诺德曼、梅维丝·雷默《儿童文学的乐趣》

儿童文学是什么？简单地说，它是指专为儿童创作的文学作品的总称。不过，在这个看似简单的定义里，还包含了一连串值得我们思考的问题："专为儿童创作"对于文学来说意味着什么？从什么时候开始，我们有了"专为儿童创作"的儿童文学？这类文学最初是怎么来的？从过去到现在，它的面貌发生了什么样的变化？这些问题，是我们在进入儿童文学的世界时有必要了解的基本问题，也是我们认识儿童文学的起点。

第一节　艺术的源起

儿童文学是一个属于现代文学的概念。在现代社会之前，儿童作为独立个体的身份尚未得到应有的认可，也没有一个专为儿童创作的文学类型的观念。在这样的背景下，早期民间口头文学传统中的大量神话、歌谣和童话故事，成为儿童最早接触的文学资源。

早期民间文学之所以会进入古代儿童的接受视野，主要有两个方面的原因：一是在早期民间文学的受众对象中天然地包含了儿童这一群体；二是民间文学的某些艺术形态天然地契合了儿童的文学接受趣味。

一、民间文学与它的儿童受众

民间文学既是人类文学的源头之一，也是儿童文学最初的土壤。在古代社会，人们远没有意识到要把儿童的生活从成人生活中部分地隔离出去，再加上早期民间文学主要通过口头方式传播，儿童便得以与成人一道分享这一古老的文学样式所带来的各种知识、经验和趣味。

下面这个摘自格林童话《学习发抖》的片段，在某种程度上反映了早期儿童是以何种方式与民间文学发生接触的：

> 晚上人们坐在火炉旁边讲故事，讲得叫人毛骨悚然的时候，听的人有时说："啊，真叫我发抖！"小儿子坐在一个角落里，听了这句话，不明白是什么意思。他想："他们总是说：'这使我发抖！这使我发抖！'但是并不能使我发抖。这一定也是我不懂得的一种本领。"

格林兄弟

（魏以新　译）

这个片段以故事的方式记录了口头文学传统占据主导地位的时代里一个典型的家庭说故事场景。在日出而作、日落而息的农耕文明时代，说故事成为家庭生活中一项重要的交流和消遣活动。当"人们坐在火炉旁边讲故事"时，孩子也自然而然地参与到了听讲故事的活动中。这是早期民间文学承担儿童文学功能的一个基本方式。事实上，这一说故事的活动并不仅仅发生在家庭内。在更为开阔的部落或族群生活中，由行吟诗人、流浪的说书人以及其他长者讲述的故事，同样是古代儿童文学经验的重要来源。阿拉伯的《一千零一夜》、法国的"列那狐"传说、德国的"敏豪森"（吹牛大王）传奇等等，无不属于这一口耳相传的民间故事传统的一部分。

在所有传统的民间文学样式中，与儿童关系最为亲近的大概要数那些代代相传的童谣。尽管这些童谣中有很大一部分是借儿童之口宣讲成人之事，但它们声韵上的游戏性使其极易为儿童所记诵接受。比如下面这首记录在明代文学家杨慎《升庵经说》中的童谣：

> 云往东，
>
> 一场空。
>
> 云往西，
>
> 马溅泥。
>
> 云往南，
>
> 水潭潭。
>
> 云往北，
>
> 好晒麦。[1]

这首歌谣借俗白的吟唱来记录民间经验中的天象认识，其辞简短而朗朗上口，具有明显的语言游戏性质。至于像古代童谣中的摇篮歌、游戏歌等，在一定程度上已经可以算是儿童自己的歌谣作品了。

早期民间文学对于其儿童接受者来说往往具有两个方面的功能。我们很容易注意到它与后来儿童文学所承担的功能之间的相似性。

第一，教育的功能。

早期民间文学的教育功能主要表现为一种集体经验的传递，其教育对象同时包括特定群体范围内的成人与儿童，尤以年轻人为主。这意味着，在普及性的教育体制尚未建立的古代社会，早期民间文学扮演着重要的代际知识传递功能。

这一知识主要又可分为两类。

一类是与部族认同密切相关的生活信仰。比如各民族流传下来的一些神话和史诗，以及关于部落图腾、历史、先祖等的其他传说。中国先秦古籍《山海经》中就记录了与古代中国部族文化有关的大量传说故事，如女娲补天、鲧禹治水等。在古代，这些故事不只是荒诞的民间传奇，也被认为是远古历史的真实部分。我们看到，这类故事或讲述部族的起源，或叙说先祖的事迹，它们在部族成员内造成了一种共同的历史感和群体感，或者像美国学者杰克·齐普斯所说的那样，"讲述者们通过故事使群体或部落成员更加团结，并给予他们一种使命感，终极感"[2]。对于古代社会的儿童来说，这类故事强化着他们在自我身份和文化上的认同归属。

另一类是与民间生活实践密切相关的各种生活经验。它又可区分出两种基本的类型。

一是自然世界的经验。这类民间文学主要解释或解说各种自然现象，其中包括各类事物的起源等。由于在古代社会，自然经验总是与劳动生活的实践紧密相连，因此，这类作品中很大一部分不只是单纯地描绘或解释自然物象，而是包含了总结和积累生活经验的目的。例如，出于农耕生活的现实需要，中国古代的民间歌谣中有大量吟唱天象节气的谣曲，它们以歌谣的方式传递着关于劳作和生活的时令经验。中国北方一带人们熟悉的《九九歌》，就是流传已久的一类节气歌谣。孩子们在吟唱歌谣的过程中，也自然地接受了歌谣中的时令知识，以备今后的实践应用。

二是处世生活的经验。这类经验旨在告诉人们处世应对的各种道理，它所传递的处世经验或智慧，往往带有很强的生活实用目的。这方面最典型的民间文学类型无疑是寓言。我们知道，寓言故事一般都带有一个明确的日常生活教训，并且围绕着这一教训展开叙述。下面这则伊索寓言《狐狸和山羊》十分鲜明地体现了这一特征：

狐狸落在井里，没法上来，只好待在那里。一只山羊渴极了，也来到井边，他看见狐狸，就打听井水好喝不好喝。狐狸遇见这么个好机会，大为高兴，就竭力赞美那井水如何好，如何可口，劝山羊快下去。山羊一心就想喝水，又没有心眼儿，就跳下去了。当他解了渴，和狐狸一起设法上来的时候，狐狸就说，他有办法，可以救他们两个出去。他说："假如你愿意，可以用脚扒着井壁，把犄角放平，我从你后背跳上去，再拉你出去。"狐狸一再劝说，山羊欣然同意了。于是，狐狸就踩着山羊的后腿，跳到他的后背上，再从那里跳到他的犄角上，然后扒着井口，跳了上去，上去以后，就走了。山羊责备狐狸背信弃义，可是狐狸回过头来说道："朋友，你的头脑如果和你的胡子一样完美，那么，你刚才就不会不预先想好出路就跳下去了。"

所以，有头脑的人应当先看清事情的结果，然后才去做那件事情。

（罗念生等　译）

　　以今天的眼光来看，故事中狡诈的狐狸在道德上无疑处于下位，但这则寓言的讲述人却并未因此责备狐狸，而是首先从处世教训的立场出发告诫人们："有头脑的人应当先看清事情的结果，然后才去做那件事情。"于是，故事里受到责备的反倒是因缺乏处世经验而受骗上当的山羊。类似的经验传递不仅限于寓言，在其他民间故事中也多有体现。比如最早的《小红帽》故事，据说就包含了告诫年轻女性的意思。这些经由故事传递的处世经验包含了各种实用的生存策略，对儿童未来的成年生活也有借鉴的价值。

　　第二，娱乐的功能。

　　不论对成人还是儿童来说，民间文学的娱乐功能往往与其教育功能合为一体。实际上，任何一个特定的口传民间文学作品，如果它能够引起普通成人或儿童的注意，那么不论在它被创作出来的时候包含了什么样的教育主旨，它一定同时含有或多或少的娱乐功能。在日常劳作的间歇，或者劳作了一天之后，听人们传述各种神奇或怪异的事情，本身就是一种古老的生活娱乐。尽管在很小的年纪，儿童不一定会明白歌谣或故事里的生活寓意，但这并不妨碍他们把歌谣的吟唱或故事的讲述当作一种娱乐先行接受下来。这也是在古代社会，一些我们看来显然超出儿童理解能力的口传作品，却能够在儿童受众中得到广泛传播的重要原因。

　　随着神话、传说等的进一步世俗化，民间文学的娱乐功能也得到了进一步的凸显。有些民间故事，最初的主要讲述目的是阐明某个道理，但到了后来，故事本身的乐趣在其讲述过程中越来越受到重视。

同时，在民间文学中，也有大量作品并不包含太多经验的教训，而是主要用作生活的消遣和娱乐。我们来看下面三首传统童谣：

摇摇摇，

摇到石头桥。

石头桥，

一树小樱桃。

小樱桃，长得好，

红裙披绿袄。

小樱桃，你是谁？

你是我的小宝宝。

——《小樱桃》

我的马儿真正巧，

我的马儿不吃草，

嘚儿，驾！

马儿跑得快，

马儿跑得好，

底底嘚嘚！

底底嘚嘚！

马儿真会跑。

——《我的马儿真正巧》

东西街，南北走，

出门看见人咬狗。

拿起狗来打砖头，

又怕砖头咬了手。

——《东西街》

这三首童谣，第一首是大人与幼儿逗趣的歌谣，第二首是配合儿童玩耍的游戏歌，第三首是颠倒歌。它们的主要功能很简单，就是给成人和孩子提供游戏的乐趣，它既包括语言声韵方面的游戏，也包括意义的游戏（《东西街》）和动作的游戏（《我的马儿真正巧》）。这种带有纯粹游戏性的民间文学作品，后来也成为现代儿童文学发生期的重要资源。

二、民间文学与童年的诗性智慧

早期民间文学之所以会成为宜于儿童接受的文学样式，除了因为它的传播过程并不排斥儿童受众之外，更因为作为一种留有原始文化印迹的文学样式，它的某些表现内容和表现形态也内在地呼应了儿童的感觉和思维方式。

下面这则古印第安部落流传的歌谣，可以帮助我们形象地理解原始思维与儿童思维以及民间文学与其儿童受众之间的某种亲和关系：

风唱起来了，

风唱起来了，

风唱起来了，

大地在我的面前延伸，

它在我的面前延伸。

风的家在轰鸣，

风的家在轰鸣，

风急遽而来，

风向这里驰来。

黑蛇风向我扑来，

黑蛇风向我扑来，

它席卷了一切而来，

它伴随着歌曲而来。[3]

　　这首民间歌谣将自然界的"风"视作一种有生命的事物来吟唱，它的描写和叙述语言简单而粗粝，修辞也十分朴素，每一节起首歌行的重复与其说是一种有意为之的语言回环，不如说是因为缺乏更精细的词句接续，而在情感的催动下自然发生的语言重复。显然，这样的一首民间歌谣，完全可以当作儿童诗歌来读，不论是它的语言、结构还是修辞，看来都十分符合儿童的接受水平。尽管以现代诗歌的眼光来看，其文学的形式或有失粗疏，但它正如人在童年时代自发的诗性表达一样，自有一份独特的朴拙、率真之美。

　　人们倾向于把原始社会比作人类的童年时代，进而把原始人比作未开化的儿童。而人类学研究发现，原始人的思维与儿童的思维之间的确存在着某种特殊的相类关系。意大利学者维科指出，各民族的原始祖先"都是些在发展中的人类的儿童，他们按照自己的观念去创造事物"，"他们还按照自己的观念，使自己感到惊奇的事物各有一种实体存在，正像儿童们把无生命的东西拿来跟它们游戏交谈，仿佛它们就是些活人"，譬如他们"想象到天空就是山顶"，"正如儿童们把山想象为支撑天空的柱子"。[4] 维科把原始人的这样一种看待和认识世界的思维方式称作"诗性智慧"。他这样描述神话故事在这一诗性思维支配下的最初诞生：

> 当时天空终于令人惊惧地翻转着巨雷、闪耀着疾电，……他们就把天空想象为一种像自己一样有生气的巨大躯体。把爆发雷电的天空叫作约夫（Jove，天帝），即所谓头等部落的第一个天神，这位天神有意要用雷轰电闪来向他们说些什么话。[5]

维科

我们看到，在原始社会，人们倾向于把自我的生命感觉投射到身边的各种事物上，从而赋予这些事物以一种类人的生命。在他们的感受体系中，植物、动物、山峰、河流等等，都可能是和他们自己一样有生命的对象。当他们出于好奇心想要认识和解释身边发生的各种现象时，他们便以这种诗性的解释方式来满足这些好奇。这也就是英国人类学家泰勒所说的"万物有灵"的观念。在维柯看来，这是人类的一种天然的诗性思维能力，它使主体自然倾向于使用近似于诗的方式来与周围的世界打交道。维柯看到了这种思维的"粗鲁简单"之处，却也盛赞它"强旺的感觉力和生动的想象力"，[6] 在他看来，正是后者赋予了原始思维以一种天然的"诗性"。

这种从内心里把万物视作有生命的对象的思维方式，在崇尚理智的现代人心中逐渐淡去，却在儿童，尤其是年幼的孩子身上保持着它最健旺的状态。尚未更事的儿童在与周围世界的交流中，也像原始民族的人们一样，表现出了类似的"诗性智慧"。我们知道，年幼的孩子倾向于把身边的许多事物看作是有生命的存在，关注它们的感觉，与它们对话、交流。即便在早期的泛灵思维阶段过去后，儿童也特别容易投入童话的拟人语境中。因此，在上古时代就开始孕生、并在早期民间文学中逐渐累积下来的那些带有泛灵意识的故事，它们的思维方式不但是儿童所熟悉的，也是令儿童天然地感到亲近的。

与此同时，早期民间文学用来传达上述诗性感受的艺术形式，同样适宜于儿童的接受能力。

首先，民间文学所使用的词汇，一般是通俗的日常口语。这些语言是人们在日常生活中经常使用的，也是儿童易于熟悉和理解的。即便经过较长年代的推移，这些一直在使用中的日常语言也仍然保持着它的通俗性。譬如流传于魏晋南北朝时期的民间谣谚"黄栗（鹂）留，看我麦黄葚熟"[7]，即便今天读来仍很好理解。同时，任何一个早期民间文学类型都较少使用复杂、细腻的形容词，而较多地使用简约的名词、动词，其词干和句子结构也不显繁复。显然，民间文学的这一语言特征恰恰迎合了儿童的语言接受能力。

其次，与古代人思维和语言上的特征相对应，早期社会的普通民众也未及分化出那些过于纤细的文学情感，很多时候，他们对事物的感受是简单而直接的。这一感受特征也鲜明地体现在了早期民间文学的创作中。我们读一些原汁原味的民间故事，不难注意到，这些故事大多是粗线条的叙事，它重在故事节奏的线性推进，而很少花细致的笔墨来对事物、事件或它们所引发的情感做出精细的描绘。这一特征同样符合了儿童的感受能力和理解能力。

再次，民间文学的口头传播特征决定了它不可能使用太过复杂的结构方式。在漫长的集体创造和再创造的过程中，同类作品发展出了一些程式化的叙事表达（比如"很久很久以前"的开头）和结构形式（比如循环的"三段式"结构，其中主人公往往要经历三次考验、磨难或尝试等，才能到达那个早已注定了的圆满结局）。对于熟悉这些叙事程式的听众而言，各种陌生的故事题材都可以被很快地同化入他们之前的阅读经验。民间文学的这一特点使得最普通的听众都易于跟上故事的讲述进程。同时，它也带来了一种结构上的秩序感，后者既是原始时代的人们特别需要的一种心理感觉，也是人们在童年期特别需要的一种精神抚慰。

民间文学在艺术思维、语言词汇、情感表达和叙事结构方面的上述特点，使它成为儿童早期文学接受的天然资源。实际上，这些特点后来也进一步演变成为儿童文学，尤其是幼儿文学的基本形式特征。

三、成人文学经典与儿童的文学阅读

除了民间文学外，一些由成人创作并供成人阅读的经典文学作品，也成为早期社会儿童的文学阅读资源。这些作品中，有些本身就是成人作家从民间故事中搜集、整理而成，比如吴承恩的《西游记》；有些则完全是文人的独立创作，比如拉伯雷的《巨人传》、斯威夫特的《格列佛游记》等。这些故事以其神奇的想象和离奇的情节吸引着孩子们的阅读兴趣，尽管它们在成人文学作家笔下往往被赋予了深刻乃至沉重的社会表现目的，但孩子们的目光却能够越过这一意义的障碍，去享受故事本身所带来的单纯的阅读乐趣。

以《巨人传》为例。它当然绝不是一部滑稽逗乐的作品。它在荒唐的外表下隐藏着对中世纪的禁欲主义、蒙昧主义和宗教神秘主义的极端辛辣的讽刺和批判。作者猛烈攻击当时占统治地位的思想——经院哲学及其支柱巴黎神学院、法院和教会等；对于文艺复兴的新精神，则极力颂扬。但是，孩子们却并不一定在乎这些，他们感兴趣并津津乐道的是作品中卡冈都亚和庞大固埃的巨大躯体和无边视力，是那些漫画式的极度夸张的细节，是那些奇妙有趣的故事情节。正是这一切，构成了这类成人文学作品吸引儿童的强大的文学感召力，也带来了儿童文学史前时期独特的文学阅读景观。

罗贝尔·埃斯卡皮在其《文学社会学》一书中也谈到了斯威夫特的《格列佛游记》和笛福的《鲁滨逊漂流记》如何意外地成为大受欢迎的"儿童读物"。他这样写道：

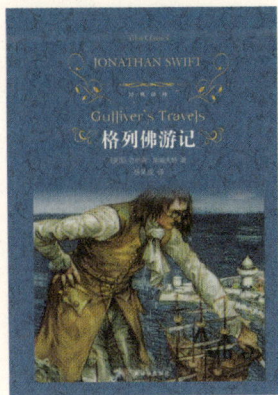

《格列佛游记》

> 《格列佛游记》原是一部十分辛辣的讽刺小说，其哲理的悲愤简直能把让-保罗·萨特列入儿童丛书的乐天派作家。
>
> 《鲁滨逊漂流记》是一篇颂扬新兴殖民主义的说教（有时无聊至极）。可是，这两部书现在的命运如何呢？它们怎么会享有经久不衰的盛誉？竟会加入儿童文学的圈子之中！它们成了最受孩子们欢迎的新年礼物。笛福会感到自己被捉弄了；斯威夫特将为此大发雷霆。但是，他们俩都会在这种空前盛况面前瞠目结舌。这跟他们原来的意图风马牛不相及。我们的年轻读者

们在这两部小说里主要寻找那些脍炙人口，或是充满异国情调的冒险故事……[8]

在自己的文学需求尚未得到人们关注的时候，孩子们正是以这样的方式从成人手中"攫取"着文学阅读的资源。这样的"攫取"也以特殊的方式向人们表达着他们强烈的阅读欲望和独特的文学趣味。

第二节　历史的流变

古代社会的儿童以自发的方式从民间文学和成人文学中吸收着他所需要的文学养分。进入现代社会之后，随着人们逐渐意识到儿童有别于成人的各种身心特征以及为儿童提供属于他们自己的文学读物的需要，这一状况开始有了改变。现代儿童文学的观念正是在这一过程中逐渐得到确立的。但现代人对于儿童文学的理解以及这一文学门类自身的艺术样貌，并非从一开始就被定型了。像一切处在文化中的事物一样，它也随着社会和时代的变迁而不断有新的发展。

一、从民间文学到儿童文学

儿童文学不是一个横空出世的现代文类，我们已经提到，它的艺术形态的雏形，在早期民间文学中就已经得到孕育。现在，儿童文学将要逐渐脱离它的母体，成为一个独立的文学门类。但在它最初的发展阶段，这个文类还需要从它的母体，也就是从民间文学里，继续汲取它所需要的养分。与此相应地，早期儿童文学的创作主要来自对民间文学的记录或改编，慢慢地，它才发展出了自己独立的艺术面貌。

1. 民间文学改编的儿童读物

现代儿童文学最早脱胎于对民间文学的改编。那时，一批关心儿童的作家、学者开始考虑将一些民间故事改编成适宜儿童阅读的文学读物，这一举动为儿童文学现代概念的确立及其后来的独立创作发展奠定了重要的基础。

在这一由民间文学向儿童读物的改编进程中，有一些代表性的人物。

一是 17 世纪的法国作家夏尔·贝洛。1697 年，贝洛出版了著名的《鹅妈妈的故事》。在这本故事集中，收录了我们今天最熟悉不过的一些民间童话的改编故事，包括《小红帽》《灰姑娘》《睡美人》《穿靴子的猫》等。可以说，贝洛的《鹅妈妈的故事》开了当时的民间故事改编之风。在相近的时期，有一批数量不小的欧洲民间童话被改编为儿童读物，其中包括著名的《美女与野兽》。

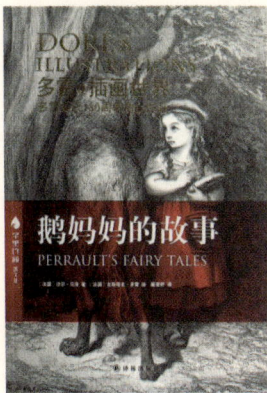

《鹅妈妈的故事》

二是 19 世纪德国的民俗学者格林兄弟（雅各布·格林、威廉·格林）。他们在欧洲民间童话搜集工作的基础上编订而成的《儿童与家庭故事集》（俗称"格林童话"），是今天全世界范围内传播最为广泛的儿童读物之一。在《儿童与家庭故事集》不同版本的陆续修订过程中，格林兄弟根据他们对于儿童想要和应该读什么样的故事的理解，对其中的故事做了许多具有创造性的处理和润色。

三是 19 世纪的丹麦作家汉斯·克里斯蒂安·安徒生。安徒生被认为是现代儿童文学艺术由民间童话改编向创作童话转变的标志性人物。与贝洛和格林兄弟的工作有所不同的是，安徒生在改写民间童话的同时，也将自己的才华贡献给了为孩子们创作新的童话故事。经他改写的一些民间故事，更多地带上了他个人创作风格的烙印。

让我们先把注意力集中在民间故事的"改编"上。这是一个有趣的现象，因为它反映了那时候的人们对于民间文学和儿童文学之间的区别的理解，也即对于儿童文学特殊属性的最早认识。而要了解这一点，我们有必要来看一看为孩子改编的那些民间故事与它们原来的版本相比，发生了哪些重要的变化。

首先是"增"，即增加以儿童为对象的生活教训内容。早期的民间故事改编版本往往带有鲜明的儿童教育目的，它的改编也在很大程度上服务于这一目的的实现，一些故事到了结尾，往往会加缀上一个生活或道德方面的教训。以《鹅妈妈的故事》为例。这本故事集最初出版时就有一个副标题："寓有道德训诫的古代故事"。为了呼应这一"道德训诫"目的，在每一则故事的结尾处，贝洛都加上了一段表达"道德训诫"的文字。这是作者为《小红帽》的故事添加的一段尾缀：

> 小女孩，这仿佛在告诉你
>
> 不要半途停下脚步，
>
> 永远不要信赖陌生朋友；
>
> 没有人知道结局会如何。
>
> 因为你长得漂亮，所以要有智慧；

野狼可能用各种伪装，潜伏在你周围，

它们可能变得英俊、和蔼，

愉悦或迷人——当心！

这是亘古不变的真理——

最甜的舌头往往带着最锐利的牙齿！[9]

经由作家的总结，这个发生在森林里的童话成为一则寓意鲜明的"道德训诫"故事，而这也反过来赋予了故事以充分的合法性。实际上，早期由文人改编自民间文学的儿童读物，其基本的目的就是为了给儿童提供各种生活的教育、警示、训诫等。

其次是"删"，即删去作者看来不适宜儿童阅读的内容。这一文学删减举动代表人们开始意识到儿童读者不同于成人读者的某些特殊性，它进一步促成了我们对于儿童读物特殊性的认识。越到晚近的时期，这一意识的表现越为明显。例如，相关研究显示，格林兄弟在持续修订和出版他们的《儿童与家庭故事集》的过程中，直接删除了其中一些过于血腥、暴力或反伦理的故事，并对收入故事集的作品中他们认为不适合孩子阅读的一些内容进行了删改。

再次是"改"，即通过语言或情节上的改写，使作品更具文学性，也更符合儿童的接受特点。"改"的具体体现，一是语言的改动，以此来赋予原先平白的民间作品以书面文学语言特有的优雅、精细和诗意。这一文学化改写的效果在安徒生的童话中表现得最为明显。他的《小克劳斯和大克劳斯》等改写自民间故事的童话，虽然在很大程度上保留了民间题材和叙事的风格，但其叙述语言显然是高度文学化、个性化的。二是情节的改动，以使故事更符合儿童的接受特点。

比如，在民间版《小红帽》故事中，小红帽最后的命运是被野狼吃掉，这个结局在《鹅妈妈的故事》中还保留着原样；但到了格林童话，结局被改成了一位猎人剖开野狼的肚子，救出了被吞下的小红帽和外婆，野狼则因为肚子里被填满了石头，最终倒地死去。

在早期作家改编民间文学以使其适合儿童阅读的过程中，"增""删""改"的处理是同时展开的，而这些改编最终指向的目标只有一个，那就是使故事更符合作家们心目中适合给儿童阅读的读物的标准。把贝洛、格林兄弟和安徒生改写的民间故事与人类学研究中的那些作为文献记录的民间童话相比较，我们可以很明显地感觉到这一自觉意识在这些提供给孩子阅读的作品中的重要影响乃至支配作用。这样，我们就看到了对现代儿童文学的诞生而言至为重要的一个条件，那就是一种明确而独立的儿童读者意识。它也是现代儿童文学诞生的一个重要文化前提和审美标志。

2. 文人独立创作的儿童故事

现代儿童文学的概念指向着两个基本要素，一是现代儿童的意识，二是现代文学的意识。我们在前面曾提到，由民间文学改编而来的儿童读物与其源文本的重要区别之一，便是前者包含了明确的儿童读者意识。那么，是不是一个文本有了儿童读者的意识，我们就可以称之为儿童文学了呢？不一定。譬如，从古代社会以来，一直都有蒙学类读物，这些读物也是提供给儿童阅读的，有些还考虑到了儿童有别于成人的接受特征，在书中特意添加了便于儿童理解的插图。但这些读物一则缺乏"文学"方面的考虑，二则缺乏现代儿童的观念，只将儿童当作"小大人"

看待，它们中的大部分作品，还不能被归入儿童文学的名下。

由民间文学改编而来的儿童读物，已经开始具备比较自觉的儿童意识和文学意识，但它还不能算是现代儿童文学在文学类型和艺术面貌方面自立门户的标志。儿童文学要成为一个独立的文类，必须要有一批专为儿童创作并且具有公众影响力的儿童文学作品出现。而这些文人创作童话在凸显儿童读者意识的同时，也展示了更为个性化的儿童文学艺术追求。

我们不妨来比较一下分别摘自格林童话《大拇指》和安徒生童话《拇指姑娘》的两个片段。《大拇指》是由民间故事改编的童话，《拇指姑娘》则只是借用了民间故事中"拇指小孩"的题材，故事本身完全是安徒生的原创。这两则童话分别是这样描写拇指孩子的出世的：

> 过了七个月，她生下一个小孩子。这孩子虽然四肢都完全，但是全身只有一个拇指那么长。他们说："这正像我们所希望的一样，他应该是我们亲爱的孩子。"因为他的大小和大拇指差不多，他们就叫他"大拇指"。
>
> （魏以新 译）

> "这朵花真漂亮。"妇人说着，吻了吻那些可爱的红色和橘色的花瓣。只听"噗"的一声，花朵顿时开放了。它真是一朵郁金香，这没什么稀奇的，但花朵中央绿色的花蕊上，还坐着个小小的女孩儿。她长得美极了，不过只有拇指大小。妇人就给她取名叫"拇指姑娘"。
>
> （赵霞 译）

尽管我们借以比较的是中文译本，但这两段叙述之间的风格差异仍然是不言而喻的，前者还基本保留着民间童话典型的叙事粗放感，后者则显然体现了作家个人诗性、细腻的艺术气质。这也正体现了民间童话与文人童话之间的某些艺术区别。

安徒生的文人童话是 19 世纪儿童文学的一个艺术高峰。以安徒生为代表的一批现代儿童文学作家和他们的儿童文学创作活动，标志着现代儿童文学真正发现和开辟了属于自己的艺术道路。读一读下面这段引自安徒生童话《坚定的锡兵》开头部分的叙述，我们从中可以体味儿童文学的"儿童"意识和"文学"意识是如何在他的创作中得到体现的：

安徒生

从前，有二十五个锡做的小兵，他们是由同一柄旧的锡汤匙铸成的，所以都是兄弟。他们个个扛着枪，挺着胸，穿着漂亮的制服，那制服的上衣是红色的，裤子是蓝色的。他们一块儿躺在一个盒子里，在盒子的盖子被揭开的时候，他们听到的第一句话就是"锡兵！"说这话的是个小男孩，他边说边拍着手。锡兵是小男孩的生日礼物，他把他们都放在桌子上。

这些锡兵长得都很相像，只有其中一个有些与众不同，他只有一条腿，因为他是最后一个出炉的，那会儿锡已经不够用了。但他就用这一条腿坚定地站在那儿，跟其他两条腿站着的锡兵一模一样。没错，他就是我们这个故事的主角。

（赵霞　译）

这样一个童话的开头，很清楚地表明了它作为儿童文学的属性。第一，它无疑是写给孩子读的。它的儿童玩具题材，它简洁的遣词造句，它的亲切的叙事口吻（包括"没错，他就是我们这个故事的主角"这样的叙事说明），明确地向我们传达着一个意思，即叙述者所面对的读者乃是一个或一群孩子；故事叙述的这一切安排，所考虑的也正是这个读者对象的理解能力和兴趣方向。第二，在面向儿童读者的同时，它所做的不是降低文学表达的难度，而是从简单的童语中建构起一种特殊的艺术感觉，它有别于一般的文学表达，而体现了儿童文学独特的审美感觉。这感觉里包括由儿童视角造成的独特的感知趣味（"他们是由同一柄旧的锡汤匙铸成的，所以都是兄弟"）和幽默趣味（"他只有一条腿，因为他是最后一个出炉的，那会儿锡已经不够用了"）。如果我们读完这个故事，也会知道，这段叙述中的那句"他就用这一条腿坚定地站在那儿，跟其他两条腿站着的锡兵一模一样"，实际上是以童年的稚语传达了一种深刻的生命精神。

包括安徒生在内的一批19世纪儿童文学作家的儿童文学写作，将现代儿童文学带入一个蓬勃的黄金时代，这里面包括我们今天随口就能报来的一长串著名作家和作品的名字：查尔斯·金斯莱和他的《水孩子》（1863）、路易斯·卡洛尔和他的《爱丽丝漫游奇境记》（1865）、马克·吐温和他的《汤姆·索亚历险记》（1876）、罗伯特·路易斯·史蒂文森和他的《金银岛》（1883）、科洛迪和他的《木偶奇遇记》（1883）、王尔德和他的《快乐王子》（1888）、詹姆斯·巴里和他的《彼得·潘》（1904）、肯尼斯·格雷厄姆和他的《柳林风声》（1908）……这些作家和作品的出现，将现代儿童文学不断地推向更开阔的艺术舞台，从此，作为一个文类的儿童文学也日益走向了更为开阔的艺术世界。

二、从说教的文学到欢乐的文学

在儿童文学从其民间文学母体中分娩出来而日益获得其独立的文学类型身份的历史过程中，作家们也在努力将儿童文学从一种狭隘的说教文学的框架中解脱出来，以使它获得更自由的艺术书写和表现的可能。这是现代早期儿童文学艺术发展中另一条重要的线索。如果说现代儿童文学从改编民间文学到文人创作文学的转变，体现了儿童文学自身的文类独立诉求，那么它从说教的文学向欢乐的文学的拓展，则是儿童文学为了挣脱最初固定在它身上的艺术枷锁、获得更为丰富的艺术表现力所做的尝试。

早期现代儿童文学的发生，源起于成人社会教育儿童的目的，这是毋庸置疑的。约翰·洛威·汤森在其有关英语儿童文学史的研究中指出，"直到17世纪末为止，专为儿童印制的书籍差不多全是教科书或礼仪书和道德书"，而在这些早期儿童读物中，宗教性的道德训诫又占据了格外重要的地位。汤森提到了17世纪清教徒作家詹姆士·简威的《儿童的标记：皈依天主、神圣之模范人物及数名孩童欣然就死的事迹》一书。这本风行一时的书籍通过"一些圣洁的孩童在祷告的狂喜中夭折的事迹"，来向小读者宣扬当时的清教道德模范："如果你们爱你们的父母，如果你们爱你们的灵魂，如果你们想逃离地狱之火，如果你们想死后上天堂，你们就要效法这些好孩子。"[10]

随着儿童读物的发展，如此严苛的宗教教义开始逐渐退出儿童故事的创作，但一种较为狭窄的儿童生活礼仪和道德教育意图依然困扰着儿童故事的写作。正是受到这一责任的约束，贝洛在他的《鹅妈妈的故事》里，自觉地给每一则民间故事都加上了一个道德教训的尾巴。在当时的人们看来，如果一个提供给儿童的故事缺乏能够让他们领受教益的道德内容，这样的故事就是没有价值的。任何由幻想生发而来的故事，如果其中无甚教益的内容，那么它的幻想就只是一种无用的胡思乱想，这样的儿童书籍也无异于异端邪说。贝洛似乎很清楚，如果缺乏那样一个压得住阵脚的道德尾巴，他的那些由离奇怪诞的民间故事改编而来的作品，同样会被成人视为对孩子来说有害无益的东西。

早期儿童文学的说教特征典型地表现在儿童故事对于乖巧、听话、顺从的"好孩子"形象的塑造和倡导上。在许多提供给孩子阅读的故事里，受到嘉奖的往往是这样一些不犯错误的"好孩子"，一些作品也致力于表现不听话的"坏孩子"如何悔过自新成为"好孩子"的过程。这一文学观念与那个时代人们对儿童和儿童教育的基本观念是一致的。遵从这一文学观念而创作的最具代表性的儿童文学经典作品，当属19世纪法国作家塞居尔夫人的《驴子回忆录》和意大利作家科洛迪的《木偶奇遇记》。

《驴子回忆录》的主角是一头聪明而有本领的驴子卡迪雄，它早年曾做出不少英雄事迹，但由于它骄傲而任性，又处处以自己为中心，后来惹了不少祸，也不得不一次次地换主人。它最后来到了一户人家，这里的一家老小都很喜欢卡迪雄，但因为卡迪雄并未能改掉自己的毛病，屡屡闯祸，情感上受到伤害的一家人也渐渐疏远了它。在这个过程中，卡迪雄终于认识到了自己的错误，并以实际行动改正了这些错误，成了一头聪明、勤劳而善良的驴子。故事的结局皆大欢喜，卡迪雄重新获得了一家人的信任和喜爱。

与卡迪雄的故事相似，《木偶奇遇记》的木偶主角皮诺曹，最初也是一个淘气、任性、爱说谎、不听话，并且缺乏自制力的孩子。他因为不听从仙女好心的教诲，甚至被狡猾的瞎眼猫和瘸腿狐狸吊死在树林里。仙女前来救醒了皮诺曹，但他依然不知悔悟，为了贪玩而逃学，最后给变成一头驴子，从事各种辛苦的劳动。经历这一切之后，他终于意识到自己的错误，最后由驴子重新变回人，并与他的爸爸在海上团圆。从此以后，皮诺曹真正变成了一个勤劳、诚实、善良、懂事、有礼貌、爱学习的好孩子。

这两部早期现代儿童文学的经典之作都包含了十分明确而具体的儿童道德规训意图，它们的作者在写作中也明确地展示了这一意图。无论是作为一位深受劝诫醒世文学传统影响的儿童文学作家，还是作为一位热心为儿孙们的成长而写作的老祖母，塞居尔夫人都会情不自禁地在作品中表达自己强烈的道德教育意图。科洛迪的写作也不例外。他们的作品之所以能够成为历史上的经典之作，是因为作者并未使抽象的道德教条吞没故事的趣味，相反，它们是以儿童喜闻乐见的充满奇趣的想象故事来达到传递上述教育意图的目的。这是早期现代儿童文学可贵的艺术进步。

然而，相近的时期，另一些作家也在思考如何使儿童文学进一步跳出狭隘的教育意图的约束，去寻求和表现童年生活的纯粹妙趣。19世纪后期，一些儿童文学作家们已经开始意识到纯粹的文学乐趣本身在儿童文学中的价值。在《爱丽丝漫游奇境记》的开头，姐姐正给爱丽丝读着历史书，而爱丽丝显然心不在焉，她正忙着和猫咪、蝴蝶嬉戏。在受到姐姐的责备和教导时，作者借爱丽丝之口声张了童年时代一种不无任性的欢乐精神："要是一本书里连对话和图画都没有，那还有什么意思呢！"

到了20世纪，这一欢乐的精神在儿童文学的写作中进一步蔓延，越来越多的优秀儿童文学作品开始把故事的趣味问题放在首要位置。与此相应地，林格伦笔下的长袜子皮皮、艾米尔这样的"淘气包"代替了皮诺曹这样的悔过儿童，成为20世纪后期儿童文学中最受欢迎的一类儿童主角。人们越来越意识到，正如李利安·史密斯在他的《欢欣岁月》一书中所说的那样，儿童之所以喜欢一本书，没有什么复杂的理由，而只有"乐趣"二字。[11]

上述两种儿童文学的艺术传统，实际上也是儿童文学的两个基本特性——教育性和娱乐性——的体现。教育性和娱乐性既代表了现代儿童文学的两种基本功能，也指向着现代儿童文学的两种基本观念。在不同的时期、不同的作品中，这两种功能和观念之间的角逐一直存在，且往往此消彼长。当儿童文学的教育性被过分强调，并对儿童文学的艺术趣味造成抑制时，对于儿童文学娱乐性的强调便会引起人们的格外注意。而当儿童文学的娱乐性被过分张扬，甚而无视于对儿童的教育影响时，儿童文学的教育性的一面又会重新被凸显出来。这一角逐直到今天仍在不断上演。而我们可以确定的是，对于儿童文学来说，教育性和娱乐性的融合，才构成了现代儿童文学完整的艺术面貌和审美精神。从这个意义上说，现代儿童文学由早期的注重说教传统转向后来的重视欢乐精神，不应该被简单地理解为后者就此取代了前者。相反，作为一类提供给儿童阅读的文学作品，儿童文学永远不可能告别教育儿童的意图。但随着童年阅读的乐趣受到儿童文学作者和读者的日益重视，人们对于儿童文学的教育功能的理解也得到了新的拓展。比如，以今天的眼光来看，让儿童尽情享受游戏的欢乐，无疑也是一种广义的教育。因此，现代儿童文学要告别说教的文学，却绝不是不要教育，而是要将教育的意图完好地融合在文学的表现形式之中。

第三节　儿童文学的当代概念

儿童文学是一个具有历史性的概念，在不同的社会和文化发展阶段，我们对于它的内涵和艺术特征的认识也经历了一个发展流变的过程。我们今天所说的儿童文学，是一个经过几个世纪的儿童文学艺术积累而形成的较为成熟的当代概念，与此相应地，我们理解中的儿童文学的一般内涵与特征，也是这一当代概念的产物。

一、分类和特征

随着当代儿童文学文类的持续拓展和艺术上的不断扩张，人们对于它的观察和思考越来越趋于细化。与此相应地，在儿童文学的大标签之下，也分化出了一些更为细致的子概念和子类型。

当代儿童文学的分类，主要有两个可资依据的标准。一是从读者的考虑出发，以读者对象的年龄段为标准；二是从文本的考虑出发，以儿童文学的文体为标准。

1. 年龄段的分类与特征

以读者对象的年龄段为标准，儿童文学一般被划分为幼儿文学、狭义儿童文学和青少年文学三类。一般说来，幼儿文学是指以 0-6 岁的学前儿童为读者对象的文学，狭义的儿童文学是指以 7-13 岁的少年儿童为读者对象的文学，青少年文学则是指以青春期前后至成年的青少年为读者对象的文学；更进一步的分类又从幼儿文学中细分出了婴儿文学（以 0-3 岁儿童为读者对象的文学）。

幼儿文学。 幼儿文学是在艺术面貌上最有别于一般文学作品的儿童文学子门类。由于幼儿文学的对象是年幼的儿童，它在作品的题材、语言、篇幅、形式等各方面都需要充分考虑这一年龄段孩子的接受特点。某种程度上，我们可以说幼儿文学是儿童文学中最不自由的一个门类，其创作也最能体现儿童文学写作"戴着镣铐跳舞"的特点。

我们来看冰波的童话《香香的被子》：

太阳出来了。

胖小猪来晒被子。他的被子是方形的。

小花猫来晒被子。她的被子是圆形的。

小山羊来晒被子。他的被子是三角形的。

小兔子来晒被子。她的被子是心形的。

小松鼠问："你们为什么要晒被子呀？"

胖小猪说："秋天把被子晒一晒，冬天盖起来会更暖和。"

小兔子说："秋天把被子晒一晒，冬天盖起来会更柔软。"

小松鼠说："我也想跟你们一起晒被子，可是，我没有被子。"

小花猫问："那你冷了盖什么呀？''

小松鼠说："我把尾巴当被子盖。"

小花猫说："那你就晒晒你的尾巴呀！"

小松鼠爬到晾衣绳上，开始晒尾巴。

冬天到了，小松鼠把尾巴盖在身上，睡得真舒服。

他说："唔，晒过的尾巴，真香啊，有一股太阳的味道。"

这则童话在形式上体现了幼儿文学的典型特点。它所使用的词汇和句型非常有限，又多为幼儿熟悉的日常口语；它的结构也非常简单，相同的句子结构在同一个叙事片段内的反复重叠，也是幼儿文学常用的手法。整个故事只说了一件简单的事情——"晒被子"，但通过四个动物伙伴之间简单的对话，一种与被子（家）、太阳（自然）以及友情（朋友）相关的"温暖"的情感得到了自然而又充分的传达。这正是幼儿文学独特的艺术魅力。

狭义的儿童文学。 狭义的儿童文学所对应的读者对象，其身心和语言的发展已经到达一定的阶段，它可以发挥的艺术空间也比幼儿文学要宽广得多。与幼儿文学相比，这一年龄段的儿童文学在表现题材和文学手法上均获得了较大解放。同时，这一阶段的儿童文学也开始出现真正意义上的长篇结构作品。而当儿童文学的写作由短篇或短篇的连缀走向真正的长篇结构时，就意味着它开始面对一种新的艺术要求，即以适合该年龄段儿童理解能力的方式，来架构一个复杂的长篇叙事。这无疑是富于挑战性的。随着该阶段读者年龄的渐长，相应的儿童文学写作也逐渐与更高年龄段的青少年文学相"接壤"。

青少年文学。 这类儿童文学的读者对象主要是处于青春期的青少年，它的艺术书写也往往与青春题材有着割不断的关联。书写青春期成长的各种身心和生活感受，成为青少年文学典型的表现内容。这一儿童文学的子类型在艺术手法的运用方面已经与成人文学十分接近了。

上述按照年龄段划分的三种儿童文学子类型，指明了儿童文学内部一个重要的艺术分野事实。我们知道，今天得到普遍认可的儿童文学概念，其中的"儿童"，一般是指 0-18 岁的未成年人——这一对于儿童年龄段的普遍界定带有鲜明的当代色彩。但 0-18 岁同时也是个体身心各方面成长变化最为急剧的时期，在这一区间内，即便是年龄差距不甚大的儿童个体之间，往往也存在着显而易见的身心发展差异，更何况还有许多年龄悬殊的情况。例如，提供给三四岁孩子的文学作品和提供给十三四岁孩子的文学作品，都属于同一个儿童文学的范畴，但它们彼此之间艺术面貌的差异或许有甚于许多儿童文学作品与一般成人文学作品之间的区别。考虑到这一事实，依照儿童身心发展的不同阶段来划分儿童文学的类型，可以帮助我们更好地理解以不同年龄儿童为对象的儿童文学的艺术特征，也可以帮助儿童文学创作确立更准确的读者意识。

2. 文体的分类与特征

如果说按年龄段的标准划分出的儿童文学类别，促使我们进一步关注儿童文学与其读者对象之间的关联，那么文体的分类则将我们考察儿童文学的目光从儿童读者带回到儿童文学的文本之内。

与一般文学一样，儿童文学的文体存在两种划分的标准。

第一，从宏观的语言形态角度，可将一切儿童文学作品分为韵文体和散文体两类。

韵文体儿童文学是指以韵文手法创作的儿童文学作品，主要包括儿歌和儿童诗两类体裁。韵文体儿童文学讲究语言声韵的整齐形式，在叙事、抒情、状物的同时，往往也提供了某种语言形式的游戏。在儿童文学尤其是幼儿文学中，韵文体儿童文学构成了一个基本而重要的艺术区块。幼儿读者听诵韵文体儿童文学作品，既是最初的语言学习，也是最初的文学和情感熏陶。

散文体儿童文学是指以广义的散文手法创作的儿童文学作品。这是一个覆盖面很广的范畴，儿童小说、儿童散文、儿童生活故事、儿童戏剧等非韵文体的儿童文字作品，都可归入其中。这样看来，"散文体"的类型命名除了与韵文体相区分之外，对于我们更好地理解儿童文学的艺术特征而言，似乎无甚大用处。不过，对于绝大部分散文体儿童文学作品来说，有一个十分重要的艺术范畴，那就是"叙事"。我们在后面的章节中，会专门谈到这一叙事的问题。

韵文体和散文体的划分，其长处是突出了对儿童文学来说至为重要和基本的两种文学语言功能，一是声韵，二是叙事。一般说来，韵文体儿童文学在低幼儿童文学中占据着较为重要的位置。这一分类方式的短处则在于文体类型区分得过于粗放。我们看到，不论在韵文还是散文的文体类型标签下，都还包含了一些面貌各异的子类型，如果仅从韵文和散文的语言形态角度对这些文本进行考察，有关儿童文学文本特征的一些更为细致、深入的认识，难免淹没其中。因此，在这一标准之外，我们还需要另一种更细致的划分方式。

第二，从具体的文本形态和艺术手法来看，儿童文学又分为儿歌、儿童诗、图画书、儿童故事、童话、儿童小说、儿童散文、寓言、科学文艺、儿童戏剧文学、儿童报告文学、儿童影视文学等多种体裁。

这或许是我们更为熟悉的一种文体划分方式。这一分类是将文本形态和艺术手法基本相近的儿童文学作品归为同一类文体。这其中，儿歌与儿童诗构成了韵文体儿童文学的主要部分，其他文体则主要呈现为散文体的样式，但其中又有复杂的交叉，比如图画书的文本就兼有韵文和散文的双重体式。一般说来，类属同一文体的文本之间有着显在的亲缘关系，比如儿歌都有着富于音乐性的语言形式和韵律，图画书离不开文字与图画的共同叙事，等等。在儿童文学的研究中，这一分类标准有着更强的操作性和应用性。

以上两种文体分类的方式各有优势。前者便于我们从一个更为宏观、统一的视角来把握儿童文学的艺术特征，后者则使我们在针对各类具体文体的细部考察中，进一步认识儿童文学丰富的文本和艺术面貌。通常情况下，我们所说的儿童文学文体，主要是依据第二种分类标准划分的结果。

儿童文学的文体是历史建构的产物，它的类型特征既相对固定，又具有一定的相对性和内在的发展性。

文体的固定性。儿童文学文体的划分，依据的是不同文本之间在语言形态、艺术手法等方面的某些不变的共性，这些共性构成了文体的固定性特征，也构成了一种文体区别于另一种文体的身份特征。譬如儿歌，其整齐的歌行、规律的节奏、严格的押韵等，是一切儿歌作品都具有的语言共性，也是儿歌区别于其他儿童文学文体的基本特征。再譬如童话，其超越现实逻辑的拟人化叙事，是它区别于其他散文体儿童文学的基本方面。

固定的文体特征不但是对同一文体文本和艺术样貌的一种概括，也塑造着我们面对不同文体时的阅读期待。当我们将一个作品当作童话来读时，我们会很自然地期待从中发现一个有别于我们现实生活的神奇世界。同样，当我们意识到某个作品类属寓言文体时，我们的期待重心也会很自然地转向其故事所传达的寓意内容。

文体的相对性。文体的固定性特征是一种文体类型得以成立的基础，但这种固定性并不意味着文体的封闭性。事实上，类属不同文体的文本之间在艺术面貌上仍有可能相互交叉、彼此跨越。这是由于文体的区分不可避免地带有一定的相对性。比如，许多当代的拟人体寓言作品在叙事手法上与童话基本一致，它们实际上就可以被当作小童话来读。同样，一些包含明确寓意的短篇童话作品，它们与寓言作品之间的区别往往也不明显。再比如一部分当代童话与儿童小说在叙事的艺术上彼此借鉴、日益靠拢，其文体间的区分也越来越趋向模糊，倒是它们之间的某些艺术共性（比如幻想手法的运用）比它们的类型区别更诱发着人们的关注兴趣。此外，还存在不同文体间的艺术"嫁接"现象。比如，将童话的叙事与儿童诗的声韵相结合，就形成了童话诗的新体式，它糅合了童话与儿童诗的某些特性。

文体的相对性促使我们意识到文体的类型并非僵化的概念。在形成相对独立的文体类型的同时，不同文体之间的交融互渗也是儿童文学发展进程中的一个重要现象。

文体的发展性。文体同时也是一个发展的概念。这一发展有两层含义。首先，特定文体类型的概念本身具有一定的发展性，它的确立是现代儿童文学发展到一定阶段的产物。以图画书为例。我们知道，在早期儿童文学的历史上，虽然存在对儿童插图读物的模糊意识，却并没有独立的图画书的文体概念。一直要到 20 世纪，随着儿童图画书的迅速发展，它作为一种特殊的儿童文学门类的身份才日益得到人们的认可，其文体的固定性特征也在这一过程中逐渐形成。相比于儿歌、童话等古老文体，儿童散文、儿童戏剧、科学文艺、儿童报告文学也是随着现代儿童文学的艺术分化才逐渐发展起来的文体类型。其次，特定文体类型的艺术也呈现出一定的发展性。仍以图画书为例。在一个多世纪的时间里，现代图画书的图文表现艺术经历了长足的进步，从一般的图画配文字到两者之间建立复杂的叙事合作关系，其艺术探索今天仍在不断新进。童话也是一样。在西方儿童文学语境中，童话最初是精灵故事的类称，而近年来，童话通过吸收现代生活的新鲜内容以及现代小说的艺术手法，早已超越传统精灵故事的界限，呈现更为丰富的文体艺术面貌。

针对儿童文学不同文体的分类不只是出于一种操作上的便利。在儿童文学的阅读、鉴赏、研究和应用中，这一分类也有着特殊的意义和价值。

第一，文体的区分可以帮助我们从一个更精细的角度深入认识儿童文学的艺术特征。一方面，将儿童文学划分为不同的文体类型，使我们对于特定儿童文学文本的考察得以在一个更集中、更精细的艺术探讨层面上展开。例如，当我们把一个儿童小说文本放置在儿童文学的总体艺术框架内进行考察时，我们得出的首先是其中属于所有儿童文学的类特征，比如它在多大程度上符合了儿童读者的接受心理，又以何种方式体现了儿童文学的特殊美学。而当我们进一步从儿童小说的角度探讨这同一个文本的表现艺术时，我们的思考还将涉及以下更精细的艺术问题：作为提供给儿童的小说作品，它是如何以小说的艺术表现手法来书写童年生活素材的？相比于其他非小说类文本，这一手法的艺术特点体现在哪里？在儿童小说的艺术层面上，它在人物塑造、叙事安排等方面表现出了什么样的特征，为什么会形成这些特征……关于这些问题的思考将我们进一步带向儿童文学文本的艺术深处，进而抵达关于特定文本的更为细致的艺术解读。

另一方面，针对不同文体的分类艺术考察也增进和深化着我们对于儿童文学的总体艺术认知。针对儿歌、儿童诗等韵文体儿童文学文本的艺术分析，使我们对儿童文学的韵文语言特征及其艺术表现可能有了更为深入的理解。这一理解又反过来促进着我们对于儿童文学审美特质的认识。同时，在对不同文体的考察中得到呈现的儿童文学的多元艺术面貌，也为这一特殊的文类描画出了一张日益丰富的艺术图谱，使我们认识到儿童文学这一小文类同样有着并不逊于其他文类的艺术内涵和艺术气象。

第二，文体的区分也为儿童文学的阅读和应用提供了一定的参考。儿童文学的不同文体，在适合的读者年龄段上也有所区分。儿歌因其以声韵游戏为主的语言特征，最适于作为幼儿的早期读物。图画书主要也是低幼儿童的读物。儿童诗紧随其后，依其诗歌内容、语言程度等的不同，覆盖了从幼儿到少年的不同年龄阶段。童话、儿童散文中浅显的短篇，常可作为声韵阅读向叙事阅读、短阅读向长阅读过渡的桥梁读物。情节、语言相对复杂的童话和小说作品，则需等到儿童发展起一定的专注时长以及语言理解和记忆能力之后，再引导他们进入阅读。儿童戏剧以其特殊的表演性和操作性，特别适合提供给具备一定的语言理解力和记忆力的幼儿阅读、表演,以促进其语言及群体合作能力的发展。儿童报告文学则往往是较高年龄儿童读者的读物。

当然,上述关于文体适读对象的分析只是提供了一个大体的参考模式,在具体的阅读活动中,文体与儿童读者的年龄段并不存在一一对应的关系。理论上说,只要儿童读者具备了相应的能力和兴趣,他可以随时进入任何一种文体的阅读。但在儿童文学的阅读指导和应用实践中,上述区分也能够为我们、特别是为初入门槛的阅读指导者、教学者等提供有益的参照。

二、儿童文学发展的当代语境

在继承和延续现代儿童文学艺术传统的基础上,当代儿童文学的发展面临着比过去几个世纪都复杂得多的新语境。商业文化、消费文化和电子媒介文化的不断扩展,同时从内部和外部参与影响着当代儿童文学的艺术建构进程。

1. 商业文化语境下的儿童文学

商业文化是当代儿童文学发展所依托的一个基本文化语境,它不但构成了当代儿童文学艺术实践的重要现实背景,也对儿童文学所致力于书写的当代童年面貌与精神施加着内在的深刻影响。

商业文化并不是新近才出现的事物,它与儿童文学之间的"联姻"也已经有了不短的历史。18世纪,被一些人誉为"儿童文学之父"的英美童书出版业先行者约翰·纽伯瑞大概可以算是现代商业童书的最早发掘者和受益者。他也让我们看到了商业文化带给儿童文学的积极影响。出于为儿童读者考虑的初衷，纽伯瑞的商业童书序列中出版的第一本书——著名的《迷你口袋书》（*A Little Pretty Pocket-Book*），被做成了更适合年幼孩子手持的小开本，封面色彩也被处理得十分亮丽，这在当时的儿童读物出版界无疑具有极大的开创性。尽管这本小书的内容同样充满了当时儿童读物中普遍的说教内容，但它也前所未有地强调了儿童阅读中"乐趣"的重要性，也即突出了儿童自己的兴趣和愿望在儿童文学中的地位。《迷你口袋书》被认为是世界上第一本成功的商业童书。

在某种程度上，当代儿童文学的商业意识是被一套"哈利·波特"系列儿童小说全面唤醒的。据相关媒介报道，至2011年，英国作家J.K.罗琳凭借风靡全球的"哈利·波特"系列获得的财富已达10亿美元，这被认为是"儿童文学乃至小说史上一个绝无仅有的商业奇迹"。[12] 从"哈利·波特"系列开始，出版市场无比强烈地意识到了潜藏在儿童文学这个小文类之中的巨大商业潜力。到目前为止，这一潜力还在不断得到新的证明。以中国为例。在近年由某媒体人制作的中国作家富豪榜上，儿童文学作家的名字及其儿童文学畅销作品对应的版税数字，已经连续多年排在榜首或靠近榜首的位置。

这对于儿童文学的艺术发展而言既是好消息，也是坏消息。好消息在于，巨大的商业回报带动了儿童文学市场的蓬勃发展，进而带动了儿童文学创作的蓬勃发展。在这个过程中，不但儿童文学作品的数量激增，其艺术生态也得到了极大的丰富和解放。

第一，商业文化对于市场反应的本能关注促使儿童文学的出版方越来越重视儿童文学的阅读者，也就是儿童本人的阅读兴趣，这又直接影响了儿童文学的创作。尽管在很长一段时间里，儿童文学书籍的主要购买者其实是作为代理人的儿童父母而非儿童本人，但随着儿童家庭和社会地位的提升，家长在儿童的阅读选择方面越来越乐意尊重儿童自己的购买意愿；同时，随着儿童自主购买力的不断增强，他们也拥有了更多自主选择和购买书籍的权利。可以肯定的是，当代儿童文学的市场经济越是发达，儿童自己的阅读兴趣在儿童文学书籍的创作和出版中就越是得到关注。

第二，商业文化的开放性潜移默化地带动着文化的开放性，这其中自然也包括身处其中的儿童文学。依托相对开放、自由的童书市场，过去受到成人说教传统严格束缚的儿童文学获得了更大的艺术自由。在中国，儿童文学艺术发展最迅速的阶段，无疑也是商业经济全面放开、商业文化全面发展的近二三十年。近20年来，中国儿童文学作品中出现了大量与商业经济时代和商业文化精神密切相关的儿童形象。与此前的儿童形象相比，这些孩子身上表现出一种鲜明的主体身份意识和较强的社会行动能力。当代儿童文学中出现的这类富有时代感和代表性的儿童形象在一定程度上得益于现代商业文化精神的滋养，它承载了当代儿童文学童年精神的重要变革，并有力地推动了新时期儿童文学的艺术革新。

但还有坏消息。我们很容易看到，在受到商业文化强力影响的儿童文学出版和创作循环中，商业利益的驱动往往在其中起着主导性的作用。而这一商业的逻辑要求最快速度的利润回报。这么一来，儿童文学出版和创作的急功近利和粗制滥造现象就在所难免。

由于在市场的运作下，这类作品同样有可能获得不菲的商业价值回报，如果听任市场的逻辑掌控这一切，当代儿童文学将很快陷入一种或许比早年的文化控制时代更为糟糕的发展境况，它从商业文化中汲取到的那些珍贵的艺术革新的能量，最终也将转变为商业时代对于儿童文学整个文类的艺术束缚。

就此而言，商业文化语境下的当代儿童文学发展需要思考的，是如何深入理解商业文化对儿童文学所造成的利与弊的影响，如何处理好儿童文学的商业性与艺术性之间的关系，以及如何更好地借力商业文化的平台，促进当代儿童文学艺术的良性发展。

2. 消费文化语境下的儿童文学

20世纪后期以来，一种以大众消费、符号消费为主要特征的消费文化在西方社会日益深广的流播，促成了法国学者鲍德里亚所说的生产社会朝向消费社会的转型。消费文化既孕育于商业文化的氛围之中，也依赖商业文化而得以维持和扩展。但它并不等同于商业文化。商业文化与消费文化都指向一种消费的行为，但后者更着意凸显了一种消费的意识。消费文化过于盛行，消费便成为人们日常生活中的第一要务，它开始全面支配人们的生活方式，甚至全面控制人们的文化意识。

对于当代儿童文学的发展来说，消费文化的影响在很多时候与商业文化是重叠的。它促使儿童文学的出版和写作更加关注这一文类的直接消费者儿童的文学消费口味和兴趣，从而使当代儿童的各种"新"感受、"新"想法、"新"愿望得以最快速度地体现在儿童文学的创作中，由此极大地增强了儿童文学作品与儿童现实生活之间的贴合度。

与此同时，儿童文学所具有的娱乐功能也在消费文化的语境下得到了空前的强调与凸显。过去许多优秀的儿童文学作家曾努力想要在教育责任的重负下小心翼翼地恢复儿童文学单纯的乐趣，而到了今天，儿童文学似乎已经不必再承担什么微言大义。消费社会期望它发挥的最大功能，就是使儿童快乐。正如当代社会的人们在一天的工作结束之后，只想多一些轻松快乐的生活消遣；儿童拿到儿童文学，也不希望它还像教科书似的板着脸说故事，而只希望从这里获得纯粹的欢乐体验。在消费时代，儿童文学的娱乐功能无疑得到了淋漓尽致的发挥和发展。

不过，当儿童文学的阅读变成一种纯粹的消费活动，它也造成了当代儿童文学的两大问题。

一是过度的娱乐主义。

它表现在儿童文学不但将迎合儿童读者的娱乐需求放在首要位置，而且将它视为其文学书写的唯一目标。儿童文学告别了教育主义的年代，却迎来了一个娱乐至上的时代。更有甚者，一些作品为了吸引儿童读者的注意，不惜制造大量庸俗的娱乐内容。它往往以迎合儿童阅读趣味的讨好姿态出现，使儿童颇不容易抗拒，但它也正是以这样的方式给当代儿童文学的艺术生态造成了严重的伤害。

二是"一次性"作品的大量出现。

在一个消费社会，消费文化很容易发展到消费主义文化，后者包含了一种消费至上的生活和文化心理。在这一心理的支配下，儿童阅读儿童文学，正如他们消费其他商品一样，只是为了一时之乐，哈哈一笑过后，即便作品从此被永远地丢到一边，也完全没有关系。孩子们可以马上再从其他作品的消费中再次获得新的娱乐。而一旦受到消费主义文化的上述支配，儿童文学也就仅仅变成了儿童的文学快餐，除了提供廉价的热量，它不能给儿童带来任何有价值的营养。

我们既要看到当代消费文化带给当代儿童文学的发展机遇，也要看到它正在带给儿童文学某些不容忽视的文化伤害，从而更清醒地理解和思考当代消费文化语境下儿童文学的艺术未来。

3. 新媒介语境下的儿童文学

新媒介之"新"，是相对于传统文化中占据主导地位的印刷媒介而言的。尽管这一新的媒介现象较早就开始出现在人们的生活中，不过，新媒介真正构成对传统印刷媒介统治地位的挑战，是在电子技术和新兴电子媒介产品开始全面普及之后。今天我们所说的新媒介，也是指以新兴电子技术为核心依托的当代电子媒介。电子媒介在传播的速度、容量、丰富度、开放度等方面的优势，不但是传统印刷媒介不可比拟的，而且是印刷媒介不可替代的。正是这一媒体技术的普及把我们的社会带入一个全民性的新媒介时代。

与传统媒介相比，新媒介最擅长占领年轻人的地盘。我们看到，当代新媒介以其"新"和"快"的传播特点，迅速赢得了年轻一代的认可与青睐。它甚至还造成了一种"文化反哺"的现象：在过去，知识和经验一般总是按照由年长者到年轻人的方向传递；而到了新媒介时代，许多长辈却往往得反过来向年轻人学习新媒介的使用方法。因此，新媒介的普及，在某种程度上大大地提升了当代社会年轻一代（包括儿童）的文化地位与文化自主权，它在青年人和儿童群体中的影响也十分巨大。

新的媒介环境对儿童文学的影响主要表现在以下三个方面：

第一，新媒介改变着传统儿童文学的传播方式。

新媒介时代，儿童文学作品不仅在印刷机上继续得到传播，更借助电子媒介的力量得以更广泛的传播；不仅以传统的文字形态得到传播，也借助相应的视像产品得到更有力的传播。大量受到读者欢迎的儿童文学作品被用作脚本，进而制成电影和包括电视、电子游戏等在内的各类电子媒介产品。由于新媒介的视像语言本身就具有比文字传播广泛、通俗得多的特点，因此，一些后续媒介产品在接受者中的影响力甚至超过了它的儿童文学母本，这又反过来促进了儿童文学作品的传播。例如，前面提到的"哈利·波特"系列小说，如果没有同一系列知名电影的积极配合，其影响力可能要大打折扣。

第二，新媒介改变着传统儿童文学的生产方式。

传统儿童文学的生产在很大程度上仰仗于作家的创造性写作，在儿童文学的媒介传播序列中，儿童文学的文字文本也是第一位的。但到了今天，儿童文学书籍与儿童电子媒介产品之间早已不只是前者孕生后者的简单关系。除了儿童文学文本会被用来制作各类电子媒介产品之外，一些大受读者欢迎的儿童媒介产品，同样也会被改编成相应的儿童文学书籍。由于媒介产品先期已经形成影响力，这类儿童文学的生产活动往往拥有可靠的市场保障。当代电子媒介产品直接参与儿童文学作品的生产，这是新媒介时代儿童文学文本创作的一种特殊方式。

第三，新媒介改变着传统儿童文学的文本形态。

新媒介的出现和普及并不是要取代传统儿童文学的印刷形态，它也不可能完成这样的取代。但它的确让我们看到，当代儿童文学的文本形态越来越不限于印刷文本的范围。为了配合和丰富印刷文本而同时被开发出来的网站、电子游戏等，都有可能成为新媒介时代儿童文学文本形态的构成部分。今天，许多儿童文学图书在出版的同时，就已经自带了相应的新媒介文本，而这类新文本的重要性还在得到持续的凸显。可以想见，随着新媒介技术的进一步发展，它还将给儿童文学的传统文本形态带来更多变革的可能。

迅猛发展中的商业文化、消费文化和新的媒介文化以极大的影响力改变乃至重塑着几个世纪以来儿童文学的艺术面貌、生产机制、传播方式等等。未来，它们将把儿童文学带往何处？将来的儿童文学会因为这些文化因素的介入而变得与现在迥然不同吗？这些都是当代语境下的儿童文学发展需要我们进一步思考的问题。

思考与练习

1. 在现代儿童文学独立的文类观念得到确立之前，儿童主要通过哪些渠道来满足自己文学阅读的愿望？这种现象说明了什么？

2. 现代儿童文学如何从民间文学的母体中孕育进而脱胎出来？在现代儿童文学的发展进程中，儿童文学的艺术获得了怎样的丰富和拓展？

3. 依照读者年龄段的标准，儿童文学可划分出哪三种子类型？它们各有什么样的主要特征？

4. 儿童文学包含哪些主要的文体？为什么说儿童文学的文体是历史建构的产物？对儿童文学来说，文体的划分具有什么样的特征和价值？

5. 如何理解商业文化、消费文化和新媒介文化给当代儿童文学的艺术发展带来的机遇与挑战？

注 释

[1] 杜文澜辑：《古谣谚》，北京：中华书局1958年版，第29页。

[2] 杰克·齐普斯：《作为神话的童话／作为童话的神话》，赵霞译，上海：少年儿童出版社2008年版，第11页。

[3] 弗朗兹·博厄斯：《原始艺术》，金辉译，上海：上海文艺出版社1989年版，第310—311页。

[4] 维科：《新科学》，朱光潜译，北京：商务印书馆1989年版，第162、368—369页。

[5] 维科：《新科学》，朱光潜译，北京：商务印书馆1989年版，第163页。

[6] 维科：《新科学》，朱光潜译，北京：商务印书馆1989年版，第161—162页。

[7] 杜文澜辑：《古谣谚》，北京：中华书局1958年版，第5页。

[8] 参见方卫平：《儿童文学接受之维》，湖北少年儿童出版社1995年版，第61页。

[9] 凯瑟琳·奥兰丝汀：《百变小红帽——一则童话三百年的演变》，杨淑智译，北京：生活·读书·新知三联书店2006年版，第5页。

[10] 参见约翰·洛威·汤森：《英语儿童文学史纲》，谢瑶玲译，台北：天卫文化图书有限公司2003年版，第13页。

[11] 李利安·H.史密斯：《欢欣岁月》，傅林统编译，台北：富春文化1999年版，第20页。

第二章　儿童观的意义

　　要爱护儿童，帮他们做游戏，使他们快乐，培养他们可爱的
本能。你们当中，谁不时刻依恋那始终是喜笑颜开、心情恬静的
童年？你们为什么不让天真烂漫的儿童享受那稍纵即逝的时光，
为什么要剥夺他们绝不会糟蹋的极其珍贵的财富？

——卢梭《爱弥儿》

　　谈论儿童文学，离不开儿童观的问题。儿童观是特定的时代、社
会中人们对于儿童的普遍看法。一个社会的儿童观，决定了这一社会内
的成员对待一切儿童事务的态度，同时，一定的儿童观也会随着时代和
文化的变迁而相应地发生变化。在现代儿童观的变革史上，18 世纪法
国思想家卢梭是一个里程碑式的名字。在他的教育小说《爱弥儿》中，
卢梭提出了关于现代儿童和童年的充满激情的呼吁：成人应当爱护和尊
重儿童的天性，顺应并理解童年的规律，让儿童能够享受童年时代这一
"珍贵的财富"。卢梭的这一呼吁不但开创了一种儿童教育的现代精神，
也开启了对现代儿童文学来说至为重要的浪漫主义儿童观的篇章，它改
变了儿童文学创作者对儿童的传统看法，进而改写和重塑着现代儿童文
学的基本艺术面貌。

　　既然儿童文学的发展与儿童观的变迁密切地联系在一起，那么，
它们之间的具体关系是怎么表现的？今天，我们又该如何看待
儿童观和儿童文学正在发生的各种变迁？这些思考对于儿童文

学来说，不是背景性的材料，而是根本性的问题。理解了儿童观的问题，我们才能理解儿童文学根本的精神方向。

第一节　儿童观与儿童文学

儿童观对于儿童文学的发生和发展起着奠基性的作用。在人们意识到儿童是有别于成人的独立个体之前，一种专为儿童创作的文学是不可能存在的。只有当社会发展进入这样一个阶段，即人们普遍认识儿童作为独立个体的身心特征和他们独立的文化需要，一种自觉的儿童文学观念才会得到孕育，相应的儿童文学创作活动也才会发生。这正是儿童观对于儿童文学的决定性意义。

一、历史上的儿童观

按照法国历史学家阿利埃斯的说法，我们今天所说的"儿童"，实在是一个到现代社会才出现的概念和现象。阿利埃斯考察了中世纪肖像画中的儿童形象，发现他们除了面貌和体形仍带着孩子的样子外，衣着打扮等悉如成人，显然是被当作小大人看待的。结合一些教育和家庭生活文献分析，他进一步证实了自己的这一观点。在他看来，童年的观念要到16、17世纪的上层社会才开始出现，从18世纪起慢慢影响和普及到下层阶级。这意味着，我们的社会对于儿童的种种特殊性有所认识，是进入现代社会以后的事情。

阿利埃斯这样说道：

> 在中世纪，不存在童年的观念；这并不是说儿童在那时被漠视、遗弃或者看不起。我们不能将童年的观念与对儿童的感情混为一谈，前者是与一种对于儿童特性的意识相对应的，正是这种特性将儿童与成人区别了开来。而在中世纪，这种意识恰恰是缺失的。[1]

在这段话中，阿利埃斯强调了两个重要的意思，一是"童年的观念"，二是"儿童的特性"。在他看来，中世纪及以前的人们，由于并未意识到儿童有别于成人的特性，因而也不存在童年的观念。用阿利埃斯的话来说，童年的存在是在中世纪之后才被人们"发现"的。

不过，如果抠起字眼来，阿利埃斯的论述并非没有漏洞可挑。如果把儿童观广泛地理解为人们对于儿童有别于成人的特点的看法，那么在很早的时候，人们就意识到了小孩子与大人的一些不同。比如，许多地区的古老民俗中都有针对新生儿和幼儿的护理传统，一些部落的风俗认为，小孩子更容易受到鬼魅的侵袭，因此有必要通过各种方式，为孩子驱赶这些鬼魅。这些习俗可能是蒙昧的，不科学的，但它还是代表了人们对于儿童有别于成人的某些特征的认识。各民族源远流长的儿童玩具文化，也部分地体现了人们对于儿童身心特征的某种自发的认识。如果翻阅欧洲古代的一些教育思想，我们会发现，古代人对于儿童特性的某些认识，甚至带有颇为现代的感觉。比如，在苏格拉底、柏拉图、亚里士多德、昆体良等古希腊、古罗马思想家的论述中，我们都能发现对儿童特性的某些科学认识。

但所有这些对于儿童的看法，都缺乏我们今天谈论儿童时最为重视的一个要素，那就是它们都没有把儿童当作具有独立价值的"人"来看待。实际上，历史上的儿童长期以来是最被轻视和遭到压制的一个群体。出于部族信仰的考虑，弃婴的风俗在一些古老的社群中普遍存在，民俗学考察更是发现了食婴现象的存在。在古代社会，儿童期主要是一个成人的预备期，一切教养和训练，都是为了使孩子更快地适应和胜任成人生活的要求。例如，尚武的古希腊斯巴达人，他们的孩子在大部分时间里必须从事军事体育练习；为了养成忍耐力，还必须习惯于各种艰难的遭遇，忍受饥渴、寒冷和痛楚。斯巴达克儿童的生活只是古代儿童生活状况的写照之一。在不同的社会，使儿童尽快掌握对社会生产来说最为重要的技能，进而加入成人生产力的队伍中来，是古代社会对儿童的普遍期望。在这一观念中，儿童存在的价值仅仅体现为种族的繁衍延续和社会生产力的持续补充。至于儿童自己的各种身体和精神需要，则根本无从谈起。

除了被当作成人的预备之外，古代儿童也被认为是不完整或低等级的人，他的身上存在各种缺陷。成人必须使儿童尽快克服这些缺陷，以便长大成为符合社会要求的个体。例如，在早期基督教社会，人们认为儿童是带着原罪来到世间的，他的行为常常受到魔鬼的驱使。在魔鬼的引诱下，儿童容易犯各种错误，因此，有必要通过严苛的体罚和宗教洗涤，将儿童逐渐拯救出原罪的深渊，使之成为皈依上帝的完整之人。这一观念在基督教文化中影响深远，直至近世。

不过，事情也有它的另一面。在古代社会，一方面是人们普遍把儿童视作位阶较低的人，另一方面，却也存在着各类儿童崇拜的现象。中国古代道家思想有"婴儿"崇拜，儒家思想中也有"赤子"之说。古罗马一些重要的宗教祭祀活动，也会由被认为身心圣洁的儿童来奉祀。[2]

尽管这样的观念在人们的日常生活中并不占据主要位置，但它所代表的那个把儿童奉为理想的观念，在那个时代已经弥足珍贵。

那么，我们如何理解古代社会存在的儿童崇拜思想呢？它是不是意味着，古代社会实际上已经孕生了一种承认儿童存在的独特价值的儿童观？

显然不是。古代儿童崇拜中所看到的儿童价值，不是儿童自身的价值，而是儿童对于他人和社会的价值。最初的儿童崇拜无疑跟原始文化中的生殖崇拜有着很大的关联，因为儿童本身象征着对种族延续来说最重要的繁衍力。同时，不论在古代的哲学还是宗教思想中，那个受到崇拜的"儿童"，也只是作为一个抽象的精神符号存在。在这里，受到肯定的不是儿童活生生的肉体和精神，而是人们从儿童身上想象出来的精神内容。那个日常生活中的儿童，依然无时不承受着来自其他人的轻视、欺辱、鞭笞和支配。

从这个意义上说，阿利埃斯的判断并没有错。在古代社会，我们今天理解中的"童年"的观念，也就是把童年当作一个有它自己独特的文化内涵，又有它自己独立的生命权利的观念，的确是不存在的。但话说回来，那时候，作为个体之"人"的独立价值，同样不曾得到社会的认可。我们不可能期望一个社会在意识到"人"自身的价值之前，先意识到那被人们忽视的儿童的价值。因此，儿童的命运，是与人的普遍命运联结在一起的。一直要到现代社会，随着启蒙运动的深入和启蒙思想的铺开，"人"的独立价值被明确地承认和肯定，儿童的独立价值也才得到了发现。经过洛克、卢梭等一批学者从理论和实践两个方面倡导儿童期独立的身心特征和生命价值的努力，我们社会的儿童观开始发生一种质的飞跃。

这就是现代儿童观的发生。现代儿童文学开始登上历史的舞台，也是这一儿童观的产物。

二、现代儿童文学与现代儿童观

儿童观的变更是导致儿童文学走向自觉的最直接而重要的历史契机。也可以说，对儿童的理解规定着儿童文学的生产。特定的童年观念总是要借助一定的儿童文学作品来传达的，而对童年现象的认识越全面，把握越深刻，相应的创作就越可能拥有较大的深度和厚度。因此，执教于美国俄勒冈州波特兰市的波特兰州立大学的艾里克·A.基梅尔在《儿童文学理论初探》一文中指出："一个社会、一个时代为它的儿童所生产的那种类型的文学，最好地标示出那个社会所理解的儿童究竟是什么样子。"[3]

谈到现代儿童观的发生，一定要谈到法国思想家卢梭。卢梭的教育小说《爱弥儿》，可以说是对于儿童独立的生命权利和生命价值的第一声振聋发聩的呼喊。虽然在卢梭之前，儿童特殊的身心特征也已经在洛克的教育思想中得到较为充分的认可，但只有到了卢梭，儿童作为完整和独立的个体的尊严，才得到了毫无

卢梭

保留的肯定和张扬。卢梭甚至不惜通过把儿童和成人之间的高下地位翻转过来，通过强调儿童相对于成人的文化优越性，来敦促人们关注儿童

和童年自己的价值。这使卢梭的童年崇拜很容易被误认为是古代社会童年崇拜思想的延伸。但事实并非如此。卢梭倡导自然的教育，乃是为了使儿童未来能够成为更好的社会人；但儿童首先得是一个天性得到充分舒展的个体"人"，然后才有可能成为一个合格的社会"公民"。卢梭看到了成人社会对这一儿童天性的普遍戕害：

> 偏见、权威、需要、先例以及压在我们身上的一切社会制度都将扼杀他的天性，而不会给它添加什么东西。他的天性将像一株偶然生长在大路上的树苗，让行人碰来撞去，东弯西扭，不久就弄死了。[4]

> （人们）把他的天性扼杀之后，就把这个虚伪的人交到一个教师的手里，由这位教师来发展他业已充分养成的人为的病原，教给他一切的知识，却就是不教他认识他自己，不教他利用自己的长处，不教他如何生活和谋求自己的幸福。最后，当这个既是奴隶又是暴君的儿童，这个充满学问但缺乏理性、身心都脆弱的儿童投入社会，暴露其愚昧、骄傲和种种恶习的时候，大家就对人类的苦痛和邪恶感到悲哀。你们搞错了，这个人是按照我们奇异的想法培养起来的，自然的人不是这个样子的。[5]

他倡导儿童的蒙养和教育要顺应和发展他们的天性，唯其如此，他在未来才会长成为健康、幸福和有所作为的个体。"你要培育这棵幼树，给它浇浇水，使它不至于死亡；他的果实将有一天会使你感到喜悦"[6]。因此，卢梭之所以赞美儿童的天性，不是要提倡任何文化上的复古，而是因为在这天性中包含了对于"人"来说至为重要的生命内容，失去它，人的一切有益的发展都无从谈起。

我们看到，虽然这一观点同样强调儿童作为成人之基础和人类之未来的价值，但它不再仅仅把儿童视为实现这一价值的中介，相反地，它看到了儿童的价值就是人的价值。我们把这个观点再往前略微推一推，就得到了对于现代儿童文学来说至为关键的一个观念，亦即不论在儿童身上包含了多少我们对文化的期望，儿童首先应该是他自己的目的。

这个儿童观是革命性的，它把一种真正意义上的"现代性"赋予了作为个体的儿童。从这时候起，人们越来越意识到了儿童世界本身的存在价值。它所孕育出来的现代儿童文学，仰仗和体现的也正是这一现代儿童的观念。这也是我们为什么说，仅仅意识到儿童读者的存在或这些儿童读者有别于成人的某些阅读特征，还不足以构成判定现代儿童文学的标准。最能标志现代儿童文学的特征的，是它对于儿童自身价值的认可。在不同的现代社会阶段，这种认可的程度可能是不一样的，但它的基本精神却是一致的。也正是这一点使现代儿童文学区别于过去的儿童经传或宗教读物，成为一个独特的现代文类。

19 世纪末 20 世纪初，西方现代儿童观传播到中国，同样孕育了中国现代儿童文学的发生。谈到 20 世纪初中国儿童观的变革，周作人发表于 1920 年的题为《儿童的文学》的讲演中的这段话是常被引用到的：

周作人

以前的人对于儿童多不能正当理解，不是将他当作缩小的成人，拿"圣经贤传"尽量地灌下去，便将他看作不完全的小人，说小孩懂得甚么，一笔抹杀，不去理他。近来才知道儿童在生理心理上，虽然和大人有点不同，但他仍是完全的个人，有他自己的内外两面的生活。

儿童期的二十几年的生活，一面固然是成人生活的预备，但一面也自有独立的意义与价值……[7]

显然，这个观点与卢梭的精神是一致的，它既承认儿童固有的发展性，但更强调儿童是"完全的个人"，童年也自有其"独立的意义与价值"。鲁迅在著名的《我们现在怎样做父亲》（1919）一文中谈到过同样的意思：

鲁迅

往昔的欧人对于孩子的误解，是以为成人的预备；中国人的误解是以为缩小的成人。

直到近来，经过许多学者的研究，才知道孩子的世界，与成人截然不同；倘不先行理解，一味蛮做，便大碍于孩子的发达。所以一切设施，都应该以孩子为本位……[8]

正是在这一承认孩子的世界"与成人不同"并且倡导"以孩子为本位"的思想发蒙中，儿童文学的问题不但被提了出来，而且开始得到极大的重视。人们意识到，儿童应有他自己的文学，这个文学不是成人的"圣经贤传"，而是符合儿童自己的内外生活，并且体现儿童自己的"意义与价值"的文学。

这样，现代儿童观不但奠基了现代儿童文学的诞生，它对于这一儿童文学的艺术面貌也有着决定性的意义。

第一，现代儿童观决定了现代儿童文学的基本精神方向。

这一基本精神可以概括为两点：一、孩子是孩子；二、孩子是完整的"人"。把孩子看作孩子，也就是强调儿童文学应该关注、尊重和表现儿童世界的独特精神；把孩子看作完整的"人"，则是强调这个童年生活和精神的世界与成人世界之间的平等性。正如在现代儿童观的语境下，童年期不是一种低于成年期的生命阶段一样，儿童文学也不是一种向"低"走的文学。它的童年精神的高度，保证了它的文学精神的高度。

第二，现代儿童观决定了现代儿童文学的基本艺术方向。

这个方向就是，儿童文学应该在充分考虑上述童年精神的独特性以及儿童独特的身心发展特征的基础上来展开一切艺术的尝试和探求。如果说现代童年本身还是一个不断发展中的概念，我们对于现代儿童的认识也一直经历着新的补充和修正，那么不论儿童文学的艺术探索以多么丰富的形式展开，它所指向童年精神和儿童身心诉求的这一总体艺术方向，始终是不变的原则。

第二节　本质的儿童观与建构的儿童观

儿童究竟是什么？历史上，人们对这个问题的理解是多种多样的。现代儿童观确立了儿童的独立身份，也确立了童年在人类文化和社会生活中的独特位置。但即便这一现代儿童观本身，其内部也并非铁板一块，它在承认儿童个体相对于成人个体的独特性和平等性的基础上，仍然包含了对儿童的多重理解。在现代，"儿童是什么"的问题非但没有因为人们对儿童认识的增加而变得简单起来，反而因此更显复杂。

一、关于儿童的本质观

"本质"是指事物固定不变的根本性质，这个性质决定着事物向我们呈现出来的基本面貌。与此相应地，关于儿童的本质说，就是将儿童视为有着某些固定本质特征的个体。这些本质性的理解渗透在我们与儿童的日常交往中，并影响着我们对待儿童的态度和方式。

下面几种对于儿童的本质理解，我们大概都不会感到陌生。

幼稚的儿童。这一观念认定儿童因其幼稚而缺乏自我控制、处理问题以及承担任务的能力，并因其不成熟而易犯各种错误。人们认为儿童没有能力辨明生活的方向，因而时刻需要来自成人的教导和规训，以防他们误入歧途。这一观念认定，儿童的这种幼稚和不成熟是不可改变的现实，这一状态唯有在儿童成人后才会发生改变。

邪恶的儿童。这一观念是性恶论的衍生物，它认为儿童身上带有天然的邪恶，它对儿童自己和他身边的人们来说都是一种危险。前面曾提到的基督教原罪文化，即包含了对儿童的这一本质认定，它的影响在现代社会还在持续。在这一观念下，严厉的责打一度被认为是驱逐儿童天性之恶的有效手段。

纯真的儿童。这一观念认为儿童由于尚未沾染尘世的污浊，因而是天真而纯洁的。19世纪浪漫主义作家多持这一观点，他们把儿童视作天使般的存在，从他们身上看到自然的至善和完满，看到值得成人膜拜学习的地方。华兹华斯著名的"儿童是成人之父"的诗句，即是这一观念的典型体现。

野蛮的儿童。这一观念倾向于把儿童看作小野蛮，认为他们在思维、情感和行为方式上都和原始人相近。它认为在儿童的情感和行为中，生物性的本能占据了主导位置，文化性的方面则远未形成。儿童天生有着破坏一切的本能。他像野蛮人一样，有时能够与身边非人的事物亲密交谈，有时又以最野蛮的方式对待它们。

以上举到的只是历史上几种比较普遍的对于童年本质的认定。佩里·诺德曼在《儿童文学的乐趣》一书中，也列举了从人们的儿童文学观中反映出来的一些儿童本质理解，可供我们参考：

孩子理解能力有限，无法长时间集中注意力。

孩子天生纯真无邪，本性善良，他们无法真正理解邪恶和性欲。

孩子在感情上是脆弱的，容易烦恼，接触丑陋或痛苦的事情常常会给他们造成永久的伤害。

孩子天生野蛮——生来就像动物，尚未受到规范或引导，无法理解人际交往中需要法律、秩序和自我控制来维护人们的安全和理智。

虽然孩子天性既不纯真也不野蛮，但他们尚未完全成形。

孩子是以自我为中心的。

孩子的想象力非常丰富。

孩子天生是保守的。

男孩跟女孩是不同的。性别决定孩子的行为、兴趣和口味。[9]

只要篇幅允许，我们还能列举出更多常被施加于"儿童"一词之上的本质定语，很多时候，它们之间也不乏彼此矛盾之处。这些对儿童的不同理解交织在一起，形成了我们对儿童的复杂看法，它们体现在一切与儿童有关的事务和活动中。在日常生活、教育、审美等不同的领域，我们常常按需来调动我们对于儿童的不同本质的理解。比如，在现代教育实践中，我们更多地看到孩子的学习和发展本质；在与童年有关的审美生活中，我们最关注孩子的天真无邪和无边的幻想、创造能力；而在养育孩子的日常生活中，儿童的各种本性以最丰富的方式展示在我们面前，我们时而为他们不可理喻的情绪和行为而头疼，时而又为他们出人意料的成熟和懂事而感动。与此同时，在不同的时代、不同的社会、不同的文化环境中，人们对于儿童主要本质的认定也各不相同。这里面，究竟哪一个是真实的儿童？哪一个才是儿童不变的本质？

面对这一令人烦恼的问题，人们试图冲破本质论的框架，去寻找另一种解释儿童的途径。于是，关于儿童的建构说出现了。

二、关于儿童的建构观

不同于本质说总是想要寻找那个恒定不变的儿童的特质，关于儿童的建构说倾向于把儿童和童年的观念都视为特定社会文化建构的产物，它不是恒定不变的，而是随着社会文化的变迁而不断得到新的建构，进而呈现新的面貌。这一观念的理论源头可以追溯至瑞士心理学家皮亚杰。皮亚杰一方面归纳了儿童身心发展过程的一些基本规律，另一方面也强调了儿童的发展是他与周围环境相互作用的结果，后者成为有关儿童的建构说的思想源头。按照建构说的观念，儿童的概念并不存在一个固定的本质，而是具体的社会生活和文化作用下的产物。正如柯林·黑伍德在其《孩子的历史》一书中所说："童年的确是社会建构物，会随着时间而改变，而且在不同社会中的不同社会阶层与种族团体也会有不同的童年概念。"[10]

在儿童观的问题上，建构论的产生最初是有明确针对性的。19世纪至20世纪，受到浪漫主义美学传统的影响，一种关于儿童的纯真本质的理解变得十分普遍。在这一本质论框架内，儿童倾向于被视为至美、至真、至善同时又至为柔弱而被动的个体，它就像一个透明美丽但又极其脆弱的水晶瓶，经不起现实生活的一点点敲击。批评者们认为这一观念不但远离儿童生活的现实，而且有悖于儿童生存发展的权利。相关的批评主要集中在两个方面。

首先，用普遍的"纯真"本质来概括儿童，忽视了儿童个体的丰富性。就像诺德曼所说的那样："坚持认为儿童纯真无邪的看法，其实会让许多成人感到苦恼，因为他们也会遇到不纯真、不太像孩子的孩子。这些成人真正相信的并不是儿童纯真无邪，而是儿童应该纯真无邪。……在这种可称为'暴政'的规则之下，一个孩子如果懂得太多，就会被视为不纯真、古怪或者很危险。"[11] 在普遍"纯真"观的压制下，儿童的更为丰富的身心特征难以得到充分的关注。同时，在"纯真"的标准之下，很多儿童应该和有权获取的知识（比如复杂的社会生活的知识、性的知识，等等），都被隔离在了儿童的知情权之外。如此一来，现实生活中的儿童就变得更为脆弱无助，它极大地剥削了儿童的身心发展权利。

其次，用普遍的"纯真"本质来理解儿童，也忽视了儿童生存的多样性。在许多建构论者看来，"纯真的儿童"这一观念，是一种显然更多地属于富裕的上层和中产阶级的儿童观。同一个早晨，一个孩子可能坐在丰盛的早餐桌前露出纯真的笑容，另一个孩子却可能刚刚从肮脏的街头露宿醒来，为这一整天的生计而烦恼。因此，对于身处不利生活条件之下的数量庞大的其他儿童来说，纯真的观念是以过分美好的儿童生活想象掩盖了事实上可能千疮百孔的儿童生存现实。对于那些生存境况并不乐观的儿童来说，童年"纯真"的概念非但不具有多么大的现实意义，反而容易使他们的艰难处境进一步被人们忽视。

显然，对于儿童的另一些本质性的理解，也存在同样的问题。因此，有必要提出一种建构性的观点，来弥补本质说的种种不足。

与本质论相比，从建构性的角度来理解儿童，具有以下两个方面的优势。

第一，在儿童理解的问题上，一种建构性的视野将人们的目光从对于儿童本质的关注转移到关于儿童的可建构性的思考上来。这样，人们眼中的儿童生活世界就得到了极大的拓展，儿童的发展性维度也得到了空前的打开。在社会文化的适当建构下，儿童完全可以成为更有能力的社会行动参与者。比如，以建构性的眼光来看，当代电子媒介就不只是给儿童的道德生活带来了负面的冲击，它也给当代儿童的生活带来了一种新的建构可能。如果我们可以教导儿童通过新媒介的渠道来获得他们需要的信息，发展他们自己的文化，就有可能把他们"建构"成为现代媒介生活中的积极行动者，而不是被动地成为新媒介的消极受害者。同时，按照建构说的观点，每一个儿童的"建构"过程和影响这一过程的因素都是独一无二的，因此，我们对儿童问题的思考，也应该充分关注到个体的这种独特性。

第二，将儿童视为特定的社会文化建构的产物，既避免了以单一的本质来框定丰富的儿童精神，也避免了围绕着儿童展开的各种纷乱的本质理解所带来的行动困扰。从建构性的视角来看，每一个儿童都表现为具体社会文化环境塑造下的具体个体，这样，人们便得以暂时放下对本质问题的追问，去探讨各种社会文化的具体因素对于儿童发展的实际影响。这一转变极大地推动了近世儿童福利和研究事业的发展。今天，越来越多的人开始关注那些容易被人们忽视的地区和阶层的儿童生存现实，关注不同生活和文化对于儿童的建构影响，这也是建构说的实践成果之一。

三、超越本质主义和建构主义

不过，从本质说到建构说的转变，并不是简单的后者替代前者的关系。我们应该看到，在理解儿童的问题上，本质说与建构说各有其特殊的意义。

一方面，儿童作为一个群体，的确有着身心和发展上的一些显在的共性。即便在不同的社会和文化环境中，这一共性存在的客观性仍然不可抹杀。在古往今来人们对于儿童的各种本质理解中，有些是伪本质，比如将儿童视为原罪背负者的观念，有些则含有真本质的内容，比如儿童作为独立的个体人的尊严，以及儿童共有的一些普遍的身心特征。我们不应该、也没有必要否定这一普遍本质的存在，相反，要理解儿童，就必须首先看到并承认这种普遍性的存在。比如，每个儿童都有他作为人的独立尊严，我们不能因为一种文化的传统是将儿童当作被奴役者看待的，就否定这种尊严的本质性和普遍性。又比如，儿童身心尚未成熟的事实也是客观存在的，我们不能因为一种文化完全把儿童当作大人看待，就否认这种不成熟的存在。

但本质说有一种极端的情况，是我们应该警惕的，那就是本质主义的倾向。与一般的儿童本质理解不同，本质主义的儿童观只从本质的视角看待儿童，认为在特定的本质标签之下，儿童是定型的，不可改变的。这就带来了很大的问题。我们还是拿"纯真"儿童观的问题作为例子。这一观念的问题不在于它认为儿童身上存在着"纯真"的特点，而在于它想要以这一纯真来涵盖儿童的全部特质。这就是一种本质主义的思维方式。它限制了儿童作为人的丰富性、发展性，因而遭到人们的批评。

另一方面，儿童除了拥有一些本质的共性之外，更无时不接受着周围环境的塑造和建构。因此，对于儿童的理解和认识，我们也要放到具体的社会文化语境中。关于儿童的建构说使我们看到，儿童不是孤立的人，而是文化的人，不是固定的个体，而是发展的个体。实际上，儿童的一些真本质也需要在后天的社会文化环境中得到实现。我们大家都知道狼孩的例子。婴孩自小被狼叼走，与狼群一起长大，他成年后的习性便与狼无异，他作为人的许多本质性的特征，从此再难得到实现。因此，一种合理的对于儿童的建构理解，它所反对的不是儿童的本质，而是以所谓的本质来归纳、简化"儿童"对象的狭隘的本质主义观念。

与本质说一样，建构说也要警惕一种极端的倾向，那就是狭隘的建构主义。建构主义只从建构的维度来看待儿童，它很容易导致"只要是建构的，就是合理的"这样的相对主义思想，而忘记了对于儿童来说，有些本质是不应被放弃的。比如，按照本质说的理解，儿童具有倾向天真的本性。但在一些社会和文化中，儿童的这种天真本性很早就被磨灭，而发展出了另一种成人化的世故。如果一味按照建构主义的原则推衍下去，那么，只要社会和文化要求儿童变得世故，并且这种世故也有利于儿童的生活实用，它就是合理的。然而事实并非如此。一个令儿童失去天真心性的社会，本身一定存在严重的问题，如果只以建构主义的合理性来看待它，则容易造成对其问题的遮蔽。也就是说，当建构说走向狭隘的建构主义之后，就会导致人们在儿童的问题上缺乏判断力，走向与本质主义相对的另一个极端。

因此，对于儿童和儿童观的理解来说，本质说与建构说是同一个问题的一体两面。把这两种方法和精神结合在一起，我们就能更完整地把握儿童这一复杂对象的面貌与内涵。在儿童理解的问题上，"'建构论'只有和'本质论'结合，才会有意义，二者合则两利，分则俱伤"[12]。我们将会看到，这样一种理解儿童的路径，对于我们在日益复杂的当代社会文化语境下把握儿童文学的艺术方向，同样有着十分重要的意义。

第三节　后现代文化中的儿童与儿童文学

"后现代"是一个最早在先锋艺术领域兴起、后来逐渐蔓延到社会文化各领域的词语。该词中的"后"字，是一个带有分界性的前缀词，它的分界点一般是某一具有重大影响力或标志性的人物、事物及时间。显然，"后现代"的分界是相对于"现代"来说的，它字面上的意思是"现代之后"。不过我们都应该清楚，"后现代"并不意味着我们已经告别了现代，它强调的是当代社会正在发生的某些重要的生活和文化变动，这些变动提醒我们，这个时代里的许多事物和现象，已经不再是过去的现代观念能够完全涵盖和解释的。

在一个贴有"后现代"标签的时代，儿童和儿童文学发生了一些什么变化？我们如何理解这些变化？后现代的文化语境中，儿童和儿童文学的未来在哪里？这是我们今天谈论儿童文学所面对的新现象和新问题。

一、童年的消逝与儿童生存现实的变迁

按照英国社会学家迈克·费瑟斯通的考察，"后现代性"和"后现代主义"这样的用词于 20 世纪 60 年代开始在西方文化中流传开来。这也正是当代西方社会和文化一系列转折性变化的起始期。如果要在儿童研究领域寻找这一时代潮流的影子，那么最能体现上述"后现代"转折的事件，就是童年消逝说的出现。

1．"消逝"中的童年

童年消逝学说最著名的代表人物，是美国的传媒和文化学者尼尔·波兹曼。在出版于 1982 年的《童年的消逝》一书中，波兹曼这样说道：

> 我想开门见山，请大家注意这样一个事实，即儿童已经基本上从媒介，尤其是电视上消失了。[13]

这无疑是一个爆炸性的观点。我们不久前才弄明白，我们今天所说的儿童乃是现代社会文明发展的产物，现在却被告知，这个"儿童"正在"消失"。凭着现实生活的经验，我们可以断定，儿童并没有真的消失，那么波兹曼所说的"消失的儿童"，到底是指什么意思？

要理解波兹曼的这一观点，我们就要更进一步了解他的这

一童年消逝说展开的基本逻辑。在《童年的消逝》一书中，波兹曼同意阿利埃斯的研究，认为儿童这一观念是现代社会的产物，在19世纪至20世纪之间，这个观念取得了巨大和令人骄傲的进步。他这样写道：

> 1850年到1950年这个阶段代表了童年发展的最高峰。……这些年里，美国做过一些成功的努力，使儿童走出工厂，进入学校，穿着他们自己的服装，使用自己的家具，阅读自己的文学，做自己的游戏，生活在自己的社交世界里。在100部法典里，儿童被划分到与成人有本质上不同的类别；在100条习俗里，儿童被安置在受惠的地位，被保护而不受成人生活的怪异变幻的困扰。

> 正是这个阶段，已成成规的现代家庭建立了起来，……在这个阶段，家长开发出了给他们的孩子以无微不至的同情、温柔和责任的心理机制。这并不是说童年从此就变得像田园诗般美丽了。如同生活的任何一个阶段，它过去是，现在依然是充满了痛苦和迷茫。但是，到了世纪末，童年进而被看作每个人与生俱来的权利，成为一个超越社会和经济阶级的理想。[14]

显然，作者在这段话里所描述的，正是我们熟悉的现代儿童的观念。然而，紧接着，波兹曼话锋一转，又说道：

> 这是个极为有趣的讽刺，因为在同一时期，使童年概念诞生的符号环境却缓慢地、不易察觉地开始瓦解。[15]

波兹曼所说的"使童年概念诞生的符号环境"，其实是指以书籍为标志的印刷文明，因为在他看来，正是印刷文明的普及造成了一个用来成长和学习的童年期的必要性，从而把儿童和成人隔离了开来。在这一隔离中，儿童拥有了一个属于他们自己的时间段和生活世界。然而，随着新兴电子媒介的出现，这一隔离忽然被撤销了：

> 电视侵蚀了童年和成年的分界线。……第一，因为理解电视的形式不需要任何训练；第二，因为无论对头脑还是行为，电视都没有复杂的要求；第三，因为电视不能分离观众。……电子媒介完全不可能保留任何秘密。如果没有秘密，童年这样的东西当然也不存在了。[16]

于是，儿童与成人之间的区隔仿佛一夜之间就消失了。在电子媒介时代，这两者的生活越来越变得没什么两样。这倒不是说生理学意义上的儿童不见了，而是指我们把儿童当作儿童看的时代，似乎结束了。波兹曼解释得很清楚："我并不是说年纪小的人看不见了。我是说当他们出现的时候，都被描绘成13、14世纪的绘画作品上那样的微型成人。"[17]波兹曼的说法并非危言耸听。仔细想一想，过去的百来年间，人们意识到的是"儿童穿着跟成人不同，言谈不同，看问题的角度也不同"[18]，但到了今天，儿童成人化的情况变得非常普遍。今天的许多孩子看着成人化的节目，穿着成人化的服装，说着成人化的语言，做出成人化的表情，摆出成人化的姿势。这一儿童成人化的态势不但表现在电子媒介的屏幕上，也极大地影响着儿童的日常生活领域。某种程度上，过去那个区别于成人的现代儿童似乎不见了，他们重又变成了另一种"缩小的成人"。

事实上，许多儿童工作者和研究者都看到了当代社会的这种儿童成人化现象。美国心理学家戴维·艾尔金德在他的《还孩子幸福童年：揠苗助长的危机》一书中，同样谈到了这一儿童成人化的现象。他指出，在当今成人社会的压力之下，孩子正被迫过快地成长。

他们被要求过早地取得优异的人生成绩，过早地形成未来的职业规划，以及过早地像成人那样接触各种生活、处理各式问题。以电视为代表的虚拟世界通过呈现那些成人化的儿童，"鼓励父母和成人变本加厉地揠苗助长"，很多时候，"他们为儿童提供了一个在情感和智力上早熟的形象，因而构建了一种揠苗助长情况，即催促儿童以聪慧、成熟的方式行事"，而事实上，"这些听起来、做起事情来和看起来像成人的儿童仍然在感觉和思维上像儿童"。[19]今天的儿童似乎已经不再享有儿童应有的那种生活。

这一切对儿童来说，听上去真是糟糕透了。

2. 童年消逝了吗？

那么，当代社会的童年真的消逝了或者正在消逝吗？

有的研究者认为，童年消逝的说法是一种有关童年的本质化观念的产物。从本质论的视角来看，如果我们把童年看作一种有着某种固定不变的本质的对象，比如我们认为儿童应该表现出有别于成人的一些特质，那么当我们不再能够从儿童身上看到这些本质特征的时候，我们就会倾向于接受波兹曼的观点，认为童年正处于"消逝"的状态。

不过，如果我们走到问题的另一面，从建构论的角度来看童年消逝的问题，得到的答案又会有些不同。依照建构性的理论，童年本来就持续地接受着来自具体的社会文化的影响和塑造。即便是同一种儿童的特质，在不同的时代和社会，往往也会表现出一些不同的面貌。因此，发生在童年身上的一些变化，可能只是由于童年生存环境的改变带来的建构性变化，它并不意味着童年的消逝，而是指向着童年的变迁。从本质论的视角来看，儿童的成人化现象是童年"消逝"的一种表现，但从建构说的角度来看，它会不会也是当代童年新面貌的一种体现呢？

英国儿童研究者大卫·帕金翰的《童年之死——在电子媒体时代成长的儿童》一书，就是试图从这种建构论的思维出发来为童年的当代命运做出新的辩护。他认为，由电子媒介带来的儿童与成人之间传统的信息隔离的取消，不应该仅仅被认为是儿童变得不像儿童了。我们的对于童年具有某种自然本质的看法，应该让位于对于童年的文化建构性和可塑性的认识。当今时代儿童生活正在发生的这种"成人化"的变化，对于童年来说，也可能包含了有益的内容。比如，过去的儿童由于被隔离在成人的信息世界之外，在文化地位上显然就处于比较低的位置，这时的儿童既受到成人的全面控制，也容易遭受成人的剥削和欺骗。而到了今天，随着电子媒介技术的发展，儿童知道和懂得的知识和生活都比过去丰富得多，也可能因此而变得更自立，更成熟，更能主宰自己的生活。[20]

把波兹曼和帕金翰的观点结合在一起考察，我们就看到了这两种学说背后的同一个基础性问题，那就是：今天的童年生活正在发生一些重大的变化，它让我们强烈地感到，童年正在变得和过去不一样；不论我们用"消逝"还是"变迁"的字眼来称呼这种"不一样"的状态，总之，我们必须要做出一些新的调整，来应对这个不一样的童年现实。

要完整地理解这一变化，我们需要避免任何武断的本质主义或建构主义倾向，而应该从本质论和建构论的辩证视角，来看待和分析当代童年生存现实的新问题。一方面，当代童年的面貌的确发生了很大的变化，其中有不少新变化是过去的童年观念未能完全容纳的。这一事实促使我们对传统的童年理解进行反思，并进一步思考当代社会文化中童年的新建构现象。但另一方面，我们也要认识到，社会文化对于童年的建构，并不总是合理的，而有些童年的本质特征，是不应该在建构过程中被丢弃的。比如前面提到的儿童的成人化问题，就是很典型的例子。当代儿童的成人化现象，其中有积极的建构因素，也有消极的建构因素。通过参与成人的信息渠道分享，儿童争取到了一些比过去更平等的文化权利，这是一种积极的建构；但如果儿童根本性的身心特征和发展诉求在这个过程中被肆意伤害或践踏了，那么这样的文化建构显然是没有意义的。

因此，在思考当代童年的新建构进程的同时，我们不能把童年消逝的警告抛在脑后。应该看到，波兹曼之所以提出"童年的消逝"的观点，与其说是为了断言童年的历史正在结束，不如说是为了让我们看到，当代社会文化的某些方面正在对今天的童年造成一些不容忽视的伤害。只有同时看到当代童年生存现实变迁的这两个方面的趋向，我们才能对这一现实做出有效的回应。

二、变化的童年与儿童文学的未来

童年生存现实的变化带来了儿童观的变化，而儿童观的变化又直接牵连着儿童文学的变化。新的童年生活给当代儿童文学带来了哪些新的艺术气象，又存在着哪些值得我们警惕的问题？

1．童年精神

新的童年观带给当代儿童文学的变化，首先体现在童年精神方面。在当代儿童文学作品中，儿童的主体性得到了进一步的张扬，我们也看到了更多充满思考力和行动力的儿童形象。面对生活中的各式问题，他们有手足无措的一面，但也常常现出令人惊讶的能干。在学着自己解决这些问题的过程中，他们获得了成长。很多时候，这些孩子仍然是天真的，但他们的天真不再表现为面对世事时的幼稚无知和软弱无能，而是表现为在面对生活和世界的某些现实污浊时，他们本能地倾向于选择一种清新、真实的生命感觉。我们也可以说，这是一种内涵更为丰富的童年天真。

比如英国作家彼特·约翰森的儿童小说《爸妈太过分》，以少年路易斯的第一人称叙事讲述这个男孩的校园和家庭生活。如果以过去的儿童标准来看，主角路易斯实在有些太"老于世故"。路易斯十分清楚自己作为孩子的身份，也很清楚自己在与父母、老师等成人交锋中所处的下风位置，然而，正是因为具备了这种自知之明，他熟练掌握了各种与成人周旋并巧妙获胜的方式。就像他想要当一个滑稽演员的梦想虽然在父母这儿一再受挫，但他以自己的战略，几经周折，最终还是顺利地实现了这个梦想，并且第一次以这一方式获得了父母的赞许。小说中的普通少年掌握他自己命运的意识和能力，以及从中体现出来的一种成熟的当代童年精神，在今天的儿童文学作品中正越来越得到重视。

但我们也要小心。一种全力张扬儿童的主体性及其应对现实问题能力的童年精神，稍有不慎就可能滑向庸俗的世故和可憎的油滑。这种世故和油滑使儿童文学作品中的儿童主角不论多么能干而强势，却始终缺乏一种能够令我们发自内心地欣赏和感动的力量。我们也可以说，这类作品实际上丢掉了童年精神中的某些具有本质性的审美品质。就这一点来说，《爸妈太过分》特别值得一提的地方，便是小说中的路易斯虽然明察世事，却毫不油滑，他在与身边成人周旋的过程中，以自己的这种成熟有效地抵抗着来自成人世界的压制，却仍然保持着一个少年自然的单纯和正直。例如，为了参加向往已久的喜剧选秀比赛，他找了一个同龄女孩化妆扮演他的母亲，这才获得了参与比赛的资格。但这一"欺骗"的过程却并不让人感到它与我们理解中的童年精神相悖，相反，我们从这里看到的是属于一个孩子的本真的机敏和善良。这也是这位小说主角最有魅力的地方。相比之下，另一部美国当代畅销儿童小说《小屁孩日记》，总是借针对成人的刻意贬抑来张扬少年自我的主体感，这就陷入一种并不合宜的童年自私和油滑之中。小说的主角看似个性十足，但这一个性的内涵却是虚空的，它缺乏一种能够体现童年生命的美感，以及能够把这一生命带往更高境界的精神力量。

因此，我们思考当代儿童文学的童年精神时，既要看到现实生活中儿童不断提升的主体性，更应该看到这一主体性对于儿童文学的根本意义和价值。在当代儿童文学中张扬儿童主体性的目的，不是为了让儿童仅仅成为善于适应和掌控生活现实的功利主体，而是为了通过这样的书写，让童年的精神继续照亮他们自己和他们身边的世界。

2. 表现题材

在表现题材的方面，当代儿童文学的新变主要体现在非传统童年生活题材的拓展和某些禁忌童年题材的突破上。

20世纪五六十年代,与现代儿童生活和儿童观的急剧变迁相呼应,西方儿童文学界曾有过一次小小的文学运动,呼吁突破浪漫主义的传统儿童文学表现题材,将生活真实的黑暗面纳入儿童文学的表现范围中。在20世纪70年代末80年代初的中国儿童文学界,也发生过近似的创作变革呼吁。这一运动的倡导者们认为,过去的儿童文学书写往往停留在一种被过于简单化了的纯美童年生活中,人们似乎认为,对于纯真的孩童来说,只有一个纯化、美化了的文学世界,才是适合他们阅读和接受的。然而,由于这样一个文学的世界掩饰了儿童生活中会真实地遭遇到的各种黑暗和困境,对于儿童读者来说,这样的作品往往既不符合生活的许多实际面貌,也不符合他们对于生活的真实感受。因此,儿童文学应该冲破浪漫主义儿童观之下的题材限制,向宽广的现实生活敞开它的怀抱。它不但要面对童年生活的当下现实,而且要不惮于表现这一生活的黑暗面。当代儿童文学不应该把儿童继续关在窄小的理想花园里,而应该以适宜的方式向他们展现广阔的社会生活,以及他们自己在这一现实环境中的生存方式。

应该说,这一题材拓展的要求,是当代儿童观的革新给儿童文学带来的一个必然变化,它主张我们应该充分认识到当代儿童在生活经验和理解能力方面的诸多可能性,而不是把他们当作什么都不懂的孩子。我们看到,在半个多世纪的时间里,儿童文学的表现题材实现了历史上最为迅速和开放的拓展,特别是儿童在当代社会所遭遇的各种现实的问题、困境、烦扰、忧愁等,纷纷进入当代儿童文学的表现视域。

例如,在儿童文学领域,性的话题越来越不再是一个带有禁忌特征的题材。除了少男少女的情感生活外,英国青少年文学作家艾登·钱伯斯出版于 1982 年的青少年小说《在我坟上起舞》，更是大胆地触及了少年同性恋的题材。钱伯斯于 2002 年获得国际安徒生奖作家奖，这一事实也证明了今天的人们对待儿童文学写作题材的更为包容和开放的态度。

近年来，有关"性"的话题也进入原本题材限制最为严格的幼儿文学领域。例如，英国儿童文学作家、插画家尼可拉斯·艾伦所著的图画书《小威向前冲》，即是尝试以故事的方式向孩子大方讲解关于"性"的知识。故事的主

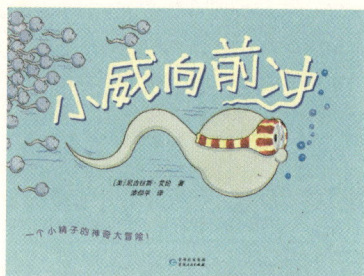

《小威向前冲》

角小威是个小精子，他和另外的三亿个小精子一起住在布朗先生的身体里。在学校里，小威的数学实在不好，但他可是个游泳高手。

眼看游泳比赛的日子一天天临近，小威每天都认真练习。冠军的奖品是"一个美丽的卵子"，它住在布朗太太身体里。比赛那天终于到了，老师分给每个小精子一副潜水镜，一个号码牌，还有两张地图，其中一张是布朗先生的身体地图，另一张是布朗太太的。那天晚上，"布朗先生和布朗太太亲密地在一起"，随着老师的一声"出发"，游泳比赛开始了。小威用尽全力向前冲，终于赶在其他小精子之前获得了第一名。

它得到了它的奖品——一个可爱的卵子。接下来，一件神奇而又美妙的事情发生了："有个东西开始成长"，它在布朗太太的肚子里不停地长呀长，直到有一天，一个小宝宝出生了，这是个女孩，爸爸妈妈给她取名小娜。"可是，小威去了哪里呢？没有人知道。只是，当小娜渐渐长大，开始上学了……她发现自己的数学实在是不好……不过，

她可真是个游泳的高手！"

这本幼儿图画书在处理有时令成人也感到尴尬的"性"话题方面所表现出的坦然，体现了当代儿童文学的开放胸襟和艺术智慧。它的童话体的手法，既生动地向孩子解释了与"性"有关的"你从哪里来""你是怎么来的"等幼儿关心的问题，又在很大程度上缓冲了直接谈论生活中的"性"可能会带来的冲击。一本幼儿图画书能够以如此坦率、真诚而又生动、有趣的方式向年幼的孩子解说这样的生活问题，实在令人感到惊喜而欣慰。

然而，在推动儿童文学向着最广阔的儿童生活题材开放其书写的过程中，我们也应该意识到，题材的开放本身并不是儿童文学表现的最终目的。相反，通过相应的书写，引领儿童更好地认识生活、认识世界、认识自我，才是任何一种儿童文学题材拓展获得其意义的前提条件。这也就是说，如果我们只是打着题材开放的旗号来证明一切儿童文学书写（比如一些庸俗儿童图书中的暴力、色情内容）的合理性，这一开放本身便毫无意义。在当代儿童文学题材的拓展书写中，我们首先应该看到这一书写所指向的文学目的，并据此来判断它是否具有文学表现上的合理性和价值。

3．艺术手法

在当代儿童观的革新过程中，人们对于儿童的文学理解和接受能力的期待在不断提升，当代儿童文学也开始寻求尝试各种新的儿童文学艺术表现手法。在各类儿童文学文体的写作中，我们都能够持续看到一些新的艺术探索。后现代艺术手法在儿童文学作品中的出现和运用，就典型地体现了当代儿童文学的艺术拓展尝试。我们知道，后现代艺术本身是一种先锋艺术，它往往有意抵抗和突破着传统现代艺术在表现内容、表现手法及意识形态等方面的陈规。一般说来，我们很难把相对传统而保守的儿童文学与如此具有先锋性的后现代艺术联系在一起。然而，当代儿童文学在这方面的艺术探索，让我们看到了这类手法对于儿童文学创作的特殊价值。例如，典型的拼贴、戏仿、颠覆、解构等后现代手法的运用，给儿童文学带来了新的叙事能力和表现效果，并塑造着儿童文学独特的后现代美学。这类新奇的艺术手法也引发了中国当代儿童文学创作者的探索兴趣。以童话为例，近年来体现典型后现代风格的作品有林世仁的《十一个小红帽》、张嘉骅的《怪怪书怪怪读》、刘海栖的"扁镇的秘密"系列等。

值得一提的是，这类后现代手法也在读者对象年龄段相对较低的图画书领域得到了广泛的运用，并涌现出了一批优秀的代表性作品，其中包括获得美国凯迪克奖金奖的《三只小猪》（大卫·威斯纳 文/图）、获得美国凯迪克奖银奖的《臭起司小子爆笑故事大集合》（约翰·席斯卡/文，兰·史密斯/图）、获得英国凯特·格林威奖的《顽皮公主不出嫁》（芭贝·柯尔 文/图）等。2011 年，第二届丰子恺儿童图画书奖获奖作品《进城》（林秀穗/文，廖健宏/图），也是一部运用典型的后现代手法来别出心裁地处理中国传统文化题材的图画书作品。

我们应该看到，后现代艺术手法在图画书作品中的运用并非出于艺术上的一味求新，更承担着一些特殊的叙事和情感表现功能。

首先，它增添了图画书作品的趣味和幽默。比如威斯纳的《三只小猪》解构了我们所熟悉的经典童话《三只小猪》的情节，而把它变成了一场有趣的文本游戏。作者不但让三只小猪走出自己的故事文本，还让它们穿梭在其他经典童话的文本之间。作品中，像"哇，他把我吹到故事外面去！"这样的叙述语言，不是像过去那样试图让孩子们沉浸到故事的情境里，而是明明白白地告诉他们，这其实就是一个故事。这也是后现代文学中常用的元叙述

《三只小猪》

手法。通过这样的处理，熟悉的童话故事被赋予了新的游戏性和幽默性。

其次，它也拓展着儿童的思维方式和情感内容。比如芭贝·柯尔的《顽皮公主不出嫁》，塑造了一位大胆、野蛮而独立的公主，一改过去儿童故事里那些总是等待着王子来拯救的柔弱公主的形象。这类故事除了富于游戏的趣味之外，也包含了一种更为宽容和丰富的性别理解。阅读这样的故事，是对于儿童读者的情感和生活思维的重要拓展，它也正符合了当代儿童观所指出的那个童年精神方向。

在后现代艺术手法的具体运用中，正是以上两种积极功能的实现赋予了当代图画书以一种新颖而值得肯定的艺术面貌和审美精神。这提醒我们，在儿童文学艺术拓展的问题上，一味地追新逐异本身并无太大意义；当代儿童文学在艺术技法上的创新，绝对不是为新而新，而是应当与一种深厚的当代童年和儿童文学的精神结合在一起。

思考与练习

1. 如何理解儿童观的意义？现代儿童观与现代儿童文学的诞生和发展之间有着什么样的关联？

2. 什么是关于儿童的"本质观"和"建构观"？如何正确理解这两种观念的积极意义以及它们之间的互补关系？

3. 如何理解"童年消逝说"所指向的当代儿童文化和童年观的变迁现实？

4. 后现代文化语境下，儿童文学在童年精神、表现题材和艺术手法上获得了怎样的进展和突破，又存在着哪些需要警惕的现象？

注 释

[1] 菲利普·阿利埃斯：《儿童的世纪：家庭生活的社会史》，纽约：Alfred A. Knopf，1962年，第128页。

[2] 参见让－皮埃尔·内罗杜：《古罗马的儿童》，张鸿、向征译，桂林：广西师范大学出版社2005年版。

[3] 参见方卫平：《童年：儿童文学理论的逻辑起点》，《浙江师范大学学报》1990年第2期。

[4] 卢梭：《爱弥儿》，李平沤译，北京：商务印书馆1978年版，第5页。

[5] 卢梭：《爱弥儿》，李平沤译，北京：商务印书馆1978年版，第25页。

[6] 卢梭：《爱弥儿》，李平沤译，北京：商务印书馆1978年版，第6页。

[7] 周作人：《儿童的文学》，转引自周作人著、刘绪源辑笺：《周作人论儿童文学》，北京：海豚出版社2012年版，第122页。

[8] 鲁迅：《我们现在怎样做父亲》，转引自鲁迅著、徐妍辑笺：《鲁迅论儿童文学》，北京：海豚出版社2013年版，第22页。

[9] 佩里·诺德曼、梅维丝·雷默：《儿童文学的乐趣》，陈中美译，上海：少年儿童出版社2008年版，第134—135页

[10] 柯林·黑伍德：《孩子的历史：从中世纪到现代的儿童与童年》，黄煜文译，台北：麦田出版2003年版，第21页。

[11] 佩里·诺德曼、梅维丝·雷默：《儿童文学的乐趣》，陈中美译，上海：少年儿童出版社 2008 年版，第 140 页。

[12] 刘绪源：《美与幼童——从婴幼儿看审美发生》，南京：江苏凤凰少年儿童出版社 2014 年版，第 17 页。

[13] 尼尔·波兹曼：《童年的消逝》，吴燕莛译，桂林：广西师范大学出版社 2004 年版，第 172 页。

[14] 尼尔·波兹曼：《童年的消逝》，吴燕莛译，桂林：广西师范大学出版社 2004 年版，第 97–98 页。

[15] 尼尔·波兹曼：《童年的消逝》，吴燕莛译，桂林：广西师范大学出版社 2004 年版，第 98 页。

[16] 尼尔·波兹曼：《童午的消逝》，吴燕莛译，桂林·广西师范大学出版社 2004 年版，第 115 页。

[17] 尼尔·波兹曼：《童年的消逝》，吴燕莛译，桂林：广西师范大学出版社 2004 年版，第 172 页。

[18] 尼尔·波兹曼：《童年的消逝》，吴燕莛译，桂林：广西师范大学出版社 2004 年版，第 173 页。

[19] David Elkind：《还孩子幸福童年：揠苗助长的危机》，陈会昌等译校，北京：中国轻工业出版社 2009 年版，第 111、114 页。

[20] 参见大卫·帕金翰：《童年之死》，张建中译，北京：华夏出版社 2005 年版。

第三章 儿童文学与儿童文化

　　火车发出刺耳的声音，在报摊旁边停了下来，车身还喷着一缕缕的热气。只有八九个人下车。塔克紧张地注意着他们的神色，看有没有想要买份报纸的。

　　"最新的报纸！"他们经过的时候，玛利欧这么吆喝着，"好看的杂志！"

　　没人停下脚步，根本就没什么人注意到他。玛利欧又跌坐在板凳上。这整整一个晚上，他只卖掉了十五份报纸和四本杂志。

　　　　　　　　　　　——乔治·塞尔登《时代广场的蟋蟀》

　　这是星期六的晚上，男孩玛利欧替他的父母照看着他们在纽约时代广场地铁车站的报摊。每当火车靠站，乘客下车，他便卖力地吆喝，盼着能多销掉些报纸和杂志替父母分忧，但事情有时并不如他所愿。他一边卖报，一边等待着父母外出归来，带他一起回家。

　　乔治·塞尔登在他创作于上个世纪60年代的童话《时代广场的蟋蟀》中呈现的这一儿童生活场景，在今天的许多孩子看来已经很陌生了。男孩玛利欧的星期六，带着那个时代美国城市文化的某种烙印，它也让今天的读者看到了一种属于过去的儿童生活状态，后者正是那个年代儿童文化的一部分。

　　儿童文化是在儿童身上发生以及与儿童有关的各种文化现象的总称。与儿童文学一样，儿童文化也是一个到了现代社会才开始完全自觉的概念，在此之前，它主要是以自发的状态存在于儿童的生活中。儿童文学是现代儿童文化的一个重要分支，它在很大程度上参与了现代儿童文化的建构，并与其他的儿童文化分支彼此影响、相互塑造。

我们应当如何理解儿童文学与儿童文化之间的这种影响和互塑关系？在当代社会，随着新兴的儿童文化产业的蓬勃发展，这一关系又增添了哪些新的内容？它对儿童文学的当代发展来说意味着什么？对于这些问题的思考有助于我们从一个更完整的视角来理解处于儿童文化体系中的当代儿童文学。

第一节　儿童文学中的儿童文化

探讨儿童文学，为什么要关注儿童文化的问题？儿童文学与儿童文化之间的具体关系如何？认识这两个问题，我们首先需要了解文学与文化之间的一般关系。

一、文学与文化

文学是文化的一个分支，它从属于文化的总体概念，也和文化一样是人类社会生活的一种产物。

文化有广义和狭义的区分。英国文化人类学家爱德华·泰勒在《原始文化》一书中，从人类学的角度对文化的概念做了这样的广泛界定：

"文化，或文明，就其广泛的民族学意义来说，是包括全部的知识、信仰、艺术、道德、法律、风俗以及作为社会成员的人所掌握和接受的任何其他的才能和习惯的复合体。"[1] 从泰勒的定义来看，文化是人的社会属性的一种体现，一切与人的社会生活有关的内容，都可以被归入文化的范畴。这一广义的文化概念同时囊括了人类的物质文化和精神文化范畴。

不过，也有研究者指出，这样一种过于宽泛的文化的定义，对于我们深入思考文化的特征、意义、功能、内涵等，有时并没有太大的帮助。"如果将人类所有行为都看成是文化的，当它不会产生什么新的见解时，它也就是毫无科学价值可言了。"[2] 事实上，在生活中，我们也常常会用到另一个狭义的文化概念，它主要是指从物质文化中孕育出来的人类精神文化，在最严格的意义上，它又是指精神文化中具有较高审美价值的那部分内容，比如人类的文学和艺术。根据英国文化研究学者雷蒙·威廉斯的考察，现代语境中的"文化"一词，可以指现代社会文明发展的一般过程，可以指特定人类群体的一种特殊的生活方式，也可以指人类的艺术。[3] 他提到的第三个概念，就是最狭义的文化概念。

把上述广义和狭义的文化理解结合在一起，我们可以更清楚地看到文学与文化之间的基本关系。

首先，文化是文学赖以发生的场所，它既为文学的诞生和发展提供了最基本的背景，也为文学的创造提供了最基础的素材。文学的产生离不开它的总体文化环境，同时也受到文化无处不在的影响。一个时代文化的各方面内容和特征，总是以最鲜明的方式反映在这个时代的文学作品中。因此，通过考察特定时代的文学来研究它的文化，成为一种重要的研究文化的视角和方式。反之亦然，文学不是孤立的创造活动或现象，它与它背后复杂的文化因素交织在一起，所以，从文化的角度或者以文化的方式来理解和研究文学，也使文学研究突破了狭隘的精英主义的审美观念，而获得了更宽广的文化视野。

其次，文学也是文化体系中处于较高精神位阶的一个子系统。在狭义的文化概念中，文学扮演着十分重要的角色。文学是从广泛的人类文化生活中提炼出来的一类精神产品，它的目的是为人们描绘生活背后的真相，寻找生活内在的意义，以及揭示生活根本的价值。一个时代和社会最优秀的文学和艺术作品，往往在很大程度上反映了这个时代最有价值的精神内涵，进而也代表了人类历史上最重要的一类精神成果。这也就是说，文学对总体性的人类文化起着精神提升的作用。

总之，意识到文学和文化的这一层关系，对于我们思考当代儿童文学与儿童文化的关系，有着十分重要的启示意义。

二、儿童文学中的儿童文化书写

从广义的文化概念来看，儿童文化就是儿童的一切生活以及围绕着这一生活确立起来的一切社会活动和观念物的总体。这是一个宽泛意义上的社会亚文化的概念。与一般的文化概念相比，儿童文化的特殊性在于，它既包括儿童自己创造的文化，比如儿童自己的生活和游戏文化等，也包括成人为儿童创造的文化，比如儿童的律法和教育文化等。一般说来，儿童自己创造的文化最贴近孩子自己的喜好、需求和愿望。通过观察这类文化，我们可以最近距离地接近和了解儿童。而成人为儿童创造和提供的儿童文化产品，则需要建立在这样的观察和了解基础之上。不过，这类出自成人之手的儿童文化作品也有一个优势，即它能够运用成人的创造力，来丰富和提升儿童文化的内涵与价值。

儿童文学是儿童文化的一个重要分支。作为供儿童阅读、欣赏的文学作品，儿童文学首先要从广泛的儿童文化中获取基本的素材，它所书写的是儿童的生活，反映的也是儿童的视角、心理、情感和行为方式等。可以说，儿童文化构成了儿童文学表现的基本内容。与此同时，儿童文学也从儿童文化中观察和吸收对于它的艺术创造来说至为重要的童年精神。例如，童年的游戏文化，就为现代儿童文学的创作提供了丰富的灵感。由于在现代社会早期，对于儿童文化的观察和文献保存尚未成为人们的一种自觉意识，一些儿童文学作品也成为特定时代儿童文化的一种特殊的历史记录。

儿童游戏文化。儿童的游戏生活是儿童文学写作的重要题材，因此，在不同时期的儿童文学作品中，我们常常可以看到关于当时儿童游戏文化的生动记录。例如，任大霖发表于1955年的儿童小说《蟋蟀》，讲述了这么一个故事：20世纪50年代的乡间孩子最初沉溺于斗蟋蟀的游戏，后来获得觉悟，告别游戏，转而全心投入合作社的工作中。小说虽是从当时的儿童观和教育观出发，意在教导孩子不要玩物丧志，却也以生动的笔墨呈现了斗蟋蟀这一乡间传统的童年游戏。

到了当代，儿童文学对待儿童游戏的态度日趋宽容，作家笔下儿童游戏的欣赏性也日趋明显。尤其是幼儿文学中，儿童游戏题材占据了十分显要的比重。比如下面的六首游戏儿歌：

游戏儿歌六首

捉迷藏	扮家家	跳绳
捉迷藏，	大树是我家，	摇摇绳，
哪里藏？	石头作篱笆，	跳跳绳，
绿草丛里藏一藏。	野花香香	绳像海浪
伸出头，	上菜啦，	一波一波摇，
望一望，	落叶飘飘	人像小船
头上一只绿螳螂。	下雨啦。	忽低又忽高。

踢毽子	打陀螺	放风筝
一拍脚	小陀螺转，	大风吹，
踢踢跳，	大陀螺转，	风筝山头飞，
二拍膝	小陀螺绕着	小风吹，
跳跳踢，	大陀螺转，	风筝头上飞，
三摸眼睛	大小陀螺	大风小风都不吹，
踢跳踢，	团团转。	风筝落在花草堆。
毽子飞到手掌心。		

(林芳萍)

这六首当代儿歌作品，在活泼的节奏和韵律中呈现了捉迷藏、扮家家、跳绳、踢毽子、打陀螺、放风筝等六种十分常见的儿童游戏。透过儿歌简约生动的语言和轻快整齐的节律，我们充分感受到这些童年游戏的稚趣之美，以及游戏中的孩子单纯而明亮的欢乐。

儿童玩具文化。童年的游戏往往离不开玩具的陪伴，而玩具也是儿童文学最常书写到的一类题材。那些在年幼的孩子眼中有生命的木偶、锡兵、布娃娃等，既是他们童年时代的爱物，也成为许多经典童话的主角。从某种意义上说，我们在一部儿童文学史中，也可以读到一部儿童的玩具发展简史。

童年时代的玩具滋养了儿童文学作家的灵感，他们总是最乐于为这些玩具留下记忆的笔墨。作家金波在他的《一起长大的玩具》一文中，回忆了小时候的猪蹄儿灯、陀螺、兔儿爷等玩具，透过他的文字，我们看到了那些曾盛行一时的传统儿童玩具文化。例如，作家童年记忆中的兔儿爷是这样的：

> 那时候，每逢买来一个兔儿爷，总是沉甸甸地抱在怀里，和它脸对脸地对视好久。兔儿爷的眼睛瞪得圆圆的，很有神；三瓣嘴儿闭得紧紧的，显得很严肃；脸蛋儿总是施着淡淡的胭脂，样子有些滑稽可笑。

> 兔儿爷的穿着打扮也很奇特，有的穿着大红袍，有的披着甲胄，有的背插令旗，样子很是威武。

> 兔儿爷可不是卧在那儿，而是骑着老虎，或者狮子，或者麒麟，好像随时准备出征，无往而不胜。

> 在我买到的众多的兔儿爷中，我最喜欢的是一种叫"呱嗒呱嗒嘴"的兔儿爷。这种兔儿爷嘴唇会动，一动就发出"呱嗒呱嗒"的响声。原来有一根线连着嘴唇，从中空的身体

里伸到脚下，用手一拨，嘴儿一张一合，就会发出声响。

在散文的结尾处，作家感慨道："已经好多年没见过兔儿爷了"。随着一些传统的童年玩具在现代儿童生活中的退位，它们日渐成为消逝的童年文化。在这样的情形下，这些记写童年玩具的文字，实际上也成为特定时代童年玩具文化的某种文献记录。

儿童生活文化。儿童文学的第一书写对象就是儿童的全部生活，从这个意义上说，儿童文学的一切书写都涉及儿童的生活文化。不过，我们在这里所说的生活文化，是指儿童的日常生活文化，即儿童日常生活的主要内容、方式和状态。在不同的时期、不同的地域、不同的阶层，这一儿童生活文化各有特点。相应的儿童文学作品则往往是对这一童年生活文化的最为生动的书写。

例如，19世纪法国作家艾克多·马洛的儿童小说《苦儿流浪记》，以那时多见于西方小说中的弃儿形象为主角，讲述了一个名叫雷米的男孩的流浪生活。身世不明的雷米从小被一家农户收养，后来被养父卖给一个流浪艺人。从此，他跟随着流浪艺人和他的动物杂耍班，一路卖艺谋生。他经历了街头艺人生活的种种风霜，几经辗转，历经艰难的他最终与生母团圆。小说的情节虽属浪漫的虚构，却在一定程度上反映了那个时代常见的流浪儿童生活现实。19世纪，受到现代儿童观影响的主要还是中产阶级家庭的儿童生活，底层儿童则从一出生就被抛入敞开的社会空间和复杂的社会生活中。儿童被遗弃也是那时的常见现象，"许多下层阶级的妇女在孩子出生之后，很快就将他们遗弃在公共场所，或者是弃婴救济堂"[4]。弃儿买卖甚至一度成为热门的生意。包括《苦儿流浪记》在内的一批弃儿和流浪儿童题材的小说，是对那个时代底层儿童生活状态的某种浪漫书写。它所反映的处于社会生活"广场"中央的童年生活文化，显然有别于我们从当代儿童小说中读到的那种由学校、家庭等边界圈围和保护起来的儿童生活。

儿童教育文化。没有一部儿童文学作品不与特定的儿童教育观联系在一起，这一教育观的表达可能是直接而明确的，也可能是间接而隐在的。但无论何种情形，在儿童文学中，儿童的教育文化总是无处不在。不少儿童文学作家也借手中的笔来表达他们对于儿童教育的思考。比如1962年初版的日本童话《不不园》，作者中川李枝子本人就曾是一名幼儿保育园工作者。她在《不不园》的创作中将童话与幼儿生活故事的题材结合在一起，通过有趣的故事传递了让幼儿在快乐中得到教育的思想。

苏联教育家苏霍姆林斯基的儿童教育故事包含了更为直接的教育意图，这些儿童故事是对于作家教育理念的生动诠释。比如下面这则苏霍姆林斯基的儿童故事《我想说自己的词》：

苏霍姆林斯基

老师把自己班的孩子——一年级的学生带到了野外。这是初秋的一个宁静的早晨。远处的天空上飞过一群候鸟。鸟儿低低的鸣叫声使人感到草原上很忧郁。

老师对孩子们说：

"今天我们要写一篇关于秋天、天空、候鸟的作文。你们每个人都要说出现在的天空是什么样的。孩子们，你们注意观察，好好想一想，从我们的母语中选出最美丽、最准确的词来。"

孩子们安静下来。他们一边望着天空，一边动着脑筋。过了一会儿大家听到了第一批小作文：

"天空是湛蓝的……"

"天空是天蓝的……"

"天空是纯洁的……"

"天空是蔚蓝色的……"

就这样，孩子们一遍又一遍地重复着同样的词：湛蓝色，天蓝色、纯洁、蔚蓝色。

蓝眼睛的小姑娘瓦利娅站在一旁，默不作声。

"瓦利娅，你为什么一声不吭呢？"

"我想说自己的词……"

"那么你用什么词来描述天空呢？"

"天空是温暖的……"瓦利娅低声说着，忧郁地微微一笑。

孩子们一下子静了下来。在这一瞬间，他们看到了以前从没看到的东西。

"天空是忧愁的……"

"天空是动荡的……"

"天空是忧伤的……"

"天空是冰冷的……"

天空在玩耍、在颤抖、在呼吸、在微笑——像是有生命的物体，而孩子们在看着他那忧郁的、蓝蓝的、秋天的眼睛。

（萧甦 译）

这则小故事传递了这样一个重要的教育思想：在孩子的语言教育中，我们除了要让他们体会哪些是"最美丽、最准确的词"，更要鼓励他们发现和创造"自己的词"。这些"自己的词"带着个人的身体、情感和思想的温度，正是它们让世界变成了"有生命的物体"。显然，这则故事所讲的不只是儿童"作文"的教育，更是一种生命的教育。对于这样的作品来说，它的教育文化的高度提升了它的文学品质，而它的文学构思则又反过来促成了教育精神的传达。

以上所列举的，只是儿童文学书写中涉及的几种典型的儿童文化类型。在人类文化的总谱系里，儿童文化是一个小小的区块，它作为一个专业概念开始引起社会和文化研究者的普遍关注，也是 20 世纪后期以来才出现的事情。然而，从 18 世纪以来，儿童文学对于儿童文化的关注和书写已经向我们展示了这一文化的三个重要精神。

首先，儿童有他自己的文化。自古以来，儿童就不只是一个在身体和文化上依附于成人的存在，他不但有他自己的感受世界，也有他自己的文化世界。即便是在儿童的独立性遭到普遍忽视的古代社会，儿童的这种文化也以自发的方式顽强地存在于人类文化的总体结构中。在儿童文学中得到关注和呈现的各个儿童文化现实提醒我们，在过去和当下的儿童生活中，由儿童自己开辟出来的那个文化的空间，在广度和丰富性上可能大大超出我们的想象。

其次，儿童自己创造的文化，并不因其微小而微不足道，相反，在这一文化里，可能包含了对于我们理解自身、理解人类来说具有重要意义的文化精神。例如，儿童在游戏中表现出来的想象力和创造力，正是人的艺术本能的表现之一。而儿童文学对于儿童游戏的书写，往往最为充分地传达出了这一童年想象力和创造力的艺术价值。这样，通过理解儿童的文化，我们实际上也在更全面、更深入地理解我们自己的文化存在。

最后，儿童文化虽然是相对于成人文化的一种文化形态，但它并不因此对立于成人文化。相反，一些由成人为儿童创造的文化，除了表现儿童自己的文化趣味外，也体现了成人对于儿童文化的积极塑造作用。儿童文化的这一特殊性使我们在关注其独立性和独特性的同时，更看到了成人在其中所扮演的不可替代的文化角色。儿童文学作为一种主要由成人为儿童创造的文化样式，无疑正是其中典型的代表。

第二节　当代儿童文化中的儿童文学

在当代社会，随着文学的新形态及其传播媒介的发展，儿童文学也衍生出了各类新兴的文化产品。20 世纪以来，与儿童文学密切相关的儿童漫画、儿童影视等当代儿童文化事业得到迅速发展。这些行业既在很大程度上借助儿童文学的力量得以壮大自身，又反过来推动了儿童文学的传播与发展，进而影响着当代儿童文学审美形态的新构建。

一、当代儿童文学的视像化进程

随着图像技术在当代主流媒介领域主导地位的日益确立，我们越来越强烈地感觉到，我们正身处一个以视像为基本传播媒介的"读图时代"。受到这一读图文化的强势影响，20 世纪后期以来，儿童文学也经历了一个显在的视像化进程。虽说在现代儿童文学诞生后的很长一段时间里，图像的元素一直在儿童文学的文本中占据着比其他文学门类更显要的位置，但只有到了今天，它才显示出某种似乎比文字更强大的统治态势。在这一进程中，儿童文学作品除了呈现为传统的纸质文学文本外，还拥有了比过去更为丰富的视像文本形态。

1. 儿童漫画与儿童文学

宽泛地说，漫画是以特殊的简笔手法来描景、状物或表达思想的一种图画艺术。儿童漫画则是指以儿童为目标读者的漫画艺术及漫画作品。不过，我们这里所说的儿童漫画，还要加上另外一个重要的意思，那就是它还具有连续叙事的功能。也就是说，这里所谈论的儿童漫画是指由漫画承担主要叙事功能的一类以儿童为读者对象的艺术作品。儿童漫画的发展受到成人漫画艺术的滋养，它一方面拓展了成人漫画的讽刺传统，另一方面又发展出了儿童漫画自身的独特美学，从而受到成人和孩子的共同欢迎。20 世纪二三十年代，比利时作家埃尔热创作的儿童漫画作品《丁丁历险记》、德国画家卜劳恩创作的《父与子》、中国艺术家丰子恺创作的儿童漫画、张乐平创作的《三毛流浪记》等作品，就是同时面向儿童和成人读者的经典漫画作品。

儿童漫画的简洁、幽默、通俗的叙事风格，加上儿童对于图像叙事天然的亲近感和理解力，使这一新兴的儿童艺术样式在儿童读者中大为盛行。今天的许多成年人可以随口报上一长串影响过他们童年时代的漫画作品，今天的许多儿童则享有着更多的漫画阅读权利。当代社会，儿童漫画已经成为儿童文化的一个重要类型，童书市场上的各类漫画作品和漫画期刊也因此大受孩子们欢迎。

儿童漫画与儿童文学的关系十分密切。由于儿童漫画是以儿童为接受对象的图画故事，除了主要使用画面语言外，其叙事的题材、方式等实际上遵循着儿童文学的故事创作规律。因此在某种程度上，儿童漫画也可以视为图像化的儿童故事。比如日本著名漫画作品《哆啦 A 梦》（藤子·F·不二雄），其中的每一个相对独立的叙事片段，其实就是一个特定题材的儿童故事，它与儿童文学中的系列儿童故事作品在叙事形态上其实是一致的。同时，儿童漫画作品中也常有文字叙事的参与，有些漫画作品中的文字还占据了主导叙事的地位，漫画则主要被用来渲染故事的内容与趣味。例如 20 世纪 50 至 60 年代，法国作家、漫画家勒内·戈西尼与另一位漫画家雅克·桑贝合作的《小淘气尼古拉》系列漫画故事，其中支撑故事的主要是儿童小说的文字部分。

2. 儿童影视与儿童文学

儿童影视是指以儿童为目标受众的影视作品，如儿童电影、儿童动画、儿童电视节目等。儿童影视是随着电影技术的发展普及而兴起的一类新兴儿童文化形态。早期儿童影视与儿童文学之间存在着直接的改编承袭关系，许多儿童文学经典作品为儿童影视作品的制作提供了基础的蓝本。19 世纪末 20 世纪初，早期电影业刚刚开始兴起，一些家喻户晓的经典儿童文学题材就曾被用作电影制作的故事素材。例如，20 世纪初，作为儿童影视行业先驱的迪士尼早期动画就曾借用《爱丽丝漫游奇境记》的主角和幻想灵感制成系列动画短片。

一个多世纪以来，我们可以随便列出一长串被改编以及反复改编为儿童影视作品的西方儿童文学经典：《小妇人》《王子与贫儿》《绿野仙踪》《苦儿流浪记》《随风而来的玛丽·波平斯阿姨》《彼得·潘》、《汤姆·索亚历险记》《彼得兔的故事》《秘密花园》《小公主》《铁路边的孩子》《借东西的地下小人》《小熊温尼·菩》《丛林之书》《长腿叔叔》《绿山墙的安妮》《夏洛的网》《精灵鼠小弟》《查理和巧克力工厂》《戴帽子的猫》和"纳尼亚传奇"系列、"魔戒"系列，当然还有近年风靡全球的"哈利·波特"系列，等等。在中国，《宝葫芦的秘密》《小兵张嘎》《闪闪的红星》《城南旧事》《霹雳贝贝》《大头儿子小头爸爸》等一批影响一代人的儿童影视作品，也是在儿童文学作品的基础上改编拍摄而成的。

电影和电视首先是一种信息传播和呈现的技术，它要成为一种文艺作品，其技术手段离不开文学内容的支撑。由知名儿童文学作品改编生产的儿童影视之作，正是通过这一便捷的方式获得了文学性的保障。这其中，主要表现儿童生活题材的电影、电视作品多选择儿童小说为蓝本，儿童动画则多以童话故事为蓝本。

儿童影视在借用儿童文学资源的同时，也给儿童文学带来了新的表现维度。影视技术除了能够以视像的方式呈现儿童故事的情节之外，也以视像的优势拓展着儿童文学的幻想奇观。看到《彼得·潘》中那座不老的永无岛以梦幻般的方式忽然出现在我们眼前，它所带来的视觉想象的瞬间冲击是描述性的文字阅读无从比拟的。今天，随着新的影视表现技术的迅速开发，儿童文学的幻想奇观效应在视像屏幕上得到了前所未有的强化。我们会看到，这一视像化的进程，也内

在地改变着儿童文学的一些审美特质。

3．儿童电子游戏与儿童文学

相比于儿童漫画和儿童影视，儿童电子游戏是更具当代性的一类儿童文化产品。基于现代电子技术的儿童电子游戏是一类视频虚拟游戏，它的兴起既依赖于电子技术的开发，也与当代童年环境的变迁有着很大关联。由于当代社会儿童的观念、教育、生活环境等的复杂变化，儿童的户外游戏空间在急遽缩小，儿童电子游戏文化正是在这一背景下得到了迅速兴起，它在一定程度上起到了替代传统儿童游戏娱乐的功能。电子游戏显在的视像性、游戏性和操作性，使它成为现代儿童十分青睐的一种文化娱乐方式。

乍看之下，电子游戏与文学之间在形态上相距甚远，但两者有一点是相通的，即电子游戏与文学一样，都为其受众提供了一个虚拟的叙事体验空间。儿童电子游戏是以儿童为目标受众的虚拟叙事游戏，在这一点上，它与儿童文学也有着内在的联系。我们看到，在当代，一些儿童文学作品一旦被成功改编成影视作品并引发显著的受众效应，相应的儿童电子游戏产品也会随即跟上，许多儿童电子游戏更沿用并发展了经典儿童文学作品中的角色、母题等。这样看来，儿童文学为儿童电子游戏的开发提供了特殊的文学资源。

同时，一些作家和出版社也在尝试把电子游戏的创意与传统的儿童文学文本结合，创造出电子时代的儿童文学新文本。这一尝试改变了传统儿童文学的文本形态和接受形态。我们知道，传统的儿童文学作品是纸质印刷品，儿童阅读这些作品的过程，也是一个由文本到读者的单向接受过程。吸纳电子游戏的文本形态之后，儿童读者和游戏者可以在纸质文本的阅读之外直接参与游戏文本的再生产过程。比如由美国学院出版社出版的《39条线索》系列，即尝试将传统纸质儿童文学作品与儿童电子游戏相结合。儿童在阅读文本的同时，可以凭借自己对其中角色关系、情节线索的把握，参与到相应的电子闯关游戏中。这样的结合无疑大大增强了儿童文学阅读的游戏性和操作性。

以上三种当代儿童文化产品将传统儿童文学日益带入一个新的视像媒介领域，它给当代儿童文学的发展带来了新的机遇，同时也带来了一些新的挑战和问题。

二、视像化的机遇和问题

以视觉媒介为主要依托的当代儿童文化产品的开发，给儿童文学带来了新的发展气象。

第一，新的儿童文化产品与儿童文学相结合，扩大了儿童文学的传播环境。与儿童文学相比，儿童漫画、影视、电子游戏等文化产品，其大众化的特征更为明显，受众对象也相应地更为广泛。近年来，影视领域还出现了这样一个现象：许多由儿童文学作品改编而来的儿童影视作品，像"纳尼亚传奇"系列、"魔戒"系列、"哈利·波特"系列等，其受众中不但有数量庞大的儿童，而且包含了越来越多的成人读者。事实上，这些以儿童文学作品为依托的文化产品，在其最初生产的时候，它的目标读者群就已经超越了单一的儿童群体，而包含了一大批成人观众。这样，一批由儿童文学作品衍生而来的儿童文化产品，也把儿童文学推向了一个空前广泛的接受范围。尽管这一接受的方式与传统的阅读存在很大的差异，其价值也有待更细致的考量，但我们还是要首先承认它带给儿童文学的强大传播功能——正是这一传播效应在很大程度上参与推进着儿童文学的当代繁荣。

第二，新的儿童文化产品与儿童文学相结合，丰富着儿童文学的当代形态。在当代，儿童文学不仅以纸质文本的形态继续发展，而且以特殊的方式衍化入动漫、电影、电视等新形态中。这一事实带来的结果是，今天，一部儿童文学作品的可能形态变得十分多样。不少受到市场欢迎的作品往往既有纸质文本，也有影视文本，同时还有电子游戏文本。这促成了当代儿童文学文本的一种"立体"的存在。同时，我们在前面已经提到，许多儿童动漫、儿童影视、儿童电子游戏产品尽管并不与既有儿童文学作品发生直接的关联，却仍然沿袭或具备了儿童文学独特的"文学性"，不论它们是否直接从已有的儿童文学作品改编而来，它们实际上都可以看作儿童文学在当代的隐性存在形态。来自儿童文学的精神和艺术营养，同样也为它们提供了重要的灵感和资源。

第三，新的儿童文化产品与儿童文学相结合，建构着儿童文学的当代美学。儿童文学不但为当代儿童文化产品提供了重要的资源依托，它自身的内在美学也接受着新的儿童文化的塑造。随着儿童动漫、儿童影视和儿童电子游戏等视像类儿童文化产品的流行，它们的视像叙事艺术给儿童文学的当代创作带来了深刻的影响。今天的许多儿童文学作品受到这一视像文化的影响，其画面感、动作感明显增强，一些作品在创作时便包含了明显的视像呈现意识，其叙事语言充满了影视场景特有的视觉效果，并且常常致力于渲染这种视觉冲击感。

然而，当代视像类儿童文化产品的流行，同时也给儿童文学造成了一些不利的影响。这主要体现在两个方面。

　　其一，视像类儿童文化产品的流行挤压着儿童文学的阅读空间。

　　随着视像类儿童文化的兴起，儿童消耗在这类文化产品上的闲暇时间也在不断增加。而相比于阅读，一种视觉性的观赏行为无疑是更为轻松和惬意的。在纸质儿童文学文本的阅读中，儿童要领略作品的乐趣，必须自行完成从抽象的文字编码到相应的形象意义的转换。这就对儿童的语言能力、理解能力和想象力提出了一定的要求。而在视觉媒介的儿童文化产品中，得到呈现的是直观的形象而非抽象的符号，这意味着，儿童不需要花费太多思考的力气，就能很方便地直观到相应的叙述内容。两相对比，视象类儿童文化产品带来的无疑是一种更为轻松的生活娱乐体验。因此，面对同样的视觉儿童文化产品和纸质儿童文学作品，孩子们通常的选择倾向是不言而喻的。在这样的情形下，纸质儿童文学的阅读空间自然不断受到挤压。

　　然而，不论儿童动漫、影视、电子游戏等儿童文化产品与儿童文学之间存在着多么密切的艺术亲缘关系，它们都不能代替儿童文学阅读在童年生活中的地位和作用。这一点也得到了当代许多儿童教育者的强调。对孩子来说，纸质文学文本的阅读体验中包含了一种独特而重要的逻辑思维和情感的培育，正如尼尔·波兹曼指出的那样，这些需要时间和耐性来解读的文本，有助于培养人的"富有逻辑的复杂思维""高度的理性和秩序"[5]等，而这一切是图像化的文化"娱乐"所不可替代的。因此，如何使儿童文学的阅读在当代儿童流行文化的语境中承担起童年不可或缺的精神培育功能，是当代儿童文学发展面临的一大挑战。

其二，视像类儿童文化产品的泛滥窄化着儿童文学的艺术生态。

儿童漫画、影视等文化产品在一些方面拓展了儿童文学的艺术表现力，但也在另一些方面限制了儿童文学艺术生态的多样化。漫画、影视、电子游戏等当代儿童文化产品主要是通俗文化的产物，它们寻求最为大众化的消费群体，又往往带有鲜明的商业营销目的。受到这一基本文化定位的影响，它们往往不惜以各种方式迎合儿童读者中最为流行的那些文化娱乐需求。这就容易导致其文化表现内容和方式的单一化。现实中，只要哪一类题材或类型的作品受到儿童受众欢迎，便会出现这类产品扎堆生产的情况，而在批量化的商业生产机制中，这些产品的质量又难以得到保证。这一现实直接影响着与各类儿童文化产品密切相关的儿童文学的艺术创作，同样的问题也正出现在当前儿童文学的出版市场中。

同时，由于通俗文化本身较少包含文化伦理方面的自我反思，因此，在这类文化产品的生产中，商业利益也很容易凌驾于文化利益之上，造成对文化本身的伤害。这也是为什么一些带有"恶俗"倾向的文化内容往往容易出现在儿童漫画、影视、电子游戏等媒介产品中。这一切反过来影响着儿童文学的创作，并不可避免地给其艺术生态带来负面的影响。在当代儿童文化产品的生产和接受大潮中，这是我们应当予以警惕的一种现实。

第三节　儿童文学与儿童文化产业

随着儿童文化的生产进入产业化时代，儿童文学也越来越成为当代儿童文化产业的一个重要链环。这一文化身份的变化给儿童文学的发展带来了什么？要了解这一点，我们有必要把儿童文学放到儿童文化产业的大语境中，进一步考察它在这一产业内部所处的位置，以及它与儿童文化产业的关系。

一、儿童文化产业中的儿童文学

把创造性的文化与商业性的产业结合在一起形成的文化产业，是一种新兴的当代产业形态。儿童文化产业又是当代文化产业中的新型产业，在这一产业的运作过程中，儿童文学构成了一种重要的文化资源。

1. 什么是儿童文化产业

简单地说，文化产业是围绕着文化商品和文化服务的生产、分配等活动而形成的一类产业。传统的产业活动主要围绕着物质性商品展开，文化产业的核心则是"文化"和具有文化性的商品。当代文化产业的内容几乎涵盖我们文化生活的方方面面，从传统的文学艺术出版业到现代电影、电视产业，从传统的建筑设计到我们日常生活中的各种工艺设计等等，一切带有文化创造性质的行业，都是文化产业囊括的对象。我们看到，文化产业不只是简单地生产相对于物质商品的一类文化产品，它还具有针对传统物质产品的庞大吸纳力和同化力，只要一般商品中融入了显在的文化因素，它就同时成为一种文化商品。因此，除了文学、艺术等传统的文化产品外，餐饮、服装、家具等过去被认为是物质性的商品，同样可以在注入文化的因素之后，成为一类新的文化商品。这也是文化产业及其经济在当代获得迅猛发展的重要原因。

儿童文化产业是这一新兴的文化产业的一个分支，它依托儿童文化的资源展开其产业运作。随着当代儿童家庭和社会地位的进一步提升，儿童独立的文化需求得到了日益广泛的关注，如何满足这些需求也日益引起家庭和社会的重视。儿童早教产业就是当代社会发展起来的一种典型的儿童文化产业形态，它从人们对于幼儿教育的普遍重视中看到文化的商机，进而将幼儿的教育文化开发成为一种面向父母和孩子的商业资源。

儿童文化产业不仅致力于为儿童提供各类文化性的精神产品，而且把这一儿童文化的精神进一步推广到了包括衣食住行在内的全部儿童生活中。儿童的食物、服装、玩具、学习用品等一切日常消费品，都在儿童文化的产业范围之内。一件普通的儿童衣装，一种日用的儿童玩具，一旦与某个品牌文化标签绑定在一起，就被赋予了无形的文化价值，这一价值极大地提升了儿童物质商品原有的交换价值。

在现代经济学中，我们把这类文化性的价值称为符号价值，意指它是由特定的文化符号衍生而来的价值。这类文化性的符号具有一种特殊的"魔力"，它能够给消费者带来一种愉悦的文化体验，这体验是消费者从一般的物质商品中难以获得的。这也正是文化商品的优势所在。一件儿童商品，只要被添加上了某种有效的符号价值，它对于儿童消费者的意义就远远超出了一般的实用意义。随着当代社会儿童消费能力和消费影响力的日益增强，面向这一庞大消费群体的儿童文化产业，为现代经济带来了无穷的商机。

意识到儿童文化产业的巨大商业潜力，我们也就可以理解为什么在当代，儿童文化产业会成为文化产业领域一个炙手可热的新话题。而在这一新兴文化产业的开发过程中，人们越来越感受到了儿童文学在其中扮演的举足轻重的角色。

2. 文化产业链中的儿童文学

我们在前面已经谈到，对于儿童漫画、儿童影视、儿童电子游戏等儿童文化产品来说，儿童文学为其提供了必要的文学基础。一个好的儿童文学文本，可以衍生出好的儿童漫画、影视、电子游戏等产品；即便没有儿童文学文本的直接支撑，这类文化产品的成功也在一定程度上有赖于它们所建构的那个潜在文学文本的质量。譬如，假使一部儿童影视作品能够真正讲好一个儿童题材的故事，这部作品也就在很大程度上获得了艺术上的成功和市场上的保证。从这个意义上说，这类儿童文化产品始终离不开一个儿童文学的底本。

不过，随着儿童文化市场由产业向产业链的进一步拓展，儿童文学相对于儿童文化产业的价值越来越不再局限于影视创作等典型的儿童文化生产领域。

在产业经济学上，产业链是指不同的产业部门之间基于特定的经济、技术、逻辑等关系形成的链条式关联形态。它是将原本分属不同领域和环节的产业连接在一起，形成一个从生产端到消费端的庞大产业经济链条。在文化产业链中，居于产业链核心的是文化的因素。以儿童文化产业为例，在某一特定的儿童文化主题下，将儿童的饮食、服装、玩具、文学、艺术、影视等产业彼此链接在一起，就构成了一个儿童文化的产业链。比如，围绕着迪士尼公司的"米老鼠和唐老鸭"动画品牌，开发出包括儿童服装、玩具、图书、文具等在内的一系列产业，这样就形成了一个典型的儿童文化产业链条。我们看到，产业链的开发使特定的儿童文化产品具有了比单一产业开阔得多的经济辐射力，当一种儿童文化产品获得市场的认可后，它可以同时向产业链的上游和下游拓展自身，由此衍生出一个个产业链的新分支，其范围甚至可以覆盖儿童消费的一切领域。

例如，自 J.K. 罗琳的"哈利·波特"系列小说和电影走红以来，由此衍生出的服装、玩具、食品、文具、图书、电影 CD、电子游戏、主题公园等大量产业，给作者及相关的经销商带来了庞大的商业利润，其衍生产业所创造的经济价值甚至超过小说和电影带来的收入，成为整个哈利·波特产业链的收益大头。（参见《哈利·波特：新世纪的文化奇迹》）这一产业链经验在全球儿童文化产业发展中迅速得到复制。随着儿童文化生产领域产业链意识的不断加强，一种儿童文化产品在其生产之初，往往就已经包含了明确的衍生产业设想及规划。

上述儿童文化产业链的语境带来了当代儿童文学新的角色意识。

第一，作为儿童文化产业链的一环，儿童文学越来越不再像过去那样，只是一种关在小屋子里的作家写作活动，而是与广阔的儿童文化产业活动发生着越来越密切的关联。一些儿童文学作品在开始创作的时候，就已经包含了明确的产业链意识。一旦文学文本的市场得以打开，后续的产业链环节也会迅速跟上，力求实现儿童文学文本产业价值的最大化。

第二，当儿童文学以文学的身份进入儿童文化的产业链内部，它便不可避免地面对着产业化与文学化的矛盾。在理想的情况下，儿童文学的产业化和文学化是可以合一的，也就是说，一部儿童文学作品既充分实现了文学上的艺术要求，又充分满足了产业上的经济期望。但在大部分情况下，这两者之间的矛盾是难以避免的。产业化要求儿童文学的创作、出版等以产业利润的最大化为核心目标，文学化则要求儿童文学首先并且重点考虑文学自身的规律与标准。在这样的现实下，儿童文化产业链时代的儿童文学到底应该扮演什么样的角色？这是文化产业链时代带给儿童文学的新思考。

二、儿童文学在儿童文化产业化进程中的意义

在当代儿童文化产业及其产业链的发展进程中，儿童文学看似只是其中的一个产业领域或产业环节，但很多时候，它却在根本上影响乃至决定着特定儿童文化产业的商业价值与文化价值。

我们可以从三个方面来理解儿童文学对于产业化时代儿童文化发展的意义。

1. 儿童文学为儿童文化的产业化发展提供了重要的文本基础。

我们从"哈利·波特"的例子中不但看到了儿童文化产业链的巨大商业价值，更看到了儿童文学在这一产业链中所扮演

的某种核心角色。从"哈利·波特"产业链的构成来看，作为儿童文学作品的"哈利·波特"系列是其最基本的产业源头，相关的电影、服装、玩具等产业都必须建立在这一产业源头的基础之上，也就是说，有了文学文本的存在，整个"哈利·波特"产业链的形成和拓展才会成为可能。

这也就是说，儿童文学的创作常常支撑着儿童文化产业的开发。事实上，许多成功的当代儿童文化产业链实践，其源头往往正是一些优秀的儿童文学作品。近年来受到热捧的一批所谓的奇幻电影大片，包括"哈利·波特"系列、"魔戒"系列、"纳尼亚传奇"系列、"黑质三部曲"系列等，都离不开背后儿童文学文本的支撑。在这些影片赢得高票房的同时，相关的产业链也被源源不断地开发出来，其受众对象早已不限于儿童群体，更包含了广大成人受众。这类产业链的成功实践，让人们意识到了儿童文学作品所包含的巨大的产业衍生潜能。

2. 儿童文学为儿童文化的产业化发展提供了重要的艺术基础。

如前所述，文化产业的核心是文化；而文化的最为典型的代表，就是文学和艺术。这不仅仅是因为人类文化史上留下了一批影响深广的经典文学和艺术作品，还因为在最优秀的那些文学和艺术作品中，往往包含了对人性、对生活、对生命的最为深刻的体验和洞察。在儿童文化的领域内，儿童文学也承担着类似的功能。几个世纪以来，正是从一大批优秀的儿童文学作品中，我们看到了对童年的生命、文化及其精神的最为丰富、深刻的理解和诠释。

今天的许多儿童文化产品，承袭的正是在儿童文学中得到孕育和发展的这些童年的艺术精神。即便儿童文学文本并未直接参与到其产业链建构的各类儿童文化产品中，这种童年艺术精神仍然蕴含和体现于其中，并在很大程度上支撑起了相应儿童文化产业的文化品质。

3.儿童文学为儿童文化的产业化发展提供了重要的精神指引。

儿童文学既吸纳着来自儿童文化的营养，也以其独特的方式丰富着儿童文化的内容与精神。现代儿童文学的艺术发展进程，极大地参与提升并推进了现代儿童文化的精神。例如，在西方儿童文学史上，人们常常把1865年英国作家卡洛尔的《爱丽丝漫游奇境记》的出版视为儿童本能的幻想和游戏精神在儿童文学艺术领域得到全面解放的开始。正是随着这样一批宣扬童年游戏精神的儿童文学作品的传播，以及它们在儿童和成人读者中不断获得的艺术认可，儿童独立的文化精神才越来越在普通大众中得到广泛的关注。在20世纪初的中国，早期启蒙思想家们也把他们想要发掘和提升儿童文化地位的努力寄托在儿童文学的传播力和影响力上。正如优秀的文学总是走在时代精神的前面，在优秀的儿童文学作品中，我们总是能够看到一个时代儿童文化中最富价值的那些精神内涵。而优秀的儿童文学艺术对于儿童文化的精神提炼，则往往具有一定的先锋性，它洞察并引导着特定时代儿童文化的基本方向。

这也正是我们要把儿童文学和儿童文化放在一起考察的原因，它不仅是为了将儿童文学从单纯的文学视角拓展到开阔得多的儿童文化视域中，也是为了通过儿童文学的视野来更好地分辨和把握当代儿童文化的精神方向。这一文化上的导向功能，也是儿童文学艺术的一个重要精神向度。

思考与练习

1. 如何理解儿童文学与儿童文化的总体关系？请举例谈谈儿童文学中几种典型的儿童文化书写及其意义。

2. 如何看待儿童漫画、影视和电子游戏与儿童文学之间的关系？当代视像化进程中的儿童文化生产给儿童文学带来了什么样的机遇和挑战？

3. 儿童文化产业的发展给儿童文学带来了什么样的新角色？反过来，儿童文学的存在对儿童文化产业来说又意味着什么？

4. 我们怎么理解儿童文学在儿童文化产业化进程中的意义？

注 释

[1] 爱德华·泰勒：《原始文化》，连树声译，上海：上海文艺出版社 1992 年版，第 1 页。

[2] J. 瓦西纳：《文化和人类发展》，孙晓玲、罗萌等译，上海：华东师范大学出版社 2007 年版，第 69 页。

[3] 雷蒙·威廉斯：《关键词：文化与社会的词汇》，刘建基译，北京：生活·读书·新知三联书店 2005 年版，第 106 页。

[4] 维维安娜·泽利泽：《给无价的孩子定价：变迁中的儿童社会价值》，王永雄、宋静、林虹译，上海：格致出版社、上海人民出版社 2008 年版，第 164 页。

[5] 尼尔·波兹曼：《娱乐至死》，章艳译，桂林：广西师范大学出版社 2004 年版，第 84 页。

第四章 多学科视野下的儿童文学

……在公开或私底下，它（儿童文学）对于文学、教育学、图书馆学、历史、心理学、艺术、流行文化、媒体、保育专业等领域的学者都有着莫大的吸引力，而且大家也都可以从不同的角度去接近它。它既是一组文本也是一个研究主题，其本质在于能够打破不同学科、不同类型读者所形成的疆界。

——彼得·亨特《儿童文学研究领域的拓展》

儿童文学中的"儿童"，是一个有着丰富的社会生活和文化维度的概念。儿童既是家庭生活的成员之一，也是学校教育的重要对象，既是文化传承的核心载体，也是现代经济的一个符号。这些不同的维度，构成了"儿童"一词的丰富内涵，也让我们看到了儿童研究的多重视角。

儿童文学的发展以及我们关于儿童文学的思考，必然也会与其他学科领域的"儿童"对象发生关联。早在五四时期，当中国现代儿童文学理论研究刚刚启动的时候，人们就已经意识到了儿童文学研究所具有的多学科的学术视野。以童话研究为例，1924年1月，赵景深曾将自己"五六年来悉心搜集各报张杂志"所积累的童话研究论文交新文化书社出版，这便是《童话评论》一书。此书将所收的童话研究论文编为三辑：一、民俗学上的研究；二、教育学上的研究；三、文学上的研究。在赵景深看来，这三类研究论文即是运用三种不同学科视角和研究方法操作的结果。严格地说，上述分类未必都十分严密，部分论文在研究方法的运用上也颇有交叉、综合的特点，但这样的分类编排还是大体上显示了当时童话研究方法运用上的基本学科格局。[1]正如彼得·亨特上面这段话所揭示的那样，从多学科的视野来看待儿童文学，不但可以帮助我们更深入地理解儿童文学与儿童的生活、成长之间的关系，也有益于打通不同学科之间儿童理解的疆界，进而促进我们对于儿童及其文化的更完整的认识。

第一节　儿童文学与哲学

儿童文学是一门清浅的艺术，哲学则常让我们想到一种深刻的智慧，乍看之下，两者之间似乎并不存在多大关联。然而，我们只要走进儿童文学的文本内部，便会发现这个文学门类与人类的哲学思想和精神之间，实在有着格外密切的联系。

一、儿童与哲学

儿童文学与哲学的关联起点是儿童与哲学的联系。对于哲学，我们有一种惯性的成见，即认为它是一种远离日常生活的形而上思维。实际上，在古希腊语中，哲学一词的本意是"爱智慧"，这里的智慧，说到底是人类的一种想要了解事物以获得知识的朴素愿望。因此，哲学思想和精神的一个重要的标志，便是提问。不论人们提出的问题能否得到最终的解决，这个提问的思想和精神就指向着哲学的思想和精神。正如西班牙哲学家费尔南多·萨瓦特尔所说的那样，"哲学不是要走出疑问，而是走进疑问"[2]。这一疑问的姿态，代表了哲学的一种基本精神。

这样，儿童与哲学之间的联系就变得明朗起来了。回到哲学精神的源头处，我们会发现，在儿童的身上最为生动地保留着人类的某种本质性的哲学冲动。幼小的儿童对身边的一切充满好奇，"为什么"是他们无时不挂在嘴边的问题。面对眼前的世界，他们怀有强烈的探知欲望。他们迅速地吸收知识，又同样迅速地把吸收到的知识转化为新的问题和思考。童年时代的问题就像藏在一道不会枯竭的清泉内的活水，永远在咕嘟地冒泡。相比之下，随着年龄的增长，这种新鲜的好奇心和自发的求知欲会不可避免地减弱，甚至从我们的生活中逐渐消失。在日复一日的常规生活中，许多成年人习惯了依循既有的生活规则方便行事，而不再有兴趣和精力去关心各种现象背后的"为什么"。

美国儿童哲学家马修斯举了自己的儿子约翰的例子，来说明幼儿生活中普遍的哲学思考：

> 我正给我8岁的儿子约翰上床盖被的时候，他仰望着我，相当突然地问："爸爸，我有两只眼睛，每个眼睛都能看见您，为什么我没有看见两个您呢?"[3]

这个看似幼稚而滑稽的儿童生活问题，如果从哲学的角度来看，代表了一种朴素的认识论思想。它的思考所涉及的问题，关系到的是人类全部知识的源头，那就是：我们是如何依凭我们的感官来认识世界的，这种认识又何以保证其自身的可靠性？透过童年的哲学思考，我们也看到了哲学作为一种人类的精神文化，并不是任何远离日常生活的抽象玄思，而恰恰是我们生活中最为常见的精神现象。

如果我们有意识地关注儿童自发的哲学思考活动，便会发现，除了那些普通的生活问题外，儿童也常会提出令成人感到吃惊的哲学命题。下面的两个与"梦"有关的童年生活例子，典型地说明了儿童哲学思考可能达到的令人惊讶的精神高度：

艾米利奥一言不发在吃早餐。他边吃边看着远方，在想事情。我不想打扰他，就没出声。他突然放下汤匙望着我说："爸爸，整个人生会不会是一场梦？"我虽然早知道这个年龄的小孩子常常做出哲学思考，但对他的问题依然大吃一惊。我回答说，有一天你突然发现你的爸爸妈妈、你的朋友、玩具和家具都不见了，而你躺在床上，你知道这一切都是梦吗？"知道。"艾米利奥说，继续吃早餐，"说不定连床也是梦。"[4]

蒂姆（大约6岁）忙着舔锅子时，问道："爸爸，我们怎么能知道一切不是一场梦呢？"蒂姆的父亲有点不好意思地说，他不知道。同时问蒂姆他对这个无法回答的问题是怎么想的？他又舔了几下锅子，回答说："噢，我并不认为一切都是梦，因为人在梦里，不会追问这是不是梦的。"[5]

艾米利奥的那一句"说不定连床也是梦"，一定让我们想到了庄周梦蝶的古老哲学。而蒂姆的那一句"因为人在梦里，不会追问这是不是梦的"，则向我们展示了幼童的超出成人预期的思辨能力。我们看到，当年幼的孩子开始关注"梦"的问题并意识到它与现实之间的真幻区别时，他们的思考也开始真正触及一种形而上的存在之思。

今天，把"儿童"与"哲学"两个概念组合在一起，已经不是一件令人感到突兀的事情了。至少在专业领域，"儿童哲学"已经成为一个被认可的学科领域（分支）。1974年9月，美国纽约哥伦比亚大学哲学教授李普曼博士转往蒙特克莱尔州立大学，建立了儿童哲学的总部及基地——儿童哲学发展中心（IAPC）。此后，在一些国家和地区，儿童哲学以其独特的学科形象从专业领域逐渐进入公众的视界，儿童哲学作为一门学科的制度建设逐渐成形。李普曼教授也因此被视为"儿童哲学之父"。

马修斯在《哲学与幼童》一书中对幼儿的心理及其特征展开哲学分析，提出了许多深邃而有趣的见解。这位在大学课堂上讲授哲学的教授在该书序言中坦陈，"我是在担心怎样教好大学生的哲学导论课时，开始对幼童的哲学思想发生兴趣的。许多学生似乎对运用哲学是与生俱来的这一观点有抵触。为了解除他们的怀疑，我无意中想出了一种方法，向他们证明，就是他们中许多人在孩提时代就已经在运用哲学了"[6]。马修斯的研究表明，孩子的日常生活的确充满了各种哲学性的思考，也就是说，儿童有着属于他自己的哲学世界。

这样一种童年时代的哲学思考本能，也自然地体现在了儿童文学的艺术表现世界中。

二、儿童文学中的哲理蕴涵

作为一个与儿童精神世界密切相关的文学门类，儿童文学也保持着它对童年时代的哲学本能的艺术关注。正如马修斯所说的那样，对幼童的哲学思维最具敏感性的是哪些人呢？"回答可能使人惊讶，是作家——至少是有些作家——他们是写儿童故事的，在他们看来，……许许多多儿童是对哲学问题自然而然感兴趣的人。"[7]

作为例证，马修斯分析了《森林大熊》等儿童文学作品中的哲学内容。《森林大熊》是一则童话故事，讲述了大熊从冬眠中醒来，发现森林成了工厂，一切全变了样。他开始怀疑自己在做梦，并且闭上眼睛拧了自己一把，再睁开眼睛看，一切如旧。与此同时，工厂的管理者们也不承认站在他们面前的是一头熊，而是把他当作一个穿着皮毛大衣的人。随着故事的推进，连大熊也开始怀疑自己到底是不是一头熊了。马修斯认为，《森林大熊》至少包含了四个哲学论题，"梦与怀疑；存在与不存在；现象与实质；认知的基础"。当然，马修斯也承认，他"无意倡言《森林大熊》是一篇哲学论文，甚至是化了装的哲学论文。它不是一本哲学著作，是儿童故事。不过它的风格，我们称之为'哲学的想入非非'，包括了提出问题，嘲讽，以及对学生十分熟悉的一些基本的认识论和形而上学的问题"[8]。

　　名列美国《出版人周刊》评出的"2000年度最佳儿童图书"的《亨利散步去菲其堡》，是一本取材于美国思想家梭罗散文集《瓦尔登湖》的图画故事书。作品中的主人公亨利熊和他的朋友相约去菲其堡"看看美丽的乡村景色"，两个朋友选择的旅行方式却完全不同。亨利徒步起程，一路上赏鲜花，看风景，采草莓，充分领略旅行的美妙乐趣。而亨利的朋友则为了购买火车票而努力挣钱，砍柴，锄草，粉刷，忙得不亦乐乎。最后，这位朋友乘坐火车，比亨利更早抵达了目的地，但亨利却笑着请朋友品尝自己摘到的黑莓……作品以简洁有趣的故事和巧妙的图文配合呈现了两种不同的生活方式和人生态度。《出版人周刊》在有关的评论中认为，该书"以最简练的文字和最奇妙的图画，表达了梭罗的哲学信念。"

哲学的思考为儿童文学提供了一种大气的精神格局和深挚的艺术情怀。德国作家雅诺什编绘的图画书《噢，美丽的巴拿马》，把一个简单的关于寻找的童话故事上升为一个与理想和家园有关的富有深意的哲理故事。小熊和小虎是好朋友，他们拥有一个舒适而美丽的家。有一天，小熊发现了一个箱子，箱子上写着"巴拿马"。这个陌生的巴拿马便成了他们理想中的王国。他们踏上了去往巴拿马的途程，一路历经艰辛，最后在乌鸦的帮助下找到了巴拿马——原来，这个最美丽的地方，就是他们自己的家园。这一与家园有关的哲思使故事在情节的铺展中同时拥有了一种十分大气的精神格局。

在世界儿童文学史上，有一部十分典型地体现了儿童文学的哲学精神和气质的作品，那就是法国作家圣·埃克苏佩里的童话《小王子》。在某种程度上，我们可以说《小王子》就是一部哲理童话，它的角色、意象和情节无不充满了哲学思考的气息。故事里的小王子、小王子的玫瑰、小王子造访过的每一个星球和这些星球上居住着的各色人等，以童话的方式为我们勾勒出了现代人的某种荒芜的心灵状态以及这荒芜中仍然存有的生命诗意。例如，作品中，作者几次提到了"驯养"一词。小王子第一次听到这个词，是当他在地球上和狐狸初次相遇时：

"你好。"狐狸说。

"你好。"小王子彬彬有礼地回答。他转过身子，但什么也没有看到。

"我在这儿呢，在苹果树底下……"那个声音说。

"你是谁？"小王子问，"你真漂亮……"

"我是一只狐狸。"狐狸说。

"来跟我一起玩儿吧，"小王子向狐狸建议说，"我苦恼极了……"

"我不能跟你一起玩，"狐狸说，"我还没有被你驯养呢。"

"啊！对不起。"小王子说。

但是他思索了一阵子，又说道：

"'驯养'是什么意思？"

……

"这是早就被人忘了的事情了，"狐狸说，"它的意思是，'建立联系'。"

"建立联系？"

"当然啦。"狐狸说，"对我来说，你跟成千上万个小男孩一模一样。我不需要你，你也不需要我。对你来说，我跟成千上万只狐狸毫无差别。但是，如果你驯养了我，那我们就谁也离不开谁了。那时候，我在世界上只有你，你在世界上只有我……"

（胡雨苏　译）

在接下去的另一段话里，狐狸进一步解释了"驯养"的意思：

"只有被人们驯服了的事物，才能为人们所认识。"狐狸说，"人们再也没有时间去认识别的什么事物了。他们总是到商人那儿去买现成的东西。但是，由于世界上还没有出售朋友的商店，所以人也就没有朋友。要是你想交一个朋友的话，你就驯养我吧！"

（胡雨苏　译）

读完上面两段话，我们会明白，狐狸所说的"驯养"，其实是对于现代社会里一种日渐被遗忘的生命精神的指认。这是一种广义的"爱"

的精神，生命与生命之间、生命与物之间，唯有通过这一精神的联结，才能赋予彼此以独特而充实的意义和价值。也正是这一"驯养"之爱，使我们得以去抵抗生命中那份亘古的孤独感。小王子领会到了这一"驯养"的意义，所以，他对着整整一花园与他的那朵玫瑰花看上去一模一样的五千朵玫瑰说道：

> "你们一点也不像我的那朵玫瑰花，你们还什么都不是呢。"小王子对她们说。"没有人驯养过你们，你们也没有驯养过任何人。你们就像我的狐狸过去那样，它那时只是一只与成千上万只狐狸一样的狐狸，可是，我现在已经和它交上朋友，它现在就是世界上一只独一无二的狐狸了。"

（胡雨苏　译）

毫无疑问，在这一"驯养"的譬喻里，包含了一种深刻的生命哲学，它引导我们关注生命的意义和价值从何而来。单是物质性的存在，并不能给予生命以充实的意义；只有当一个生命与另一个生命之间建立起彼此关切、相互温暖的联系时，我们的物质存在才会获得最可靠的意义。这份哲理的蕴涵使得《小王子》这样的儿童文学作品不但关乎童年时代的幻想，也指向着人类永恒的存在思考。

哲学的精神将儿童文学带向了一个开阔的艺术境界，它们不但在孩子心里播下了智慧的种子，也丰富和启迪着成人的生活体验与思考。

三、儿童文学的哲学表达方式

像马修斯所说的那样，那些包含哲学思想的儿童文学作品，首先不是任何哲学文本，而是儿童的文学读物。也就是说，儿童文学的一切哲学思考都应该自然地融化在它独特的文学表达方式之中。因此，在儿童文学与它的哲学内涵之间存在着一种相互塑造的关系——哲理的思考赋予了儿童文学作品以独特的精神风度，反过来，儿童文学也使哲学思想的表达显得与众不同。

苏联作家安德烈·乌萨丘夫的短篇童话《大海的尽头在哪里？》，十分典型地体现了儿童文学与童年哲学思考之间的这种关系：

一只蚂蚁爬到海岸边，望着一个接着一个的海浪涌到岸上，不禁忧愁起来："海这么大，而我这么小，我就是一辈子也不可能看见大海的尽头……我活在世上干什么呢？"

蚂蚁在一棵棕榈树下坐下，哭了起来，他感到这般委屈。

这时一只大象来到岸边，问道："蚂蚁，你哭什么？"

"大海的尽头看不见。"蚂蚁呜呜地哽咽道，"大象，你个子大，或许能看得见吧？"

大象开始张望。他看啊，看啊，甚至踮起脚，但除了海水，仍然什么也看不见。大象在蚂蚁旁边坐下，也哭了起来。

他们哭呀，哭呀……突然，蚂蚁说：

"听着，大象，你爬上棕榈树，我爬到你身上，我们再看看！"

蚂蚁爬到大象身上，大象则爬到棕榈树上。

他们看啊，看啊，除了海水，照样什么也没看见。于是他们坐在棕榈树上又哭了。

这时一条金枪鱼游到岸边。

"喂，"他喊道，"在岸上待着吧！哭什么呀？"

"大海的尽头看不见。"蚂蚁和大象回答道。

"怎么？"金枪鱼感到奇怪，"这难道不就是大海的尽头吗？我认为大海在这里正好到头了！"

"对呀！"蚂蚁兴高采烈地叫道，"乌啦，大象！我们见到大海的尽头了！"

"乌啦！"大象高兴地欢呼起来，并开始从棕榈树上下来。但他突然顺便思考了一下，问道："那么大海的开头又在哪里呢？"

（古本昆　译）

童话中，"大海的尽头在哪里"的疑问，既是一个符合儿童思维而又充满稚趣的知识追问，同时也是一个可以延伸至更广阔的意义空间的哲学问题。蚂蚁和大象关于"大海尽头"的思考，正如我们关于世界、宇宙以及生命尽头的思考一样，带着某种终极追问的色彩。但这还不是这则童话最高明的地方。在故事结尾，当大家满心欢喜地以为解决了"大海的尽头在哪里"的烦恼时，大象"突然顺便思考了一下"，提出了又一个新的问题："那么大海的开头又在哪里呢？"这一提问仿佛把故事的逻辑重新带回到了它的开头，但我们知道，这不是思考的循环，而是思考的深入。在由"尽头"到"开头"的提问转换中，我们体味到了一种终极追问内在的复杂性和悖论性。这就真正体现了萨瓦特尔所说的"走进疑问"的哲学精神。

当然，最值得注意的是，上述哲学思考不是经由任何复杂的思想运思才得到诠释的，而是自然、充分地体现在一个轻浅至极的童话故事中。撇开哲学的因素不谈，它完全是一则天真、稚拙的幼儿童话，不论在题材、情感，还是语言上，它都体现了幼儿童话特有的审美趣味和感觉。但就是在如此轻巧的故事中，蕴藏了这样一份气势宏伟的存在哲思。我们看到，文学的轻盈与哲学的重量在一则小小的儿童文学作品中实现了奇妙的结合，它使小文学变得开阔、高远，也使大哲学变得亲切、生动。这正是儿童文学与哲学之间独特的合作方式。

我们再来看一看美国作家谢尔·希尔弗斯坦创作的图画书故事《失落的一角》。这则故事讲了一个再简单不过的故事。由简笔线条勾勒出的简单画面上，一个缺了一角的圆，出发去寻找它那"失落的一角"，它经过太阳天、雨天和冰雪天，越过沼泽、丛林和山峦：

因为缺了一角

它滚不了太快

所以它会停下来

和虫儿说说话

或者闻闻花香

有时它会超过一只甲虫

有时

甲虫又超过了它

这是它最美好的时光

（陈明俊　译）

历经辛苦，它终于找到了属于它的那最合适的"一角"，它第一次变得完整了。然而，

因为它现在完整了

它滚得越来越快

越来越快

它从来都没有这么快过

快得不能停下来

和虫儿说说话

或者闻闻花香

快得蝴蝶不能落在它身上歇脚

（陈明俊　译）

　　最后，它若有所思地停下来，"把那一角轻轻地放下"，重新"慢慢地往前滚动"。它还在唱着它那支寻找"失落的一角"的歌谣，但它已经明白，有时候，让人生变得充满意义的不是目的，而是过程；不是圆满，而是缺憾；不是梦想的完成，而是为了那尚未实现的梦想快乐地向前行走的过程。

　　《失落的一角》用一个由最简单不过的线条、形状和文字构成的幼儿童话，向读者传达了这样一份生活的诗意哲思。它的简单而稚拙的文学形态，以复杂的语言和故事所不能及的方式道出了一种深刻的人生思考。它的丰富的哲理蕴涵，使它的每一句简短的文学表述回味起来都充满了思想的意趣。而它的天真、简朴、充满稚趣的文学表达形式，则使它的那些哲学思考获得了一种举重若轻的独特美感。

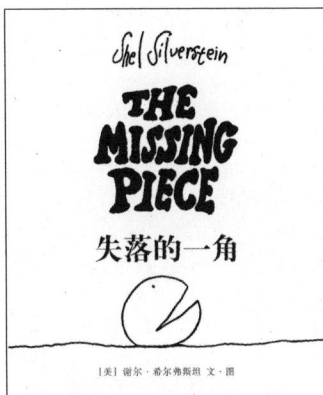

《失落的一角》

　　在看似天真简单的故事中隐藏着深邃的意义，这正是儿童文学最典型的艺术智慧之一。也是通过这样的方式，儿童文学与哲学之间建立起了特殊的关联。我们或许会担心，年幼的儿童能够理解这样的哲学深意吗？但这个问题其实并不那么重要。一切优秀的儿童文学作品在向孩子们讲述故事的时候，首先考虑的都不是要让孩子领会什么样的哲理，而是怎样以适宜于儿童读者的方式讲好一个故事，在这里，文学与哲学是一体的。因此，只要孩子接受了文学的文本，他也就同时接受了文本中的哲学意蕴。这个意蕴或许不能立即被儿童完整地领会和吸收，但它会随着儿童文学的文本悄无声息地进入孩子的精神世界，就像种子埋进泥土里一样。有一天，这颗种子会随着儿童身体和心灵的成长，慢慢地生根发芽，结出智慧的果实。

第二节　儿童文学与教育学

儿童文学与教育学的关系非比寻常。儿童文学的诞生和发展离不开儿童教育思想的发蒙与滋养，但它反过来也以儿童文学特有的方式，建构并丰富着我们对于儿童教育的理解。

一、儿童与教育

儿童既是教育的起点，也是教育的对象，同时还是教育的产物。人们对于儿童的认识是与教育儿童的需求同步发展的，人们对于儿童的教育需要的意识也比他们对于儿童其他精神需求的意识觉醒要早得多和普遍得多。古代和现代社会的儿童观，正是在儿童教育思想中首先得到孕育的。

教育学思想对于儿童观的意义主要体现在以下三个方面。

第一，早期儿童教育思想孕育了人们对于儿童身心最初的认识。

在古代社会，正是儿童教育的需求促使人们开始认识到儿童的某些身心特征。比如在古希腊，"儿童在 7 岁前，由母亲担负起教导他们的职责，游戏和寓言是主要的教材"[9]，显然，这一"游戏"和"寓言"的选择中，就包含了古希腊人对于儿童特性的某些认识。古罗马诗人奥索尼乌斯就"游戏"在儿童教育中的地位这样说道："严厉的老师专横的话语对儿童的烦扰也有停止的时候……这就是为什么会有游戏，孩子游戏时会感到快乐。"[10] 这里面显然含有对于儿童游戏天性的朴素认识。

这是古罗马哲学家塞内加提出的一些儿童教育的观点：

> 儿童很难管理，因为在教育中必须避免儿童心中产生怒气，避免儿童的本性变坏……心灵在自由环境中会骄傲自大；在受奴役的状态中，精神会萎靡不振；如果受到赞扬，并被鼓励，儿童的情绪会高涨，但也会变得傲慢和易怒。所以应该在这两种行为之间寻找一条折中的路线；时而抑制，时而鼓励……我们要使儿童远离溢美之词，要让他们听到真理，使他们有时心存畏惧，但更让他们时刻心怀崇敬，尊敬长辈。他们的怒气不会让任何人心慈手软。让儿童得到教师的引导，让他们受到平静的教育，这是很重要的。所有稚嫩的事物都会按照周围事物的模式发展；其后，少年的思想道德会反映他的乳母和教师的思想道德……[11]

从今天的教育学视野来看，这只是一些比较粗浅的儿童教育思想，但在儿童的特征和需求并不受到多大重视的古代社会，它却促成了人们对于儿童身心规律的最初关注。我们看到，在人们远未意识到儿童在身体和精神上相对于成人的独立性之时，来自教育思想领域的对于儿童的认识，构成了人类最初的儿童精神知识。尽管这些知识本身良莠并存，但它们的逐步积累和演进，却为现代儿童观的形成准备了必要的基础。

第二，现代儿童教育思想促成了现代儿童观的诞生。

如果说早期儿童教育思想只是以一种散章断片的方式孕育并反映了人们对儿童的初步认识，那么现代儿童教育思想则直接促成了现代儿童观的发生。在现代儿童观的诞生过程中，有两部具有奠基意义的重要著作，一部是英国哲学家约翰·洛克的《教育漫话》，另一部是卢梭的教育小说《爱弥儿》。出版于1693年的《教育漫话》，由洛克写给友人E.克拉克讨论其子女教育问题的几封信整理而成，它所谈论的教育问题涉及儿童的身体、道德、知识、技能等各个方面，相当于建构了一个儿童家庭教育的体系理论。洛克格外强调教育应该在对儿童本性的了解、尊重基础上，再对它加以正确的引导：

> 照料儿童的人应该仔细研究儿童的天性和才能，并且应该经常试试，看他们做什么事情比较容易，什么事情比较适合于他们；应该看看他们天生是一块什么样的材料，这块材料怎样才可得到改进，适合于做什么；也就是说，他应该考虑儿童缺的是什么，所缺的东西他们是否能够通过努力去获得，通过实践去吸收，并且值不值得去努力。因为在许多情形之下，我们所能做的或应该做的，乃在于尽量利用儿童的天赋，在于防止这种天赋所易产生

的恶行与过失，并把它的各种优点全部发掘出来。[12]

这一顺从儿童天性的教育思想，后来在卢梭的《爱弥儿》中得到了更为淋漓的发挥。它也成为现代儿童观的思想基础。

无独有偶。20世纪初的中国，现代儿童观的觉醒也与美国现代教育家杜威和他的"儿童本位论"教育思想的传播有着十分重要的关联。1919至1921年间，杜威应邀来华讲学，为期两年又两个月，他的教育思想中的"儿童本位论"一说也随之广为流传，并深入影响了中国现代儿童观的建构。儿童本位论思想主张教育的一切因素均应围绕着其教育对象——儿童组织和展开，这一思想的精神延伸开去，使儿童进一步成为一切儿童事务的中心。这在现代儿童观的历史上是一个划时代的变化。

第三，当代儿童教育思想的发展不断丰富着我们对儿童的新认识。

例如，20世纪后期以来，儿童研究界对于儿童的可建构性的认识，就在很大程度上受到了教育学思想中建构主义理论的影响与启发。作为建构主义教育思想的代表学者之一，苏联心理学家、教育家维果茨基的"最近发展区"理论及其所衍生出的儿童教育思想，深刻地影响了当代人对儿童的看法。他指出，教学当然必须考虑儿童已达到的发展水平，但是当我们试图确定发展过程与教学的可能性的实际关系时，无论何时都不能只限于确定儿童的一种发展水平，而至少要确定儿童的两种发展水平。第一种水平可称为儿童的现有发展水平，第二种水平是指儿童靠自己独立活动解决不了、在成人的帮助下则可以达到的发展水平；前者是儿童的现实发展水平，后者则是儿童潜在的发展水平。这两种发展水平之间的差异幅度，即构成了所谓"最近发展区"。也就是说，最近发展区是指儿童在获得充分的教育情境支持的情况下可能实现的发展空间，它是儿童目前尚未达到，但经过在成人指导和帮助下的学习就可能达到的发展区域。维果茨基认为，"只有走在发展前面的教学才是好的教学"：

> 今天儿童靠成年人帮助完成的事情，明天他便能自己独立地完成。这样，最近发展区将帮助我们确定儿童的明天，确定他发展的动态，不但可以查明发展中已经达到的状态，而且能发现他正在成熟中的状态。[13]

这一"最近发展区"理论背后的建构性教育思想，极大地促进了我们对于儿童发展潜能的认识和理解。这一当代教育思想不但对儿童的学校教育产生了显在的影响，也重新构建着我们对待儿童以及他们的一切文化现象的态度。

二、儿童文学与儿童教育观

儿童文学的艺术起点是特定社会的儿童观，这一儿童观又在很大程度上取决于特定时期的儿童教育思想。儿童文学既受到特定的儿童教育观的滋养，也反过来建构着儿童的教育观念。

儿童文学与儿童教育观的关系，主要体现在以下三个方面。

第一，儿童文学所体现的儿童观和艺术观，总是特定时代儿童教育观的一种反映。

特定时代的儿童文学创作于特定的儿童观之上，它必然也是同一时期、同一社会文化语境下儿童教育观的反映。例如，当一个社会的主流儿童教育观倾向于把儿童看作像园艺圃里的树苗般有待成人修剪的个体时，它的儿童文学艺术也会自然而然地趋于认同和表现这一严格的教育规训思想。而当一种主张儿童解放的教育思想得到广泛的认可和传播时，就会出现大量乐于张扬童年幻想和游戏精神的儿童文学作品。因此，在某种程度上我们可以说，一部现代儿童文学史也隐含了一部现代儿童的教育观念史。

比如，我们读张天翼发表于1957年的童话《宝葫芦的秘密》，就能强烈地感受到20世纪五六十年代的主流儿童教育观对作品的影响。这则童话讲述了这么一个故事：名叫王葆的男孩意外得到了一个传说中有求必应的宝葫芦，一时欣喜不已；但他逐渐发现，宝葫芦之所以要什么有什么，全是由于它能偷龙转凤，将别人的东西据为己有。在宝葫芦带来的一系列麻烦中，王葆终于意识到了宝葫芦思想的可恶和可恨之处，并毅然决定扔掉葫芦，改邪归正。就在这一刻，他醒了过来，发现一切原来是自己的一场梦。我们读《宝葫芦的秘密》，很容易看出这是一个过去常见的"悔过"型儿童教育故事，它意在通过寓言式的故事讲述，教导孩子放弃不劳而获的空想，踏实做事，勤恳做人。

童话最后，主人公自己告诫自己："王葆哇，往后可别再做这一号梦了！"作家处理"宝葫芦"这一童年幻想题材的手法，显然带有那个时代儿童教育观的显在烙印。

教育观念对于儿童文学艺术的潜在影响，也可能演变为对其艺术表达的限制。例如，在现代儿童文学诞生初期，许多文学性的儿童读物都自觉或被迫扮演着这样一个角色：它首先是特定社会主流儿童教育思想的一种诠释。在这些儿童文学作品的写作中，文学被放在一个次要的位置上，它只是一个工具，一种手段，用来传递特定的知识或生活教训。这就不可避免地会伤害到儿童文学艺术世界的自足性。

第二，儿童文学在传递特定儿童教育观的同时，其艺术表达也常越出教育观念的束缚，进而构成对特定教育观的一种补充或反拨。

儿童文学是文学，而文学有它自己的规律，这个规律不是任何抽象的观念可以完全约束的。儿童文学不是文学版本的儿童教育，而是写给儿童的文学作品，尽管它总是与特定的儿童教育观联系在一起，但它的文学世界往往也是教育的观念不能完全容纳的。如果一部儿童文学作品最后可以仅仅总结为一句或几句教育性的训诫，那么它一定不会是一部优秀的作品。反过来，优秀的儿童文学作品即便带着明确的教育观烙印，它的文学表达也会自然而然地溢出教育观念的束缚，而体现出儿童文学自身的艺术规律。

我们还是拿《宝葫芦的秘密》作为例子。张天翼写作这篇童话的原意很明白，就是要通过宝葫芦的教训，告诉孩子天下没有不劳而获的生活，一切都要凭自己的努力去创造。然而，许多小读者读了这篇童话后，却被故事里奇妙的幻想所吸引。有小读者给作者写信，信中表达了这样的意思："可惜宝葫芦的故事不是真的，要是真的，我有那么一个宝葫芦该有多好！"[14] 我们该怎么看待作家的创作宗旨与其作品接受现实之间的这种意义错位呢？实际上，这一错位正体现了儿童文学独立于教育观的艺术自由。尽管《宝葫芦的秘密》带着明确的儿童教育目的，但作为一部写给孩子看的童话，它首先是一个以童话的逻辑和方式编织而成的属于儿童的想象故事，因此，它首先尊重的也是童话自身的幻想逻辑。

实际上，《宝葫芦的秘密》最引人入胜的地方，不是表现王葆如何在宝葫芦的教育下幡然觉醒，而是那些迎合了儿童幻想天性的童话场景。我们来看故事里宝葫芦第一次满足王葆愿望时的情景：

> "我该向它要什么呢？"我左看看，右看看，就把视线落到了那只小铁桶上，"我要——我要——鱼！"
>
> ……
>
> 我忽然听见泼剌一声。是我那个小铁桶里发出来的。我赶紧跑去一看——一桶鱼！
>
> "啊哈，真的来了！"
>
> 桶里的半桶水也涨到了大半桶。各色各样的鱼在那里游着。有的我认得，有的我认不得。有几条小鲫鱼活泼极了，穿梭似的往这里一钻，往那里一钻。鲤鱼可一本正经，好像在那里散步，对谁也不大理会。
>
> 最叫我高兴的是，还有一批很名贵的金鱼。有两条身上铺满了一点点白的，好像镶上了珍珠。还有两条——眼睛上长两个大红绣球，一面游一面漂动。我再仔细一瞧，才发现还有几条金鱼黑里透着金光，尾巴特别大，一举一动都像舞蹈似的，很有节奏。

童话关于宝葫芦变化功能的这类生动描写，很容易让读者忘记这一变化的不正当性，而完全沉浸在它的充满神奇的幻想情节中。其结果是，在故事里，这一属于童话的逻辑开始自发地反抗由作者加在它之上的那个批判"不劳而获"的教育观念，并反过来让我们看到了这一宝葫芦式的奇思异想也是儿童天性的一部分。

第三，儿童文学作品所表达的作家的儿童教育观，也常常走在现实儿童教育观的前面，并丰富和启发着儿童教育的理论与实践。

在中外儿童文学史上，有这样一批作品，它们在表现儿童的生活、讲述童年的故事的同时，也旨在表达作家对现有儿童教育观和教育现实的批判，以及他们自己对于儿童教育理论和实践的深入理解。这些作品所诠释的儿童教育思想往往先行于儿童教育的现实，并反过来启迪着我们的儿童教育观。

班马的儿童小说《六年级大逃亡》，讲述了一个六年级男孩因不满学校和家庭教育出走后发生的故事。小说中有一个名为《我想柳老师》的章节，淋漓尽致地诠释了作家本人倡导的"操作性"的教育理念。小说里的这位柳老师一出场就显得"不一本正经"，他说话幽默而风趣，带着天马行空的夸张，却又总是恰到好处地把学生带到他想要传授给他们的学习门道中去。他带领男生成立"俯冲"足球队，鼓励女生成立"花儿"舞蹈团，又通过"特许豁免权"的方式，鼓励全班孩子发挥他们的体力、脑力，尽情创造自己想象中的情境世界。"特许豁免权"的意思是这样的：

> 教室这块地方，每一个星期"租让"给一位同学，这个同学在这一星期时间里可以享有特许豁免权，他有权决定把教育变成什么，不过，他应该有设计，并且自己动手来制作。

在各人的创意下，教室先后被变成了"海陆空三军作战参谋总部""世界濒临灭绝动物禁猎区""树叶博物馆""原始洞窟""太空站""高智商实验幼儿园""毕业答辩会"……

> 这下可不得了，每个星期都花样百出，竞争激烈。胡敏真的当了一回"胡高参"，他把教室装扮成了"海陆空三军作战参谋

总部"，牌子往教室门上一贴，大得吓死人，而他自己当然就是"参谋总长"了。他在墙上贴了许多军用挂图（他自己画的），像模像样，让我这个军事专家也大吃一惊。他又用灰纸头做了两只怪盒子，据称是反窃听装置。比较恶劣的是，他在每个同学的课桌上都给你放了一个"军职"的牌子，反正都比他小。他竟然封了我一个"随军厨师"，我气得要死，但也没有什么办法，这星期他有权。

这么一来，"同学们的本事全都发挥出来了"，他们在其中尽情体验着想象、创造和扮演的乐趣。作家借柳老师之口这样解释他的教育理念："小孩子喜欢活动，所以，动脑筋不是'想'出来的，而是'做'出来的，老师要把思维变成'操练'，变成'奥林匹克'。"

在现行教育体制下，柳老师和他的"操作性"的教育方法，无疑是作家笔下一种带有乌托邦色彩的教育设想，它针对现行教育的不足而发，表达的是一种理想的儿童教育观和教学观。尽管在小说中，这一理想也只是得到了短暂的实现，但它却让我们看到了教育的另一种可能的自由面貌。小说所倡导的"操作性"的教育理念，对于现实的教育实践同样具有积极的启迪意义。这也是儿童教育工作者应该多读优秀的儿童文学作品的原因之一，除了带领孩子享受这一阅读的乐趣之外，他们还可以从儿童文学中获得教育思想和实践方面的启迪。

三、儿童文学的教育性

儿童文学与儿童教育观之间的关系让我们看到，一方面，儿童文学总是带着特定的儿童教育思想和观念的背景，另一方面，儿童文学不是儿童教育观的诠释，它的核心是文学，在这里，教育的观念不但需要通过儿童文学的独特形式得以传达，而且从这文学的机体中获得着新的思想营养。

那么，我们应该如何理解儿童文学的教育性呢？它与儿童文学的文学性之间又存在着什么样的联系？

首先，一切儿童文学作品都带有一定的教育意图。儿童文学主要是成人社会为满足儿童的精神需要和成长需求而创作、提供的一种文学产品，它既反映着成人社会对儿童的理解和认识，也必然携带着成人社会的观念和期望。因此，教育性几乎可以说是儿童文学的文化本能和文化天性之一。

在儿童文学中，有着专门的教育文学，这些作品的主要创作意旨就是通过儿童文学的形式向儿童传达特定的知识、情感、道德、行为等方面的教育。这类作品在幼儿文学中最为常见。比如法国插画家赫内·梅特勒的图画书《由近到远 由远到近》，就是一本意在向幼儿传授空间、自然等知识的图画书作品。作品通过画面视角的升降，引导孩子观察同一场景、事物在不同视角下所呈现出的不同样态，观察这些场景和事物中的细节，并初步认识空间比例的对比与变化关系。再如美国儿童文学作家贝西·艾芙瑞创作的图画书《生气汤》，也是通过一锅巧妙的"生气汤"来教育孩子如何应对生活中的负面情绪。

除了幼儿文学外，各个阶段的儿童文学作品都会特别关注儿童成长中的各种问题，对于这些问题及其解决方式的表现和思考，也是一种显在的教育。实际上，哪怕是一则纯粹表现游戏性的儿童文学作品，也带有一定的教育性——对孩子来说，儿童文学作品中洋溢的那种游戏的自由和想象的力量，本身也是一种心灵的教育和培养。

因此，儿童文学的艺术天然地包含了教育的特性，这是儿童文学不同于成人文学的一个重要特征。与此相应地，谈论儿童文学时，人们也总会自觉不自觉地带着这样的疑问："这所谓儿童文学的，在儿童的教育上，到底有什么价值？"[15]儿童文学之所以与教育有着如此割不断的关联，是因为任何社会总是要把自身累积起来的各种经验、知识、愿望等等施加于儿童，而儿童文学的读者主要正是少年儿童，因此，儿童文学作家也常常自愿承担起这一社会教育的代言者和实施者的角色。从儿童文学的文化特性和功能来看，教化乃是其影响读者的基本功能之一，只是在不同的作品中表现出来的显隐程度各有不同而已。

其次，尽管教育性是儿童文学的一个天然特性，但儿童文学不应仅仅被理解为"教育的文学"。儿童文学最核心的本职不是对儿童进行教育，而是为儿童编织一个与他们的生活体验世界密切相连的文学世界，这个世界应该是真切的、生动的，适合儿童并且富于吸引力的。只有在充分实现这一文学性要求的前提下，儿童文学的教育意图才能得到合理的表现与传达。

对于优秀的儿童文学创作来说，即便是在那些明确传递特定教育意图的作品中，教育的目的也从来不会对文学自身的规律造成僭越。比如苏联儿童文学作家维·奥谢耶娃的这则儿童故事《蓝色的树叶》：

卡佳有两支绿颜色的铅笔，可是莲娜一支也没有。莲娜向卡佳请求说："借给我一支绿铅笔吧。"

但是卡佳回答："我得问一问妈妈。"

第二天，两个小姑娘都到学校里去了。

莲娜问："妈妈允许了吗？"

卡佳停了一下才说："妈妈倒是允许了，可是我还没有问过哥哥呢。"

莲娜说："那有什么关系，再问问哥哥吧。"

第二天卡佳来的时候，莲娜问道："怎么样，哥哥答应了吗？"

"哥哥倒是答应了，可是我怕你把铅笔弄断了。"

莲娜说："我会小心些用的。"

卡佳说："小心些！不要削，不要太用劲儿使，不要放到嘴里去，不要用得太多啊！"

莲娜说："我只要把那图画纸上的树叶，画成绿颜色的就够了。"

"这可多啦！"卡佳说着，紧紧地皱着眉头，脸上还做出不乐意的样子来。

莲娜看了看她就走开了，也没有拿铅笔。

卡佳奇怪了，跑着去追她。

"喂，你怎么啦？拿去用吧！"

莲娜回答说："不要啦。"

上课的时候，教员问道："莲娜，为什么你的树叶是蓝色的呢？"

"我没有绿颜色的铅笔。"

"那你为什么不跟自己的女伴去借呢？"

莲娜默默地不说一句话。

但是卡佳羞红了脸，像只大红虾似的，说道："我给她啦，可是她没拿去。"

教员看了看两个人说："要好好地给，别人才肯接受呢。"

（孔嘉　译）

这则教育故事包含了明确的儿童行为教育目的，它在教员的最后一句话里得到了清楚的表达："要好好地给，别人才肯接受呢"。但我们读整个故事，首先感到的是作家对儿童心理、儿童感觉和儿童生活状态的准确、生动的把握。卡佳对于莲娜借铅笔的要求的一次次推托，带着一个孩子小心眼儿的稚气；而从卡佳最后"羞红了脸"的辩解里，我们既看到了她为自己的小心眼儿感到的愧疚，又看到了一个以自我为中心的孩子的自尊。与此同时，另一个主角莲娜的性格和心理变化，也在这短短的故事里得到了生动的表现。这则儿童教育故事的成功，正在于它准确地把握并表现出了儿童生活感觉的这种细微之处，并通过对于儿童生活场景的生动呈现，来让孩子明白"要好好地给，别人才肯接受"的道理。在这里，儿童文学的教育特性完好地融合在了它的文学展开中。

儿童文学的教育性只有在它的文学性中才能得到充分的实现。我们应该看到，儿童文学的教育性与审美本性在文化天性上是可以相容的。在儿童文学的艺术语境中，审美价值的"天敌"不是教育价值，而是伤害、践踏审美价值的说教主义暴行。从世界儿童文学史上看，在许多处于经典位置的名著如《爱的教育》《木偶奇遇记》等作品中，众多而明显的教育意念总是会不时地与我们不期而遇，但它们仍然被看成是成功的、具有稳定的经典品质的作品，被我们永远敬重和继承。这是因为，在这些作品中，教育性并没有构成对审美性的冲击或伤害，至少是没有构成超出一般艺术分寸感的冲击或伤害。因此，我们一方面要充分认识到儿童文学具有教育性的特点，另一方面，对于那些将教育意图凌驾于儿童文学的艺术表现之上，既缺乏对童年的了解、尊重，又缺乏儿童文学的艺术趣味的作品，我们也应该具备对它们进行分辨和批判的能力。

第三节　儿童文学与伦理学

伦理学，也称道德学，是一门思考和研究人类道德生活的学科。简单地说，伦理学关注我们在特定生活情境中的所作所为是否符合道德的要求。这一伦理或道德的意识，在现代社会的儿童教养和保护活动中得到了普遍的重视，也在儿童文学中得到了充分的体现。

一、儿童与伦理

现代人格外关注儿童层面上的伦理问题。人们认为，儿童正如幼小的植物处于其最初的生长成形过程中，此时他受到什么样的塑造，就易于成为什么样的个体。因此，为了使儿童长大成为符合社会伦理要求的个体，应该在童年时代就对他们实施严格的伦理规训。同样地，成人在处理各类儿童事务的时候，也应当遵循一种较高的伦理要求。

一个社会关于儿童的伦理观念表现出以下三方面的特征。

第一，人们对于儿童伦理的认识不是与生俱来的，它在时代和社会的发展过程中得到建构，也随着时代和社会的变迁而发生变迁。

一个社会的伦理观念，是在这个社会发展的进程中逐渐形成的，一个社会关于儿童的特殊伦理观念，则同时随着这个社会及其文化（尤其是儿童观文化）的发展而发展。德国社会学家埃利亚斯的研究表明，在中世纪和现代社会早期，我们今天认为应该加诸儿童的许多伦理禁忌，尚未进入那个时代的儿童伦理视野。比如，他提到，这时候的成人并不像后来的人们那样避讳在儿童面前谈论"性"的话题。他举到了这么一个例子：

> 在17世纪的宫廷中，有一个名叫封·布莱的小女孩。宫中的贵夫人经常来找她闲聊。有一天，她们和她开了个玩笑。她们企图使她相信她怀孕了。小女孩极力否认并为自己辩解。她说这是绝对不可能的，而贵夫人们却提出了一条又一条的理由。

> 有一天，她早上醒来在床上发现一个新生的婴儿。她感到非常惊讶，天真地说："只有在圣母马利亚和我的身上才会发生这样的事情，因为我一点也没有感到疼痛。"这句话不胫而走，小小的玩笑成了整个宫廷的消遣。许多人去看望这个小女孩，就像真有那么回事似的；皇后陛下圣驾躬亲，向她表示慰问，并表示愿意做她孩子的教母。这一玩笑并非到此为止，人们继续与那小女孩讨论，一定要她说出谁是孩子的父亲。经过一段时间的认真考虑，那小女孩终于得出了一个结论：她说，孩子的父亲只可能是国王或封·吉什伯爵，因为只有这两个男人曾经吻过她。谁也没有觉得这一玩笑有什么不妥之处。它完全符合当时的水准，谁也不认为让儿童适应这一水准对于儿童纯洁的心灵会有什么危害，显然人们丝毫也没有觉得这种玩笑与他们的宗教教育有什么抵触。[16]

与17世纪的状况相比，在当代社会的公众生活中与一个小女孩开如此露骨的"性"的玩笑，显然有悖于我们今天的儿童伦理意识。我们很容易发现，在儿童的问题上，现代社会已经发展起了一套相当全面而严格的伦理标准。今天，不论在公共还是私人场合，拿儿童当作"性"玩笑的对象，都被认为是一种极不道德的行为；过去在社会各个阶层均受到默许的娈童现象，现在不但被认为是一种有悖于儿童伦理的行为，更冒犯了现代法律的界线。

第二，现代社会关于儿童的伦理要求既与成人生活的伦理要求有很大的重合，又包含了比后者更细致、更严格的内容。

现代人在儿童问题上的伦理观包含了与儿童有关的两方面的伦理内涵：一是关于儿童应该做什么、不应该做什么的伦理要求；二是关于成人对儿童应该做什么、不应该做什么的伦理要求。一方面，像诚实、守信、尊重他人等伦理品质是对儿童和成人同时有效的伦理要求；另一方面，在儿童的问题上，成人也常常需要遵守一些特殊的伦理底线。一些在成人生活中并不被认为违背了伦理要求的现象(最典型如"性"的话题)，在儿童生活中可能会被认为触犯到了一定的伦理禁忌。由此，避免使儿童过早接触到暴力、情色等方面的信息，就是成人在处理儿童生活事务时所要面对的一类特殊的伦理要求。

我们看到，随着现代社会的发展，后一类加诸成人的儿童伦理要求呈现出一种持续严格化的态势。人们越是认识到儿童相对于成人的特殊性，就越是意识到一种针对儿童的特殊伦理意识的必要性，他们对于儿童生活的伦理边界的看管也就越是严格。这类伦理要求的确立和普及，在很大程度上推进着现代社会的儿童保护事业。

第三，一个社会围绕着儿童建立起来的伦理观，既具有封闭性，又具有一定的开放性。

与一切伦理意识一样，一个社会围绕着儿童产生的伦理要求通常不是强制性的，但它却具有一种强大的文化和心理上的约束力。特定的儿童伦理观一旦获得公众的认可，就会成为稳定的社会伦理要求，社会成员如果违反这些要求，就会遭到社会舆论的强烈谴责。

但与此同时，围绕着儿童产生的伦理意识和伦理要求又是一个社会约定俗成的一种意识形态，它主要依靠社会成员在内心和舆论的双重约束下进行自觉遵守。虽然为了保障儿童的权益，一些面向成人的基本的儿童伦理要求进一步转化为了儿童保护的强制性法律规定，但在这一法律的边界之外，则是一个所指十分宽泛的儿童伦理的范围，其中不少伦理话题也存在一定的开放性。对于这些话题，我们往往难以做出简单的"对"或"错"的判断，而需要对其展开更深入的思考和分析。

这一现实会导致一些两难的伦理困境。比如，出于保护儿童的考虑，我们社会的伦理观倾向于把儿童从复杂、危险的社会生活中隔离开来，努力为他们营造一个安全、理想的童年世界，以使儿童获得健康的成长环境。但与此同时，当我们主张把儿童从那些危险的社会现实中完全隔离出去时，我们又剥夺了他们认识和应对复杂的社会生活的能力，从而导致他们在面对真实的生活危险时无所适从，反而易于遭到各种侵害。这实际上是把儿童暴露在了另一种危险之下。因此，我们会发现，在儿童保护的伦理问题上，有时并不存在一个没有争议的完美方案。相反，很多时候，我们需要从多个方面开放地思考相关的儿童伦理问题，从中寻找一个更可靠的平衡点。

二、儿童文学与儿童的道德养成

儿童文学与伦理学的关系，突出表现在它与儿童道德教化及道德养成之间的关系上。

第一，儿童文学的读者对象决定了儿童文学必然会与儿童的道德养成发生密切的联系。

儿童文学主要是写给儿童阅读的文学作品，而儿童的生长性和可塑性决定了在提供给儿童的文学作品中，人们一定会考虑到把一个社会认可的正面道德和伦理价值观念融入其中，传授给孩子。实际上，现代儿童文学最初的诞生，就与针对儿童的伦理教化目的直接相关。例如，1757 年，由法国的博蒙夫人改编自民间故事的著名童话《美妞与怪兽》，就在原来的民间故事之上添加了一个重要的儿童道德教训。故事里，作家借仙女之口向儿童传授美德的重要性：

> "美妞，"这位有名的仙女说，"比起漂亮和聪明来，你宁愿要高尚的品德，现在你得到了这一正确选择的报偿：你有了一位品德完美的丈夫，而且即将成为一个出众的王后。我希望你当了王后以后不要丢掉你的美德。"

（倪维中　王晔　译）

正是这一关于"美德"的伦理诉求使《美妞与怪兽》之类的幻想故事在当时被赋予了一则儿童故事的合法性，由此促成了现代儿童文学发生的起点。实际上，在整个现代儿童文学的发展史上，这个道德教化的目的从未离开过它的艺术机体。

第二，儿童文学的文本特性决定了它是向儿童传播道德观念的最合适、最有效的一种方式。

我们知道，促使儿童道德内化的一个重要因素是道德情感的养成，而儿童文学对于儿童读者的主要影响，也正表现在情感的体验和陶冶上。因此，在儿童道德养成的问题上，儿童文学可以很好地承担起上述道德内化的功能。

我们在前面已经提到，伦理观对于人的行为的影响不是强制性的，而是通过文化约束下的自我认同，进而造成观念的内化。比如，在诚实的问题上，我们不可能强迫儿童认同一种诚实的伦理（外力的强迫只能促使儿童尽量遵守说实话的纪律）；只有当儿童发自内心地意识到"诚实"作为人的一种自我伦理要求的正当性，以及这一伦理观在全社会所获得的普遍认同时，它才会真正成为儿童主动认可和自觉实践的一种伦理意识。因此，对儿童进行的这类伦理教引，主要也是为了培养儿童的一种自觉的伦理道德观。在这方面，儿童文学表现出了对儿童的强大道德影响力。通过文学传递的伦理观，可以在儿童身上达到比许多说教更显著的效果。

早在现代儿童文学发展的初期，人们就意识到了儿童文学在实施儿童道德教化功能方面的优势。在 18 世纪的欧洲，旨在培养儿童道德意识和道德行为的道德小说在早期儿童文学读物中占据了很大的份额。这些小说带有明确的伦理教育目的，其角色、情节等的设置，大多意在教导儿童成为善良、慷慨、谦虚、孝敬的孩子。

例如，作为早期儿童道德小说作家的代表，英国作家玛丽亚·埃奇沃思于 1796 年出版了《父母的帮手》一书。书中收录的五则故事，旨在向孩子传递勤劳、诚实、坚持不懈、乐于助人等优秀品质。在题为《懒惰的劳伦斯》的故事里，埃奇沃思塑造了一个勤奋、懂事而又关心他人的男孩杰姆的形象。杰姆和他年迈的寡母生活在一起，他事事能干，是母亲的好帮手。当另一个懒惰的男孩劳伦斯偷了杰姆的钱并被发现时，杰姆非但没有鄙视他，反而常常去看望他，给予他力所能及的帮助。在另一则题为《橘子人》的故事里，作家同样塑造了两个具有对比性的儿童角色，一个是诚实的男孩查尔斯，他"从不

玛丽亚·埃奇沃思

碰不属于自己的东西"，另一个是小偷纳德，他"总是拿走不属于自己的东西"。一天，查尔斯在上学路上遇见一个牵马的人，他的马背上驮着一筐筐上好的橘子。橘子人请查尔斯帮忙照看一下马背上的橘子，并许诺给他一个最好的橘子作为酬谢。就在查尔斯领命看管橘子的时候，纳德来了，他想尽办法要偷吃橘子，查尔斯则想尽办法保护橘子。最后，纳德被马腿踢伤，查尔斯保住了橘子。主人回来后，得知事情的经过，要送给查尔斯满满一帽兜的橘子，却被诚实的查尔斯婉言谢绝：

> "衷心谢谢您，先生，但我不能要这些橘子，除了我自己该得到的那一个。请把另外的那些个拿回去。虽然和我受的伤相比，这点橘子算不了什么，但我不是为了报偿才这么做的。我只是做了一件诚实的事情。所以，我不能要您的橘子，先生。我谢谢您，就跟我拿了这些橘子一样。"说完这些，查尔斯就要把橘子重新倒回篮子里去。

（赵霞 译）

最后，诚实的查尔斯捍卫了他的荣誉，得到了人们的夸奖，小偷

纳德则既没有吃到橘子，还成为人们嘲笑的对象。

这则故事带有明确的儿童道德教化目的，但它也通过故事的趣味使相关的道德教训变得生动起来。可以想见，如果我们把"诚实做人"的道德教训从这则故事中完全抽离出来，它就变成了干巴巴的教条，难以引起儿童内心的共鸣。而当它被寄托在一个同龄人的故事中时，借助于故事的波澜起伏，它激发了儿童内心的情感；通过儿童对故事主角的认同，它也为儿童树立了生动的榜样。

在儿童不应该做什么的道德问题上，文学的表现也显得格外生动。例如，《橘子人》里写到纳德从想碰橘子到想闻橘子再到想吃橘子的心理和行为变化时，作者这样告诫孩子：

> 小男孩们，你们要是想做个诚实的人，就得当心诱惑。别太相信你们自己，要记住，起头决心做正事容易，要坚持到最后就难了。人总是一点点地被引到邪路上去的。

> 看到橘子，纳德就想去碰一碰它们，碰了之后他就想闻一闻，闻了之后他又想尝一尝。

> （赵霞　译）

这里，如果小说没有写出纳德被橘子诱惑着一步步走向"失足"的生动过程，第一段文字就是纯粹的道德教条，它缺乏必要的感染力。而有了故事的诠释，这一道德的教训对孩子来说，就变得具体而可感了。因此，用文学的方式来传递特定的伦理观念，能够在孩子们身上激起一种内心的情感，它的影响是抽象的道德训诫难以相譬的。这也是早期儿童道德小说受到人们器重的原因。

当然，像《橘子人》这样的儿童小说，其文学的展开还是完全服务于道德教条的诠释的。在儿童自己的文学读物还比较缺乏的年代，这类作品一度受到了孩子们的热烈欢迎，但随着儿童文学艺术的逐渐发展，人们开始越来越多地思考怎样使儿童文学的艺术性与其道德目的完好地融为一体。在这个过程中，显在的道德教训开始淡出儿童文学的艺术世界，文学的魅力则日益被凸显出来。然而，不论儿童文学的艺术获得怎样的自由，它从未割断与儿童的伦理生活和伦理教化之间的血脉联系。这也是儿童文学区别于一般文学的另一个重要特征。在今天的儿童文学作品中，伦理和道德的教化仍然无处不在，只是它们越来越懂得如何尊重儿童文学艺术表现的规律和自由。

第三，儿童文学独特的艺术表现力使其伦理关切不只停留在一般的童年道德养成层面，也探向着人类伦理思考的深处。

在当代儿童文学艺术发展现实的推动下，儿童文学作品开始尝试表现一些更复杂的伦理难题。丹麦作家莱夫·克里斯坦森与插画家迪克·斯坦伯格合作的图画书《不是我的错》，以图画故事的形式探讨了一个既常见于童年的日常生活，又触及人类某种文化隐痛的深刻伦理话题。故事

《不是我的错》

的画面由十五个简笔画勾勒的孩子构成，其中一个孩子显然被孤立在外，掩面而泣，其他十四个孩子则一一出来申诉"不是我的错"的理由：

那是课间发生的事情，不关我的事啊。

我不知道事情是怎么开始的，也不知道他为什么哭。

老实说，我知道是怎么回事，我知道他为什么哭，但确实不

是我的错。

我很害怕，我什么都不敢做，只能在一边看着。

那么多人在欺负他，我一个人也没办法，这不能怪我呀。

很多人都打了他，其实，所有人都打了他。我只轻轻地打了他一下……

不是我先打的。是别人先打的。所以不是我的错。

不是我的错，是他自己太特别，跟我们大家都不一样。

他是个笨蛋，他被打一点都不奇怪！都是他自己的错。

……

（周晶　译）

从每个孩子的自我辩解中，我们可以隐约揣摩到事情发生的经过。这是一场在大家的沉默和从众中得以持续演进的不公正的集体欺侮事件。出于自愿或不自愿的心态，每个孩子实际上都参与到了对"他"的欺侮行为中；而他们同时也意识到了这一行为的不当性，于是又以各种"不是我的错"的理由推卸着自己的责任。这个故事的笔墨虽简要至极，却包含了十分厚重的伦理内涵，它不只是一个真切的儿童故事，也让我们联想到人类历史上那些同样由类似的沉默和从众而造成的伦理悲剧。当作者在图画书的结尾向读者提出"和我没有关系吗？"的反思时，他们是以童年的日常伦理探讨着人类和人性的深刻伦理。

比利时童书作家阳德·金德尔的《有时候我会脸红》同样是一本探讨童年伦理话题的图画书。从"我突然发现都尔的脸不知道为什么红了"开始，都尔"脸红了"这样一个小小的表情，在孩子们嘲弄的目光下被渲染成了一件极其可笑的事情。尽管"都尔并没有做错什么"，但大家似乎是被一种嘲笑的舆论不由自主地支配着，加入了取笑都尔的队列中，它甚至演变成了对都尔的人身欺辱。"我"在这时感到了这一行为的不对劲，也很想帮助困境中的都尔，可"我"始终没有勇气站出来为他说话，即便是在老师前来问话的时候。《有时候我会脸红》真实地写出了一个孩子在这样的伦理困境中所体验到的某种带有自我拷问性质的思想争斗过程。"我要说点什么吗？""为什么是我呢？""要我一个人去面对整个班的同学？当然不了，我又没疯。"我们看到，这已经不只是童年的自我呓语了，它所指向的艰难的伦理抉择，也是大人在日常生活中经常面对的伦理难题。这本图画书最大的成功在于，当"我"最后做出"说实话"的选择时，"我"仍然是犹豫的，不坚定的，充满顾虑的，我在心里告诉自己，"我不想给自己找麻烦"，但"不知怎么却慢慢举起了手"。正是这个"不知怎么"的举动，把"我"从良知的煎熬中拯救了出来。这是一个充满勇气的举动，也是一个值得我们成年人回味和深思的举动——面对生活中同样的境况，我们会有勇气像故事里的这个孩子一样，为了心中的正义和良知而举起手来吗？

像《不是我的错》《有时候我会脸红》这样的儿童文学故事，除了书写儿童的生活之外，更向儿童传递着一种重要的人文伦理精神。这种精神以其对"我"之外的别人和别的价值的关注，诠释着比单个的"我"更广阔的"人"这个词语的意义。它也体现了儿童文学最深刻的一种伦理意义和价值。

三、儿童文学的伦理审查

考虑到儿童文学与儿童伦理教化之间存在着如此密切而悠久的历史和现实联系，针对儿童文学的伦理审查行为就显得顺理成章了。在现代儿童文学的艺术帷幕刚刚启开的时候，人们就已经开始关注到对这类儿童读物开展伦理审查的必要性。19世纪初，由英国女作家莎拉·特里默创办和主持的《教育护卫者》杂志，被认为是最早对儿童书籍展开严肃批评的一份杂志。在每期杂志上，除了摘录和发表关于教育问题的文章外，还包括由特里默亲自撰写的童书评论，其评论的基本宗旨，即是指出特定的童书作品对于儿童读者的适宜性问题。当然，她所关心的不是孩子是否喜欢这些作品，而是它们是否符合当时的宗教、政治和社会等级的伦理。我们很容易看到，这里面包含了一个明确的童书伦理审查意识：在特里默看来，一些内容是不应该出现在童书中并提供给孩子阅读的，即便它们受到孩子们的喜欢；儿童文学应该只提供那些对孩子来说有益的东西。

例如，特里默十分不赞同给孩子读童话之类的读物。在她看来，这类故事所提供的是一种关于世界的非理性的看法，它们还往往宣扬无须付出辛劳就能获得成功的生活观念，这显然大悖于当时的儿童伦理观。特里默认为，童话缺乏现实生活的基础，它会在孩子们的头脑中激起荒唐的情感，特别是在缺乏一种合适的道德观或一个称职的道德立场叙事者的情况下，它会使儿童迷陷其中，不能自拔。由于孩子自己在这些方面是缺乏判断力的，成人就必须做好伦理审查的把关工作。特里默的这一工作对当时的儿童书籍销售产生了很大的影响，通过这一方式，它也影响着出版商和作家们对于儿童文学写作题材的小心选择。这一童书的伦理审查传统一经建立，从未间断。今天，有关特定儿童文学读物在儿童伦理上适宜与否的审查考虑，仍然极大地影响着儿童文学的创作、出版和市场销售行为。

关于儿童文学的伦理审查有三个基本的问题。这三个基本问题能够帮助我们比较全面地理解儿童文学伦理审查的必要性、可行性以及有效性。

1. 为什么儿童文学需要伦理审查？

针对儿童文学的伦理审查，既是出于对儿童身心发展特征的考虑，也是出于成人对儿童进行文化塑造的意图。

首先，从儿童的身心发展特征来看，由于儿童尚处于身体和精神最初的塑形期，如果他们所接触的儿童文学作品传递的是不宜于他们接受的一些伦理内容，就容易给他们的发展带来负面的影响，甚至对他们的精神造成永久的伤害。从这个角度来看，特里默对童话幻想的批评也不无道理。虽然幻想是儿童文学的重要艺术维度，但当这类幻想的内容超出了儿童伦理的限度，进而导致一些年幼的孩子把幻想当作现实来接受和模仿时，它就容易带来伦理方面的问题。例如，儿童文学显然不宜表现过于恐怖的幻想，因为这类幻想极有可能会对孩子稚嫩的身心造成难以承受的冲击。

其次，从成人对儿童进行文化塑造的意图来看，如果我们想要让儿童成为符合我们期待的文化继承人，就必须要把一套相应的文化伦理意识和规则传授给他们。正是这些基本的伦理规则保证了我们的文化得以安全地传承下去。实际上，为了维护我们社会的基本伦理规则，成人文学一样有着悠久的伦理审查传统。只不过，像我们在谈及儿童与伦理的关系时曾提到的那样，由于儿童文学涉及的是儿童的问题，它的伦理考量也比成人文学要严格得多。保持儿童文学作品在伦理上的正当性和合宜性，有利于从源头处保证文化传承的正当性和合宜性。

从以上两个方面来看，儿童文学具有一种天然的伦理特性，不论其艺术有一天发展到多么自由的程度，它都不可能脱离特定的伦理审查要求。

2. 如何理解儿童文学伦理审查的标准？

我们在前面已经提到，一个社会针对儿童的伦理观是处于历史变迁中的观念。儿童文学的伦理审查也是如此。例如，在 18 世纪末、19 世纪初的英国，向儿童传达《圣经》的神圣教条作为一种重要的伦理内容，在特里默的儿童图书审查标准中占据了首要的位置。但到了今天，这一严格的宗教教条已经从儿童文学的伦理标准中退出，被其他更具普遍性的人文伦理内容所取代。

总体上看，现代儿童文学的伦理审查标准处于持续的开放进程中。随着儿童文学艺术的发展，许多过去被认为不符合儿童文学伦理标准的内容，现在已经成为公认的合法表现对象。而这一开放所遵循的基本原则，是相应的伦理标准是否真正符合儿童自身的发展利益。例如，过去的一个时期，人们认为儿童文学应塑造循规蹈矩的儿童形象，因此，童年狂野的游戏生活并不符合那时的童书伦理审查标准。但到了今天，这一符合儿童身心需求的游戏自由无疑已经成为儿童文学的一个合法且重要的表现内容。

再比如，儿童文学能否向儿童展示社会黑暗面，这也是一个重要的伦理审查话题。1983年，儿童文学作家丁阿虎发表了一篇名为《祭蛇》的短篇儿童小说。小说中，一群孩子打死一条蛇后，想出了一个"祭蛇"的游戏。祭蛇要烧纸，大家便忙着找纸头。名叫明明的孩子抢过另一个孩子斌斌手中的信封，打开信纸磕磕绊绊地念道：

李书记：

　　上次你答应把我爱人转到县棉纺厂的事落实否？这次安排"土地工"是个机会，请多关照。

　　我队西瓜就要熟了，到时候一定送上请您品尝。

　　……

尽管孩子们听得半懂不懂，信封和信纸还是被当作"钱纸"，丢进了火堆。在明明的一声"李书记呀"的开腔中，大家哭道：

　　"你是猪八戒吃西瓜呀！"

　　"胀破肚皮要送命呀！"

　　"还是省点我们吃吃吧！"

　　"伤心啊——"

　　"蛇——"

这篇小说发表后，一时引发评论界的争议，争议的焦点之一主要集中在儿童文学作品是否适宜以这样的方式揭露社会黑暗面。这场争议最后并未得出定论，但这篇小说的发表和它所引发的讨论本身已经说明了当时儿童文学的伦理边界正在悄然发生拓展。我们看到，从上个世纪80年代到今天，许多过去被认为具有一定伦理禁忌性的题材，比如少男少女的朦胧爱情等，都已经成为儿童文学的合法表现对象。同样地，许多过去被认为不一定适合儿童文学的艺术手法，比如书写生活阴影面的现实主义手法，也已经在儿童文学的写作中得到广泛认可。

然而，儿童文学的伦理界线拓展并不是无限的。在儿童文学的艺术发展进程中，我们大可以开放地质疑和探讨特定儿童文学伦理标准的合适性，却不能否定儿童文学伦理标准本身的存在合理性。在儿童文学伦理标准的开放过程中，有一条确定的界限是不能跨越的，那就是对于任何有悖于童年生命精神和儿童发展要求的表现内容，我们都不应给予文学伦理上的随意宽容。比如，儿童文学并不回避社会生活的黑暗面，但如果这种黑暗面的书写超出了儿童接受的程度，甚而造成对儿童的精神伤害，它就应当立即引起我们的伦理警觉。对儿童文学而言，一种自觉的伦理意识在任何时候都是不能被抛弃的。

3. 如何保证儿童文学伦理审查的有效性？

正如伦理本身主要是一个文化而非立法上的范畴一样，对于儿童文学的伦理审查，有一部分可以通过明确的规则（包括立法）得到规定和实施，但还有更多的部分则有赖于我们主观的文化辨识力、判断力和自我约束力。在这样的现实下，如何保证儿童文学伦理审查的有效性呢？

儿童文学的伦理审查，主要是通过影响人的观念和社会舆论，进而对儿童文学的创作者、出版者造成一种客观的文化约束力。如果一个社会已经建立起了合格的儿童文学伦理审查的专业机制，它可以承担起对儿童文学作品开展伦理审查的主要职能；而在这类机制缺席的情况下，教师、家长和其他儿童监护人应该主动、自觉地承担起儿童文学的伦理审查职责。当然，在儿童文学的伦理问题上，仅凭一般的公众道德舆论对其进行简单的审查决断是远远不够的，它甚至可能伤害儿童文学艺术的开放性。一种真正富于价值的儿童文学伦理评判的前提，是我们充分理解和领会了儿童文学的艺术开放性；而获得这种理解和领会的唯一途径，就是深入走进儿童文学的艺术世界。我们越是了解儿童文学的历史，熟悉儿童文学的创作，我们对于儿童文学的认识就越是丰富和深刻，与此相应地，我们在行使儿童文学的伦理审查职责时所做出的判断，也就越是准确和科学。

思考与练习

1. 为什么需要从多学科的视角来考察儿童和儿童文学的问题？

2. 以一部（篇）具体的儿童文学作品为例，谈谈儿童文学是以何种方式与哲学思考发生关联的。儿童文学作品的哲学表达遵循什么样的规律，又具有什么样的特点？

3. 儿童文学与儿童教育观的关系主要体现在哪些方面？如何理解儿童文学的教育性与文学性之间的关系？

4. 儿童文学与儿童道德养成之间有着什么样的联系？怎样理解儿童文学的伦理审查的必要性、标准以及有效性的问题？

注 释

[1] 参见方卫平：《中国儿童文学理论发展史》，上海：少年儿童出版社 2007 年版，第 136—137 页。

[2] 费尔南多·萨瓦特尔：《哲学的邀请》，林经纬译，北京：北京大学出版社 2007 年版，

第 201 页。

[3] 马修斯：《哲学与幼童》，陈国容译，北京：生活·读书·新知三联书店 1989 年版，第 8 页。

[4] 皮耶罗·费鲁奇：《孩子是个哲学家》，陆妮译，海口：海南出版社 2002 年版，第 8 页。

[5] 马修斯：《哲学与幼童》，陈国容译，北京：生活·读书·新知三联书店 1989 年版，第 27 页。

[6] 马修斯：《哲学与幼童》，陈国容译，北京：生活·读书·新知三联书店 1989 年版，第 1 页。

[7] 马修斯：《哲学与幼童》，陈国容译，北京：生活·读书·新知三联书店 1989 年版，第 67 页。

[8] 马修斯：《哲学与幼童》，陈国容译，北京：生活·读书·新知三联书店 1989 年版，第 71 页。

[9] 约翰·S.布鲁巴克：《教育问题史》，单中惠、王强译，济南：山东教育出版社 2012 年版，第 387 页。

[10] 让－皮埃尔·内罗杜：《古罗马的儿童》，张鸿、向征译，桂林：广西师范大学出版社 2005 年版，第 82 页。

[11] 让－皮埃尔·内罗杜：《古罗马的儿童》，张鸿、向征译，桂林：广西师范大学出版社 2005 年版，第 78—79 页。

[12] 约翰·洛克：《教育漫话》，徐诚、杨汉麟译，石家庄：河北人民出版社 1998 年版，第 143 页。

[13]《维果茨基教育论著选》，余震球选译，北京：人民教育出版社 2005 年版，第 386 页。

[14] 张天翼：《为〈宝葫芦的秘密〉再版给小读者的信》，转引自张天翼《宝葫芦的秘密》，武汉：湖北少年儿童出版社 2006 年版，第 354—355 页。

[15] 严既澄：《儿童文学在儿童教育上之价值》，转引自张心科《民国儿童文学教育文论辑笺》，北京：海豚出版社 2012 年版，第 22 页。

[16] 诺贝特·埃利亚斯：《文明的进程》，王佩莉、袁志英译，上海：上海译文出版社 2009 年版，第 188—189 页。

第五章　儿童文学的韵律艺术

一排鸭子，个子矮矮。

走起路来，屁股歪歪。

翅膀拍拍，太阳晒晒，

伸长脖子，吃吃青菜。

一排鸭子，个子矮矮，

走起路来，屁股歪歪。

——谢武彰《矮矮的鸭子》

让我们大声朗读《矮矮的鸭子》这首儿歌。我们会有一种奇妙的感觉，仿佛在节奏分明的朗读声中，真有一群矮矮的鸭子，屁股一歪一歪地朝着我们走来。作家以最为简单朴素的童言童语，生动地描绘出这样一个充满生活情味的场景。而在它成为一个优秀的儿童文学作品的过程中，作者对于儿童文学韵律艺术的熟练掌握和巧妙运用，起到了某种决定性的作用。

韵律是指事物运动的一种均匀节律。这里的事物既包括客观的实在，也包括语言、行为等非物质的对象。韵律在儿童文学的艺术世界里占有独特而显要的位置，这与儿童对韵律的天然敏感有关，也与儿童文学本身的艺术特性有关。儿童文学的韵律艺术不仅鲜明地体现在韵文体的儿童文学作品中，也在一些散文体的儿童文学作品中扮演着同样重要的角色。

第一节 童年和韵律

儿童对韵律的敏感既反映了深藏在他们身体中的一种个人性和集体性的审美本能，又代表了一种与童年安全感有关的秩序感。

一、韵律感是一种本能

对韵律的敏感是人的天性。我们的生命，我们的生活，我们的一切社会活动，无不体现着这一古老的韵律本能。就连行走这样一个简单的动作，也体现了人类肌肉运动的某种韵律性。在音乐、舞蹈、建筑、绘画、文学等艺术样式中，人类与生俱来的韵律感更获得了充分的表现与传达。

这种人心中天然的韵律感，与我们身边所有生命现象，乃至我们周围一切环境所表现出的内在韵律感有着深刻的联系。四季轮转、昼夜更替、草木枯荣、候鸟迁移，这个世界上的所有事物似乎都有着属于自己的某种节奏规律，我们人类正是置身于这样一个巨大而无形的节律场之中。我们既认识和感受着这个宇宙的韵律，也在努力把握这种韵律，后者一直伴随并推动着人类文明的发展进程。例如，日历和钟表就体现了我们的祖先对于宇宙时间韵律的把握。在把握这些韵律的过程中，人类也将自身融入这一韵律体中——比如，随着日历和钟表的发明，我们人也部分地成为由年、月、日、时、分、秒的韵律来界定的一种文化生物。

儿童的身体继承了这种积淀在人类集体无意识深处的韵律感，他们身边充满韵律的生活则进一步强化着他们身体内的这一韵律原型。

我们看到，韵律感从一开始就伴随着儿童的成长，它也表现为个体童年期的一种本能感觉。婴儿还在胎儿时期就感受到母亲有节奏的心跳，而婴儿期出于本能的吮吸行为，也是一个富于节奏感的动作。实验发现，如果对哭闹的新生儿播放与母亲心跳频率相近的声音，会使他们安静下来。婴儿也享受像摇篮那样有节奏的摇晃运动。早期儿童发展研究表明，婴儿更容易注意到周围环境中节奏分明的声音。此外，儿童的游戏活动也体现了这种显在的韵律感。童年时代的许多游戏本身就富于韵律性，跳绳、踢毽、荡秋千、打水漂、坐跷跷板等，都是讲究节奏把握与配合的游戏。在儿童发展的早期，这种游戏的韵律性又表现得格外明显。

童年期的韵律感中包含了原始和本能的审美成分，它有时外化为儿童的一种艺术本能。美国发展心理学家H.加登纳在《艺术与人的发展》一书中写道："在制作领域，一个一岁的幼儿有时能获得规则的节奏或制作出非常原始的绘画，虽然那也许只是胡乱的练习而不能算作品，然而开始作画的笔触都是有节奏的；它使我们感到，与生俱来的熟练行为的运动成分从一开始便构成了原始的审美活动。"[1] 这一与韵律感有关的"原始的审美活动"，也是人的审美本性的一种表现。

因此，儿童的韵律感既体现了儿童天然的一种心理和活动本能，也体现了他们固有的一种审美本能。

二、韵律感与秩序感

童年期的韵律敏感又与儿童对秩序的敏感有关。韵律指向规律，规律则代表了一种可以预期和把握的秩序，这种秩序感可以带来令孩子们感到愉悦的舒适感和满足感。

这一与韵律相关的秩序感，包含了一种对儿童来说至为重要的安全感。年幼的孩子对秩序格外敏感，这是因为对他们来说，有序的节律意味着身边的世界正处在一种稳定、合适、安全的状态中。因此，小孩子往往会不厌其烦地重复某些活动，以此来建立和巩固一种广义上的节奏规律。二三岁的孩子特别喜欢这一类游戏：

> 一个孩子爬到一张桌子下面，桌子上盖着垂到地面的桌布。小伙伴们看着他爬进去之后就走出房间，然后再回来掀起桌布。当他们发现桌子底下的同伴时，就会高兴得大声叫嚷。这个游戏一遍又一遍地重复着。他们依次说："现在，我来藏。"然后爬到那张桌子底下。[2]

孩子们明明知道这是一个重复的行为，也知道该去哪里寻找躲藏起来的同伴，但仍然不厌其烦地重复着同样的游戏程序。显然，在这个游戏中，令他们感到兴奋和快乐的并不只是"躲"和"找"的过程本身，更是通过有规律地重复的"躲"和"找"来确认生活的秩序，获得安全的体验。在这里，重复意味着节奏规律性的叠加和强化，这是幼儿韵律需要的表现之一。当一种行为或活动得到有规律的重复，从而形成一种可以预期的节奏时，它就成为一个能够带来安全感的对象。因此，"一个年仅三岁的儿童可以连续50次地不断重复同样的活动"[3]。同时，为孩子安排一种富于规律性的生活方式，也更有利于他们发展起健康的情绪和健全的人格。

从韵律中产生的秩序感，也加强了对事物的控制感，它同样是儿童格外需要的一种感觉。生活中，我们经常看到这样的情形：一个幼儿在听完一则故事之后，不断要求成人反复讲述这个故事，并且开始兴奋地参与其中一些动作或情节的预测。在这里，重复的讲述使原本陌生的故事越来越处在孩子可以控制的范围内，对于那些客观上最缺乏控制事物的力量、主观上又十分渴望获得这一控制力的年幼儿童来说，它的意义显然非比寻常。随着年龄的增长，儿童适应生活中的随机变化的能力会越来越强，但这一适应力的发展不是跳跃性的。对于年幼的孩子，我们应该让他们在一种富于规律性的生活环境中，逐渐学会面对和适应那些不可控的变化。

综上所述，儿童期是一个从身体到心理都富于韵律敏感的发育时期。这一既符合儿童身心发展的本能、又符合儿童身心发展需要的韵律感，在儿童文学的艺术创作中得到了充分的展示与发挥。

第二节　儿童文学的语言韵律

儿童文学，尤其是读者年龄段较低的幼儿文学，是一类十分重视语言韵律艺术的文学样式，这种重视与儿童的韵律敏感有着必然的关联。这一语言韵律艺术最为鲜明地体现在语音层面。

一、韵文体儿童文学的语言韵律

在所有语言类作品中，富于韵律感的歌谣、故事等作品能够迅速赢得儿童读者的好感，并促进儿童对相应语言的学习和记忆。"押韵的文字对孩子的影响可以追溯到出生之前。在一项研究中，妇女在怀孕的最后 3 个月反复诵读苏斯博士的《戴高帽的猫》，结果婴儿出生 52 小时后，可以从其他未押韵的书中分辨出苏斯博士的韵文书。"[4] 有鉴于此，韵文类儿童文学作品在幼儿期的阅读中占据着十分重要的位置。这类作品既包括节律齐整的儿歌和短小简单的儿童诗，也包括采用韵文体的故事、童话等。

儿童文学作品中最为明显也最为常见的声韵特点无疑是押韵，而最典型地运用押韵手法的儿童文学体裁，则是儿歌。比如下面这首传统童谣《老鼠嫁女》：

> 吱吱吱，抬花轿，
>
> 老鼠嫁女多热闹。
>
> 新娘穿个大红袄，
>
> 新郎头戴红缨帽。
>
> 前头彩旗整八对，
>
> 后头响手带火炮。
>
> 花轿抬到墙根起，
>
> 碰见一个大狸猫，
>
> 啊呜啊呜都吃了。

这首童谣有着整齐的歌行和规律的押韵。"轿""闹""袄""帽""炮""猫""了"等开口韵韵脚，既造成了童谣鲜明的节律感，又渲染了"老鼠嫁女"的热闹氛围。

儿歌是以语音上的韵律为第一审美要素的儿童文学作品，其韵律特征体现在语言的各个方面，除了句末的押韵外，还包括句中语词彼此配合构成的声韵效果，以及对偶、排比、回环、重复等句式上的声韵效果。传统童谣中的绕口令、连锁调、问答歌等，大多同时综合了上述多种韵律手法，其抑扬顿挫、节奏分明、朗朗上口的音韵特点，使得年幼的儿童在理解这些歌谣的意义之前，就能先记住它的语言。比如下面这首连锁调体的民间童谣《小板凳》：

小板凳歪歪，

里面坐个乖乖；

乖乖出来买菜，

里面坐个奶奶；

奶奶出来烧汤，

里面坐个姑娘；

姑娘出来梳头，

里面坐个小猴；

小猴出来作揖，

里面住个公鸡；

公鸡出来打鸣，

里面坐个豆虫；

豆虫出来咕咕容，

咕咕容。

这首儿歌以简白的日常口语和整齐、回环的声韵编织出一个语言的游戏。整个作品由同一个语言节奏均匀地贯穿始终，恰如音乐中固定的乐拍。上下歌行之间既有押韵，押韵中又有连锁调特有的换韵，读来整饬流畅。儿歌最后的"豆虫出来咕咕容，/ 咕咕容"

两句，在节奏上既与前面的歌行紧密相衔，又略有变化，从而为整首儿歌的声韵游戏添加了一个俏皮的收尾。这也是儿歌中常常使用的一种声韵形式。

由当代作家创作的儿歌，一方面很好地发扬了传统童谣的声韵艺术优势，另一方面，在注重儿歌的韵律感的同时，它还融入了作家个性化的创造，从而赋予了作品更为丰富俏皮的韵律效果。比如任溶溶的儿歌《我给小鸡起名字》：

任溶溶

一、二、三、四、五、六、七，

妈妈买来七只鸡，

我给小鸡起名字，

小一，

小二，

小三，

小四，

小五，

小六，

小七。

它们一下都走散，

一只东来一只西，

于是再也认不出，

谁是小七，

　　小六，

　　　小五，

　　　　小四，

　　　　　小三，

　　　　　　小二，

　　　　　　　小一。

　　这个作品既体现了儿歌特有的欢快节奏和整齐节律，又富于韵律创造的新意。歌中呈阶梯状下行的"小一，／小二，／小三，／小四，／小五，／小六，／小七"和"小七，／小六，／小五，／小四，／小三，／小二，／小一"，使得原本或许显得单调的数字排列，变成了一场充满趣味的韵律游戏。随着这一语言"阶梯"的延伸，其声韵也仿佛一组上下行进的音符，呈现出一种跳跃变化的活泼律动。

　　除儿歌外，另一类鲜明地体现了儿童文学语言声韵特点的体裁是儿童诗。相比于儿歌，儿童诗的声韵艺术更为自由，其韵律感也更为舒展。我们来读一读薛卫民的这首《房顶上的小树》：

　　　有一座很老的房子，

　　　房顶上长一棵小树。

　　　它朝上看——是蓝天，

　　　它朝下看——是马路。

　　　四周一个伙伴也没有，

它能向谁打个招呼？

连小鸟也不飞来唱歌，

小鸟都在森林中居住。

我一个人在家的时候，

老是看那棵房顶上的小树。

我还有出去玩儿的时候，

它呢，它却不能移动一步。

我总是盼着那老房子漏雨，

好赶来修屋顶的叔叔；

那时，我就央求好心的叔叔，

把小树移栽到别处。

　　这首儿童诗采用隔句押韵的形式，它带来了全诗声韵上一种显在的齐整感。但与此同时，它的每一个诗行又是舒散的，自由的，不受字数或结构上的严格限制，而更像是一个孩子寻常的语言表达。这个孩子为一株长在房顶上的小树生出了一份可爱的忧虑，小树的寂寞是一个孩子眼中的寂寞——它"一个伙伴也没有"，也"不能移动一步"，所以，孩子盼望着有一天"老房子漏雨"，好央求修屋顶的叔叔"把小树移栽到别处"。质朴的表达来自一颗天真、清纯的童心，它让我们在微笑中体验到一份诗意的感动。

　　儿童诗的上述声韵特点也使它比儿歌更宜于表现叙事过程的起伏转折。比如鲁兵的这首儿童叙事诗《小老虎逛马路》：

我是小老虎，／我是小老虎，／会荡秋千会跳舞，／会吹喇叭会敲鼓。／我是马戏团的小明星，／一出场，人们就欢呼。／可是我，老是关在笼子里，／你们说，有多难受有多苦。／可巧今天上午，／笼子坏了一根小铁柱。／太棒了！／我就溜了出来逛马路。

……

穿过小胡同，／来到大马路，／轿车客车吧吧呜，／行人多得无法数。／还有好多小朋友，／花花衣服花花裤，／有的拿着大气球，／有的在吃糖葫芦。／人们看见我，／马上就站住，／他们个个喜欢我，／喊着："小老虎，小老虎！"／呀，人越来越多了，／好像欢迎贵宾的队伍。／警察叔叔赶来了，／大叫："散开，快散开！／车子几百辆，全给堵了路。"／随后来的是大夫，／忙问："谁给老虎咬伤了？／还好，还好，没有出事故。"／接着来的是记者，／递来话筒对我说：／"请你谈点感想吧，小老虎。"／最后来的是驯兽员，／急得满脸是汗珠。／领着我回去，／边走边嘀咕：／"小老虎呀，小老虎，／你真胡闹，是个小迷糊。"／我呢，觉得挺委屈，／"我怎么胡闹了？／不过出来散散步。"

诗歌里这头逛马路的小老虎，就像一个偷偷从家里跑出来玩耍的孩子，对外面的一切充满好奇。因为小老虎的出现，马路上变得忙碌起来。诗歌中，韵母里的"u"（"虎""舞""鼓""呼"等）贯穿始终，但在这些韵母之间，诗歌的声韵排布又比较自由，其诗行有急有缓，有收有放，作者在其中可以自如地安排对话、叙述等。这是儿童诗的声韵特点带来的表达内容和方式的解放。

还有些儿童诗既不像儿歌那样讲究诗行长短、结构上的整

儿童文学教程
第五章
儿童文学的韵律艺术

齐划一，甚至也不遵从押韵的规定。但这并不意味着这类儿童诗忽视了语言的声韵艺术。许多形式上不注重韵脚的优秀自由体儿童诗，在诗歌内部的声韵处理上恰恰极为用心，并由此赋予了作品一种独特的内在语音韵律。我们看林焕彰的这首《鸽子学飞》：

鸽子学飞，

鸽子鸽子喜欢飞。

鸽子学飞，

鸽子鸽子喜欢绕着圈圈飞。

鸽子鸽子喜欢飞，

鸽子的家住在屋顶上，

鸽子鸽子喜欢绕着自己的家，

飞飞飞，飞飞飞……

这首《鸽子学飞》表现的是鸽子绕着圈圈飞的游戏，也是词和词之间重叠、往复、相互追赶和捉迷藏的游戏。我们看到，诗中词语、句型的重复非但没有减损诗的情味，反而生动地传达出了鸽子盘旋学飞的动作感觉。诗人并未使用一般诗歌中常见的押韵手法，其诗行结构也不整齐，但诗中不断重复的"鸽子""喜欢""飞"等语词，以及从"鸽子鸽子喜欢飞"到"鸽子鸽子喜欢绕着圈圈飞"再到"鸽子鸽子喜欢绕着自己的家，/ 飞飞飞，飞飞飞……"这样同一句子结构的不断加长，却造成了一种特殊的声韵效果。朗读这首诗歌，孩子会从其中充满趣味的语言游戏里感受到文字的奇妙，而鸽子绕着家盘旋不去的那份眷恋，也会随着这样一种回环徘徊的语言感觉，在他们的心里留下温暖的痕迹。

我们应该怎么理解这类较为自由的韵文体儿童文学作品的声韵艺术呢？在这一点上，英国诗人、诺贝尔文学奖获得者 T.S. 艾略特就诗歌艺术说过的一番话很值得我们思考：

> 拒绝押韵并非避重就轻，正相反，它给语言带来了更严格的要求。当韵脚那悦耳的回声不再响起，选词、句法、语序的优劣就更容易一目了然。……诗不押韵，字词中就会跃出许多微妙的音符，响起迄今未受注意、散落字里行间的音乐。[5]

这段话的意思不是否定押韵的意义，而是指出，语言的声音韵律是一个比押韵广泛得多的范畴，它实际上分布在语言表达的每一个角落，并考验着作家对于语言韵律的敏感和他在把握这一韵律方面的造诣。因此，对于韵文体儿童文学作品来说，讲究语音的韵律不是做到了节奏、押韵上的整齐排列就可以了，而是需要在创作中发掘语言的"微妙的音符"和"散落字里行间的音乐"，并以儿童文学独特的方式，把这种音乐性的美感完整地表现出来。

二、散文体儿童文学的语言韵律

儿童文学的语言韵律艺术不只体现在韵文体儿童文学作品中，也常见于散文体儿童文学的创作。

一般说来，散文体的体式本身即意味着一种语言声韵上的解放。但在散文体儿童文学作品中，也常出现押韵的情形。这一手法在幼儿文学领域最常得到运用。我们来看张秋生的童话《小花瓣》：

> 在碧绿的草地上，开着一朵花。

一朵金灿灿的小花，像是一张美丽的小脸蛋。

小花有十片小花瓣，她们紧紧地挨在一起，手拉手，肩靠肩，围成一个小圆圈。

风姐姐吹过这里，她说："小花瓣，小花瓣，让我看一看，哪瓣最好看。"

十片小花瓣都摇晃着小脑袋说："我们是平平常常的小花瓣，谁也不好看。"

风姐姐笑着说："奇怪真奇怪，十片并不好看的小花瓣，围成了一张美丽的小脸蛋。"

在碧绿的草地上，开着一朵花。听了风姐姐的话，十片花瓣笑得多么甜……

尽管这则小童话并没有采用韵文体的形式，但它在许多地方使用了"an"结尾的字，它们有的出现在句子的末尾，比如"蛋""肩""圈""看""甜"，有的则嵌在句子中间，比如"灿""脸""片""圆"。这些同韵字的交错和反复出现带来了声韵上谐和的节律感。与此同时，它们也与作品中包含"a""ai""ao""ang"等声韵的字——像"花""她""拉""开""挨""在""袋""怪""草""小""靠""好""笑""脑""像""张""让""晃""常"等——暗中形成呼应。这些声韵上相关的字词在如此短小的故事篇幅内的高密度集合，给这则散文体的童话带来了一种齐整而错落有致的韵律美感。

有些散文体的儿童文学作品并不在字词方面做特殊的声韵安排，而是通过作品整体上的谋篇布局，来体现一种特殊的语言韵律。比如金波的散文《树和喜鹊》：

从前，这里有一棵树，树上只有一个鸟窝，鸟窝里只有一只喜鹊。

树很孤单，喜鹊也很孤单。

后来，这里种了好多好多树，每棵树上都有鸟窝，每个鸟窝里都有喜鹊。

树有了邻居，喜鹊也有了邻居。

每天，天亮了，喜鹊叽叽喳喳叫几声，打着招呼一起飞走了。

天黑了，又叽叽喳喳地一起飞回窝里，安安静静地睡觉了。

树很快乐，喜鹊也很快乐。

这篇散文并未采用字词押韵的形式，但通过不同的文句之间在句式结构、语义表达等方面的前后对应，营造出了一种特别的声韵美感。比如，"从前，这里有一棵树，树上只有一个鸟窝，鸟窝里只有一只喜鹊"和"后来，这里种了好多好多树，每棵树上都有鸟窝，每个鸟窝里都有喜鹊"两句，句式基本一致，但句子中的某些成分又发生了些微变化。这使得这两句叙述既包含了回环的节律，但又不是简单的重复。在相近的语音节奏中，从"从前"到"后来"、从"一棵"到"好多好多"、从"只有"到"都有"的变化，突出了作家想要表达的故事氛围和情绪感觉。再比如"树很孤单，喜鹊也很孤单""树有了邻居，喜鹊也有了邻居"，以及"树很快乐，喜鹊也很快乐"三句，如果不是被其他叙述分隔开来，它们实际上构成了一组整齐的排比句式。"每天，天亮了，喜鹊叽叽喳喳地叫几声，打着招呼一起飞走了"与"天黑了，又叽叽喳喳地一起飞回窝里，安安静静地睡觉了"二句，其声韵关系也与前两组句子相近。这使得作品虽然采用了自由的散文体式，却同样富于声韵上的节律感。这种节律感加强了作品的诗意和趣味。

上述由句式、段落彼此构成的声韵关系，在面向幼儿读者的散文体儿童文学作品中尤为多见。在运用得当的前提下，它能够很好地烘托作品的氛围，传递故事的旨趣，也能够为儿童读者提供一种充满乐趣的语言游戏。比如木子的童话《长腿七和短腿八》：

长腿七的两条腿有七尺七寸长，短腿八的两条腿只有一尺八寸长。

长腿七住在第七村第七街第七号，短腿八住在第八村第八街第八号。

长腿七和短腿八两人是好朋友。

长腿七喜欢穿长长的牛仔裤，短腿八喜欢穿短短的短裤头。

长腿七住的是高高的高房子，短腿八住的是矮矮的矮屋子。

长腿七睡高床，用高桌子高板凳。短腿八睡矮床，用矮桌子矮板凳。

长腿七固定在每个月的第七天去找短腿八喝酒。短腿八也固定在每个月的第八天去找长腿七喝酒。

长腿七从第七村走到第八村只要走七分钟，短腿八从第八村走到第七村要走八小时。

长腿七请短腿八吃午饭这一天，短腿八在半夜里醒来就要出门去赶路。轮到短腿八请长腿七吃午饭这一天，长腿七要等短腿八煮好八个菜才出门。

短腿八在长腿七家里吃完了午饭要立刻走，走到晚上八点才到家。长腿七在短腿八家里吃完了午饭可以一直玩儿，玩儿到晚上七点才回家。

长腿七要弯着膝盖，驼着后背，才进得了短腿八的矮屋子。短腿八要站在长腿七家的高板凳上，才吃得到高脚桌上的饭菜。

长腿七是裁缝师，缝衣针常常掉在地上捡不到，一定要等短腿八来替他捡。

短腿八是种枣子的农夫，他爬上梯子也摘不到树上的枣子；长腿七不用梯子，一伸手就能摘到枣子。

长腿七做一条裤子要用布七尺七，短腿八做一条裤子只要一尺八。

长腿七替短腿八修屋顶，短腿八替长腿七刷地板。

长腿七的鞋带松了，短腿八替他系鞋带。大水来的时候，长腿七把短腿八扛在肩膀上。

长腿七喜欢捕捉枣树上的小知了。短腿八喜欢追逐草丛里的小蟋蟀。

每个月的第七天，短腿八在家忙里忙外，忙着招待长腿七来喝酒吃午饭。每个月的第八天，长腿七在家忙里忙外，忙着招待短腿八来喝酒吃午饭。

他们两个，你来我往很密切。

长腿七对短腿八说："如果你不来，我的缝衣针掉满地。"

短腿八对长腿七说："如果你不来，我的枣子没人替我摘。"

长腿七对短腿八说："你的短腿真有用。"

短腿八对长腿七说："你的长腿更有用。"

时间一年一年，一月一月地过去了。长腿七和短腿八一直都是好朋友。

这则童话的大部分叙事是以对位的语言形式持续向前推进的。"长腿七住的是高高的高房子，短腿八住的是矮矮的矮屋子。""长腿七睡高床，用高桌子高板凳。短腿八睡矮床，用矮桌子矮板凳。"……作品叙事所使用的这种简单而稚拙的对位重复，既富于语言的韵律感，又十分符合低龄儿童的言语表达特点。同时，在每一个句子内部，"七"与"八"、"长"与"短"、"高"与"矮"等对位字的有节奏的重复，也造成了一种特殊的语言韵律。显然，这不仅仅是一则关于一对特别的朋友互相帮助的温暖故事，同时也是一个跳跃着的语言游戏。作者利用"七"和"八"这两个数字以及"长"和"短"、"高"和"矮"这两对反义字，来塑造故事的角色和他们的各种有趣的特征，而发生在长腿七和短腿八之间的各种故事，也被编织进了交错变幻的语言游戏中。读到最后，说不清是语言的奇妙成全了故事的奇巧，还是故事的巧思成全了语言的游戏。

第三节　儿童文学的故事韵律

儿童文学的韵律除了体现在语言的显层面，也体现在故事的隐层面，这两者往往结合在一起。我们将从故事结构和故事节奏两个方面来对儿童文学的故事韵律展开分析。

一、故事结构的韵律

儿童文学的许多故事都带有典型的类型化特征。这里的类型化的意思，是指这类文学作品往往沿用了某些典型的故事模式。儿童文学的这一类型化故事特征，一方面是由于儿童文学最重要的母体——民间文学——本身就具有很强的类型性。我们在第一章曾经谈到民间文学的一些基本的故事结构模式，这其中不少模式都在儿童文学创作中得到了继承。比如民间故事最常见的三段式故事结构，也是儿童文学最为常见的一种故事结构类型；再比如民间故事中经常用到的另一种螺旋式故事结构，也多见于儿童文学的故事写作。另一方面，儿童文学的类型化特征也是由儿童文学特殊的读者对象所决定的。由于儿童的阅读能力、理解能力等都处于最初的发展阶段，在这一时期，类型化的故事结构可以使儿童快速把握故事的基本逻辑，进而比较顺利地进入作品的叙事世界。

类型化的故事结构给儿童文学带来了一种特殊的故事韵律。我们将以对举型、三段式、螺旋式三种典型的儿童文学故事结构为例，来谈一谈这一故事韵律的特点。

对举型故事结构，其故事整体由两个彼此相对的叙事部分构成，两部分之间结构相似，内容则形成一定的比较或对照关系。

比如冰波的童话《甜甜的手掌》：

> 住在北边的小黑熊，用大手掌把大苹果捏碎，揉呀揉呀。小黑熊说："我要让手掌变得甜甜的，有股苹果味。"
>
> 住在南边的小棕熊，用大手掌把草莓捏碎，揉呀揉呀。他说："我要让手掌变得甜甜的，有股草莓味。"

有了甜甜的手掌，两只小熊去冬眠。

小黑熊住进了一个大树洞里。

一会儿，小棕熊也住进了大树洞里。

两只小熊头碰着头，躺下来。

你看看我，我看看你，两只小熊都在想："是苹果味的好呢，还是草莓味的好？"

小黑熊说："我的苹果味给你尝尝。"

小棕熊说："我的草莓味给你尝尝。"

舔着甜甜的手掌，两只小熊都睡着了。

　　童话中，关于小黑熊和小棕熊的叙述采用的是结构相同的句式，其中只有少量词语的替换，它们在作品中的对举和交替出现，造成了故事结构上一种回环的韵律感。同时，上述两个叙事部分之间的对举关系又是有变化的，这变化巧妙地传递出了故事的旨趣。你注意到了吗？在故事刚开始时，关于小黑熊和小棕熊的两段叙述

《甜甜的手掌》

并无内容上的交织；在"我要让手掌变得甜甜的，有股苹果味"和"我要让手掌变得甜甜的，有股草莓味"的对举中，每段叙述中只有"我"的出现。这意味着，两只小熊在这时所关注的，仅仅是他们各自的世界。这一关系在他们相遇后悄然发生着变化——在"我的苹果味给你尝尝""我的草莓味给你尝尝"的对举中，"我"和"你"的世界相交并相融了。这一对举式的结构韵律使短短的故事如同一支回旋的曲子，沿

着幼儿易于把握和理解的节奏有规律地向前推进。这样节奏分明的故事结构有利于帮助年幼的读者顺利进入故事的情境，进而体会其中与"友情"和"分享"有关的温暖情感。

三段式的故事结构，其故事进程由三个结构相似、前后衔接的分进程构成，这三个进程之间一般呈现为逐步递进的关系。在三段式的故事结构中，情节与意义的转折、升华一般会落在最后一段故事进程上，但它同时又离不开前两个进程的必要铺垫。

比如日本儿童文学作家冈本良雄的童话《大海那边》：

早晨，大海对面的天空呈现出美丽的玫瑰色。静静的海滩上，三只早起的小螃蟹，挥动着大钳子在做体操。

一，二，咔嚓，咔嚓，三，四，咔嚓，咔嚓，五，六，七，八……就像是听从指挥一样。随着小螃蟹钳子的挥舞，玫瑰色的天空，渐渐变成了金色。

"瞧！瞧！"小螃蟹停止了做操。这时候，海面上突然冒出了一个又大又圆的太阳。这里，那里，到处都像撒下金色的粉末一样。

"啊，海那边是太阳的故乡。"一只小螃蟹说。

中午，三只小螃蟹在热得发烫的沙滩上比赛吹泡泡。噗噜噗噜，噗噜噗噜。这时候，一只白轮船鸣着汽笛，飞快地朝海对面开去。

"那条船是去美国的。"另一只小螃蟹说，"所以，海那边是美国。"

到了夜晚，三只小螃蟹在漆黑一片的海滩上散步。这时候，海对面的天空忽然一下子变亮了。小螃蟹们觉得波浪上仿佛架起了一座银光闪闪的桥，从海那边一直通到海滩上。噢，月亮升起来了。

这时候，第三只小螃蟹说："海那边是月亮的故乡。"

真的，大海那边到底是什么呢？

（季颖 译）

这则带有知识性和哲理性的幼儿童话在故事结构上很清楚地分为三个部分：随着时间从"早晨"到"中午"再到"夜晚"的三次变化，大海边的景色发生着变化，关于"大海那边是什么"的问题也有了三种不同的答案。童话的三个结构部分之间存在着故事内容、语言表达方面的不同之处，但又使用了基本相同的故事语法和许多形式相近的句子。这样，在每一次故事的推进中，它一方面保持着故事基本的结构规律，从而使年幼的孩子能够在发现和把握这一规律的同时顺利跟上故事的讲述，另一方面又以其规律中的变化向幼儿读者提出了新的阅读挑战，从而拓展了幼儿的故事阅读能力。

在一些采用三段式故事结构的儿童文学作品中，最后一个故事段落也常与前两个段落构成转折性的反差。比如奥谢耶娃的儿童故事《三个小伙伴》：

上午休息的时候，小朋友都在吃点心，只有维佳一个人站在一旁。

古里亚问他："你怎么不吃呢？"

"我把点心丢了……"

"真糟糕！"古里亚一边吃着一大块白面包，一边说，"到吃午饭还有好长时间呢。"

米沙问："你把点心丢在哪儿了？"

"我不知道。"维佳小声地说。

米沙说："你大概放在口袋里，不小心丢的。往后得放在书包里。"

可是瓦洛佳什么也没有问，他走到维佳跟前，把一块奶油面包掰成两半，一半塞在维佳手里，说："你拿着吃吧。"

（佚名　译）

这则短小的儿童故事讲述了一个发生在校园里的童年日常事件。当没有点心的维佳"一个人站在一旁"时，古里亚和米沙用言语表达了对他的关切与同情，但是只有瓦洛佳用他的行动实践了这份同情。故事里，维佳与古里亚、米沙的两段对话是铺垫，它们烘托了第三个伙伴瓦洛佳的行动。面对丢了点心的维佳，古里亚和米沙问了他，却什么也没做；瓦洛佳则"什么也没有问"，却做了对此时的维佳来说最重要的事情："他走到维佳跟前，把一块奶油面包掰成两半，一半塞在维佳手里。"在这一三段式的故事结构中，瓦洛佳的行动是一个重要的转折，它在前两个环节的铺垫之上揭示了整个故事的意义，也提升了整个故事的精神。

螺旋式的故事结构，往往表现为三段式结构的一种延伸，亦即作品整个故事由三个以上结构相近的叙事分进程构成。在这类作品中，各个分进程以相似的方式彼此叠加，螺旋上升，把故事的情节和气氛推往它的最高点。由于分进程的增加，作品的叙事可以更加曲折蜿蜒，由此也延长了故事的乐趣。

我们来看美国作家 E.H. 米那尔克的童话《给小熊的吻》：

"这张画像，我很喜欢。"小熊说。

"喂，母鸡。这张画像是为奶奶画的，你愿意拿去给她吗，母鸡？"

"好的，我愿意。"母鸡说。

小熊的奶奶收到画像很高兴。

"这是给小熊的一个吻，"她在母鸡的身上吻了一下说，"你愿意拿去给他吗，母鸡？"

"我很乐意帮忙。"母鸡说。

母鸡在路上看到一些朋友，就停下来跟他们聊天。

"喂，青蛙！我这儿有一个吻要捎给小熊，这是从他奶奶那儿拿来的。你愿意拿去给他吗，青蛙？"

"好。"青蛙接受了母鸡的吻。

路上，青蛙看见一个池塘，他停下来去游泳。

"喂，猫。我这儿有一个吻要捎给小熊，这是从他奶奶那儿拿来的。你愿意拿去给他吗？猫——喂！我在这里，池塘里！来把吻拿去吧。"

"行！"猫说。

于是他到池塘里去取吻。

猫在路上看到一个好地方，要去睡一觉。

"小鼬鼠，我这儿有一个吻要捎给小熊，你是一个很乖的小鼬鼠。"

小鼬鼠很乐意帮忙。路上，他看到了另一只小鼬鼠。

她很漂亮，他就把吻给了她。

她把吻还给他。

他又把吻还给她。

这时候，母鸡来了。"哦，这么多吻！"她说。

"但这是小熊的吻。这吻是从他奶奶那儿拿来的。"小鼬鼠说。

"那倒是真的，"母鸡说，"现在这个吻在谁那儿？"

小鼬鼠说在他那儿。母鸡就取回那个吻。

她跑到小熊那儿，把这个吻给了他。

"这是从你奶奶那儿拿来的，"她说，"因为你送了一张画像给她。"

"请拿一个吻去送给她。"小熊说。

"不，"母鸡说，"这是一个搞混了的吻。"

不久，两只小鼬鼠结婚了。他们俩是一对恩恩爱爱的好夫妻。

每个朋友都去祝贺，小熊是其中最好的一个。

（楼飞甫　译）

这个故事的螺旋式故事结构的触发点，是奶奶给小熊的一个吻。这个吻由母鸡"传递"给青蛙，由青蛙"传递"给猫，由猫"传递"给小鼬鼠，又在两只小鼬鼠之间来回"传递"了一番，最后还是"传递"给母鸡，由母鸡带给了小熊。一个吻，因为被传递而成为一个不平常的吻；同样，一件被传递的礼物，因为它的内容是一个吻，也因此成为一件不平常的礼物。螺旋式的故事结构正好用来表现这一奇妙的"传递吻"的故事。随着叙事螺旋的展开，熊奶奶托母鸡捎给小熊的吻给每一位传递者都带去了甜蜜的快乐，也让两只小鼬鼠成为"一对恩恩爱爱的好夫妻"。这么一来，小熊和奶奶之间的爱不再仅仅是属于他们自己的温暖，它也在故事里散发开来，制造出更多的爱和快乐。

在这里，螺旋式的故事韵律很好地呈现了故事的巧思，并充分传达了故事的情感。

许多儿童文学作品的故事结构都包含在对举式、三段式、螺旋式这三种结构韵律之中，或者是这三种结构的变体。这种故事结构的韵律使儿童读者更易于把握故事行进的线索，并有助于增强儿童对于身边世界的一种稳定的秩序体验。

二、故事节奏的韵律

儿童文学故事节奏的韵律，是指在文本内，由叙事的起承转合、轻重急缓等变化造成的一种节奏韵律。这一节奏的韵律存在于一切故事类的作品之中，但在儿童文学中，其节奏感往往更为明显。

美国作家路易丝·法蒂奥的童话《快乐的狮子》，讲述了这么一个有趣的故事：一只快乐的狮子住在一家动物园里。许多人来动物园看它，友好地跟它打招呼，还给它带来美味的食物。有一天早上，它发现饲养员忘了关上它的房门，忽然想到了一个主意：它要走出动物园，去回访那些常来看望它的朋友。然而，当它走上大街，向那些平时总是友善地招呼它的人们致意时，这些人却变得和过去大不一样：一位先生瘫软在人行道上，三位女士吓得惊叫着跑开，一位太太抡起装满蔬菜的购物袋朝它打去，一支乐队跌撞作一团，乐师们四处奔逃……不一会儿，大街上就变得空无一人。闻讯而来的消防队员们慢慢靠近狮子，准备拿水龙带制服它。这时，饲养员的儿子法兰西斯出现了。所有人当中，只有他还像过去那样，快乐地和狮子打招呼。最后，法兰西斯陪着快乐的狮子一起回到了动物园。不用说，他和狮子成了最亲密的朋友。

这则童话的故事讲述有着鲜明的节奏感。故事起头，我们最初认识这头快乐的狮子，是在人们纷纷到动物园来看望它的时候。故事的这一部分洋溢着一种快乐、闲适、温暖的生活气息，其节奏也较为舒缓。等到快乐的狮子走出动物园，走上街市，尽管它仍然表现得快乐、闲适而友善，但街市上却弥漫起一种紧张的氛围，人们尖叫的尖叫，晕倒的晕倒，一切全乱了套。这一部分，故事的节奏略有加快，渲染出一种紧张的情绪和氛围。就在这种紧张感积累至顶点时，法兰西斯来了。小男孩的到来以人们意想不到的方式，忽地松开了故事的节奏，缓解了刚刚还无处不在的紧张感和压抑感，进而把故事的氛围重新带回到了一种舒适、欢乐的状态里。我们可以明显感觉到，作品故事节奏的急缓变化造成了一种起伏跌宕的故事韵律，从而增加了阅读的趣味，并凸显了故事的意义。快乐的狮子的这趟出走让它认识到谁才是它真正的好朋友，也让我们看到，成人往往只能快乐地欣赏关在笼子里的狮子，而孩子却懂得快乐地与笼子外自由的狮子交朋友。

故事的节奏总是与故事的结构合为一体，并通过特定的结构得以表现。周锐的童话《门铃和梯子》体现了典型的对举式叙事结构，而在对举的故事段落内，通过故事节奏的停顿和转折，这则小童话的趣味得到了独特而充分的传达：

> 野猪家离长颈鹿家挺远的。但为了见到好朋友，野猪不怕路远。
>
> 到了。咚咚咚！野猪去敲长颈鹿的门。
>
> 敲了好一会儿，没有人来开门。
>
> 野猪大声问："长颈鹿大哥在家吗？"

"在家呢。"长颈鹿在里面答应。

"咦,在家为什么不开门?"

"野猪兄弟,你往上瞧,我新装了一个门铃。有谁来找我,要先按门铃。我听见铃响以后,就会来开门。"

野猪抬起头来,看见了那个门铃。"长颈鹿大哥,我很愿意按铃的,但你把它装得太高,我够不着。所以我还是像以前那样敲敲门吧!"——咚咚!

可是长颈鹿仍然不开门。"对不起,野猪兄弟,我知道你真的够不着。但你就不能想想办法吗?要是大家都像你这样,图省事,敲敲门算了,那我的门铃不是白装了吗?"

野猪没话说了,但又怎么也想不出能按到门铃的办法,只好嘟嘟囔囔回家去了。

过了一些日子,野猪又来看长颈鹿。这回他"哼哧哼哧"地扛来了一架梯子。

野猪把梯子架在长颈鹿门外,爬上去,一伸手,够着了那个门铃。

可是,怎么按也按不响,急得野猪哇哇叫。

"对不起,野猪兄弟,"长颈鹿在里面解释说,"门铃坏了,只好麻烦你敲几下门了。"

"这怎么行!"野猪叫起来,"只敲几下门?那我的梯子不是白扛来了!"

作品中,野猪的主要行动目的是"见到好朋友",但这个目的在故事里却一直遭到延宕,到最后也没能实现。作品的故事讲述就围绕着这一延宕的过程巧妙地展开。野猪"不怕路远"地跑到长颈鹿家看望好朋友，走路，到达，敲门，一切都按照生活的正常节奏有序地进行着。然而，在长颈鹿家门口，原本顺畅推进着的故事节奏忽然被迫停顿了。先是野猪敲门，"敲了好一会儿，没有人来开门"。长颈鹿不在家吗？这是第一个悬念。野猪开始叫门，原来长颈鹿在家呢，第二个疑问随之而来："在家为什么不开门？"原来长颈鹿家新装了个门铃，他想让野猪按了门铃，等门铃响过之后，再去开门。这样看来，只要野猪按响门铃，故事又能够顺利朝前发展了。但第三个转折紧跟着到来：野猪的个子太矮，按不到长颈鹿装的门铃，他跟长颈鹿解释了情况，还是敲了敲门。这回长颈鹿总该开门了吧？不料第四个转折又来了，长颈鹿说："要是大家都像你这样，图省事，敲敲门算了，那我的门铃不是白装了吗？"野猪没办法，只好回家去了。过了些天，野猪好不容易从家里扛来了梯子，却没能按响长颈鹿家的门铃。原来门铃坏了。长颈鹿请野猪再从按门铃改成敲门。这下轮到野猪不高兴了："只敲几下门？那我的梯子不是白扛来了！"

你看，这么短短的一则童话，其内在的故事节奏却大有文章，在欲进还退、欲退还进的节奏变化中，发生在一高一矮两个好朋友之间的这场故事被渲染得生动活泼，稚趣十足。

故事的节奏感在一些特别富于悬念感的儿童小说和童话中表现得格外突出。比如德国作家凯斯特纳的儿童小说《埃米尔擒贼记》，讲述了小男孩埃米尔的一场奇遇。住在新城的埃米尔坐火车去柏林的外婆那儿度假，并应妈妈的嘱托给外婆捎去 120 马克钱。他在火车上不留神睡着了，醒来时，发现口袋里的钱不翼而飞。埃米尔判定小偷是车上同一个隔间里一个自称格龙德艾斯的大人，便决心要把自己的钱拿回来。在柏林，埃米尔得到了一群当地孩子的帮助，他们想方设法跟踪那个偷钱的人，并包围了他的住处，进而把他堵在了银行里。最终，大伙儿合力把小偷抓获。

小说的情节富于悬念感，其故事的节奏感也鲜明而强烈。故事开篇，埃米尔在妈妈的安排下收拾整洁，登上了前往柏林的火车。一切看上去都挺适意，故事的节奏也比较松弛，除了妈妈特意交代给埃米尔的那笔钱，偶尔会让我们像埃米尔一样，感到一缕莫名的紧张。火车上，埃米尔从乱梦中醒来，猛地发现兜里的钱不见了，故事的氛围一下子变得紧张起来，其节奏也随之开始加快。

埃米尔迅速跑下车，刚好看到小偷离开的身影。他决定追踪小偷，但又不知道该用什么方法使他把自己的钱交还回来。他孤身一人打探小偷的行踪，偶然结识了柏林的一群孩子，大家都愿意帮埃米尔抓贼，还成立了口号为"埃米尔"的行动队。这么一来，故事暂时从紧张的追踪转到了孩子们的结盟中，其节奏有了明显的舒缓，氛围也发生了些许转变，埃米尔不再是孤身一人了。

不过很快，大家就投入到了紧张的侦察行动中，故事的节奏随之再度收紧。得知行动队的消息，来帮忙的孩子越来越多，一大群孩子在路上把小偷团团围住，不料小偷转而跑进一家银行，想把从埃米尔身上偷来的三张纸钞找开，消灭罪证。这时候，埃米尔和朋友出面指认小偷，却发现自己还面临着一个关键的指认证据问题：怎么证明小偷手里的钱是埃米尔的？在最紧张的时刻，埃米尔忽地想起自己在火车上因为担心把钱弄丢，曾用一枚别针将装在信封里的三张纸钞与上衣口袋别在一起，因此，纸钞上面一定还留有别针的针孔。这样，在朋友们的帮助下，埃米尔最终顺利抓获小偷，取回了被偷走的钱。

就在作品的故事节奏逐渐平缓下来并且似乎要归于平静的时候，又一个意外降临了：警长拜访了埃米尔，告诉他抓获的这个盗贼正是银行悬赏捉拿的抢劫犯，埃米尔因此获得了 1000 马克的悬赏奖金。这对于仅靠妈妈工作糊口的埃米尔一家来说，当然是一笔不小的收入。这一情节安排在故事里激起了又一个节奏的高潮，随后才将我们带向最后的圆满结局。

除了上面提到的这条主线索的故事节奏，我们还可以从这部作品里发现更多细节性的节奏处理。通过调整叙事的节奏，作者在我们以为事情就要顺理成章地发生的时候，却意外地把我们带到另一个新的悬念之中，又在我们为情节的走向感到无比紧张的时候，有意放松故事的节奏，甚至潇洒地一笔荡开，使故事讲述的过程变得更为丰富、立体。这样，整部小说的叙事情节环环相扣，跌宕起伏的同时又显得张弛有度。这一故事的韵律性大大增强了小说作品的可读性。

故事节奏的韵律赋予了儿童文学以独特而丰富的艺术表现力。有时候，在一些并不以故事性见长的儿童文学作品中，一种富于节奏的叙事韵律也使作品呈现出别样的意趣。意大利作家大卫德·卡利编文、法国插画家塞吉·布罗什插图的图画书《我等待》，让我们看到这一叙事的韵律如何巧妙地与生命的节奏叠合在一起，营造出一种回味深长的故事感觉和故事趣味：

我等待

……自己快快长大。

……等待临睡前的亲吻。

……等待妈妈的蛋糕早早出炉。

……等待雨快点儿停。

……等待圣诞节来临。

我等待

……爱情。

……等待电影开场。

……等待街头的重逢。

我等待

……列车长的哨声。

……等待战争早日结束。

……等待一封家书。

……等待她说"我愿意"。

我等待

……自己的宝宝

……等待知道宝宝是男还是女。

……等待孩子们快快长大。

……等待我们共同的假期。

……等待对方先说"对不起"。

我等待

……孩子们的电话。

……等待医生说"不要紧"。

……等待她不再受苦。

……

……等待下一个春天的来临。

我等待

……有人按响门铃。

……等待孩子们回来看我。

……等待不久后即将来临的新生命。

（谢蓓　译）

在这部图画书中，一句句简单的"我等待"以极简而又极有概括力的方式，叙述了一个人从童年、青年、

《我等待》

中年到老年的生命过程中那些最具标志性的事件和体验。童年时代蛋糕的香味，青年时代羞涩的爱情，战争中的家书，婚姻中的相处，死亡与分离，以及新的生命的到来，新的等待的开始……每一次"等待"的内容，都是一个具体的生活事件，它们所包含的等待时间有长有短，仿佛寓示着生命的节奏也有急有缓。跟随着图画书的叙事韵律，我们体验到了生命的某种融欢乐和伤感于一体的迷人况味。它让我们看到，那些令我们沉醉其中的故事的韵律，也正是我们自己生命韵律的一种体现。

思考与练习

1. 童年期的韵律本能和韵律敏感表现在哪些方面?

2. 试举例谈谈韵文体儿童文学的语言韵律特征。

3. 如何理解散文体儿童文学的语言韵律特征?

4. 儿童文学的故事韵律主要体现在哪两个方面? 请结合具体的作品谈谈故事结构的韵律特征及其对于儿童文学的艺术价值。

注 释

[1] H.加登纳:《艺术与人的发展》,兰金仁译,北京: 光明日报出版社1988年版,第152页。

[2] 玛利亚·蒙台梭利:《童年的秘密》,金晶、孔伟译,北京: 中国发展出版社2003年版,第66页。

[3] 玛利亚·蒙台梭利:《发现孩子》,胡纯玉译,北京: 中国发展出版社2003年版,第112页。

[4] 吉姆·崔利斯:《朗读手册》,沙永玲、麦奇美、麦倩宜译,天津: 天津教育出版社2006年版,第84页。

[5] 托·斯·艾略特:《批评批评家》,李赋宁、杨自伍等译,上海: 上海译文出版社2012年版,第252—253页。

第六章　儿童文学的游戏艺术

有一次，在皮昂比诺下了一场糖果雨。哗啦啦洒下来就像一颗颗冰雹，但又是五光十色的：绿的、紫的、蓝的、玫瑰色的，什么颜色的全有。一个小孩捡了一颗绿的放在嘴里试了一下，很快就知道了这是薄荷味；另一个孩子尝了一块玫瑰色的，那是草莓味的。

"快来呀！都是糖果，都是糖果！"

所有的人都到马路上来了，想把自己的口袋塞得满满的。糖果雨密密麻麻地落下来，大家捡都来不及捡。

雨下了一会儿就停了，但是香气扑鼻的糖果已经像地毯一样盖满了马路，在脚下咯吱咯吱作响。放学回家的学生们一个个把自己的书包装得鼓鼓的。老太太们也摘下漂亮的头巾，把糖果放在里面打成一个小包袱。

——姜尼·罗大里《糖果雨》

这是意大利儿童文学作家姜尼·罗大里的童话《糖果雨》中的一个片段。一场奇妙的糖果雨，带人们告别板着脸的生活，走进了一个妙趣无穷的游戏的天地。在这里，生活的功利逻辑暂时退位，游戏的自由逻辑则得到了凸显。那些生活中没有办法实现的童年愿望，在想象的游戏里得到了充分的满足。糖果雨在现实中当然是不存在的，但谁能否认，每一个孩子的心里，都怀着这样一个糖果雨般的游戏梦想？

正如游戏构成了儿童生活的重要内容，游戏性也是儿童文学的一个重要特性。儿童文学的世界为孩子提供了一个特殊的游戏场域，在这个世界里，儿童天然的游戏需求得到了充分的重视与表达。

第一节　儿童与游戏

儿童游戏是最古老的儿童文化之一。"游戏，几乎就是童年的象征。"[1]对于儿童尤其是年幼的儿童来说，生活就是游戏，游戏也是生活。游戏对孩子来说不是一种剩余精力的简单挥霍，而是蕴含了学习、创造和娱乐等多重层面的意义。

一、游戏是一种学习

正如幼小的动物通过游戏来学习未来的生存技能一样，儿童也通过游戏模仿和学习成人世界的规则。我们看到，孩子在过家家之类的游戏中从事着生活中的各种角色扮演，并在这一实践性的扮演中温习和巩固他们对于世界的各种认知。因此，早在两千多年前，古希腊哲学家柏拉图就这样说："我的朋友，请不要强迫孩子们学习，要用做游戏的方法。"[2]苏联教育家马卡连柯认为儿童游戏"具有与成人的活动、工作和服务同样重要的意义。儿童在游戏中怎么样，当他长大的时候，他在工作中也多半如此"[3]。

儿童早期游戏所指向的往往是一种认知性学习。三岁前幼儿一般是从观察他人游戏开始，逐步进入独自游戏阶段。这一时期，他们的游戏通常需要借助一些具体的游戏物（如玩具）来展开。他们用自己的方式仔细地观察游戏对象，动用触觉、听觉、视觉甚至味觉来认识和熟悉它们，以"假装"的方式为它们安排想象性的角色。在这一过程中，幼儿需要充分调动自己的感知觉以及观察、注意等基本的认知能力。日常生活中，我们经常看到幼儿捧着一个简单的玩具，仔细观察和琢磨着它的模样，重复着它的功能，完全沉浸在自己的游戏世界里。这一阶段，即便在游戏时有其他幼儿参与，他们所关注的也是具体的游戏物，而不是身边的玩伴。当然，在这里，玩具和游戏都是一种中介，是孩子最初认识自己和世界的一个途径。

意大利教育家玛利亚·蒙台梭利描绘了一个六个月大的婴孩如何通过游戏建立最初的感觉和动作认识：

> 当小婴孩长到六个月大的时候，我给了她一个装有银色铃铛的玩具摇铃。我把摇铃放在她手里，教她怎么样才能摇出声音。玩了几分钟以后，她就把摇铃丢在了地上。我从地上把摇铃捡起来，重新放回她的手里，可是她又将它丢了下来。我们俩就这样你丢我捡地重复了好几次。

蒙台梭利

> 这孩子好像故意把响铃丢到地上，好让人帮她立刻捡回来似的。有一天，当小女孩手里又拿着响铃的时候，她不像以往一样把手全部打开让响铃掉到地上，而是先放开一只手指头，然后再放开另一只手指头，然后再

放开另一只，一直到最后五个指头全打开了，响铃才掉到了地上。此时，孩子目不转睛地看着自己的手指头。她一边反复做着一根一根张开手指的动作，一边继续观察着自己的手指。很明显，小女孩感兴趣的并非玩具响铃，而是整个手指的游戏，是那些知道怎么抓住东西的手指让她觉得有趣，而正是她对手指所做的观察让小婴孩感到快乐。……小婴儿的妈妈在这方面表现得十分明智，她克制了自己，不去把摇铃收起来，她也加入到孩子的游戏中。[4]

我们可以从许多婴儿身上看到他们对这一"你丢我捡"的重复游戏的热衷。蒙台梭利的解释告诉我们，对小婴孩来说，即使是在"让响铃掉到地上"这样简单的游戏里，也可能包含了认知上的某个重要进步。这个例子中的婴孩就是从这样的游戏中第一次感受到了"手"的用处，感受到了自己可以通过手指来对周围的事物进行控制。在婴儿的身心发展过程中，这无疑是一个引人关注的进步。

随着幼儿年龄的增长，其游戏也由认知性学习向着社会性学习的功能方向拓展。大约在四岁的孩子身上开始出现了合作游戏。几个孩子为了某个游戏目的组织起来，共同遵守一定的游戏规则来展开活动。在这样的过程中，人际关系逐渐变得重要起来。幼儿需要学习如何与他人分工和合作，才能顺利适应和完成游戏活动的目标。因此，这类游戏对于促进儿童的社会性学习具有十分积极的意义。

下面这个直至民国时期还在流传的"猫捉老鼠"的儿童游戏，生动地体现了游戏在儿童社会性发展中的重要作用。游戏的规则和过程是这样的：

孩子们选出两个人，一个做猫，一个做老鼠。

其余的孩子围成一个圈，老鼠在圈里，猫在圈外。孩子们一边转圈，一边进行下面的对话：

"现在啥时辰？"

"现在九点整。"

"老鼠在家吗？"

"老鼠在饭厅。"

在这个时候，老鼠始终小心翼翼地和猫保持最远的距离。

孩子们停止了转圈，猫便向老鼠猛扑过去，猫扑到这边，老鼠就跑到那边。这个游戏的一个规则就是猫必须正好跟着老鼠的脚步跑。经过几个回合的搏斗，老鼠虽然受到大家的奋力保护，但最后还是被猫"吃"了。[5]

显然，这个游戏的顺利开展离不开几个基本条件的支持：一是孩子们必须懂得通过群体的协商来分配游戏的角色；二是他们应该清楚每个角色的任务，并扮演好各自承担的角色任务；三是他们必须通过互相配合，才能最终成功完成游戏。我们看到，这其中包含了协商、合作等重要的儿童社会性学习。在这里，"正向的游戏经验助长了社会技巧的获得及使用；而拥有社会技巧可使幼儿在游戏中享受成功及乐趣的经验"[6]。正是在游戏中，孩子获得了重要的社会性成长。

二、游戏是一种创造

游戏的过程对游戏中的儿童来说是一个需要发动想象力的创造过程。在游戏中，他们的世界脱离了现实物质世界的束缚，而进入一种近似于梦想的国度。一根竹枝可以成为一匹骏马的象征，一把椅子可以成为一辆车子的象征，一个用小石子垒起的简陋的石包，完全可以被想象成一座金碧辉煌的宫殿。与成人相比，年幼的孩子有着在现实和创造的幻想之间随意进出的能力，因此，现实生活中的许多普普通通的对象，在他们眼中却可以瞬间幻化为游戏中真实的事物：

> 当一群孩子在建造一辆椅子和扶手齐全的四轮豪华马车时，他们感受到了多大的乐趣啊！建成后，一些孩子仰靠在马车里，心情愉悦地欣赏着他们所虚构的车外景色，还身临其境似的向招呼的人群鞠躬致意；另一些孩子则坐在椅背上，抽打着想象的烈马，鞭子在空中挥舞。[7]

通过这样的方式，儿童能够在日常生活的普通情境里为自己创造一出又一出的奇妙场景。所以弗洛伊德说："每一个正在做游戏的儿童的行为，看上去都像是一个正在展开想象的诗人。你看，他们不是在重新安排自己周围的世界，使它以一种自己更喜欢的新的面貌呈现出来吗？"[8]

古老的游戏文化让我们看到了儿童丰沛无比的创造能力。很多时候，一样简单的器具可以被玩出无数的游戏花样。让-皮埃尔·内罗杜引用古罗马诗人奥维德的文字描述了古罗马时代儿童以胡桃为媒介玩出的各种游戏：

> 孩子或是站着将胡桃一下子扔到地上，或是躺着用手指一次或两次瞄准胡桃。运气就在最多不过四个的胡桃上，一个放在其他三个上面。其他的孩子将一个胡桃顺斜坡滚下来，试图使其碰到地上的四个胡桃之一。用胡桃还可以玩猜单双游戏，猜中则象

征着财富！有时用粉笔画出 δ 星座，δ 也是希腊文的第四个字母，然后用一些线条将星座分成几部分，每个人都向图形内扔小棍子，根据小棍子所停留的位置再放入同样多的胡桃。有时，孩子们在稍远处放一个空罐子，看谁能够把胡桃扔进罐子里。[9]

在创造游戏方式的同时，游戏中的儿童也能够借助想象为自己创造出各种各样的虚拟角色：强大的国王、美丽的公主、能干的指挥员、了不起的火车司机以及各种各样的动物。蕴藏在童年头脑中的丰富幻想往往通过游戏的方式得以表达，正如马克·吐温笔下的顽童汤姆·索亚一会儿把自己想象成侠盗罗宾汉，在树林中与同伴扮演的皇家卫士展开大战，一会儿又和伙伴们扮演成海盗，在野地的游戏里体验做一个海盗的感觉。在这样的角色扮演中，儿童需要充分发挥想象力，为自己设想各种不同的生活情境以及与这些情境相应的行动规则。因此，每一次游戏都是一次故事的创造，在这个过程中，儿童所动用的丰富的想象能力和奇妙的想象逻辑，既展示了童年独特的创造力，同时也发展着这一创造力。

许多作家都曾沉浸在童年时代的游戏想象中，这些游戏唤醒、滋养了他们的创造力。作家任溶溶在散文《连环画和无锡大阿福》中这样回忆自己小时候指挥无锡大阿福演戏的时光：

> 无锡大阿福是奶妈带我去看她的同乡姐妹时，她们送给我的。奶妈看到我欢喜，又给我买。这些大阿福都是烂泥做的，胖胖的一个个，实在可爱。最后有近二十个无锡大阿福，几乎在床底下摆满了。一个无锡大阿福已经够好玩，一大群无锡大阿福简直是热闹。我像是他们的总司令，可以让他们排队，甚

至做戏（这些都是从连环画里看来的）。

在台湾作家桂文亚的散文《皂角树下有一家》里，童年时代珍藏过的一个漂亮的糖果盒和盒子里"住"着的"宝贝"玩具，成为作家小时候想象中一个个迷人故事的源头：

我一天到晚忙着掀开她们家的屋顶——就是那个镶了金边，画上了许多花鸟图案的糖盒盖。我喜欢找她们玩耍聊天。

好朋友就在这个安全的大宅院里过着和美的日子，东南西北四面围着墙，坐北朝南的正房是木头姑娘的香闺，里头搁着些好看的家具，东西厢房住的是洞洞小珠珠和花纽扣；与北房相对的南房分给小发卡和蝴蝶结，绣花线球就在游廊里追来跑去。

游廊可以躲避风吹日晒，可以坐着看小鸟飞上树梢，可是最好玩的还是可以把游廊的栏杆当作低栏，飞过来跳过去玩官兵捉强盗。

好朋友住的是一个三进四合院。铺着青筒瓦的影壁上布满了油绿的爬墙虎。当黄昏来访的时候，木头姑娘正好提着花洒为墙角下的海棠洗一个喷香的澡。不一会儿，洞洞小珠珠穿过正房与南房之间的垂花门跑了出来，樱桃小嘴噘得老高："大姑娘我大门不出，二门不迈，岂不成了刘姥姥？"

在糖果盒和纽扣、发卡这么一些不起眼的童年玩物里，竟藏着这样一个生动而丰富的故事世界。这是只有在童年想象力的作用下才会生成的游戏幻象，也只有自由游戏着的心灵，才具有从最寻常的生活物什中创造这类幻象的能力。

三、游戏是一种娱乐

与成人通过运动、比赛等"游戏"来为生活增添乐趣一样，游戏对儿童来说也是生活快乐的一个重要源泉。游戏中的儿童总是愉快的，这种令人满足的快感有助于强化幼儿潜意识中对世界和生命的积极态度，也有益于儿童身体的健康发展。儿童时期始终伴随着愉悦的满足感度过的孩子，长大后对于周围世界和他人有着更为积极的认识倾向，对于生活和学习中遇到的困难也更能表现出乐观的应对态度和解决问题的能力。蒙台梭利这样说道："三岁的孩子必须为他自己摆弄东西。如果给他依其身材比例制作的东西，容许他学着大人一样操作，他整个性格就会变得平和、满足。"[10]有一种观点甚至认为，如果个体童年时期未能充分领略游戏的快乐，那么即便在他成年之后，他也一定需要一个时期，通过游戏来重新弥补童年时代这份缺失的快感。

儿童以游戏的方式为自己制造欢乐，也体现了一种蓬勃的童年生命精神。这种精神能够穿越生活的沉重压迫，为童年营造一份浪漫的欢乐。画家齐白石这样回忆小时候穷孩子在砍柴的辛劳中以最简单的柴束创造出的游戏娱乐：

> 上了山，砍满了一担柴，我们在休息时候，常常集合三个人，做"打柴叉"的玩儿。打柴叉是用砍得的柴，每人取出一捆，一头着地，一头靠在一起，这就算是"叉"了。用柴耙远远地轮流掷过去，谁能掷倒了叉，就赢得别人的一捆，掷不倒的算是输，也就输掉自己的一捆柴。三人都掷倒了，或是都没曾掷倒，那是没有输赢。两人掷倒，就平分输的那一捆，每人赢到半捆。

最好当然是独自一人赢了，可以得到两捆柴。因为三捆柴并在一起，柴耙又不是很重的，掷倒那个柴叉，并不太容易，一捆柴的输赢，总要玩上好大半天。这是穷孩子不用花钱的娱乐，我小时也挺高兴玩的。[11]

孩子的游戏天然地具有一种冲破现实束缚的特征，当艰难的生活不能主动提供给孩子游戏的空间时，他就从生活中自己发现乐趣，创造乐趣。从这个意义上说，童年的游戏天性不分等级和地域，它是属于所有儿童的一种生命的权利。

在认识到儿童游戏的娱乐性质的同时，我们还应该看到，对儿童来说，游戏从来不只是一种纯粹的娱乐。他在娱乐的同时，也在学习，在创造。从这个角度看，儿童的游戏并不等同于成人工作了一天后的轻松消遣；相反，当一个或一群孩子全身心地投入游戏的娱乐中时，游戏对他们而言就是工作，而且是一项需要严肃对待的工作。一位作家这样描写乡间的放牛娃们如何专注地投入一种特殊的"斗草"游戏中：

我们放牛的孩子骑在牛背上，一眼瞅见蟋蟀草在朝我们眨着眼睛，于是一个个从牛背上溜下来，每个人摘了根蟋蟀草，小心地从草茎的底部把草汁挤到顶端上来，草端上便出现了一个与露珠一般无二的圆体，也在太阳里晶莹闪亮。

啊，草茎顶端有一个小太阳！

两个小家伙头顶着头，趴在地上，一声不响地、小心翼翼地把手中的草茎向对方手中的草茎撞去。哪怕是最莽撞的孩子，此时也知道小心谨慎了。那全神贯注的小眼睛，那庄重过分的神态，无异是在进行人生有数的不同凡响的拼搏。于是有个草茎上的太阳陨落了，有个草茎上的太阳膨胀了。当然胜负也就有了定义。[12]

这段描写中提到的"全神贯注"和"庄重"的神态，是我们常常可以从游戏的孩子身上见到的游戏态度，正是这态度使得童年的游戏不应被理解为无关紧要的闲暇娱乐，而是儿童全部生命力的一种外化。因此，我们在这里谈论的儿童游戏，不是"游戏人生"中的那个"游戏"，而是一种既愉快又严肃的儿童生命活动。在接下去关于游戏精神的探讨中，我们会看到，这其实也是一种重要的生命态度。

第二节　儿童文学的游戏性

游戏是儿童的天性，游戏性则构成了儿童文学的一种基本艺术特性。儿童文学的游戏性体现在三个方面：

一、表现内容的游戏性

儿童文学表现内容的游戏性主要包含两层意思：一是儿童的游戏生活本身就是儿童文学的一个重要表现内容；二是儿童文学所编织的儿童故事往往也呈现出儿童游戏的典型特征。

首先，由于游戏是儿童生活的基本内容之一，因此，儿童文学的一个基本题材便是童年时代的游戏生活。在儿歌、儿童诗、儿童小说、儿童散文等各类儿童文学文体中，儿童的游戏生活都是一个重要的题材对象。任溶溶的儿童诗《没有不好玩的时候》，写到了不同"规模"的各种童年游戏：

一个人玩，

  很好！

独自一人，静悄悄的，

正好用纸折船，

  折马……

踢毽子

  跳绳，

    搭积木，

当然还有看书，

  画画……

两个人玩，

  很好！

讲故事得有人听才行。

你讲我听，我讲你听。

还有下棋，

  打乒乓，

    坐跷跷板，

一个人也不能掰手劲。

三个人玩，

  很好！

讲故事多个人听更有劲，

你讲我们听，我讲你们听。

轮流着两个人甩绳子，

一个人一起一落地跳绳。

四个人玩，

　　很好！

五个人玩，

　　很好！……

许多人玩，

　　很好！

人多，什么游戏都能玩，

拔河，

　　老鹰捉小鸡，

打排球，

　　打篮球，

　　　踢足球，

连开运动会都可以。

　　这首儿童诗在错落有致的节奏中书写儿童的游戏生活，透过"一个人玩""两个人玩""三个人玩""四个人玩""五个人玩""许多人玩"的排比，我们感受到了儿童游戏生活的丰富趣味。

　　由于儿童在很多时候是把生活当作游戏来过的，儿童文学作家笔下的儿童生活常常也以儿童游戏的面貌出现在我们眼前。

比如宋雪蕾的儿童生活故事《翻跟头的一天》：

今天日历上是个"9"，阿冬不认识。他想，"6"怎么翻跟头？噢，今天一定是个翻跟头的日子。

去幼儿园的路上，阿冬把两只手套反着戴，手套翻跟头！手背上的狗狗翻到了手心里。手握手，好像小狗抱小狗。

老师带着小朋友，排队向前走，阿冬偏要反着走，队伍翻跟头！不好！队伍都乱了，连小猫都在笑阿冬。

吃午饭时，阿冬把小勺调个个儿，小勺翻跟头，吃饭是什么味儿？

午觉睡醒后，老师说，谁来给大家讲故事？阿冬第一个举手。

"我讲一个翻跟头的故事，名字叫《一只老鼠吃了八只猫》。"

"吹牛，老鼠见了猫就逃跑。"

"猫才会吃老鼠。"小朋友们直嚷嚷。

阿冬说："从前，有只小老鼠过生日，老鼠妈妈做了个大蛋糕，上面有八只奶油猫。小老鼠太高兴了，一口一只把八只猫全吃完了。"

小朋友听了有趣的故事全笑翻了，老师说："阿冬一天都反着来，只有故事反得好！"

把"9"看作翻跟头的"6"，这是一个孩子特有的游戏思维。出于这一游戏性的思维，阿冬把生活也当作了翻跟头的游戏："手套翻跟头""队伍翻跟头""小勺翻跟头"，最后还讲了一个"翻跟头的故事"。这也是儿童特有的一种游戏生活。

荷兰儿童文学作家、插画家德迈顿斯的图画书《跟我走吧》，表现了日常生活怎样透过儿童的眼睛折射为一出奇妙的幻想游戏。这本图画书以第一人称讲述了"我"在去商店帮妈妈买苹果的路上经历的一番冒险：穿越一片茂密的森林，翻过一座巨大的石岗，涉过一片危险的海域，绕过一座强盗的山寨；在这个过程中，"我"逃开了一条喷火龙的追击，避开了一位打鼾的巨人，躲过了山洞中恶熊的牙齿，逃过了

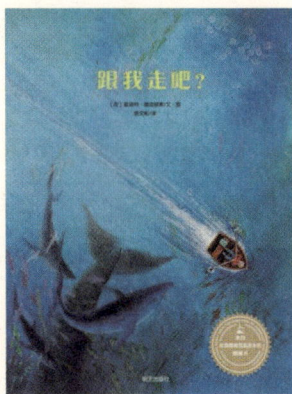

《跟我走吧》

海里食人鱼的威胁，更与凶狠的海盗和强盗们擦肩而过……随着故事逐渐接近尾声，我们才注意到，这么一个充满幻想的故事，原来是男孩前往水果商店的途中为自己编织的一次冒险的游戏。在这里，花园被当作了森林，蓝色的小池塘被当作了辽阔的大海，一堆石块成了食人熊的巢穴，池里的小船则成了海盗船的化身……在这里，童年特有的游戏生活为儿童文学提供了丰富而独特的创作素材，儿童文学则以其独特的文学观察和艺术表现，彰显了这一游戏生活的魅力。

其次，儿童文学作品也常常通过一种离奇、夸张的想象，来制造情节内容的游戏性。正如意大利儿童文学作家姜尼·罗大里（即乔安尼·罗达立）说的，"故事其实就是玩具的延伸"[13]。罗大里十分看重儿童故事的这一游戏性，他在《电话里的童话》《二十个童话加一个》等童话集中，创作了一批富于趣味的故事游戏。比如下面这则《冰激淋宫》的故事：

> 从前在波伦亚的一个广场上，有一座冰激凌宫，孩子都打老远就来舔它一口。
>
> 宫顶是用奶皮子贴上去的，烟囱是果脯做的，烟囱里

冒出来的烟是棉花糖。剩下的全是冰激凌做的：冰激凌的门，冰激凌的墙，冰激凌的家具。

一个顶小的孩子走到一张小桌子跟前，一口一口地舔桌腿。桌腿舔折啦，桌子和上面的盘子全倒下来，扣到他身上。那些盘子都是巧克力冰激凌做的，真好吃！

《电话里的童话》

有一回，一个卫兵发现一扇窗户化了。窗玻璃是杨梅冰激凌做的，都快化成粉红色的糨糊了。

"快吃！"卫兵喊起来，"再吃快点！"

所有的人都在下面使劲儿地舔，好让杨梅冰激凌窗户一滴也不糟蹋。

"来一把椅子！"一个小老太太挤不进人群，大声嚷嚷着，"拿一把椅子给我吧！最好拿把有扶手的。"

一个叔叔很大方，拿给她一把奶油冰激凌椅子。那个小老太太真有福气，就从椅子扶手开始，一口一口地舔起来。

那真是个热闹的日子呀，医生们也都赶来了，幸好，没有一个人闹肚子。

直到现在，每当孩子们吃完冰激凌再要时，家长们就会叹气说："唉，为了你，得要整整一座冰激凌宫，就像波伦亚的那座一样大。"

(刘碧星　张宓　译)

故事里这座虚构的冰激凌宫以及大家一起参与的这场冰激凌狂欢，遵循的显然不是普通生活的正常逻辑，而是童话幻想的游戏逻辑。也正是这幻想的游戏为孩子们提供了日常经验所不可替代的神奇欢乐。

再比如日本儿童文学作家、插画家宫西达也的图画书《好饿的小蛇》，也以插图和文字共同讲述了一个有趣的故事游戏。故事里，一条"好饿的小蛇"吃下什么，它的身体就会变成相应的形状。随着故事游戏的展开，我们看到了小蛇细长的身体先后呈现出圆圆的苹果、弯弯的香蕉、三角形的饭团、串状的葡萄和带刺的菠萝等形状。当好饿的小蛇最后吞下一棵结满红苹果的树时，它的身体也完全变成了苹果树的形状。图画书的整个故事就是一次奇想的游戏，尽管在现实生活中，小蛇并不真的把这些东西当作食物，更不可能吞下一棵苹果树，但这并不妨碍故事想象游戏的展开。在阅读实践中，我们会看到，儿童对这样的故事游戏表现出了超乎寻常的兴趣和热情。

二、表现形式的游戏性

儿童文学除了热衷于书写和创造儿童的游戏生活外，其形式也常具有鲜明的游戏性。这一游戏性主要体现在以下三个方面：

1. 语言形式的游戏性

对于韵文体的儿童文学作品来说，语言上的游戏性往往是作品阅读乐趣和魅力的重要来源。这样的语言游戏在儿歌中最为典型。对许多年幼的孩子来说，他们常常在理解一首儿歌作品的意义之前，先喜欢上了它所带来的声音游戏。这些结构工整、排列有序、高低顿挫、抑扬谐和的歌谣，在形式上包含了很大的语言游戏的成分。

我们看下面这首绕口令：

一葫芦酒九两六，

一葫芦油六两九，

六两九的油，

要换九两六的酒，

九两六的酒，

不换六两九的油。

儿歌中，声韵相近或相同的"酒""油""六""九"等字的重复和交替，构成了一种语音上的俏皮游戏，这首绕口令的趣味和意义也完全来自这样一种纯粹的语言游戏。

由于儿童对语言有着天然的敏感和兴趣，许多儿童文学作家也格外关注上述语言游戏在儿童文学中的独特艺术功能。美国儿童文学作家苏斯博士的《戴高帽的猫》《1+26只戴高帽的猫》等图画书作品，其文字部分即以典型的语言游戏风格吸引着孩子们的阅读兴趣。这类语言游戏有时还不局限于语音的层面。在法国戏剧家尤奈斯库为儿童读者所写的《给三岁以下孩子们的故事》中，有这么一则语义游戏故事。故事里的小女孩若赛特和她的爸爸一起，通过改变词语与语义之间的固定搭配关系，创造出了一种特别的语言游戏。爸爸告诉若赛特："奶酪不叫奶酪叫音乐盒，音乐盒叫地毯，地毯叫灯，天花板叫地板，地板叫天花板，墙叫门。"还有，椅子是窗户，窗户是笔筒，枕头是面包，面包是床前小地毯，脚是耳朵，手臂是腿，头是屁股，屁股是头，眼睛是脚趾，脚趾是眼睛……于是，若赛特也学着爸爸的方式说道：

我一边吃着我的枕头，一边从椅子往外看，我打开了墙，用我的耳朵走路。我有十个眼睛用来走路，我有两个脚趾为我观看，我把头坐在地板上，把屁股放在天花板上。当我吃八音盒的时候，我把果酱涂在床前小地毯上……

（熊前英　陈新　译）

这样的语义游戏一方面带来了某种无厘头式的文本狂欢，另一方面也以游戏故事的方式让孩子在不知不觉中了解和体验着语言的约定俗成性。对孩子来说，儿童文学作品创造的各种语言游戏，其实也是对语言的学习。

2. 故事形式的游戏性

故事形式上的游戏性往往与内容的游戏性合为一体。以苏斯博士的《戴高帽的猫》为例。这本图画书除了使用典型的童诗语言游戏外，也以一种富于游戏性的结构形式来讲述故事。随着情节的展开，每一只戴高帽的猫摘下帽子，帽子下都会出现另一只戴高帽的猫；就在这只猫的帽子里，又有另一只戴高帽的猫……这样一直延续下去，随着帽子越变越小，从里面出来的猫也一只比一只小。这一结构故事的形式手法，本身就是一个滑稽有趣的游戏。

再比如美国插画家安·乔纳斯的图画书《逛了一圈》，运用文字与图画的配合，在一场特别的光影视觉游戏中完成了故事的讲述。整本图画书只以黑白二色作为插图的配色。从首页翻到末页，我们首先读到了这样一个故事：黎明时分，一家人驾车外出，经过空荡荡的镇街，路过山谷里的农场和连绵的麦田，沿着公路开往海边。随后，他们进入城市，换乘地下铁交通，在城里看了一场电影，登上摩天大厦观景，最后在太阳下山时决定踏上回程。这时，图画书已经翻到最后一页，故事似乎也已讲完。然而，当我们把整本书倒过来，将最后一页变成第一页，再重新往后翻页时，会发现刚刚翻阅过的那些黑白画面忽然变成了另一番场景的呈现：黄昏时分，城市点亮了灯光，一家人去餐厅吃了晚饭，到停车场取回汽车，随后出了城。一路上，他们观赏

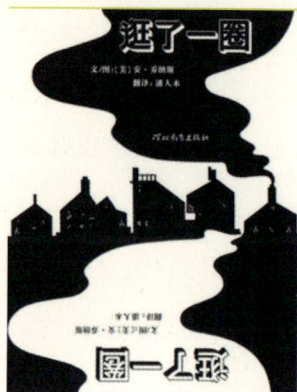

《逛了一圈》

了烟火，遇上一场雷雨，路过一家冒烟的工厂，最后穿越河底隧道，回到家中。图画书借线条和光影的巧妙处理，使同一个画面在颠倒之后便呈现为不同的场景，在"逛了一圈"的文本游戏中同时完成了"逛了一圈"的故事讲述。显然，这类形式上的创意游戏大大增添了儿童文学故事的新奇趣味。

3. 书籍形式的游戏性

在儿童文学尤其是幼儿文学中，创作者和出版者常会采用一些特殊的书籍形式，将童书变成一种类似于玩具的游戏对象。比如，立体书是在书页翻开时利用事先设计好的折纸效果，将故事场景立体地呈现在孩子面前。这样的设计使平面的书页得以容纳立体的景象，从而给阅读过程带来一种变魔术般的游戏效果。另有一些童书包含了特殊的视觉游戏，比如通过画面的设计剪裁，使得前一页上出现过的某种事物，透过后一页的布景来看，又变成了新的事物。此外还有揭开每一页画面上的小纸片就能发现一些小秘密的翻翻书、会发出不同动物叫声的知识图画

书，等等。这些图书都将游戏的元素添加到了传统的书籍印刷形式中，从而增添了儿童阅读过程的游戏性。

这种书籍形式的游戏性，以幼儿文学最为典型，但也会出现在以年龄稍长的儿童为读者对象的童书中。例如，近年在儿童读者中受到欢迎的奥地利儿童小说《冒险小虎队》系列，其中每册图书都配有相应的解密卡。解密卡的用处是这样的：在这套儿童小说的各个故事片段之后，作者都置入了一些"密文"，用以破解故事中的某些悬疑。如果我们以肉眼直接观看密文，见到的只是一个灰色的色块；但如果将解密卡放到密文上，旋转至一定的角度，原来不可见的密文便会立刻"显形"出来，向读者透露故事中的各种悬念奥秘。对于书籍形式的这类游戏化的创意处理迎合了儿童身心中天然的游戏冲动，也因此易于受到儿童读者的青睐。

三、阅读操作的游戏性

儿童文学在操作方面的游戏性，是指其阅读接受过程不像传统的阅读那样是一种身体静态中的精神活动，而是一个像游戏一样需要我们动手操作的过程。在这一过程中，阅读就是操作，操作也是思考。

儿童文学阅读操作的游戏性包括两种情形：

第一，儿童文学的欣赏接受活动本身就是游戏的一部分。

这类儿童文学往往是为了游戏的需要而被创作出来的，它也与游戏合为一体。例如，许多传统的儿歌即是伴随着童年的游戏而诞生的，它们往往是游戏的组成部分。在传统歌谣中，至今仍然保存着大量儿童游戏歌谣，这些歌谣是各种游戏活动中不可或缺的"唱词"。比如"又会哭，又会笑／三只黄狗来抬轿／一抬抬到城隍庙／城隍菩萨看见哈哈笑"，是大人与婴儿之间做逗笑游戏时念诵的歌谣；"骆驼骆驼拉拉／拉到家里叫声妈妈／妈妈说声好宝宝／你不要闹／你不要吵／买了喇叭再买糖／又吃又玩好不好"则是配合一种拉鼻子的动作游戏所唱的歌谣。此外还有跳绳、踢毽子等童年游戏中吟唱的歌谣。比如下面的这首游戏儿歌：

一个毽踢八踢，

马兰开花二十一。

二五六，二五七，

二八，二九，三十一，

三五六，三五七，

三八，三九，四十一，

四五六，四五七，

四八，四九，五十一，

五五六，五五七，

五八，五九，六十一，

六五六，六五七，

六八，六九，七十一，

七五六，七五七，

七八，七九，八十一，

八五六，八五七，

八八，八九，九十一，

九五六，九五七，

九八，九九，一百一。

这是一首配合踢毽子游戏的数数歌，也是这个踢毽子游戏必不可少的一部分。这里的歌谣具有双重功能，一是标志着一个完整的游戏环节从开始到结束，二是以语音的念诵增加游戏的趣味性。

再比如前面曾提到的那些体现书籍形式的游戏性的儿童文学作品，其阅读过程往往也是一个游戏操作的过程。随着手指对书本的操作，书中的内容开始发生变化；印刷的纸页不再是静止的，而是运动了起来……凡此种种，使儿童文学的阅读变得充满了操作的快乐和惊喜，也使它们更能激发儿童的阅读兴趣。

第二，儿童文学在儿童游戏中得到运用。

一些儿童文学图书经过特殊的设计，可以成为儿童游戏活动中的玩具读物。比如专为幼儿设计的一些洗澡书，其内容题材往往与水有关，甚至在外形上也呈现为某种游水动物的形象。同时，书的材质是防水的，可以漂浮在澡盆里。这样，幼儿便可以一边洗澡，一边在水里与书中的角色互动嬉戏。

此外，许多儿童文学作品也可以被改编成儿童表演游戏的脚本，由此为儿童提供游戏的素材。从教育角度来看，角色扮演游戏是儿童成长中一种重要的教育途径，从儿童的接受能力和身心需求出发创作的儿童文学作品，无疑是这类扮演游戏的最佳题材。

第三节　儿童文学与游戏精神

儿童文学的游戏精神，是指儿童文学在与童年的游戏和游戏冲动发生关联的过程中，其文本所体现出来的一种特殊的审美精神。游戏精神是儿童文学的重要艺术精神，主要包含三个层面的内涵：

一、自由的精神

儿童文学的游戏精神首先表现为一种自由的童年精神。游戏是童年自由和创造力的代名词，儿童文学也秉承了这样一份与游戏有关的自由和创造精神。不论儿童文学是否直接以孩子的游戏生活为表现对象，在它的文本内部，始终流动着一种自由的游戏感觉。儿童文学尊重和凸显童年无拘无束、天马行空的思想，自由自在、活泼率真的语言，以及突破常规、古灵精怪的行为。这种自由往往是我们在成年的过程中不断失落的精神，正如面对《小王子》中那幅著名的画作，成人认为这只是一顶象形的帽子，而在孩子活泼的想象中，它变成了一个故事，一个关于蟒蛇如何吞下大象的不可能的故事。这条蟒蛇，就是童年自由创造力的一种象征。

德国作家米切尔·恩德在他的儿童故事《莫妮的杰作》中，以相近的方式表达了对这一自由的童年创造力的致敬。作品中，年近六旬的"我"和六岁的小女孩莫妮是好朋友。"我"送给莫妮一个画盒，作为感谢，莫妮准备送我一张画：

　　　她很投入地画，我在一旁很紧张地看着她。因为我非常急切地想知道，她现在又会想出什么新的主意。

过了一会儿，她的作品好像完成了。她歪着头，用画笔在这里改一改，那里补一补，然后把它递给我看。

"你看，觉得怎么样？"她满怀期待地问。

"非常棒。"我说，"太谢谢你了！"

"你看得出来这里面画的是什么吗？"

"当然，"我连忙肯定道，"这是一只复活节的兔子！"

"胡说！"莫妮不高兴地大声说，"现在正是盛夏，哪儿会冒出一只复活节的兔子来？"

"我想，"我小声说，"这两只向上立着的角大概是耳朵吧？"

莫妮摇了摇头："这是我的辫子！这是我的自画像！难道你没有看出来吗？"

（何珊 译）

随后，莫妮给画面上的自己加了一张"气派的床"、一件"又长又大的睡袍"、一床"厚厚的大羽绒被"，但她还不满意，又想到了个新的主意：

她用深蓝色画了一顶厚厚的丝绒帐，丝绒帐把床幔和床全都盖住了。这样，画上的她，连同身上的睡袍和被子也全都被遮盖住了。

"咳！"我吃惊地喊道，"这是怎么回事？"

"我只是把帷帐放下来了，其他的都还在。"她解释说。

"说的也是，"我承认，"如果帷帐是打开的，那还有什么用？那谁还需要什么带帷帐的床啊！"

"现在，"莫妮非常激动地说，"我把灯也关上。"于是，她把整个画面画得漆黑一片。

　　"晚安！"我不由自主地轻声说。

　　她把已经完成的画递给我，现在画面上只剩下一片漆黑。

　　"你现在终于满意了吗？"

　　我呆呆地盯着这片黑色看了一会儿，点了点头。"这是一幅杰作，"我说，"特别是在我眼里。"

（何珊　译）

　　阅读这个儿童故事，我们会生动地体会到故事里的"我"面对莫妮天马行空的想象颇有些手足无措的感觉。这种感觉略带不安，但结果总是充满了惊喜。我们永远不确定童年自由的创造力将把我们带向何处，或者说，童年的想象往往超出我们的想象。而儿童文学的一大艺术职责，即是关注和守护这种童年的精神，抒写童年生命如游戏般自由的审美存在状态。我们可以说，儿童文学中大量幻想题材的作品正是童年的这种自由游戏精神的外化。儿童文学重视幻想和空想的价值，因为正是在幻想和空想中，身处最狭小、最受约束的生活世界里的儿童，拥有了一个最宽广、最自由的精神世界。

二、欢乐的精神

　　儿童文学的游戏精神同时表现为一种欢乐的童年精神。在富于游戏精神的儿童文学作品中，我们总能感受到一种扑面而来的欢乐气息，这种欢乐是干净的、纯粹的、明亮的、温暖的。

瑞典儿童文学作家林格伦的儿童小说《淘气包艾米尔》，充分体现了这样一种欢乐的游戏趣味。小说中有这么一个片段：这一天，正是艾米尔家举行宴会的日子，当然也准是艾米尔捅娄子的日子。他先是在升旗的当口把妹妹小伊达挂在

林格伦

钩子上，升到旗杆顶部，好让她能看一看不远处的小镇。为此，他被爸爸带进木工房去关禁闭。等爸爸一走，艾米尔就快活地削起木头人来。削完木头，他想出去了，便设法在窗口搭起木板，从木工房爬进食品库，在这里发现了他特别喜爱的香肠。当大人们在宴会上忽然记起艾米尔时，却再也找不着他的影子。一家人都急坏了。最后，还是女佣李娜发现了他：

　　李娜走在最前面，大家都疑惑不解地跟着她向食品库走去。一路上都听到她在莫明其妙地发笑。她打开那沉重的房门，跨进高高的门槛，大家跟着她走过去。她领着人们走到大橱柜前，"吱呀"一声打开了橱门。她用手指指艾米尔妈妈经常用来放香肠的中间一层。现在那里没有什么香肠，却躺着艾米尔。

　　他在睡觉。躺在所有香肠皮中间睡着了。他妈妈一见，高兴得就像是发现了一大块金子似的。艾米尔吃光了所有的香肠又算什么，在框架上找到艾米尔比找到几公斤香肠要好上千倍！艾米尔爸爸也这样想。"嘿嘿，艾米尔躺在那里，"小伊达说，"他没变，起码没大变。"

你想想找到这么一个肚子里塞满香肠的小孩叫人有多高兴！

（高锋　时红　译）

艾米尔的各种出于天性的淘气举动，虽然给一家人的日常生活惹出了各种各样的麻烦，但他的淘气一方面总是表现为一些无伤大雅的童年嬉戏，另一方面更成为故事欢乐的主要来源。这是一种只有在童年身上才看得到的纯粹的欢乐精神。上述引文中的那句"在柜架上找到艾米尔比找到几公斤香肠要好上千倍"的调侃，既延续着故事里游戏的欢乐，也给艾米尔的所有淘气行为添上了一抹温暖的色彩。

这童年的欢乐其实代表了一种生命的力量。正如童年游戏是童年旺盛精力的自然外化一样，儿童文学试图使自己成为这份童年生命力的另一种保存和展示的渠道。儿童文学作品中的许多童年主角，不论他们是人还是拟人化的其他生命或事物，总是在不停歇地把生命的能量发散到文本的各个角落。因此，那些富于游戏精神的儿童文学作品大多十分强调故事动作的推进，突显人物行动的意义，并通过这些行动来表现孩子对世界的掌控与把握。显然，在充满生命自信和热情的奔突与冲撞中，童年将不断地犯错，却也从不惧怕接受错误的洗礼。这使得很多时候，连这些勇敢的犯错行为也成了童年生命力的一种象征。

即便是在最艰难的生活中，童年的游戏精神也向孩子、向我们传递着生命的欢乐力量。巴西作家若泽·毛罗·德瓦斯康塞洛斯的儿童小说《我亲爱的甜橙树》，其主角是一个五岁的淘气男孩泽泽。这是一个来自贫苦家庭的孩子。贫穷使大人们变得暴躁，也使淘气的泽泽总是挨揍。然而，泽泽拥有一棵他命名为"明基诺"的甜橙树。每当受到委屈或有什么烦恼的时候，他就跑来和明基诺说话，跟他一起游戏。在一次打斗中，他被另一个男孩打得鼻青脸肿，回到家又挨了父亲几巴掌。委屈的他来到明基诺身边。在这里，挨揍的痛苦和耻辱很快被忘却了，他带着小弟弟路易斯投入了游戏想象的欢乐中：

忽然，明基诺变成了全世界最漂亮的马。风更大了，水沟里稀稀拉拉的草变成了无边的绿色草原，我穿上了带金色饰物的牛仔服，警长的五角星徽章在我胸前闪闪发光。

……

"跑啊，跑啊，小马，快跑，快跑，阿帕奇印第安人朋友来了，你看路上尘土飞扬。"

嗒、嗒、嗒！印第安人的马队呼啸而来。

"快跑，快跑，马儿，草原上到处是野牛和水牛。开枪，哥儿们！噼啪、噼啦、噼啦！……乒、乒、乒！……嗖、嗖、嗖，箭在咆哮……"

狂风呼啸，马队驰骋飞奔，尘土飞扬。

（蔚玲 译）

整部小说中，正是这种童年游戏的欢乐使得因为贫穷而充满痛楚和羞辱的生活变得可以忍受，它像阴霾天空下的一缕明亮而温暖的阳光，照耀着泽泽的生活。在泽泽还能创造和享受童年游戏的欢乐时，这缕心灵的阳光一直伴随着他。作者德瓦斯康塞洛斯在这部自传体的儿童小说中，记录下了童年时代这一游戏化的生命精神，以及泽泽唯一的成人朋友老葡对它的呵护。直到有一天，老葡因车祸去

《我亲爱的甜橙树》

世，受难的泽泽不再相信明基诺的存在，不再相信一切想象的游戏时，艰难的生活才真正结束了他的童年。随着游戏时代的结束，他曾经体验过的那种无忧无虑的欢乐，也从此结束了。

三、严肃的精神

儿童文学的游戏精神，还表现为一种严肃的童年精神。乍看之下，我们或许很难将"严肃"这样的词与印象中轻松愉快的游戏联系在一起。然而，在人类漫长的文明进程中，"游戏"一词的确包含了一种对待规则、意义的严肃态度。正如荷兰历史学家赫伊津哈所说："游戏'只是一种假装'的意识，无论怎样都不妨碍它拓展极端的严肃性，它带有一种专注，一种陷人痴迷的献身，……游戏可以求助于严肃性而严肃性也求助于游戏。"[14] 儿童在游戏中常常表现出对于这样一种严肃的游戏精神的认可：在进入游戏时，他必须信守游戏的规则；在游戏过程中，他必须服从游戏的逻辑。游戏中的儿童沉浸在自己想象的世界里，俨然把维护其规则和逻辑视为自己应尽的义务。这正是游戏的另一副庄严面貌，它所体现的是对生命、生活和世界的某种自觉而又真诚的责任感。

与自由和欢乐的内涵相比，"严肃"是游戏精神更深层的蕴涵。它意味着，儿童文学作品尽可以取用一切轻松愉悦的游戏手法，但必须在精神深处保持对世界、生命的这样一种严肃的态度。儿童文学的游戏精神不是把一切都当作无足轻重的游戏随意对待，而是以游戏的自由和欢乐投入生活的河流中，尽管这生活充满各式各样的压迫和烦恼，但我们仍然无保留地热爱着它，仍然愿意以全部的身心投入来对待它。

这正是我们从儿童文学的游戏精神中体验到的一种力量。就像班马在他的儿童小说《六年级大逃亡》中塑造的主角李小乔，这个在大人们眼里古灵精怪而又吊儿郎当的小男孩，这个被来自家庭、学校和社会的压力、误解包围着的小学生，以童年本能的游戏精神一个人抵抗着巨大而无形的生活之网的束缚，努力要在这里面为自己寻找出生活的趣味和意义。小说中，李小乔因为翻墙进校，被值班老师"曹大头"和民警当作小偷逮住，锁进一个空房间里。此时，小说中出现了一个妙绝的游戏场景：

关起来了。什么声音也没有了。什么人也没有了。就我一个人像木头一样站在屋子中间——我慢慢慢慢蹲下，哭了起来。先是小哭，后来大哭，想不到越哭越伤心，就拼命哭起来，是有眼泪水的哭，好像有点舒服。

我突然发现水泥地上有一只很小很漂亮的瓢虫正在爬，橘黄的圆背壳，光泽发亮，上头有七个黑点子。我忙一边哭一边拿吊在下巴上的眼泪水从空中来"轰炸"这只瓢虫，三四颗"炸弹"落在瓢虫的前面和后面，立刻在水泥地上化成了几摊印子，瓢虫有点惊慌失措，呆头呆脑地停住了。

真哭的时候，有时会喘不过气来，"呃呃"，我就那样。我想到自己真是无依无靠，关在这里。想到安丽跟我说再见的那样子。

地上的瓢虫又像坦克那样偷偷动了，想从两摊水印子中间穿出去。我急忙伸过下巴再来仔细瞄准它，我停住了哭，免得抖来抖去，啪地，这颗炸弹正好落在它前头一丝丝的地方，差一点就击中了它。这只橘黄色的瓢虫一刹那间打开了硬盖，好像没听到什么嗡嗡的声音，它就一下子飞出窗口的铁栏杆，没了。肯定飞出去了。

在委屈、伤心、无依无靠的情绪中，"我"哭了起来，但这场大哭很快被"我"自己发明的"轰炸"瓢虫的游戏所取代。在这里，童年的游戏精神以最自然不过的方式冲破了现实生活对个体生命的压迫与束缚。小说中，"我忙一边哭一边拿吊在下巴上的眼泪水从空中来'轰炸'这只瓢虫""我停住了哭，免得抖来抖去"两个细节，在伤心的"哭"与忙碌的"游戏"这两种看似完全相悖的举动的并置对比中，生动地表现出了一个孩子特有的游戏心理，以及童年生命力在游戏中获得的解放。这一游戏场景也可视作整部小说童年精神的某种象征：尽管李小乔在现实中遭遇了各种挫折，但他从未灰心，而是始终以童年天性的坚韧和欢乐承受着这些挫折，并报之以不懈的突围尝试和努力。

这样，我们就看到，在李小乔以看似满不在乎的游戏方式对待生活的行为中，其实包含了一种严肃的童年生命精神。在这里，游戏是童年在孤独中自己为自己创造意义的庄严举动，它就像李小乔在动物园里见到的那只海豹一样：

这只海豹，为什么只有它一个人在这里？……在那个傍晚，我一直想要弄明白，这只孤独的海豹在那里不停地游动，它是很开心？还是很没劲？我一直死死地盯住它的游泳姿势，想要看出它的心情。后来，我认为，它还是比较开心的，它自己一个人也在玩，因为它又做出了很多的动作——

这只海豹，不断重复地来回长游。

它高速的时候，就像水中的一道晃动的黑影。

它又突然紧贴住池底而潜游到了中心。

它竟翻着白肚皮"升"上来了。把我笑坏了。

它在水里突然转弯。又突然转弯。好像在捉鱼。

它在玩。水里没有鱼。

它的脑袋冒出水面来了……

它破水而出的"脸"，长着胡须……

它的样子，是"笑"的……

我觉得，它是看得到我的。

这只海豹在傍晚看到在空无一人的动物园里有一个傻瓜一样的小男孩，这个小男孩趴在远远那边石壁的栏杆上面，无声地看着它。

它又在水中像一条晃动的黑影高速地掠过。

它又在长方形的游泳池之中游出了一个圆形。

它又从水底下不动地"飞"了上来。

它自己一个人也在玩——

我死死地看着它，哭了。

我突然觉得，它在教我。

孤独的海豹在嬉戏中创造着自己世界里的意义，正如不被理解的童年在游戏中发明着自己生活中的意义。也正是从这样的游戏中，我们看到了童年玩世不恭的外表下所怀有的对生活的庄重热爱。"它自己一个人也在玩""它的样子，是'笑'的"，这两个意味深长的隐喻让我们看到，童年生命如何在要落泪的时刻还保持着一种欢乐向上的精神；这种欢乐不是肤浅的玩闹，而是生命力的提升，它代表了一种深刻的生命态度。借用蒙台梭利的话来说，"与我们常见的那种歇斯底里的傻乐相比，它是一种高层次的欢乐，一种有别于动物的欢乐，一种将我们从悲伤与黑暗的孤寂中拯救出来的欢乐"[15]。

当代儿童文学应该特别关注游戏精神的这种严肃性。这意味着，我们不能仅仅从简单的"好玩"或"娱乐"的角度来理解儿童文学的游戏精神。尽管娱乐性的确是游戏的其中一个重要因素，但它还不足以诠释游戏精神的全部内涵。如果缺乏对于童年游戏所包含的内在生命精神的真正理解和尊重，儿童文学作品中对于游戏式的热闹、好笑等效果的追求，就永远难以赋予它真正意义上的游戏精神，从而也就无法使它成为一种高级的审美游戏。

思考与练习

1. 游戏在儿童的生活中扮演着什么样的角色，承担着什么样的功能？
2. 儿童文学的游戏性体现在哪三个方面？请各举作品案例加以具体的阐说。
3. 儿童文学的游戏精神是指什么？具体包含哪些内涵？
4. 请结合作品谈谈儿童文学的游戏精神为什么是一种严肃的精神。

注　释

[1] 班马:《中国儿童文学理论批评与构想》，武汉: 湖北少年儿童出版社1990年版，第43页。

[2] 柏拉图:《理想国》，郭斌和、张竹明译，北京: 商务印书馆1986年版，第304—304页。

[3] 参见杨汉麟、周采:《外国幼儿教育史》（修订本），南宁: 广西教育出版社1998年版，第499页。

[4] 玛利亚·蒙台梭利：《发现孩子》，胡纯玉译，北京：中国发展出版社2003年版，第217—218页。

[5] 泰勒·何德兰、坎贝尔·布朗士：《孩提时代》，魏长保、黄一九、宣方译，北京：群言出版社2000年版，第65—66页。

[6] James E .Johnson, James F.Christie：《儿童游戏——游戏发展的理论与实务》，吴幸玲、郭静晃译，台北：扬智文化1992年版，第55页。

[7] 玛利亚·蒙台梭利：《发现孩子》，胡纯玉译，北京：中国发展出版社2003年版，第189—190页。

[8] 西格蒙德·弗洛伊德：《性爱与文明》，滕守尧译，合肥：安徽文艺出版社1987年版，第166页。

[9] 计－皮埃尔·内罗朴：《古罗马的儿童》，张鸿、向征译，桂林：广西师范大学出版社2005年版，第259页。

[10] 玛利亚·蒙台梭利：《发现孩子》，胡纯玉译，北京：中国发展出版社2003年版，第40页。

[11] 齐白石：《白石老人自述》，济南：山东画报出版社2000年版，第43页。

[12] 彭其芳：《娃趣·斗草》，转引自梁梦、唐弋编选《老玩具 老游戏》，武汉：长江文艺出版社2001年版，第17—18页。

[13] 乔安尼·罗达立：《幻想的文法》，杨茂秀译，台北：台北成长基金会2008年版，第124页。

[14] 约翰·赫伊津哈：《游戏的人》，多人译，杭州：中国美术学院出版社1996年版，第10页。

[15] 玛利亚·蒙台梭利：《发现孩子》，胡纯玉译，北京：中国发展出版社2003年版，第168页。

第七章 儿童文学的幽默艺术

桐尼叔叔结婚了。刚开始，他的太太很漂亮，后来越来越胖，很快就比桐尼叔叔胖了。我和拉拉都为桐尼叔叔担心，如果她再胖下去，他在床上就没地方可睡了。

我们想马上去找桐尼叔叔，告诉他，他太太应该减肥了。但是桐尼叔叔和太太去度假了。

一天，桐尼叔叔和太太回来了，她更胖了。可怜的桐尼叔叔，床上可能没有他睡的地方了。

桐尼叔叔却一点儿也不在乎，他和太太手拉着手走，好像不知道她是全街最胖的女人。这简直把我们给弄糊涂了。

第二天，我和拉拉跑去告诉桐尼叔叔："今天有个电视节目——如何在两星期内减肥五磅，你太太一定要看。"

桐尼叔叔笑着说："为什么？"

"因为……因为……"拉拉吞吞吐吐地说，"因为她太胖了！"

"她得减肥了，她变成整条街最胖的女人了！"我说。

"她是很胖！"桐尼叔叔说，"因为我们的小娃娃在她的肚子里！"

我和拉拉呆呆地站在那儿。

"什……什么……样的小娃娃？"拉拉结结巴巴。

"我们的小娃娃，她的小娃娃，也是我的小娃娃！"

桐尼叔叔说。

"那小娃娃在那里做什么？"我想知道。

"他在睡觉。"桐尼叔叔解释，"他一边睡一边长大，有一天他会跑出来，那时我太太就会像以前一样瘦了。"

天呀，原来是这么一回事！拉拉和我下楼时说好，这件事我们绝对一个字也不说出去。我们好兴奋，等小娃娃醒了跑出来，那才是更大的惊喜呢。这栋房子里住了那么多人，却只有我和拉拉知道桐尼叔叔的太太为什么变胖了。

——笛米特·伊求《拉拉与我》

这是一则充满童趣幽默的儿童故事。"我"和拉拉不知道桐尼叔叔的太太为什么越来越胖，出于对桐尼叔叔的关心，姐弟俩想尽办法要帮她减肥，直到在惊奇中得知事情的真相。读到这里，我们不禁会为他们孩子气的操心和忙碌微笑起来。故事的结尾更是令人忍俊不禁。显然，大人们一定早已明白桐尼叔叔的太太是怎么回事，两个孩子却天真地以为这是个只有自己才知道的秘密，他们决定保守这个秘密，并且期待着有一天"小娃娃醒了跑出来"，成为"更大的惊喜"。

这份从孩子天真的心性中生长出来的生活幽默，让我们看到了儿童文学独特的幽默艺术。这类儿童文学作品往往具有鲜明的喜剧性，这喜剧性同时又与儿童的生活、感受、认识等方面的特征密不可分地联系在一起。幽默引发笑声，它赋予儿童文学以欢乐的精神和积极的力量；反过来，儿童文学也为文学的幽默艺术增添着别样的风格和情致。

第一节 儿童文学的幽默传统

对于"幽默"一词的界定，历来众说纷纭。英国《新卡克西顿百科书》称"幽默"为"可宽泛地用于概括各种喜剧以及任何能使我们发笑的东西"，这是从幽默作为一种事物特征和风格的角度来谈论它；法国《拉鲁斯大百科全书》称幽默是"一种生活的艺术"，这是从幽默作为一种生活态度的角度来理解它；德国《梅耶百科全书》将广义的幽默进一步定义为"滑稽有趣、热情洋溢、与人为善，从容对待他人的弱点和日常生活中的困扰，甚而成为忍受艰辛境遇的精神力量"，这是从幽默作为一种文化精神的角度来界说它。[1] 这其中，我们可以确定的是，幽默总是与人类特有的一种表情——"笑"联系在一起，这表情又内在地关联着一种欢乐的心理情绪和一种机智的思想内容。这揭示了"幽默"一词在各种语境下的基本特征和内在精神。

我们在这里所说的幽默，乃是指一种文学表现的风格与手法。幽默不但在人类文学史上有着悠久的传统，也是儿童文学的一个重要艺术范畴。幽默独特的审美情趣和魅力与儿童文学的审美天性之间存在着深刻的艺术默契和联系。不过，幽默的艺术风格和手法并非从一开始就在现代儿童文学的艺术谱系中占据重要的位置，而是随着这一文类的发展才越来越成为一个引人注目的艺术范畴。

一、来自民间的幽默美学

幽默的文学传统源远流长。作为早期儿童文学的艺术源头之一，民间文学中就包括了一大批富于幽默感的故事。民间故事的幽默通常包含两种类型的趣味：一是智趣，二是稚趣。这两种趣味分别在涉及智者和愚者两类形象的民间文学作品中得到了最为典型的体现。

智趣类型的幽默在流传各地的民间故事中都十分常见。我们可以列出一长串来自民间传说的"聪明人"形象，最知名的如列那狐、阿凡提等。这些故事围绕着"聪明人"与其中反派角色之间的智力角逐展开叙述。每当生活向主角摆出新的任务或挑战时，他（她）总能凭借自己的智慧克敌制胜或化险为夷。

以我们熟悉的阿凡提故事为例。像许多民间故事里的聪明人一样，阿凡提总能在面临难题时机智应变，反过来将那些本来想要占他便宜的人戏弄一番。相关的传说中有这么一则故事：有一天，阿凡提打猎捕获了一只野山羊，便煮了一锅肉，请来一群好朋友分享。第二天，几个游手好闲的人得知消息，来到阿凡提家门口，称自己是阿凡提"朋友的朋友"，由此要求得到同样的盛情招待。阿凡提把他们领到家里，拿前一天吃剩的骨头煮成汤，邀请"朋友的朋友"趁热喝下这"肉汤的肉汤"。第三天，又有几个陌生人骑着大马来到阿凡提家，自称是他"朋友的朋友的朋友"，也要求得到丰盛的招待。阿凡提不慌不忙地把他们请进屋，在洗衣盆里和了一盆泥糊糊端到他们面前，又给他们每人递上一把小木勺儿，请"朋友的朋友的朋友"喝这"肉汤的肉汤的肉汤"。故事里，面对游手好闲者的无赖要求，阿凡提没有表现出气愤或为难，也没有提出严正的拒绝，而是以机智的应对做出了巧妙的回击。从"朋友的朋友的朋友"到"肉汤的肉汤的肉汤"，这一逻辑的类比在故事里既充满新奇的创意，又显得如此顺理成章，它以看似轻松的应允姿态，生动而又准确地揭示了来访者的无赖面目，并使他们的无赖要求落了空。我们读完这个故事，自会在会心一笑中领略阿凡提式的民间智慧。

类似阿凡提之类的民间故事表现和凸显了民间生存的幽默智慧。在面对生活开出的难题时，故事里的智者作为普通民众的代表，以幽默的机智来化解困难，将不无沉重的正剧转化为轻快活泼的喜剧，从而带给接受者一种积极的生活态度和一份向上的生活力量。

稚趣类型的幽默在民间文学中同样有着悠久的历史。这些故事的主角总是一些未脱稚气的人，他们会犯各种常识性的错误，或做出傻里傻气的事情。比如下面的这则日本民间故事《粗心的一家》：

从前，有一个人坐在席铺上与朋友你一下我一下地下着围棋，眼看局势对自己很不利。

"嗯……"

他全神贯注地沉思着，一口接一口地吸着灭了火的香烟。

"瞧你哟，这副怪样子，火灭了还不知道，咯咯咯……"

在隔壁房间做针线活儿的老伴看了直发笑。

"你呀，一着迷，就成了这个样子。火已熄啦，还吸着，真叫人好笑。"

她光看着席铺那里在发笑，忘了手头做的针线，结果把衣服的袖口给一针一针地缝了起来。

厨房里，侍女正把锅里的饭打到饭桶里，当她看到这种情形时，笑着说道：

"哎呀！太太啊！看你光注意席铺那里，竟把袖口给缝住了。那么你的手将从哪儿伸出来呢？哈哈哈……"

侍女光顾嘻嘻哈哈地笑，忘了把饭盛入饭桶里，全堆在了木板上。尽管如此，侍女却一点儿没察觉，仍然嘻嘻哈哈地笑着，不一会儿，木板上就堆满了饭。

"看你在干什么哟！"正在泥地上编着草鞋的用人看到了这种情形说，"笑人家可真开心啊！瞧你自己干的蠢事！看，饭不是全浪费了！真是拿你没法子。"

用人在编草鞋的同时，一直注意着侍女，所以不知不觉地编了一双又长又怪的草鞋。可是编这么大的草鞋，谁要穿呢？

当主人吸着熄了火的烟时，老板娘缝错了衣服；在老板娘缝错衣服时，侍女把饭给泼掉了；在侍女把饭倒在木板上的时候，我们再看那用人的草鞋编得有多长啊！

咳，真是拿粗心的男人、粗心的女人没法子啊！也许那双长长的草鞋，蛇一类的动物会赶来买吧。

（陆留第　译）

这粗心的一家人的故事并不包含任何思想或语言上的机锋，而纯粹是一个滑稽好玩的家庭生活场景。故事里吸着灭了火的香烟的主人、把衣服袖口给缝住的老板娘、把饭打在地板上的侍女、把草鞋编得又长又怪的用人，仿佛都还是些未脱稚气的孩子，而他们各自分心误事又彼此取笑的场景，也让我们联想到了某种孩童式的稚气。不过，尽管这家子的每个人都做着好笑的事情，他们的生活却并未因此受到叙述人的过多责备，反而令人觉得充满了欢快的乐趣。民间文学中不少"傻孩子"类型的故事，都表现出了这样一种稚气而又欢快的生活精神。或许，我们每个人身上或多或少都存留着这样的稚气和拙气，而故事的幽默正是我们借以自我解嘲的途径之一。

在独立、自觉的儿童文学创作发展成型之前，来自民间故事的幽默以及它所带来的轻快、活泼、欢乐的生活感觉和生命力量，为儿童提供了他们最迫切需要的生活信心和乐观精神。同时，它们也成为现代儿童文学幽默艺术最直接的借鉴源头之一。直至今天，这些作品仍然是儿童青睐的阅读素材。

二、幽默艺术的发展

人们对于儿童文学幽默艺术的认识、欣赏和创作运用，经历了一个发展成熟的过程。不论在西方还是东方，早期儿童文学创作并不把幽默视为一种多么重要的文学质素。究其原因，主要有二：

第一，由于早期儿童文学创作把主要的题旨放在针对儿童的教育目的的实现上，出于规训和说教的目的，写作者们往往倾向于在作品中摆出一副严肃的神情，竭力避免与孩子游戏调笑。

这一文学策略的选择与幽默精神的特点有关。幽默引发人们的欢笑，这笑声里包含了对待生活的一种态度，它不是把生活当作一种负重的赎罪，而是视为一场快意的悠游，在这里，没有什么事物可以阻碍或压制生命寻求欢乐的本能。也就是说，在幽默的精神中包含了某种与生命自由有关的价值，它以外在的笑声和内在的自信反抗生活的压迫，张扬生命本我的精神。很显然，"享受幽默和哄堂大笑与极力控制整个生活的做法是格格不入的"[2]。然而，早期儿童文学的主要创作意图恰恰是为了控制和驯服它的儿童读者对象，因而并不欢迎这一容易导致个体逾矩和脱缰的幽默感。在这样的现实下，幽默本身自然难以成为儿童文学自觉的艺术追求。

第二，儿童文学幽默艺术的发展，同时也不可避免地受到社会现实的影响和制约。

例如，在中国现代儿童文学发展的早期，关心和有志于创作儿童文学的人们不但继承和接受了儿童文学的教化传统，更在儿童身上寄寓了社会批判和改革的热望，后者使得同一时期的许多儿童文学创作进一步远离轻盈的幽默，而自觉戴上了社会重任的枷锁。"五四"以降的很长一段时间里，中国现代儿童文学的艺术"兴奋点"大多集中在与社会发展有关的现实课题上，儿童文学本体美学的探索则被暂时搁置一旁。与此同时，在沉重的现实面前，真诚的作家也很难获得一种超然、自由的幽默心态。[3] 这么一来，缺乏幽默对于中国现代儿童文学来说，就是一种必然的历史命运。像叶圣陶的《稻草人》这样的童话作品，其主角面对黑暗的社会和沉重的生活，最后不堪负担，在悲哀中结束了自己的生命。即便是像《寄小读者》这样比较不受当时社会现实所累的作品，遍布满纸的也是温柔伤感的情愫，而与轻快的幽默感无缘。

然而，这一切并不意味着在早期儿童文学中没有幽默的任何空间。出于增强作品可读性的考虑，儿童文学作家们也会运用一些幽默的手法，只是在作品的艺术机体中，它并非以幽默本身的趣味吸引读者，而是仍然服务于那个最主要的教化目的。因此，这类幽默主要表现为一种滑稽的讽刺——或者借讽刺儿童的不良品行来强化惩戒的题旨，或者借嘲笑现实的丑陋不端来突出批判的意图。

这方面典型的例子之一，是张天翼的童话。他的《大林和小林》

一起头就透着那时儿童文学不多见的幽默气息。这个开头从民间故事的叙述风格起笔，但很快就转向了张天翼式的讽刺幽默：一个穷苦的农人老来得子，非常快活，要给两个儿子取名字。老两口没有主意，便去翻《学生字典》，翻到什么字就取什么名字。"一，二，三！一翻，是个'菜'字。大的叫'大菜'，小的叫'小菜'么？"老头忍不住想："哼，我们饭都吃不上，还'菜'呢！"拿"大菜"和"小菜"取名字，原本听来就十分滑稽，再加上"哼，我们饭都吃不上，还'菜'呢"的自嘲，幽默中包含着对社会现实的讽刺。

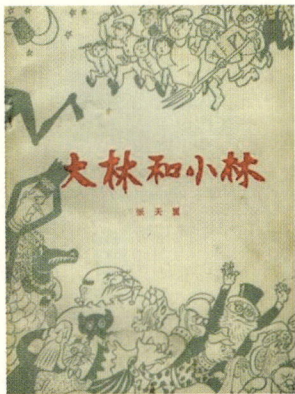

《大林和小林》

这类讽刺的幽默在针对变成富家少爷的哥哥大林（也就是"唧唧"）生活的描写中达到了顶点：

> 唧唧坐在叭哈的旁边。那二百个听差伺候着唧唧吃饭，无论唧唧要吃什么，都用不着唧唧自己动手。那第一号听差把菜放到唧唧口里，然后第二号扶着唧唧的上颌，第三号扶着唧唧的下巴，叫道：
>
> "一，二，三！"
>
> 就把唧唧的上颌和下巴一合一合的，把菜嚼烂了，全用不着唧唧自己来费劲。于是第二号和第三号放开了手，让第四号走过来，把唧唧的嘴扳开。第五号用一块玻璃镜对唧唧的嘴里一照，点点头说：
>
> "已经都嚼好了。"

第六号就扶着唧唧的上颌，第七号扶着唧唧的下巴，用力把唧唧的嘴扳开得大大的。第八号用一根棍子，对着唧唧的口里一戳，就把嚼碎的东西戳下食道去了，所以连吞都用不着自己吞。

唧唧快活地想道：

"真享福呀，真享福呀！"

如此滑稽夸张的"享福"生活，为的不只是好玩，更是凸显唧唧所属的剥削者阶层的奢靡、丑陋、贪婪和无能。

下面这段针对贵族的讽刺也是一样：

亲王是国王的弟弟，他叫作……他的名字可长哩，一口气很难念完。他的名字叫作：

从前有个国王他有三个儿子后来国王老了就叫三个儿子到外面去冒险后来三个王子都冒过了险回来了后来国王快活极了后来这故事就完了亲王。

叭哈问亲王：

"您为什么取这么长的一个长名字？"

"我是亲王，亲王是贵族，贵族的名字总得是很长很长的。"

"您的名字可真难记呀。"

"您反正一天到晚不用做事，既然没事做，就来把我的名字念念熟吧，您也好消遣消遣。"

叭哈恭敬地点点头："领教，领教。"

亲王的长而又长的滑稽名字，讽刺的是"一天到晚不用做事"的贵族阶层的懒惰、虚荣和愚蠢。显然，这类《格列佛游记》式的夸张幽默，其目的并非为了制造游戏的欢乐，而是带着显而易见的社会批判意图。

对于早期儿童文学来说，这类幽默手法的介入和运用大大增强了作品的阅读趣味，也迎合了孩子的阅读愿望。在那些板着脸的儿童文学作品中间，这样的作品对孩子们来说已是难得的"佳肴"。但与此同时，由于它的幽默所指实际上并非儿童自己的世界和生活，它还不能算是纯正的童年幽默。一直要到比较晚近的时代，儿童文学才开始发展出真正属于自己的较为成熟的童年幽默艺术。

这一发展离不开两个基本的条件：一是童年观的进步，二是社会生活的发展。

在童年观的层面上，我们看到，只有当人们不但意识到儿童作为独立个体的尊严和价值，而且认识到儿童生活世界独特的美感时，一种真正以童年为核心的幽默美学才有可能发展起来。这一阶段的儿童文学创作中，幽默不再被视为一种消极的力量，而是充满了对童年生活和生命的积极认同和肯定。这方面这最典型的体现，是顽童形象和童年的顽皮生活在儿童文学中开始得到正面的表现。我们读林格伦的《长袜子皮皮》《淘气包艾米尔》《疯丫头马迪琴》等作品，能够感受到那同时充满了创造力和破坏力的童年身上所散发出的浓郁的幽默气息。为了喝到罐子底的一小汪汤，艾米尔不幸把头卡在了汤罐里，大人们不得不忙着想办法解救他；为了让妹妹小伊达在家中一睹马里安奈龙德镇的风采，艾米尔把她钩在旗绳上，像升旗似的升到了旗杆顶端；他因此被关了禁闭，却从禁闭房爬进食品库，吃掉了家中宴会用的所有香肠……作者不以任何责备的口吻叙述艾米尔的这些"劣迹"，而是怀着对儿童顽皮天性的欣赏和宽容，来书写发生在艾米尔身上的种种趣事。这类幽默的童趣以及它所引发的一幕幕生活的轻喜剧，使我们在愉快的阅读中体会到了童年欢乐的精神和充沛的生命力。

理解了童年观方面的原因，我们也就不难理解社会生活因素对于儿童文学幽默艺术发展的影响作用。儿童的家庭地位和社会地位的普遍提升，总是与整个社会的发展状况密切相关。一般说来，越是贫穷艰难的社会和年代，对童年天性的容忍度越小；而随着物质生活的改善，人们开始更多地关注孩子自己的生活福利（包括精神生活福利），也更愿意宽容乃至欣赏他们身上的稚气和不成熟。这也部分地解释了为什么儿童文学最早是在相对富裕的中产阶层得到普及，并且迄今仍以这一阶层为主要的消费群体。

随着幽默艺术的进一步发展，出现了大量书写和展示童年生活幽默的儿童文学作品。除了林格伦笔下的那群顽皮孩子，我们还可以举出许多优秀的艺术例子，比如法国作家勒内·戈西尼笔下小淘气尼古拉的故事，德国作家涅斯特林格笔下的小男孩弗朗兹的故事，等等。在这些作品中，儿童生活世界的幽默趣味得到了生动而又淋漓的表现。我们在本章开头谈到的保加利亚作家笛米特·伊求的儿童故事《拉拉与我》，讲述的就是一对小姐弟生活中发生的各种幽默可爱的趣事。其中有一则题为《鲜奶油蛋糕》的故事：

一天，拉拉对我说："你知道冰箱里有什么吗？"

我根本不想知道，既然她这样说了，我便顺口问："有什么东西？"

"一个蛋糕！"

"这样的一个蛋糕？"我画了一个蛋糕。

"不是，大多了！"她说，"也漂亮多了！"

我又画了一个大蛋糕。

"更大点，"她说，"上面有鲜奶油！"

我们俩一起去看蛋糕，果然是很大的一个。

我的口水都快流出来了。

我们俩很惊讶有这么个蛋糕。妈妈走来对我们说："你们俩不要碰我的蛋糕！这是要请客用的，爱玛姑妈和可瑞姑妈今天会来！"她说完就去买咖啡了。

我们俩独自在客厅玩，家中没有人，于是我们悄悄地溜进厨房。

"我想看看，蛋糕是不是还在？"拉拉说着走近冰箱，"也许有人偷咬了一口。"她打开冰箱，蛋糕仍在。

"不要碰它！"我说，"那是给客人的！"

"我根本不想碰它！"拉拉说，但是我看到她的口水都快流下来了，"我只是在想，鲜奶油蛋糕也许坏掉了！"

"不会！"我说，"它根本不会坏掉！"

"我们不知道！"拉拉固执地说，"大家都晓得蛋糕很快会坏掉，这样我们的两位姑妈就会中毒！"

我不要我的爱玛姑妈和可瑞姑妈中毒，我问她："我们该怎么办？"

"很简单！"拉拉说，"我们先尝一口看看！"

"对！"我说，"先尝一尝！"

我们从冰箱里把蛋糕拿出来，拉拉说，她尝左边，我尝右边。我们尝了一口，真好吃。

"拉拉，蛋糕没有坏掉，爱玛姑妈和可瑞姑妈不会中毒的！"我相信，拉拉也赞同。

"但是，"她说，"我们只能说这两边没有毒，其他的地方呢？"

此后我们尝遍了鲜奶油蛋糕周围的每一边，确信是没有毒的。

"它的周围都是好的！"我说。

"是的。"拉拉说，"外面这一圈是好的，但是中间也许坏掉了！"

我们拿来一把刀子，切开蛋糕，尝了它中间的部分。

当妈妈回来时，看到了蛋糕，她站在那里张着嘴巴说不出话来。

"我们不希望爱玛姑妈和可瑞姑妈中毒！"拉拉和我解释说。

"都给我吞下去！"妈妈愤愤地大声说，"你们这两个馋鬼！"

她既然这么说，我们也就照做。

我们继续吃，把整个蛋糕都吃光了，最后我们俩都肚子痛。

"你看！"拉拉对我说，"这个蛋糕是坏掉的吧！"

（郑如晴 译）

两个孩子很想吃到鲜奶油蛋糕，但又记着妈妈说过蛋糕是留给客人的，不能碰它，于是为自己的行动找到了正当的理由："我们不希望爱玛姑妈和可瑞姑妈中毒"。你说这理由有道理吧，它实在只是孩子气的自欺欺人；你说它没道理吧，它又是孩子真心认同的想法。最后，姐弟俩因为吃了整个蛋糕而"肚子痛"，更理直气壮地得出了"这个蛋糕是坏掉的吧"的结论。这就是孩子的生活逻辑。我们明知道事实是什么，却一点儿不会去责备他们，倒是会被他们的想法和举止逗乐，因为这里面没有虚伪的狡猾，只有孩童天真的稚气。这也正是童年幽默的独特魅力。

第二节　幽默的几种手法

理论上说，文学幽默的一切表现手法都适用于儿童文学。不过，这些手法在儿童文学作品中的具体运用，还要符合儿童文学的艺术特质与艺术要求。总体上看，当代儿童文学较多地通过天真的童趣、离奇的夸张、语言的复义、巧妙的讽刺等，来达到幽默艺术的表现效果。

一、童趣

童趣是儿童文学幽默艺术的基底，它构成了儿童文学幽默有别于一般文学幽默的基本特征，亦即这种幽默总是与童年生活和心性的趣味密不可分地结合在一起。前面所举到的《婴儿》《鲜奶油蛋糕》等作品，无不是从充满童趣的孩提生活世界里生出的幽默故事。

童趣的幽默感主要来自两个层面。

首先，孩子有着看待生活、理解世界的独特视角。很多时候，他们的思想、情感、举止以及面对、处理各种生活任务的方式，往往出乎我们的期待和预料。这使得他们的日常生活本身往往呈现某种特别的幽默格调。奥地利作家涅斯特林格创作的"弗朗兹"系列，讲述小男孩弗朗兹的日常生活故事，个中的童年欢乐和烦恼常常洋溢着喜剧的幽默。例如，在《弗朗兹如何证明自己》的故事里，六岁的弗朗兹总是被大人们误认作女孩，这使他非常气恼却又无可奈何。有一天，楼下院子里来了个做客的男孩。弗朗兹想和他交个朋友，便从地下室骑出漂亮的新自行车，想要引起男孩的注意。不料对方却把他当作了女孩子。弗朗兹费尽唇舌也不管用，他必须想办法证明自己：

恰巧这时，院子的大门被推开了，是佳碧！她是出来倒垃圾的。佳碧一边倒垃圾，一边歪着头饶有兴味地朝弗朗兹他们这边看。

佳碧是弗朗兹最好的朋友，就住在他家的隔壁。平时，他们俩总在一起玩，十分要好。但是，佳碧今天很生弗朗兹的气，因为昨天弗朗兹和她吵架了。让佳碧最无法接受的是，弗朗兹竟然向她吐口水！佳碧愤怒至极，发誓再也不理弗朗兹了。他们这次吵架的导火索，说出来笑死人了，仅仅是因为他们俩在玩"我不捉弄你"的游戏时，佳碧连赢了弗朗兹五次，弗朗兹无法接受这样一个结局。

那个男孩向佳碧招了招手。

"喂，你过来一下！"他喊道。

佳碧放下空垃圾桶，向他们走过来。

"什么事？"佳碧问那个男孩，她看也不看弗朗兹。

男孩指了指弗朗兹，问道："她说她是男孩。真的假的？"

佳碧这才看了一眼弗朗兹。弗朗兹挺起胸膛，佳碧不像那些糊涂的男孩子，她当然知道弗朗兹是一个多么棒的男孩子。弗朗兹对此很有把握。弗朗兹早忘记了昨天和佳碧吵架的事情了。佳碧微微一笑。不知为什么，弗朗兹觉得佳碧的笑显得别有用心。

佳碧幸灾乐祸地说："啊，什么！胡说八道！弗朗西斯卡，你又在撒谎了。"

接着，她又转向那个男孩，说："她总是爱说她是一个男孩！"

然后，佳碧转过身，拿上垃圾桶，飞也似的跑回楼里。回到家，她咯咯笑个不停。

"你这个无赖!"弗朗兹气急败坏地大骂佳碧,"你,你是一个混蛋,你!"弗朗兹太激动了,以至于声音变得非常尖细。

"嗨!"男孩说,"不能这么粗野地骂人!女孩子更不能这样!"

"她说的是谎话。"弗朗兹尖叫起来,"真的!那都是因为我们昨天吵架了。她这完全是报复!"这时,弗朗兹才想起昨天和佳碧吵架的事情。

男孩摇摇头,用食指敲敲自己的脑门,说:"你可别把我当傻瓜!"

"你要相信我!"弗朗兹恳求地尖声说。

男孩把手插到裤兜里,叹了口气,说:"我觉得你简直是太蠢了,这又何苦呢!"

男孩嘴里嘟囔着,转身从弗朗兹身边走开了。

弗朗兹愤怒地把两只手攥成两个拳头,像一个拳击手似的站在那儿,狂怒地瞪着他。

"你再不相信我,小心我狠狠地揍你一顿!"他尖叫着。

男孩连身子都没转过来,不屑地说:"我才不会和小姑娘打架呢!我可不会做这种事情!"

闻听此言,弗朗兹无助地垂下了拳头,伤心地大哭起来。眼泪从他眼中喷涌而出,两行泪珠从他那粉红色的娇嫩脸颊上滚落下来,就像断了线的珠子。

男孩惊讶地转过身来。

"唉，老天！"他叫道，"为什么你们女孩子总是说哭就哭？"

现在，弗朗兹更加百口难辩。看来只剩下最后一个办法证明自己是个男孩了：他毅然决然地解开裤子，让裤子褪下来，然后把内裤也拉了下来，拉到膝盖处。

"这儿，看！"弗朗兹理直气壮地大喊起来，此时此刻，他的声音一点也不尖了，"你现在终于相信我了吧？"

男孩目瞪口呆地盯着弗朗兹。他想要说点什么，可是什么也说不出来。

（陈敏　译）

弗朗兹如此认真、执着地想要证明自己的男孩身份，这个看似很小的误会，在孩子的眼里则如同一个骑士必须证明自己的荣誉那样，是生死攸关的事情。证明过程的一波三折以及其间他的各种郑重其事、气急败坏，无不充满了令人捧腹的孩子气。而他最后自豪地脱下裤子，理直气壮地证明自己是个男孩的举动，更让我们对这唯有可能发生在天真的孩子身上的幽默场景忍俊不禁。

其次，孩子在自己的生活中信马由缰，往往搅乱成人的安排，脱出成人的控制，这也造成了儿童与成人世界交会时的特殊幽默。比如勒内·戈西尼创作的小尼古拉系列故事，其主角是一群活力十足的孩子，他们出人意料的行径常让身边的成人陷入尴尬的局面。这一天，老师通知大家，电台的记者要来班里采访，要求大家好好表现。校长也提醒记者，这些孩子"年龄太小了，有点

《小尼古拉的烦恼》

儿管不住自己"。尽管刚刚成功采访过"闹罢工的码头工人"的记者对这次采访信心十足，但事实证明，他们完全低估了与孩子打交道的难度：

其其先生把欧多叫了上去。

"你叫什么名字，小家伙？"他问。

"欧多！"欧多使劲叫。

"别大声喊，"其其先生说，"发明电台的意义就是，不用大声说话就能在很远的地方听得见。好，我们重新开始，你叫什么名字，小家伙？"

"嗯，欧多。我已经告诉你了。"欧多说。

"不行，"其其先生说，"你不能说你已经告诉过我了。我问你的名字，你说就是了。好，我们重新开始……你叫什么名字，小家伙？"

"欧多。"欧多说。

"早知道了。"乔方说。

"出去，乔方！"校长说。

其其先生又问欧多最喜欢玩儿什么。

"我特喜欢踢足球，"欧多说，"比他们踢得都好。"

"净瞎掰。"我说，"昨天你当守门员，结果我们给你灌进去多少！"

"没错。"科豆说。

"鲁飞吹了越位！"欧多说。

"他是吹了，"麦星星说，"可他是你们一伙儿的。我早说过，球员就不该同时当裁判，就算是他吹的又怎么样。"

"你想吃我一拳是不是？"欧多问。然后校长给了他星期四留校处分。[4]

（戴捷　译）

起初，故事里掌有权威的教师和持有仪器的记者看似牢牢把握着采访的进程，然而，孩子们一旦出场，他们的表现就完全脱开了成人的管控。由于既不理解电台的工作原理，也不熟悉成人的处世规则，欧多在自报家门的时候就给记者出了难题，随即又因为吹牛踢球踢得好引来其他孩子较真的辩论。于是，严肃的采访变成了孩子气的辩论和絮叨，记者的计划也完全泡汤。我们看到，整个过程中，没有一个孩子是有意搅乱采访，相反，他们十分积极地想要配合和参与采访。但他们的天性又决定了这种配合一定会越出成人预定的采访边界，进而改变着这一采访事件的性质——它从大人的事情变成了孩子的事情，从严肃的采访变成了诙谐的笑闹。故事的幽默也由此迅速地蔓延开来。

孩提时代的天真童趣为儿童文学提供着无尽的幽默趣味。也正是从这样的幽默中，我们感受着童年永不疲倦的行动力和无所束缚的生命力。

二、夸张

夸张是通过想象将事物的某些方面极力夸大或缩小以达到某种文学表现目的的修辞手法。夸张的手法在儿童文学尤其是童话的创作中得到较多运用，这在一定程度上与儿童的身心接受特征有关。一方面，夸张反映了儿童观察和感受世界的一种本能倾向。我们知道，儿童的身体和心智都处于较"小"的发展阶段，从他们的视角来看各种事物，其尺寸感较之成人都要放大许多，正如花园里一株仅及成人半身高的普通景观树，在幼小的孩子眼里却可能是巍峨的大树。许多人都有过这样的体验：小时候曾经以为的大地方、远路途，长大后再来看，才发现它们原来是那么小，那么近。这也是儿童和成人视角的区别。

另一方面，夸张手法带来的狂欢体验也迎合了儿童的游戏本能。夸张是对于事物某些方面特性的一种不合常理的夸大，它像巴赫金曾分析过的狂欢行为那样，造成了对生活的日常逻辑的一种挑战和破坏。而这正是儿童醉心的一种审美体验。很多时候，孩子明知一件事情或一段话语乃是夸张的产物，是不可信的，却因此而对它倍感兴趣，究其原因，他们是把这种夸张当作了一种新奇的游戏。

儿童文学夸张的幽默，往往源于这样一种感觉的复合：儿童既觉得某种夸张在现实生活中是不可能的，却又分明在文学的描写中看到了它的可能性，这样一种"不可能的可能性"，或者说"可能的不可能性"，造成了文本内的特殊幽默效应。如果儿童只从理智的考虑出发，完全不相信文学里的夸张世界，认为那只是空妄的无稽之谈，夸张的幽默便无从产生；同样，如果儿童完全信任作品中的夸张，而意识不到它与日常生活之间的悖谬关系，也难以体会到其中的幽默。只有"信"与"不信"这两种感受交叠在一起，彼此制约而又相互烘托，才能在儿童主体身上引发最强烈的幽默体验。

儿童文学主要运用三种夸张的手法来营造幽默的效果。

1. 规模的夸张

这是通过将对象的数量、大小等加以规模上的夸张，造成幽默的感觉。前面提到的张天翼的童话《大林和小林》，多处使用了这一夸张的手法。比如，在叭哈家的大宴会上，"四四格一共吃了七十二头牛、一百只猪、六只象、一千二百个鸡蛋、三万只公鸡……"，夸张的食量衬托出四四格好笑的贪婪。再比如唧唧被送去念书的皇家小学校，在作家笔下是这样的：

> 这个学校很大很大，从大门走到后门有五十里路。这个学校里有一万二千个教室，有六千位教师。学生一共有十二个。现在唧唧进了这个学校，就一共有十三个学生了。

作者先以夸张的手法描绘校园之大，教室之多，教师之众，又以夸张的手法表现学生数量之少，学校的极大与学生的极少之间构成了一种好笑的对比，突出了这一"皇家"现象的愚蠢而滑稽的奢侈。

卡洛尔的《爱丽丝漫游奇境记》也遍布这类幽默的夸张。故事里，掉进兔子洞的爱丽丝先是喝下了瓶子里的药水，身形缩小得只有十英寸高，随后又吃了桌子下的蛋糕，一时个子蹿得奇大：

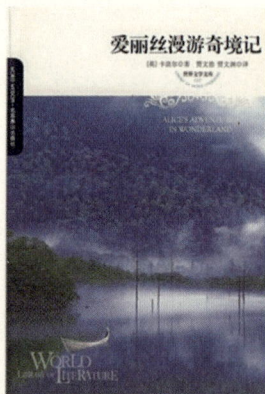

《爱丽丝漫游奇境记》

> "真奇怪啊，太奇怪啦！"爱丽丝喊起来，她惊讶得一时简直连话也说不上来了。"现在我又放大了，就像最大的望远镜里看到的人一样啦。再见吧，我的双脚！"她低头看了看，发现自己的两只脚离得那么远，几乎看不见了。"哦，我可怜的小脚丫，

现在谁能给你们穿袜子穿鞋呢？我可帮不上你们的忙了！我离你们太远太远，实在没法照顾你们，以后你们只好自己照顾自己啦。不过，我必须好好对待它们，"爱丽丝想道，"要不，它们就不带我上我想去的地方啦！好吧，每年圣诞节，我都要送它们一双新靴子。"

接着，她继续琢磨着送靴子的细节。"我要把靴子寄给它们，"她想道，"多滑稽的事情，给自己的脚寄礼物！包裹上的地址看上去才古怪呢：

壁炉前　炉边地毯上

　爱丽丝的右脚　收

　　　　　爱丽丝寄

啊，天哪，我这是说的什么胡话呀！"

（贾文浩　贾文渊　译）

故事里，叙述者夸张地渲染爱丽丝变大后的个子：她高得几乎看不见自己的双脚，以至于今后想给脚换鞋子，还得通过邮寄的办法。这一切令爱丽丝本人都感到"滑稽可笑"，读者自然也不例外。

2. 程度的夸张

这是将人或事物的某方面特征加以程度上的夸张，造成幽默的效果。相比于量的规模的夸张，程度的夸张更着眼于对人的个性或事物性质的强调。安徒生著名的童话故事《皇帝的新衣》，为了形容皇帝多么喜爱穿衣打扮，夸张地说"一天里的每一个钟头，他都要换一身衣服"，就是一种程度的夸张。

程度的夸张常被用来突出人物的某种喜剧性的个性或特点。张天翼的儿童小说《不动脑筋的故事》里，名叫赵大化的孩子因为不爱动脑筋，总是丢三落四。早上，他带着钓竿和桶出门去钓鱼，刚提了一桶水上岸，回头看见地上的钓竿，不禁纳闷这是谁粗心大意落下的东西，便扬起钓竿大声询问。不料一转身，绊在水桶上，跌了一跤，他又开始埋怨那个在这里搁水桶的糊涂蛋。跌跤弄得一身泥，他只好回家，却叫错了门，从门里走出来一位白发的老奶奶，把他吓了一跳：才一会儿工夫，自己的妹妹"怎么长得这么老了"？斜对面院子里，正在洗书包的妹妹听见声音，连忙跑过来叫他，他却对着妹妹搔起了头皮："这是哪家的小姑娘？可真奇怪！我跟我妹妹说话，干你什么事呀？你那么嚷！"一个人粗心到这样的地步，远远超出了正常的程度，不过，如果不是通过这样的喜剧夸张，小说中"不动脑筋"这么一个普通孩子常有的特点，也不会令人如此印象深刻。

　　与规模的夸张一样，程度的夸张也可以造成一种滑稽对比的幽默。周锐的童话《慢性子裁缝和急性子顾客》中，一位急性子顾客在冬天里带着布料去裁缝店做衣裳，连跑几家都不满意，因为他实在等不及收衣的时间。好不容易找定了一家。第一天，他把布料留在店里，说好做件明年冬天穿的棉袄。第二天，他急急跑到裁缝店，要求把棉袄里的棉花拽掉，改成秋天穿的夹袄。第三天，他又改了主意，要求把夹袄的袖子剪去一截，改成夏天穿的短袖衬衫。过了一天，他又来请裁缝把剪下来的袖子再接上去，好让他在春天就能穿上新衣服。这位顾客的急性子通过四天四变的夸张，得到了淋漓的表现。但这么一来，他可给裁缝店出了难题：好好的一件衣服，不但改了又改，而且剪下的袖子又接上，实在说不上美观。不过没关系，恰好让他碰上了一位慢性子裁缝，不但一一答应了他的要求，还能把新衣做得漂漂亮亮的，因为直到最后，他的布料还好好地搁在柜子里，都没开始裁料呢。读到这里，我们才笑着明白了慢性子裁缝起初说的"我做的活儿最适合你这种性子的顾客啦"的意思。这样，顾客的"急性子"与裁缝的"慢性子"之间既构成了对比，又构成了互补，它所带来的幽默感也少了份辛辣的滑稽，而多了份轻快的温暖。

3. 逻辑的夸张

这是通过对于特定生活逻辑的扭转夸张，造成幽默的效果。这类夸张往往对普通的生活逻辑略加错位，再进行夸张的加工，从而营造出某种不无荒唐的幽默趣味。

武玉桂的童话《小偷罢工》就体现了这样的逻辑夸张。"罢工"原本是我们熟悉的语词，但"小偷罢工"却使这个词的逻辑陌生化了。作品以进一步的夸张渲染出这一逻辑错位的幽默：人们先是对小偷罢工的决定表示了热烈的欢迎，这场罢工也"没给市政府造成丝毫的压力"。从小偷罢工的第二天起，城里一派新气象。女士们纷纷戴上自己珍藏的首饰，警察再也用不着绷紧神经干活，银行内的铁栅栏全部拆除，保险箱则准备转让给清洁队做垃圾箱……

但问题很快来了：

没过几天，一群妇女来找市长，要求取缔警察，理由是没有必要养活这些成天无所事事的闲人。银行经理也来了，自从小偷罢工后，人们不再到银行存钱，所以银行已面临倒闭，不得不裁减百分之九十的职员。

坏消息比好消息来得更快更多：生产门锁、自行车锁的工人失业了，保险柜大量积压，八百名夜间巡逻队员被解雇了……

很快，游行示威队伍一支支来到市政府门前，他们高举标语牌，上面写着"要工作，要吃饭""生活离不开小偷"……

"小偷罢工"之后发生的这一切充满了既来自生活逻辑又富于艺术夸张的喜剧效果。由于小偷罢工而面临各式困境的人们迫切地希望小偷们"顾全大局，立即复工"，而小偷协会则借此向市政府提出了各种苛刻的要求……最后，还是名叫小布丁的幼儿园孩子想出了帮助全市人民解决难题的办法，不但让失业的人获得了为儿童服务的新工作，而且通过举办异想天开的"小偷比赛"，让小偷们互相把对方或者自己给"偷走"，从而使所有小偷都失去了踪迹。这也是生活逻辑的错位夸张。在这样的夸张里，我们看到了生活的某种滑稽面目，它不一定含有什么微言大义，却可以让我们在出人意料的夸张想象中体验到一种游戏的满足。

三、复义

这是借助语言的多义性及其不同意义层次之间的矛盾、对比、反抗、颠覆等的微妙关系，来营造出某种幽默的艺术效果。它带有一定的语言游戏性质，但又不只是语言本身的形式游戏，而是同时与它的社会语境密切关联。

周锐的童话《电话大串线》，虚构了因电话串线而发生的各种"有意思的对话"，其中不少对话就包含了这样的复义幽默。这是其中一个电话的内容：

    一个破坏分子找他的同伙，没想到接电话的是警察——

    "喂，蜘蛛，我是跳蚤。我们的代号为'鸡飞蛋打'的爆炸
计划你清楚了吗？"

    "全清楚了。不清楚的是怎样才能找到你。"

    "记住：今晚八点在火葬场门口见面。"

    "明白啦，谢谢。实在是谢谢！"

    "别忘了，晚上八点。"

    "忘不了，晚上见！"

从语言学的角度来看，上述对话中每一次话语信息的发出和接收都因发出方和接收方之间关系的错位而发生了意义的悄然逆转。破坏分子的本来意图是密谋同伙，使爆炸计划得以顺利实施，但他用来实现这一意图的话语恰恰成了计划泄密的途径。反过来，警察的每一句答话在对方听来完全是同伙的回应认可，而在知情的读者听来则是逮住破坏分子的前奏。这么一来，破坏分子嘱咐同伙的"清楚了吗""记住""别忘了"和警察回答他的"谢谢""忘不了""晚上见"，在复义的暧昧中就饱含了幽默的张力。包括对话开头出现的"鸡飞蛋打"一词，表面是指爆炸计划的名称，在对话的过程中又指向了这一计划本身的"鸡飞蛋打"，这也是这段对话内暗含的幽默。不过，理解这类语言游戏的前提是读者已然熟悉特定语言的语义及其运用的语境。因此，理解这类儿童文学作品的复义幽默，也需要儿童读者具备相应的语言能力。

    儿童文学中的语言复义也常指向某种特别的语言权利关系。

在作品中，它常常表现为儿童与成人之间一种幽默的语言角力。在《长袜子皮皮》的故事里，两个警察找到孤女皮皮，要把她带去名为儿童之家的福利机构。当警察告诉皮皮"镇上的好心人安排了让她进儿童之家"时，在皮皮与警察之间有一场俏皮的对话：

"我早就在儿童之家里了。"皮皮说。

"什么，已经进啦？"一个警察说，"是哪一家？"

"是这一家，"皮皮神气地说，"我是个儿童，这是我的家，这儿一个大人也没有，所以我认为这正是儿童之家。"

（任溶溶　译）

皮皮从"儿童之家"的字面意思来理解它，这与警察所说的福利机构显然不是一回事。但她对"儿童之家"的这一"神气"解释却成功地反抗了警察的权威，宣示了自己的主权。顺着这一权力关系的语势，皮皮接下去把两个警察要得团团转的行为也就在故事逻辑的情理之中了。还有皮皮与老师之间的对话。皮皮头一次去学校，老师问她："皮皮，你能告诉我七加五是多少吗？"完全不谙学校礼仪的皮皮不高兴地答道："嗯，不知道，别想叫我来替你算！"由于皮皮以一般问答的意义逻辑来理解课堂上老师的提问，她实际上对老师的权威做出了无礼却也并非故意的反抗。于是，她从老师那儿领受了这一礼仪的教育。为了巩固教育的结果，老师再问道：

"好，皮皮，你说八加四是多少？"

"我想大概是六十七吧？"皮皮说。

"完全不对，"老师说，"八加四是十二。"

"哎呀哎呀，我的好太太，太过分了，"皮皮说，"你刚才还说七加五是十二。就算在学校，也该有点儿规矩啊。"

（任溶溶 译）

这一次皮皮按要求回答了老师的提问，但她对学校话语的意义再次产生了误会。她以日常话语的归谬逻辑来套解数学算式的语义逻辑，认为一会儿说七加五是十二，一会儿说八加四是十二，这是出尔反尔糊弄人。这样，没有"规矩"的皮皮反而抓到了责问学校"也该有点儿规矩"的理由。因皮皮与老师之间的经验分歧而发生的上述语义对撞，在带来幽默感的同时，也传递出儿童文学天真的审美精神。

四、讽刺

这是在对人、事、物滑稽可笑一面的揭露或批评中营造幽默的艺术效果。尽管幽默与讽刺在美学情调和意味上有所区别，但在具体的文学创作中，二者往往同时运用，互相结合或彼此重合，表现出一种复合的意念、态度、方法和审美效果。

讽刺的幽默在寓言体裁中最为常见。由于寓言的写作意图中往往包含了特定的生活批判或告诫内涵，因此，借助讽刺的手法从反面说理，能够起到特殊的警醒效果。比如孙建江的寓言《见过世面的老鼠》，讲述一只在码头上偷吃东西的老鼠被远洋轮带到了大海上。它在船舱里舒坦地吃睡了几个月，又随着返航的轮船回到码头。其他老鼠闻讯纷纷前来，想听它给大家讲讲大海。于是，这只老鼠润了润嗓子，得意地说道："大海嘛……嗯……大海……大海实在太大了，有船舱那么大呢！"寓言借此讽刺了那些有徒有噱头而并无真才实学的人。类似的

"见过世面的老鼠"，在我们的生活中其实随处可见。这样，作者通过一个幽默的讽刺故事，形象地揭示了生活的一种现实和真相。

儿童文学的讽刺幽默有它自己的特点，这些特点取决于并反映出儿童文学作为一个文类的基本艺术精神。

1. 借力童真的讽刺手法

儿童文学的讽刺幽默常借童年天真的目光和直率的言辞得以传达。比如詹冰的儿童诗《游戏》：

> "小弟弟，我们来游戏。
>
> 姐姐当老师，你当学生。"
>
> "姐姐，那么，小妹妹呢？"
>
> "小妹妹太小了，她什么也不会做。
>
> 我看——
>
> 让她当校长算了。"

孩子在自己的游戏里毫无顾忌地表达出他们对事物的看法。在他们眼中，学校里最忙碌的教课、听课等事情好像都与"校长"无甚关系，于是便分派"什么也不会做"的小妹妹去当校长。童言无忌，却也以其天真的幽默刺中了成人社会阴影处的某些隐私。

勒内·戈西尼"小淘气尼古拉的故事"系列中《科豆有了眼镜》的故事，也体现了相近的讽刺幽默。某一天上学，孩子们发现总考倒数第一的科豆居然戴起了眼镜。班上原来只有总考第一名的阿蔫戴着眼镜，大家便理所当然地把"第一名"归功于"眼镜"，这下好了，科豆也有了和阿蔫竞争第一的资本。为了正确回答老师的提问，伙伴们纷纷向科豆借眼镜。这样争来抢去，最后，当科豆不幸又被老师叫到黑板前去回答问题时，他的脸上还是没戴眼镜。"唉，明摆着的事，不戴眼镜没法成功，科豆又得了零分。"故事里的孩子们依据他们有限的生活常识，把戴眼镜和考第一简单地等同起来，又把科豆的零分归因于"不戴眼镜"。我们可以说这则眼镜的故事完全是一出充满童稚气的童年幽默喜剧，但在"眼镜"的幽默中也折射出了成人世界的某些荒唐可笑之处。仔细想想，在我们许多人的身上，不也常常存在着这种对"眼镜"的迷信？

童年所代表的天真视角为儿童文学的讽刺幽默提供了独特的借力，它也体现了儿童文学特有的生活洞察力。

2. 温柔敦厚的讽刺品格

儿童文学的讽刺手法有别于成人文学的一个重要特点，是它较少表现出后者常见的辛辣品格，而是往往在讽刺中透着童年的天真和敦厚。上面谈到的《游戏》一诗，虽然包含对于成人世界的讽刺，但从诗歌文本本身来看，通篇只是孩子率真的嬉戏，其中关于校长"什么也不会做"的判断，也完全是孩子冲口而出的生活经验，并非出于任何有意的讽刺目的。这就使得诗歌的讽刺没有露出尖刻的痕迹。同样，在科豆与眼镜的故事里，孩子们也不是有意要拿科豆的眼镜闹笑话。相反，他们真心认同眼镜与学识的逻辑，他们的争抢也是出于童年本性的好奇好动。这样，尽管眼镜的故事读来不无讽刺的意味，却仍是童年趣味第一，讽刺的目的则排在后位。

我们也可以说，真正上乘的儿童文学讽刺幽默从不以讽刺为第一目的，而是重在强调讽刺艺术本身所具有的趣味性。刘兴诗的儿童故事《吹牛大王和飞机》中，三个人在一起吹牛皮。一个说自己家有棵大树，一直长到天上，把飞机都给挂住了；另一个说自己驾着飞机打仗，一下跳到敌人的飞机背上，把敌人连人带飞机给俘虏了；第三个说自己在山上放马，拿套马索这么一抛，就套住了一架飞机。正说着，天上飞来一架飞机，三人便互相激将。第一个说，飞机要是敢飞到自己家，准得挂在那棵大树上；第二个说，自己抓的飞行员太多，家里关不下，就饶了这一架吧；第三个找借口说忘了带套马索。而"天上的飞机听不到他们的谈话，越飞越远了"。这则故事与俄国作家克雷洛夫的寓言《撒谎的人》在题旨上十分相近，个中显然包含了对夸大其词者的嘲讽，但作为一则儿童故事，它的讽刺毫不显得冷峻严肃，而是更多地带着一份童趣浸染的滑稽。

第三节　儿童文学的幽默品格

幽默的儿童文学作品具有引人发笑的阅读效果，但儿童文学的幽默艺术却不等同于简单的好笑。在那些优秀的幽默儿童文学作品背后，总是蕴含着一份单纯而又深刻的童年精神的智慧。正是这份智慧赋予了这类儿童文学一种纯正、高级的幽默精神格调。

一、幽默与滑稽

儿童文学的幽默是一种易于辨识的风格，却也是一种容易被误解的风格。在今天的童书市场上，各类打着幽默旗号的伪幽默作品并不在少数。不少人将儿童文学的幽默等同于一般的滑稽调笑，儿童读者也很容易被作品中各种浅俚的搞笑所吸引。但事实上，一切粗俗、浅薄的调笑都与真正的幽默无缘。

在这里，有必要在美学上对幽默和滑稽做出一定的区分。这两个概念都可用来指代人或事物的某种引人发笑的特质，在日常生活中，滑稽也常被归入广义的幽默范畴。按照简·布雷默和赫尔曼·茹登伯格在其所编的《幽默文化史》一书引言中的说法，"我们把幽默看成任何形态的信息——这些信息是通过行为、话语、文字、形象以及音乐等得到传输的——其目的是逗人笑，或者微笑，或者大笑"[5]，那么滑稽显然也位列其中。滑稽是对于令人发笑的言语、动作或事态的一种描绘。在各类传统的民间节庆和娱乐活动中，滑稽也常被当作一种基本的表演技法。比如流行于中国吴越地区的滑稽戏，主要就是依靠表演者滑稽的语言、动作等来逗乐观众。追溯人类幽默文化的历史，这类滑稽是早期幽默艺术的起源。

然而，在审美和艺术的层面，幽默与滑稽却并不能画上等号，它们不但有着审美内涵上的区别，也分处于不同的审美层级。

1. 滑稽是单纯的逗乐，幽默还包含了更丰富的情感。

尽管在较早的民间文化中，滑稽是幽默的起点之一，但随着幽默艺术的逐渐丰富、成熟以及人们对这一审美范畴的进一步认识，滑稽与幽默之间的艺术距离也逐渐拉大。在这个过程中，一方面是较为低俗的大众滑稽艺术在传播的同时受到来自较高文化阶层人们的审查和反思，另一方面，借助文学艺术的创作平台，也逐渐发展出了内涵更为丰富、情趣也更为高雅的幽默艺术。比如莎士比亚作品中的插科打诨虽然受到民间滑稽美学的影响，但却比传统的滑稽笑话多了"亲切、人性和同情"[6]，这正是我们在一般滑稽艺术中较少见到的内容。如果说滑稽的艺术样式不可避免地带着民间大众娱乐的粗野特征，那么后来发展起来的幽默艺术则更多地体现出人类文化的某种精致性，它在接受者身上所引发的也是一种更为细腻、深厚的审美情感。比如，滑稽的笑往往"隐藏着一种羞辱人的意图"[7]，幽默却不是这样。实际上，在一些研究者看来，"同情"正是幽默的重要因素，也是幽默的笑区别于其他类型的笑的重要方面。英国作家萨克雷因此称"幽默是机智加爱"[8]。

2. 滑稽是浅显的调笑，幽默还包含了更深层的回味。

如前所述，滑稽与幽默都离不开"笑"的因素。然而，一种滑稽的现实尽管可以引发我们的笑声，却不一定就是幽默。亨利·伯格森在其关于笑的研究中举过这么一个日常生活的滑稽例子："一个沿街跑的人，忽然被绊了一脚，摔倒了，过路的人见此情景顿时哈哈大笑"[9]。显然，这其中虽然也有"笑"的参与，但它只是一个滑稽的场景，而上升不到生活的幽默。

实际上，滑稽的效果在浅层的调笑中即可达到，幽默则往往还含有更深层次的内涵。许多滑稽的对象除了现场博君一笑，没有更多值得回味的内容，幽默的对象则让人在笑的同时和笑过之后，还能品味其中蕴含的思想滋味。这有点类似被人挠痒痒的笑和衷心的笑之间的区别。我们读古代流传下来的民间笑话，许多故事仅止于滑稽搞笑的层次，只有那些包含回味的作品，才够得上幽默的级别。比如我们熟悉的一则古代笑话，说一父亲聘先生教儿子认字，头一天学会了"一"字。第二天起早，当父亲擦桌子时，顺手拿湿抹布在桌上抹出个大大的"一"字，叫儿子认。儿子却不认得。父亲大怒，责问儿子如何连刚学的"一"字也不认识。儿子委屈地回答：不过一夜工夫，谁知它变得这样大！这则笑话读来简单，却颇有意味。儿子的回应固然好笑，不过笑完想想，我们许多人在生活中不也常不知不觉地重复着"谁知它变得这样大"的尴尬？这就使这则笑话听来不只令人感到滑稽，也有幽默的回味。

3. 滑稽是轻松的取悦，幽默还包含了更严肃的态度。

滑稽的主要目的是取悦观众，为了实现这一目的，它有时不惜借助任何形式的轻佻表演，包括对自我或他人的无原则的取笑。相比之下，"幽默既是好玩的，又是严肃的"[10]，它在游戏玩笑的形式中包含了对于生活的某种负责任的甄别和判断的态度。因此，古罗马哲学家西塞罗曾在其关于演说的论著中提醒人们运用幽默时警惕小丑式的滑稽模仿，并告诫有些严肃的事情是不宜于用玩笑的方式来对待的，"后来，人们干脆把小丑定义为不懂得节制幽默的人，而节制幽默靠的是严肃的态度和高超的才智"[11]。在这里，幽默的节制感代表了这一艺术范畴的某种自省精神，它意识到幽默的形式内在地包含了对待生活的一种严肃态度，一种价值的判断。幽默本身除了带来笑的快感，也要对这一价值的维度负责。这意味着真正的幽默艺术懂得如何慎重地思考和选择它的幽默对象和幽默策略，从而在幽默的艺术表达中实践一种严肃的人文精神。

二、童年幽默的精神

幽默区别于滑稽的上述特点，有助于我们理解儿童文学真正的幽默精神。儿童文学的幽默不是一般的童年搞笑，而是包含了童年幽默独特的智慧、温情和深度的，只有这样的儿童文学作品才真正称得上具备了幽默艺术的品格。

1. 幽默的智慧

儿童文学的幽默是一种包含童年智慧的幽默，也就是说，它在幽默的叙写中表达着童年对世界、对生活的独特思考。这些看似带着孩子气的思考从一个特殊的视角丰富和启迪着成人的过于常识化了的心智。

台湾作家邱惠瑛的儿童小说《谁大》，通过发生在两个孩子之间的一场充满稚气的幽默谈话，传递着这样的童年生活智慧。阿潘和阿比是兄弟俩，阿潘七岁，阿比五岁。两个孩子坐在院子的大树下吃饼干，阿比忽然向阿潘提出了"我们两个谁大"的问题。在阿潘看来，这个问题的答案不言自明："我七岁，你五岁，当然我大。"然而，阿比接下去的一连串索问，让阿潘也犯了糊涂："你真的是七岁吗？……你全身都七岁吗？可是，你昨天才剪的指甲呀！……我敢打赌，你新长出来的指甲，一定还没有七岁。"这么一来，"谁大"的问题就变得不简单了。阿比接着推理：阿潘的牙齿，有些是掉了还没长的，有些是掉了新长出来的，而自己的牙齿都是已经长出来好久的；还有头发，"有时候我比较大，有时候你比较大"，更有小弟弟阿得的头发，"从出生到现在都还没剪过哩"。他们最后得出结论："七岁不一定都比五岁大"。于是，当妈妈要他们把弟弟抱出来晒太阳时，他们反问妈妈："到底是哪个弟弟？"发生在阿潘和阿比间的这场探讨源自孩童的一派天真，同时也充满了童年生活的幽默趣味。我们可以说它只是小儿闲暇时的无稽游戏，但谁能否认，这场关于"谁大"的孩子气的讨论，也挑战着我们关于身体和年龄的惯常经验理解。它提醒人们关注那容易在日常忙碌中被遗忘的生命内在的丰富性和复杂性，而这种关注正是童年时代经验的长处。

儿童文学幽默的智慧来自童年带给我们的智慧，它建立在儿童单纯而真实的生活经验基础之上，却能够发现这简单的童年世界所折射出的独特的智慧光芒。

2. 幽默的温情

儿童文学的幽默又是一种充满温情的幽默，它不做尖刻的调笑或讥讽，而是同时怀着对童年生活各方面的洞察和宽容，以幽默的方式来书写这些生活。因此，童书市场上流行的那些一味以取乐他人（尤其是成人）为乐的搞笑作品，远未真正体现儿童文学的幽默美学。比如美国当代畅销童书《小屁孩日记》，其中日记的内容往往仅限于发生在主角与父母、教师、同胞、同学之间明里暗里的彼此捉弄、取笑、奚落或忽视。于是，圣诞节的礼物互赠，在"我"这里只意味着倒霉的失望：

哥哥故意送我最讨厌的漫画；父母尽管在礼物上费了心思，却根本不合我意；叔叔和朋友的礼物更是令我失望透顶。我们看到，故事里的大人们在自己和孩子的事情上总是表现得笨拙而迟钝，而孩子们则精明得只关心自利的算计，其中只有童年滑稽的日常搞笑，而实在缺乏生活应有的温情。

这并不意味着儿童文学的幽默有意回避童年生活的负面内容。相反，它不对童年世界做甜腻的美化，而是清楚地看到童年生存的真实艰难，看到童年所不得不面对的各种生活的阴暗。然而，正是从这同时交织着善与恶、正与负的真实、复杂的生活中，它敏感地发现和捕捉着那份用来支撑我们每个人生活信心的珍贵温情。

台湾作家王淑芬的儿童小说《我是白痴》，以第一人称叙事讲述智障孩子彭铁男的日常生活，智障视角下的生活透着别样的童年幽默。小说写出了一个智障孩子必然会面临的各种艰难生活现实：老师和同学自觉不自觉地看低甚至侮辱他，就连自己的妹妹也为有这么一个哥哥而感到丢脸。当以零分的数学成绩拖了全班同学的后腿，他受到的是老师狠狠的责备和奚落。为了提升分数，老师教给他一个"不择手段"的办法：在试卷上所有找得到的括弧里都写上"1"，因为"每一张考卷，总有选择题，而选择题总有几题的答案是'1'。照这种方式，总可以得个几分"。这一"辅导"带来的戏剧性结果是彭铁男在数学考试中意外地得到了"十二分"，更让他在生物课上大出风头——"选择第三题，全班都中陷阱，

《我是白痴》

只有一个彭铁男答对"。小说一点儿不掩饰这位教师的教学功利心态。然而，也是这位老师，后来把彭铁男带到办公室，放下身段拜托另一位数学名师给他补课。还有彭铁男的妹妹，一直觉得自己摊上这么个白痴哥哥，真是"倒了八辈子霉"，她因此不想和哥哥念同一个学校，外出也不愿意跟哥哥走得太近。然而当她一个人摔倒在地上，哥哥跑过来扶起她的时候，她也会一边嗔骂着，一边忍不住笑起来。透过故事的单纯而又不无辛酸的幽默，我们看到的是一种真实的人性，它带着一切普通人都会有的私心和功利，也怀有一切普通人都拥有的人情和关怀，这两者交织在一起，共同塑造着我们生活于其中的这个冰冷而又温暖的世界。与那些在作品中被有意纯化和美化了的童年世界相比，这才是我们的生活所拥有的最可贵的温情。

3. 幽默的深度

儿童文学的幽默常常还是一种有深度的幽默，它在幽默中揭示着童年体验的深度，同时也揭示着我们生活世界的深度。这种揭示促使我们在反躬自问中更好地理解童年，也更深入地理解与童年有关的一切，包括我们自己。

苏联作家库尔良茨基·海特的儿童小说《公理》，讲述的是一个孩子在课堂上与老师"抬杠"的故事。面对老师给出的不证自明的数学"公理"，西多罗夫提出了自己的质疑："为什么两条平等的直线不能相交？"老师先是搬出欧几里得的权威，却没能说服学生；他又把平行线从黑板一直画到墙上，还是没能平息西多罗夫的质疑；恼羞成怒的他最后只好命令西多罗夫"要么立刻承认它们不会相交，要么我把你撵出教室"。这幕发生在教师与学生之间的课堂对话显然带着喜剧的幽默。小说中的教师面对学生的质疑，从起初的意气风发到后来的精疲力竭，这个过程充满了戏剧性，师生之间始终牵扯不清的问答回合也包含了生动的课堂幽默。然而，在表面的课堂冲突之下，小说也促使我们循着西多罗夫的思路去反思公理的权威究竟来自何处，它们的合法性又如何得到保障？更进一步，学校教育向孩子们传授公理，其最终目的是什么？然而小说并非借此专门表达对教师一方的责备，相反，故事里耗尽耐性的教师和被逐出教室的学生一样，都有着各自合理的委屈。那么，它到底在提醒着我们什么？这是这篇小说带给我们的不简单的思索，它也昭示着儿童文学幽默可能抵达的思想深度。

与童年有关的生命智慧、温情和深度，赋予了儿童文学的幽默艺术以一种单纯而丰富、俏皮而温暖、轻盈而深刻的精神品格，而这也正是儿童文学独特的艺术品格。

思考与练习

1. 为什么在儿童文学发展的早期，其幽默艺术相对并不发达？儿童文学幽默艺术的发展离不开哪两个基本条件？

2. 如何理解童年观的进步对于儿童文学幽默艺术发展的重大意义？

3. 结合具体的作品，谈谈儿童文学幽默艺术的四种主要表现手法。

4. 为什么说"儿童文学的幽默不是一般的童年搞笑"？儿童文学的童年幽默精神主要体现在哪三个方面？

注 释

[1] 参见李林之、胡洪庆主编：《世界幽默艺术博览》，上海：上海文化出版社1990年版，第3—4页。

[2] 简·布雷默、赫尔曼·茹登伯格编：《搞笑——幽默文化史》，北塔等译，北京：社会科学文献出版社2001年版，第29页。

[3] 参见方卫平：《〈中华幽默儿童文学作品精粹〉前言》，转引自方卫平《逃逸与守望——论九十年代儿童文学及其他》，北京：作家出版社1999年版。

[4] 略有删节。

[5] 简·布雷默、赫尔曼·茹登伯格编：《搞笑——幽默文化史》，北塔等译，北京：社会科学文献出版社2001年版，第1页。

[6] 参见简·布雷默、赫尔曼·茹登伯格编：《搞笑——幽默文化史》，北塔等译，北京：社会科学文献出版社2001年版，第153页。

[7] 亨利·伯格森：《笑与滑稽》，乐爱国译，广州：广东人民出版社2000年版，第95页。

[8] 参见王玮：《“笑”之纵横》，上海：上海社会科学院出版社1988年版，第109页。

[9] 亨利·伯格森：《笑与滑稽》，乐爱国译，广州：广东人民出版社2000年版，第6页。

[10] 简·布雷默、赫尔曼·茹登伯格编：《搞笑——幽默文化史》，北塔等译，北京：社会科学文献出版社2001年版，第320页。

[11] 简·布雷默、赫尔曼·茹登伯格编：《搞笑——幽默文化史》，北塔等译，北京：社会科学文献出版社2001年版，第36页。

第八章　儿童文学的荒诞艺术

则安是一名三年级的小学生。有一天，他突发奇想，决定创办一份《吹牛报》，专门报道纯属瞎编的事情。

说干就干。他写了一份《猪报》贴出去，内容是这样的："明天是猪日。成群的猪'呼噜呼噜'。你、我，还有大家全都变成猪吧！"

早晨到学校，才发现情况不对劲。全校上下都在说着猪的事情，教导主任还在广播里通知：明天是猪日，学校放假。就连晚上的电视新闻也这样说：明天是猪日，将举行猪节活动。

第二天，城里到处飘起了猪旗。人们准备了捉猪的工具，迫不及待地等着猪时间的到来。终于来了！只见从壁橱里，衣柜里，碗橱里，锅子里，水龙头里，抽屉里，窗帘后，沙发下，呼呼呼呼呼，钻出来无数活蹦乱跳的猪……消防队不得不拿消防水管来对付猪，不料从管子里喷出的还是猪……

——矢玉四郎《晴天有时下猪》

这是一个荒诞的幻想故事，它发明了一个荒诞的日子——猪日。这个日子出自孩子的瞎编，却在生活中成为现实。于是，全城上演了这到处是猪、人人捉猪的荒唐一幕。

在儿童文学的艺术园地里，我们对荒诞一词并不陌生。可以说，在各种类型的儿童文学作品中，那些具有典型荒诞风格的作品，可能提供了最令孩子兴奋的一种阅读趣味。那么，什么是儿童文学的荒诞艺术？这一艺术范畴对儿童和儿童文学来说有着什么样的意义？在儿童文学的艺术层面，它又表现出哪些特征？这是本章将要阐述和探讨的问题。

第一节　什么是荒诞

"荒诞"一词在字面意义上是指一种极度不合情理的事物状态，其乖谬程度超出了正常的逻辑或理性，因而使人感到荒唐乃至可笑。尽管荒诞作为一种文学创作的手法和风格由来已久，但它成为文学和艺术领域一个广为人知的专业词语，是在现代艺术兴起之后。1943 年，加缪在其哲学随笔《西西弗的神话》一书中就现代哲学意义上的"荒诞"展开了探讨。1961 年，英国剧评家马丁·艾斯林出版了《荒诞派戏剧》一书，将现代美学意义上的"荒诞"推进人们的视野。在这里，"荒诞"的意义进一步延伸，乃指现代人的一种荒诞虚空、缺乏意义的存在状态。

"荒诞"在儿童文学语境下的所指，主要是该词在传统文学语境中的意义，同时也不可避免地与其现代哲学和美学意义有所关联。儿童文学的荒诞主要是一种文学表现手法，它是通过极度有悖常理的角色、情景、故事等的安排，来达到儿童文学特定的艺术表现目的。

为了进一步明确荒诞在儿童文学语境中的内涵，有必要将荒诞与儿童文学的另外三个相关艺术范畴做一番比较。

一、荒诞与幻想

在日常生活中，幻想是对于虚而不实的愿望或事情的凭空想象，多含有贬义。而在现代儿童文学的艺术语境中，"幻想"一词出于现实功利考量的消极意义被搁置一旁，其凭空虚构的积极想象功能则被发挥到了极致。幻想与想象这一人的基本思维能力相关。在心理学上，想象是一种在大脑中形成特定的意象、知觉、概念等的能力，它建立在实际经验的基础之上，同时又能越出经验的限制，通过对于既有经验的加工、整合、嫁接、转化，等等，生产出具有创造性的新形象。比如，我们在日常生活中见到过人，也见到过鸟，想象不但能够在意识中复现经验中的这两种形象，还能够把人和鸟的形象糅合在一起，创造出诸如东方的风神、西方的天使一类的虚构形象。正是在后一种想象力中，我们看到了幻想所具有的强大的文学发明和创造的力量。

较之一般文学门类，儿童文学与幻想的关系尤为密切。在大量的虚构类儿童文学作品中，其空想世界总是离不开幻想的参与。儿童文学的荒诞艺术与幻想手法之间，关系尤为密切。

1. 荒诞是幻想的产物

儿童文学的荒诞首先表现为一种脱离现实的想象，它往往是幻想的产物。也就是说，它是将现实生活中不存在的幻想事物和幻想世界，通过文本的想象建构呈现在读者眼前。孩子具有某种幻想的本能，他们天生偏爱空想，倾慕离奇的想象世界，其中自然也包括各种荒诞不经的文学世界。

因此，我们看到，早期文学中那些被他们"拿来"和"占有"的作品，包括神话、民间故事以及文人的创作，往往都带有这种幻想的荒诞性。例如，《山海经》画本中"人面的兽，九头的蛇，三脚的鸟，生着翅膀的人，没有头而以两乳当作眼睛的怪物"，曾引发幼年鲁迅阅读的渴望。此外如《镜花缘》里人人天生两面脸的两面国、个个胸口有个空洞的穿胸国、国民头长两尺的翼民国等，《格列佛游记》中离奇的大人国和小人国，以及《西游记》《封神榜》《聊斋志异》等作品中的各式荒诞传奇，使这些作品里的故事同时受到了过去孩子们的欢迎。

在现代儿童文学的历史上，荒诞艺术也是伴随着幻想类儿童文学的盛兴而得到长足发展的。在卡洛尔的幻想作品《爱丽丝漫游奇境记》中，爱丽丝掉进兔子洞，在那里经历了一系列荒诞的事件，包括看见柴郡猫的"没有脸的笑容"、参加三月兔、帽子匠和睡鼠没完没了的疯狂茶会，目睹红桃王后的荒唐审判等。在这里，幻想为荒诞的艺术世界提供了创造的动力，荒诞则为幻想思维的展开开辟了文本的空间。

2. 荒诞有别于一般的幻想

尽管儿童文学的荒诞往往来自幻想创造出的虚妄世界，它与幻想却并不能等而视之。很多时候，儿童文学作品虽然在想象中违背了现实生活的逻辑，却并不表现出荒诞的艺术特征。譬如，在许多童话故事中，动物都能开口讲话，并且拥有与人一样的举止、思想和情感，这在现实生活中无疑是荒诞的，但在童话的逻辑中则并不令人感到违拗，因而也不会造成阅读中的荒诞感。同样，许多幻想类儿童小说都开辟了一个有别于现实世界的奇异的另时空，比如米切尔·恩德《讲不完的故事》

中少年巴斯蒂安穿越书本抵达的那个幻想王国。从生活的逻辑来看，这无疑是荒诞的，但在作品中，这一切的发生却并不令人感到不合情理。究其原因，尽管作品的幻想超出了我们日常生活的边界，但在幻想世界的内部，角色的行动、情节的推衍等仍然遵循着我们所能接受的正常逻辑展开，它所呈现的也仍然是一个符合理性的世界。在这样的情况下，我们并不将这类作品归入荒诞儿童文学的类型。

因此，儿童文学的荒诞有别于一般的幻想。在儿童文学的幻想世界里，荒诞只是幻想世界里的一个频段，只有当幻想达到某种在作品的正常逻辑中仍显荒诞的程度，我们才将它归入荒诞的范围。比如德国作家埃·拉斯伯根据民间传说改编的故事集《敏豪森奇游记》中，敏豪森男爵讲述自己的各种奇遇，其中的荒诞就超出了故事本身的理性逻辑。他自述有一次花

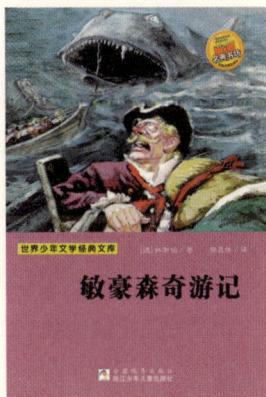
《敏豪森奇游记》

了整整两天时间追猎一只跑得飞快的野兔，打到猎物后才发现这只兔子"除了在肚子底下长了四条普通的腿外，在其脊背上还长着四条腿"，这就是两天里它能始终奔跑如飞的原因。故事里"八条腿的野兔"不但完全违背生活的逻辑，从故事发生于其中的狩猎语境来看，显然也是荒诞的。另有一次，敏豪森连人带马陷入一个泥潭。随着泥浆逐渐没过了马匹和他的身体，他急中生智，夹紧马肚，迅速用一只手一把抓住自己的头发，用尽力气向上一拉，就这样把自己连人带马拉出了泥潭。即便在虚构的幻想故事的语境里，这自拔头发出泥潭的奇事，仍然属于荒诞的无稽之谈。

可以说，儿童文学的荒诞是将文学幻想的可能推到某种极致的产物。它的"不合情理"不但表现在它与日常生活逻辑的悖反上，也表现在它与作品中正常故事逻辑的悖反中。

二、荒诞与夸张

荒诞与夸张都是对于事物正常逻辑的一种打破或扭曲。在儿童文学中，这两者往往如影随形。很多时候，当事物被极度夸张后，就出现了荒诞的表达效果。

1. 夸张是荒诞艺术的基本手法之一

荒诞的艺术效果可以借由夸张的文学手法来完成。前面提到的《敏豪森奇游记》中有这么一则故事：大雪天里，敏豪森策马行进在荒无人烟的大地上，夜幕降临时，他发现自己迷路了。于是，他将马儿拴在雪地里一根尖尖的树桩上，自己则选了个背风处躺下，很快睡着了。第二天一早醒来，他发现自己正身处一个村庄的教堂墓地，拴在一旁的马儿则不见了。正在吃惊时，头顶忽然传来马儿的长嘶声。敏豪森仰头一看，竟然望见自己的马儿悬挂在教堂塔楼的十字架上。他这才恍然大悟：原来昨夜的大风雪将整个村庄都覆盖了起来，自己当时就行走在村庄的上面，而那根用来拴马的尖树桩，乃是唯一露出雪面的教堂尖顶的十字架。这场淹没了整个村庄又在一夜间融化的大雪，无疑是敏豪森夸张叙述下的荒诞产物。而循着这一夸张的逻辑，马儿被拴上教堂塔楼顶的场景，又构成了故事里的另一重荒诞。

在不少儿童文学作品中，我们都可以看到这种由夸张手法编织的荒诞故事。德国作家凯斯特纳在他的童话《5月35日》中虚构了一个名为"懒人国"的地方。作者夸张地形容懒人之"懒"：这里的房子都安在轮子上，前面套着马匹，同时，每栋房子卧室的窗户上都安着喇叭。谁想跟谁聊天了，用不着起身走动，只要让马把两家的房子拉到一起，两人各自躺在床上，对着喇叭就能说上话。于是，我们听到了这样一段荒唐的对话：

"亲爱的总统，"一个喇叭里说道，"今天的天气怎么样啊？"

"不知道，"另一个喇叭里回答说，"我已经有十天没起床了。"

"唉！"一个喇叭里传出无可奈何的声音，"您至少可以把头伸出去看看外面嘛！不管怎么说，您还是我们的总统啊！"

"亲爱的汉纳曼，您为什么不自己看看外面呢？"

"我从前天开始，就一直脸朝里躺着，我懒得翻身。"

"跟我一样，亲爱的汉纳曼。"

懒人国的人们既懒得吃饭，也懒得穿衣，他们的衣服是用不褪色的颜料画在身上的。在这里，如果谁的体重低于250磅，就会被赶出懒人国。而当别人建议把那些没有事情做，也没有饭吃的人们送到懒人国来时，总统急得叫了起来："你行行好，千万别把那些人送到我们这儿来，他们想工作，对不对？我们这儿不需要干活的人。"在这里，对于"懒"的极度夸张营造出一个荒诞的懒人世界，令人发笑也引人思索。

2. 荒诞是离奇的夸张

荒诞和夸张都带有反日常逻辑的因素。不过，荒诞不是普通的夸张，它是夸张走向某种极端离奇程度的结果。林格伦的儿童小说《小飞人卡尔松》中，卡尔松弄破了小家伙的蒸汽机，为了安慰小家伙，他夸张地说自己在屋顶上的房子里"有几千台蒸汽机"。像这一类儿童文学作品中常见的夸张，它所造成的就只是一种正常的童趣，而并非荒诞。再比如俄国童话《一只手套》，讲一个老爷爷在森林里掉了只手套，老鼠、青蛙、兔子、狐狸、狼、野猪和熊先后跑来，钻进了手套。一只手套里装得下这么多动物，这其中自然离不开夸张，但它的夸张在童话的逻辑里，还没有达到荒诞不经的程度。

姜尼·罗大里的儿童小说《一个没头脑的人去散步》，讲述小男孩乔万尼出门去散步的故事，则带有明显的荒诞色彩。乔万尼跟妈妈打过招呼，高高兴兴地出了门。他左看右看，又蹦又跳，不一会儿，就有位先生提醒他："你已经丢了一只手！"乔万尼想去找回自己的手，不过还没找着，倒看见一只瘸腿的狗，他又追着这只狗跑。一位阿姨叫他："你的胳膊！"可他根本听不见。就这么着，没头脑的乔万尼把自己丢得七零八落。好心的阿姨只好把他的胳膊带回去给他的妈妈；另一个好心的女人带回了捡到的一只脚，当然也是乔万尼的。接着又来了一位老太太，一个面包房的小伙计，一个电车司机，还有退休的女教师，他们每个人都拿着乔万尼身体的某一部分，或者是一条腿，或者是一只耳朵，又或者是一个鼻子。当乔万尼最后回到家时，不但瘸着一条腿，而且没有耳朵，没有鼻子，也没了胳膊，不过还是跟出门的时候一样开开心心的。妈妈只好把他给重新整理好。为了表现乔万尼"没头脑"的粗心大意，作家运用了一种荒诞的程度夸张，这种夸张甚至超出了我们对童话逻辑的期待：一个孩子像丢东西一样把他自己身体的各个部分给弄丢了！这真是令人匪夷所思。不过，仔细回味，我们也会感到，唯有这样荒诞的夸张，才最为传神地描画出了生活中属于每个孩子的"没头脑"的天性。

三、荒诞与幽默

儿童文学的荒诞艺术往往参与营造着作品的幽默效果。从敏豪森荒诞的游历自述中，从小乔万尼荒诞的日常散步中，我们感受到了一种强烈的笑的冲动。这是儿童文学的荒诞艺术所造成的最为直接的阅读效果。

1. 荒诞的滑稽

儿童文学作品的荒诞带来的幽默，首先表现为一种无意思的滑稽。也就是说，这类荒诞的艺术目的无他，而只是为了单纯的好笑。我们在本章开头读到的《明天是猪日》的荒诞故事，通篇只是充满了滑稽的愉悦，而不求其他更多的意思。同一位作家在这同一个系列里，还写了《晴天下猪》的故事。故事里的则安还是写了一则奇怪的日记：

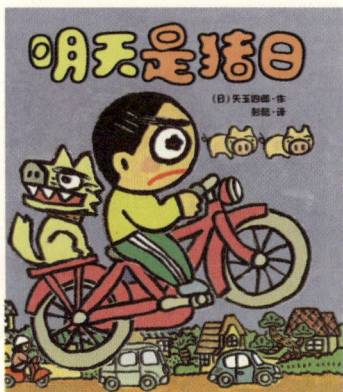
《明天是猪日》

> 今天的天气，一开始是晴天，午后下起猪来了。

（彭懿 译）

这则荒诞的日记再次变成了现实。当天上午，电视里播出了同样荒诞的天气预报："南风将会增强。虽然是晴天，但从下午起，局部地区有时会下猪"。到了下午——

　　天上传来了猪的叫声。

　　……

　　猪猪猪猪。

　　几百头、几千头猪布满了天空。

　　猪猪猪猪，全是猪。

　　就要下猪了。

（彭懿　译）

　　类似"晴天下猪"之类的荒诞想象，除了滑稽好玩，并没有什么特别的寓意。孩子们与这样的荒诞故事相遇，也没有什么精神上的负担，只是体验到纯粹的欢乐。这大概也是这样的荒诞常被借来用作儿童文学创作手法的原因。

2. 荒诞幽默的意蕴

　　我们在上一章曾经谈到，滑稽只是幽默的第一层次。儿童文学的荒诞艺术除了抵达滑稽的表现层次，还有可能深入幽默的腹地，展现出儿童文学幽默更丰富的审美内涵。

　　例如，德国作家瓦尔特·莫尔斯在他的童话《蓝熊船长的13条半命》中，虚构了一个海市蜃楼里的透明人世界，在这里——

　　信差永远送着同一封信，卖水果的商人永远重新装满他的货摊子；另外的地方，别的人永远在往同一个杯子里倒牛奶；大街上的行人几百万次地互相问候；一个花盆从窗台上掉下来，一次又一次；一个女人在永远不停地擦她的门槛；一个男人几百年来就一直在往墙上敲打着同一个钉子……

　　他们对自己不断重复的生活很满意，他们已经习以为常。他们害怕的恰恰是变化。

（李士勋　译）

　　这个不断重复自己的荒诞世界，其荒诞的幽默中还透着对于时间之内涵和生活之意义的思考，以及对于现代人存在感的某种揭示。这样的荒诞不但令我们感到怪异好笑，也以现实的书写所不能替代的方式，向我们传递着关于生活的思索。

　　综上，我们可以说，在优秀的荒诞作品中隐藏着儿童文学创作所需要的很高的艺术智慧和独特的美学逻辑，它有那么一些神奇的幽默，又有那么一点儿严肃和韵味；有那么一点荒唐和幻想，又有那么一缕现实的折射和映现。这一切使得荒诞对于儿童文学来说，不只是一种常见的艺术手法，也是一个重要的审美范畴。在下一节关于荒诞的意义的探讨中，我们将看到儿童文学荒诞更丰富的艺术内涵和审美价值。

第二节　荒诞的意义

　　我们已经明确了儿童文学荒诞的基本内涵。进一步的问题是，这种荒诞对儿童文学意味着什么？或者说，儿童文学引入荒诞手法和荒诞美学的意义何在？

　　这一意义主要体现在三个方面：

一、荒诞中的游戏意义

儿童文学的荒诞首先构成了文本内的一种叙事游戏，它为儿童读者提供了他们所亟须的游戏的快乐。阅读《明天是猪日》《晴天有时下猪》这样的荒诞故事，儿童从平淡、规范的日常生活中暂时脱身出来，在想象的世界里体味着荒诞所带来的游戏快感。可以说，荒诞的文学世界为孩子们提供了一个特殊的游戏乐园。

这类游戏因此也成为许多当代儿童文学作家热衷于表现的内容。美国画家大卫·威斯纳创作的图画书《疯狂星期二》，通过图画和文字的叙事合作，讲述发生在星期二晚上的不可思议的事情。故事一开头便是叙述人的提示：星期二晚上快八点。这一时间叙述引发了我们

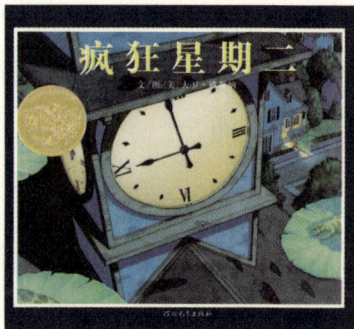

《疯狂星期二》

对于事件的自然期待：晚上快八点的时候，将会发生些什么？画面上是一个静悄悄的池塘，镜头由远及近地推近；在最近的那幅特写中，我们注意到，趴在池塘朽木上的一只乌龟高高地仰起脖子，它的表情写满了惊讶。翻过这一页，我们知道了它惊讶的原因：三只大青蛙端坐在各自的荷叶上，正从它头顶上方的空中飞过。随着故事时间的推移，更多的青蛙加入这场荒诞而疯狂的飞行游戏中。它们在空中表演各种姿态的飞行技巧，惊跑了夜行的鸟儿；它们飞过沉睡的小区，经过一个正在吃夜宵的男人的窗口，又飞进院子，撞在一片晾晒的衣物中央；它们甚至飞进一个正看着电视打瞌睡的老奶奶屋里，飘浮在半空看起了电视；

它们还集体驱逐了一头本想追猎它们的大狗……直到清晨，青蛙们才飞回乡间，纷纷跳进池塘，给城里的人们留下一道难解的谜题。故事最后，叙述者再次提示道：下星期二晚上 7 点 58 分。翻页过去，只见一大群猪飞升到了空中——又一场新的游戏开始了！发生在星期二晚上不为人知的荒诞一幕，让孩子们在无所羁绊的想象中体验到了那份溢出常规的游戏快乐。

从审美心理学上看，这类阅读也为孩子提供了弗洛伊德所说的"胡说的快乐"。弗洛伊德从孩子随意玩弄词汇的游戏中看到了这种快乐，他认为这种快感似乎部分地来源于这样的"胡说"游戏对于成人理性规则的反抗。孩子"把词语联在一起而不管其应该有的意义……渐渐地，他被禁止获得这种乐趣，直到他把这些词进行有意义的结合"，但他却在无意识中仍然向往着这种乐趣，"不管导致儿童开始这种游戏的动机是什么，我相信，在他的后期成长中，他仍然屈服于它们，且其意识到它们是胡说性的，而且他在被理性所禁止的东西的吸引中发现乐趣。现在，他利用游戏，为了从批判的理性的压力中退出来"[1]。我们不妨说，儿童对于那些"胡说"而来的荒诞故事的亲近，正是这样一种"从批判的理性的压力中退出来"的冲动的自然表现，它具有特殊的审美意义。透过"胡说"的故事，孩子的意识暂时脱出了成人理性的规约和束缚，因而体验到某种自由的审美快感。当弗洛伊德说"男孩子们做荒诞的事和傻事的典型倾向好像直接引申于胡说的快乐"时，他把这种"胡说的快乐"由语言进一步延伸到了儿童"胡作"的行动中。实际上，孩子阅读荒诞故事里角色们的荒诞举止，又何尝不是在体验各种虚拟的"胡作"行为？显然，这里的"荒诞"和"傻"都是相对于一本正经的成熟理性而言的，在脱出理性重负的放松中，它恰恰带给个体一种如同游戏般的快乐和满足。在弗洛伊德看来，即便成年以后，我们的身上仍然保留着这种原始的快乐冲动。

这样，我们就可以理解在古老的童谣和民间故事中为什么会存在颠倒歌和颠倒故事一类的作品。比如：

> 东西街，南北走，
>
> 出门看见人咬狗。
>
> 拾起狗来打砖头，
>
> 又怕砖头咬了手。

这首颠倒歌在荒诞的逻辑中传递出弗洛伊德所说的"胡说的快乐"。格林童话中有一则题为《极乐世界的童话》的作品，描述了这么一个荒诞的世界："一把不用牛马拉的犁头在翻地，一个周岁的孩子把四块磨石从特里尔扔到了斯特拉斯堡，一只苍鹰游过了莱茵河……两只乌鸦在草地上割草，两只蚊子合力建造一座桥，两只鸽子把一只狼撕得粉碎，两个男孩生了两只小羊羔，两只青蛙在打麦……"这一切显然也是典型的文学"胡说"。

现代儿童文学作家们大大发挥了这一"胡说"的文学游戏传统。冰波的童话《凡尔医生出诊记》，讲述凡尔医生应国王之召为他治疗打呼噜的荒唐故事。作品一开头就透着"胡说"的荒诞感：

> 凡尔医生是最伟大的医生。从头发开始到脚指甲，人身上的任何部位发生病变，他都能手到病除。甚至连蚯蚓的骨折、青蛙的牙痛、海带的胃溃疡，凡尔医生也都不在话下。

我们自然知道蚯蚓是没有骨头的，青蛙也没有牙痛，海带更不可能得胃溃疡，作者却偏偏编出这样的胡话来证明凡尔医生的医技。这样一个荒诞的开场，自然把我们带入一种充满游戏感的童话语境中。

更荒诞的是凡尔医生为国王开出的用来治疗打呼噜的服药方法：

> 国王必须穿睡衣，怀抱一个大枕头，爬上一棵直径二十厘米的梧桐树。然后，对着月亮学三声蛤蟆叫。然后，刮自己十二下鼻子。然后，爬下树，单脚跳回卧室。然后，闭左眼，瞪右眼，深呼吸。然后，……然后，……然后，……（以下尚有七十八个"然后"，删去。）最后，躺在床上想着小时候尿床的事情，同时服下丸药。

从理性的逻辑，我们看不出如此荒诞的服药方法与治疗打呼噜的目的之间存在任何可能的关联。它只能出现在童话的"胡说"里。而国王不但照着这个药方做了，为了提升疗效，还增加了"更奇特、更复杂"的动作，包括"扯头皮、爬床底、跟蚂蚁谈心、给黄瓜唱歌等等"，"所有的步骤共分成七十二节，每节三十六个动作"。这让我们觉得故事里的国王与其说是在治疗打呼噜的毛病，不如说是在玩一套孩童的游戏。更荒诞的是，当游戏结束，凡尔医生终于治好了国王的呼噜，国王转而提出了另一个可怕的要求：他想要回自己的呼噜。这意味着，这场荒诞的游戏得没完没了地进行下去。于是，"凡尔医生两眼一黑，双腿一软，不顾一切地昏过去了"，童话的故事最终也结束在了这一游戏的荒诞中。

荒诞儿童文学作为一种面向儿童的文学"胡说"，迎合并满足了儿童的游戏心理，也使儿童在越出常规理性的想象中，体验到了一种审美解放和宣泄的快乐。

二、荒诞中的狂欢精神

荒诞儿童文学在提供"胡说的快乐"的同时，也常构成一场针对特定现实的颠覆性的狂欢。它像一种具有狂欢性质的节庆活动，通过将原本处于上位的对象移至下位，将原本庄重的对象变得诙谐可笑，让我们看到了世界和生活的另一重常被忽视的面孔。这也就是苏联文艺理论家巴赫金所说的"狂欢化"的精神。

在儿童文学的荒诞艺术中，这一精神的意义主要体现在两个方面。

1. 狂欢精神与童年的"加冕"

在巴赫金关于狂欢节的研究中，"加冕"和与之对应的"脱冕"是一组富于隐喻性的词语。这组词原是指中世纪狂欢节庆中的一个重要形式，其间，由小丑扮演的国王先是被"加冕"为国王，随后又被"脱冕"为小丑。在这个过程中，人们同时见证了一种统治性的权威、等级和秩序的确立与坍塌、建构与解构。它喻示着在狂欢的情境中，人们摆脱了长期以来规范着他们生活的官方秩序、律令等的压制，甚至得以反过来尽情地嘲讽、颠覆这些秩序和律令。借用巴赫金的这组词，我们可以说，这样的狂欢是对既有权威者的"脱冕"，对原本受权威辖制的普通民众的"加冕"。它也正是狂欢精神的一个重要内涵。

上述"加冕—脱冕"的狂欢精神在荒诞儿童文学的语境里，集中体现在成人与儿童之间社会和文化地位的转换上。我们知道，儿童在客观上是身体和心智都尚未发育成熟的个体，在正常的社会生活关系中，他们不可避免地处于最弱势的一端，因而也总是最为突出地受到来自成人世界各种规定的约束。在福柯的权力理论研究中，儿童规训的事实也被多次借来举证人类历史上的权力话语建构进程。在现实生活中，这种社会和文化权力的高下关系是一个难以改变的客观事实；但在那些站在童年的立场为孩子们发言的儿童文学作品中，通过虚构的故事对成人的权威进行解构和"脱冕"，为儿童发出他们自己的声音，伸张他们自己的权利，则成为一场带有狂欢节性质的童年"加冕"行动。

这也正是荒诞艺术给儿童文学带来的狂欢精神之一。例如，在凯斯特纳的童话《5月35日》中，有这么一个"颠倒的世界"。在这个世界里，街上来来往往忙碌着的都是小孩子，大人们倒被送进学校去学习。学些什么呢？学校门口的牌子上这样写着：专门教育顽固不化的父母。那些生活中总是惩罚或者虐待孩子的父母，就会被送到学校接受教育。名叫巴贝特的小女孩是这里的教育部部长，她解释了学校的教育原则："我们的原则是：以其人之道，还治其人之身。就是说，他们怎样对待孩子，我们就怎样对待他们。这样做虽然不太好，但是却很有必要。"于是，一位总在下雨天把孩子关在阳台上不准他出门的父母，到了这里也给关到阳台上去吹大风，直到他意识到自己的错误。一位母亲从不关心照顾自己的女儿，到这儿也尝到了被人冷落的滋味。另一位父亲在生活中经常打他孩子的后脑勺，并且固执地认为大人打孩子是理所当然，于是被四个强壮的男孩带出去"揍后脑勺"了。这样一个荒诞的颠倒世界，只有在童话里才会成为可能；也是在这样的艺术虚构中，那些长久以来遭受着来自成人社会的不公正待遇和压迫的孩子，获得了让这些大人们自尝苦果的机会。

我们在许多儿童文学作品中都可以见到这种童年的狂欢式"加

冕"，而在相应的荒诞风格儿童文学作品中，这一"加冕"的狂欢感尤其被推到了高点。这场虚拟的狂欢让孩子们实现了他们在现实生活中常被压抑的权力愿望，同时也是对成人们的间接告诫和提醒。在后一层面上，它的目的不是真的要让儿童取代成人的位置，而是要让成人在这样的换位体验中意识到自己的问题，从而更好地理解和实践与儿童的相处之道。

2. 狂欢精神与文化的反思

除了为儿童发言，儿童文学也常站在儿童的立场上为弱者代言。这或许是因为儿童作为社会弱者的代表，最能认同和体会这份身处弱势的不平与苦恼。因此，很多时候，儿童文学也借荒诞的艺术手法来扭转强者与弱者之间——尤其是人与其他生命种群之间——的关系。在这类荒诞的狂欢游戏中，儿童文学不但敦促我们重思成人与孩子之间的关系，也促使我们重审人与一切生命之间的关系。这是荒诞儿童文学狂欢精神的另一要义。

英国作家 P.L. 特拉弗斯的童话《随风而来的玛丽·波平斯阿姨》中有这么一则故事：一个月圆之夜，简和迈克尔跟随神奇的保姆玛丽·波平斯阿姨前往动物园参观，目睹了一场"动物园的狂欢"——这个晚上，动物们成了动物园的主人，人倒成了被参观的对象。简和迈克尔进门时，递给他们门票的是一只大棕熊；走进动物园，只见动物们走来走去，有的还埋头商量着什么。在大象笼子那儿，他们看到了更为荒诞的情景：

> 就在本来关大象的地方，一个肥大的老先生爬来爬去，背上有两排凳子，坐着八只猴子。……猴子在他背上吱吱叫，他赶紧爬。

（任溶溶 译）

接下来，两人在狮子的带领下走进了虎豹馆：

他们一看就屏住了呼吸。这座大厅挤满了动物。有些靠在隔笼子的长铁栏杆上，有些站在对面一排排凳子上。其中有黄豹、金钱豹、狼、老虎和羚羊，有猴子和美洲豪猪，有澳洲袋熊、山羊和长颈鹿，还有一大群秃鹫。

"了不起，对吗？"狮子自豪地说，"就像在古森林时代。跟我来吧……咱们得找个好位置。"

它推开兽群穿过去，叫着"让开让开"，把简和迈克尔带在后面。现在他们透过大厅当中一点儿空隙，能够看看那些笼子了。

"怎么，"迈克尔张大了嘴，"里面都是人？"

笼子里的确都是人。

（任溶溶　译）

笼子外的动物们饶有兴致地观赏着笼子里人们的活动，就像我们在动物园里经常做的那样，只不过双方调转了位置。喂食时间到了。只见四只棕熊推着几车食物走来，它们打开每个笼子的小门，用长长的叉子把食物送进去。而笼子里的人们一拿到食物，就走到角落里开始吃起来，有的还边吃边抱怨食物不够好。

作家借童话的荒诞逻辑上演了这出动物的狂欢。当人与动物对调了笼子内外的角色，我们不但感到了因这荒诞的安排而产生的强烈滑稽感，也在惊讶的大笑中品味着它带给我们的反思。显然，当笼子里关着的是动物时，我们站在观赏者的视角，很少去想象动物的感受。而当我们转换到动物的视角，从笼子里看向笼子外时，我们对于人类施加于其他生命的种种欺侮和压迫，无疑有了更真切的体认。

三、荒诞中的思想寓言

大多数时候，儿童文学的荒诞艺术主要是以荒诞的趣味取胜，而并不刻意追求寓言式的思想隐喻。这也是由儿童文学的艺术特质决定的。不过，一些儿童文学作品在营造荒诞游戏的趣味之外，有时也表现出与成人文学相似的寓言功能。

1. 社会寓言

荒诞儿童文学作为一种社会寓言，是指在其荒诞的文学形式中包含着对于特定社会现实的讽喻。这一社会寓言功能在早期民间文学的形式中就已露端倪。例如，格林童话中有一则题为《没有脚才能走到的地方》的故事，虚构了一个名叫西拉拉弗雅国的荒诞国度。童话的荒诞想象起初主要表现为一种游戏的狂欢：这个国家的房子是用蜜糖和饼干造的，屋顶铺着鸡蛋煎饼。房子四周是香肠做的篱笆，井里尽是甜酒，任人汲取。树上长着新鲜的面包，河里流着牛奶，天空中则飞着烤熟的鹅、鸭子和松鸡……完全是一派狂欢的景象。

不过，故事越讲到后面，越带上了鲜明的社会寓言气息。我们看到，在这个国家，最会说谎的人当上了省长，最会吹牛的人当上了部长、检察官、医生、银行家。"谁想勤恳做事，做好事，同邪恶做斗争，谁就会被当作国家的敌人，就要被驱逐出境。谁愚蠢，什么也不懂，不愿学习，就能得到科学家的称号。谁不干活，只是吃喝玩乐，就能成为贵族。这里每年要举行懒惰、粗鲁、凶恶和愚笨的比赛，胜利者就做西拉拉弗雅国国王。"任何人都能看出这样的荒诞中所包含的社会讽喻。我们可以说它是就那类畸形的社会发表的牢骚和不满，也可以说它是在针对一切社会弊病的夸张中，让我们看到了人类社会构成的某些荒诞之处。前面曾提到的凯斯特纳笔下"懒人国"的故事，也可以说继承了来自民间故事的这种荒诞讽喻传统。

2. 政治寓言

儿童文学也可以借荒诞的艺术手法批判特定的政治现象，表达一种广义的政治诉求，通过这样的方式，荒诞儿童文学继承了成人荒诞文学的政治讽喻传统，具有了某种政治寓言的性质。这里的"广义"一词尤为重要，因为就儿童文学的本性而言，它显然不应被用作任何狭义政治的图解工具，但它却可以通过文学的方式来表现民主、自由等广义的政治思想。

姜尼·罗大里的长篇童话《假话国历险记》，既是一则荒诞的童话故事，也是一则尖锐的政治寓言。故事的主人公小茉莉因为有一副出奇响亮的嗓门而被人们视为异类，于是不得不离开家乡，来到一个陌生而古怪的国度。这里的人管面包叫墨水，管墨水叫面包；这里买东西不能用真银币，得用伪币，否则就会给送进监狱……原来，许多年前，这个国家给一个名叫贾科蒙内的海盗占领了。贾科蒙内自己当了国王，又把手下的强盗们一一封作海军上将、侍从大臣等。为了保证自己的黑底不被揭穿，他命令大臣们修改字典，把所有字眼的意思都颠倒过来，让全国上下都习惯说假话的生活。比方说，"海盗"这个词，在字典里得解释为"绅士"，这样他们就再也不怕有人说自己是海盗了。

"早上好"得说成"晚上好"，反过来也一样；"您的气色真好"得说成"瞧您一脸晦气";"玫瑰花"得说成"胡萝卜";等等。全国颁布法令，人人都要说假话，一旦有人违反规定，就会被候在暗处的警察逮住，送进监狱。孩子们也受到同样的管制——

　　学校里那个乱劲简直就无法形容了。贾科蒙内国王下令把乘法表的数目完全改过。做加法必须做减法，做除法必须做乘法。教师再也没有办法批改作业。懒虫却真正是得其所哉，错误越多，就越有把握拿到好分数。

　　那么作文呢？

　　话要颠倒着说，你就可以想象到会写出什么东西来了。比方说，有一个小学生作文获得了金奖章，他的这篇作文叫《记一个大晴天》，是这样写的：

　　昨天下雨。啊，在瓢泼大雨下散步是多么快活啊。人们到底可以把雨伞和雨衣留在家里，不穿上衣，光穿着衬衫在外面走走了。我不喜欢出太阳，因为出太阳只好关在家里，免得变成落汤鸡，还要通宵看着太阳光讨厌地透过门上的瓦片。

　　要完全理解这篇作文，诸位就得懂得"门上的瓦片"在他们的语言里就是"窗上的玻璃"。

　　不仅如此，在假话国里连动物也要学会说假话：狗要喵喵叫，猫要汪汪吠，马要咩咩喊，连动物园笼子里的狮子也要吱吱叫，因为老鼠规定要作狮子吼。

（任溶溶　译）

这一切真是荒诞无比！于是，从画里跳出来的瘸腿猫在墙上留下了"自由万岁"的呼号，接下去的故事也围绕着小茉莉如何帮助大伙儿打破假话国的牢笼、争取说真话的权利展开。很显然，这则荒诞的童话是对于残暴的独裁政权的一种讽喻，这或许是因为作者罗大里本人就曾亲历法西斯政权的独裁并与之反抗。他的另一篇童话《水晶贾科莫》，其不无荒诞的故事也包含了类似的政治寓意。故事的主角贾科莫是一个水晶般透明的男孩，人们透过他的身体，就能看到他所有真实的思想、情感。当凶狠的独裁者上台，禁止人们表达自己正当的想法和诉求时，贾科莫透明的身体里无法掩饰的愤慨和谴责，给人们带去了反抗独裁、争取自由的勇气。

需要强调的是，荒诞儿童文学虽可被赋予特定的政治讽喻功能，但它的第一要务仍然是童年艺术趣味的塑造和传达。我们读《假话国历险记》，会感到在它的荒诞讽喻中毫不缺乏游戏的童趣和幽默，这也正是这部作品今天仍在我们阅读选择内的重要原因。而一旦这类作品被完全用作政治发言的工具，它作为儿童文学的价值也将大打折扣。这是我们在讨论这类作品时应予以注意的地方。

3. 现代性寓言

儿童文学中有一类荒诞，其艺术旨趣最为接近现代文学和艺术领域的荒诞范畴。这类儿童文学的荒诞直指向对现代人生存现状的批判与反思，因而具有某种现代性寓言的气质。与其他荒诞儿童文学作品相比，它的趣味较为特别，格调也相对沉重。自然，这样的作品为数不多。张之路的短篇小说《空箱子》是其中之一。

故事的梗概是这样的：现代商业的大手攫入小汤镇贫穷的躯体，带起一场令人兴奋莫名的商业化狂欢，民办教师汤百年不得不离开被改造成公司库房的学校，另谋营生和出路。他先是开了个书店，却因"不了解市场的需求""坚决不卖那些凶杀色情的下三烂的杂志和书籍"而致店面草草关门。还是儿子汤小年给他出了主意：擦皮鞋。为了争取生意，小年为爸爸设计了一架"自动擦皮鞋机"，实际上，他自己藏在机箱子里，只等顾客把鞋伸进箱洞，他便躲在里面完成擦鞋的工作。这架神奇的机器引来了一拨拨顾客，也招来了嫉妒的目光。一天，几个戴红袖章的男人围住汤百年和他的擦鞋机，强行要打开机箱检查。令包括汤百年在内的所有人大吃一惊的是，箱子打开后，里面居然"空空荡荡"，什么也没有了。这天晚上，从"空箱子"里飞出一只蜜蜂，"围着汤百年和奶奶各飞了三圈"，不见了踪影。

在现实主义的小说叙述语体下，汤小年从擦鞋机里消失、进而变成蜜蜂飞走的场景，不能不令人感到荒唐和怪异。小说结局的荒诞感正由此而来。作品中的"空箱子"是一个绝好的现代性的符号象征。这"空箱子"是一个特制的擦皮鞋机，它的外观充分展示了现代技术文明的特征与魅力："一接电源，不但左上角的彩灯轮流闪烁，而且马达嗡嗡作响"。然而，就在这个"高科技"现代产品的箱子里，像机械一样运作着的却是一个人，而且是一个年幼的孩子。在这里，"空箱子"是人与现代机器畸形结合的一个产物，它所呈现的"科技"含量与它所带来的经济效益，首先是以人的屈尊和物化为代价的。在小说中，付出这一代价的除了成人，更包括孩子。

显然，"空箱子"的命运不仅仅属于小说中的汤百年父子。在更为开阔的乡土背景上，现代化的经济进程给小汤镇这样的边远山村带来了空前的物质繁华，却在人们点数货币的快意和兴奋中轻而易举取消了他们对于社会的一种责任感。小说中，它表现为随着各种行政和营利机构在小汤镇"雨后春笋"般的增加，汤百年企盼中的"窗明几净的教室"不但没有实现，原来的学校反倒成了公司的库房；而当汤百年由民办教师转型成为书店老板时，他对于文化责任的一份质朴的坚守，也成为人们冷落和鄙夷的对象。在如此荒诞的生存环境下，选择从这个世界逃遁和"消失"，成为孩子荒诞而无奈的选择。

这样的现代性批判和反思并不属于典型的儿童文学荒诞艺术，但其出现和存在丰富了荒诞儿童文学的文化容量，也使儿童文学的荒诞艺术变得更有分量起来。

第三节　童年荒诞艺术的特征

与成人文学相比，儿童文学的荒诞艺术具有它自己的一些特征。透过这些特征，我们也可以反过来理解儿童文学的艺术本质和特点。

一、趣味：童年荒诞艺术的核心

我们曾经提到，不论儿童文学的荒诞手法含有什么样的思想意图，它的核心，也就是这一艺术手法在儿童文学中得以立身的根本，始终是一种童年趣味的塑造。这正是儿童文学荒诞艺术的基本特征之一。

如果说在成人文学中，那"极度不合情理"的荒诞想象总是包含了特定的现实影射意图，那么儿童文学的荒诞则更多地表现为周作人所说的"有意味的没有意思"。

"有意味的没有意思"是周作人在《阿丽思漫游奇境记》一文中提出的一个观点，意指像《爱丽丝漫游奇境记》之类供给儿童阅读的佳作，妙在"专以天真而奇妙的'没有意思'娱乐儿童"。[2] 他在另一些谈论儿童文学的文章中也多次表露过这一立场。这里的"没有意思"，是指作品本身无甚特别的意义要传递，不教化，也不说理；"有意味"则是指作品虽然不讲究什么确定的意思，却别有一番值得回味的意趣。这意趣对于儿童文学来说，比抽象的"意思"更为重要。

可以说，儿童文学的荒诞艺术最为典型地体现了这一"有意味的没有意思"的童年美学。一方面，许多荒诞儿童文学作品都属于这类"没有意思"的文本典型。我们读《明天是猪日》《疯狂星期二》《凡尔医生出诊记》这样的作品，很难像对待一般的文学作品那样，给它们概括出一个确定的意思。像"某部作品通过什么来表达什么"之类的提问，对于这些作品来说显然是不适用的。事实上，它们只负责高高兴兴地讲完一个离奇荒诞的故事，至于这个故事非要表达什么意思，则不在它们的考虑之列。另一方面，正是因为卸下了"意思"的包袱，作家们得以将创作的注意力集中在故事本身的趣味上，他们关心的是自己的想象和讲述能不能"出奇"，够不够"好玩"，这正是他们笔下的故事吸引儿童的"意味"所在。在儿童文学荒诞艺术的艺术语境下，不论成人作者还是儿童读者都得以自由地放开想象，去体味似乎只属于童年时代的那份"没有意思"却充满"意味"的欢乐。

二、生命力：童年荒诞艺术的目的

儿童文学荒诞的这种"无意思"的美学，也与现代文学荒诞的虚无美学构成了鲜明的对比。我们知道，现代文学和艺术中的荒诞乃指向一种现代人存在意义的虚无感。随着包括宗教在内的终极意义支撑在现代生活中——退位，现代人日益发现自己堕入了无意义的深渊。而现代文学和艺术的荒诞正是对这一存在深渊的一种描述和揭示。

儿童文学荒诞的"无意思"和现代文学荒诞的"无意义"，从字面上看均指向文本内一种确定意义的阙如，但两者间却有着根本的区别。

首先，在文学表达的旨归上，儿童文学"无意思"的荒诞恰恰是对生命意义的一种肯定。如果说现代文学荒诞的"无意义"是对于人的存在意义的彻底抽空，那么儿童文学荒诞的"无意思"则是在撤除一切外在意义对于人的规范和约束的同时，让我们看到了生命最单纯的存在意义，那就是生命自我能量的一种自然的挥发和展示。像《晴天下猪》这样的荒诞故事，表达了什么样的生活意思？什么意思也没有。但它却通过对童年幻想力的一种漫无边际的荒诞书写，传达出对儿童来说最基本的一种生命意义，也就是生命存在的自我证明。

相比于现代文学"荒诞"所指向的人的异化悲剧，儿童文学的"荒诞"不是对生命的压迫，而是对生命力的张扬。即便是在《空箱子》这样包含了生存荒诞感的作品中，作家也没有忘记为汤小年的悲剧命运续上一段浪漫的"尾巴"："只见一只小小的蜜蜂从机器里飞翔出来，围着汤百年和奶奶各飞了三圈，然后飞出门，迎着那皎洁的月光飞去。"这里，"皎洁的月光"的意象使故事多少脱去了些许荒诞的沉重，而带上了一丝轻盈的质地，它让我们感到，汤小年并不是被现代机器完全吞噬，而是投向了另一种更为自由的命运。有研究者因此把儿童文学的"荒诞"称为"白色荒诞"，以此区别于成人文学的"黑色荒诞"。[3]

其次，与此相关的，在文学表达的情感上，儿童文学的荒诞往往传递出一种欢乐的生命情绪。在绝大多数荒诞类儿童文学作品中，我们感受到的是一种欢乐的生命精神，这欢乐是积极的、正面的，是对生命存在本身的一种庆贺与赞扬。正如罗大里笔下的假话国，即便处在残暴的独裁统治之下，从它的荒诞规则以及人们与这些规则的斡旋间，仍然透露出一种难以抑制的生命的欢愉精神。

三、温情：童年荒诞艺术的价值

童年荒诞艺术的核心是一种面向儿童的故事趣味的塑造，而这一趣味性的终极价值，则体现在它所传递的童年生活的温情中。这一点同样使它有别于现代文学的荒诞，因为后者的意义恰在于揭开生活虚假的温情面纱，促使读者直面社会和存在之阴郁、荒诞的真实面目。

我们可以通过两部作品的对比，清楚地看到这一区别。这两部作品，一部是被誉为西方现代派文学奠基人的奥地利作家卡夫卡的小说《变形记》，另一部是由卡夫卡的这本著名小说改编的儿童图画书《卡夫卡变虫记》。两部作品开始于同一个不无荒诞的生活场景：某一天早晨，一个人发现自己变成了一只甲虫。但两者最终却因其价值指向的不同而走向了全然相异的结局。

这是它们各自的开头：

一天早晨，格里高尔·萨姆沙从不安的睡梦中醒来，发现自己躺在床上变成了一只巨大的甲虫。他仰卧着，那坚硬得像铁甲一般的背贴着床，他稍稍抬了抬头，便看见自己那穹顶似的棕色肚子分成了好多块弧形的硬片，被子几乎盖不住肚子尖，都快滑下来了。比起偌大的身躯来，他那许多只腿真是细得可怜，都在他眼前无可奈何地舞动着。

《卡夫卡变虫记》

（卡夫卡《变形记》，李文俊译）

早上卡夫卡起床，发现自己变成了一只超级大甲虫。

他看着门后面的镜子，他的身体变成咖啡色，像甲虫一样，只是大上一百倍；他的眼睛变得大大圆圆的，头上多了两支像天线的触角；还有六只细细长长、毛茸茸的虫脚。

（劳伦斯《卡夫卡变虫记》，郭雪贞译）

如果我们不知道这两个故事接下去的情节展开，也暂时不考虑成人文学和儿童文学在语言表述方面的某些不同，那么透过这两段开头，我们读到的无疑是两个相近的荒诞场景。一个人早晨醒来，发现原本熟悉的自己忽然变成了一只怪异的甲虫。他们不得不拖着这陌生的甲虫躯壳继续原来的生活，继而遭遇了相似的困境：身边的人们不能接受他们变成甲虫的事实。在格里高尔的故事里，所有人对此的反应是各种各样的厌恶与鄙弃；而在变成甲虫的卡夫卡的故事里，小男孩得到的则是周围人的漠视。他们该如何重新面对自己的生活？

正是在这里，现代文学和儿童文学的荒诞彻底分道扬镳了。我们看到，变成甲虫后的格利高尔被剥夺了生活中一切可能的温情，他曾不辞辛苦操持的这个家，他的父亲、母亲和妹妹，最后无不自私地渴望摆脱他的拖累。于是，被厌弃的格利高尔带着平静的绝望，在床上"呼出了最后一丝摇曳不定的气息"。而所有人得知消息后的宽慰和放松，更加强了这则荒诞故事的冰冷质地。

那么小男孩卡夫卡呢？他的爸爸、妈妈和妹妹起初并未把他的变化当回事，事实上，他们根本看不到他已经变成甲虫，学校的老师和同学对此也毫不在意。"难道没有人在乎我是什么吗？"卡夫卡难过地问。但他欣慰地发现，自己还有个好朋友麦克。在校车上，只有麦克认出了卡夫卡的变化。他在乎卡夫卡的变化，也理解卡夫卡的伤心，他还陪着卡夫卡一起想变回去的办法，虽然没有成功。放学后，甲虫"卡夫卡回到房间，关上了门。他想哭，但是却慢慢爬上天花板，趴在上头，盯着自己的房间"。爸爸妈妈没能像往常一样把卡夫卡叫下楼吃晚饭，便来到他的房间，这才发现"一只巨大的咖啡色甲虫在天花板上"。直到这时，他们才意识到发生在儿子身上的变化，并反省了自己对孩子的漠视。他们和卡夫卡之间有一场对话：

> "你会伤害我吗？"卡夫卡问，"你们会不会用杀虫剂喷我，像对付院子里的虫一样？"
>
> "当然不会。"爸爸说。
>
> "绝对不会。"妈妈说。
>
> ……

"对不起，我们一直没有注意到你。"爸爸说。

"对不起，我没有注意听你说话。"妈妈说。

"当虫子好玩吗？"凯琳问，"你能来我们班作秀吗？"

……

"我已经变成甲虫了，你们还会爱我吗？"卡夫卡问。

"我们永远爱你。"爸爸说。

"不论你是男孩，还是甲虫。"妈妈也说。

家人离开了房间，卡夫卡很快睡着了。

（郭雪贞　译）

第二天，卡夫卡起床后，发现自己重新变回了小男孩。他感到很快乐。我们看到，故事里的小男孩变成甲虫后，尽管曾遭遇身边亲人和朋友们的忽视，他的烦恼也一度得不到他们的认可和关注，但他始终不曾失去最珍贵的友情，并且最后也从父母和妹妹那儿确证了他们对自己的爱。故事最终结束在了令人欣慰的温情中。毫无疑问，这是每一个孩子都需要的温情，也是与儿童文学的文体性质和特征较为相符的一种情感基底。正是因为这一作为底色的生活温情的存在，才使这则作品所书写的童年生活的荒诞寓言不是走向荒芜的绝望，而是回到充满温暖的希望。这里的温情和希望，也代表了一切儿童文学不能丢失的一种价值。

思考与练习

1. 谈谈儿童文学的荒诞与幻想、夸张、幽默三个范畴之间的关系。

2．儿童文学荒诞手法的艺术价值体现在哪三个方面？

3．从儿童文学荒诞艺术的核心、目的和价值，说说这一荒诞艺术的基本特征。

4．如何理解儿童文学荒诞艺术与现代文学荒诞艺术的区别？

注 释

[1] 西格蒙德·弗洛伊德：《诙谐及其与无意识的关系》，常宏、徐伟译，北京：国际文化出版公司 2001 年版，第 134—135 页。

[2] 刘绪源辑笺：《周作人论儿童文学》，北京：海豚出版社 2012 年版，第 140—142 页。

[3] 张擎：《绞架下的世界和秋千上的梦》，《当代文艺探索》1986 年第 2 期。

第九章　儿童文学的叙事艺术

　　　　"爸爸拿着那把斧子去哪儿？"摆桌子吃早饭的时候，弗恩问她妈妈。

　　　　"去猪圈，"阿拉布尔太太回答说，"昨天夜里下小猪了。"

　　　　"我不明白，他干吗要拿着把斧子去？"只有八岁的弗恩又说。

　　　　"这个嘛，"她妈妈说，"有一只小猪是落脚猪。它太小太弱，不会有出息。因此你爸爸拿定主意不要它。"

　　　　"不要它？"弗恩一声尖叫，"你是说要杀掉它？只为了它比别的猪小？"

　　　　　　　　　　　　　　　　　——E.B. 怀特《夏洛的网》

　　这是童话《夏洛的网》的开头。故事从弗恩的一个疑问开场，她和妈妈随后的对话证明了这疑问带有一定的倒叙成分，它与前一天晚上发在猪圈的事情有关。但作家并未遵照事情自然发生的时空顺序来讲述故事，而是把第二天早晨的对话提到了叙述的最前头。同时，他也没有提前解释事情的因由，而是先让读者跟弗恩一样处于不知情的状态。这么一来，我们的注意力就被更多地吸引到了故事情节的展开中，而站在弗恩的视点上，小猪即将"被杀"的命运也引起我们由衷的关切。

　　试想一下，如果换用平铺直叙的方式来讲述这一故事内容，效果会怎样：

　　　　昨天夜里，阿拉布尔家的猪下崽了。其中有一只小猪是落脚猪，因为它又小又弱，阿拉布尔先生决定不要它。第二天吃早饭时，他提着斧子去猪圈杀猪。八岁的女儿弗恩得知消息，立即尖叫着表示反对。

显然，这样的讲述不但失去了原文的生动感，也缺乏足够的悬念感，它远不像前面的开头那样能够引起我们对故事接下去的发展进程的强烈兴趣。

同样的故事内容之所以会引发不同的阅读效果，源于它们所采用的不同叙事方式。对于儿童文学来说，与这一方式相关的叙事艺术问题，在很大程度上决定着叙事类儿童文学作品的故事效应。那么，什么是儿童文学的叙事艺术？它如何体现在具体的作品中？在正常的叙事体式之外，又存在着哪些特殊的儿童文学叙事体式？这是本章我们要探讨的问题。

第一节　叙事视角下的儿童文学

儿童文学与故事之间有着至为深厚的渊源，叙事类儿童文学也因此构成了这一文类的主体部分。透过叙事的视角来看儿童文学，可以帮助我们更深入地理解儿童文学的故事艺术，进而更好地领会它对于儿童文学创作和鉴赏的意义。

一、从故事到叙事

理解儿童文学的叙事艺术，我们首先需要明确"叙事"一词在一般文学语境下的所指。相比于我们都熟悉的"故事"一词，文学理论中的"叙事"是一个更为晚近的概念，它是伴随着人们对于文学故事的讲述艺术及其规则的逐步认知而得到人们日益关注的一个理论范畴。尽管故事与叙事总是合为一体的，但故事关注的是以特定的方式得到讲述的素材，其核心在于素材本身的内容，叙事关注的则是以特定的方式对特定素材展开的讲述，其核心在于素材的组织。举个简单的例子：当我们阅读古往今来各个版本的《灰姑娘》故事时，我们读到的虽然是同一件故事素材，但我们所面对的却是这一素材的不同讲述方式。同时，由于讲述方式的不同，它在各个故事文本内所造成的故事效果也不尽相同。也就是说，叙事的概念进一步突出了"叙述"的动作和技巧在故事讲述中的功能和意义。

如果说故事使我们很自然地想要关注文本讲了些什么，那么"叙事"则凸显了它是被如何讲述出来的。荷兰学者米克·巴尔的下面这段话，十分清楚地表明了叙事的概念相对于故事文本的意义："叙述文本是如何以一定的方式打动读者的，为什么我们会发现同样的素材由一个作者表现出来如此成功，而经由另一作者之手却显得十分平庸？为什么一部经过简化的古典作品或世界文学名著在保留原著的效果上如此困难？"[1] 在这里，决定"同样的素材"的"不同"表现效果的，正是叙述的方式。而对这一方式的考察和理解，正是我们借叙事的分析想要深入探究的问题。

叙事的概念促使人们意识到，故事并非一种自然的文本，而是在具体的叙述行为中得到呈现的创作文本。换句话说，正是叙述赋予了故事以具体的形态，包括它的情节设计、谋篇布局、语言表达等等。从理论上说，故事是从特定的叙述体中抽取出来的素材内容，但事实上，任何一个具体的故事文本总是与一个特定的叙述过程结合在一起，没有叙述，也就不存在实体的故事。哪怕最简单的故事文本，也指向着一种特定的叙述方式。

与此同时，同样（或相近）的故事内容也可以有多种叙述呈现的方式。而故事选择哪类叙述方式，则是作家的才情、创作的意图、作品的读者等多方面因素综合作用的结果。例如，当安徒生在他的童话《小克劳斯和大克劳斯》中重新讲述这一源自民间的故事素材时，我们看到了叙述的艺术是如何深刻地影响着故事最终的面貌。《小克劳斯和大克劳斯》的素材仍然是民间传说的素材，但它却在安徒生的叙述中获得了一种更为清新的讲述面貌，在这里，民间故事的"那种速度，那种轻快的调子，那狡猾的道德观，都得到了保留；不过轻率和粗野都被略掉，或者被遮盖了"[2]，这就使这则故事脱去了民间传说往往难以避免的某些灰暗色彩，而表现出一种明亮的故事质地。我们可以说，正是安徒生的叙述改变了这类故事原来的艺术面貌，使它们成为更精致的艺术作品。

这一认识使得我们关于故事艺术的思考从内容进一步走向形式，从表层进一步走向深层。为什么某个故事能够从始至终紧紧抓住我们的注意力？为什么某个故事能够对我们的认识或情感产生格外深远的影响？理解这些问题，除了领会故事表达的意思，我们还需要进入故事叙述体的内部，去细致地分析它的结构方式，研究它的话语表述等，以揭示其艺术效果的来源。这样的思考促成了我们关于故事艺术的更为丰富、深入的认识和理解。

二、叙事理论与儿童文学

尽管叙事作为一种理论的提出是在 20 世纪，但人们对于叙事艺术的关注事实上由来已久。这种关于故事艺术的智性思考直接源自人类对故事的兴趣和好奇。亚里士多德的《诗学》中就包含了对于悲剧和史诗的叙事艺术解读。他在谈论"荷马史诗"时，大赞诗人处理故事的方式："和其他诗人相比，荷马真可谓出类拔萃。尽管特洛伊战争本身有始有终，他却没有试图描述战争的全过程。不然的话，情节就会显得太长，使人不易一览全貌；倘若控制长度，繁芜的事件又会使作品显得过于复杂。事实上，他只取了战争的一部分，而把其他许多内容用作穿插。"[3]从当代叙事理论的角度来看，这段话实际上谈论到了故事时间与叙事时间的区别。中国古代文艺理论中也有大量散落的叙事艺术批评，如金圣叹对《水浒传》的读评等。可以说，一切关于叙事类文学作品的艺术分析，总会不可避免地触及叙事艺术的问题。本教程前面几章的儿童文学艺术分析，往往也与叙事艺术有着割不断的关联。

20 世纪，作为一门学科的叙事学的出现，使得人们对于叙事艺术的传统关注进一步发展为一种系统的叙事理论。与传统的叙事批评相比，现代叙事理论形成了一套有关叙事的学说体系，它试图从纷繁的叙事现象中寻找出规律的线索，进而透过这些规律来破解叙事的谜团，深入认识叙事的特征。这些理论成果对于我们认识和读解儿童文学的叙事特点，同样具有重要的启示意义。

我们试从现代叙事理论的几个典型范畴，来看一看它在儿童文学叙事分析中可能发挥的作用。

1. 叙事功能

俄国形式主义理论的代表学者普罗普在其《故事形态学》一书提出的故事"功能"观，开启了现代叙事学叙事功能理论的先河。按照这一理论，不同故事的人物、情节不是依其所讲述的内容，而是依其所承担的叙事功能来进行区分。普罗普列举了四则俄国民间故事的四个片段梗概：

> 沙皇赠给好汉一只鹰。鹰将好汉送到了另一个王国。

> 老人赠给苏钦科一匹马。马将苏钦科驮到了另一个王国。

> 巫师赠给伊万一艘小船。小船将伊万载到了另一个王国。

> 公主赠给伊万一个指环。从指环中出来的好汉们将伊万送到了另一个王国。

从内容来看，这四个片段分属于四则不同的故事；但从功能来看，它们之间的亲缘关系则显得一目了然：四则故事中的"沙皇""老人""巫师""公主"，相对于英雄主人公都承担着同一个赠予者的功能，其中的"鹰""马""小船""指环"，也都被赋予了同样的协助功能。普罗普指出，在这里，"变换的是角色的名称（以及他们的物品），不变的是他们的行动或功能"[4]。而在不同的故事里，只要角色及其行动的功能相同，他们就可被归于同一类型。普罗普以叙事功能分析他所考察的这些民间故事，得出了一套固定的角色和情节模式，极大地启发了人们对于这类故事的认知。

叙事功能理论在儿童文学的叙事分析中大有作为。我们知道，相比于成人文学，儿童文学因其接受对象方面的原因，更多地继承了来自民间文学的各类叙事模式和原型。对于孩子来说，这类沉淀在人类集体无意识深处的叙事模式和原型既令他们感到亲切和易于理解，也是建立他们对于世界、生活的最初认识图式的途径。通过叙事功能的分析，我们可以看到不同故事之间内在的同一性，进而借助对这同一性的认识，来解读儿童文学的艺术特质。

比如莫里斯·桑达克的图画书《野兽出没的地方》，讲述了这么一个真幻交织的儿童故事：男孩马克斯因为与妈妈赌气，离家出走，来到了"野兽出没的地方"，在经历冒险、征服野兽之后，他重新回到家里，并与妈妈和解。如果以叙事功能理论对这则故事加以分析，我们就很容易确定它在儿童文学叙事谱系中的位置。仿照普罗普的分析方式，我们可以看到这个故事包含了如下四个功能项：

孩子与父母（或其他监护人）发生冲突（简称"冲突"）；

孩子离家出走（简称"出走"）；

孩子经历各种冒险和考验（简称"历险"）；

孩子回到家，与家人和解，或获得成长（简称"回家"）。

这四个功能项在作品中承担着推进故事叙事的基本功能。试想一下，在古往今来大量儿童文学作品中，我们是不是都曾见到这些功能项的影子或它们的变体？从《爱丽丝漫游奇境记》到"哈利·波特"系列，这一"离家—回家"的叙事功能模式构成了儿童文学永恒的叙事底本。它让我们看到，关于男孩马克斯的故事之所以如此受到孩子们的欢迎，除了作家的创作才华赋予它的艺术魅力外，还因为它对应着童年生活和情感体验的一种深层原型。对于这类原型的考察和解读可以使我们跳脱出单个故事的阅读限制，从一个更为开阔的视角来理解儿童文学的叙事艺术。

2．叙事人称

叙事人称是叙述者在讲述故事时所采用的人称角度，一般分为第一人称叙事、第二人称叙事和第三人称叙事，其中第一、第三人称最为常见。第一人称叙事中，叙事声音的发出者一般是作品中的人物，他（她）以第一人称"我"进入叙述过程，不但讲述故事，往往也参与故事的行动。第二人称叙事中，叙事声音的发出者与其叙述对象之间保持着某种对话的关系，他以第二人称"你"称呼作品中的人物并讲述他（她）的故事，自己则通常游离于故事之外。第三人称叙事中，叙事者藏在故事背后，并不现身，被叙述的对象在其叙述中表现为第三人称者他（她）的经历。在具体的叙事运用中，三种叙事人称各有长处。一般说来，第一人称叙事移情最深，第二人称叙事较为亲切，第三人称叙事则更为自由。

一个值得注意的现象是，早期儿童文学的叙事多采用第三人称。在这些作品中，叙事者较为从容地讲述一个他人的故事，且与故事之间保持着一定的情感距离。这其中，叙事者的默认身份大多为成人，而被讲述的对象则往往是儿童。在这样的叙事关系中，成人叙事者常常处于某种居高临下的上位，儿童则相应地处于被观察、被描述、被评价的下位。这一关系也在某种程度上反映了当时社会儿童真实的文化位置。像《小妇人》《苦儿流浪记》《秘密花园》等儿童小说，虽然对儿童正当的身体、心理和情感需求给予了认可和关注，但其第三人称叙事中仍然明显透出对于儿童的一种传统的监护和控制的态度。

随着儿童在儿童文学叙事作品中主体地位的提升，20 世纪中后期以来的儿童文学作品中，采用第一人称叙事的作品数量快速增长。对于儿童文学来说，第一人称叙事通常意味着让儿童叙述者讲述儿童自己的故事。这一叙事人称大大加强了儿童阅读故事的亲切感。不论是像《女巫》这样的幻想叙事作品，还是像《我是白痴》这样的现实叙事作品，在儿童作为主角的第一人称叙事状态下，作为读者的孩子与讲故事的孩子之间实现了某种面对面的叙事交流。讲故事的孩子对其童年愿望、情感等的表达，往往更易于引起儿童读者的同情与认可。与此同时，这一人称也使作家易于借助故事里的儿童声音，直接发表孩子们自己对生活的体验和看法。

当然，这并不意味着儿童文学的叙事人称存在着艺术上的高下之分。实际上，不论采用第一、第二还是第三人称，只要作家保持着对儿童的真正尊重和理解，其叙事都有可能抵达童年生活和精神的深处，只是叙事的效果各有不同。例如，班马的儿童小说《六年级大逃亡》，包含了三种叙事人称的转换。小说绝大部分篇幅是由男孩李小乔以第一人称"我"向读者讲述自己的经历和遭遇，但一部分章节的标题（如"李小乔初见柳老师""柳老师初试李小乔"）则显然属于第三人称叙事，书中的"作者附言"又主要采用了第二人称叙事。这其中，李小乔的第一人称叙事令读者感到一种走进和分享他的"秘密"的亲切和信任；第三人称叙事则向读者暗示了这些故事背后的那个成人记录者，他是小乔的知音，实际上也是李小乔所代表的儿童群体的知音；第二人称叙事是这个成人知音面向李小乔的直接交谈，他以动情的笔墨道出了李小乔貌似玩世不恭的举止背后真正的内心感受，这也是小说的第一人称叙事所触及不到的内容。这三种叙事人称所承担的不同叙事内容，风格和功能各有不同，却指向着同一个叙事表现的目的，那就是以李小乔为代表的当代孩子的童年世界及其童年体验的深度，以及它所渴望着的来自同龄人和大人的理解。

此外，低幼儿童文学的叙事多用第三人称。这是因为幼儿受其语言表达能力的限制，往往需要借助一个成人叙事者来叙述和呈现他们的生活。像李姗姗的《丘奥德》这样采用第一人称叙事的幼儿生活故事，其叙述语言需要完全符合幼儿的表达能力和习惯，反之难免给人失真之感。

3．叙事视角

叙事视角是指小说叙事所选择的观察和讲述的角度，它与上面所说的叙述人称关系密切，但又不能等同。总体上看，叙事视角可分为全知视角和限制视角两类。在全知视角下，叙述者凌驾于故事之上，他知晓并掌握着整个叙事的内容、进程，并可随时对其中的人物、事件等展开评价。这是古典小说中常用的叙事视角。在限制视角下，叙述者的视角则受到一定的限制，它通常聚焦于作品中一个或若干个人物的视点，而不具有对越出人物视点的对象进行描述和评价的能力。第三人称叙事便于采用全知视角，但在具体的叙事中，其叙述也会聚焦在某一人物的视点上，从而成为限制视角的叙述；第一人称叙事多用限制视角，但在一些回忆性的叙事中，由已经具备知情权的叙事者回过头来叙述过去的生活，这又往往离不开全知视角的介入。

在儿童文学的叙事中，全知视角是十分常见的叙事视角。采用这类视角的作品可以从一个最不受限制的角度来讲述故事，它在人物与人物、场景与场景之间自由穿梭，从各个方向和层次全面呈现故事；它还可以进入人物的内心，直接道出人物的想法和感受。曹文轩的儿童小说《草房子》，便是由一个全知叙事者从容地讲述故事，包括揭示故事中不同人物的个性特征、行为动机、情绪感受等。在许多儿童文学作品中，承担全知视角的往往是一个成人叙述者，他所扮演的引领者角色使得儿童读者能够方便地跟上故事的讲述，也能够及时而全面地了解、把握故事的进程。

与全知视角相比，限制视角只呈现故事在特定人物视野中的某个面向。除了叙述者的所见之外，其他部分则需要读者根据已有的叙述呈现去推理和拼合。因此，这类视角的作品往往更适合年龄略长并已具备一定阅读基础的孩子。由于限制视角是一种有所保留的叙述，所以其悬念感往往更强。比如《六年级大逃亡》开头部分的这段叙述：

> 将来我要是死的时候，肯定是急死的。我用愤怒的眼睛盯着那辆慢吞吞慢吞吞像乌龟一样踏过来靠站的94路公共汽车，真是气得要命。

显然，这是从李小乔的视点做出的叙述。此时读者因为完全不清楚事情的来龙去脉，在强烈地感受到"我"的夸张的焦急感的同时，更对这焦急的原因充满了强烈的好奇。这种悬念感往往为全知视角的叙述所不及。为了增强故事在未知状态的悬念感，不少儿童文学作品也会在全知叙述中穿插使用限制视角。例如，在恩德的童话《讲不完的故事》中，很长一段叙事时间里，叙述的聚焦主要被限制在少年巴斯蒂安的视角中，从而令我们对他与幻想国之间的关系、对他藏身储藏室后的命运充满了紧张的好奇。

4．叙事话语

叙事话语是叙事内容得以呈现的言语媒介，它实际上涵盖了整个叙述文本和叙述行为。上面提到的叙述人称、视角等，均属于广义叙事话语的分析对象。对于叙事话语的研究促使我们关注这一话语的形成机制及其运作功能。在儿童文学叙事研究领域，这类话语研究的视角和方法也带来了新的启迪。

澳大利亚儿童文学研究者约翰·史蒂芬斯在其《儿童小说中的语言与意识形态》一书中，为我们展示了从叙事话语的角度分析儿童小说隐含的意识形态内涵的一种研究方法。他认为"话语是组合故事的繁复过程，包括用语、语法、呈现的顺序、对隐含读者该叙述什么、叙述的语态又是如何，等等"[5]，而在儿童小说的叙事话语中，不可避免地植入了大量意识形态的先见，它包括作家或特定的社会自觉不自觉地想要传递给儿童的各种社会文化和伦理价值观念。通过针对儿童小说的话语分析，我们能够追溯和揭示这些植入其中的意识形态内容，进而更深入地了解儿童小说叙事话语的运作方式，以及我们该以何种阅读的姿态面对和进入特定的叙事文本。

史蒂芬斯该研究的一个特别值得关注的方面，是其中针对具体作品叙事语言的细致分析。我们知道，长期以来，人们对于儿童文学表述内容的关注要远远高于对其表述方式的关注，与此相应地，儿童文学作品话语层面的组织特性，也远不像一般文学那样受到研究者的普遍关注。

实际上，传统的儿童文学话语关注主要停留在作品对于一种符合儿童接受能力和趣味的语言表达方式的运用成败上，除此之外的更多语言问题则较少受到人们的注意。叙事话语理论在儿童文学研究中的运用，促使我们从儿童文学叙事语言的形式表层进入其中更为复杂的话语建构过程，进而抵达对于儿童文学叙事艺术的更为丰富的理解。

例如，史蒂芬斯在书中分析了莫里斯·桑达克的图画书《野兽出没的地方》中的两段对话。其中一段出现在麦克斯在家里疯狂撒野的时候：

《野兽出没的地方》

> 妈妈叫他："你这个野兽！"
>
> 麦克斯却说："我要吃了你！"
>
> 妈妈不给他吃晚饭，让他去睡觉。[6]

另一段出现在麦克斯在野兽出没的地方经历了一通狂欢的闹腾之后，决定回家之时：

> 可是野兽们哭喊着："噢，请不要走——
>
> 我们要吃了你——我们太爱你了！"
>
> 麦克斯却说："不！"[7]

研究者通过细致的话语对比和分析指出，在第一段对话中，妈妈指认麦克斯为"野兽"的话语和麦克斯的"我要吃了你"的反驳看似玩笑，实则反映出一种亲子权力的博弈。对话第二行中，麦克斯表达的"吃"的欲望，在第三句"妈妈不给他吃晚饭"中遭到了驳斥，这透露出此时麦克斯与妈妈之间对立的情感关系。然而，在第二段对话中，当野兽们对麦克斯说出"我们要吃了你"时，这里的"吃"不再只是一个争取权力的动词，而是与"爱"融合在了一起，它呼应着麦克斯此前"想待在有人最爱自己的地方"的感受。这种"权力向爱的转化"，在麦克斯回到家"发现房间里为他准备的晚饭还热着呢"的叙述中得到了有力的确证。[8] 桑达克笔下的这个故事较之一般的儿童规训故事在艺术上更为高明的地方，正在于他不是让孩子出于对权威的惧怕或理解而与父母和解，而是让他们在主动意识到的爱的温情中学习与父母的权威相处，而且，这份爱并不以取消童年的野性自由为代价。显然，这样的话语分析有助于我们解读儿童文学叙事文本更深层次的意义和情感，进而也有助于我们从更为细致的话语组织层面来把握和认识不同叙事文本之间的艺术高下。

当代叙事理论可以深化我们对于儿童文学叙事艺术的理解。但是我们也要注意，理论并非万能，更要警惕被滥用。尽管借助叙事理论，"读者可获得一种工具，运用这一工具可以描述叙述本文"，但"这并不意味着这一理论是某种机器，将本文插入这一端，就指望从另一端滚出一个恰当的描述来"。[9] 一切有效的文学理论分析，其终极价值不在于理论本身，而在于这一理论对文学的艺术及其内在意义和价值的真实揭示，它因此必须建立在一种紧贴文本的真实、准确的艺术体验基础之上。因此，一切叙事研究的价值，归根结底还是要回到那些有关叙事艺术的最为朴素的本体问题上来。

第二节　儿童文学的叙事艺术分析

从叙事理论回到叙事艺术的本体，我们最应关注的是叙事类儿童文学中处于艺术最上层的那些优秀作品。本节将从文学叙事最经典，也最为人熟知的人物、情节、细节和语言四个方面出发，考察这些作品的艺术表达有着什么样的特点，又如何以儿童文学特有的方式打动着读者。

一、人物

这里所说的人物，是指叙事类儿童文学作品塑造的主要角色。依其身份性质的不同，可分为三类：

1. 儿童角色

儿童角色是叙事类儿童文学作品中最重要的人物类型。某种程度上，一部世界儿童文学史，也构成了一道生动、鲜活、令人过目难忘的儿童形象的长廊。依照不同的分类标准，可将这些儿童角色划分为不同的类型。这里主要从叙事的角度考虑，依照儿童角色在叙事进程中的基本性格模式，将他们大体分为以下两种类型。

一是类型化的儿童角色，这是指作品中那些性格鲜明而固定的儿童形象。在作品的叙事进程中，这类角色从一开始就表现出明确的形象轮廓和性格内容，随后的叙事展开则持续展示、强化着这一形象内容，从始至终，角色的形象和性格并不发生变化，而是在同一个平面上逐步推进。

在儿童文学的历史上，我们可以列出一长串类化型儿童角色的名字：英国作家巴里笔下的"彼得·潘"，瑞典作家林格伦笔下的"长袜子皮皮"和"淘气包艾米尔"，法国作家勒内·戈西尼笔下的"小尼古拉"们，德国作家涅斯特林格笔下的"弗朗兹"，保加利亚作家笛米特·伊求笔下的"我和拉拉"，中国作家郑春华笔下的"大头儿子"，等等。综观这些儿童角色，我们可以很清楚地看到，他们在作品中的形象和性格特征从现身开始到最后退场，并未发生大的变化。假使故事开始时，我们就用若干词语描述出他们的形象，那么这一描述的有效性可以一直持续到故事结束。从这个意义上说，这类角色带有一定的漫画化特征，事实上，关于他们的故事也常常洋溢着一种漫画式的喜剧感。

类型化儿童角色的主要特点，一是形象高度鲜明，二是性格易于把握。这类角色因此特别符合较低年龄段儿童的接受特点。年幼的孩子阅读《大头儿子和小头爸爸》的故事，可以很快把握大头儿子的形象，从而顺利进入故事中的虚拟角色扮演和体验。同时，他们能够从同一形象不断重复、强化的特征中获得阅读的快感。类型化儿童角色多为喜剧角色，他们在故事里的形象、行动等，往往带着喜剧的滑稽感。比如皮皮总是穿一双"一只棕色，一只黑色"的长袜子；艾米尔、小尼古拉们古灵精怪的淘气举止，也处处透出喜剧的欢乐。这份喜剧感在很大程度上引起儿童读者，尤其是幼儿读者的兴趣。

二是成长型的儿童角色，这是指作品中性格有所发展和成长的儿童形象。在作品的叙事进程中，这类角色由于经历了生活的变化或考验，自我得到发展，故事的展开同时也是其认识、情感等获得丰富、成长的过程。

由于表现儿童成长即是儿童文学文类的一个重大而基本的艺术主题，在叙事类儿童文学作品中，成长型儿童角色构成了一个庞大的队列。他们以极高的频率同时出现在现实和幻想题材的叙事作品中。

现实题材作品中的成长型儿童角色，比如曹文轩的长篇儿童小说《草房子》。小说中，以桑桑为代表的油麻地孩子们在童年的游戏、玩闹以及孩子气的恩怨中，慢慢领受着生活给予他们的丰厚滋养。小说开头，我们看到的桑桑是一个颇有些野性难驯的顽劣孩子。他喜欢做出各种异想天开的古怪行为，以此吸引周围人的注意，比如在大热天里穿上厚厚的棉裤棉袄，戴上大棉帽子，跑到校园的空地上即兴表演：

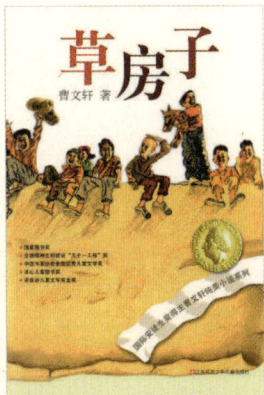

《草房子》

> 桑桑将这块空地当作了舞台，沉浸在一种荡彻全身的快感里。汗珠爬满了他的脸，汗水流进了他的眼睛，使他睁不开眼睛。睁不开眼睛就睁不开眼睛。他就半闭着双眼打着圆场。或许是因为双眼半闭，或是因为无休止地走圆场，桑桑就有了一种陶醉感，像那回偷喝了父亲的酒之后的感觉一模一样。

随着小说叙事的推进，桑桑经历了更多的人事，在他心里也逐渐生发出对生活、对他人的更为丰富、复杂的情感。到了最末一章，桑桑身患重症的消息给这个男孩以及他周围人的生活带来了难以名状的变化。从持续积累的绝望到意外而至的痊愈，桑桑经历了一个孩子原本不应经历的人生起落，他也在这个过程中真正长成了一个大孩子：

> 当十四声枪响之后，桑桑看着天空飘起的那一片淡蓝

色的硝烟，放声大哭起来。

　　桑桑虽然没有死，但桑桑觉得他已死过一回了。

　　……

　　油麻地在桑桑心中是永远的。

　　桑桑望着这一幢一幢草房子，泪水朦胧之中，它们连成了一大片金色。

　　当即将离开油麻地的他向这里的老师和孩子们道别时，他已经不再是起初那个不无顽劣乃至没心没肺的孩子，而开始走向另一段成熟而深情的人生。

　　再比如班马的儿童小说《六年级大逃亡》中，李小乔从没劲至极的六年级校园生活中逃遁出来，接受社会生活的兜头洗礼。在这个过程中，他对学校、老师的情感逐渐由单纯的厌憎变为一种交织着拒斥与眷恋、不满与热爱的更复杂的感受：

　　　你在外面跑过了，你就知道这个世界上有些人是怎么"恶"的。

　　我跟你说，老师从来都没有真会"恨"你的。

　　我告诉你，老师就是有点烦。

　　正因为这样，从远方归来的他"没有先回家"，而是偷偷翻墙爬进了此前自己逃离的那座学校。我们可以说，在这场特殊的"逃亡"中，这个孩子的内心也经历了微妙的成长。

　　幻想题材作品中的成长型儿童角色，典型的例子之一是米切尔·恩德的童话《讲不完的故事》中的形象。童话中，名叫巴斯蒂安的孩子走进和拯救幻想国的神奇冒险，正是这个原本自卑的男孩获得自信和成长的过程。初次出现在我们面前的巴斯蒂安，是一个从外形到内心都写着懦弱的男孩，"胖胖的身材，罗圈腿，脸色苍白"。而当他从幻想国归来时，他已经拥有了面对生活中一切困难的勇气和力量："对于一个像巴斯蒂安这样经历了这么多历险故事的人来说，再也不会有什么事情会轻易地使他感到害怕了"。

如果说类型化儿童角色对应的故事，其前后叙事往往处于一种并列平行的关系；那么成长型儿童角色对应的故事，其叙事则往往有着显在的前后递进关系。我们读《长袜子皮皮》《拉拉与我》这样的作品，感到其中的各个故事之间并不存在必然的因果联系，它们更像是由同一个主人公的线索连缀在一起的一串故事的珠子。而在《讲不完的故事》这样的作品里，情节之间保持着前因后果的关系，如同一根环环相扣的链条。《草房子》的各个故事之间虽然不具有这么高的耦合度，但在桑桑这条线索里，故事以及人物性格的递进变化仍然十分明显。

2. 成人角色

正如儿童的生活离不开成人的陪伴和参与，儿童文学虽以儿童为最核心的角色类型，其中也缺少不了成人角色的介入。依照儿童文学作品中成人与儿童角色之间的关系，我们可将这类成人角色分为三种类型。

第一类是理想化的陪伴者。这类成人角色往往被塑造为能够理解儿童、陪伴儿童、引领儿童的理想形象，他们反映了儿童对于身边成人的理想期望。

这类成人有时显得神通广大、无所不能。比如米切尔·恩德的童话《毛毛》中管理人类时间的侯拉师傅。当人类面临时间窃贼的威胁时，他安排乌龟卡西欧佩亚把毛毛带到名为"无处楼"

的时间发源地，向她解释那看不见的时间的存在，让她领悟时间的意义。在他的指引下，毛毛最终战胜并消灭了抢夺人类时间的"灰先生"，把珍贵的时间交还给了所有人。

这些本领超凡的成人，往往又与孩子保持着一样的童心。这是他们特别能够理解孩子的原因之一。比如孙幼军的童话《怪老头儿》中的成人主角"怪老头儿"，有着变化事物的神奇本事。他能把一幢房子像叠纸那样叠起来揣在怀里，他能把小鸟"送"到"我"的肚子里去啄虫子，他还能按着我的心愿从镜子里变出另一个"我"……尽管他的许多"帮忙"往往带着孩子般的意气和鲁莽，也给"我"带来了各式各样的麻烦，但有了"怪老头儿"做伴，"我"的生活变得充满了奇趣，他也因此成了"我最要好的朋友"。

现实生活中，理想化的成人没有这么神奇的本事，却十分懂得如何与孩子相处。像《六年级大逃亡》中的柳老师、《男生贾里》中的查老师，都是带有一定理想化色彩的成人教育者形象，他们理解孩子的生活和情感需求，理解他们的烦恼和苦衷，他们既是孩子的良师，又是他们的朋友。当然还有理想化的家长形象。比如郑春华的儿童故事《大头儿子和小头爸爸》里的小头爸爸就扮演了一位理想父亲的角色。我们来看其中这则《不怕真老虎》的故事：

半夜里，大头儿子要去小便，小头爸爸不肯陪。

大头儿子说他害怕，一定要小头爸爸陪。小头爸爸就是不答应，因为小头爸爸半夜里去小便，从来没有叫大头儿子陪。

大头儿子没办法，只好自己抱起布狮子，咚咚咚地朝厕所里跑，可他刚跑出三步，就又跑回了，把布狮子往床上一扔，说："布狮子是布做的，要是碰上真老虎，又有什么用。"

大头儿子又去拿嗒嗒嗒枪，万一真的老虎来，也好嗒嗒嗒嗒吓唬它。大头儿子握着枪，咚咚咚地朝厕所跑，可他刚跑出五步，就又跑回来了，把嗒嗒嗒枪往沙发上一扔，说："嗒嗒嗒枪没有子弹，要是碰上真老虎，又有什么用。"

大头儿子站在房间里，东看看，西看看，他看见小头爸爸睡在大床上一动不动，被子蒙着头，好像一座小山坡。真的老虎只怕真的爸爸。

大头儿子跑过去，摇摇小山坡："小头爸爸，陪陪我吧！"

小山坡睡着了，发出呼呼的打鼾声。

忽然，大头儿子有了主意。这回，他一样东西也没拿，独自一个人朝厕所跑。咚咚咚，他一边跑，嘴里一边大声说："我是小头爸爸，我是小头爸爸！"大头儿子这么说着，好像真的变成了小头爸爸，他一点也不害怕。大头儿子很快跑进厕所，小便后又很快跑回来了。

大床上的小山坡坐了起来，他张开双臂，把他的假小头爸爸紧紧地搂进怀里。

小头爸爸之所以不陪大头儿子上厕所，之所以在被子里呼呼地装睡，其实是为了让大头儿子发现自己的胆量和勇气。但他又不是生硬地拒绝小头儿子的请求，而是拿"小头爸爸半夜里去小便，从来没有叫大头儿子陪"的理由，让孩子照着他自己的生活逻辑，推出应该自己上厕所的道理。故事最后，小头爸爸给大头儿子的那个紧紧的拥抱，让我们明白了这位"睡着"的父亲其实一直关注、陪伴着夜里独自上厕所的儿子。这正是日常生活中一位理想父亲的形象。

第二类是受批判的压迫者。这类成人角色通常被塑造为粗暴、自私或冷漠的儿童压迫者，他们是前一类角色的反面，代表了我们生活中与童年为敌的那部分成人现实。相比于前一种类型的成人角色，这类角色一般不会作为主人公出现在作品中，而多为陪衬。但他们又是儿童文学中一类具有代表性的成人角色，我们因此也将这类角色列入叙事人物的考察范围。

比如英国图画书作家约翰·伯宁罕的《迟到大王》，其中的教师形象就是这类成人角色的典型代表。图画书中，名叫约翰派克罗门麦肯席的小男孩在走路上学途中，先后遭遇了一条从下水道钻出来咬住他的书包的鳄鱼、一头从树丛里钻出来咬破他的裤子的狮子、一个突如其来差点把他卷走的巨浪，由此导致了他一次次的迟

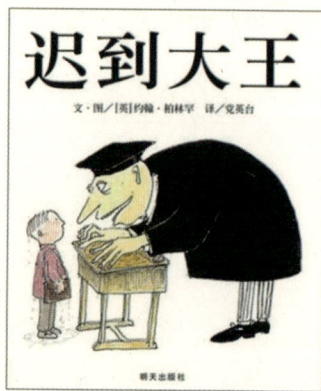

《迟到大王》

到。但老师却不愿相信约翰天方夜谭式的解释，他认定学生在说谎，并为此对他施加粗暴的惩罚。伯宁罕的另一本图画书《莎莉，离水远一点》中，小女孩莎莉跟随父母前往海滩度假。海滩上，父母眼里只有他们自己的事务，对莎莉的愿望、行为等根本漠不关心。这里的教师和父母，显然都属于典型的童年压迫者形象。

英国作家罗尔德·达尔也热衷于塑造这类成人形象。他的童话《玛蒂尔达》中，拥有超能力的小女孩玛蒂尔达的父母就被塑造成一对愚蠢而贪婪的成人。生活中，他们只关心如何积敛金钱，吃喝玩乐，而根本

不在意玛蒂尔达的成长。玛蒂尔达的父亲是个靠肮脏手段发财的大汽车商，他把木屑混进齿轮箱的机油里，又想出了拿电钻篡改里程表计数的法子，这一切都是为了欺骗顾客以敛取无良利润。出于精明的算计，他们把女儿也视为累赘，甚至想把她扫地出门。事实上，他们最后也乐得把她奉送给了年轻的教师亨尼小姐。还有玛蒂尔达就读学校的校长特朗奇布尔小姐。故事里，"她是一个神圣不可侵犯的暴君，一个可怕的专制魔王，会让小学生连命都吓掉"。她把她认为不守纪律的学生关进"监房"，把上课捣蛋的孩子像掷链球一样扔出窗外。当然，不论是校长还是玛蒂尔达的父母对孩子表现出的恶意，只是更加烘托出了另一个理想成人角色亨尼小姐的善良和她对孩子们的爱。

达尔的另一部童话《詹姆斯与大仙桃》中，收养孤儿小詹姆斯的两个姨妈也属于这类成人形象。她们"又自私，又懒惰，着实可恶"。"自打一开头，她们就无缘无故地打骂小詹姆斯。她们还从来不叫他的真名实姓，总是管他叫'你这个讨厌的小畜生'啦，'你这个肮脏的讨厌鬼'啦，或者'你这个倒霉蛋'啦，等等。自然，她们也从来不给他买玩具玩，买画书看。小詹姆斯住的房间，就像牢房一样空空荡荡的。"可怜的詹姆斯在一个夜晚意外走进大仙桃里的奇幻世界，才逃脱了这两个粗暴、冷酷的监护人的压迫。

我们不难发现，这类成人角色属于文学上的丑角形象，其形象的塑造常采用漫画化的手法，往往带有一定的夸张成分，并伴随着讽刺的幽默。在现实生活中，我们或许很难见到以如此极端的压迫对待孩子的大人，但透过这些夸张化了的成人形象，我们也的确看到了孩子在生活中常会遭遇的来自成人的各种欺侮、不公和漠视。

第三类是有缺点的普通人。这类成人角色在身份和特征上介于以上两种类型之间。他们在儿童眼里不像第一类成人那样理想，而是有着各式各样的缺点；但他们也不像第二类成人那样可恶，其身上仍保留着正常的人性温情。总的说来，这是一些有缺点的普通成人，在故事里，他们与孩子既相结盟又相交锋，有时也与他们一起经历考验，获得成长。

在英国作家凯瑟琳·曼斯菲尔德的小说《六便士》里，淘气的男孩狄克打碎了面包碟子。狄克的母亲在难为情的犹豫中听从了斯庇尔斯太太的意见，决定好好教训儿子一顿。她把这个任务交给了下班回来的丈夫爱德华。尽管两个大人都对这件事情的正当性感到莫名的"心虚"，但做父亲的终于还是提起拖鞋，狠狠地揍了儿子。然而，当儿子用颤抖的声音叫他"爸爸"时，他猛地意识到了自己的错误：

> 看了一眼那张小脸，爱德华不忍心地扭过头去，他不知自己在做什么。他飞快地跑出屋子，下了楼，跑到门外花园里。老天爷，他都干了些什么？揍了狄克，用拖鞋打了他的小人儿。可是，这拖鞋打下去是为了什么呢？他连这也说不清，他就那么突然地闯进了儿子的房间。那小家伙穿着睡袍站在那里，他没哭，一滴泪也没有。哪怕他大哭或者发顿火都好多了！还有那声"爸爸"，孩子没说一句话就原谅了他！可是，他永远都不能原谅自己，决不！

> （依青 译）

故事里狄克的父母对孩子都怀着温柔的爱，他们"从来不打孩子"。然而，面对邻人不言明的指责，他们在疲惫不堪的状态下做出了揍孩子的决定和举动，事后又深感后悔。狄克父亲的这段自我责备和反思，包含了一位普通的父亲对儿子的深情。他的道歉或许抹不去狄克刚刚经受的这场打击，但他内心深处对儿子的这份歉意和悔意，却使我们能够以理解和同情来看待这位父亲所处的角色位置。

在另一些故事里，成人也与孩子一起成长着。《讲不完的故事》中巴斯蒂安的父亲，由于沉浸在妻子去世的悲伤中，一度忽视了孩子的存在。"他既不骂人，也不表扬人。就连巴斯蒂安留级的时候，父亲仍然什么也没说。他只是以那种心不在焉的、忧心忡忡的眼光望着巴斯蒂安。巴斯蒂安的感觉是，对于父亲来说，他根本就不存在。"巴斯蒂安的失踪让父亲意识到了自己的生活中真正有价值的东西是什么，意识到了应当去珍惜什么。因此，当儿子从幻想国归来时，他已经懂得去倾听和理解儿子的故事，"他从来没有这么认真地听他说过话"。"他们就这样坐了很久，然后父亲深深地吸了一口气，望着巴斯蒂安的脸，开始笑了起来。这是巴斯蒂安从父亲脸上所见到过的最幸福的微笑。"我们可以说，作品中巴斯蒂安的父亲是和儿子一起经历了人生的又一次成长。

3. 拟人角色

儿童文学叙事有别于成人文学的一个重要方面，是大量拟人角色参与叙事进程。这类角色在童话作品中尤为普遍，它们的承担者包括各类生物以及生活中无生命的物体。在故事里，它们被赋予了人格化的思想、情感、行为等，我们因此也可以把它们视作一类特殊的人物形象来谈论。

童话中的许多拟人角色实际上是孩子的变形，它们的类型也与儿童角色相近。法国作家塞居尔夫人的童话《驴子回忆录》中那头自述经历的驴子卡迪雄，其实就是一个顽皮的孩子。它聪明伶俐、漂亮能干，却又任性骄傲，处处好表现自己。故事里，它在一次次的肇事中慢慢觉悟到自己的错误，并以实际行动改邪归正，终于重新赢得了人们的信任。显然，这个故事里的驴子，实际上是一个成长中的孩子。科洛迪的著名童话《木偶奇遇记》中的主角皮诺曹也是一样。

　　童话作品往往致力于借拟人角色来间接地书写人的生活、情感等。很多时候，在拟人叙事的进程中，拟人角色本身的物性则被暂时放到一旁。比如，动物可以跟人一样吃面包、喝牛奶、开汽车、驾飞机，等等。不过，许多优秀的童话总是能够将非人对象的物性与拟人性巧妙地结合在一起，从而赋予相应的拟人角色以独特的艺术趣味。比如安徒生的童话《烛》，在拟人化的语境里表现一支油烛的所见所闻。作者赋予了油烛以人的所见所思，同时又生动地表现出了油烛的物性。例如，故事写到油烛的一个动作——"它打了一个喷嚏，就是说，它啪啪地响了一下"，把烛焰自然的噼啪声比拟作油烛的"喷嚏"，是将物性与人性巧妙结合的一个典型例子。

二、情节

　　情节是叙事作品中故事事件得以展开、人物性格得以展现的过程。一般情况下，情节总是围绕着人物的行动展开，而叙事作品人物的生动性、故事的可读性等，也均在很大程度上有赖于情节的构思和设计。

1. 情节的结构

儿童文学的读者对象规定了其叙事情节一般不会太过复杂，而且倾向于呈现出某种较为普遍的结构规律。这些故事往往具有一个明显的起承转合的过程，比如由寻常的生活事件起头，经过若干曲折的转机，最后抵达一个较为圆满或平稳的结局。

涅斯特林格的"弗朗兹的故事"系列中有这么一则题为《弗朗兹对什么不满》的故事：由于弗朗兹家既没接有线电视，也没装卫星接收器，他在家里看电视，每天只能看到三个台。每当班上的同学聚在一起议论前一天晚上的电视节目时，弗朗兹就"觉得自己像个傻瓜"。这天，围绕着一部电视连续剧，孩子们又展开了热烈的讨论，弗朗兹也被卷入其中。为了不至于在同学面前丢脸，他谎称自己看了其他电视剧。大家都想知道他看的是哪个台的什么电视，为了圆谎，弗朗兹只好编出了子虚乌有的"卫星六台"和一个外星宇航员的故事。不料"骗局"一旦起了头，就很难再停下来。为了满足同学们的好奇，弗朗兹不得不一而再、再而三地续编宇航员的故事。幸好编故事正是他的专长，他还从同学们的一致关注中体验到了前所未有的满足感。

然而，好景不长。随着孩子们对卫星六台越来越好奇，他们提出了想到弗朗兹家亲眼看看这部连续剧的要求。这令弗朗兹十分为难。虽然好朋友埃博哈德以"他妈妈是只母老虎"的借口帮他暂时躲过一劫，但麻烦还是到来了。这天下午，只有弗朗兹和前来打扫卫生的佐克尔夫人在家，他的三个同学意外造访，并且一拥而入，想要见识一下那部神奇的电视。就在弗朗兹呆若木鸡、手足无措时，向来挑剔而脾气火爆的佐克尔夫人发了火。三个孩子误以为这正是弗朗兹的那位"母老虎"妈妈，惊慌地逃出屋子。弗朗兹终于松了口气。第二天在学校，他给同学们讲了连续剧的"最后一集"，让外星宇航员离开了地球。"在结尾的时候，弗朗兹还说，在宇航员离开之前，他许诺会回来看他们的，但是那要等到两年以后了，因此，在之后的两年里肯定没有新的故事了。"

不难看出，这个关于电视的故事虽说长度不长，却有着完整的故事结构。故事从弗朗兹家庭和学校生活中的一桩普通事件开头，带出弗朗兹的烦恼。为了应对这一烦恼，弗朗兹虚构了外星宇航员的故事，不料却带出了更多的麻烦……就在情节不断走向高潮，眼看快要收束不住的时候，故事又一个转折，以出人意料的方式解决了弗朗兹的难题。于是，小男孩的生活经历过小小的起伏和波折后，重新回到了一种稳定的日常状态。

长篇作品的叙事也是如此，只是它的情节往往更多波折。例如《夏洛的网》，围绕着小猪威尔伯的命运，故事的情节一波三折，最后还是回归到了宁静的田园氛围中。当威尔伯面临被宰的威胁时，先是小女孩弗恩救下了它。小猪得以在弗恩的照料和谷仓动物朋友们的陪伴下怡然成长。有一天，它得知了自己作为家畜的最终命运，这给它带来了莫大的痛苦。此时，母蜘蛛夏洛担当了它的另一位保护人角色。通过一次次织出奇迹般的字网，夏洛使威尔伯成为众人瞩目的名猪，并最终免于被宰杀的厄运，得以在谷仓底安度一生。阅读这部小说时，读者的心情随着威尔伯命运的变化而一起一落，最后回到一种安然而可靠的稳定感中：

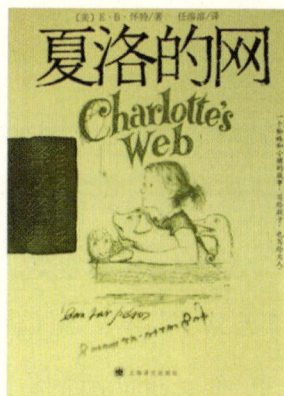

谷仓里的生活非常好——不管白天还是黑夜，冬天夏天，春

《夏洛的网》

天秋天，阴沉日子晴朗日子。威尔伯想，这真是个最好的地方，这温馨可爱的谷仓，有嘎嘎不休的鹅，有变换不同的季节，有太阳的温暖，有燕子来去，有老鼠在附近，有单调没变化的羊，有蜘蛛的爱，有肥料的气味，有所有值得称赞的东西。

（任溶溶　译）

威尔伯历经险情后的这番咀嚼和体悟，包含了对于那起初难免显得过于平凡的日常生活的重新认识。也就是说，从情节的开头到结尾，威尔伯的生活虽然转了一圈，恢复到了原来的安稳状态，但这却不是一种简单的回归。在这个过程中，威尔伯对生活的认识已经发生了变化。如果说它起初安于生活的情感还是一种比较单薄的生活体验，那么最后它对于谷仓生活所感到的由衷满足，则包含了另一份更为丰富、厚重的生命感觉。

上述儿童文学叙事的情节结构规律，符合并切中了儿童心理和情感的体验需求。孩子总是不安于按部就班的寻常生活，他期待着变化和冒险，但与此同时，他也在这变化的生活中寻找着必需的安全感。通过阅读这样的故事，这两种童年心理需求同时得到了抚慰和满足。同时，那经历过变化和冒险而重新迎来的安定生活，也让孩子发现了日常生活的迷人光彩。

随着儿童读者年龄段的上升，我们提供给孩子的叙事作品，其情节的复杂性也会相应增加。针对不同面貌的叙事作品，我们可以勾勒出各种类型的具体情节结构，但上述结构性的起伏规律仍将深埋于其叙事文本之内。在某种程度上，它代表的乃是童年叙事体验的一种原型。它不一定能够涵盖所有叙事类儿童文学作品，但它却是儿童文学叙事展开的一个基础模式。

2. 情节的悬念

如果说情节是叙事展开过程的具体化，那么悬念则构成了这一过程的重要推力。叙事作品的悬念是指其情节发展、人物命运等在读者心中所引发的紧张、期待的心理，它也被用来指代叙事进程中那些最能引发这类心理情绪的叙事节点。

悬念的设置是儿童文学叙事最重要的表现技法之一。儿童对于故事情节的兴趣，格外离不开悬念的推助。对于注意时长尚在发展中的儿童读者来说，那些富于悬念的故事情节以及情节中最具悬念感的片段，往往能够迅速抓住他们的注意力，将他们带往叙事过程的更深处。前面谈到的《夏洛的网》，其总体的叙事风格是舒展的、诗意的，叙事进程也较为缓慢，但由于故事始终贯穿着威尔伯命运的悬念，它对读者就产生了一种欲罢不能的吸引力。长胖后的威尔伯会给宰掉吗？它该如何摆脱这不幸的命运？夏洛只是一只小小的蜘蛛，它能想出帮助威尔伯的办法吗？那会是什么样的办法？读者越是急切地想要知晓小猪接下去的命运，便越是不由自主地跟随着作品的叙事，从情节的一个链环进入下一个、再下一个链环，直至故事结束。

一些儿童文学作家特别善于在叙事中发现和制造童年日常生活的悬念感。张之路的儿童小说《暗号》，在某种程度上将这种童年现实生活的悬念感演绎到了极致。小说开始于一个普通的对话场景：快放暑假了，"我"学着爸爸不无幽默的表达，向他询问假期里的旅行安排。不料，爸爸却很严肃地回了一句："别急，我自有安排！"这就勾起了我们小小的悬念。到了放假后的第二天晚上，爸爸递给"我"一张"北京—青岛"字样的票，一时把我乐坏了。谁知他又补上一句："这次，你一个人去。"对于从没坐过火车、更不要说独自坐火车出行的"我"来说，这张火车票顿时变得既令人担忧又充满了"冒险诱惑"。故事的悬念重新升起，而且进一步演进：

《暗号》

> 我已经感觉到了问题的严峻。我又问："我住在哪儿呀？"
>
> 妈妈说："一下火车就有人接你，吃住他都给你安排……"
>
> 我心里顿时松了口气。
>
> 爸爸严厉地打断她："你抢着说什么呀？"他接着又说："既然你妈妈已经提前说了，我也就告诉你，我已经给老同学写了信，让他到车站来接你。"
>
> 我急忙问："他叫什么？"
>
> 爸爸说："名字先不告诉你。是男是女，长什么样，也不告诉你。你用暗号和他接头！"
>
> "用暗号接头！像电视里我党做地下工作的？"
>
> "对！"
>
> "什么暗号？"
>
> "你走下火车，看见有人像是接站的，你就走过去对他说：'请问，有老鼠牌铅笔吗？'如果他说：'对不起，我只有猫牌橡皮。'那暗号就算对上了，他就是迎接你的'革命同志'。

明白了吗？"

就这样，"我"一个人走进北京火车站，开始了这场冒险般的旅行。旅行途中会发生些什么？我能独自顺利地到达目的地吗？爸爸给的"暗号"最后会以什么样的方式派上用场？这些都成了故事逗引着读者去解开的悬念和谜团。在接下去的情节中，这一悬念始终伴随着叙事的推进，而且进一步衍化出新的悬念。这使整篇小说在情节上环环相扣，读来引人入胜。

秦文君的儿童小说《男生贾里》，也常借悬念的编织来展开童年日常生活和情感的叙写。小说中有这么一则故事：贾里因为给女同学取绰号，被班主任查老师狠狠训了一顿，又因为另一件小事遭到查老师的误解和再次责罚，不免心怀牢骚。正好这位查老师也是贾里爸爸的密友。这一天，他又来与贾里的作家爸爸切磋文学。贾里不经意间瞥见了查老师装着教案的提包，心生一计，偷偷用爸爸的一袋稿纸替换了提包里的教案。没了教案，查老师怎么上课？贾里等着看老师的笑话。结果怎样？他能如愿以偿吗？这个悬念自然勾起了读者的好奇。果然，查老师发现教案被调包后，"立时怔住了，嘴角现出了一丝苦笑"。然而，沉默了几秒钟后，他果断地将稿纸放回袋里，背着手从容地讲起课来，表现简直完美无缺。这个戏剧性的转折令贾里对查老师心生敬佩，也改善了他们师生之间的关系。

叙事的悬念能够大大增强故事的可读性。在儿童文学作品中，这类悬念的设置和处理往往既在读者意料之外，又在故事情理之中。沈石溪的短篇动物小说《斑羚飞渡》，一开头便描绘了一队猎手将一群斑羚逼到悬崖边上的场景。故事的叙述人也是猎手之一，他反复渲染悬崖的绝境和猎人们的喜悦，令人强烈地感到这群斑羚已是瓮中之鳖。但也正因为这样的渲染，让我们对斑羚群的命运产生了强烈的好奇。它们会顺理成章地成为猎人的捕获物吗？接下去发生的"斑羚飞渡"事件在解开这一悬念的同时，也把故事的情节推向了高潮：只见斑羚群在头羊的带领下分成两队，一头头年轻的斑羚借着同时跃出的老年斑羚的背脊，奇迹般地渡过悬崖，抵达了对面的山峰；老斑羚们则在完成"助力"的使命后，纷纷坠落悬崖：

> 没有拥挤，没有争夺，次序井然，快速飞渡。我十分专心地盯着那群注定要去送死的老斑羚，心想，或许有个别比较滑头的老斑羚，会从死亡那拨偷偷溜到新生那拨去，但让我震惊的是，从头至尾，没有一只老斑羚为自己调换位置。
>
> 它们心甘情愿用生命为下一代开通一条生存的道路。

从动物世界的一般生存逻辑来看，斑羚飞渡的故事带有一种传奇性，然而从这篇小说的叙事逻辑来看，这一奇迹的发生又是作家设置的悬念必然触发的结果。这类叙事的悬念增强了情节的张力，也点染了叙事的效果。

3. 情节的创意

今天出现在我们面前的每一个儿童文学叙事文本，都是在无数前文本的基础上写作而成的。它们一方面吸收和继承了来自前人的艺术创造力的营养，另一方面又不得不去尝试和寻求新的艺术突破。对于任何一部优秀的叙事作品而言，要讲述一个富于吸引力的故事，它就不能仅仅重复前人的叙述轨迹，而必须在多方面实现自己的创新，尤其是情节上的创新。从某种程度上说，情节的生命力即在于它的创新性。

这一创新的冲动促使那些在艺术上怀有追求的儿童文学作家们不断投入新的叙事探索中。在情节的编织上，他们致力于发挥想象，突破常规，去探寻更新奇的可能性，而这种探寻又必须同时与儿童文学自身的艺术要求保持一致。这一切均构成了儿童文学叙事探索的特殊难度。

米切尔·恩德的童话《讲不完的故事》，其情节的设计堪称奇绝。围绕着这个"讲不完的故事"，作家设置了多重情节的"迷障"。首先，作品的题名即是故事主角巴斯蒂安借以进入幻想国的那本神秘书籍的名字。我们正在读的这本《讲不完的故事》，与故事里的巴斯蒂安所读的是不是同一本书？或者反过来，巴斯蒂安捧起的，是我们所读的这本《讲不完的

《讲不完的故事》

故事》吗？这一设计造成了故事的一种真幻莫辨的迷离感。其次，在阅读自己从旧书店"偷"来的这本《讲不完的故事》时，巴斯蒂安感到自己以一种难以理解的怪异方式被卷入书中的故事，有那么些时候，他甚至透过书页，清晰地看到了其中角色的面目。我们发现，当我们通过《讲不完的故事》走进巴斯蒂安的故事时，巴斯蒂安也通过《讲不完的故事》走进了幻想国的世界。这使我们忍不住纳闷："讲不完的故事"到底含有多少"讲不完"的层次？再次，当巴斯蒂安阅读《讲不完的故事》时，他惊讶地发现故事里为拯救幻想国奔走的童女皇，也打开了另一本《讲不完的故事》，而这本书所记述的，正是他自己刚刚和正在经历的一切。他透过故事看见了自己，故事里的自己也在阅读着同一本《讲不完的故

事》，而在这个故事里，又有一个巴斯蒂安在读着同一个故事……于是，我们和巴斯蒂安还有童女皇不得不一遍遍重复着这"讲不完的故事"，永无完结，直到巴斯蒂安最终出声应允幻想国的召唤，走进故事，这无尽的循环才被打破，新的故事才得以继续下去。这一故事套故事的奇妙手法给情节披上了特定的玄奥色彩，而其中唯有人的行动才能促生新的故事诞生的逻辑，也包含了关于人类故事本质的一种深刻哲思。

如果说像《讲不完的故事》这样的作品是从不同故事空间的交叠中找到了情节的创新点，那么巴西儿童文学作家、2000 年国际安徒生奖得主玛丽亚·马查多的《碧婆婆　贝婆婆》则是通过制造故事时间的奇特交叠，让"我"的曾外祖母和"我"的曾外孙女以孩子的身份同时走进"我"的童年，从而编织出一个特别的故事。当来自现在、过去和未来不同时代的三代孩子在当下时间里相遇时，她们之间不可避免地发生着生活观念的碰撞。这碰撞充满了童年的幽默，也反映出时代和文化的变迁带给童年的生活和精神变化。

由于读者对象的限制，儿童文学叙事作品在情节层面的探索远不像成人文学那样自由，而是需要掌握合适的度。在这一前提下，一些儿童文学作家将带有一定先锋性的情节探索融入儿童文学叙事艺术的成功尝试，特别值得我们予以关注。姜尼·罗大里的《童话故事游戏》，有意打破儿童文学首尾相合的封闭叙事传统，通过在一个故事里探索情节发展的不同可能性，让我们看到了儿童文学叙事探索的更大空间。作品中的 20 则童话故事，每则都设有三个不同的结局。例如，其中一则《不会叫的狗》，讲述一只不会叫的狗向别的动物学习叫声的故事。作家给故事的主人公安排了三种不同的结局：第一种结局里，狗在模仿其他动物叫声的过程中发现了自己的语言天赋；第二种结局里，不会叫的狗恰好找到了一份最适合不会叫的狗的工作；第三种结局里，不会叫的狗碰上另一只会叫的狗，总算"找到了应找的老师"。在这里，多个不同的结局打开了封闭的情节，也打开了我们理解故事和生活的思路。

对于儿童文学的叙事艺术而言，情节的创新是一项永无止境的探索。一旦一种创新逐渐成为读者认可和熟悉的常规，我们又会期待着从作品中读到更新颖的创意。儿童文学的叙事艺术也正是在这样的持续创新中不断丰富起来。

三、细节

相比于人物和情节这两大贯穿故事的叙事要素，细节只是叙事过程中一个极小的叙事单位。它是指叙事作品中那些关于人物性格、事件发展、场景环境等的细部叙述。然而，细节虽小，却具有强大的叙事表现力，它是作品中人物、情节等得以生动呈现的基本依托。优秀的儿童文学叙事作品总是离不开生动的细节，很多时候，正是成功的细节造就了成功的叙事。

细节与人物关系密切，在叙事作品中，它常被用来表现和揭示人物的某种生动的性格、心理或情感。

1. 性格的细节

细节是叙事作品中用于表现人物性格的"利器"。有时，一个小小的性格细节，就能使人物的形象活灵活现地映现在我们眼前。在儿童文学作品中，这类生动的细节不但能够烘托人物形象，点亮故事叙述，而且能够借小处准确地传达出整个故事所要表达的思想或情感内容。

张婴音的儿童小说《后脑勺》，其篇名就来自于小说中一个生动的性格细节。绰号"后脑勺"的李小彤在老师眼里是个老实、守纪律的乖学生，这个绰号的来历是这样的：有一次，全班去看画展。回来后，老师叫大家谈谈看画的感想。轮到李小彤讲了——

> 他站起来支吾了半天才说："我，我看到了后脑勺。"哄地一下，大家全笑开了，画展上哪有什么后脑勺的画呀？！女生们叽叽喳喳地问来问去，调皮的男生趁机打着别人的后脑勺。这回连孙老师也懵了，她叫李小彤站起来解释一下。李小彤睁着那双大眼睛可怜巴巴地看着孙老师，忸怩了半天说："出发时，老师说，叫我们不要东张西望，后面的人要看着前面的人的后脑勺，我就看着陈小芳的后脑勺，其他什么也没看到。"

这个"只看到后脑勺"的细节至为生动地写出了一个老师眼里的"乖巧"学生以及这种"乖巧"内在的问题。它带着生活的某些夸张，但读来又是如此真实。一个小小的"后脑勺"的细节，不但一下子描画出了人物的核心性格，它还写出了当代规训教育下孩子的某种不无悲哀的命运。

另一些时候，这类性格的细节并不参与故事的核心事件，而只是叙事进程中一带而过的散落片段，与主要人物的性格表现也没有必然的关联。但当我们的眼睛掠过这些细节时，会被其中所蕴含的细小却丰富的叙事内涵所打动。这类看似不起眼的细节在叙事进程中的存在格外彰显了作家的艺术才能和智慧。

比如涅斯特林格的"弗朗兹的故事"系列中题为《弗朗兹如何证明自己》的故事里，小男孩弗朗兹为自己长得像个女孩而烦恼不已。小说有一处细节提及了弗朗兹的爸爸：

> 爸爸经常给弗朗兹看自己以前的照片，对他说："这个，看起来像女孩的人，就是我。"

> 然后，他又给弗朗兹看自己长大了一些的照片，说道："看，这是我几年以后的样子。到这个时候，再也没有人把我当成一个女孩了。你肯定也会是这样的。"

爸爸没有强调弗朗兹的烦恼，而是拿出自己小时候的照片和儿子分享经验，从而不露声色地让弗朗兹意识到他的烦恼远没有想象的那么严重。我们可以想见这份安慰对弗朗兹来说有多么重要。一个"看照片"的普通生活细节，彰显了当爸爸的是如何懂得在尊重和理解中帮助孩子应对童年时代的烦恼的。

同样是写父子生活，李成义的散文《父亲和作业本》则通过生动的细节描画出了一位乡土父亲的性格和形象。小时候家里穷，父亲对"我"的作业本的控制就非常严格，"平时只能在院子里的空地上写字"，一学期给两个小本本，每个本子必须尽其可能充分利用，"一页要分成三十行，一行得写三十个字，正面写完还得从背面再写"。每过几个晚上，父亲就点起油灯，"翻开我的作业本，一个字一个字地数，从左向右数到三十，再从上到下数到三十，最后还得一页页地数，看掉页了没有"。生动的细节渲染出一位只与田间地头打交道的农民父亲的勤俭和对儿子的殷切期望。有一天，"我"为作业本的事挨了父亲的揍：

一天晚上，我趴在炕头的煤油灯下写作文，正写着起劲时，旁边的父亲突然朝我大吼起来："娃——你怎么学坏了，瞎眼了？"他那粗糙的手指已经按在作文本的两个空字处。我明白父亲的意思，立即分辩道："老师说的，一段话的开头就要空两个字。"父亲不容置辩，他顺手拿起作文本往上一翻，正好翻到作文的最开头，两个字的作文题目竟占了一行！父亲被我的"浪费"激怒了，还没等我进一步解释，我的头楔楔两下，第三下打过来时，煤油灯翻了，屋里立刻漆黑一片。黑夜里，母亲的劝阻声、父亲的叫骂声、我的哭泣声和一股浓浓的煤油味搅和在一起，糟得很。

父亲为了作业本上的空字处对"我"不明就里的一顿打骂，看似不无粗暴，却正是一位贫穷、劳苦而不识字的山里父亲表达他对儿子的爱和期望的方式。透过这些幽默而又令人感伤的生活细节，这位普通父亲的形象跃然纸上，令人动容。

2. 心理的细节

叙事作品中的细节常常也是人物心理的无声表达。在儿童文学作品中，那些传达出儿童独特的心理感觉的叙事细节，尤其显示了作家对童年的细致观察和独到理解。

从巴西作家若泽·毛罗·德瓦斯康塞洛斯的自传体小说《我亲爱的甜橙树》中，我们能够读到不少这样的细节。小说中的男孩泽泽生在一个巴西贫民家庭，父母拼命工作仍难以维持家中日用，圣诞节更买不起给孩子们的小礼物。像许多贫苦家庭的孩子一样，泽泽的生活中充满了穷困潦倒的艰辛、挨揍受罚的泪水以及各种各样令人难过的误解和失望。在经历了无数打骂之后，一次莫名其妙的委屈挨揍看上去成了压垮泽泽的"最后一根稻草"，并促使他萌生了撞火车"自杀"的念头。他带着这个念头去和唯一的好朋友老葡道别："真的，你看，我一无是处，我已经受够了挨板子、揪耳朵，我再也不当吃闲饭的了……今天晚上，我要躺到'曼加拉迪巴'号下面去。"简单的话语传达出一个敏感孩子对生活的彻底失望。老葡试着安慰他，并告诉他，自己准备星期六带他去钓鱼，这时，"我的眼睛一下亮起来"，"我们笑着，把不开心的事情全都丢到了九霄云外"。最后，作为大人的老葡带着成人的关切和细心看似不经意地顺便问道："那件事，你不会再想了吧？"作为孩子的泽泽的回答却令人忍俊不禁："那件什么事？"

这是一个绝妙的反映儿童心理的语言细节，它生动地描绘出唯有年幼孩子才会有的一种面对生活的独特心理体验。就在前一分钟，他还那么认真地咀嚼着自己的悲伤，到了下一瞬间，这悲伤已经被完完全全的欢乐所取代。这正是一个孩子最真实的心理。他对生活的苦难怀着最深切的敏感，也对生活中微小的幸福报以最灿烂的笑容，后者使童年的生命拥有了一种超出我们想象的心理承载力。读着泽泽的故事，我们会由衷地感到，生活这样充满不幸，童年却在深深领受这不幸的同时，创造和吸收着属于它自己的生命欢乐与温情。

儿童文学叙事中的童年心理细节，有时传递出一种复杂的孩子气，它充满童年的任性，却又包含了童年期所特有的对生活的极度敏感。孙雪晴的散文《游戏》中，"我"与母亲之间因小事闹别扭，做女儿的先是发急甩话，继而发狠不说话，但不一会儿便忍不住担心起母亲来，一时却又做不到放下面子跟妈妈主动和解，局面就这么僵持着。散文中有一处生动的心理细节：

> 我在心里默默说，只要她站起来，走到我身边，我就抬起头说："妈，刚才我错了。"一会儿她真的站了起来，走到我身边。我又狠狠地想，只要她帮我把书包拎进我的房间，我就说："妈，我错了。"没多久她真的这么做了。我微微抬起头，见她气鼓鼓的样子，我继续一声不吭，她也一声不吭。我继而做出一个个的假设，假设她帮我倒一杯热水，假设她帮我放好龟鳖丸，假设她刷好牙、洗好脸，帮我挤上牙膏……但她真的一一做到了。我仍旧拉着脸，没有说出口。最后，我狠下心想，如果她把我的鞋子弄干，我一定说。只是发了这么大的脾气，我想她早不记得这种小事了。但她真的弯下腰，拎起鞋子，走进洗手间，帮我用吹风机吹鞋子。

这一次次的让步假设，其实是"我"出于孩子气的自尊，想要从母亲身上先看到让步的迹象，从而为自己找到和解的台阶。但当这些假设一一成为现实时，"我"又没能放下面子主动向母亲说出歉意。然而，在这一持续的假设推移中，我们分明感受到了女儿对母亲的不满逐渐消融殆尽，取而代之的是另一份包含着自责的体贴。对这个年龄的孩子来说，将这份感觉用语言直接说出来，反倒容易显得造作。而透过这样一个内心活动的细节，散文在真实的生活情境中完成了无声胜有声的情感表达效果。

在另一些儿童文学作品中，叙事的细节也被用来表现少年在青春期特有的心理感觉和体验。韦伶的小说《出门》，以细腻、诗意的笔调叙述十五岁少女凌子的成长感觉。作家这样描写凌子在温泉泳池更衣室的大镜子里看到自己穿着泳衣的身体时的心情：

凌子朝镜子走去，一下子心跳起来：镜子里那个姑娘就是她吗？那纯粹是个姑娘，而不是个女娃娃！那样的身段，只有在一个长大了的姑娘身上才看得见。而且由于穿的游泳衣太贴身，那些线条显露得多明白呀。凌子的两个脚指头在冰凉的地面上紧张地弯曲起来。

这里的"两个脚指头在冰凉的地面上紧张地弯曲起来"的小细节，传神地写出了少女凌子在青春敏感期的害羞、兴奋又有些慌乱的成长心情。

这种少女微妙的成长感觉，也在陈丹燕的小说《男生寄来一封信》中得到了生动的表现。小说中的女孩陈致远收到陌生男孩写来的一封信，她的第一反应是感到一种受辱般的莫名愤怒。然而放学时走出校门，她的心情却又起了微妙的变化：

我总觉得背后有一双眼睛在一直盯着我看，不由自主地想象了一下我的背影是否好看。记得有次同学们在一块儿闲聊时，有同学说过，我的背影看去虽然苗条可有点驼。想到这儿，我禁不住直了直背。但是当感到背后看着我的是一个陌生的男生时，又猛醒过来，自觉自愿地重新把背驼起来，一副大大咧咧的模样。

一个青春期的少女，最自然不过地想要在关注自己的男孩眼前留下一个"好看"的背影，但这本能的动作随即又被少女敏感的自尊压下，使她"重新把背驼起来"，摆出一副满不在乎的模样。透过这么一个真实的心理细节，小说写出了成长期少女面对同龄异性时的某种普遍的微妙情愫。

青春期少年的这种萌动的身体意识，也常体现在日常生活的心理细节中。台湾儿童文学作家管家琪的《珍珠奶茶的诱惑》，主角是一个处在青春期的男孩。他在小巷的珍珠奶茶店注意到在店里摇奶茶的一位漂亮而结实的年轻姑娘，接下来的几天，每经过小铺子，他总要往里多看两眼，尤其"忍不住会瞄一眼她的上半身，但是立刻又为自己的这一'邪恶'举动羞红了脸"。这一细节写出了青春期少年体内本能的荷尔蒙冲动与意识中的理智彼此交战、暗中较量的生动心理，它的真实性造就了它的生动感，它的生动感则反过来加强了它的真实性。

3. 情感的细节

情感是叙事艺术的核心要素之一，但在叙事的进程中，最动人的情感表达不是在大事件或大场景的铺排中，而往往是在一些看似微小的语言或举止的细节里。正是这些细节使故事传递出的情感能够一下子击中我们的感觉，进而直抵我们的心灵。

瑞典图画书《我的爸爸叫焦尼》（波·R. 汉伯格 / 文，爱娃·艾瑞克松 / 图），讲述来自离异家庭的小男孩"我"与爸爸焦尼的周末会面。故事里有一个不断重复的细节：不论爸爸带着"我"一起去热狗店、电影院、餐馆、图书馆，还是咖啡馆，"我"总忍不住要向里面的人们强调："这是我爸爸。"我们会感觉到，在这样一个小小的细节里，包含了一个儿子与爸爸在一起时的那份自豪。在一个离异家庭的孩子身上，这份自豪感显得如此突出，可以想见，它里面一定还包含了爸爸不在时儿子所感受到的那份对父亲的想念和渴盼。一个孩子不懂得如何用语言向父亲表达这份深情，但只是那么一个天真的细节，其情感的表达力已经胜过千言万语。

我们最深切的日常情感的表达，往往正是在这样一些不起眼的生活细节中。王淑芬的小说《我是白痴》中，智障孩子彭铁男在美术课上照着老师的要求做了一朵红纸花，作为送给妈妈的母亲节礼物。他的妈妈正在面店里忙，收到礼物，一时又惊喜又尴尬，"好像吓了一跳的样子，连忙把花塞进围裙口袋"。这个动作里有着复杂的情感。小说中，彭铁男的母亲对于自己有这样一个儿子的事实是十分无奈的，在为了彭铁男与包括老师在内的其他人打交道时，生活在底层的她难以掩饰内心的自卑和难为情。因此，当儿子送她红花并祝她"母亲节快乐"时，她的第一反应是"连忙把花塞进围裙口袋"，这是她在彭铁男的事情上想要避开别人注意的一个本能动作，这个细节出于一个世俗母亲本能的自尊心。但在随后的一段细节描写中，我们看到了儿子的礼物带给她那份难言的喜悦：

> 第二天早上，我看见妈妈的围裙红红的。原来那种皱皱的纸会褪色，把围裙染脏了。我告诉妈妈，妈妈却说："没有关系。"
>
> 她把纸花拿出来，看了又看，再放回口袋。
>
> 过了很多天，那朵花一直在她的口袋里放着。

妈妈把这朵染色的纸花"看了又看"，并且一直放在口袋里的动作，是她一个人在默默地回味着这份礼物带来的欣慰和喜悦。它对于其他母亲来说或许太平常了，但对于一个智障孩子的妈妈来说却珍贵至极。彭铁男这一生或许都难以带给母亲世俗生活意义上的欣慰成就，然而，哪怕只是一朵花的心意，在母亲心里也有着极重的情感分量。

少年成长过程中某些说不清道不明的情感，有时必须要借助生动的叙事细节，才能得到最真切的表达。彭学军的短篇儿童小说《十一岁的雨季》，叙述的是一种朦胧迷离的少女成长心思。小说的第一人称叙述者"我"是一个十一岁的少女，也是少年体校的一名田径运动员，主项中长跑。没有人知道，跑道上的"我"是怎样暗中关注着体操训练场的一举一动。在那儿，名叫邵佳慧的体操运动员在训练过程中展示的身体美感，激起了"我"对体操的无限热情。"我"开始假装"随意"地打探学体操的条件，继而跑到体操教练跟前毛遂自荐。然而，事实很快击碎了"我"的梦想：对于学体操来说，十一岁已经"太老了"。在一次跑步训练中，我意外地与邵佳慧相遇，又意外地听到了她对自己的欣赏。这是"我"第一次从别人眼中看见自己的样子："你跑起来的姿势真好看，特别是跑弯道的时候，步子拉得很开，前腿抬得差不多和地面平行了，同时后腿蹬得很直……"这次相遇和对话让"我"头一次对跑道上的自己有了新的认识：

> 我边跑边回味着邵佳慧的话，尽量把步子拉开，前腿抬高，与地面平行，后腿蹬的时候要有力，绷直，特别是在跑弯道的时候，身子稍稍往里斜——我真是有点恍惚了，我从来都是这样跑，还是听了邵佳慧的话才知道要这样跑的？
>
> 我特地注意看了看刚才她站着的那个出口，已经没有人了。
>
> 跑着跑着，我觉得身子轻快起来，飘逸起来，我把自己想象成一只鸟的样子，邵佳慧说的那种腿又细又长、会跑又会飞的鸟儿，尽管我从来没听说过——而且，还是一只很小的鸟儿，才十一岁呢，一点也不老。

这一细节的情感内涵是复杂的。出于青春期少女对身体之美的敏感，"我"一度迷恋于观赏邵佳慧体操训练的优雅身姿，却刚刚醒悟到跑道上的自己在别人眼中原来也有着同样迷人的美感。当少女欣赏美的目光从外部世界重新回到自己身上时，她所体验到的那份恍惚而迷离的成长情感，有一种令自己也令别人眼眶湿润的感动。读到这里，我们终于明白，体操也好，跑步也罢，原来不过是成长的一种背景。就像故事里的邵佳慧擅长体操，"我"擅长中长跑，猫则善于长跑那样，每一个成长中的女孩都有着属于自己的那方最适合、最特别的背景。在这个背景上，每个女孩的身影看上去都是那么新鲜，那么芬芳，那么闪闪发亮。作家巧妙地以"我"和邵佳慧之间目光的交错，来传达少女成长中对自我、对美的这样一种敏感。她告诉我们，每个女孩在欣赏另一个女孩的时候，也是在欣赏她自己；每个女孩在张望身边的另一道风景的时候，回过头来，就能在自己的身上发现同样的美。

四、语言

叙事作品中，不论人物、情节，还是细节的表现，最终都离不开语言的呈现。从这个角度看，语言的分析涉及叙事艺术的一切层面。当然，这里并非要对儿童文学的叙事语言做全面的解剖，而是主要谈论童年叙事语言的特点和艺术。

1. 童年叙事语言的特点

儿童文学特殊的读者对象决定了它的叙事语言在形貌上必然有别于一般的文学作品。它首先是一种属于童年的叙事语言，其表达方式需要符合特定年龄段儿童的认知和情感体验水平。同时，它又要在这有限的语言调试范围内塑造和呈现童年独特的语言意趣。台湾儿童文学作家林良因此称儿童文学为"浅语的艺术"。我们不妨也从"浅语"和"艺术"两个层次，来看一看童年叙事语言的这一特点。

儿童文学的叙事语言首先是一种"浅语"。它是以符合儿童语言水平的表达方式来展开故事的叙述，这"语言水平"的考量可以落实到最具体的词汇、句式等等。

这一特点在读者对象年龄段越低的儿童文学作品中体现得越是明显。低幼儿童文学的叙事使用的是简白日常的词语、短句，以及幼儿表达中特有的重复句式。我们从许多低幼儿童图画书中能够清楚地看到这一叙事的语言特点。美国图画书作家艾瑞·卡尔的作品《好饿的毛毛虫》，主体叙事部分即是一组句式相同的短句："星期一，它吃了一个苹果。可是，肚子还是好饿。星期二，它吃了两个梨。可是，肚子还是好饿。星期三，它吃了三个李子。可是，肚子还是好饿。星期四，它吃了四个草莓。可是，肚子还是好饿。……"这种不无啰唆的稚拙表达，正是幼儿典型的语言方式。李姗姗的儿童小说《丘奥德》中，小男孩丘奥德自述跟着妈妈上女厕所的经历："要排队。要蹲下去。要尿干净。要用手纸。要洗手。"简单的口语，短促的断句，同样典型地反映了低幼儿童语言的特点。反过来，如果低幼儿童文学作品不能把握好童年叙事语言的这种"度"，不自觉地靠向了成人化的语言表达，就容易导致童年叙事的失真感。

当然，在儿童文学的叙事语言中，"浅语"还只是一个起点。同时，它也并非指对儿童语言的简单模仿——一些儿童文学写作者以为只需使用儿童式的语言来叙说故事，写出来的就是儿童文学，这当然也是对儿童文学语言艺术的简单误解。优秀的儿童文学叙事语言，是在"浅语"中达到独特的"艺术性"追求。我们可以说，这是一种独属于儿童文学的叙事语言艺术。

例如，这是吕丽娜的童话《心爱的名字》中的一段叙述：

> 在一座古老的大森林里，有一头会说话的熊。在那里，一头熊会说话，是一件很了不起的事情。
>
> 他会说"太阳"，因为他喜欢太阳，他总是喜欢让温暖的阳光，把他的皮毛一点一点、一点一点地晒热。
>
> 他会说"蜂蜜"，因为他好喜欢蜂蜜的味道，他当然也会说"蜜蜂"，因为没有亲爱的蜜蜂，哪里会有蜂蜜？
>
> 他会说 "雏菊"，因为雏菊是他最爱的花儿，他喜欢她们美丽的颜色和淡淡的香气。他会说"橡树"，因为橡树是他最心爱的树。他自己的家，就在一棵老橡树的树洞里。

这段叙述充满了温暖的诗意，用的却都是我们最熟悉不过的日常词汇，它的句式也透着清新的朴拙。第一自然段只有简单的两句话，两句之间又藏着词语和句式的某种重叠。从"在一座古老的大森林里"到"在那里"，从"有一头会说话的熊"到"一头熊会说话"，这种略显木讷的重复表达，既符合一头会说一点点话的森林熊的语言感觉，也符合幼儿特有的语言表达方式。随后一系列重复的"他会说……因为……"，同样是简单句式的排比，各句表达的语义和方式既相类仿又略有变化，从而在文本内造成一种活泼而安宁、欢快而妥帖的叙事氛围。

张炜的儿童小说《少年与海》，其叙事在童年语言的简白中又透着另一种尚未褪去原始生命感觉的艺术气息。小说中，我们读到的是这样的叙述语言：

> 太阳晒得一地沙子发烫，赤脚走在上面真好。小蜥蜴四处乱瞅，猫就把它们逮住了。
>
> 这里的夜晚星星大，没有月亮时就格外大。
>
> 一轮红红的月亮闪烁在林隙里。看着月亮，听着各种动物的叫声，多么高兴。

《少年与海》

艾草这时候的气味真大，老野鸡呛得一声连一声地叫。

小说对于太阳、太阳下的沙子、夜晚的星星和月亮、艾草的气味、老野鸡的叫声等的叙述，完全是一派质俚的赤子语言，但这质俚中又饱含着童年与万物融为一体的活泼而灵动的生命感觉。它仿佛是在造化初起始的时候，人和万物并排坐在天空下，大地上，彼此相看，彼此陪伴的时光。这正是在孩童身上保留着的一种天然、纯净而生动的审美感觉。"真好""格外大""多么高兴""真大"，也是直白的、毫无修饰的童年情感述说。小说透过孩子的目光和感觉来看海边的各样物事和生活，又透过孩子的语言来表达他们对这些物事及生活的感受与看法，孩子的身份、感受和他们的叙述语言之间完好结合，彼此生发，造成一种粗粝质朴而又生动开阔的童年叙事效果。

童年叙事语言是"浅语"与"艺术"的巧妙结合。它的艺术性使"浅语"不再只是孩童简单的稚语，而是上升到了文学表达的艺术层级；而它的"浅语"的本质则使这艺术的语言表达焕发出一种独特的童年美学风貌。

2. 童年叙事语言的风格

受到作家的创作个性、创作理念等的影响，不同的儿童文学叙事作品，其语言也往往呈现出不同的语体风格面貌。不过，这其中有那么一些具有典型性的叙事语体风格，可供我们在阅读和欣赏儿童文学叙事作品时参考。

一类是偏抒情化的语体风格。这类风格的叙事语言，其叙说重点放在故事场景的铺展、事物状态的描绘、角色情感的摹写等方面，笔触相对细致，气氛也相对安静，其叙事语言呈现出一种近于抒情诗般的表达效果。冰波的不少童话就属于这一风格的典型文本。这是他的童话《梨子提琴》中的一个叙事片段：

《梨子提琴》

> 动物们都悄悄地来到了松树下。大家脚步轻轻的，呼吸也轻轻的，在松树下坐下来。
>
> 狐狸也来了。他的身后，跟着那只小鸡。
>
> 狮子也来了，他的身后，跟着那只小兔子。
>
> 大家仰起头，看着在松树上拉提琴的小松鼠。
>
> 拉呀，拉呀。星星也来听，月亮也来听。
>
> 优美的音乐，好像都流到动物们的心里去了，大家都觉得甜蜜蜜的。
>
> 森林里，又美好又安静。

童话片段中的"悄悄""轻轻""优美""美好""安静"等词，

同时也是对于作品叙事语言风格的一种确认。这一叙述方式带来的是一种令人安静和放松下来的情绪，它是舒缓的，平和的，充满秩序的，带着如同古老的摇篮曲般的情感抚慰效果。从这样的叙事语言中，孩子能够体验到他们最需要的安全感。

也许是出于这样一种对儿童心理和情感需要的自然考虑，不少低幼年龄段的儿童文学叙事作品，尤其是童话，都会倾向于采用这一风格的叙事语言。比如下面这个选自张秋生的童话《太阳落在身边了》的叙事片段：

> 天太热了，太阳火辣辣地晒着。
>
> 两只小蛤蟆受不了，一起到荷叶下睡午觉去了。
>
> 荷叶像一把把绿色的伞，遮住了太阳。两只小蛤蟆睡得可香甜了。他们轻轻地打着呼噜，连口水都流出来了。
>
> 一只蛤蟆醒了。
>
> 另一只蛤蟆也醒了。
>
> 他们来到湖岸边上，天依然很热。
>
> 突然一只蛤蟆捅捅另一只蛤蟆，说：
>
> "你看，怪不得天那么热，原来是太阳落到我们身边来了，他离我们那么近。哦，多么圆，多么红……"

这一段叙事中对于"太阳""荷叶"的意象描绘，对于两只小蛤蟆的可爱睡态的叙写，以及他们之间的对话语言（"哦，多么圆，多么红……"），都具有显在的抒情效果。这则童话的题目"太阳落在身边了"，本身也是一个极富抒情意味的表达。这样的叙事语言带来了一种轻灵、舒展、洋溢着温情的阅读快感。

另一类是偏于动作化的语体风格。与前一种风格相比，动作化的叙事语言将重点放在充满动感的行为展示而非相对静态的场景摩写上，它最关注的不是叙事空间的舒缓延展，而是叙事时间的疾速推进，是一个叙事动作紧接着另一个叙事动作的密集而充满力量的呈现。相比于抒情叙事带来的安宁感，它在文本内造成的是一种奔突充沛、从无停歇的游戏力的效果。与此对应的是童年时代另一种心理和情感上的本能需要：运动，冒险，冲撞，甚至破坏……

下面这个选自班马的儿童小说《六年级大逃亡》的片段，典型地展示了这一叙事语言风格及其表现效果。这个片段发生在主人公李小乔得知他们敬佩和喜爱的柳老师即将调离本班时。应柳老师的提议，李小乔初带领男生们组建的"俯冲足球队"与柳老师踢了一场告别球赛。在这场球赛上，"我"踢"疯"了，"我"用这"疯"来向柳老师表达"我"内心深处无法用言语表达完全的情感：

> 柳老师，我来啦。我已经不觉得是在踢球，而就是冲，就是充满身体的动作，就是心里哭的声音：柳老师，我来了。
>
> 中弹的F16，鬼哭狼嚎……
>
> 翻滚着俯冲……
>
> 一次我倒地横扫，裤子破了，球进了，柳老师根本没拿准球从哪个角度来。一次我用胸部停球，紧接着脚下一个小动作，球拨进了门，柳老师等于空扑了一个跟头。一次我连过三人直插球门，一脚劲射，柳老师也来了个狮子抱球，可我这一脚很重，球从他胸口弹了出来，他一屁股坐倒在地上，全场的人一下尖叫起来。我却什么也不顾，继续猛冲上去，补射成功，足球从柳老师的头

发上擦了过去，我的身体也紧紧跟着球一起冲进了球门……

柳老师，我为你俯冲！

这段叙述的主角始终处在一个接一个的动作序列中。这些高频率的动作让我们觉得，故事里的这个童年身体充满了需要放射和挥发的能量，他甚至不需要停顿的时间，而是以身体不断地做出各种展演，不断地向前推进着叙述的节奏。我们会感到，这些"充满身体的动作"，同时象征着童年生命的一种生理和精神状态，它有着用之不竭的充沛活力，追求的是一种集力量和速度于一体的"冲"的感觉。

在另一些儿童文学叙事作品中，这种动作感不一定是通过儿童主角来表达的，而是借由其他角色（包括拟人角色）来传达。我们来看下面这段选自周锐的童话《喂，你好吗？》的叙述。故事里的"喂"是一辆机器人汽车，这是他出厂后上路的第一天：

喂的前面是飞驰的车子，喂的后面是飞驰的车子，喂的对面也有一辆接一辆的车子飞驰而来。所有的车子就像卷入一条激流中，喂觉得好带劲，好刺激。喂伸出机械手兴奋地按喇叭，按出这样的声音："喂！喂喂！"对面的车子也有礼貌地回答他："噢！噢噢！""啊！啊啊！"……

这里，叙事的动作如同故事里飞驰的车子般快速推进，跟随着这一叙述的语流，我们和故事里的"喂"一样，也忍不住生出一种"带劲""刺激"的兴奋感。

需要说明的是，以上两种主要叙事语体风格的类型区分，只是用来认识和分析儿童文学叙事语言的角度，而并不意味着每个具体的儿童文学作品都可划入相应的类型。事实上，不少儿童文学作品往往兼有两种语体的风格，并在两者的巧妙结合与转换中完成了独特的叙事表现目的。比如上面提到的《喂，你好吗？》，故事里的"喂"在单调无聊的高速生活中偶尔结识了名为"嗯"的另一辆汽车。从此，在执行行驶命令的间隙，他也能收到来自"嗯"的一句简单的问候：喂，你好吗？当"喂"的里程数终于耗尽，成为一辆报废的汽车时，他没有像其他机器人汽车一样原地解体，而是"慢慢地、小心地把自己送到那块广告牌下"，"广告牌已经斑斑驳驳，几个字却还清楚。喂，你好吗？"这一段叙述，实际上是从高速动作化的语体走向了另一种带有抒情意味的"慢"语体。在童话里，这一叙事语体感觉的转换使故事的情感在由快到慢的变化中，让我们倾听到生命的另一种声音。

这里还要再谈一谈另一类特殊的叙事语言，即翻译语言。近年来，随着翻译儿童文学作品快速、大量进入国内读者的阅读视野，对于翻译语言的品读也成为儿童文学阅读鉴赏的一项重要内容。与中文原创作品相比，翻译作品的语言特点和风格首先受到其翻译母本的规定和制约，它往往在用词、句式等方面均表现出与原创作品有所不同的风貌。不过，在尊重并努力传达源文本语义的同时，儿童文学作品的翻译同样需要充分考虑儿童文学语言的普遍特点，力求在外语向母语的转换过程中，同样生动地呈现翻译文本语言的儿童性和艺术性。我们不妨读一读任溶溶翻译的这段出自《长袜子皮皮》的叙述文字，其叙述的内容是皮皮就学校的问题对孩子们发表的一通胡诌：

> "我很高兴我知道阿根廷的学校。"皮皮从马上低头看着孩子们，神气地说，"你们该上那儿去！那儿过完圣诞节假期，隔三天就是复活节假期，过完复活节假期，隔三天就放暑假，暑假

一直放到 11 月 1 日。当然，接下来有点难受，要挨到 11 月 11 日才开始圣诞节的假期。不过还好，因为那儿至少不上什么课。在阿根廷严禁上课。偶尔也有一两个阿根廷孩子躲进大柜，偷偷坐在那里读书，可给妈妈一发现，嘻，就要受罪了！学校里根本不教算术，要是有个孩子知道七加五是多少，又傻乎乎地去告诉老师，好，他就得站一天壁角。他们只有星期五才看书，那也得先有书。可他们从来没有书。"

"那他们在学校里干什么呢？"一个小男孩问。

"吃糖果，"皮皮肯定地回答，"隔壁糖果厂有一根长管子直接通到教室。糖果整天喷出来，光吃糖果就够孩子们忙的了。"

从这段话开头一句的表达方式中，我们就能感觉到一种属于翻译语言的典型语体气息。不过，我们读完这段话，却一点儿不觉得它有任何因语言转译而产生的表达障碍或隔阂，相反，皮皮与孩子们的对话充满了与这个形象的性格相符合的生动、利落和幽默的趣味。这样的译文最好不过地诠释了儿童文学翻译语言的艺术要求。

第三节　儿童文学的另类叙事

在叙事类儿童文学的艺术家族中，还包括一些相对"另类"的叙事作品。这里的"另类"，是指相关儿童文学作品在叙事题材或手法的运用上越出了儿童文学的叙事常规，进而触犯了这一文类的传统叙事边界。它们的存在构成了儿童文学的一个特殊的叙事美学部落，也对传统的儿童文学艺术形态和面貌带来了不容忽视的影响。

一、儿童文学的另类叙事传统

儿童文学的另类叙事有着悠久的传统。从语义上看，"另类"的叙事是指相对于一种常态叙事而言的非常规叙事形态，在儿童文学的语境下，它也常表现为一种超越常规的冒犯叙事或禁忌叙事。我们知道，长期以来，由于其特殊的读者对象和文学目的的制约，儿童文学在不同的文化圈中一直是一个受到严格约束的文学类型。每个时代，关于儿童文学应该写什么、不应该写什么的约定俗成的观念，是儿童文学创作者们必须要面对的一种共同的写作规约，一旦越出这一约定，其作品就面临着不为公众所接纳的风险。英美国家历时久远的童书审查体制，正是要致力于清除童书中的这类违禁作品和内容。

例如，在现代儿童文学的发展进程中，很长一个时期里，儿童文学作为教化工具的观念占据着绝对的主导地位。在这一观念下，任何缺乏明确、正当的教育内涵的儿童文学作品都会被归入另类行列，甚至不被允许进入出版和传播的正常序列。因此，20世纪30年代，美国图画书作家苏斯博士的第一本图画书《我看见了什么》，在最初投稿时至少曾被27个出版社拒绝，理由是它"里面没有任何道德教育和信息"，无益于"把孩子培养成一个好公民"。[10]20世纪中期，林格伦的《长袜子皮皮》这一张扬儿童游戏精神的作品出版后，同样受到了一些大人的指责。他们不能接受一个传统观念中出格的孩子成为儿童文学的主角，也不能接受故事中缺乏对孩子有用的教益。20世纪70年代末、80

年代初，围绕着儿童文学能否书写社会阴暗面、少年早恋等题材的问题，在中国当代儿童文学界也发生过几次热烈的争鸣和探讨。例如，丁阿虎的《祭蛇》《今夜月儿明》等儿童小说，在当时许多人的意识中显然也被归入另类叙事的行列。今天的儿童文学仍然面对着来自各种标准的审查。比如，本世纪初风靡全球的"哈利·波特"系列，由于被一些评论家批评为"太恐怖"，在英国和美国的一些学校也被列入了儿童阅读的"禁书"。

但与此同时，在儿童文学的艺术机体内始终活跃着一个不安分的另类叙事的基因。它表现在任何一个时代的儿童文学总会出现一些自觉或不自觉地试图挑战既有叙事框架或边界的创作尝试。前面提到的几部作品都是很好的例证。同时，由于历史上人们对于儿童文学叙事常态的认识不断发生变化，"另类"叙事的边界同样也在发生持续的挪移。随着时代的变迁以及人们对于儿童文学叙事艺术的更为丰富和深入的认识，那些原本被归入"另类"的叙事题材或方式逐渐被吸收入儿童文学的常态叙事范围，甚至在后来成为儿童文学的一种基本叙事形态。例如，不论是苏斯博士的图画书，还是林格伦的儿童小说，在今天都已经成为世人公认的儿童文学经典。

一种说法是，儿童文学的另类叙事传统其实早在儿童文学从民间文学中吸收叙事资源和灵感的时候，就埋下了伏笔。美国心理学家布鲁诺·贝特尔海姆在其民间童话研究中就发现了埋藏于其中的一些另类叙事因素，比如《少年出门学害怕》中涉及的儿童的恐惧、焦虑情绪，《灰姑娘》《白雪公主》等故事中隐藏着的女性恋父情结，《小红帽》的故事中与性有关的暗示，等等。这意味着，一些后来可能被视为另类的儿童文学叙事元素，其实早就存在于历史上儿童读者的阅读视野之中了。更进一步，这些表面看来触犯禁忌的另类叙事，事实上也揭示了儿童的更丰富的生活内容和更为多样的阅读需求。

上述儿童文学历史和儿童阅读心理的事实，让我们看到了另类叙事艺术相对于儿童文学的特殊意义，同时也提醒我们如何更理性地认识和面对这一特殊的叙事传统。

首先，这是一个应当受到我们正视的叙事艺术传统。既然另类叙事传统是与儿童文学的整个叙事艺术发展进程相伴而生的，对于这类叙事，我们就不应仅从保守的文学观念出发对它们采取简单的拒斥态度，而应对这类处于边缘的儿童文学叙事现象给予应有的关注，并对其艺术价值有一个恰当的认识。

其次，这也是一个需要引起我们重视的叙事艺术传统。如前所述，在一个时代的儿童文学另类叙事艺术中，可能包含了对于我们尚未认识到的某个儿童精神及儿童文学审美区块的指认。在这样的情况下，针对这些另类叙事对象的细致审度和深入考察，就有可能为我们揭示关于儿童的某些尚未得到充分关注的精神内涵，以及关于儿童文学的某些尚未得到充分发掘的艺术可能。

最后，另类叙事本身是一个发展的概念，我们对于当前儿童文学另类叙事现象的考察和理解，也应放到一个发展的大视野中。也就是说，面对这类现象，我们不能局限于儿童文学传统的艺术观念视野，而应从一种具有未来性的艺术考虑出发，公正地审察它在审美表现层面的成就与缺失，进而提出关于这一另类叙事艺术未来的集批判性和建设性于一体的思考。

二、当代儿童文学的几种另类叙事

现代儿童文学发展到今天，已经为自己争取到了一个相对宽容的艺术环境，在这个环境里，许多过去在儿童文学领域不被允许的另类叙事艺术探求得以展开，并建构着一些独特的另类叙事美学。这里我们主要谈谈当代儿童文学写作中三种较为引人注目的另类叙事写作及其艺术特征与走向。

1. 恐怖叙事

恐怖叙事作为一类儿童文学叙事，其另类性由来已久。人们很早就意识到儿童的身心有其脆弱的一面，因此，那些具有较大情感冲击力的负面情绪，包括恐惧、害怕、焦虑等，并不宜出现在提供给儿童的故事之中。在早期民间文学向儿童读物的改编过程中，作家们便自觉地删除或替换了其中一些恐怖因素。今天，我们的儿童文学仍对恐怖叙事保持着高度的警惕。例如，"哈利·波特"系列第四部《哈利·波特与火焰杯》问世时，《星期日泰晤士报》专栏作家因迪雅·奈特就曾发表专题评论文章，批评了作品中一些过于恐怖，因而不宜于儿童阅读的内容。

但与此同时，对于恐怖叙事的兴趣也早已埋藏在儿童的阅读渴望之中。许多人都有过小时候听鬼故事的经历，那种"又害怕又想听"的兴奋感，是儿童时代一种普遍的阅读体验。早在 20 世纪 90 年代后期，一项在中国北京、上海、广州、郑州、成都五城市进行的儿童阅读状况的调查研究，让人们听到了来自儿童群体的率真的阅读渴求和阅读愿望的表达。调查中，儿童读者对于他们所喜欢的图书的描述，就包括"恐怖""惊险"这样的词语；有孩子甚至提出了"请多出一些最恐怖、最惊险、最幽默的书"这样的建议。这说明天生富于冒险精神的儿童对于恐怖叙事同样有着阅读和欣赏的偏好。[11]

这一阅读事实构成了儿童文学恐怖叙事艺术的基点。十余年来，随着"哈利·波特"系列、"鸡皮疙瘩系列丛书"、"暮光之城"系列等包含恐怖叙事因素，甚至以恐怖美学为卖点的儿童和青少年图书的出版及热销，人们对于儿童文学恐怖叙事的美学也有了更为丰富和深入的认识。这些作品不但将一些主要的叙事场景设置在了阴暗而恐怖的"地下室""密室"等地，而且将"噩梦""死亡""幽灵""吸血鬼"等通常属于惊悚文学范围的恐怖意象直接引入作品并作为主要叙事意象，甚至有意渲染着叙事的恐怖氛围。儿童读者在这类作品面前表现出的高涨的阅读热情，促使我们反过来思考这类恐怖叙事美学在儿童文学审美谱系中的合理性，许多人也越来越倾向于对它们采取较为宽容的审查和评判态度。

需要指出的是，真正成功的儿童文学恐怖艺术，其长处并不在于一味突出其中恐怖骇人的叙事因素，而是借用恐怖的叙事策略达到一般叙事所难以企及的故事效果。在这一策略下，故事本身仍然应当符合儿童文学的基本审美要求；恐怖叙事的作用是以自己的方式体现和丰富这一审美的要求，而不是去反对和破坏它。如果一部儿童文学作品仅以渲染恐怖为叙事的定位，它一定不会是一部成功的作品，甚至会给儿童读者造成难以愈合的心理伤害。相反，任何优秀的儿童文学作家在引入恐怖的叙事策略时，对与此相关的儿童阅读心理、需求等必定有着准确的认识和把握，也必然会意识到这一恐怖叙事的"度"的问题。例如，"鸡皮疙瘩系列丛书"的作者 R.L. 斯坦认为，"和成年人一样，甚至更甚，儿童普遍喜欢历险、悬念、刺激和一定程度上的惊恐"。我们注意到，他在为恐怖叙事争取儿童文学艺术园地中的合理位置的同时，谨慎地使用了"一定程度"的定语。这意味着，对于儿童文学来说，恐怖叙事的开放度必然也要与这一文类自身的艺术特征相统一。

斯坦本人的"鸡皮疙瘩系列丛书"就十分注意这一艺术分寸的把握。他的笔下尽管不时出现幽灵、鬼怪、恶魔等形象，但却并未驱使读者跌入恐怖的深渊，而是借由神奇而惊险的故事，使读者在如临其境的阅读过程中与主人公一起沉醉于紧张恐怖的心理体验之中。斯坦曾特别形象地用"过山车游戏"的原理来比喻自己的创作。过山车虽然让人感受到真真切切的刺激和恐怖，但人们都知道到头来总会有惊无险，安全着陆。斯坦在为这套书的中文译本所写的"致中国读者"中说得很明白："这些都是磨砺心理的好玩的吓人事。我希望你们感到害怕，同时也希望你们大笑。"我们都知道，"好玩""大笑"，这些感受本身即包含了对"恐怖"的一种克服，也就是说，斯坦的"鸡皮疙瘩"故事，其宗旨不是为了借恐怖的场景吓唬孩子，而是让孩子在恐怖阅读的体验中熟悉进而克服自己内心无形的恐惧，这正如其中一本的题名所标注的那样，是一种"你吓不着我"的战胜恐惧的欢乐。这一"安全惊险幻想"的手法也成了"鸡皮疙瘩系列丛书"把握儿童小说恐怖美学的基本艺术策略，甚至构成了一种基本的艺术标杆和伦理底线。斯坦在创作中始终严格信守这样一条原则："绝不在自己的作品中涉及性、毒品、离婚、虐待儿童等现实生活中龌龊和令人沮丧的题材。"在他看来，这类"龌龊和令人沮丧的题材"才是孩子现实生活中真正恐怖的事情。虽然儿童文学的题材范围仍是一个值得讨论的话题，但斯坦的见解至少表明，儿童文学艺术分寸感的建立不仅有赖于作家的艺术智慧，也有赖于作家的艺术良知和关爱儿童的责任感。[12]

恐怖美学的确立和成熟，为当代儿童文学美学建构的不断丰富和完善提供了新的可能。而儿童文学作家应该是这样一种人——他们是天生的警觉的美学守门人；他们通常都具有一种几乎"与生俱来"的判断力，细腻而敏锐，知道该把什么东西挡在儿童文学的美学大门之外。

儿童文学恐怖美学的真正建立和超越，还有赖于我们在创作和理论上不断探索并解决这样一些问题，例如恐怖作品如何摆脱叙事手法相对单一的局面？如何在营造恐怖氛围的同时引入对人性、人生等命题的思考？显然，儿童文学恐怖美学的建构者不仅是美学大门的守门人，同时也应当是新的美学疆域的不懈的开拓者、创造者。

2. 身体话语的禁忌叙事

儿童文学中的身体话语禁忌叙事，首先源自我们的社会和文化针对儿童所设立的一些身体话语禁忌。在传统的儿童教养观中，那些在许多语境里伴随着一定猥亵性的身体话语，特别是人的各种生理排泄现象以及与此相关的身体部位名称，都不宜进入儿童的话语接收范围。很自然地，它们也会被认定不宜进入儿童文学的叙事话语范围。

然而，一个十分常见，却也常常被许多成人所忽视或压制的现象是，幼儿的语言世界存在着对于所谓的"脏话"的偏爱。这类词语大多与身体的排泄意象相关。在正统的儿童文学创作中，这类词语曾一度被严格排除在儿童文学的文本世界之外。但在今天，这一另类叙事题材在儿童文学的写作和接受中获得了更大的艺术宽容。加拿大儿童文学学者佩里·诺德曼就曾撰专文分析过儿童文学对于"脏话"的排斥和剔除。他在文章中探讨了幼儿对于"脏话"的敏感，并结合早期儿童文学中"脏话"现象的分析，提出了这些语词在儿童文学文本内存在的合理性，即它们能够制造出独特的幽默和颠覆的美学效果。

与恐怖叙事的问题一样，儿童文学的身体话语禁忌叙事并非简单地将禁忌话语吸收入儿童文学的叙事体之内——停留在这一层次的叙事只能造成一种较为低俗的哗众取宠的效果。在动用这类禁忌题材的同时，写作者们面临着另一个更重要的任务，亦即如何从儿童文学的审美本质出发艺术地处理这类题材，使之成为一种虽属另类，但却同样健康、明朗的童年叙事话语。

以冰波的低幼童话《小老虎的大屁股》为例。这则童话最大的叙事特色或亮点，大概就在于它将"屁股"这一非正统的儿童文学意象名正言顺地引入童话故事的叙事当中，并且将它作为了整个故事的中心意象和全部情节的展开动机。它使故事从题目开始就透出浓酽的喜剧味儿。难怪许多幼儿读者一听到故事的题目，就忍不住开始大笑了。

故事里的小老虎有一个大屁股。大屁股既给小老虎带来了烦恼，也帮助他得到了朋友。故事情节在十分贴近幼儿生活和心理的情境中展开。小老虎的大屁股坐瘪了小兔子的大皮球，坐坏了小猴子的三轮车，两个朋友不再理睬他了。不过，没过多久，小老虎就用他的大屁股赶走了欺负小兔子和小猴子的狐狸和狼，重新赢得了两位朋友的信任。故事的主角小老虎其实是一个憨气十足的幼儿的形象，他的憨厚、天真、稚气使他很容易获得幼儿读者的认同，但他的许多滑稽的言行也会让幼儿读者忍俊不禁。故事最后，小老虎自己打了自己的屁股，以示惩戒，但这一场景其实完全不在于传达惩戒的意旨，而是为了进一步完成故事中幼儿情趣的编织。听完这个结尾，幼儿读者也会在笑声中结束这则小童话带给他们的想象旅行。

在今天的儿童礼仪话语体系中，"屁股"已经不再是一个严格的禁忌语，但要毫不避讳地把它写入幼儿童话，尤其是在保留其滑稽意义的同时，以文学和美学上的巧妙处理避开其不适宜幼儿读者的粗俗内涵，仍然需要相当的艺术分寸感和文学运思能力。在这方面，冰波的这篇童话是一个较为成功的例子。仔细阅读整个故事，我们可以发现，作品在角色塑造和情节构思方面并没有跳出幼儿童话常见的模式；这则童话之所以显得特别，不是因为它在行动推进的设计和描写方面多么出奇和别致，而是因为它选取了一个对于幼儿文学和幼儿读者来说都充满新意的"屁股"的意象，并且充分利用了这个意象所可能发挥的幽默效果。

在罗尔德·达尔的长篇童话《好心眼儿巨人》中，也有这么一个与童年身体话语禁忌有关的叙事片段。故事里的小女孩索菲无意中发现了好心眼儿巨人为孩子们送梦的事情，被巨人带回了山洞。在这里，索菲见识了巨人生活中匪夷所思的"下气可乐"和"噼啊扑"（"噼啊扑"其实是巨人世界对放屁的别称，"下气可乐"则是一种使人放屁的巨人饮料）。尽管作家在这里使用了隐讳的代语，但读者一定会对这两件物事的所指心知肚明：

"人人都会噼啊扑，如果你是这么叫这种做法的话。"索菲说，"国王和王后会噼啊扑。总统会噼啊扑。漂亮的电影明星会噼啊扑。小宝宝会噼啊扑。不过在我来的地方，讲这种事是不礼貌的。"

"胡说八道！"好心眼儿巨人说，"如果人人都会噼啊扑，那么，这件事为什么就不能讲呢？我们现在来喝一口这种味道好极了的下气可乐，你就会看到快活的结果了。"好心眼儿巨人使劲摇那瓶子，灰绿色的液体冒起泡泡来，他拔掉瓶塞，咕嘟嘟喝了一大口。

"真过瘾！"他叫道，"我爱它！"

好一会儿工夫，好心眼儿巨人站着一动不动，一种完全销魂的神情在他起皱的长脸上泛开。接着忽然之间就如同晴天霹雳，他发出一连串索菲一辈子从未听到过的最响、最没有礼貌的响声。它们就像雷声在四壁回转，架子上的玻璃瓶全都乒乒乓乓地震响了。但是最惊人的是这种爆炸力让奇大无比的巨人像火箭般两脚完全离地升起来。

"好啊！"等到他重新落到地面，他大叫着说，"这就是你看到的噼啊扑！"

索菲捧着肚子哈哈大笑。她实在忍不住了。

（任溶溶　译）

毫无疑问，这是一个充满喜剧感的场景。一种在我们的公共场合被小心地禁止和谈论的"不礼貌"的身体行为，在巨人国的生活中却得到了面目一新的看待和演示。好心眼儿巨人的解释一语中的："如果人人都会噼啊扑，那么，这件事为什么就不能讲呢？"当然，比"不能讲"的突破更重要的是怎么"讲"。我们看到的是，在作家对于好心眼儿巨人喝下"下气可乐"后尽情地"噼啊扑"的夸张叙述中，这一生理行为的粗俗感与尴尬感被一扫而光，取而代之的是一种由正常的排泄带来的身体和心理快感的完全释放。这种快感是明亮的，健康的，洋溢着身体的活力。它在对于人类社会"礼貌"规则的破坏中，恢复了人的被社会规则所长期压迫的身体快感的"合法性"，因而带有与"噼啊扑"相似的宣泄效果。

德国作家维尔纳·霍尔茨瓦特撰文、插画家沃尔夫·埃布鲁赫插图的图画书《是谁嗯嗯在我的头上》，甚至将传统儿童文学观看来显然带有禁忌性的"排泄"意象作为了全书故事的核心。故事开头，主人公小鼹鼠刚

《是谁嗯嗯在我的头上》

从地下伸出脑袋，高兴地迎接这阳光明媚的一天，"这时候，事情发生了！一条长长的、好像香肠似的'嗯嗯'掉下来，糟糕的是，它正好掉在小鼹鼠的头上"。"搞什么嘛！是谁嗯嗯在我的头上？"生气的小鼹鼠决心要找到那个不负责任的事主。就在他顶着一坨"嗯嗯"四下奔忙的过程中，我们不但从文字的叙述里看到了关于更多动物的"嗯嗯"的描述，更从沃尔夫生动的插图中见识了这些"嗯嗯"的模样。如此"另类"而大胆的题材和表现手法，在过去的低幼儿童文学写作中无疑是很难见到的。然而，整个关于"嗯嗯"的图画故事非但没有在文本内造成丝毫肮脏或猥亵的感觉，反而充满了特别的故事情趣和幽默。这是一种与我们每个人的日常生活相贴近的亲切而本真的幽默。无怪乎许多孩子第一次读到这本图画书，便对它表示出了极大的喜爱。

这样，我们就看到，儿童文学叙事对于某一童年身体禁忌话语的运用，完全可以是一种正当而积极的艺术探索。这类童年身体话语的禁忌叙事往往带着打破常规的喜剧幽默，同时也内含了一种与身体解放有关的精神快感。当然，这一切的前提是，儿童文学作家完全理解特定的

身体禁忌话语叙事相对于童年的精神意义和文化价值，并且懂得以儿童文学特有的艺术方式呈现这类不无颠覆性的话语意象，从而使这类创作探索真正有益于丰富儿童文学的叙事美学。

3. 后现代叙事

后现代叙事是 20 世纪后期以来受到后现代文学和艺术的影响而在儿童文学领域兴起的一类叙事现象，它的另类性主要体现在它对于传统儿童文学叙事结构、模式、价值等的有意颠覆和改写。本教程第二章在谈及当代童年观与儿童文学艺术发展的关系时，曾涉及对后现代儿童文学艺术手法及其功能的一些介绍。这里，我们主要从叙事艺术的角度，结合若干典型的后现代儿童文学文本，来看一看后现代叙事手法在儿童文学中的具体运用，以及这一另类叙事相对于当代儿童文学的美学价值。

《童话里的爱丽丝》是意大利儿童文学作家姜尼·罗大里以爱丽丝为主角的一系列儿童故事中的一则。故事里的爱丽丝总是糊里糊涂地撞进各种稀奇古怪的场所。这一次，作家让她掉进了一本童话书里。那是在一个无聊的下雨天，爱丽丝没法去外面玩，只好从书架上抽出一本童话书来看。就这样，她先后掉进了《睡美人》《小红帽》《穿靴子的猫》的童话世界里，搅乱了那里面的故事逻辑，最后，穿靴子的猫把她给赶了出来。

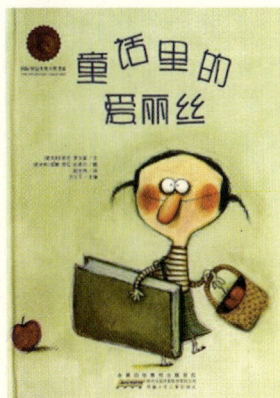

《童话里的爱丽丝》

这是一个富于"后现代"意味的童话故事，它至少运用了三种典型的后现代文学手法：戏仿、拼贴和元叙事。

　　所谓"戏仿"，是指作家在写作中对一些人们耳熟能详的作品展开游戏性的仿写和改写。我们可以发现，《童话里的爱丽丝》戏仿了《睡美人》《小红帽》《穿靴子的猫》三则传统童话，由于爱丽丝的到来，这些童话原来的情节发生了改变。睡美人没有等来王子，却等来了不小心跌进故事的爱丽丝，这令睡美人失望至极；大野狼也没有等到小红帽，而是等来了从睡美人的故事里掉出来的爱丽丝，它改变了主意，打算先吃掉这个新来的小姑娘；穿靴子的猫要求爱丽丝帮它圆谎，在遭到拒绝后，它直接把搅局的爱丽丝拎出了童话世界。除了这三则传统童话，这个作品可能还包含了另一个隐含的戏仿对象，那就是英国作家路易斯·卡洛尔的《爱丽丝漫游奇境记》。在卡洛尔笔下，爱丽丝是在无聊中掉进了一个兔子洞里；而到了罗大里这里，她则是在无聊中掉进了一本童话书里。这两个爱丽丝之间的关系，显然不只是重名那么简单。

　　在一个作品中把若干不同的童话故事片段拼合在一起，这是一种"拼贴"的文学手法。而发生在穿靴子的猫和爱丽丝之间的对话，则带有典型的"元叙事"意味——这是一种作者在写作过程中有意透露故事的具有人为性和虚假性的手法。当童话里的爱丽丝表示"不能说谎"时，穿靴子的猫强调的是"童话里可以说谎"，这就是一个典型的"元叙事"表达。

　　通过戏仿、拼贴和元叙事三种手法的运用，作家赋予了他笔下的这个童话故事以特别的情味，它既带着传统童话的某些古老的故事韵味，又在对于这些故事的游戏性的模仿、改写和调侃中，创造出了一种新的故事趣味——它也是当代故事特有的一种趣味。罗大里调用戏仿、拼贴和元叙事的后现代叙事手法来讲述爱丽丝的故事，也纯粹是为了好玩。我们看到，当作为故事主角的爱丽丝走进童话故事里时，作品就有了两重故事的层次。在第一重故事里，爱丽丝是她自己故事的主角；在第二重故事里，她成了童话故事里意外的造访者。这样一个故事套故事的结构，本身就是一个有趣的文本游戏。再加上爱丽丝掉入童话故事之后给故事进程带去的各式好笑的麻烦，更进一步加重了作品的游戏意味。作家以这样的方式让我们看到，其实故事本身就是一个游戏，而且，这个游戏可以有很多种玩法。

在另一些情况下，借助这样的后现代叙事艺术，儿童故事可以达成一些新的表现目的，比如对于特定意识形态观念的讽刺乃至颠覆等。在儿童文学领域，它挑战着我们对于儿童文学叙事作品中包括人物、情节等在内的各叙事要素的习以为常且根深蒂固的常识和看法。这其中，最常受到后现代叙事颠覆和调侃的，往往是那些流传最为久远，影响也最为深广的传统童话叙事模式，其中包括男女主角固定的性别模式以及灰姑娘变皇后、丑小鸭变天鹅等固定的情节模式等。

我们不妨来读一读美国儿童文学作家约翰·席斯卡的这则带有典型后现代叙事特征的童话《我是青蛙王子》：

> 从前，有一只青蛙。
>
> 有一天，他坐在荷叶上，看见池塘边有一位美丽的公主，马上跳进池塘，游到公主的身边。
>
> "你好，亲爱的公主，"青蛙探出头来，用最动人的声音说，"你可以帮我一个忙吗？
>
> 公主本来一看到青蛙就想跑开（她从来就不喜欢青蛙），

可是现在却被青蛙那动人的声音吸引住了。

公主温柔地说："小青蛙，我能帮你什么忙呢？"

"你可以叫我青蛙王子，因为我本来是一个很帅的王子，是受了巫婆的诅咒，才变成青蛙。如果有像你这样美丽的公主肯亲我一下，我就可以变回王子。"

公主想了一下。"如果这样能使这只恶心的青蛙变成很帅的王子，那就太棒了！"她双手捧着青蛙，认真地亲了一下。什么事也没发生！青蛙说："你亲得不错，可惜我是跟你闹着玩的，哈！""哇！呕呕呕！"青蛙大笑着跳回池塘，留下公主，拼命想把刚才亲到青蛙的那种黏乎乎的感觉统统呕掉。

（管家琪　译）

我们很容易就能看出，这则作品乃是对家喻户晓的童话故事《青蛙王子》的有意戏仿。在原来的故事里，青蛙是一个被巫婆施下咒语的王子，在公主的亲吻之下，他恢复了王子的模样，娶公主为妻，从此他们幸福快乐地生活在一起。席斯卡的故事模仿了这一童话中公主与青蛙相遇、青蛙向公主提出亲吻要求的基本叙事进程，却改变了那个至为重要的结局：在公主的一吻之下，青蛙并未变成王子，而是带着调戏的快意返回了自己的泥塘。于是，原本应该变成王子的青蛙成为一个骗子式的角色，而公主虚幻的王子梦也以破灭告结。在对童话母本叙事规则的颠覆中，故事把我们带到了对生活的另一番面貌的认识中，那是一种显然不那么浪漫的现实。同时，相比于原童话的各个版本无不具有的认真、投入的叙事口吻，这则童话的叙述语言充斥着某种吊儿郎当式的调侃语调，它显然也是对于前一种叙述话语模式的有意破坏。

美国儿童文学作家罗伯特·蒙施和插画家迈克尔·马钦科合作的图画书《纸袋公主》，也包含了这样一种颠覆叙事的意图。故事里的公主身着纸袋，前去拯救被恶龙劫走的王子。然而，在历经考验、顺利救出王子后，公主才发现他不过是一个挑剔外表的虚荣家伙。于是，公主和王子各走各的，分道扬镳。作者不但将传统故事中王子救公主的情节模式颠倒了过来，也改写了那个"从此他们幸福地生活在一起"的叙事终点。同时，故事中身为女性的公主不但拥有了过去童话中常被分配给男性的力量和头脑，也掌握着自己命运的主动权。

我们要注意的是，在儿童文学的语境里，这类后现代叙事的价值始终是相对于它所颠覆和批判的那个叙事母本而言。它所呈现的针对其母本的叙事颠覆，其最重要的美学价值不在于以一种反抗性的生活观念或价值替代原文本中的观念和价值（比如以强壮的女性形象替代柔弱的女性形象，以"公主与王子分道扬镳"替代"他们幸福地生活在一起"），而是通过一种具有反抗性的叙事话语与其反抗对象之间的互补，让读者意识到故事叙述的更多样的可能性。它所提示的实际上也是我们生活的更多样的可能性。这是我们理解儿童文学的后现代叙事及其美学意义的一个重要基点，也是我们在解读各种儿童文学另类叙事的样式及其艺术价值时始终不能忘记的一个前提。

思考与练习

1. 如何理解"叙事"与"故事"的关系？以某一叙事理论为例，结合具体作品，谈谈叙事理论对于儿童文学艺术解读的价值。想一想，在运用相关叙事理论分析儿童文学作品的过程中，我们最应当注意什么？

2．叙事类儿童文学的人物包含哪三种主要类型？试结合作品的实例加以阐说。谈谈其中类型化儿童角色与成长型儿童角色的主要特征。

3．儿童文学的叙事在情节的结构方面通常表现出什么样的基本特征？如何理解叙事类儿童文学的情节创新？

4．在儿童文学的叙事艺术中，细节发挥着什么样的表现作用？请以具体作品为例展开说明。

5．儿童文学的叙事语言如何体现"浅语的艺术"的特征？这类叙事语言主要呈现为哪两种语体风格，它们各有什么样的艺术表现力？

6．怎样理解儿童文学的另类叙事传统？试举例谈谈当代儿童文学的一些另类叙事现象。

注　释

[1] 米克·巴尔：《叙述学：叙事理论导论》，谭君强译，北京：中国社会科学出版社2003 年版，第 91 页。

[2] 小啦、约翰·迪米留斯主编：《丹麦安徒生研究论文选》，合肥：安徽少年儿童出版社 1999 年版，第 99 页。

[3] 亚里士多德：《诗学》，陈中梅译注，北京：商务印书馆 1996 年版，第 163 页。

[4] 弗拉基米尔·雅可夫列维奇·普罗普：《故事形态学》，贾放译，北京：中华书局2006 年版，第 17 页。

[5] 约翰·史蒂芬斯：《儿童小说中的语言与意识形态》，张公善、黄惠玲译，合肥：安徽少年儿童出版社 2010 年版，第 16 页。

[6][7] 莫里斯·桑达克：《野兽出没的地方》，阿甲译，济南：明天出版社 2009 年版。

[8] 参见约翰·史蒂芬斯：《儿童小说中的语言与意识形态》，张公善、黄惠玲译，合肥：安徽少年儿童出版社 2010 年版，第 127—129 页。

[9] 米克·巴尔：《叙述学：叙事理论导论》，谭君强译，北京：中国社会科学出版社

2003 年版，第 1—2 页。

[10] 艾莉森·卢里：《永远的男孩女孩》，晏向阳译，南京：南京大学出版社 2008 年版，第 100 页。

[11] [12] 参见方卫平：《恐怖美学及其叙事策略》，《中国儿童文学》2002 年第 4 期。

第十章　儿歌与儿童诗

　　凡儿生半载，听觉发达，能辨别声音，闻有韵或有律之音，甚感愉快。儿初学语，不成字句，而自有节调，及能言时，恒复述歌词，自能成诵，易于常言。

——周作人《儿歌之研究》

　　周作人的这段话，在一定程度上揭示了儿歌之类的韵文体儿童文学在早期儿童阅读中所扮演的重要角色。儿歌与儿童诗均属于韵文体儿童文学，它们是以儿童为接受对象、以韵文形式的歌行或诗行来表意叙事的两种文体。

　　相比于其他文体，儿歌和儿童诗篇幅短小、韵律鲜明，它们是低幼儿童阅读的常用素材。我们在第五章探讨儿童文学的韵律艺术时，对儿歌和儿童诗的声韵艺术已经有了一定的了解，这里再来看一下它们作为两种独立儿童文学文体的主要特点。

第一节　儿　歌

　　儿歌是最古老的一类儿童文学文体，其作品篇幅短小，结构齐整，语言质朴，韵律分明。早在现代意义上的儿童文学获得其文类的自觉意识之前，那些代代口耳相传的传统童谣就为古代儿童提供着吟唱游戏的乐趣。现代以降，儿歌成为一种自觉的文体，由此而产生的大量创作儿歌为儿童尤其是幼儿提供了重要的阅读资源。

一、传统儿歌

传统儿歌是指在人类漫长的社会发展过程中诞生于民间、并经民间流传下来的那些儿童歌谣。

中国古代的童谣又称孺子歌、小儿语等，关于它的诞生有多种解释。流行于古代的"荧惑说"，将童谣的产生解释为天上"荧惑星"（金星）下凡，变化作小儿，混迹嬉戏于儿童群中，教他们吟唱预示世事变化、朝代更替的歌谣，借此向人间传告消息。《晋书·天文志》中曰："凡五星盈缩失位，其精降于地为人，岁星降为贵臣，荧惑降为童儿，歌谣游戏……吉凶之应，随其众告。"东晋干宝的《搜神记》（卷八）中有这么一段记载：

> 孙休永安二年三月，有一异儿长四尺余，年可六七岁，衣青衣，忽来从群儿戏。诸儿莫之识也，皆问曰："尔谁家小儿，今日忽来？"答曰："见尔群戏乐，故来耳。"详而视之，眼有光芒，爁爁外射。诸儿畏之，重问其故。儿乃答曰："尔恐我乎？我非人也，乃荧惑星也。将有以告尔：三公归于司马。"诸儿大惊，或走告大人。大人驰往观之。儿曰："舍尔去乎！"耸身而跃，即以化矣。仰而视之，若曳一匹以登天。大人来者，犹及见焉。飘飘渐高，有顷而没。

果然，童谣所传预言在现实中一一应验：蜀、魏、吴三国相继而亡，政权归于司马氏的晋王朝，即所谓"三公锄，司马如"。这类歌谣显然是借稚子之口演绎天象五行或政治谶纬的借托，由于其声韵朗朗上口，便于孩童记忆吟唱，遂为小儿间所乐于传诵。

不过，古代童谣中真正流传至今而仍为儿童所传唱的，是那些从民间生活的土壤中自然生长出来的歌谣。它们或者是与民间日常生活息息相关的歌谣吟唱，比如节气歌、问答歌等，或者是从儿童嬉戏中产生的歌谣，如摇篮歌、游戏歌等。这些歌谣的歌辞俗白浅俚，歌行短小整齐，内容清新活泼而贴近儿童生活。它们不只具有适合儿童传诵的声韵形式，其歌谣内容也符合儿童的理解能力和接受趣味。我们今天所说的传统儿歌，即主要指从这一脉络中流传下来的童谣作品。

这里简要地介绍几种常见的中国传统儿歌形式：

1. 摇篮歌

摇篮歌，顾名思义，是大人用于安抚尚在襁褓中的婴儿入睡时哼唱的歌谣，又称睡眠曲。比如下面这首《觉觉喽》：

> 啊哦……
>
> 啊哦……
>
> 觉觉哟……
>
> 觉觉哟……
>
> 狗不咬哟……
>
> 猫不叫哟……
>
> 乖乖睡觉觉喽……

亲切的歌辞，重复的吟唱，渲染出"乖乖睡觉觉"的安抚情绪，每行尾音中拖长的语气词则加强了歌谣轻柔绵软的音韵效果。它们共同营造出一种恬静而怡然的安眠氛围，让我们联想到一位母亲轻拍着怀里的孩子，哼着儿歌哄他入睡的场景。这正是摇篮歌的主要特点。对于尚在襁褓中的婴儿来说，他们所能感受的只是歌谣柔软亲切的语音特征，但母亲的爱也在这一语音的哼唱中得到了完整的传达。

2. 游戏歌

广义上说，一切童谣都带有游戏歌的性质。不过，我们在这里所说的游戏歌，是指与儿童的游戏活动配合吟唱的一类传统歌谣。这些歌谣本身就是童年游戏的一个必要组成部分。

比如这首《炒蚕豆》：

> 炒蚕豆，
>
> 炒豌豆，
>
> 骨碌骨碌翻跟头。

这首歌谣属于过去常见的一种儿童游戏：两个孩子面对面站立，双手拉双手，一面唱出歌谣，一面同时举起一边的手臂，向左或向右做翻身动作，二人时而面向，时而背向。游戏过程中，歌谣既控制着游戏的节奏，也增添了游戏的欢乐。随着时代的变迁，许多古老的童年游戏可能已经散佚了，但游戏的歌谣却得以长久地保存下来。不管当时游戏的内容是什么，现在来读这些歌谣，孩子们一样能够感受到其中荡漾着的游戏动感和快乐。

3. 数数歌

数数歌是把数字融入歌谣吟唱中的一种传统歌谣形式。对年幼的孩子来说，它在提供语言游戏快感的同时，还具有一定的数字学习功能。例如这首《七个妞妞来摘果》：

> 一二三四五六七，
>
> 七六五四三二一，
>
> 七个妞妞来摘果，
>
> 七个花篮手中提，
>
> 七个果子摆七样：
>
> 苹果、桃儿、石榴、
>
> 柿子、李子、栗子、梨。

我们看到，在数数歌中，数字的出现都是连续和有序的。这些数字往往与具体的形象、事件结合在一起，从而赋予了抽象的数字以具体的生活内容。尽管数字学习是数数歌的一个显要目的，但对年幼的孩子来说，这种由数字的递增和递减、回环与往复形成的节奏感和旋律感，也给他们带来了莫大的乐趣。很多时候，数字被编进了儿童的游戏歌谣中，这么一来，它的游戏功能就更为明显了。

4. 连锁调

连锁调是一种歌行之间首尾相接的歌谣形式。就像锁链的每一个链环都与前后链环紧紧相连一样，连锁调的每一个句子也与前后句子紧密相连，而它们彼此联系的方式是：通常每一歌行末尾的一个词，正好是下一行开头的那个词，这样首尾相衔，直至结束。

我们看这首《泥蛋》：

泥蛋，泥蛋，搓搓，

里头住个哥哥；

哥哥出来打铁，

里头住个姐姐；

姐姐出来梳头，

里头住个孙猴；

孙猴出来点灯，

烧了鼻子眼睛。

连锁调的"连锁"特征在这首歌谣中一目了然。与其他形式的传统歌谣相比，这类歌谣又有一个声韵上的特点：它并非一韵到底，而是随着尾词的变化即时换韵，其声韵效果因而更为活泼。连锁调有的是由各色事物的串联罗列组成的，有的则还会在这些事物之间建立起有趣的关联。通过句子之间的相互连锁和彼此押韵，使连锁调具有了一种特别上口的音韵特征。

5. 问答歌

问答歌是以一问一答或连问连答的方式来编织韵文的一种歌谣形式。在一些民族的传统活动中，问答歌以及与它结合在一起的歌谣对唱活动构成了一种重要的民间生活内容。这一呈现在生动吟唱中的问答游戏，自然也受到了孩子们的青睐。

例如这首《什么虫儿空中飞》：

什么虫儿空中飞？

什么虫儿树上叫？

什么虫儿路边爬？

什么虫儿草里跳？

蜻蜓空中飞，

知了树上叫，

蚂蚁路边爬，

蚱蜢草里跳。

我们看到，问答歌既是一种互问互答的游戏，也是一场智慧的考验。问与答，既是彼此间的嬉耍，又代表着一种力量的角逐。不过，问答歌中的所问所答，涉及的都是普通生活中最常见的事物，而不卖弄任何冷僻的知识。它的提问是朴素的，它的回答也是亲切的。这也是这类歌谣游戏之所以受到孩子们欢迎的原因之一。

6. 颠倒歌

颠倒歌是将我们现实生活中的事物逻辑及相互关系进行颠倒或互换而吟成的歌谣。比如下面这首《你说好笑不好笑》

石榴树，结樱桃，

杨柳树上结辣椒。

吹着鼓，打着号，

抬着大车拉着轿。

木头沉了底，

石头水上漂。

小鸡叼着饿老鹰，

老鼠逮住大狸猫。

你说好笑不好笑。

把本该长在樱桃树上的果实"接"到石榴树枝上，让杨柳树上结出本不属于它的果实辣椒，将"吹号""打鼓""抬轿""拉车"的动宾关系调换过来，变成"吹着鼓，打着号，抬着大车拉着轿"……奇妙的颠倒歌就这样产生了。颠倒歌事实上可以看作一种有趣的词语游戏——通过改变常规的词语搭配和修饰关系，一个全新的语言世界就诞生了。在历史上，颠倒歌也被用来讽刺现实世界中真假颠倒、荒谬绝伦的社会状态，不过今天，它留给我们更多的则是语言和内容所呈现的十分特别的情味了。

7. 绕口令

绕口令是以声韵相近的字词来编织韵文的传统歌谣形式，又称急口令、拗口令。它既是一种语言的游戏，也是一种语言的练习。在绕口令中，歌行的组织依赖的是语言的语音关系，语意方面的内涵则被放在了次要的位置。

我们来读一读这首《门后有个盆》：

门后有个盆，

盆里有个瓶。

乒隆乒啷一声响，

盆碰瓶，瓶碰盆，

也不知是盆碰瓶，

也不知是瓶碰盆。

绕口令的韵文形式中包含了后世文学作品中常用的多种语音修辞方式，比如双声（把声母相同的字合在一起组成词语）、叠韵（把韵母相同的字合在一起组成词语）、押韵（每一句或某几句以韵母相同或相近的字结束），以及利用相近字音的声调、平仄变化所制造出的各种特别的语音效果等。语音上的相近使绕口令的念诵具有了相当的难度，这一难度又构成了一种类似于古老的猜谜游戏的挑战性和考验性。许多绕口令是经历了十分久远的年代的冲刷，从遥远的民间生活中一直流传下来的，而直至今天，孩子们仍然不断地从这些特别的语音挑战中汲取着乐趣。

二、创作儿歌

与源自民间集体创作的传统儿歌不同，创作儿歌是由儿童文学作家专为孩子创作的儿歌作品。它是一种自觉的儿歌文体。

创作儿歌继承了传统儿歌的一些基本形式特点，包括短小的篇幅，整齐的声韵，简白的语言等。我们来看下面这首谢采筏的《洋葱》：

> 好笑好笑，
>
> 脱衣睡觉。
>
> 脱了八套，
>
> 还有八套。
>
> 脱了半天，
>
> 还没脱掉。

儿歌以简朴而不乏幽默感的文字形象地勾勒出洋葱的外形

特征，取材自然，行文轻灵，节奏明快，情趣盎然，颇得谜语类传统儿歌的神韵。

再比如这首薛卫民的《春天来，雁打头》：

> 春天来，雁打头，
> 冬雪化，冰水流。
> 鸭鹅天上瞅一瞅，
> 摇摇摆摆河里走。
>
> 春天来，风打头，
> 摇着树，赶着牛。
> 耕田耕到西山口，
> 小孩送饭领条狗。

这首创作儿歌在声韵、语言等的运用上均体现出与传统歌谣的异曲同工之妙。除了节律分明的歌行和整齐有致的韵脚外，其质木无文、不事雕琢的白描语言，以及朴素而充满生气的民间日常生活感觉，让我们体味到一种与传统歌谣相近的审美意趣。

此外，一些创作儿歌也运用了传统儿歌的体式。比如这首金波的《野牵牛》：

> 野牵牛，爬高楼，
> 高楼高，爬树梢，
> 树梢长，爬东墙，
> 东墙滑，爬篱笆，
> 篱笆细，不敢爬，

躺在地上吹喇叭：

呜哇呜哇呜呜哇！

儿歌采用了连锁调的传统歌谣形式，其歌行从"高楼""树梢""东墙""篱笆"一路"连锁"而下，个中声韵、意象、用词等，均体现出传统歌谣质朴而活泼的美感。

在继承和发挥传统儿歌语言韵味的同时，创作儿歌还拥有它自己特殊的一些审美趣味。与传统儿歌相比，创作儿歌都具有自觉而明确的儿童读者意识，其内容也更注重对儿童视角和儿童情趣的表现。比如徐焕云的儿歌《摘樱桃》：

樱桃树，

弯弯腰，

樱桃熟了，

摇摇摇。

爷爷摘，

孙儿摘，

留下几颗，

喂小鸟。

看得出，儿歌所吟唱和呈现的是童年目光里的樱桃树、树上熟透的樱桃以及摘樱桃的欢乐。歌谣最末两句"留下几颗，／喂小鸟"，更使这一童年视角以及与之相伴随的那份天真的童年心情展露无遗。

需要强调的是，我们不应凭外在的声韵形式简单理解儿歌的创作。许多仅以儿歌的形式名义编成的韵文体作品，表面看来虽然也有着儿歌的声韵特点，但只能算是普通的顺口溜或打油诗，与优秀的儿歌作品相去甚远。比如这首以儿歌的名义写给孩子的韵文作品："我是一个大苹果，／小朋友们都爱我。／请你先去洗洗手，／要是手脏别碰我。"（《苹果》）显然，这样的儿歌实际上只是一般的顺口溜，尽管有着形式上的押韵感，但既谈不上声韵之美，更缺乏语言、意象等的美感。真正优秀的儿歌是以天然、清新、生动的歌谣语言来传达天真、单纯、活泼的童年情味，它无疑要求作者拥有一份独特的创作天分和才华。

第二节　儿童诗

儿童诗是专为儿童创作并且适合他们听读的诗歌作品的总称。这类诗歌大多篇幅短小，形式简约，意蕴单纯，童趣盎然。同为韵文体儿童文学的代表文体，儿童诗与儿歌的区别主要体现在以下两个方面。

第一，儿童诗对诗行体式和语言声韵的要求不像儿歌那么严格。儿歌的歌行往往有着相对齐整的结构，且都有鲜明的韵脚；儿童诗的形式则较为自由，诗行之间不拘长短错落，韵脚的安排也无限定的规律。比如台湾诗人林焕彰的这首《小麻雀》：

中国儿童文学名家精品畅销书系

[林焕彰]

在心里种一棵树

小麻雀最爱讲话。

它们住在屋檐下，

每天都很快乐。

一大早起来就吱吱喳喳

跳到我窗口，

开始说话。

有趣的是：

它们说一说，就勾勾头：

跳一跳，就亲亲嘴儿。

诗歌以一个孩子的口吻，像平常说话那样，把屋檐下一群快乐的小麻雀"介绍"给大家。诗行长短句式不一，韵脚也并不规律。但也正是在这样的自由体式中，小麻雀"爱讲话"的拟人特征以及它们带给"我"的那样一份活泼的快乐，得到了充分的表现。"吱吱喳喳"和"跳"这两个热闹活泼的词，把小麻雀最有特征的动作感觉写了出来。诗歌把小麻雀的"吱吱喳喳"解释成它们"爱讲话"，把小麻雀的小动作解释成"勾勾头"和"亲亲嘴儿"，这么一来，它就用它说话般的语言，制造了一种说话般的安闲、亲切的诗歌气氛。

另有一些儿童诗完全不受押韵的形式约束，而是以自由的诗行书写童年生活和感觉的意趣。比如台湾诗人谢武彰的这首《没穿衣服的相片》：

相簿上贴着一张

我小时候拍的

没穿衣服的相片

爸爸一翻到这里

就看看我，笑一笑

哇！光着身体

真不好意思

脸热热的

一直急着要爸爸

快点儿翻过去!

快点儿翻过去!

诗歌生动地刻画出了一个孩子的日常情感,其语言也完全符合一个孩子的口语表达,白话式的错落诗行烘托出童年絮叨的口吻,全诗也没有可以确认的统一韵脚。显然,它的长处不在于诗行形式上的节奏感或韵律感,而在于一种真实、有温度的童年生活韵味的传达。在这里,情感的韵律比声音的韵律更为突出。

第二,与上述形式上的自由感相关,儿童诗的语言和情感表现力较之儿歌更为舒展,也更能体现诗人的创作个性。比如薛卫民的这首《一天和一年》:

太阳上山下山,

走一天。

野花上山下山,

走一年。

太阳走了,

太阳去照地球的那边。

野花走了,

野花寄回洁白的雪片。

诗歌中,前后诗行之间既有显而易见的声韵呼应,但相邻的诗行之间，其声韵关系又是长短不一、结构各异的。这一错落有致的声韵安排营造出一种悠长绵远的抒情效果，并贴切地传达出一种清新、开阔、活泼、温暖的时间诗意。显然，在这一声韵形式中得到传递的细致诗情，为儿歌的许多形式所不能及。如果把儿歌比作节奏分明的击鼓乐，那么儿童诗就是抒情的弦乐，后者的韵律更多了一份曲水流觞的舒展感。同时，与儿歌普遍的白描手法相比，这首儿童诗也体现了一种更为细腻的对世界的观察和描摹。"地球的那边""洁白的雪片"，都是带着诗情的表述，"寄"雪片的比喻手法则更激起读者诗意的遐想。同时，诗歌不是用钟表的机械时间来解释"一天"和"一年"的概念，而是用太阳、野花这两样自然事物的变化来描述"一天"和"一年"的轮回。太阳和野花的"上山下山"，让"一天"和"一年"的时间充满了生命的活泼、温暖和可爱的感觉。这样，作者就把一种最原初、最朴素的诗意，重新返还给了被现代文明机械化了的时间。诗歌显然带着诗人生活体验和感悟的烙印，也展示了一种个性化的诗风。

再比如林焕彰的这首《在岸上的那条鱼》：

> 在岸上的那条鱼，
>
> 如果它还活着，它也不敢想
>
> 会有我们这么多人，
>
> 来看它，对它指指点点
>
>
> 在岸上的那条鱼，
>
> 有好多女生，都不敢接近它
>
> 它已经开始发黑、发臭了

如果它还活着

它会愿意这样吗？

在岸上的那条鱼

已经没有了眼睛

只有一个黑洞洞

如果它还活着

它会用这样的方式看着天空吗？

在岸上的那条鱼

有人说它是自己跳上来的

如果它还活着

它一定会张开嘴巴，大声说：

"No!"

　　不论从诗歌的意象还是语言表达来看，这首儿童诗的创作个性都十分鲜明。诗歌的核心意象是一条被抛在岸上"开始发黑、发臭"的鱼，对于儿童诗来说，这样的意象无疑具有一定的另类性，它带着些许黑色的、阴郁的、令人不快的气息。但恰恰是透过对这样一个带有"丑"感的意象的书写和渲染，我们才强烈地感受到诗歌中"如果它还活着"的反诘力量。包括诗歌最后的那个英文词"No"，作为一首汉语儿童诗的收尾，非但不见语言上的丝毫牵强，反而在特殊的幽默中将诗歌含蓄而汹涌的情感推向高潮。全诗就在这样一种近于黑色幽默的氛围中，传达出诗人眼中属于一条鱼的悲伤与愤慨。

儿童诗有着丰富的表现内容，它的触角可以伸展到童年生活的方方面面。

1. 书写童心

不少儿童诗致力于书写孩子眼中所见到的独特世界。在童心的观照下，动物、植物，乃至各种日常生活的物件，都被赋予了活泼的生命感觉和天真的童年趣味。

比如台湾诗人林良的这首《蘑菇》：

> 蘑菇是
>
> 寂寞的小亭子。
>
> 只有雨天
>
> 青蛙才来躲雨。
>
> 晴天青蛙走了，
>
> 亭子里冷冷清清。

诗歌以年幼的孩子对一切微小事物所怀有的细腻情思，来想象和揣摩蘑菇的感觉，寥寥数短行，描绘出一种融合着淡淡的快乐、孤单和忧伤的感觉。这感觉属于诗歌中被拟人化了的蘑菇，更属于那个"看"蘑菇的孩子。晴天里寂寞的蘑菇，无疑也是一种童年心情的真实写照。

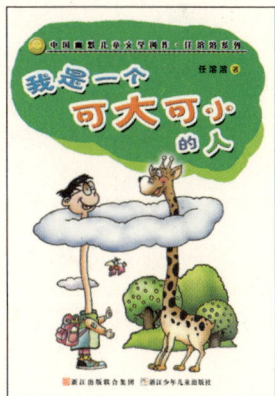

再比如任溶溶的这首《小长颈鹿的祝愿》：

> 你们说我脖子太长

我去跟妈妈说，

她说是你们脖子短，

我为你们难过。

我祝愿在新的一年

你们脖子变长，

这样我就不用低头，

有话面对面讲。

诗歌中的小长颈鹿，其实是一个天真的孩子，它怀着真诚的心情许下自己的新年祝愿，但这祝愿显然是不可能实现的，于是，在它的认真和祝愿内容的某种荒唐性之间，产生了语言表达的滑稽效果。这份滑稽正是童心的趣味所在。

2. 品味亲情

亲情是儿童诗永恒的主题，这其中，孩子与母亲之间的爱和依恋，又构成了这一亲情主题的核心内容。

我们来看保冬妮的儿童诗《妈妈，我不会走远》：

妈妈，我不会走远，

我就在楼下的滑梯旁。

妈妈，我不会走远，

我就在游乐场的木马亭。

妈妈，我不会走远，

我就在学校的科技馆。

妈妈，我不会走远，

我就在地铁的东单站。

妈妈，我不会走远，

我就在新疆的疏勒县。

妈妈，我不会走远，

我就在剑桥大学的医学院。

妈妈，我不会走远……

"我知道，你在飞往麦哲伦星系的八又四分之一点。"

与诗歌中"妈妈，我不会走远"的反复表达相伴随的，是一个孩子逐渐远离父母、走入世界的身影。在这里，表达中的"不会走远"与事实上的"不断走远"之间，既构成了一种有意味的反差，又巧妙地传达出了成长中的孩子对妈妈不变的爱和牵挂。诗歌末行以妈妈的一句"我知道"结尾，看似简单的回应，蕴含了一个母亲对孩子的那份自豪的牵念和理解的深情。

3. 吟咏自然

童年的天性中就包含了与自然的亲近感，某种程度上，我们可以说自然是童年的另一个家园。那些与人类一起在自然世界里同生共存的生命，也成为儿童诗常见的歌咏对象。比如林良的这首《树》：

一棵树

有一棵树的样子

就好像

一个人

有一个人的样子

　　样子都不一样

　　但是都有一种

　　很可爱的样子

　　诗歌把"树的样子"比作"人的样子"，也把人的独特的生命感觉赋予了自然界的树木。透过童年絮说般的诗歌语言，我们分明体味到了在一棵树"可爱的样子"背后，那带着欣赏和欢喜的目光望着它的同样"可爱"的人。

　　自然世界的运行本身就是一首诗，它的诗意也在儿童诗中得到了关注和表达。高洪波的儿童诗《一首诗的诞生》，即书写和呈现了这一天然的诗意：

　　一条鱼

　　游动在水中

　　一朵云

　　飘浮在空中

　　一头虎

　　徜徉在山岭

　　一穗麦

　　生长在田野

一首诗

　　正是这样诞生着

　　这首诗歌有一个很巧妙的结构，它让我们仿佛觉得，一首诗不是冥思苦想、字斟句酌写出来的，而是从世界的各种意象里自然而然地流泻出来的。诗的最后一段，既可以理解为对"鱼""云""虎""麦"等意象本身所具有的诗意的点明，也可以看作是对本诗诞生过程的一种揭示。通过这样的安排，诗歌呈现了诗与自然之间完好而奇妙的融合。对儿童读者来说，这样的诗歌带来的不只是语言和意境上的别致趣味，也是一种关于诗的精神的深刻领会。

4．感悟生活

　　与一般诗歌不同，儿童诗的诗意总是落实在最为具体可感的诗歌意象和情感之上，而很少以纯粹的生活感悟为写作目标。但在它的童年意象和趣味之中，也常包含着儿童对生活的独特体察或思考。

　　这类诗歌有时是借童年的视角传达对生活的某种认识和感悟。比如加拿大童诗作家丹尼斯·李的这首《进城怎么走法》：

　　进城怎么走法？

　　左脚提起，

　　右脚放下。

　　右脚提起，

　　左脚放下。

　　进城就是这么走法。

　　　　　　　　　　　　　　（任溶溶　译）

从"进城怎么走法"的提问到"左脚提起，/右脚放下。/右脚提起，/左脚放下"的答案，让我们在微笑中接受了一个孩子天真的思维。不过进城的走法虽然简单，它留给我们的思考空间却很宽广。有时候，当我们从常规的思维束缚里挣脱出来看待问题时，或许答案就变得简单了。又或许，人生也是一次"进城"，是为了无数条进城的路而烦恼，还是乐观地提起脚来，去单纯地面对它？读了诗中这个孩子单纯快乐的回答，我们每个人或许都会有所触动。

另一些时候，儿童诗也从生活的视角向童年传递着为人的道理。我们看德国诗人约瑟夫·雷丁的这首《最难的单词》：

> 最难的单词
>
> 不是
>
> 墨西哥的
>
> 山名——
>
> 波波卡特佩特，
>
> 不是
>
> 危地马拉的
>
> 地名——
>
> 乞乞卡斯坦兰戈，
>
> 不是
>
> 亚非利加的
>
> 城名——
>
> 瓦加杜古。
>
> 最难的单词

对许许多多人来说

　　是：

　　"谢谢！"

（绿原　译）

　　诗歌在为"最难的单词"设置了层层铺垫之后，最终道出了一句简单的"谢谢"。为什么这个我们人人熟悉的词语，却被诗人称为"最难的单词"呢？诗歌引导孩子思考在日常生活中，我们最欠缺的究竟是什么？一句"谢谢"虽然简单，但它所体现的人与人之间的关怀和感恩之道，在生活中却往往具有实践的难度。这是这首诗歌给予人们的生活反思。

5. 讲述故事

　　儿童诗中还有一类叙事诗。这类具有叙事功能的儿童诗，采用诗歌的形式来叙述事件或讲述故事。由于叙事场景铺排的需要，其篇幅较之其他儿童诗往往更长，但与散文体叙事作品相比，其叙事又显得相对简约。大家所熟悉的《爸爸的老师》（任溶溶）、《帽子的秘密》（柯岩）等作品，都是带有叙事性质的儿童诗。

　　我们来看张秋生的童话诗《小老鼠吱吱的皮鞋》：

　　　　小老鼠吱吱是个小粗心。

　　　　一大清早，他穿着一双皮鞋出门了。

　　　　"咯，咯，咯"，他走得好神气。

　　　　小老鼠吱吱，碰到了哈巴狗先生。

哈巴狗笑得弯下了腰。

小老鼠吱吱说：

"怎么，你今天吃了笑药了！"

哈巴狗先生说：

"天哪，瞧瞧你脚上的鞋！"

小老鼠吱吱低头一看，原来——

他穿着妹妹的一只红靴子，自己的一只黑鞋子。

哈巴狗捂着肚子说：

"哈哈，全世界找不出第二双这样的鞋！"

小老鼠生气了，他说：

"谁说的，我们家里还有同样的一双呢！"

这首儿童诗也可以看作一则幽默的小童话，但与童话相比，它又多了一份诗歌的韵律感，且其叙事和描写更体现了儿童诗的简洁特征。

在当代儿童诗的发展过程中，作家们不断尝试和探索着这一文体更为多样的表现形式。他们的探索丰富着当代儿童诗的艺术形态。我们来看台湾作家詹冰的这首《插秧》：

水田是镜子，

照映着蓝天，

照映着白云，

照映着青山，

照映着绿树。

农夫在插秧，

插在绿树上，

插在青山上，

插在白云上，

插在蓝天上。

读这首儿童诗，我们会惊讶于这样简单的语词、句式、内容和结构，却可以组合变幻出这样巧妙的诗意、韵律、情味和意涵来。它让我们看到，儿童诗的写作，或许就是一种在最有限、最浅显的语词中间所展示的最美妙的舞蹈。

一些儿童诗作家也尝试创造性地改变传统儿童诗的诗行形式，比如将图像的表现手法吸收入儿童诗的创作，并使诗歌内容与图像之间相互诠释、彼此衬托，造成一种富于趣味性的表现效果。比如台湾诗人陈木城的图像诗《瞌睡虫》：

一

　条

　　条

　　　瞌

　　睡

虫

徐徐缓缓慢慢爬进我的耳中

老师的声音变得朦朦胧胧

悄悄爬上眉尖额头和鼻孔

老师请原谅我眼皮越来越重

都

　爬

　　满

　　　瞌

　　　　睡

　　　虫

　　诗歌借"瞌睡虫"的譬喻来表现一个孩子在课堂上打瞌睡的感觉和心情，而它的文字排列也恰似一张眯着眼打瞌睡的脸。借助文字与图像的巧妙结合，诗歌写出了这一"打瞌睡"的场景的生动情态。

　　再比如杜荣琛的这首《位子》：

坐

请坐

请上坐

不管谁坐

谁让座给谁

就是没有问我：

到底被坐舒服不舒服？

我愿不愿意被人坐？

　　这首图像诗站在"位子"的立场上来想象它"被坐"的不情愿，其诗行文字又正好排列成一个座位的样子。诗中那一行行充满委屈又无可奈何的"位子"的牢骚，令人禁不住莞尔。

　　儿童诗大部分是由成人为儿童所创作的。不过，在当代儿童诗领域，儿童亲身参与儿童诗的创作越来越成为一个引人注目的现象。一些学校也将儿童诗的创作教学引入课堂或课外学习活动。在这一过程中，出现了一批由孩子们自己创作的优秀的儿童诗作品。比如吴导的这首《如果》：

> 如果你在月光下喝酒，
>
> 月亮就会躲到杯子里跟你一起喝酒；
>
> 如果你在阳光下舞蹈，
>
> 影子就是你的朋友；
>
> 如果你在雪地上奔跑，
>
> 你就会有无数双脚；
>
> 如果你在蒲公英上睡觉，
>
> 蒲公英会带你飞向妈妈的怀抱。

写作本诗时，作者还是一个七岁的孩子，因此，诗歌的某些诗行还带着童年稚语的痕迹。但从诗歌意象和想象中透出的那份天然、质朴而又生动、温暖的诗意，却让我们惊讶于童年敏锐的审美感受力和语言表达力。再比如程贵和的《捉鬼》：

> 有一天我们说要去捉鬼，
>
> 我们就拿出勇气去捉鬼，
>
> 可以是没有捉到鬼。
>
> 到了晚上，
>
> 我们在睡觉的时候，
>
> 那个鬼来捉我们了。

这首诗的作者当时还是一位台湾小学生。诗歌表现的是儿童生活中一个真实的小片段和一种真切的小心情。前三个诗行有关"捉鬼"的絮语表达出一份属于孩子的天真心思。末句的"那个鬼来捉我们了",既与前面的"捉鬼"形成了幽默的呼应,也生动地渲染出每个孩子在黑暗里、睡梦中都曾体验过的那份不无恐惧的迷乱心情。

儿童创作的儿童诗以其特别的艺术面貌丰富了儿童诗的艺术世界,它既为孩子提供了表达他们自己真实的生活感受的机会,也有助于培养孩子的审美鉴赏力和语言创造力。

思考与练习

1. 请举例说说中国传统儿歌的几种典型形式。

2. 与传统儿歌相比,创作儿歌具有什么样的艺术特征?结合作品实例谈谈如何判断创作儿歌作品的艺术优劣。

3. 儿童诗与儿歌都属于典型的韵文体儿童文学。与儿歌相比,儿童诗的独特性体现在哪里?

4. 请结合作品谈谈儿童诗的几种主要表现内容。与成人创作的儿童诗相比,儿童创作的儿童诗具有什么样的特点?

第十一章　图画书

现代的被称为"图画书"的读物，并不只是有很多插图的儿童书，而是指一种特定的少儿读物的形式。所谓"图画书"，文和画之间有独特的关系，它以飞跃性的、丰富的表现方法，表现只是文章或只是图画都难以表达的内容。

——松居直《我的图画书论》

图画书是当代儿童文学最常见的一个图书门类，它在儿童的早期阅读中扮演着重要角色，因而被一些人称为"孩子人生的第一本书"[1]。

第一节　图画书的概念与构成

图画书是将图画作为一个重要的表意元素运用于文学表现的一个特殊的儿童图书门类。广义的图画书包括各类含有插图的童书，但狭义的图画书则主要指由图画与文字共同讲述一个完整故事的图书。

一、图画书的当代概念

对于国内读者来说，图画书是从 20 世纪 90 年代起才逐渐被人们熟悉和接受的新兴儿童文学门类；而在这一时期，作为世界儿童图画书源头的欧美图画书已经走过了几个世纪的发展历程，其间，人们对于图画书的理解也发生了许多重要的变化。早期图画书的内涵比较广泛，其中包括许多带有插图的儿童读物，比如出版于1744年、被认为是早期图画书代表作品之一的《迷你口袋书》（约翰·纽伯瑞），就是一本配有插图的故事书。然而，尽管"任何一本将插图与叙事体并置的图书都可以被称为图画书"，但是在今天的语境下，图画书通常是指那类由文字与图画共同参与讲述一个故事的儿童读物。

本章所谈论的正是这一当代意义上的图画书概念，它包含三个基本要素：

1. 图画

图画是"图画书"概念的中心词之一，也是图画书最特殊的一个构成部分。由于图画书主要是为儿童创作的一类图书，因此，形象直观的插图在其中一直承担着重要的意义表现功能。同时，许多图画书中的图画并不同于我们一般意义上所说的插图，它们也是一种特殊的故事语言。如果说一幅普通的绘画所表现的，通常是一个单独的、静止的、瞬间性的空间场景，那么在图画书中，画面与画面之间则是连续的，是由特定的叙述线索联结而成的。即便是在一些故事性并不明显的字母类图画书中，先后出现的插图之间也存在着内在的时间和逻辑关联。

2. 文字

绝大部分图画书由图画与文字两个部分共同构成，并由二者配合表现特定的内容。尽管图画书中的文字部分篇幅大多十分短小，但却承担着重要的表现功能。很多时候，如果没有这些文字的参与，图画书的"图画语言"便是模糊的、不清晰的。只有在画面与文字的共同配合下，我们才能得到一个完整的叙事过程。当然，也有少量的无字图画书，书中自始至终都不出现一个文字，而是纯以图画讲述故事。针对这类图画书，日本学者松居直认为，书中看似没有文字的参与，但却并未离开语言，"它只不过是没有印上文字而已，实际上却仍然存在着支撑图画表现的语言"[2]。松居直的说法可以作为一个参考。不过，对于大多数图画书而言，印在书上的文字仍然是不可或缺的一个部分。

3. 叙事

图画书是"书"，它的图画和文字所构成的，是一个具有连续性的语言叙述的过程，也就是一种叙事。大多数图画书都包含了一个集中、统一的叙事过程，亦即一个一般意义上的故事，比如童话、动物故事或儿童生活故事。但也有不少图画书的叙述是散点式的，比如在一些认知类儿童图画书中，往往包含了以某个主题为中心的若干片段性叙事，有别于我们通常理解中的故事，但这些片段都是围绕着同一主题展开的，因此可以说同样指向着一个连续的、线性的讲述过程。

图画、文字与叙事构成了一本图画书必不可少的三个基本要素，而它们自身所具有的丰富表现可能以及彼此之间多样的配合关系，则构成了图画书多元的艺术面貌。

二、图画书的文本构成

一本典型的当代图画书，其文本由以下几个基本部分构成：

1. 封面

图画书的封面是我们在拿到一本图画书时最先"读"到的部分——不错，图画书的封面也是用来"读"的。除了印在上面的书名、作者、出版机构等讯息之外，封面上的图画是对于作品绘画风格、故事基调、基本的情绪氛围等特征的预示。比如图画书《是谁嗯嗯在我的头上》（维

尔纳·霍尔茨瓦特 / 文，沃尔夫·埃布鲁赫 / 图），白底的封面上只见一只穿着体面、戴着眼镜的鼹鼠，头顶一坨不那么体面的"嗯嗯"，气冲冲地朝着前方奔去。这个画面本身太富于喜剧性了，我们可以猜到，图画书的情节也一定像它的封面和题目所预示的那样，充满了令人忍俊不禁的幽默和趣味。再比如安东尼·布朗的《隧道》，封面上画着一个女孩正朝一个幽黑的隧道里爬去，她的上半身已经隐没在隧道的黑色之中。我们忍不住要猜想，画面上的女孩是谁，黑咕隆咚的隧道里藏着什么样的危险，这会是一个可怕的故事吗？但隧道外面明亮的砖石和童话般鲜丽光洁的树叶，又分明

《隧道》

《朱家故事》

暗示着故事的情绪氛围也是温暖的，充满阳光的。事实上，《隧道》所描述的有关兄妹情谊的故事，正包含了从灰暗走向明亮的情绪氛围的转变。

许多图画书的封面都是图画书内页中的一个画面，不过也有的是画家单独创作的，比如安东尼·布朗的图画书《朱家故事》的封面，画面上是一位母亲吃力地背着她的丈夫和两个孩子。这幅画所描绘的并不是故事中发生的某个场景。不过，等到读完这本图画书再回过头来看，我们就会知道，原来封面上的图画是一种象征，它所表现的是一家人理所当然地把打理家庭生活的重担全部压在母亲身上的状态。这样，封面的画面就成了对于作品内容和精神意旨的一种提炼。

2. 环衬

环衬是连接封皮和书芯的衬纸。当我们打开图画书的封面或翻到它的封底，会发现一张一面背贴封皮、另一面则背贴内页的衬纸，这就是环衬。连接封面的叫前环衬，连接封底的叫后环衬。

图画书的环衬有时是空白或单色的页面，这样的页面通常是用作装饰的。不过很多时候，环衬上也会印上与故事内容相关或者从作品中截取出来的一些图案。比如图画书《第五个》，讲述五个玩具"看医生"的故事，其环衬上就是黄底衬出的五个白色空椅子的图案排列。通过与图画书内容的巧妙呼应，这样的环衬造成了一种具有趣味性的装饰效果。

还有一些时候，一本图画书的环衬承担着特殊的表意功能。比如图画书《团圆》（余丽琼／文，朱成梁／图），其环衬的图案看上去只是一些小色点的装饰，但事实上，这些小色点构成的图案恰恰是故事里"我"、妈妈和爸爸团圆的那个晚上，全家人一起睡觉时用的床单上的图案。与故事内容联系在一起看，图画书的前后环衬便带给我们一种格外温馨的感觉和记忆。再比如德国图画书《月亮狗》（尤塔·比克尔/图，纳娜·莫斯特/文），其前后环衬都构成了故事叙述的一部分。前环衬上是白天的天空，它表现的是故事开场时的背景，后环衬上则是夜晚的星空，它延续了故事结尾处小狗"闭起双眼，等待着蓝色月亮狗的来临"时的情节，表现了小狗与月亮狗在夜空中嬉戏的情景。如果错过环衬，尤其是后环衬，这个故事的阅读就显得不够完整了。

3．扉页

扉页是图画书正文开始前的一页，通常会重复封面上曾出现过的图画书的书名，作者、插画者和翻译者的名字，出版社的名称。扉页上通常也包含图画，它有时是从作品中截取出来的其中一小帧画面，有时则是画家单独创作的，其功能与封面有所相近，包括向小读者提示故事的主角、基本事件、主要意象，等等。有的时候，扉页还会成为一个故事的开头。比如日本图画书《鳄鱼怕怕 牙医怕怕》（五味太郎 文/图）的扉页上，是一只右手捂着脸颊、左手吊握着一根藤蔓的鳄鱼；翻过扉页，我们看到鳄鱼已经从藤蔓上下来，正要无奈地去见一个他不愿意见的什么人（在下一页，我们知道他去看的是牙医）。在这里，扉页上的画面才是整个故事起始的第一个画面。

4．正文

正文包括图画书扉页之后、后环衬之前的所有文字与图画构成的内容，它是一本图画书的主体。图画书的叙事过程基本是在正文内完成的，其主题、情节、情感、意蕴等，也是通过正文得到传达的。本章二、三节将主要就图画书的正文展开详细探讨，在这里先不细谈。

5. 版权页

一本正式出版的图画书中还包含一个版权页，它有时被安排在前环衬与扉页之间，有时则被放置在正文最后一页与后环衬之间，用以呈现与该书有关的基本版权信息。版权页与图画书的艺术表现力之间没有必须的关联，但是它的安排方式有时会影响到作品的艺术表现。一本图画书的版权页究竟应该放在前环衬与扉页之间还是正文最后一页与后环衬之间，应以不打破图画书叙述的整体性为上。比如，如果后环衬还在延续正文的故事，那么版权页就不应当插入正文与后环衬之间，而以放在扉页前为好。

6. 封底

封底是我们最后结束对于一本图画书的阅读的地方。图画书的封底除了会印上一些相关的作品推荐文字外，大多是从内文中取来的某个画面。不过也有例外的情况。

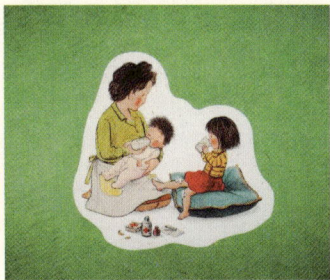

《第一次上街买东西》封底

有的时候，封底的画面是对故事内容的某种延续。比如图画书《第一次上街买东西》（筒井赖子 / 文，林明子 / 图），讲述一个小女孩第一次上街买牛奶的经历。这本图画书正文的最后一页，是等在巷子口的妈妈和小女孩一起往家里走去的场景。不过在作品的封底，我们看到的是小女孩坐在垫子上喝着牛奶，而妈妈正给婴儿喂牛奶的情景。显然，这是对于母女俩回到家中之后发生的情境的描述，它为这个"第一次出门"的故事最后设置了一个温馨、安然的结局。

还有的时候，封底也可以对故事内容形成某种补充。比如荷兰图画书《奇怪的一天》，讲述一个小男孩在等待绘画比赛获奖通知的一天里，沮丧地到外面走了一圈，却不知不觉做了许多好事。当他终于收到那张被风吹走的获奖通知时，也意外地得到了那些他曾帮助过的人们的祝福。故事结束于小男孩捧着鲜花坐在秋千上，沉浸在自己的喜悦中的场景。但是从这本图画书的封底上，我们却又看到了这样一个场景：小男孩坐在秋千上，向着所有前来祝贺他的人道别。显然，这个从未在故事里出现过的场景，正是在故事结束之前发生的一个片段，也就是说，它构成了对故事内文的一种补充。

与封面相比，封底常常并不显得那么引人注目，因此，另有一些时候，封底上还会藏着有关图画书阅读的一些小小的"机关"。比如荷兰无字图画书《黄气球》，其画面上的事物纷繁多样，同时又没有文字的讲解，因而并不是一本很容易解读的图画书。不过，就在图画书的封底左上角，细心的读者会发现四个小小的图像，它们分别是一个黄色的气球、一位坐在飞毯上的白袍术士、一个囚服男子和一辆蓝色汽车。这四件事物，其实就是串联起画面情节的四个关键意象。如果读者能及时发现封底的秘密，那么也就能更顺利地进入图画书的解读中。

一本图画书是由封面、环衬、扉页、正文、版权页和封底共同构成的一个有机的整体，因此，阅读和欣赏一本图画书，也包含了对于其各个构成部分的细致观察和品读。这是图画书有别于一般图书的重要特征。

第二节　图画书的特殊语言

阅读图画书，我们首先要学会理解图画书的特殊语言，也就是说，它是如何通过画面以及画面与文字的合作来"说话"的。事实上，许多图画书的画面并不像它看上去那么明白易懂，而是包含了一套特殊的画面语言。理解这些"语言"，对我们完整地欣赏、解读一本图画书，具有基础性的意义。

一、图画如何叙事

试想一下，如果我们翻开一本书，看到第一页上画着一本合上的书，而当我们把这一页翻过去后，看到下一页上画着同样的一本书，不过书是打开的，我们会怎么想？

通常情况下，我们会自觉地把关于这两本书的两个画面联系在一起，认为从第一页到下一页，一本书完成了一个被打开的动作。

这正是图画书能够以图画叙事的一个基本视觉原理。当我们按照正常的翻页顺序来阅读一本含有图画的书时，如果这些画面之间有着内容上的相关性，那么依照习惯，我们会把各页上的图画看作是前后衔接的。由于在我们的阅读习惯中，总是按照从左向右的顺序进行阅读和翻页，因此，正常的动作也是按照从左向右的方向推进。一旦这一方向发生了改变，常常意味着故事的情节、氛围也发生了变化。在一些无字书中，作家经常使用这样的画面叙事手法。

比如瑞士童书作家莫妮克的无字书《大风》，第一个跨页几乎空白，只有左上角露出一只小老鼠机灵的脑袋和毛茸茸的上半身，到了第二个跨页，空白背景上的小老鼠来到了右页面的中间位置，而在第三个跨页，它又跑到了右页面的右下角。这三个跨页上小老鼠从左向右的位置变化，在我们看来便意味着它越来越走进故事深处，成为其中积极行动的主角。不过，当小老鼠咬破纸页，从纸页背后吹来一阵大风时，我们看到，原本已经站在页面最右边的小老鼠先是被吹回到了右页面的左方，接着又被吹回到了左页面上，而且，它的身体方向也从向右转为向左，似乎即将经受不住大风的吹打。此后一页，我们看到不胜风力的小老鼠将身体再度调整回了从左向右的方向，尽管大风仍然猛力地吹着，但从这个画面上角色的行动方向来看，小老鼠已经找回自信了。果然，在接下去的画面上，只见他把纸页咬成风车的形状，再用尾巴一穿，做成了一架天然的"螺旋桨"。此后，小老鼠从左页面再度来到了右页面的画框左边，它的面朝右方的身体姿态预示着它即将继续向前，跃入这个刚才还狂风大作的页面——故事的最后一个画面证实了我们的这一猜测。在这部作品中，我们可以十分清晰地看到，作家对于画面方向性的利用，巧妙地渲染和推进了故事情节的发展。

同时，图画书的画面也以自己的节奏来叙述故事。比如在前面提到的《母鸡萝丝去散步》中，作品的画面是随着我们的翻页，按照一张一弛的节奏有规律地展开的。在前一幅图中，散步的母鸡正从一个钉耙边走过，而狐狸似乎正要扑向母鸡，画面气氛显得有些紧张；但就在下一幅图中，狐狸一下扑空，正好被他自己踩上的钉耙耙柄打中，母鸡则继续悠闲地向前漫步。又一幅图，母鸡正从池塘边走过，狐狸在它的身后作追扑状；而一个翻页过去，我们看到母鸡仍然不慌不忙地向前走着，倒霉的狐狸则扑进了池塘。这样一松一紧的画面语言节奏，不但推进了故事情节的发展，也造成了故事气氛有节奏的变换。与此同时，我们也能够注意到，故事里的母鸡始终沿着从左向右的方向散步，而不曾转头他向，这一画面语言事实上一直在暗示读者，母鸡身后的危险并不会对它构成真正的威胁。

二、图画如何传情达意

图画是一种具有丰富的情感表现力的媒介，在图画书中，插图的色彩、线条、构图方式等等，都能够传达故事中特殊的情感内容。由于画面的情感内容不像文字那样需要经过符号的转换，而是能够直接作用于我们的感知觉，因此，对于儿童读者来说，理解图画书中的画面语言有时比理解其文字叙述更生动、更直接。

1. 色彩

色彩的情感含义对我们来说毫不陌生。一般说来，灰暗的、冷调的色彩，它所传达的往往是忧伤、恐惧、难过等不愉快的情感内容；明亮的、暖调的色彩所传达的则往往是愉悦、安全、温暖的感觉。饱满度高的明亮色彩通常意味着欢快的气氛，而暗淡的色彩基调则更多地与阴郁的氛围相关。

比如在图画书《隧道》中，当妹妹为了寻找哥哥钻进隧道，却发现哥哥变成了空地上的石像时，整个画面的基调是灰暗的。近景中石像僵硬的灰色与远景中天空阴沉的灰色突出了笼罩着整个画面的灰色调子，再加上画面中的黑色木桩以及画框外包围和衬托着画面的大片黑色，透着莫名的荒芜感，连画面中灰绿色的草地也显得诡秘异常。接下去的一个跨页上，作家用一连四幅插图来表现妹妹搂着哥哥的石像大哭，从而使石像重新变回哥哥的过程。我们看到，这里的第一幅图仍然是灰调子的，而随着妹妹"大声地哭起来"，画面的色调发生了变化。草地上的石像逐渐褪去灰色，变成一个衣着鲜亮的男孩，他的影子也由黑色变成深绿色。与此同时，哥哥和妹妹站立着的草坪由沉暗的绿色逐渐变成明亮的嫩绿，还有树木背后最远处那片灰暗的天空，最后也由浅色的蓝灰转为碧蓝。显然，随着画面色彩的上述变化，故事的氛围和角色的情感也发生了明显的转变。

作为一位图画书作家，安东尼·布朗十分善于利用不同色彩所具有的上述情感效果，来配合营造作品的情感氛围。在图画书《大猩猩》中，有这么一幅令人印象深刻的插画，画中的安娜一个人坐在房间一角，除了她面前地板上一台打开着的电视机之外，包围着她的尽是空荡荡的四壁。在电视屏幕光芒所及的一小片空间里，作家以明亮的色彩调出了高光的感觉，背景壁纸上绽放的金色葵花、青绿的枝叶、红底白点的蘑菇等，照亮了安娜坐着看电视的那个角落。而在这个小小的光圈外围，则是一大片的灰暗。这样的色彩处理一方面生动地表现了安娜内心的孤独，但另一方面，作家仿佛又不忍心让一个小女孩承受如此的孤独，因此特意为她留下了那么一小片明亮的色彩区域。这一片色彩既传达出了作家和读者内心对于安娜的那份同情，同时也预示着故事接下去愈见明亮柔软的情感质地。

2. 线条

在图画中，画笔的线条也是一种语言。通常情况下，弧形、柔软的线条总是给人以安稳、温暖的感觉，而过于不规则或棱角分明的线条则有可能带来一种压抑、紧张的气氛。

美国童书作家维吉尼亚·李·伯顿在她的许多图画书作品中，就十分擅长运用一种具有装饰性的柔软的弧形线条，来制造一种清新怡人的田园风情。在她的作品《小房子》中，带着生命感觉的小房子一出场，就被包围在一圈圈层叠的弧形色线

《小房子》

中央。甚至连小房子的屋角、窗户、门楣和烟囱处本来应有的平直线条和尖锐的棱角，也被处理成了比较圆润的形状。随着小房子周围越来越多的工厂和住房拔地而起，不但画面鲜丽的色彩变得越来越灰暗，板直的线条和带着尖锐感的棱角也越来越多地出现在画面上。一直要到最后，当小房子被它的主人重新移回到山上，柔软的弧形线条才伴随着明亮的色彩，重新完全占据了画面。在这样的线条变化过程中，作品中所包含的对于现代工业文明的复杂体验和对于乡土自然的某种怀旧情愫，得以生动的传达。

在为儿童创作的图画书中，柔软的线条往往扮演着画面线条的主角，而很少出现大幅的硬线条。《生气的亚瑟》(希亚文·奥拉姆/文，北村悟/图) 或许是个例外。这部图画书用夸张的手法，描写了男孩亚瑟因为妈妈不允许他看美国西部牛仔片而发脾气的过程。故事里，亚瑟的气先是"化作一片乌云，爆发成闪电、雷和冰雹"，接着

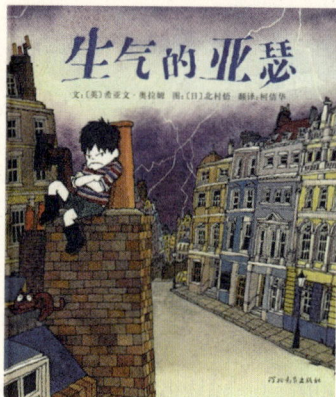

《生气的亚瑟》

"形成强劲的旋风，掀走了屋顶，掀走了烟囱和教堂的尖塔"，继而"转为台风，把整个城市扫进大海里"，更"引起地球一阵颤动"，导致地球像一个被敲破的蛋壳一样裂开来，最后演变成了"一场宇宙大爆炸"。在这部作品中，画家取用了大量不规则的、带有棱角的线条，来表现亚瑟"生气"的情绪感觉。亚瑟生气的时候，不但他的头发、眼睛、嘴巴的线条带着尖锐的棱角，他的衣服、袜子、鞋子的花纹线条也有着刀切般的生硬质地。与此同时，他身边的玩具、桌椅、门窗、电器等等，其轮廓线也大多带着令人感到颇不舒服的颤动与棱角。在作品的第一个跨页上，我们注意到，不但蹲在亚瑟身边的猫咪突起着一对尖尖的三角形耳朵，就连画面右下角的那盆绿色植物，它耷拉着的叶片也纷纷呈现出尖锐的三角形状。在接下去的画面上，我们又看到了无数带着不规则的折线轮廓的物体，其中包括破损的楼梯、碎裂的碗碟、被震破的门窗、被吹起的树桩，等等。通过这样的线条运用，男孩亚瑟的"怒气"连同他对这一情绪的体验，都得到了淋漓尽致的表现。

3. 视角

视角是指画面在呈现物象时所采取的视点角度，比如透视技法中的平视、仰视、俯视等。在图画书中，画面采用不同的视角，往往能够表现不同的情感意义。比如，由下至上的视角可以突显人物或物体的高大感，但也可以造成一种压迫感。反过来，由上而下的俯视在将事物变小的同时，也可以令人产生一种超越于其上的安全感。

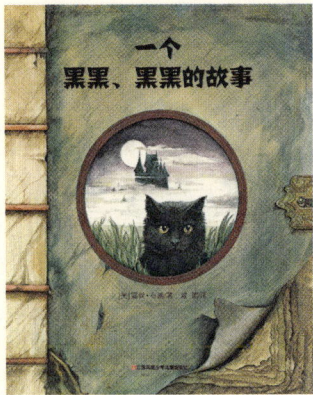

《一个黑黑、黑黑的故事》

美国图画书《一个黑黑、黑黑的故事》（露丝·布朗 文/图），就同时运用了上述两种视角，来表现一种与恐惧有关的特殊的情感与心理氛围。故事的文字部分这样叙述道：

> 从前，有一片黑黑、黑黑的荒野。
>
> 荒野上，有一片黑黑、黑黑的树林。
>
> 树林里，有一座黑黑、黑黑的房子。
>
> ……

（教德 译）

画面的视角随着文字叙述的展开不断向前推进，从荒野来到树林里、树林里的房子里、房子的门厅里……为了突出故事题目和文字中那种"黑黑"的氛围效果，在这个过程中，作者无一例外地采用了角度不同的仰视。在树林中，画面的视角是从林子底下往上看；到了房子前面，是从台阶下往台阶上看；进了门，则是从楼梯下向楼梯上看……这些视角的处理使得每一次出现在我们面前的物象都显得格外庞大、神秘，同时也令人感到莫名的恐惧。这样一步步地，经过楼梯，来到走廊，穿过帘子，进入房间，打开橱柜，在里面的一个角落里找到一个盒子。一直要到最后一个打开盒子的场景，作家才将原先由下至上的仰视视角忽然转换成了一个由上至下的俯视视角：原来盒子里躺着一只一脸害怕的小老鼠！这么一来，我们此前阅读这个"黑黑的"故事所积蓄起来的紧张感猛地消散了——原来这些恐惧都属于这只住在盒子里的老鼠，而他所害怕的，显然是封面和正文最后一页出现的那只黑猫。大角度的俯视视角会令阅读这个故事的孩子在看到盒子里那只受了惊吓的老鼠的同时，也像看到了自己心里许多不必要的恐惧那样，会心地笑出声来。这最后一个画面的视角翻转，在一瞬间颠覆了此前仰视视角所造成的压抑感，并转而带给读者一种超越了故事角色的优越感，从而在戏剧性的情节效果中，让孩子们学着克服自己的恐惧。

4. 细节

图画所表现的是视觉性的对象，它不像文字那样，可以直接描写人物的内心世界或者故事的情感内容。但是图画有着自己特殊的细节语言，它们能够传达微妙的故事氛围或角色细小的情感体验。有的时候，这些语言具有比文字更细腻的表现能力。

比如在图画书《大猩猩》里，有这么一个场景：大猩猩准备带安娜去动物园，他们一起来到楼下，"安娜穿上大衣。大猩猩穿的是爸爸的外衣，戴的是爸爸的帽子"。在插图中，我们看到穿上大衣、戴上帽子的大猩猩和安娜在门边相视而立，门外是一轮满满的月亮。而就在大猩猩对面的墙上，挂着安娜爸爸的另一套黑色大衣、一双黑色靴子和一

顶帽子，这三件衣物的上下组合在
画面上构成了一个高度与大猩猩齐
平的形象，同时，它的内在虚空也
与大猩猩形成了鲜明的对比。这一
细节处理以隐喻的方式表现了爸爸
在安娜生活中的情感缺席，以及大
猩猩此刻所扮演的父亲代理人的角

《大猩猩》

色。此外，我们还会注意到，画面右边墙壁阴影处还有一个插座，被作
家有意处理成了一个微笑的表情，显然，这个不起眼的画面符号生动地
传达了安娜此时的心情。

在图画
书《团圆》
里，我们也
可以发现这
样的细节。
下面的两幅
插图，第一
幅所描绘的

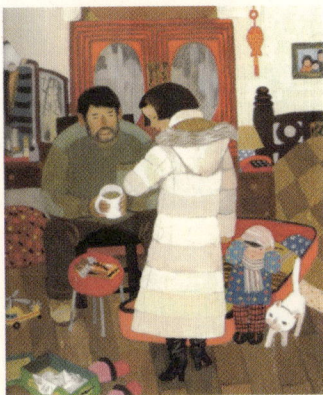

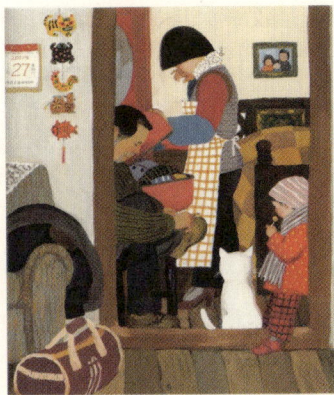

《团圆》

是外出打工的爸爸刚回到家来准备过春节的场景；爸爸给"我"和妈妈
带来了礼物，但"我"对他还感到很陌生。第二幅则是经过一个春节的
团圆，爸爸准备再次外出的场景，这时候，"我"已经舍不得爸爸离开了。
这两个场景在同一个屋子里发生，角色身后的墙上都挂着一张
全家福。如果我们仔细观察，就会发现，在第一个画面的全家

福中，爸爸的形象是不完整的，其中有一部分消失在了画框之外；而到了后一个画面，我们看到的则是一张完整的相片。这一细节也是故事中的"我"对待爸爸的情感变化的一种表现。在第一幅画中，尽管爸爸已经回到了家，但"我"心里还没有完全接纳他，这时的爸爸对"我"来说仍然是一位不完整的父亲。而到了第二幅图，虽然爸爸又将离开"我"和妈妈去外面工作，但"我"在心里已经完全认同了他的位置，因此，对"我"来说，爸爸是一个完整的爸爸，家也是一个完整的家了。尽管图画书的文字叙述并没有直接描述"我"的这一情感变化，但我们却可以从它的画面细节中，"读"出这样一种自然而又真切的情感变化过程。

有的时候，画家也会通过在图画书的画面上设计视觉细节的方式，来为故事添加特别的幽默。这些细节可能并不是情节必要的构成部分，但它们却可以为图画书增添许多语言文字难以传达的趣味。比如，在图画书《疯狂星期二》中，当一大群驾着荷叶的青蛙在夜晚时分从城市上空飞过之后，第二天白天，街道上满地的荷叶和目击证人的描述惊动了警局。在表现警察巡逻现场的那幅插图上，我们看到近景中，一位警员蹲在地上，捡起一片还带着露珠的荷叶若有所思；在他背后是四下勘察

《疯狂星期二》

或带着警犬搜寻的同事，以及正在采访目击者的媒体记者。显然，没有人知道这场狂欢的主角究竟是谁，它又是如何发生的。但就在这幅插图最远的背景上，遥远的天空中，被有意处理成青蛙轮廓的白云悄无声息地泄露了这一秘密。当然，画面上显然没有人注意到这一点，这就使得这一细节成为掌握故事进程的作者与目睹故事过程的读者之间心照不宣的一个秘密，它像一个藏在作品中的会心的微笑，为故事阅读带来了特殊的幽默情味。

三、图画如何与文字互动

在图画书中，当图画与文字共同配合来完成一个叙事的任务时，图画参与到了一个具有时间性的叙事过程之中，而文字及其蕴含则得到了一种空间化的形象呈现，这使得图画书的图与文都不再局限于单纯的视觉或语言艺术，而是从彼此的媒介方式中吸收能量，从而构成了一种特殊美学形态的文学样式。在被加拿大学者佩里·诺德曼称为"最成功的图画书"[3]的那部分作品中，图画与文字之间彼此依靠而又互相激发，如果缺少了其中一方，另一方的功能也将不能得到充分发挥，甚至在意义传达上也有可能是不完整的。这样的作品，在图画与文字的配合方面达到日本图画书研究者松居直所说的"文 × 图"的效果，也是最耐人寻味的图画书作品。

让我们一起来看一看日本童书作家五味太郎创作的图画书《鳄鱼怕怕 牙医怕怕》。这部作品讲述了这么一个有趣的故事：鳄鱼去看牙医，不知道会经受什么样的痛楚，心里感到很害怕；牙医知道鳄鱼要来看牙，不知道鳄鱼会对他怎么样，同样感到很害怕。带着这样一份忐忑的心情，鳄鱼和牙医相遇了。他们硬着头皮努力克服心里的恐惧，履行各自的义务，又时时被自己的恐惧吓得够呛，最后总算完成任务，长吁了一口气。

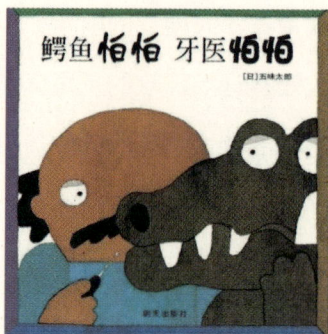

《鳄鱼怕怕 牙医怕怕》

作者巧妙地为鳄鱼和牙医各自的心理活动以及他们之间的对话设计了几乎完全一样的表达方式。比如，在故事起始处，捂着脸颊的鳄鱼一边走向诊所，一边怀着这样的想法："我真的不想看到他……但是我非看不可。"而此时，正在诊所里等待鳄鱼到来的牙医一样在想："我真的不想看到他，但是我非看不可。"此后，见到牙医的鳄鱼和见到鳄鱼的牙医同时发出了带着恐惧和不情愿的一声"啊！"。当鳄鱼在躺椅上坐下准备接受治疗时，为了鼓励自己克服恐惧，他和牙医都在心里默念着"我一定要勇敢"。整部作品的文字叙述就以这样一种奇妙的平行方式向前推进。如果我们不看画面，仅凭这些看似重复的文句显然难以揣测故事的情节；而如果我们不读文字，仅仅来看故事的画面，那么它看上去就只是一个普通的鳄鱼看牙医的童话故事。而当这些看似平常的画面和文字合成在一起，共同组成一个故事时，我们却强烈地感受到从这里面散发出的既贴近儿童生活现实，又充满奇趣想象的巧思、幽默和快乐。在这里，画面成为文字叙述的意义得以完成的一个必要条件，而文字也反过来成为画面叙述的故事情趣得以实现的一个重要保证。

前面提到过的《第五个》，也是这样一部作品。这本图画书从头到尾的文字叙述是这样的：

> 门开了　出来一个
>
> 进去一个
>
> 还剩四个
>
> 门开了　出来一个
>
> 进去一个
>
> 还剩三个
>
> 门开了　出来一个
>
> 进去一个
>
> 还剩两个
>
> 门开了　出来一个
>
> 进去一个
>
> 最后一个
>
> 门开了　出来一个
>
> 独自进去
>
> 医生你好

（三禾　译）

如果没有与叙述文字相应的画面，仅凭这些文字，我们很难拼出一个意义完整的故事。但是故事一开场，我们就看到了暗淡的灯光下，紧闭的门外，五个受伤的玩具静静地坐在五个位子上。随着"门开了出来一个"的叙述声音，我们看到，从打开的门里走出来一个红色的瓢虫玩具；翻过一页，与"进去一个"的文字叙述相应地，画面上坐在第一个位置上的掉了翅膀的发条企鹅往屋子里走去；再下一页，门重新关上了，留下四个玩具，静静地继续等待……故事就在这样的循环叙述中逐渐向前推进，直到轮到最后一个断了鼻子的木偶进去，门里面的秘密才向故事里的小木偶，也向故事外的我们揭晓：原来房间里面是一位和气的玩具修理师。尽管没有文字叙述的辅助，我们也能通过翻看画面大致明白故事的基本情节，但这种阅读却缺少了作品中通过重复的叙述文字所营造出来的那份等待的不安和焦虑，从而也就错过了这部作品以拟物的方式所展开的对于儿童生活心理的传神描绘。

有的时候，图画书的画面和文字都能完整地讲述一个故事，但是，如果我们把它们各自区分开来，那么，原本两者结合所带来的某种特殊的情韵也会随之丢失。例如，图画书《母鸡萝丝去散步》的画面和文字各讲述了两个相关的故事。在文字叙述部分，

《母鸡萝丝去散步》

我们读到的是名叫萝丝的母鸡"穿过院子""绕过池塘""翻过干草垛""经过磨坊""钻过栅栏""从蜂箱下面走过"，最后回到鸡舍吃晚饭的散步过程；而在画面叙述部分，我们看到的则是一只狐狸尾随着母鸡一路走过"院子""池塘""干草垛"等地方，却一路遭遇各种"不幸"的过程。分开来看，这两个故事都显得很寻常。然而，当它们组合在一起时，就产生出了一个格外精彩的新故事：一边是母鸡萝丝悠哉游哉、不慌不忙地享受着它的散步时光，另一边则是无时无处不在觊觎着它的那双狐狸的眼睛；一边是萝丝在毫无知觉的情况下所面临的一个接一个的危险，另一边则同样是在萝丝不知情的情况下，这些危险自然而然的

消解。通过文字与画面的配合，作家营造出了这样一种奇特的故事感觉：它是时时紧张的，因为画面上始终尾随在母鸡身后的危险与文字中没有任何戒备的萝丝，让我们感到萝丝随时都有可能被贪婪的狐狸吞噬；但它又是处处松弛的，因为洋溢在文字叙述间的那份悠然，总是与画面上狐狸倒霉的遭遇，一而再、再而三地呼应。显然，仅凭画面或者文字的叙述，都无法达到这样别致奇特的故事效果。

第三节　图画书的功能

图画书是一种文图结合的特殊的儿童文学文体样式。优秀的图画书除了能够承担起一般儿童文学作品所具有的认知和审美教育的作用外，还有着它自己独特的艺术功能。

一、审美和艺术熏陶

与主要以语言文字为媒介的文学作品不同，图画书将绘画艺术纳入文学作品的表达手法中。图画书是"孩子最早接触的绘画和艺术作品"[4]。图画书的插图以具有艺术美感的视觉画面呈现，对儿童进行最初的艺术和审美熏陶。它与一般配图儿童读物的区别在于，优秀图画书在绘画的色彩、线条、构图、媒材选用等方面，都包含了较高层次的艺术要求。与此同时，上述艺术层面的考虑又是以符合儿童艺术接受能力的形式加以呈现的，从而比一般绘画艺术更容易进入儿童的心灵世界。从这个意义上说，图画书为儿童打开了属于他们自己的视觉艺术欣赏世界。

优秀的图画书可以为儿童读者提供一种纯正的审美熏陶。图画书的图画是一种直接作用于儿童视觉的欣赏对象，它有别于儿童通过语言文字的听读所接收到的文学讯息。就后者来说，儿童在听到或者读到某一词句的时候，首先需要借助于已经培养起来的语言理解能力，将这些词句的声音或书面符号转化为形象的想象，接着才能在想象中建构起相应的内容对象。也就是说，儿童对于语言文字的理解接受要经过一个想象的中介，而这一中介又是以语言理解能力为前提的。这就使得儿童的文学接受可能受到了语言层面的较大限制。但就图画书来说，由于图画是直接将直观的形象呈现在儿童读者面前，一般情况下，其内容比文字更易于理解。这也是在儿童早期阅读阶段，图画书以及插图读物会成为最常见的书籍样式的主要原因。

但图画书画面的功能不仅仅是呈现场景，它本身也是一种艺术的创造。优秀的童书插画家经受过严格的绘画技巧训练，并对插图艺术有着自己独到的理解，他们的作品在线条的使用、画面的构图、色彩的调配等方面，都包含了艺术方面的严肃考量。因此，这些首先直接作用于儿童视觉感官的画面，能够为孩子提供一种较为纯粹和精致的艺术熏陶。

儿童的心灵像一块亟待吸水的海绵一样，充满了向外吸收讯息的愿望和能量。但与此同时，由于年幼的孩子对环境所提供的各种感官讯息尚未具备过滤和选择的能力，他们也最大程度地受到外在环境的控制和影响。比如说，我们可以通过自觉的心理行为过滤掉对我们来说显得"不好"或"粗糙"的视觉、听觉等讯息，儿童则不能做到这样，他们在生活中所接受到的各种讯息都将影响到他心灵的发展。视觉讯息也是一样。我们都知道，视觉能力正常发展的儿童对色彩有着天然的敏感，在各种各样的颜色中，他们尤其容易对较为鲜艳、亮丽的色彩表现出格外的兴趣。但在英国华德福教育实践者马丁·洛森看来，过多鲜亮的颜色恰恰不利于儿童视觉的健康发展。他指出：

> 就像真正的味觉和嗅觉一样，看到纯净的颜色很重要。孩子对色彩的反应比成人强烈，每一种颜色产生一种内心的反应，会深入影响到孩子的整体感受。周围的颜色要尽量纯正、色彩丰富。孩子长时间逗留的空间应有素净的、温暖的颜色，而不是耀眼、明亮的颜色和杂乱的图形。[5]

马丁·洛森在这里所要求的，事实上是一种具有和谐美感的色彩和构图。而这正是优秀图画书的插图艺术所具有的特点。这些作品的画面在充分考虑到插图作品在色彩、构图方面的基本规律的同时，也融入作家独特的艺术创意。在日常生活中纷繁迷乱的色彩和图像中，它们为儿童提供了一种纯正的视觉欣赏艺术，从而有助于培养孩子纯正的审美感觉。

二、心理能力发展

一般认为，对于儿童注意力、观察力、想象力等心理能力的发展来说，语言的作用要优于图画，因为对于语言的接受显然需要调动起比视觉形象接受更为集中、活跃的感知与想象。然而，优秀的图画书插图并不完全等同于一般的视觉画面，与电视、动画中的移动画面相比，甚至与语言文字相比，它对儿童早期心理能力的发展都具有特殊的促进作用。

图画书借图画书作家的"眼睛"，将世界及其意义以缩微的方式呈现在儿童读者的面前，它使儿童对生活中那些有意义的形象和现象予以注意，并在注意中学会用心观察和体验这些事物。对儿童读者来说，多种多样的图画书能够为他们提供一个缩小的世界的模型。正如松居直所说：

> 世界上有许多美好的事物，它们或真实或抽象，或知性或感性，例如动物、植物、交通工具、玩具熊，又如友情、有趣的言语、美丽的色彩、多变的形状，还有带领人们进入幻想世界的故事。而图画书替我们缩小视野，定出视觉的焦点，创造出具体的图像世界，将不同的事物清楚而深刻地呈现在我们面前。换句话说，图画书使我们更清楚地看到，更深刻地感受到许多事物。"[6]

图画书的图画不同于电视、动画中的移动画面。对年幼的儿童来说，那些快速移动的影像并不利于他们早期心理能力的正常发展：

> 眼睛的发育需要时间。应该避免强烈的光线，以及快速移动的物体，例如通过汽车的挡风玻璃观看外面的景物。应该避免电视屏幕上闪烁的画面，这些图像刺激孩子的反应，使他们变得过度兴奋、神经质和急躁。如果一个孩子不能应付汹涌的屏幕画面，他会产生自我保护的反应：干脆对外界"关闭"。如果这种情况经常性的发生，孩子就会逃避任何压力或具有挑战性的任务，这和我们的期待正好相反，我们希望孩子承受压力、迎接挑战。[7]

与电视、动画上的画面相比，图画书的画面既是运动的，但同时也是静止的。当我们依照顺序翻看一本图画书时，每一页的情景都在发生推进，但每一个画面自身又是相对静止的，它像一幅静态的绘画作品那样展开在读者的面前，让读者根据文字以及自我图像理解能力的指引，去发现藏在画面各个角落的内容和细节。与疾速更替的移动画面相比，图画书的画面为孩子提供了足够的观察时间和空间，只要孩子愿意，他可以长久地停留在故事的某一个页面上，去搜寻他所需要的讯息，体味他所发现的意义。而在这方面，许多富于表现力的图画书也的确为他们创造了很好的条件。

因此，阅读图画书的画面并不像人们通常想象的那样，是一种相对消极的形象接受，而是包含了主动、积极的观察和探求因素。阅读无字书《脚印要到哪里去？》(戈达·缪勒 文/图)，儿童读者需要仔细观察画面上脚印的方向，以及脚印

《脚印要到哪里去》

周围的各种生活迹象(包括丢在床上的睡衣、卫生间打开的门、搭在凳子上的衣物、铺开的餐桌、敞开的大门，等等)，来推测出故事主角在这一天里干了些什么。在这个过程中，儿童不但要学会在单幅的画面上寻找有关故事主角踪迹的那些"符号"，而且需要保持对前后画面不同讯息的连续性记忆，以便在想象中建立起一个完整的叙事体。比如，在这本图画书的第一个跨页上出现的一个浅褐色的木箱、一块红布和一圈绳子，在最后一个跨页上再次出现了，不过这时它们已经被组合成了一顶红色的帐篷，其中帐篷的支撑物——一根黑色的长树枝，是第一个跨页上没

有出现过的事物。只有通过集中注意力的观察和推理，孩子们才会发现，这根树枝正是故事中的"脚印"在雪地上走了一大圈的"目的"所在，而整个故事也是围绕着寻找和搬运这根树枝的过程展开的。阅读这样的图画书，能够令儿童在趣味的故事游戏中训练自己的观察、记忆、想象和心理组织能力，这种能力指向着尼尔·波兹曼在《童年的消逝》中所说的只有通过语言文字才能发展起来的"成熟话语"的特征: 理性、有序、具有逻辑性的思维和话语方式。[8] 由于幼儿的文字接受能力还十分有限，上述对于图画的阅读便成为促进孩子早期思维发展的一种特殊而又重要的途径。

总的说来，图画书不是简单地以画面直接描述意义的图书，而是通过画面与文字的奇妙搭配，来使意义的表现变得与众不同。对于图画书丰富而又独特的叙事语言的理解，不但是有待儿童学习的一种阅读技能，也是陪伴儿童阅读的成人需要具备的一种阅读能力。这一与绘画艺术相伴随的学习过程既充满了发现的愉悦，也丰富了阅读者的心灵。

思考与练习

1. 说说图画书的三个基本要素。如何理解当代图画书与一般插图故事的区别？

2. 一本典型的当代图画书文本由哪些部分构成？这些部分各承担着什么样的功能？

3. 结合具体的作品谈谈图画书如何运用色彩、线条、视角、细节等特殊的画面语言完成故事的传情达意？

4. 以若干优秀的图画书作品为例，谈谈其文字与图画之间的合作如何实现"文×图"的艺术表达效果。

5. 图画书有着其他儿童文学文体所不可取代的哪些独特艺术功能？

注 释

[1] 彭懿：《图画书：阅读与经典》，南昌：二十一世纪出版社 2008 年版，第 10 页。

[2] 松居直：《我的图画书论》，季颖译，长沙：湖南少年儿童出版社 1997 年版，第 47 页。

[3] 培利·诺德曼：《话图——儿童图画书的叙事艺术》，杨茂秀等译，台东：儿童文化艺术基金会 2010 年版，第 294 页。

[4] 松居直：《幸福的种子》，刘涤昭译，济南：明天出版社 2007 年版，第 31 页。

[5] 马丁·洛森：《解放孩子的潜能》，吴蓓译，北京：人民文学出版社 2006 年版，第 108 页。

[6] 松居直：《幸福的种子》，刘涤昭译，济南：明天出版社 2007 年版，第 36 页。

[7] 马丁·洛森：《解放孩子的潜能》，吴蓓译，北京：人民文学出版社 2006 年版，第 107 页。

[8] 参见尼尔·波兹曼：《娱乐至死》，章艳译，桂林：广西师范大学出版社 2004 年版。

第十二章　童　话

　　"童话"，这两个美丽的字眼，标志着一个具有诱人的魅力的世界。长期以来。它为读者所喜爱和向往。

——陈伯吹《论"童话"》

　　与儿歌一样，童话也是一种源自民间的古老文体。早在现代意义上自觉的儿童文学诞生之前，那些充满神奇想象的民间童话就已经进入古代儿童的接受视野。在当代，童话作为儿童文学最重要的文体之一，呈现出了更为丰富的艺术面貌和更为多元的艺术风格。

第一节　童话的概念与文体演变

　　作为一种适合儿童阅读的故事作品的总称，童话概念的内涵和外延在儿童文学史上经历了一定的变化。在不同的语言和文化传统中，"童话"一词的所指至今仍有出入。我们在这里简要介绍一下童话概念在中文语境下的发生与演变。

　　童话的概念在现代中国的诞生可以追溯至五四新文化运动时期。1909年，孙毓修主编的《童话》丛书由商务印书馆出版，一般认为这是童话概念在中文语境中最初得到确立。不过，此时的"童话"其实是广义的儿童文学，泛指为儿童创作的各类读物，尤其是故事读物。

1913 年，周作人在《童话研究》一文中所使用的"童话"概念，则与我们常说的民间故事基本一致，这是将"童话"从广义的儿童读物中区分了出来。他在其后的《古童话释义》《童话的讨论》等信文中，又将"文学的童话"（也就是后来文人为儿童创作的童话故事）也归入童话的范畴。这就使童话的概念进一步与自觉的儿童文学关联起来。随着现代和当代儿童文学创作的丰富与发展，"文学的童话"在作品数量上日益超过来自民间的童话作品，其艺术表现手法也获得了极大的丰富。这又进一步扩充了中文语境下童话概念的内涵。今天，作为一种独立、重要的儿童文学文体，童话的概念被用来指称一切适合儿童阅读的非现实的神奇故事。

现代童话最早诞生于民间童话，直至今天，民间童话中那些适合儿童阅读的故事作品，仍然是当代童话文体的重要组成部分。比如下面这则立陶宛民间童话《两只小鸡》：

从前有一只公鸡和一只母鸡。母鸡孵出了一只小黄鸡，爸爸妈妈叫它小黄黄。不幸的是小黄黄出世不久，老鹰把鸡妈妈叼走了。

鸡爸爸又领来了一只母鸡，名字叫咕咕。咕咕孵出了一只小黑鸡，它说："我们得给小黑鸡取一个又长又美的名字，听说名字越长，活得也越长。"

它们给小黑鸡起了个特别长的名字，叫作："我们的小娇娇蓝眼睛绿嘴壳红冠子飞毛腿机灵的脑袋乌黑的羽毛爸爸妈妈的小宝贝。"哎呀，真是又美又长。

两只小鸡待在一块儿，小黄鸡老得干活，小黑鸡哪，谁也懒得叫它去干活，因为一想起要念这么长的名字，还不如叫一声小黄黄痛快。

"小黄黄，去弄点儿水来！"

"小黄黄，去挖点儿蚯蚓来！"

"小黄黄，去捉点儿虫子来！"

时间长了，有着又美又长的名字的小黑鸡，什么也不用干，光知道晒太阳。

有一天，一只狐狸溜进院子，抓住了小黄鸡，公鸡爸爸马上叫了起来："小黄黄被狐狸抓着啦！"

猪、狗和山羊一听，连忙赶来追狐狸。狐狸吓得忙把小黄黄放下跑掉了。

第二天，狐狸又来了，一下抓住了正在晒太阳的小黑鸡。母鸡妈妈忙喊道："我们的小娇娇蓝眼睛绿嘴壳红冠子飞毛腿机灵的脑袋乌黑的羽毛爸爸妈妈的小宝贝被狐狸抓着啦！"

还没等它把这个啰唆的长名字全念完，狐狸早就叼着小黑鸡跑掉了。

（佚名 译）

这是一则有趣的民间童话，两只小鸡在前半段叙事中受到的不同对待，从它们的名字中得到了简约有趣的反映，然而在故事后半部分，"又美又长"的名字恰恰让狐狸叼走了原本受宠的小黑鸡。整个故事蕴含着欢快的幽默和轻巧的讽刺。虽然它的题材还带着旧式民间生活和观念的烙印（比如，故事中继子受到继母的不公正待遇，正是民间故事的常见题材），但这并不妨碍今天的孩子们从中欣赏和领略它的故事趣味。童话以拟人化的小鸡作为故事的主角，对儿童来说，这正是令他们最感亲切的故事手法。同时，这一拟人的处理也在很大程度上冲淡了故事所隐射的现实生活的阴暗内容，而使孩子们能够以超脱的旁观者的身份来单纯地欣赏这则小鸡的故事。

阿拉斯加因纽特人的民间童话《小耗子长途旅行记》，其题材和风格更接近一则纯粹的儿童童话。它讲了这么一个有趣的故事：一只小耗子外出旅行，一大早出门，傍晚回到家。他兴奋地向耗子奶奶讲述了自己出洞后的冒险。他说自己先是来到了大海边，尽管海面上翻滚着波浪，可他一点不觉得害怕，跳进海里就游了过去。耗子奶奶问明情况后告诉他，他游过的这片大海，其实是前些天一头鹿在鼠洞东边留下的一个积水的蹄子印。小耗子并不气馁，他接着讲自己怎样来到一座高高的山前，怎样纵身一跳，竟然从山上跳了过去。奶奶又告诉他，这座大山其实是水坑后面的小草丘。小耗子还不甘心，他接着告诉奶奶，自己走啊走，又遇到一只白色的大熊和一只棕色的大熊打架，他勇敢地扑到两只熊的中间，硬是把他俩给分开了。奶奶告诉他，他看见的两只大熊，一个是白蛾，一个是苍蝇。

说到这儿，小耗子不由得伤心地哭了起来：

"闹了半天，我不是最有力量，最灵巧，最勇敢的呀……我游过去的是蹄子印，跳过去的是小草丘，分开的是白蛾和苍蝇。只不过如此啊！"

耗子奶奶笑了起来，说："对于小耗子来说，蹄子印就是大海，小草丘就是高山，白蛾和苍蝇就是大熊。如果这些你全都不怕，那就说明在整个冻土地带数你最有力量，最勇敢，最灵巧了。"

（佚名　译）

这是一则短小的童话故事，其内容主要由小耗子和耗子奶奶的对话构成。故事的情节有着生动的起伏，主人公的情绪也是一波三折。小耗子的每一次兴奋而自豪的冒险，最后都被证明是一次普普通通的行为，这使得小耗子原本高扬的情绪被渐次压低，最终落到谷底。然而，正当它在故事结尾处为自己不是"最有力量""最灵巧""最勇敢"的小耗子而伤心难过时，耗子奶奶的话再次为它，也为整个故事点亮了希望和快乐的光芒。对独自出门的小耗子来说，勇敢地跨越大海般的蹄子印，跳过高山般的小草丘，面对大熊般的白蛾和苍蝇，是一次了不起的成长。而在经历了这一切之后，他从耗子奶奶的经验中重新认识了这些事物的面貌，并重新理解了对耗子来说"最有力量，最勇敢，最灵巧"的意义，这是它的又一次成长。这样，童话借小耗子夸张的"长途旅行记"传递出了成长的双重内涵。对孩子们来说，这样的民间童话不但充满了故事的趣味，也能够滋养和启迪他们的成长生活。

民间童话不但为儿童的童话阅读提供了最初的作品资源，也为后来的创作童话提供了文学发挥的灵感。首先，通过以文学的方式记录和改写一些民间童话，产生了最初的创作童话。我们在教程第一章曾提及的由文人改编民间童话而来的儿童读物，正是这一创作尝试的成果。其次，中外童话发展史上一些经典的创作童话，显然也受到民间童话的艺术启迪。例如，德国儿童文学作家詹姆斯·克吕斯的童话《出卖笑的孩子》，讲述了这样一个故事：失去双亲的不幸男孩蒂姆在懵懂中将自己的"笑"卖给了他在赛马场偶遇的神秘老头，换取在这里"每赌必赢"的财富回报。然而，滚滚而来的财富并未带给蒂姆他想要的欢乐，相反，失去笑声令他倍感生活的痛苦和辛酸。当他最终认识到笑声对于生命和生活的重大意义之后，他在朋友们的帮助下奋起反抗，终于从神秘老头手里夺回了自己曾出卖的笑。不论从故事情节还是语言的角度来看,《出卖笑的孩子》无疑都是一部富于艺术个性的创作童话,但对这部作品来说最为核心也最具震撼力的那个"出卖笑"的点子,恰恰是从欧洲民间童话"出卖灵魂"的古老主题演化而来。这一在民间童话的艺术传统中得到创造和演绎的思想灵感,赋予了克吕斯的这部童话以深刻的生命内涵和独特的哲学气质,也使它成为儿童文学中一部《浮士德》式的童话作品。

与此同时,很多后来的创作童话也保留着从民间童话继承来的艺术手法和体式特征。例如,民间童话的三段式叙事程式,在后来的创作童话,尤其是幼儿童话中得到了反复的演绎和发挥。只需对低幼类童话作品稍做考察,我们就会发现,那些来自民间童话的叙事原型是多么广泛而深刻地影响着当代童话的创作。我们据此也可以说,当代童话永远难以走出来自民间童话的艺术传统的影响。

不过,在这一过程中,童话的当代艺术创造力也获得了长足的发展,这一发展同时体现在题材和形式两个层面。

就题材而言,当代童话的创作呈现出某种包罗万象的态势。从天上到地下,从仙境到人间,从虚构到现实,一切可能的题材似乎都可被纳入童话的表现范域之内,而这一题材的边界还在不断扩大。这其中,格外值得一提的是当代童话对于当代儿童的生活、情感、思想等的关注和表现。我们知道,童话一般总是与离奇的幻想联系在一起,它创造了与我们的当下生活截然有别的另一个迷离而充满惊奇的世界。而如何使这个远离日常生活的想象世界也能够传达当代孩子所关切的日常生活情感,则成为当代童话不懈的创作探索。它也是当代童话相对于它的儿童读者的独特文化价值的体现。

比如吕丽娜的童话《波比的老爸》，就在童话的虚构想象中表达了对童年的真诚理解。六岁小男孩波比非常喜欢狮子，他最大的梦想是请一头真正的狮子到家里来喝茶。为此，他常常在想象中与一头"目光如闪电，鬣毛如黄金"的狮子一起喝茶吃点心。波比是那么迷恋狮子，以至于他把自己的想象当成了现实。他告诉班里的同学，自己和一头真正的狮子喝过茶了。他的"吹牛"自然引来了大家的嘲笑。波比的老爸得知事情的原委，决定亲身前往大森林，邀请一头真正的狮子来家里喝茶。在森林里，一只蓝羽毛的小鸟把波比的老爸带到了野猫那儿。当高傲的野猫得知这位父亲是为了自己儿子的愿望而来，他微笑着想起了自己的儿子，于是，他把波比的老爸带到了他的朋友熊那儿。高傲的熊听了波比爸爸的解释，同样微笑着想起了自己的儿子。熊恰好认识森林之王狮子，他也很乐意引见波比的老爸。然而——

　　"运气不太好，波比的老爸，"熊说，"森林之王今天谁也不想见，因为他心爱的儿子牙疼得很厉害。"

　　"是吗？"波比的老爸微笑着说，"我想你们的森林之王一定愿意见我，因为我碰巧是个牙医，而且总是随身带着修补牙齿的工具。"

　　星期六下午，在波比家，茶点已经准备好了。

　　波比的小伙伴们也全都到了。

　　"波比，狮子真的会来喝茶吗？"杰米问。

　　"当然。"波比毫不犹豫地回答。他努力不让大家看出他有多担心。

忽然，波比从窗口看见，一头真正的狮子正向他家的方向走来，目光如闪电，鬃毛如黄金。而坐在狮子背上的那个男人，正是他亲爱的老爸。

这当然是一则虚构的拟人童话，但它同时也是孩子真实的幻想如何在父亲这儿得到尊重和呵护的故事。童话里，扮演这一父亲角色的不但有波比的老爸，还包括野猫、熊和狮子——如果不是因为它们跟波比的老爸一样怀着对儿子的温柔之爱，波比父亲的森林之行显然难以成功，波比的愿望也就无从实现。在这里，对孩子的尊重和理解不但是人间生活的事务，也自然而然地扩展到了拟人的动物世界。这样，作家以童话特有的想象，书写着童年真实的情感和愿望。

一些作品更将童话的逻辑移植到了当代儿童的现实生活情境中。孙幼军的童话《怪老头儿》，让"怪老头儿"这一具有特异能力的童话人物走进小学生赵新新的日常生活，由此生发了一连串普通生活中的神奇故事。而在这些故事里，我们也看到了属于当代童年的一些烦恼：

我一放学，我妈就把我关在屋子里。写作业没得说，应该的。可是写完作业还不准出去玩儿，要念妈妈给我借来的一大沓《数学公式大全》《报考初中1000题》什么什么的，这可就有点儿让人受不了！偏我妈还抓得特别紧，她在厨房忙着做饭，也要每隔几分钟就推开我的门，探头看看。要是见我坐着不动，面前摊开《公式大全》，我妈就笑得满脸开花："我儿子真乖！"如果碰巧我在地板上打醉拳，我妈就不管我作业做完了没有，眼珠子一下子瞪得溜圆，眉毛也立起来了：

"怎么回事！肉皮子又痒痒了，是吧？"

正是为了帮"我"摆脱烦恼,怪老头儿应"我"的要求变出一个跟"我"长得一模一样的"代表",让他代替"我"在家看书。当然,后来证明这并不是问题的解决之道,反而带来了新的麻烦。这类童话除了提供离奇的故事体验之外,也促使我们思考当代童年所处的某种不无喜剧性的生活困境。

就形式而言,当代童话的创作也发展出了一系列更为丰富、细致和个性化的表现手法。我们在"叙事艺术"一章曾谈及米切尔·恩德的童话《讲不完的故事》在情节上的独创性。显然,唯有到了童话作家笔下,这样一种充满才华和个性的童话叙事艺术才有可能得到探索和实现。

此外,当代童话通过不断吸收其他儿童文学文体,尤其是儿童小说的表现手法,其叙事能力大为增强,叙事风格也不断多样化。像《时代广场的蟋蟀》《夏洛的网》这样的童话作品,采用人与动物两条线索并行推进而又彼此交织的方式讲述故事,但又不像一般的童话逻辑那样将这两条线索完全合一。一方面,《时代广场的蟋蟀》中的蟋蟀柴斯特、塔克老鼠、亨利猫和《夏洛的网》里的小猪威尔伯、蜘蛛夏洛等动物形象,都被赋予拟人化的语言、情感等,它们无疑都是典型的童话虚构角色。另一方面,尽管采用了拟人的手法,但这两部作品中的动物与人之间却不能直接交流。相反,与现实生活中一样,《时代广场的蟋蟀》中的小男孩玛利欧和《夏洛的网》里的小女孩弗恩都是凭着他们对小动物本能的关爱与同情,努力照看、保护着蟋蟀柴斯特和小猪威尔伯。这又使两部童话的叙述始终不曾破坏人的现实生活的逻辑。通过这两种手法之间的巧妙结合,它们向读者呈现了另一个新奇的童话世界和另一种新鲜的童话叙事可能。

第二节　幻想：童话艺术的核心

在所有儿童文学的文体类型中，童话是最依赖幻想思维，也最富于幻想气质的文体。作为文学创作中某种超现实情境的虚构性创造思维能力，幻想构成了童话艺术的核心。我们有时也把幻想称为"空想"，它是童话艺术创造的起点。

童话的幻想世界有着丰富的艺术面貌。依据幻想手法和语境等的不同，我们有时将童话分为拟人体、超人体和常人体三种类型。简单地说，拟人体童话是指以拟人对象为主要角色的童话作品，超人体童话是以具有神奇本领的超人对象为主要角色的童话作品，常人体童话则是以普通人为主要角色的童话作品。不过，在具体的作品中，这三种幻想的体式也往往彼此交织融合，比如《怪老头儿》是超人与常人两种体式的结合，《夏洛的网》是拟人与常人两种体式的结合，而《讲不完的故事》就包含了拟人、超人和常人三种体式的结合。因此，在童话的分析中，这样的区分主要不是出于给童话作品定性的目的，而是为了更好地理解童话幻想艺术的呈现方式。

我们可以从趣味、温情、哲理、讽刺和批判五个方面，来了解童话幻想艺术的多重蕴涵及其美学效果。

一、童话幻想中的趣味

趣味性是童话幻想手法的第一要素，也是童话之所以受到儿童青睐的重要原因。童话幻想的独特趣味主要来自幻想和童趣两个层面的交叠。

首先，童话创造出了一个并不存在的空想世界，这个世界拥有一种不同于我们现实生活的神奇趣味。这里有会魔法的仙子，会说话的动物，以及其他各种各样不同寻常的事物。在这里，人可以摆脱现实逻辑的重负，体验到另一种唯有在想象中才有可能实现的奇妙生活。

因此，童话的幻想总是与孩子们所渴望的冒险生活联系在一起。在瑞典作家拉格洛芙的童话《尼尔斯骑鹅旅行记》中，淘气的小男孩尼尔斯被妖精施了魔法，变成一个丁点大的小人儿，他骑到公鹅马丁的背上，跟随野鹅群开始了一场飞行的冒险。途中，尼尔斯和野鹅们遭遇了各式的险情，见识了各样的奇观。这场历险改造了尼尔斯的性格，也改变了他的生活。在科洛迪的童话《木偶奇遇记》中，任性的木偶皮诺曹从学校逃学出来，也经历了各种奇异的冒险。他最后被吞进一条鲨鱼的肚子里，那里面一片漆黑。皮诺曹望见远处有一闪一闪的微弱亮光：

> 他越是往前走，火光就越是亮，越是清楚。他走啊走啊，最后走到了。等他走到跟前……他可是看到什么啦？就让诸位猜上一千次，诸位也别想猜出来。他看到了一张小桌子，上面摆着吃的，还有一支点着的蜡烛，插在一个绿色的玻璃瓶上。桌子旁边坐着一个小老头，头发胡子白得像雪，或者说白得像切开的面包。这小老头正在那里嚼着一些生猛的小鱼。这些小鱼太生猛了，有时他吃着吃着就打他嘴里跳了出来。

（任溶溶　译）

这一用餐的场景出现在一只鲨鱼的肚腹里，实在令人惊奇。而这个吃鱼的小老头正是当初把皮诺曹雕刻出来的木匠爸爸。显然，这样奇妙的场景只可能出现在童话的幻想语境中。尽管《木偶奇遇记》显然是一则有关儿童道德训诫的故事，但故事里这类奇妙的幻想却使这部作品对今天的小读者来说仍然充满了魅力。

几个世纪以来，童话为孩子们打开了各种各样奇异的空想世界，从《水孩子》里别开生面的水底世界到《柳林风声》中的动物绅士王国，从《彼得·潘》中欢乐的永无岛到《奥兹国的巫师》里神秘的奥兹国，从《讲不完的故事》里瑰丽的幻想国到《查理和巧克力工厂》中神奇的巧克力工厂……这些并不存在于现实中的空想世界，大大地拓展了儿童的精神视野，也丰富着他们的生活滋味。

其次，童话的空想世界同时也是一个充满童趣的世界。当代童话的幻想是属于童年的幻想，它也被赋予了童年独有的感受、思维和语言的趣味。与其他文学作品中的幻想相比，童话的幻想以其轻盈的想象质地和飞翔的精神姿态，吸引着儿童读者的兴趣。

例如，许多童话故事都会涉及童年时代普遍的变形梦想。借助这类变形的想象，孩子得以脱离人的身体的限制，获得另一种生命形态的新奇体验。德国儿童文学作家埃迪特·施莱伯尔－维克的童话《人鸦》，讲述的正是男孩瑞夏德在一个有些无聊的中午和一只乌鸦交换身体的故事：

《人鸦》

谁也没想到，男孩瑞夏德有朝一日会变成一只乌鸦，至少他本人是这样。瑞夏德长着一头金发，鼻子上有几粒雀斑，与他的年龄相比，个子生得矮小了些。事情发生时，他正坐在一棵高大的老榛子树下呢。他坐在那里东想西想，并等妈妈叫他回去吃午饭。

突然，一只老大的黑乌鸦飞落到他面前，张嘴呱呱说道："我就是你，你就是我。"

瑞夏德十分惊讶。长到这么大，从来不曾有鸟儿跟他说过话，更何况是这样莫名其妙的话。

"听不懂。"瑞夏德说道。

"再简单不过了。"那乌鸦用黑如点漆的双眼狡黠地望着他说道，"咱们交换一下，你当乌鸦，我做儿童。"

"可是，我妈妈马上就要叫我回去吃饭了。"

"她发现不了的，"乌鸦说道，"大人们发现得了什么呢！"

"这倒不假。"瑞夏德表示赞同。

"当个儿童过得怎样？"乌鸦问道。

"还可以，"瑞夏德答道，"有时候嘛日子挺惬意，做乌鸦呢？"

"挺不错。"乌鸦思考了一下又补充道，"如果不挨饿的话。"

"那我们怎样交换呢？"瑞夏德想知道。

"再简单不过了，"乌鸦说道，"你只消说一声你愿意就行了。"

"变成乌鸦以后我也能飞吗？"瑞夏德问。

"那当然了，是乌鸦都会飞。"那乌鸦点着头说。

"你们在学校里也要回答'七乘以十六等于多少'的提问吗？"瑞夏德继续问道。

乌鸦摇摇头。

"那好，我愿意。"

乌鸦蓬起全身的羽毛，缓缓地向左打了三个转，念念有词：

> 飞上高空，
>
> 箭一般俯冲，
>
> 天地之间任从容。
>
> 用你的翅膀担负起黑夜吧，
>
> 你去做乌鸦，
>
> 我来当儿童！

瑞夏德不由一抖，浑身的黑羽跟着亮光闪闪。他不太有把握地抬抬腿，在他身旁的草地上，正坐着一个金黄头发、长着雀斑的自己呢。

（陈俊　译）

能够像乌鸦一样在空中飞翔，又不用上学回答"七乘以十六等于多少"之类的枯燥问题，只是出于这两个孩子气的理由，瑞夏德就做出了与乌鸦交换身体的决定。他与乌鸦之间的简短交谈，透着一个孩子特有的天真和稚气。一眨眼的工夫，男孩瑞夏德就成了乌鸦瑞夏德，而他对自己的变身也十分满意，迫不及待地享受起这全新的生活。

同样是变形，罗尔德·达尔的童话《女巫》中"我"被女巫灌下变鼠药成为老鼠的过程，却不像瑞夏德变乌鸦那么轻松：

> 噢，像给火烧一样痛苦！像整整一壶滚水倒进了我的嘴里，我的喉咙像火在烧！接着火烧的可怕感觉很快地扩展到我的胸口、我的肚子、我的双臂和双腿，一直扩展到我的全身！……接下来我感到我的皮肤开始收缩。我还有什么别的办法描述呢？从头顶到手指尖和脚趾尖，我全身的皮肤都一点不假地在收缩！我觉得

我像个气球，有人在绞气球的顶部，绞了又绞，气球越来越小，越来越小。我的皮肤越收越紧，越收越紧，快要爆炸了。

然后便开始压榨。这回我像是在一个铁质的压榨机里，有人在转螺丝，每转一下，压榨机就紧缩一些。我像一个橙子在榨汁机里被榨汁，汁水从我全身四面八方流了出来。

接下来是全身皮肤（或者说原来有皮肤的地方）有一种火辣辣的刺痛感觉，像是针从里面硬要钻到皮肤表面上来。我现在明白了，这是老鼠毛在长出来。

（任溶溶　译）

从这段文字来看，"变形"带给"我"的似乎是难以描述的痛苦。但我们很快看到，变形之后的"我"非但没有因此而沮丧，反而从这个新的老鼠身躯中发现了各种行动的方便和乐趣。正是因为有了老鼠的身体，"我"才得以实施计谋，消灭了可恶的女巫们。在童年精神的照亮下，原本该沉抑的情绪被高扬起来，原本可能被摧毁的生活又充满了迷人的欢乐。

《女巫》

故事中，变成老鼠的"我"溜进女巫大王的房间，偷到变鼠药，并把药下在女巫们汤锅里的过程，读来扣人心弦而又幽默十足。"像我这样一只小东西能使一大群大人如此骚乱，我感到十分得意。尽管尾巴痛，我还是不由得笑起来。"这句自白清楚地标明了童年幻想的质地——不论这幻想以什么样的形态出现，在与童年相遇的时刻，它就被赋予了童年特有的生命精神和欢乐趣味。

二、童话幻想中的温情

童话的幻想不但充满奇异、欢乐、明亮的童年生命趣味，也往往蕴含着轻灵而敦厚的童年生活温情。如果说前者是童话幻想的起点，那么这份温情则构成了童话幻想的底色。我们不妨说，它也正是童年生活的底色。

美国儿童文学作家、插画家阿诺德·洛贝尔笔下青蛙和蟾蜍的故事，正是这样一组洋溢着温情的童话作品。这是以青蛙和蟾蜍这对好朋友为主角的一系列拟人童话。我们来看其中一则题为《信》的故事：

> 蟾蜍坐在沼泽前面。
>
> 来了一只青蛙，他问："什么事呀，蟾蜍？看来你很伤心。"
>
> "是的，"蟾蜍说，"我在等信，可这总是使我很不快乐。"
>
> "为什么？"青蛙问。
>
> "因为，我从来没有收到过任何信。每天，我的信箱里都是空的。这就是我在等信的时候伤心的原因。"
>
> 青蛙和蟾蜍坐在沼泽前，都很伤心。
>
> 一会儿，青蛙说："蟾蜍，现在我要回家了，我要去办一件事。"
>
> 青蛙迅速回到家里。他找出一支铅笔和一张纸，在纸上写了一会儿。又把纸装进信封，在信封上写道："一封给蟾蜍的信。"
>
> 青蛙跑出屋子，看到一只蜗牛。
>
> "蜗牛，请把这封信给蟾蜍送去，放在他的信箱里。"
>
> "没问题，"蜗牛说，"我立即送去。"
>
> 接着青蛙跑回蟾蜍的家。蟾蜍已经上床去睡觉了。

"蟾蜍，"青蛙说："我觉得，你应该起来，再到外面等一会儿信。"

"不，我已经等得很厌倦了。"

青蛙看看蟾蜍挂在外面的信箱，蜗牛还没有来。

"蟾蜍，你大概不知道吧，有人可能要给你寄信来了。"

"不，不，我已经不指望任何人给我寄信了。"

青蛙又看看窗外，蜗牛还是没有来。

"不过，蟾蜍，今天可能有人给你寄信来。"

"别说傻话了，从来没有人给我寄过信，今天也绝不会有人给我寄信。"

青蛙再看看窗外，蜗牛仍旧没有来。

"青蛙，你为什么老是往窗外看？"蟾蜍问。

"因为我在等信。"青蛙说。

"但是，你等不到任何信。"蟾蜍说。

"噢，等得到的，因为我给你寄来了一封信。"

"你寄来了一封信？你在信里写了点什么？"

青蛙说："我写道：'亲爱的蟾蜍，我很高兴，你是我最好的朋友。你最好的朋友青蛙。'"

接着青蛙和蟾蜍来到沼泽前面等信，他们坐在那里，都很快乐。

四天以后，蜗牛才来到蟾蜍的家门口，交给蟾蜍一封青蛙寄来的信。蟾蜍高兴极了。

（楼飞甫 译）

这则短小的童话有着巧妙自然的悬念和起伏有致的情节：

蟾蜍盼望有人给他写信；青蛙为了让好朋友高兴起来，就给蟾蜍写了一封信；他找了蜗牛做邮差，可又等不及蜗牛把信送到，自己就把信上写的什么说给了蟾蜍听；最后，两个好朋友一起快乐地坐着等信。故事里，青蛙写信的动机非常单纯，只是为了不让好朋友感到失落，信的内容也非常简单，只是陈述一份直白的心情。但正是从这简简单单的行动和语言中，我

《青蛙和蟾蜍》

们体味到了两个好朋友之间那份稚气而真诚的友情。青蛙写完信后，跑回到蟾蜍家里，此时他与蟾蜍之间有一段可爱的对话，对话中，青蛙一次次试图暗示蟾蜍"有人给你寄信来"，最后忍不住透露了自己给蟾蜍写信的事情。这份孩子气的天真既令人忍俊不禁，也令我们心生感动。我们要问的是：青蛙已经把信里的内容告诉了蟾蜍，为什么他们还要一起到沼泽前面等信呢？显然，他们不只是在等待一封信，这等待的过程更见证了两个好朋友一起分享快乐的时光。童话以再简单不过的一句"蟾蜍高兴极了"收尾，而我们会明白，在这样一句简单的表述中，包含了多么充实的欢乐和温暖。

青蛙与蟾蜍的故事属于典型的幼儿童话，这类童话作品所传递的温情总是透着一种单纯、明净的气息。而在另一些以较年长的儿童为读者对象的童话作品中，这份温情的内涵往往更为厚重、复杂，其表达也更为曲折、深入。汤素兰的童话《驴家族》，以奇特的生活幻想来表达成长中的孩子内心深处某种复杂的情感需要，以及一种难以用简单的亲情一词来表达的亲人之爱。童话的叙述者"我"从自己七岁那年发生的

家庭变化讲起。这一年，妈妈在医院住了段时间后，抱回来一个弟弟。在"我"看来，全家大人的心从此全放到了弟弟身上。我由此怀疑起自己是不是父母的亲生孩子。因这一怀疑而变得极度敏感的"我"开始"竖起耳朵"听家人的谈话，"斜着眼睛"看家人的举动，试图从中发现证实自己怀疑的端倪。于是，到了十五岁那年，我变成了一个"斜眼，还长着一对又尖又长的驴耳朵"的女孩。不论爷爷、奶奶和爸爸、妈妈如何安慰"我"，他们的安慰在"我"听来不过都是虚伪可恶的谎言。终于，我做出了一个决定——

> 一天晚上，趁他们熟睡后，我离开了他们。……我把自己关在那个黑乎乎的洞里，用砖头和泥块把洞口堵死了。我不想再离开我的洞穴，我不想再见到我的家人。

> 不知道过了多少天。

> 不知道又过了多少天。

> 我想我早就已经死了。

> 我死了，我再也不用担心我的斜眼和我的驴耳朵了。我再也不用去想我究竟是谁，究竟是什么样的父亲母亲狠心地把我抛弃了，让我在现在的这个家庭里长到了十六岁。

然而，事情的发展却出乎"我"的意料。我的家人找到了"我"，确切是说，这时的"我"已经变成一头真正的驴子，再也听不懂人的语言，而只会发出驴子的叫声。但也正是在走出山洞的那一刻，"我"看到了爸爸、妈妈和爷爷、奶奶泪水晶莹的眼睛，他们的眼泪滴落在"我"光滑的驴皮上，这让"我"突然明白了他们"真的非常非常爱我"，虽然"我"再也不能用人的语言跟他们交流。

这一天，奶奶不见了，半个月后，从后山的那个洞穴里走出了变成驴子的奶奶，她这么做是为了陪伴"我"。没多久，爷爷也走进那个洞穴，跟"我"和奶奶待在了一起。终于有一天，"我"在家里没能找到爸爸、妈妈和弟弟的身影——

爷爷说："我们不用找了。他们已经走了。"

接着，爷爷告诉我一个秘密：我们家族的人，都有一个特殊的本领——能变成驴子。

接着，奶奶告诉了我另一个秘密：弟弟不是我妈亲生的，而是妈妈在医院门口的台阶上捡来的。

接着，我知道了爸爸妈妈离开我们的真正原因：爸爸妈妈如果再留下来，他们会因为渴望和我们交谈，渴望和我们生活在一起，而忍不住跑进山洞里去，变成和我们一样的驴子。如果他们也变成了驴子，那么，谁来照顾弟弟呢？弟弟还那么小，而他又不是我们驴家族的成员，无法像我们一样变成驴子。

我一直和爷爷奶奶住在乡下。

每到黄昏，我都会站在竹林里，望着门前的小路，等待着爸爸妈妈回来。

他们也许会回来，也许不会。但是我的心里，对他们充满了温柔的思念。

这则童话所蕴含的情感无疑是复杂的。这里面有温暖的同胞亲情，也有与亲情相伴而生的微妙的同胞嫉妒，有感人至深的爱，也有因爱而生、难以言传的困惑和感伤。正是因为这种复杂的情感交织，故事最终传递出的温情才显得格外真实而动人。来自驴家族的"我"的父母，为了抱养来的弟弟做出了离开这个家，离开爷爷、奶奶和"我"的艰难选择，这个选择无疑是忧伤的，但它同时也充满了温情。我们可以说，它的忧伤深化了这份温情的力量，而它的温情则提升了这一忧伤感的美学层级。汤汤的《守着十八个鸡蛋等你》《到你心里躲一躲》等短篇童话，同样表现了一种既受到现实生活的种种压制，又从这生活中自然生长出来的复杂而深厚的温情。透过这样的童话幻想，孩子们也在学习理解和体味生活的复杂滋味与厚重蕴含。

三、童话幻想中的哲理

早期创作童话总是不可避免地想要通过想象世界的类比来传达特定的生活道理，与此相比，当代童话的幻想艺术发展则呈现出某种纯粹化的趋向。也就是说，它所关注的是幻想世界本身的艺术规划和文学塑造，在幻想的趣味和故事的情感之外，它并不认为自己有义务去负载额外的观念诠释功能。

但与此同时，从古老的民间童话开始，童话的幻想与一种看似超越日常生活的哲理思考之间就存在着割不断的关联。意大利民间童话《幸福人的衬衣》带给我们的正是这样一份生活的哲思。故事里，国王见到心爱的儿子整天闷闷不乐，不论什么都不能使他快乐起来，便召集有识之士诊断和商讨王子的病情。大家想出了解决的办法：必须找到一个完全幸福的人，把他的衬衣跟王子的衬衣调换一下，那样就能使王子快乐起来。国王派出使者去各地寻找幸福的人。他们先后找到了一个幸福的神父，一位幸福的邻国国王。然而，神父梦想着成为国王的主教，而邻国国王则为了自己有一天"不得不扔下这一切离开人世"而满腹忧愁，他们的衬衣当然带不来真正的幸福。直到有一天，国王出去打猎散心，在树木外的旷野里找到了一个真正幸福的人。这是一个边唱歌边修剪葡萄藤的小伙子，他对自己的生活心满意足，别无所求。然而，当国王想要脱下小伙子的衬衣时，却意外地发现"这个幸福的人没有穿衬衣"。显然，这个故事所传递出的对于"幸福"的理解，超越了许多民间童话中常被用来与幸福相等同的物质生活的快乐。国王为了儿子的幸福去寻找幸福人的衬衣，然而，真正的幸福恰恰不在于一件衬衣的有无。那并不存在的"幸福人的衬衣"，为我们揭示了生活的一种深刻道理。

当代童话进一步发展着童话幻想的这种哲理精神。美国儿童文学作家纳塔莉·巴比特的童话《不老泉》，其故事情节发挥了从民间童话中继承而来的"不老泉水"的传说，又从中演绎出更为复杂、深刻的生命哲理内涵。十岁的小姑娘温妮在自家树林里意外结识了自称已经"一百零四岁"，却还只是十七岁男孩样貌的杰西·塔克，两人相谈甚欢。然而，当口渴

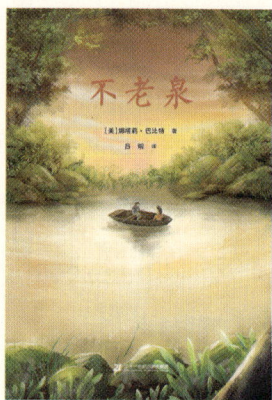

《不老泉》

的温妮想要从树下的一眼喷泉中取水时，却被杰西阻止了。随后，她被带到塔克一家人中间，听他们讲述了关于不老泉的不可思议的故事。八十七年前，塔克一家在迁徙途中经过这片树林，无意中喝了树下的泉水，从此全家再也没有一个人长大，变老。然而，当他们意识到自己永远不老、永远不死的命运之后，品尝到的却是这命运带给他们的深切痛

楚。他们被周围的人视作异类，没有朋友，不能组建新的家庭，也不得不到处迁徙流浪。更糟糕的是，他们再也不能体验岁月的流逝、年龄的增长带来的新的生活经历和生命感觉。正如塔克爸爸所说：

> "生命，运动，成长，变化，绝没有两次相同的两分钟。……阳光将从海洋吸收的水分变成云，风将云吹到各处，变成雨，落进溪流。河水不停地流，再流回大海。这种轮回就像轮子，转呀，转呀，永不停息。青蛙、虫子、森林、花草，都是生命轮回的一部分，人也是。每一次轮回都不一样，都是新生命的开始，然后成长，变化；每一次轮回就是一次新运动的过程。"

（肖慧　译）

当温妮以一句"我不想死"道出我们所有人都怀有的对死亡的恐惧和抗拒时，她得到了这样的回答：

> "死亡是轮子上的一部分，紧接着是新生。……能享受生命的轮回是上帝的赐福。但我们一家，眼看着轮子在转，却望尘莫及。生存不易，生活需要努力，然而生命中没有变化，像我们一样，很没有意思。如果我知道有什么办法再攀上轮子，我马上去攀。没有死亡也就没有新生。像我们这样永远不再成长，失去活力，不能称为活着。我们像路边的石头，没有生命力。"

（肖慧　译）

为了不让别人重蹈覆辙，塔克一家严守着不老泉的秘密，并阻止了贪婪的黄衣人想要占有并出售不老泉水的阴谋行径。最终，在不老泉水和变化的生命之间，长大后的温妮选择了后者。多年后，当塔克夫妇再次经过这儿，他们看到了温妮的墓地。石碑上的简单碑文留下了这个曾经的小姑娘身为人妻和人母的充实生活的印记。温妮以她无声的选择道出了她对生命意义的理解，而《不老泉》也以它不无神秘和感伤的幻想故事，让我们体味到了那包含了死亡的生命的深刻内涵。

同样是谈论死亡的话题，偏好哲思的瑞士儿童文学作家于尔克·舒比格在他的短篇童话《小女孩和死神》中，展示了与童年有关的另一种面对死亡的生命态度。当"看起来很老而且又很累"的死神来到一个小女孩身边，告诉她"来！跟我走吧！时间到了"时，小女孩回答道："再等一下！我必须把家庭作业写完！"死神答应了她的要求。就这样，小女孩与死神之间的奇妙"周旋"开始了。女孩请死神帮忙解答家庭作业中的乘法题，但总有那么一题是死神无法回答上来的。于是，他只好把带走小女孩的期限留到第二天，等着她从老师那儿问来答案，完成作业。然而，前一天的作业完成了，第二天的作业又接踵而至：

> 小女孩说："老师今天又布置了新的家庭作业，在跟你走之前，我必须把作业写完，我希望有个干净的书桌。如果你能帮忙的话，我们很快就能做完。"
>
> 死神又帮助小女孩写作业，最后又碰到了死神不会的题目。
>
> 然后呢？
>
> 嗯，然后——
>
> 隔天呢？一个月之后呢？一年之后呢？当小女孩长大了不用再去上学之后呢？当死神更老、更老之后呢？
>
> （林敏雅　译）

在死神到来的时刻，我们看到的不是孩子的慌张或恐惧，而是一份与童年单纯的无知有关的从容，好像这个幼小的生命还没有学会以害怕的方式面对死亡。与"死"相比，她更在意和关切的是她在此刻所熟悉和惦记的小而又小的家庭作业。就这样，天真的小女孩让死神和她一起卷入了童年习题的思考里，而这仿佛唤起了"很老而且又很累"的死神对于生命的温暖记忆和眷恋。死神一次次到来，又一次次空手离开，与其说他是为了带走小女孩，不如说他更愿意和女孩一起逗留在童年的单纯而生机勃勃的烦恼与欢乐中。从这个意义上说，《小女孩和死神》的童话也是关于童年之于人类、孩子之于成人的意义的一种隐喻。很多时候，这天真活泼而充满希望的生命，正是我们借以抵抗死亡的老、累与虚无的精神依托。

有关生命的哲思赋予了童话的幻想以一种深刻的精神内涵。它让我们看到，这些写给儿童的幻想作品所拥有的不只是清浅的艺术外貌，它还蕴含着从童年独特的生命精神中生发而来的有关生活的洞见和深思。

四、童话幻想中的讽刺

童话的幻想世界主要以趣味取胜，而不常用来传达对生活的讽刺。这是因为讽刺的讥诮与当代童年的艺术精神之间存在着某些不可避免的龃龉之处。但在一些童话作品中，讽刺艺术的恰当运用也可以增添童话的故事情味，丰富童话的故事蕴涵。

说到现代童话的讽刺艺术，最为经典的例子大概是安徒生的著名童话《皇帝的新衣》。在这则由民间传说改编而来的童话中，两个骗子对国王宣称他们织出来的布料有一个特点："只要是不够称职或者特别愚蠢的人，都看不见它"。虚荣、愚蠢的皇帝于是穿上那并不存在的新衣，开始了一场滑稽的游行。而举国臣民无不自愿地投入这场游行的狂欢中。童话的讽刺从国王每个钟头都要换一身衣服的夸张叙述开始，一直贯穿整个故事。尤其是在国王亲自走进织布间的那一刻，这一讽刺得到了淋漓的展示：

　　这匹华丽的布料成了全城人议论的话题。这下子，皇帝觉得自己也该趁它还在织布机上时，去瞧瞧这匹布的样子。他选了一队随从，其中包括那两位曾经被派去视察的老亲信。他们一起来到织布间里，只见两个狡猾的骗子正在那儿织得起劲，却不见一根线的影子。

　　"瞧，它是不是很美？"那两位亲信说，"陛下，请看这花样，这颜色，是不是美极了！"他们就那么指着空荡荡的织布机，一心以为其他人一定能看到布匹。

　　"怎么回事？"皇帝想，"我什么也看不到——这简直太可怕了！难道我很蠢吗？还是说我不配做一个皇帝？对我来说，再没有比这更糟糕的事情了……"

　　"哦，太棒了！"他对着其他人说，"这布料太称我的心了！"他一面望着那架空空的织布机，一面满意地点着头。他才不会说自己什么也没看到。所有的随从看啊看，每个人都跟其他人一样，什么都看不到。但他们也像皇帝一样说："哦，太棒了！"过不多久就要举行盛大的游行了，他们建议皇帝用这匹华丽的新布做一身衣袍，穿着它去游行。"美极了！""好极了！""棒极了！"每个人都这么说，所有人都觉得很满意。皇帝赐给两个骗子每人一个爵位，还有一枚徽章，用来别在他们的纽扣眼里。

（赵霞　译）

我们知道，故事里的国王是为了证明自己既不"愚蠢"，也足够"称职"，才假装看见了那并不存在的布料，但这一举动恰恰反证了他的愚蠢和不配做国王的事实。至于国王之外的臣民们的表现，则包含了对于虚伪、脆弱而复杂的人性的讽刺。

然而，仅有这样的讽刺，还不足以使它成为一则优秀的儿童童话。与这一故事的民间童话版本相比，作为儿童文学作家的安徒生的高妙处在于，通过让一个天真的孩子道出国王没有穿衣的真相，他将一种不无尖刻的民间讽刺艺术转换为了另一种纯净的童年讽刺艺术。于是，我们对于这则故事的关注和诠释重心也从它对人世的讥讽转向了它对那个说真话的孩子的赞美，亦即从对人性的批评转向了对人性的肯定。这一转向使这个"皇帝的新衣"的故事真正成为一个适合孩子的童话。

因此，讽刺很少成为童话幻想的主导色彩。很多时候，它倒是作为一种故事趣味的调剂，出现在童话的叙事编织中。比如刘彪的童话《老鼠看电影》讲述了这么一个故事：电影院正在放电影，因为片子差劲，观众都走光了，影片却还在自动放映。住在影院地底下的一群老鼠决定上去看电影。不过，在出发之前，鼠王要将各项事宜安排妥当。首先，要预防猫或蛇乘机捣毁鼠国的城堡：

于是召开紧急御前会议，最后决定警戒由国防大臣负责。国防大臣立即把这个任务交给卫戍司令，卫戍司令又把它交给第一师师长，第一师师长又把它交给第二团团长，第二团团长又把它交给第三营营长，第三营营长又把它交给第四连连长，第四连连长又把它交给第五排排长，第五排排长又把它交给第六班班长，第六班班长再把它交给第七个列兵——"啤酒瓶底儿"。

"啤酒瓶底儿"高度近视，戴着老厚的镜片仍然是鼠目寸光，反正去影院也看不清银幕，它也就爽快地答应了。再一级级汇报上去，最后国防大臣向国王报告："我已命令一个师的兵力负责警戒，您就放心吧！"

接下来还要统一服装，排定座次，再由国王宣布九十九条看电影的纪律，最后才是隆重的入场式。然而——

等老鼠们吹吹打打，迈着整齐的步伐进入影院时，银幕上只剩下硕大无朋的"剧终"二字了！

整个童话就结束在了这一充满喜感的讽刺场景中。不过，尽管老鼠看电影的故事在很大程度上借用了讽刺艺术的手法，但讽刺本身却并非这则童话文学表现的第一要务，同时，它的讽刺也不指向某种尖锐而直接的现实隐射。我们当然可以从生活中发现"老鼠看电影"事件的某些影子，但它真正吸引读者的地方，还是发生在老鼠城堡里的这场夸张而滑稽的闹剧本身，也就是说，这里的讽刺主要服务于童话故事喜剧效果的呈现。这也正符合了童话幻想应有的精神底色。

五、童话幻想中的社会批判

童话的幻想与一种自觉的社会批判之间的联系，是在现代童话兴起之后才正式建立起来的。它源自童话作家面对现实的某种忧患意识，他要通过虚构的幻想来唤起人们对于某种社会现实的关注和敏感。例如，安徒生笔下"卖火柴的小女孩"的故事，便包含了那个时代的社会批判。

当然，在优秀的童话作品中，批判从来不是外加于幻想的某种既成的理论预设，它不是把幻想当作理念诠释的工具，而是来自童话作家对生活的真切感知、体验和反思，并且自然而然地从他写作的笔端流露出来。我们也可以说，这类批判本身就是我们最真实的生活体验。

在当代的大量童话作品中，融入童话幻想的现代性批判成为一个普遍和典型的创作现象。在这些幻想的世界里，往往包含了对于工业时代人的生存状况、生活现实等的批判性思考。在米切尔·恩德的童话《毛毛》中，那些从幻想中虚构出来的"灰先生"的形象，生动地传达出了在现代人中间蔓延的某种病态的时间意识。来自所谓的时间银行的 XYQ/384/b 号代理人以精确、冰冷的数字为理发师弗西先生算了一笔"被浪费的时间"的账目，这其中除了睡觉、吃饭的时间外，还包括弗西先生每天用来陪伴和照顾自己年迈母亲的时间，看电影的时间，和朋友聚会的时间，看书的时间，以及探望心爱的达丽娅小姐并为她送上一朵花的时间……灰先生告诉他，所有这些时间都应该节省下来，存进时间银行，以换取更多的时间财富：

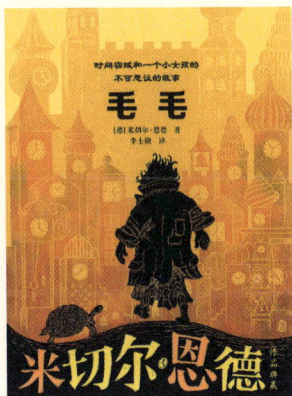

《毛毛》

您应该知道怎样节省时间！例如，您应该更快地工作，要放弃一切不必要做的事情。给每个顾客理发只用十五分钟，而不是再用半小时。要避免进行浪费时间的闲谈。把陪母亲的时间从一小时缩短为半小时，最好干脆把她送进又好又便宜的养老院，那儿会有人照顾她。这样一来，您每天就可以省下整整一个小时的时间。也不要再养那只没用的鹦鹉了。如果您必须去拜访达丽娅小姐，就把每周一次改为两周一次。把每天十五分钟的反省也取消吧，更不要再经常把宝贵的时间浪费在什么唱歌、读书上面，也不要和您的那些所谓的朋友闲扯了。此外，我顺便给您提个建议：您在这个店里挂一个又大又准的挂钟，这样您就能准确地监督您的学徒工作。

（李士勋　译）

灰先生保证，这一改变将使弗西先生成为"真正现代的人和先进的人"。而弗西先生也的确照着做了。至于省下来的时间财富到底有什么价值，已经不再是他关心的问题。像无数现代人一样，理发师弗西从此进入一种无比忙碌却又不清楚为何而忙碌的现代生活状态，在这里，"一个人是否喜欢自己的工作，或者是否爱做某一件事情，那是无关紧要的——相反，只管干就是了，重要的是应在尽可能短的时间内做更多的工作"。身为现代人，我们又何尝不时刻受到这一时间观的支配？灰先生无疑是童话幻想的产物，但它却比许多理性的阐说让我们更认清了现代时间和生活的冰冷而乏味的一面，以及现代人对这一时间和生活的缺乏反思的漠然接受。

童话幻想的批判内涵总是借童年的意象得以寄托，并在孩子身上得到救赎。在恩德的这部童话里，最终将迷途的大人们从现代时间的功利迷思中拯救出来的正是名叫毛毛的小女孩。在周锐的短篇童话《不好看的书》里，孩子虽然不是以拯救者的姿态出现，却以其单纯的心性保留着成人丢失的真相。童话中，一个小外星人来到地球，让一个摄影家拍了照，得到一捆钞票。他原以为这沓纸会是一本地球上的图画书，于是开始津津有味地一张张翻看：

怎么搞的，第二张的图画跟第一张一模一样？

他又往下翻，都是一样，一样……地球人的书真没意思。

小外星人正要扔掉这捆钞票，看见有个大人带着个孩子，孩子一边走一边看着本图画书。小外星人的眼睛睁大了——那孩子一张一张地翻过去，一张和一张都不一样！

小外星人说："还是你们的书好看。"

那大人看了看小外星人手里的钞票，说："你的'书'更好看。这种'书'越厚越好看。"

"那，你肯不肯跟我换？"小外星人把厚厚的一捆钞票递过去。

大人愣了愣，接过钞票，对着太阳仔细照："嗯，是真的。——儿子，咱跟他换！"

可孩子抱紧他心爱的书。

"别傻啦！"大人一把将书夺下，和小外星人换了钞票，拉了孩子就走。

小外星人站在那里，笑了一下："到底谁傻？"

他马上打开图画书，一张一张地翻看不同样的图画。

在孩子看来，钞票不过是一些"没意思"的纸张，每一页都充满新奇之美的图画书才是他们的"心爱"之物。然而，透过大人的眼睛，事物的价值不再以它相对于人的心灵的情感受到判断，而是被附加于它之上的货币价值所左右。孩子和大人对于"书"和"钞票"这两种纸制品的截然不同的价值理解促使我们思考，在充满功利的现代生活中，我们究竟迷失了什么？

从童话幻想的趣味、温情、哲理、讽刺和批判中，我们看到了这一幻想艺术展开的丰富样貌，也看到了它独特的深度。我们可以说，童话的存在使童年受惠于一种幻想的生活，而童年的存在则赋予了童话的幻想以独一无二的艺术和精神价值。

第三节　童话的主要艺术手法

童话的艺术手法，是指童话创作中所使用的各种具体的文学表现手法。在当代，童话文体发展出了丰富多样的艺术手法，不过其中最常见的还是拟人、夸张和错位三种手法。这是从古老的民间童话就已开始得到运用的艺术手法，它们在当代童话创作中又不断获得新的丰富和发展。

一、拟人

拟人是赋予非人的对象以人格化的情感、行为等特征的艺术手法，它也是童话创作最常用的艺术手法。在童话作品中，拟人化的动物、植物和其他物件不但频繁出没于故事情节，而且往往成为童话故事的主角。例如，英国作家肯尼斯·格雷厄姆的童话《柳林风声》，是以拟人的手法讲述鼹鼠、水鼠、獾、蛤蟆等动物居民的生活；奥地利作家费里克斯·萨尔登的《小鹿班比》，是以拟人的手法讲述一只小鹿在森林里的成长故事；E.B. 怀特的《夏洛的网》《吹小号的天鹅》《精灵鼠小弟》，也都是以拟人动物为主角的长篇童话。相比之下，拟人化的植物主角较多见于短篇童话，比如安徒生的《一个豆荚里的五粒豌豆》《小意达的花儿》等作品。至于安徒生的《烛》《缝衣针》等故事，采用的则是将我们日常生活中无生命的事物予以拟人化的手法。

童话的拟人手法常选择儿童最熟悉、最亲切的生活对象，其中自然包括童年时代的玩具。米尔恩的童话《小熊温尼·菩》，讲述的正是以一个孩子的毛绒小熊和其他玩具为主要角色的一个个故事。美国儿童文学作家凯特·迪卡米洛的《爱德华的奇妙之旅》，也是以一只名叫爱德华的玩具瓷兔为主角的童话。

拟人手法在童话中的普遍运用与儿童的泛灵思维特征有关。将身边的一切事物看作有生命的对象，是幼年时代人的思维共性。在童话的拟人中，这一思维的冲动既得到了充分的发挥，也得到了充分的释放。同时，借助于拟人角色得到演绎的各种童年生活体验，使孩子一方面获得了角色"扮演"的满足感，另一方面也得以站在一定的距离之外观看发生在这些"他者"角色身上的故事，后者又给予了孩子尤其是幼儿的童话阅读过程以必要的安全感。

二、夸张

夸张是童话创作中使用的另一种常见艺术手法。上面分析到的《皇帝的新装》《老鼠看电影》等作品，均离不开夸张手法的运用。我们在"儿童文学的幽默艺术"和"儿童文学的荒诞艺术"二章已较细致地分析到夸张的艺术手法，其中涉及的作品主要也是童话。这里，我们不再重述这一手法的具体表现，而是补充介绍一下它在常人体童话语境中的特殊功能。

在一些以常人为角色的童话故事里，由于缺少魔法之类的神奇元素介入，夸张尤其是制造和渲染童话表现效果的重要手段。例如，贝杰明·爱尔钦的童话《世界上最响的声音》，以夸张的手法虚构了一个名为"砰砰城"的全世界"最吵闹的地方"：

> 他们城里的鸭子是全世界叫得最响的；他们关门的声音是全世界最响的；连警察吹起哨子来，也是全世界最刺耳的。

（平波　译）

这无疑是一种程度的夸张。在这个夸张的砰砰城里，最爱吵闹的还要数国王的儿子喧闹王子。马上就是王子六岁的生日了，他的国王父亲问他想得到什么样的生日礼物：

> "我想听世界上最响的声音。"喧闹王子回答说。

> "好，"国王说，"到那天我将命令皇家鼓手敲一整天的鼓，让他们敲出响得出奇的鼓声。"

> "我早已听过了，"王子抱怨说，"那不是世界上最响的声音。"

> "那么，"国王又许诺说，"我还要命令所有的警察都吹起响得出奇的哨子。"

> "那些我也听过了，"喧闹王子说，"还是不够响。"

> "你听我说，"国王说，"到那一天我再命令所有的学校都放假，叫小孩子们一整天待在家里不停地使劲关门，把门关得特别响。怎么样？"

"这还差不多，"王子同意说，"但是还算不上世界上最响的声音。"

　　国王是个慈祥的父亲，可现在他也开始不耐烦了。"你到底在想些什么呀？"他问，"你有什么好主意？"

　　"当然，"喧闹王子回答说，"那么我来告诉你这些日子我一直盼望的东西。我想让世界上所有的人在同一时刻发出叫喊。如果千百万的人一齐叫喊起来，我想这一定是世界上最响的声音。"

（平波　译）

　　随着父子俩对话的展开，关于"世界上最响的声音"的夸张也在不断推进，最后达到某个顶点。于是，到了那一天，成千上万的人被召集到皇宫前的广场，准备以叫喊声为王子献上生日礼物。人们没有料到的是，前来广场的每个人都怀着一样的心思，他们暗暗打定主意，到时只张开嘴，而不喊出声，也好乘着这个机会好好地听一听这"世界上最响的声音"。这样，到了原本应该最喧闹的时刻，广场上却一片寂静，迎来了最安静的时刻。而王子则从这安静里"生平第一次听到了小鸟的歌唱，听到了微风在树叶间的低语声，小溪潺潺的流水声"。他立刻喜欢上了它们。于是——

　　砰砰城里的居民现在说起话来轻声细语，他们以拥有全世界最安静的鸭子、关起来声音最轻的门、哨子吹得最柔和的警察而自豪。

（平波　译）

　　从"最响"到"最轻"，从"最吵闹"到"最安静"，从"最刺耳"到"最柔和"，极致的童话夸张渲染出极致的对比效果，从而在充满戏剧性的场景中，充分传递出童话想要表达的意味。在故事里，上述童话夸张的表现效果，显然是任何常态现实的描写所不可比拟的。这也体现了童话的夸张相对于其艺术表现力的独特价值。

三、错位

错位是将事物正常的位置、方向、逻辑、规律等予以倒错以达到特定艺术表现效果的手法。在童话的创作中，特征错位、时空错位和逻辑错位是常见的三种错位手法。

特征错位是将原本属于甲事物的特征移植到乙事物身上造成的错位。在童话中，它最显而易见的表现是外形特征的错位，由此造成的"异形"现象在童话中十分常见。例如，在德

《小女巫》

国儿童文学作家奥得弗雷德·普鲁士勒的童话《小女巫》中，主人公小女巫与动物们一起举办了一个"森林里的狂欢节"。狂欢节上，小女巫施展魔法，把各种动物的特征加以移换和调位。她让野兔长出了鹿角，让鹿长出了兔子的耳朵，她把森林鼠和家兔的大小进行对调，又让松鼠长出了乌鸦的翅膀。当狡猾的狐狸也要求加入这一狂欢节的队列时，小女巫让他长出了一个鸭子嘴，这样狐狸就不再对其他小动物构成威胁。在这样的特征错位中，故事想象的狂欢氛围得到了充分的表现和传达。

童话作家也常运用角色性格特征的错位来编织故事，营造趣味。在德国儿童文学作家安娜格特·富克斯胡贝尔的《胆小如鼠的巨人/胆

大包天的睡鼠》中，庞大而胆小的巨人与小个而勇敢的睡鼠之间形成了性格特征上的某种错位，从而营造出故事的新奇感和幽默感。当这两个主角在故事里相遇时，会发生什么样的事情呢？张秋生的童话《狮子座的兔子和山羊座的狮子》，也在一定程度上运用了这一性格特征的错位手法。

时空错位是将属于此一时空的人物、事件等移换到另一相异时空而造成的错位。冰波的"阿笨猫"系列故事中，有一则题为《古代旅行》的故事。故事里，阿笨猫坐着时光倒流机到了古代，想要拿现代商品换回些古董发财，然而每次都空手而回。原来，当他回到古代时，他也不知不觉被古代人的思维所同化，各种想法与他在现代社会时大相径庭。上述异想天开的时空错位为作品提供了特殊的幻想机制，也给故事带来了别样的幽默效果。

葛竞的童话《鱼缸里的生物课》则是通过别出心裁的空间移换来造成特殊的童话幻想效果。作者将一堂原本平常的生物课"移"到了"鱼缸"这一不同寻常的空间里，也把故事从生活的空间"移"到了童话的空间中。生物老师的袖口看似不经意地带翻了玻璃鱼缸，只一会儿工夫，流出的水和鱼把教室变成了一个大鱼缸，老师就在水底下给大家上起课来。她一边指挥着各种鱼儿游来游去，一边从容介绍它们的特性。故事末了，又留给读者一个新的悬念："下节课要讲鸟类，生物老师不会'不小心'让教室飘到空中去吧？"

逻辑错位是将正常的生活逻辑翻转或颠倒造成的错位。比如金近的童话《狐狸打猎人》，其题目就指向一种正常逻辑的颠倒错位。周锐的童话《苹果吃我》也是一样。读者的疑问是：只有"我吃苹果"，"苹果"如何"吃我"？原来，故事里的"我"不小心吃了一个超级苹果，先是慢慢长成了一张苹果脸，接着连头发也开始变绿，耳朵里还爬出了只有植物身上才有的小青虫。医生的诊断是：有一天，"我"会完全变成一个苹果。为了改变这一命运，我开始尝试大吃别的水果以抵消这个变化，直到有一天，我吃下了一个超级柚子……通过颠倒生活中的正常逻辑，作家赋予了这则童话以一种荒诞离奇的幽默感。

童话中的逻辑倒错手法也常被用来传达特定的批判意涵。在凯斯特纳的童话《动物会议》中，全世界的动物出于对人类"总是一而再、再而三地发动战争"的义愤，决定开会商讨如何改变现状，拯救人类。故事里，人与动物之间的正常逻辑关系被颠倒了过来，不是人类出于危机感来拯救动物，而是动物出于危机感来拯救人。这倒错的荒唐逻辑，有力地反衬出对人类社会的批判。

此外还有语言逻辑的错位。比如方素珍的童话《我有友情要出租》。我们知道，在正常的语言逻辑中，与"出租"一词合适的搭配总是某个物质对象，比如出租房子，出租汽车，出租用具，等等。与此相比，"出租友情"显然是一种有意的错位组合，它通过将原本物质性的"出租"与非物质性的"友情"进行错位搭配，激起了读者的好奇："友情"也可以"出租"吗？它该如何"出租"？它的"出租"将带来什么样的故事？正是这一错位的语词组合，引出了小男孩"小丁子"和猩猩"大个儿"之间令人难忘的友情故事。

童话的艺术手法多种多样，它们也赋予了童话作品丰富的艺术面貌。今天，这一儿童文学文体的表现疆域还在不断拓展，其艺术世界也在不断扩容。这无疑将使当代童话文体呈现出更为蓬勃的艺术生命力。

思考与练习

1. 在中文语境下，童话的概念经历了怎样的变迁？当代童话主要是指一类什么样的文体？

2. 与民间童话相比，现代创作童话的艺术进步主要体现在哪里？

3. 结合具体作品谈谈童话如何通过幻想的艺术手法来表现独特的趣味、温情、哲理、讽刺和社会批判内涵。

4. 童话的主要艺术手法有哪些？请举作品的实例展开分析。

第十三章　儿童小说

　　除夕夜，妈妈和爸爸吵架了。我不知道吵架的原因，因为他们是在朋友那里迎接新年，很晚很晚才回家的，到了早晨，两人就不说话了……

　　这是最不好的事情！宁可他们吵一顿，闹一顿，然后就和好。要不然，别看他们走起路来若无其事，和我讲话也是轻声细语，仿佛什么事儿也没有，但在这种情况下，我总觉得出事了。而这事儿什么时候了结呢？那是无法知道的，因为他们两人不讲话啊！就好像在生病的时候，如果体温突然上升，哪怕升到四十摄氏度，也没什么可怕的——可以用药把体温压下去嘛；而且我总觉得，体温越高，越容易确定病因，病就越容易治好，譬如有一次医生完全以一副若有所思的样子看了看我，对妈妈说："他的体温正常……"我马上就感到很不自在。

　　总之，寒假的第一天，我们家里就出现了这种宁静和轻声细语，我也就没有兴致去参加枞树游艺会了。

　　　　　　　　　　——阿纳托利·阿列克辛《最幸福的一天》

这是一篇儿童小说开头部分的一个片段。尽管只是小小的一段文字，但在作家生动的叙述下，故事主人公"我"的性格特征、故事的基本悬念、作品的情节核心等，既得到了充分的预告，也埋下了巧妙的伏笔。这生动的预告和伏笔，把我们带向了小说故事叙述的深处。

儿童小说是指专为儿童创作并适宜他们阅读接受的小说作品的总称。顾名思义，它是儿童的读者定位与小说的艺术体式相结合的产物。

第一节　儿童小说的基本艺术特征

这里所说的儿童小说的基本艺术特征，是指儿童小说在题材、形象、主旨、内涵等层面表现出来的艺术特点。它也是儿童小说在某些方面区别于其他儿童文学文体或一般小说的艺术特征。

一、书写和呈现儿童的生活现实

儿童小说的基本题材是书写和呈现儿童的生活现实，这一点使它从小说的总类中独立出来。与此同时，同为叙事体儿童文学的主要文体，儿童小说与童话的区别之一即在于童话主要是以虚构的幻想间接地反映儿童的生活，而儿童小说则得以将叙事的笔墨直接对准现实。这使儿童小说能够从一个更贴近的距离来观察和书写童年的生活。

现实的儿童生活是儿童小说最为常见的书写题材。这是因为儿童小说的读者首先是今天的孩子，他们的生活方式、内容、情感、体验等，自然成为儿童小说的首要描写对象。这些现实儿童生活题材依其发生环境的不同，又包含了儿童的校园生活、家庭生活和社会生活。

儿童校园生活。校园生活的书写主要落笔在与儿童的学校生活密切相关的写作题材上，包括学校生活的各种内容以及师生、同学之间的交往等。在这里，我们看到了当代孩子校园生活的真切情状，也看到了学校生活带给他们的种种欢乐与烦恼。

比如王淑芬的"君伟上小学"系列，以主人公张君伟的第一人称叙事角度讲述他小学一至六年级的校园生活内容与感受。杨红樱的《女生日记》，主要所记也是主人公在小学六年级阶段的校园生活内容，其中包括师生情谊、同侪友谊以及男女生之间的交往等校园敏感话题。张之路的《理查三世》《题王许威武》《蟋蟀也吃兴奋剂》等小说，其主要的叙事聚焦同样放在少年时代的校园生活上。短篇《题王许威武》是关于当代应试教育体制下少年校园生活和师生关系的一次混合了现实与浪漫意味的书写。小说中，有着"题王"之誉的物理教师许威武一出场，就在故事里引发一阵喧哗。小说对于许威武"题王"身份的表现与渲染颇含几许神奇，包括他"以极其准确的步伐踏着第二遍铃声走上讲台"的动作，他的鹰爪般的手的特写，他把粉笔头抛向瞌睡学生时的那份精准与幽默，他对于中学物理试题的令人惊叹的熟稔，等等，不断凸显着现代考试制度衬托下许威武身上独特的"王"的气息。这份才华与气魄十分自然地折服了无数学生。而在这样的映衬下，恃才傲物的物理课代表宿小羽的那份不无刻意的轻蔑与反叛，才显得格外刺眼和令人好奇。小说解释了宿小羽与许威武"结怨"的由来和这份怨气的持续加深。这个特别的中学生留给我们的印象是恃才而又虚荣，骄傲而又孤独，清高而又敏感。故事的转折发生在宿小羽出于难以自抑的叛逆心理翻进办公室偷取第二天物理考试卷的那一刻。这一幕恰好被许威武无意撞破，他索性用激将法，把试卷大方地摊开在宿小羽的面前：

一瞬间，宿小羽忽然感到一种茫然的情绪袭上了心头，他发现他的追求变得毫无意义了，他那梦寐以求的东西变得一钱不值了。

他惶惑地抬起头，这会儿他突然发现许威武眼中的火苗变了，变得是如此的温暖与和蔼，是如此的慈祥与庄严。宿小羽的心中产生了一种异样的感觉，他觉得心底突然变得辽阔起来，辽阔得可以容下大海。他注视着许威武的眼睛，久久地，久久地。他觉得那里的火焰在温暖他，靠近他。他心中的海面上突然轻轻地响了一声，那是什么东西点燃了，暖暖的，亮亮的。胸中的冰融化了。

许威武眼中的火苗消失了，他的脚下堆满了烟头。

"看完了吗？"许威武说。

"看完了！"

"记住了吗？"

"记住了！"

第二天，当许威武收上卷子来的时候，发现了一张一字没写的白卷。自然，那是宿小羽的。许威武郑重地在分数栏里填写了"0"分。

师生之间这场似敌似友的交锋，让我们看到了作为教师的许威武的那份教育智慧和气度，也看到了作为学生的宿小羽退去孤傲后的那份真诚的自重。在那样一个弥漫着卷烟味儿的暗夜里，一位教师以他独特的方式，保护和引渡了一个迷途中的少年灵魂。

桂文亚的儿童小说《直到永远》，讲述的则是一段完全属于童年自己的真诚而纯净的校园友情。"我"与同班同学周君在经历了校园体罚的"共患难"后，成为心照不宣的好朋友。
我们一起走在放学回家的路上，一起讲鬼故
事，一起笑到停不下来。这友情中带着些许
少年朦胧的情思，但其表达却是那么自然而
清新。小说所书写的友情透着童年真诚的欢
笑、轻松的幽默、难忘的温暖和"直到永远"
的淡淡惆怅。

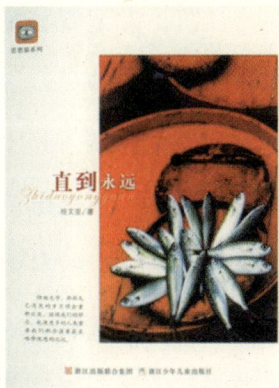

《直到永远》

儿童家庭生活。家庭生活是儿童小说的
另一基本题材对象，它包括孩子在家里的活动以及他们与父母、与同胞、
与其他家庭成员之间的交往，等等。

例如奥地利作家涅斯特林格的"弗朗兹"系列，便包含了对小男
孩弗朗兹家庭生活的各种书写。她的另一部儿童小说《伊尔莎出走了》，
讲述的是 14 岁的青春期女孩伊尔莎在家庭生活中遭遇的困境。伊尔莎
和妹妹跟随离异再婚的母亲来到一个新的家庭。她一时接纳不了由继父
代替的父亲角色，也不能接受新的弟弟妹妹的吵闹，更难以忍受母亲的
庸俗以及对她的曲解责骂，最后选择了从家中叛逆出逃。小说透过伊尔
莎的胞妹"我"的视角讲述故事。还在很小的时候，伊尔莎就养成了说
谎的习惯，而她的所有谎言只是因为她多么渴望拥有那些只有在假想中
才存在的东西：温暖的家庭，可爱的老师，优秀的朋友，等等。小说最后，
伊尔莎虽然回来了，但导致她"出走"的生活危机却并未得到真正的解
决。作品结尾透露出的某种抹之不去的"担忧"感，正是青春期的灵魂
投下的不安分的影子，它也促使我们反观小说中成人世界的失
误，进而反思我们自己的现实。

儿童小说记叙着发生在孩子与父母之间不可避免的家庭冲突，也书写着他们之间的彼此照料和良性互动。苏联儿童文学作家阿列克辛的儿童小说《请来电话吧，请来吧》中，有这么一则题为《您的身体好了吗》的故事，描写了一个真实而又富于戏剧性的家庭生活片段。小说中，外婆和妈妈对"我"的"不够出色"的医生爸爸总有些心怀不满。当爸爸因患流行

《请来电话吧，请来吧》

性感冒而不得不在家休养时，那些不时打进来的问候电话激发了"我"的灵感。"我"想方设法地让妈妈和外婆意识到，有那么多人关心着爸爸的病情，他们又多么需要爸爸：

又过了一个小时或者四十分钟左右，电话铃声又响了，是一个男人的声音：

"请问是大夫吗？"

"他的儿子！"

"好极了！那么您不会不理解我的。我的老婆明天要切除胆囊，本来说好由您的父亲主刀。正因为知道是他主刀我才把她送进这家医院的，虽然我也有其他一些路子！他们答应了我，由您的父亲……可突然出了这么一件意外的事情！怎么能这样呢？应该让他早点恢复健康！或许，他需要什么特效药吗？缺少什么药？我倒能……总之，我要等他开刀！这不是在剧院，可别给我安排个B角……"

"请把您说的这些话告诉他的妻子，就像您刚才对我说的那

样……一字不差，就那么说。也许，她能帮上忙。"

我又把妈妈叫来了。

接连几天，我对所有关心爸爸病情的人都说：

"现在还很难说，您晚上再打电话来吧。那时，他的妻子正好在家，她会把一切情况都告诉您的……"

于是，短短的几天时间，却改变了爸爸在家里的地位，而这一切在很大程度上要归功于"我"的暗中调度。尽管小说从未提及"我"对爸爸的态度和看法，但通过穿梭在故事里的这个小不点儿的种种言行，我们能够深切地感受到他与爸爸之间的那一份自然到无须用任何言语就能表达的温暖和爱。

儿童社会生活。 相比于家庭和学校，社会生活对孩子来说还有着一定的陌生感。尽管孩子从能够走出家门的那一刻起就无时不处在社会环境的包围下，但对他们来说，要应对复杂的社会生活，显然还需要更多的历练。尤其是在当代童年生活的语境中，像埃克多·马洛的《苦儿流浪记》、马克·吐温的《哈克贝利·芬恩历险记》这样以表现儿童的社会生存为题材的作品，毕竟还是少数。在当代儿童小说中，我们看到更多的是一种带有社区性的广义的社会生活体验，或者一种带有演练性的暂时的社会生存经历。前者如杨红樱"淘气包马小跳"系列中的《宠物集中营》《超级市长》等分册涉及的儿童社会参与活动；后者如班马的《六年级大逃亡》中李小乔逃离学校、闯入社会的那段经历。

当代儿童小说既致力于呈现童年真实的社会生活环境，更重视表现这一环境对童年的呵护和滋养。澳大利亚儿童文学作家、1986年国际安徒生奖获得者帕特里夏·赖特森的《我是跑马场老板》

正是这样一部书写儿童社会生活的小说。十一岁智障男孩安迪将同伴们虚拟的"拥有"游戏误以为真，也梦想着拥有一件自己的"财产"。这一天，他将跑马场内一个醉醺醺的拾荒老头儿当作跑马场的主人，拿三块钱向他"买"下了跑马场。从此，安迪常常满怀着老板的自豪去看望自己的跑马场。在跑马场工作的哈蒙先生得知事情的原委后，没有粗暴地打破安迪的

幻想，而是与其他人一起延续着男孩的这个游戏。于是，小安迪在跑马场里俨然得到了"老板"的待遇，就连场内摆摊的人也会笑着向他交上一大包炸土豆片作为"租金"。只是，他们也不得不小心应付这位老板带来的各种麻烦：为了庆祝好朋友的生日，安迪捡来废弃的彩带装饰跑马场的看台，以至于引起了委员会的抱怨；为了让自己的跑马场"漂亮"起来，他将乐队坐的白色长凳重新漆了一遍，于是，当乐手离开凳子行进吹奏时，所有人的裤子后面一律沾上了白色的油漆；他还用扳子拧紧了跑狗训练道上的螺母，训练不得不因此而取消……显然，对于哈蒙先生和跑马场的管理委员会来说，到了必须解决问题的时候了。最终，他们想出了两全其美的办法——用十块钱从安迪手中重新"买"回跑马场。为了让这个过程显得足够正式和逼真，他们还安排安迪签署了一份文件。安迪卖掉了他的跑马场，但曾经拥有一个跑马场的欢乐却在他的生命中留下了永远的印迹。小说让我们看到了成年人的社会怎样以自己的耐性和同情的智慧，尊重和保护了一个智障孩子天真的梦想。

很多时候，儿童生活在家庭、校园和社会共同营造的大空间中，

《我是跑马场老板》

在儿童小说里，这三种生活环境也往往交织融合。比如，在美国作家布斯·塔金顿的儿童小说《男孩彭罗德的烦恼》中，我们看到的就是彭罗德穿梭于家庭、校园和社会空间之间的活跃身影。事实上，在许多儿童小说中，儿童的家庭、校园和社会生活之间并无确定的界限，而是相互影响并且彼此塑造的。它们共同构成了童年生活展开于其上的单纯而多元的背景。

儿童小说不但关注儿童的当下生活，也记录着属于过去时代的童年生活，后者不但提供了关于童年的生动生活故事，也承担着童年文化的某种历史记录功能。德瓦斯康塞洛斯在《我亲爱的甜橙树》中写到的小男孩泽泽的故事，便是作家心中存储、酝酿了四十多年的童年回忆的一次爆发，它让我们看到了20世纪初巴西贫苦童年的某种现状，更让我们看到了那个年代同样拥有的温暖生活的力量。以色列儿童文学作家、1996年国际安徒生奖获得者尤里·奥莱夫的儿童小说《鸟儿街上的岛屿》，也是作家本人童年生活经历的某种再现，它把我们带回到二战时期的华沙，带到了犹太人大屠杀的残酷时代。那时候，战争、逃亡、杀戮这些对童年来说本应陌生的词，却成为孩子不得不面对的生活现实。

过去的童年生活常带着历史赋予它的重量。常新港的短篇《我亲爱的童年》，讲述的是发生在"文革"时代的童年生活故事。爸爸从大雪天里抢救回来的四个青皮西红柿，成为物质匮乏的冬天里全家人共同的期盼。这四个西红柿被爸爸放进厨房的一个篮

《我亲爱的童年》

子里，挂在空中。这一天，妹妹忍不住偷吃了篮子里一个快要变红的西红柿，"我"则因此尝到了被冤枉的滋味。不过，这个小小的插曲并未阻断一家人对西红柿的期待，反而把它推向了一个更令人兴奋的阶段。然而，就在剩下的三个西红柿快要红透的时候，爸爸妈妈把其中的两个半西红柿做成饺子馅儿，包进饺子，送给了病中的知青老师陈红卫。谁也没有料到，在随后的"大字报"运动中，这两个半西红柿和着鸡蛋做成的饺子，恰恰成了陈红卫指责爸爸"一直保留着有钱人的生活习气"的罪证。这一"恩将仇报"的闹剧，是那个特殊年代里人性畸变的产物。显然，小说虽是书写童年，也并不回避生活和人性中真实的黑暗。但它最有力的情感却在结尾——当运动结束，陈红卫回城的那天，"我"忍不住偷偷跑去看她：

> 我是悄悄去的。我远远地站在那里，看着众人跟陈红卫说着什么。陈红卫老师像是看见了我，她的眼光穿过了众人的缝隙，落到我的脸上。她一直在留意我的眼神，留意我在看着她。
>
> 我想，她要是不走过来，我就转身离开，不再回头。
>
> 这时，陈红卫走了过来，她低头望着我："你有话对我说，是吗？我知道你有话想跟我说！对吧？"
>
> 我摇头，觉得没有话说了。从她朝我走过来时，我就不恨她了。她的脸很漂亮、很漂亮啊！
>
> 我没有理由恨她。
>
> 她突然说道："我对不起你爸爸，对不起你妈妈，也对不起你和你的弟弟妹妹。将来，我走到哪里，也不会忘记你们一家人的……"

听了她的话，我再说什么都是没用的，都是废话了。我看着她笑了起来。她用手摸了一下我的脸。她的手很香，也很软，充满了温暖。

当送她的卡车开动时，我追了上去。陈红卫老师原来是坐在敞篷车的车厢里的，看见我追着汽车跑，她就站了起来，朝我摆手，不让我追了。

我冲着陈红卫喊道："你还是叫陈曼妮好！陈曼妮这名字好听……"我看见陈红卫，不，陈曼妮，用两手捂住脸，像是哭了。

我站住了。

她哭了。我因为她的哭而感动。

我没有学会去恨一个伤害过我们家的人。

我们看到的是，在经历了那个冷酷而畸形的年代之后，一个孩子的心灵并没有被仇恨所占据，而是如此自然地保留了它纯洁善良的本性。站在今天回眸过去，这样一段从不无污浊的年代里生长起来的清洁的童年记忆，也促动着我们对那个时代的反思。

一代代人的童年离我们远去，却在儿童小说里留下了永恒的情味。张玉清的《牛骨头》，讲述物资紧缺、生活艰难的岁月里，一位父亲怎样凭着他的见识、经验和耐性，从一架看似无用的牛骨头里为一家人熬制出一盆珍贵的牛油。小说中父亲的形象铭刻在孩子心上的记忆，今天读来仍然深深地打动着我们。我们从中看到了过去童年生活的价值，也看到了记录这些生活的儿童小说的意义。

二、塑造和表现儿童的典型形象

在所有儿童文学文体中，儿童小说最看重典型形象的塑造。这与小说文体自身的艺术特性有关。在小说的艺术中，典型形象的塑造占据着至为重要的艺术地位，很多时候，一部优秀的小说正是因其成功塑造的形象典型而为人们所熟识。儿童小说也是如此。当然，它塑造的典型形象一般都是儿童。谈到这类形象，我们会联想到一连串熟悉的名字：马克·吐温笔下的汤姆·索亚，林格伦笔下的艾米尔，涅斯特林格笔下的弗朗兹，勒内·戈西尼笔下的小尼古拉，露西·莫德·蒙哥玛利笔下的安妮，曹文轩笔下的桑桑，秦文君笔下的贾里、贾梅，班马笔下的李小乔，梅子涵笔下的戴小桥，张之路笔下的弯弯，王淑芬笔下的彭铁男，等等。

儿童小说形象的典型性主要来自其性格的典型性。所谓的典型性，是指这类形象的性格不但生动鲜明，而且反映了特定时代的一种具有普遍性的童年样貌。

比如，这是梅子涵的儿童小说《戴小桥和他的哥们儿》的开头：

《戴小桥和他的哥们儿》

我叫戴小桥。

可是你们最好不要叫我"大香蕉"，因为我们班级里的同学就是叫我大香蕉的。我不明白，爸爸妈妈给我起这个名字的时候，难道就没有想到别人会叫我大香蕉吗？他们总说我做事不肯动脑子，可是他们自己这叫做事动脑子了吗？我看也没怎么动。因为如果动的话，那么他们就应该想到，"戴小桥"一叫就能叫成"大香蕉"的。不信，你试试，戴小桥，大香蕉，戴小桥，大香蕉，怎么样，戴小桥——大香蕉吧？

小说主人公戴小桥的性格，从这段开头的自述中已经表露无遗。在自报家门后，他首先提醒别人"最好不要叫我'大香蕉'"，然而他的这一强调和随后的解释不但自己暴露了自己的绰号，而且强化了听者对这一绰号的印象。这一言语和意图之间的矛盾，生动地烘托出戴小桥不无稚气和滑稽的性格。而他的啰里啰唆的话语方式，以及他在名字的问题上对爸爸妈妈"做事不动脑子"的责备，则又透露出其天真的淘气。在其后发生的一系列故事中，戴小桥的这一不无淘气和滑稽的性格得到了生动的表现。这是一类在当代童年生活中具有典型性的儿童形象，而戴小桥的这一典型性格，也在某种程度上成为这部小说的艺术标记。

再看谢华笔下的小男孩老提：

一开学，老提就上三年级了，他们班换了一个年龄有点像奶奶，又有点像妈妈的老师。老提对妈妈说："我们升了一级，老师怎么也变大了呀？"老提挺想念原来那个大辫子老师，在二年级教室门口碰见她，仍旧叫得又响又亮。这时候，大辫子老师就会伸出手摸摸他的头，说："你好，老提！"

可这个新老师不叫他老提，第一次点名时，对着点名册，一字一顿地喊："谢——鑫——鼎！"当时老提正在想着一个很重要的问题，一点也没意识到这个陌生的名字与他有什么关系，直到旁边的同学用手拉他，后面的同学用脚踢他，他才慌慌忙忙地站了起来。老师有点不大高兴，问："你为什么现在才站起来?"老提说:"他们都叫我老提。"同学们一下全乐了。"对,他叫老提!""你怎么老提裤子呀?"有人干脆学起了体育老师的粗嗓门。这已是他们班公开的秘密,几乎人人都知道,教室里一片嘻嘻的笑声。

那还是刚上二年级的事,一次上体育课,班长刚喊过"立正",体育老师就把老提给拎了出来:"你怎么老提裤子呀?"于是大家一齐看老提摇摇欲坠的裤子。老提连忙又去提拉了一下,可一松手,裤子又恢复了似掉非掉的模样。有人说是因为裤子太大,有人说是因为老提太瘦,也有人让老提用一根皮带束一下。老提反倒不大在意,他觉得这实在算不了一回事,谁也没见他的裤子真会掉下来。

"嘻,老提!"有人这么叫他了。开始他不答应,因为这跟裤子有点瓜葛,终究不是个滋味。渐渐地,他听惯了,而且,还似乎挺来劲儿,比他原来的那个谢鑫鼎利索多了。后来,他干脆把它写在了作业本子上。可这位三年级老师不答应,还是一字一顿地叫:"谢——鑫——鼎——"叫得老提把背挺得直而又直。

老提想:这三年级跟二年级真的不大一样。

从这则同样与绰号有关的故事里,我们看到了一个男孩的有些松垮又有些憨直、有些粗疏又有些较真的喜剧性格。这也是当代儿童小说中的一类典型性格。再比如《六年级大逃亡》中的李小乔,浓缩和集中了无数试图逃离应试教育沉重压迫的当代孩子的身影;"贾里"和"贾梅"系列中这对性格活泼、自我感突出的兄妹,代表了当代都市少年的一类典型形象,等等。

与其他同样涉及童年形象塑造的儿童文学文体相比，儿童小说在典型性格的把握和塑造之外，也十分注重发掘和表现人物性格的深度。美国儿童文学作家、1998年国际安徒生奖获得者凯塞琳·帕特森的儿童小说《我和我的双胞胎妹妹》，讲述一对海湾家庭的双胞胎姐妹的故事。第一人称叙述者"我"是双胞胎中的姐姐，也是小说的主要人物。这是一个体魄强健、机敏能干的女孩，也是家庭劳动中的得力帮手。妹妹卡罗琳从一出生就体弱多病，但她长得十分漂亮，还有一副动人的歌喉。在家庭生活中，"我"发现自己无论怎么努力，似乎都难以赢得人们的关注。而自小受人瞩目的妹妹则在家人的支持下顺利完成了她的学业，也得到了幸福的婚姻。"我"就这样怀着对妹妹的难以言说的嫉妒和对家人的沉默无语的不满，慢慢长大起来，并在成年后选择了离开家庭，完成学业，独自去一个山区从事一份助产护士的职业，并在这里结婚生子。直到有一天，当"我"亲手接生下一对双胞胎，"我"才忽然明白，当年大人们之所以会以那样不同的方式对待"我"和妹妹，并不意味着他们不在意"我"，而是从我们出生的那一刻起，他们在潜意识中就认定了弱小无助的"妹妹"需要更多关注和呵护，正如"我"在助产双胞胎时，也毫无自觉地把全部精力都集中在了后出生的那个面临危险的孩子身上。这一瞬间的领悟打开了"我"多年的情感心结，也让我得以真正坦然地走在成年后的星空下。

我们看到，小说中"我"的性格无疑是多重而复杂的。一方面，

《我和我的双胞胎妹妹》

"我"是一个健康、勤劳、对家人有着强烈责任感的劳动家庭女孩。从"我"为这个家做出的种种贡献来说，"我"都无愧于自己作为长姐的身份。但另一方面，"我"的心里还有着一片无人知晓的晦暗角落，那里堆积着"我"对妹妹和其他家人的诸多怨怒。这是一个性格复杂的少女形象，它的复杂使它充满了生活的真实，也带出了人性的深度。从这个女孩的身上，我们看到了在一种被忽视的生活中默默地渴望并争取着关注的少年成长的心灵轨迹。正因为这样，"我"在小说结尾处的顿悟才带给我们强烈的情感震撼。这也正是儿童小说中典型形象所具有的艺术魅力和力量。

三、传递和表达儿童的生活愿望

儿童小说记述着儿童的生活现实，塑造着儿童的典型形象，同时也是儿童生活愿望的直接表达。这一表达的冲动是儿童渴望改变生活中不尽如人意处的自然结果。在儿童小说中，它既表现为对于某些令人不满的生活状况的批判，也表现为对一种理想的生活现实的想象。

每个孩子都渴望有一个温暖的家庭，这里有疼爱和理解自己的父母，也是我们犯错或失败时可以栖身和疗伤的地方。儿童小说正可以书写童年的这些愿望。前面提到的《伊尔莎出走了》便是典型的例子。小说通过伊尔莎的出走以及对导致这一出走的原因的追索，促使我们思考当代少年对家庭生活的期望，以及今天的许多家庭对孩子来说到底缺乏什么。

在《我亲爱的甜橙树》中，六岁的泽泽似乎从未享受过来自家庭的温暖。对于一个时常被贫穷生活挤逼到墙角的家庭来说，一个顽皮男孩的挨揍不过是家常便饭，一直到他遇见像真正的父亲和朋友那样对待他的成年人老葡。于是，泽泽萌生了让老葡"买"走自己的想法：

我们长时间地望着天上的云彩从树枝间溜过。是时候了，如果我现在不说，以后就永远没有机会说了。

"老葡！"

"嗯……"

"你睡着了吗？"

"还没有。"

"你在糖果店对拉迪斯劳先生说的事情是真的吗？"

"喂，我在糖果店跟拉迪斯劳先生说过的事情可多啦。"

"是关于我的，我听见了，我在车上听见的。"

"你听见了什么？"

"你是不是说很喜欢我？"

"我当然喜欢你啦，怎么了？"

我在他的怀里翻了个身，盯着他半闭的眼睛。这样看起来他的脸更胖了，他更像一个国王了。

"没怎么，我就是特别特别想知道，你真的喜欢我？"

"当然啦，小傻瓜。"

他更紧地搂着我，以此证明他说的是真的。

"我很认真地想过了，你只有一个住在恩坎塔多的女儿，对不对？"

"对。"

"你自己一个人住在那个有两个鸟笼的房子里，对不对？"

"没错。"

"你说你没有孙子，对不对？"

"是啊。"

"而且，你说你喜欢我，对不对？"

"一点儿不错。"

"那你可以来我家让爸爸把我送给你吗？"

他激动地一下坐了起来，用两只手捧着我的脸。

"你愿意做我的儿子？"

"我不能在出生前选择爸爸，可是，如果能选择的话，我就选你。"

"真的吗，小家伙？"

"我可以发誓！这样，家里就少了一张吃饭的嘴，我保证再也不说脏话，不说'腔'字了，我可以擦皮鞋，照顾鸟笼里的小鸟，我在各方面都做一个乖孩子，做学校里最好的学生，我什么都会干，什么都能干好。"

他不知道该怎样回答我。

"如果我被送人了，全家人简直要高兴死了，大家都松了一口气。……如果他们不给，你可以买我，爸爸一点儿钱都没有，我保证他愿意卖掉我，如果他开价太高，你可以像在雅各布先生那里买东西那样分期付款。"

（蔚玲　译）

泽泽想要让老葡"买"下自己的天真想法，是一个从未被大人理解的孩子内心渴求家庭温暖的最坦率的表达。这愿望充满了六岁孩子的稚气，但它却以一种令人落泪的真实，表达出了看似没心没肺的顽童泽泽对于那生活中缺席的家庭之爱的向往。

父母长辈之外，孩子也渴望着来自其他成人的理解。这类成人中尤其包括老师。许多儿童小说都致力于塑造童年心目中理想的教师形象，他们既是孩子的导师，也是孩子的益友。这些教师的形象实际上代表了儿童对校园学习生活的理想期望。日本作家黑柳彻子的《窗边的小豆豆》中，那个理解孩子更懂得怎么跟孩子打交道的充满耐心和爱心的小林校长，便是这样一个带有理想主义色彩的教师形象。前面提到的张之路的《题王许威武》，也是一个典型的例子。班马的《六年级大逃亡》中，李小乔关于他所敬重的柳夏来老师的那段回忆，同样是孩子心目中关于老师和学校的理想的一种投射。此外，杨红樱的《漂亮老师和坏小子》等作品中，与亲切、开明、博学、智慧、幽默的教师相伴而来的充实、欢乐的学习生活，也构成了这些小说对儿童读者的最大魅力。

孩子同时渴望着来自同龄人的真诚友情。在常新港的儿童小说《独船》中，孤独的男孩张石牙默默渴望着这样一份友情的温暖。为了赢得这份友情，他不但毫无私心地帮助曾经欺侮过他的同学张猛，当张猛溺水时，他更违背父亲的诫令，解开独船，跳水救人，最终为此付出了生命的代价。小说带着生活的残酷面貌的故事结局，令人唏嘘。而在曹文轩的小说《甜橙树》中，孩子对友情的渴盼则得到了一种富于浪漫气息的书写。名叫弯桥的傻男孩在甜橙树下睡着时，被三瓢、浮子、六谷和红扇四个孩子用带着尿臊味儿的泥浆狠狠捉弄了一番。而此时被四人欺辱的弯桥，却正做着四个与他们有关的梦。在梦里，弯桥的生活无一例外地得到了四人的帮助和照顾。当男孩弯桥"戴"着一脸泥浆醒转过来，他把四个梦一一告诉了这四个孩子。这些梦在恶作剧的孩子们心里激起难言的情感。于是，随着弯桥一一讲述他的四个梦境，四个孩子从起初的"坐着不动"到慢慢地"往弯桥跟前"挪了又挪。这一姿势变化传达出他们与弯桥之间关系的转变。最后，他们全都蹲到那个小小的烂泥塘边，用起初捉弄弯桥的黑泥浆涂出了四张黑脸。"五个孩子，一样的黑脸，像五个小鬼一般，在甜橙树下转着圈儿，又跳又唱……"就这样，一个善良的傻男孩，用自己的真诚与童年世界里无处不在的恶意相对，换回了四个好朋友的友情。

在儿童小说的艺术世界里，还有这么一类常见的书写：它们所表现的不是儿童熟悉和经历着的日常生活，而是另一种带有传奇性的生活，它很可能是孩子永远也不会亲身经历的事件；然而，通过在想象中书写这看似遥远的生活，它们传达出了童年内心深处的某些愿望和冲动。例如，斯蒂文森的《金银岛》、司各特·奥台尔的《蓝色的海豚岛》、艾非·沃提斯的《一名女水手的自白》一类的儿童历险小说，讲述的是儿童远走他乡的各种游历与冒险。在这里，儿童不再仅仅作为不成熟的孩子参与故事，而是像成人一样投身到充满危险的生活挑战中，为了胜任这冒险的考验，他们甚至必须表现出比成人更高明的智慧和能力。显然，这类儿童小说不是对于儿童一般的生活愿望的书写，它们涉及的是所有人在童年时代都曾怀有的冒险情结和战胜世界的愿望。

有时，这一愿望也会在童年的日常生活中投下它传奇的身影。比如张之路的长篇儿童小说《第三军团》，其故事虽然发生在正常的少年生活背景之上，整部作品却更像是一个传奇。因为不满于身边种种社会恶势力的横行，辅民中学的五名高二学生组成神秘的"第三军团"，开始了他们惩恶扬善的侠客行为。就像武侠小说中除暴安良的剑客一样，他们出手之后，都会留下一张署名"第三军团"的纸条，其"七尺男儿不为民，愧对父母枉为人，世间自有正气在，路见不平有须眉"的豪气，一时在民间引发热议，却也引起了公安部门的警觉。误将"第三军团"认作流氓团伙的铁腕校长安排"卧底"插入高二班级，以调查"军团"的底细，而最终了解到的实情却完全改变了他此前的看法。小说在不无传奇性的少年日常生活书写中表现了一种初生牛犊的"正义"感，它充满了少年意气风发的浪漫情怀，同时又包含了至为厚重的现实关切。它传递出这样一种少年的浪漫理想：面对一个正义偏失的社会，凭借自己的力量去矫正它，医治它，乃是少年应尽的义务。这一生活愿景无疑超越了童年的私人生活，而进入了公共价值和伦理的领域，它带给我们的文化振荡和反思，也因此而格外触目。这是儿童小说所展现的一种独特的艺术表现深度。

四、追索和探询童年的精神内涵

儿童小说以其对于童年生活、形象和愿望等的书写，也展示着童年作为一个人类文化范畴的精神内涵。在这里，童年不只是一个区别于成年阶段的生理、心理和亚文化概念，它也以其不可替代的精神蕴含，警醒进而补救着我们文化中的某些重要缺失。

美国儿童文学作家、1962 年国际安徒生奖获得者门得特·德琼的《学校屋顶上的轮子》，正是这样一部带有文化自省意味

的儿童小说。故事发生在荷兰一个名叫肖拉的
小渔村，村里的小学仅有一位老师和六个学生。
在一次课堂上，因为女生琳娜写的一篇关于鹳
的文章，大家产生了这样的疑惑：为什么肖拉
村里看不到鹳的踪迹？孩子们通过自己的考察
了解了鹳鸟不在肖拉安家的原因——村里的屋
顶太尖了，鹳鸟没法在上面筑巢。而如果能够
在屋顶尖安上一个旧车轮，问题就能得到解决。

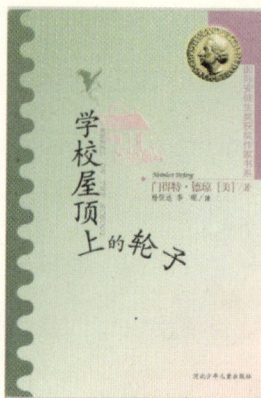

《学校屋顶上的轮子》

于是又有了接下去更重大的行动：孩子们决心找到这么一个合适的车轮，
好让鹳鸟重新在肖拉安家。六个孩子想尽办法，也经历了一次次失败，
最后，还是琳娜在海滩上一艘搁浅的废船里发现了他们要找的轮子。为
了取到车轮，琳娜和老多瓦爷爷差点被涨潮的海水吞没，最后总算如愿
以偿得到了轮子。这样，只剩下最后一个问题了：如何把鹳鸟迎进肖拉？
这时，一场特大风暴袭来，给迁徙途中的鹳鸟群造成了极大的灾难。孩
子们历尽艰险，从海面的沙洲上救回来一对精疲力竭的鹳鸟，它们成了
许多年来在肖拉村筑巢安家的第一对鹳鸟。

这部洋溢着诗意和童趣的小说，也是一阕有关童年与自然的赞歌。
在大人们纷纷忙于生计的实务时，孩子们的眼睛却看到了那与日常生活
似乎并不相干的"鹳"的命运。那消失了的鹳鸟的身影，是从人类生活
中不知不觉被驱逐出去的自然世界的某种象征，而孩子们几乎是出于本
能地想要连接上这一人与自然之间被割断的联系。他们最终成功让鹳鸟
重新回到了肖拉村，这在小说里是一个重要的标志，它完成了童年的某
种带有文化救赎意味的举动。但更重要的或许是，当孩子们为了这小小

的鸟儿四处奔忙时，他们的身影也牵动着大人们的关切。事实上，在孩子的带动下，整个肖拉村都投入了这场寻回鹳鸟的行动中。通过这样的方式，不只是孩子们自己，成人们也在重新编织他们与自然之间那条悄悄失落了的纽带。

另一些儿童小说则通过反写童年精神的失落，反过来质询整个社会文化的问题。张玉清的儿童小说《地下室里的猫》，讲述了一段在普通人看来或许再寻常不过的儿童生活经历。一个小姑娘在午饭的时候告诉妈妈，自家地下室斜对门那间进了一只猫，因为出不去的缘故，这只猫一直在叫唤。然而，这样的话题显然引不起妈妈的兴趣，对女儿的这番话，她只是敷衍地应对了一下，并未把它放在心上。第二天早上，女儿因为怕听到猫的惨叫，不敢自己去地下室推自行车，妈妈这才注意到"这猫叫得确实太让人受不了"了。于是，她给物业打电话求助，物业也积极联系业主，可惜业主换了电话，大家也无可奈何。毕竟，那只是一只猫，"活不成也没办法"。就这样一直等到猫叫声渐弱下去以至于消失，妈妈以为终于可以松口气了。不料女儿听到的猫叫声却仍然如故，小姑娘说："我也不知道，我就是总是听到它叫，我知道它死了，可还是能听到它在叫。"妈妈意识到了问题的严重性，带着女儿去看心理门诊，坐诊的博士提出了一个心理干预的办法：让妈妈准备一份录有同样猫叫声的录音带，每天放给女儿听，等到女儿对这声音没有什么特别的反应了，她的幻听也就治愈了。问题是，到哪里去找这样的录音呢？一切以女儿为第一。于是，爸爸妈妈去宠物市场买了一只猫，再次投进了那个地下室的窗子。博士的方法果然奏效——

　　已经是几个月以后了，7号地下室业主易人，新主人入住后，来打扫地下室。

这时候，小姑娘已经在地下室里来去自如，不但再也听不到猫叫，连这件事也忘得差不多了。

新主人是一对年轻夫妇。新来的夫妇用铁锹铲出来两张皮，一张是猫皮，还有一张也是猫皮。猫皮是完整的，外表的部件和器官都在，不知里面的器官还在不在。是由于失水而干枯了，还是被蚂蚁和蛆虫吃掉了？反正是变成了一具干瘪的皮囊。男主人小心翼翼地端着铁锹，免得猫皮上的灰尘飞散，女主人小心翼翼地跟在后面，他们一边往外送猫皮，一边道：

"怎么会有两张猫皮呢？哪里来的猫呢？"

"肯定是从窗子跑进来的，进来了又出不去。那窗子是坏的。"

"怎么没有人把它们放出去呢？这有多久了？起码一年了，都干成两张皮了。"

"真倒霉，脏死了！"

小姑娘恰好从地下室里推车子出来，新来的夫妇因为走得慢，就侧过身，让小姑娘先过去。小姑娘淡淡地看了一眼铁锹上的猫皮，没作声，也没跟新来的夫妇打招呼。她紧走几步抢在前面，自顾推着车子走，到了楼门口，头也不回地骑上车子上学去了。

从注意到地下室里真实的猫叫，到猫叫消失后仍然有持续的幻听，再到对猫叫乃至干瘪的猫皮完全无动于衷，发生在小姑娘身上的这些变化是那么自然而然，却又那么令人感到悲哀。在小姑娘的敦促下，她的父母以及物业处的工作人员也曾为解救这只猫做过努力，但这一切努力的前提，仅在于它是否符合人们的现实需要和生活方便。一旦稍稍越出这个范围，人们便不愿再为这只猫多费心力。毕竟，在人眼里，它只是一个卑微无比的生命罢了。这一事实突出表现在为了治疗小姑娘的幻听，她的父母把另一只猫投进地下室困死的做法上。在一己之利当前时，人们对其他生命所表现出的那种自私的冷漠，因其正常而更令人感到心寒。小说前半部分，小姑娘曾是那个唯一为猫的命运真心忧虑着的人，但到了结尾，她的那些冷漠的表情和动作，却宣告了童年时代一种珍贵的生命温情的消退。谁该为这样的情感退化负责呢？这是这篇小说最具震撼力的地方，也是它最令我们沉默和沉思的地方。

这些由童年精神引出的文化反思，赋予了儿童小说的写作以一种不无沉重的思想和情感的分量。它也见证了儿童小说在整个文学谱系（而不只是一般意义上的儿童文学）中所具有的不可替代的美学价值。

第二节　成长：儿童小说的普遍主题

童年是个体生理、心理成长发育最显著的阶段，"成长"也因此成为儿童小说的普遍主题。从广义上说，儿童小说的书写无不与童年的成长经历相关。而从相对狭义的小说艺术上看，儿童小说中的"成长"主题则是指儿童小说所书写的童年生活事件、情状等均典型地体现了儿童个体从一个相对幼稚的阶段向另一个更为成熟的阶段发展的过程。

这类"成长"主题的儿童小说与"成长小说"有着精神上的某种同源性。在一般文学领域，"成长小说"作为一种类型的存在早已引起人们的关注，但这一概念本身却并无公认的界定。在某种意义上，"成长小说"是一种以文学形式得到表现的"成人仪式"。莫迪凯·马科斯在其《什么是成长小说》一文中提出了自己对这类小说的理解：成长小说展示的是年轻主人公经历了某种切肤之痛的事件之后，或改变了原有的世界观，或改变了自己的性格，或两者兼有；这种改变使他摆脱了童年的天真，并最终把他引向了一个真实而复杂的成人世界。[1] 从这个定义中，我们可以看出，一般文学意义上的"成长小说"既与儿童文学有着密切的关联，两者又存在一定的区别。"成长小说"与"成长"主题的儿童小说都涉及对于主人公的某段特殊成长经历的关注和描写，但这两种"成长"的面貌与内涵却不尽相同。

首先，在"成长小说"中，成长的结果是以主人公的成年而告终的；而在儿童小说中，这种成长并不必然使主人公脱离童年，而是往往把他带到童年的下一个阶段。与此相应地，成长小说的主人公往往处于一个更高的年龄段（不少成长小说的主角都已是普通意义上的成年人），而儿童小说中的成长主人公则一般并不越过童年阶段的年龄界限。

其次，主人公年龄的不同也带来了成长话题的不同。在成长小说中，作家的写作可以探及社会生活的一切话题，并无特殊的题材禁忌。而在儿童小说的成长书写中，作家仍然需要依据儿童读者的生活经历和接受特征，遵循一定的文学伦理要求。

最后，在成长小说中，主人公的"成长"可能是成功的，也可能是失败的。比如，在歌德的成长小说《少年维特的烦恼》中，对生活充满失望的维特最终选择了自杀。而儿童小说则更多地书写着一种积极意义上的成长，其中主人公可能经历各种挫折和失败，但这一切并不将他引向绝望，而是促使他在认识到生活的复杂性和丰富性的同时，更有力量和信心投入下一段新的成长旅程。

儿童小说中"成长"主题的艺术表现基本有两种类型。

一是渐变式的成长，亦即成长本身表现为一个渐进发展的过程。这是大多数"成长"主题儿童小说倾向于采用的范式。

例如，弗朗西斯·霍奇森·伯内特夫人的儿童小说《秘密花园》，讲述了发生在19世纪英国庄园生活背景上的两个孩子的成长故事。九岁的小女孩玛丽从一场瘟疫中幸存下来，父母双亡的她被送到了姑父克拉文先生的庄园。从小性情乖戾、自私霸道的她感到处处难以适应这个新环境。这一天，她偶然走进一座尘封了十年的秘密花园。出于一种本能的兴趣，她开始动手打理花园，疏松泥土，清除杂草，又播下新的花种。不久，她还拥有了一个朋友，那是女仆玛莎十二岁的弟弟狄肯。她与这个最擅长和植物、鸟儿们打交道的男孩分享了花园的秘密，也分享着花园里快乐的劳作。慢慢地，新鲜的空气、芬芳的泥土、可爱的植物和充满欢乐的劳动使她原本苍白的脸颊有了血色，原本瘦弱的身躯变得结实起来，更重要的是，她学会了喜欢别人和热爱生活。这样，她从一个原本讨人嫌的乖张小姐，变成了一个健康、活泼、通情达理的可爱姑娘。这天晚上，玛丽循着总是听到的奇怪哭声，在一个房间里发现了十岁的柯林，他是叔父克拉文先生的儿子。从柯林出生开始，他的母亲就去世了，他的父亲因此而憎恨他，也不愿意看见他。缺乏关爱的封闭生活养成了柯文虚弱多病的身体和歇斯底里的性格。不过，当玛丽和狄

《秘密花园》

肯把轮椅上的柯林也带进秘密花园时，在他的身上发生了当初与玛丽相像的变化。起初，他只能看着玛丽和狄肯在花园里忙活，后来慢慢从轮椅上站起来，学会了像正常人一样走路，更和他们一起加入了照料花园的工作中。花园和友情的"魔力"也改变着他的性格，使他乐观起来，开朗起来，成了一个"真正的男孩"。

我们可以很清楚地辨认出这部小说的"成长"主题。在秘密花园带来的滋养下，玛丽和柯林获得了属于他们的身体和心灵成长。这成长改变了他们现在的生活，也改变着他们未来的命运。这无疑正是童年最需要的一种成长。

当然，不是所有儿童小说的"成长"主题都展示得那么明显。事实上，生活给予孩子的影响，更多的时候是以一种润物细无声的方式滋养着他的成长。彭学军的儿童小说《你是我的妹》，其成长故事发生在"我"跟随下乡的母亲来到湘西苗区一个叫桃花寨的村子里暂居度过的两年时光中。"我"在这里结识了美丽善良的姑娘阿桃和她的家人。这是一个贫穷的

《你是我的妹》

苗区人家，阿桃的母亲接连生下了阿桃五姐妹，一心盼着有个儿子的父亲最终却等来了第六个女儿的降生。由于大姐阿桃即将出嫁，家里腾不出人手来照顾新生的孩子，于是，最小的妹在出生不久后就被送给一户殷实人家抱养。然而，就在出嫁前夕，阿桃做出了令人惊讶的决定：她放弃了与心爱的阿哥龙老师的婚姻，用自己砸石子攒起的钱，重新把妹抱了回来……目睹阿桃为妹所做的一切，"我"的身上也发生着不知

不觉的变化。这变化突出表现在"我"和妹妹老扁关系的转变上。原本与老扁"时战时和"的"我"开始意识到，自己原来"很少善待"妹妹，并萌生了给总是穿"我"的旧凉鞋的老扁买一双新凉鞋的想法。终于，"我"用锤石子和卖废品攒来的钱，给老扁买下了那双粉红色的凉鞋，这或许是"我"第一次深切地感受到身为姐姐的责任与自豪。此外还有三桃、四桃历经生死的姐妹情谊，以及阿秀婆为了救"我"亲身将野猪引入陷阱的牺牲……这一切的生活以其默默无语却充满力量的方式，滋养着"我"的成长——"春去春来，我长大了——我相信我是在那儿长大的。"

如果说日常生活常常是以一种较为和缓的方式带动着孩子的成长，那么在一些非日常的生活大变故面前，孩子则是在一种未及回想的状态下就被推上了成长的列车。李东华的战争题材儿童小说《少年的荣耀》，是关于抗日战争年代少年成长命运的一次书写。当侵略战争的火焰烧到原本繁华安宁的小镇，小说的主人公沙良也在生活的催促下成长起来。曾几何时，

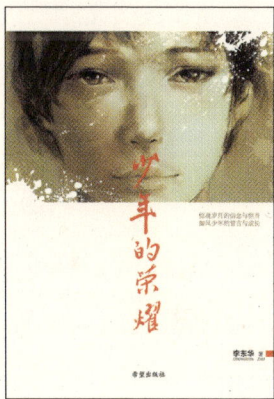

《少年的荣耀》

他怎么也不愿把自己心爱的小锡枪借给表弟沙吉，但当他为了高烧病危中的沙吉只身前往已被日本兵占领的学校取回小锡枪时，他显然已经不再是过去那个无所忧虑的殷实人家的少爷，而是从此担当起了一个兄长的责任。其后，为了避难，他带着沙吉投奔了乡下太姥姥家。在这暂时的安居所，有同龄伙伴们的陪伴和嬉戏，沙良仿佛又变回了原来的那个男孩，但他时刻不曾忘记自己的兄长身份，始终警觉

地保护着沙吉。随着战火的蔓延，原本宁静的村庄明显感受到了战争气氛的逼近，沙良曾经的玩伴阿河、代京也加入了抗战的队伍。当杀戮和死亡以战争特有的残酷方式呈现在沙良面前，他除了作为一个承担着保护弟弟的职责的兄长，也在成长为一个更加成熟的个体，这一个体既是属于个人和家庭的，也是属于社会和民族的。尽管小说没有一句直接透露沙良成长的叙述话语，但我们却从沙良所经历的一切中，看到了一个男孩在战争岁月里不无沧桑的成长。

二是顿悟式的成长。这一成长表现为由某一转折性事件瞬间触发的个体认识、情感和性格等的突变。

在儿童小说中，这类成长的发生往往伴随着与此相关的某个典型事件。比如陈丹燕的短篇儿童小说《灾难的礼物》中，一场大地震带走了"我"的父母和"我"原本健康的身体。寄居在伯伯家的"我"时刻都能体味到这场灾难留下的无处不在的痛楚、自卑、悲伤与孤独。这种对于自我不幸的敏感甚至悄悄演变成了一种令"我"自己都感到陌生和害怕的嫉妒的"刻毒"。某一天晚上，同样领受过生活灾难的伯伯在聊天的絮叨中告诉我，灾难"一方面是磨难，另一方面也给了受磨难的人世界上最难得的礼物"。当时的"我"并未能完全领会这句话的意思。直到有一天，我目睹伯伯把一盒巧克力塞给楼下意外迎来孙子孙女探望的孤老奶奶，他的眼睛"突然令我想起秋天洒满阳光的蓝天，那份宽广，那份明朗，那份温暖，那份深厚"。这场景照亮了伯伯对"我"说过的那句话，"这时，好像在我心里的什么地方有扇小门砰地打开了，我懂了，伯伯所说的那灾难的礼物"。人间生活真的充满了不幸，但也正因为这些不幸，让我们重新看到了习以为常的普通生活所蕴涵着的那份幸福，也让我们更懂得以同情和理解走人其他人的生命需要中。"看到自己帮助别人得到了自己永远没有了的，或者从来没得到过的东西，这时会获得一种快乐，很纯洁，很庄严。这是世上的人从灾难里走出来，才能得到的礼物"。小说中"我"的这一成长瞬间，显然带有典型的顿悟色彩。

如果仔细观察和回味，我们会发现，童年的成长往往伴随着这样的顿悟瞬间，而这些瞬间也是我们回想童年时最难忘却的记忆。在刘玉栋的儿童小说《给马兰姑姑押车》中，小男孩红兵按照鲁北乡村"押车"的风俗给出嫁的马兰姑姑押车。这使命让头一次押车的孩子满心欢喜而迫不及待，末了，被这欢喜和等待的焦虑弄得身心疲倦的他竟在押车上睡着了，等到车子被搬空才醒过神来，因而错过了想象中最期待的环节。大人们笑开了，孩子却委屈地哭起来：

> 红兵隐隐地感到，那些令人向往的事情，结果并不是都那么令人高兴。红兵似乎明白了马兰姑姑为什么在这样的日子里失声痛哭。他坐在马车上，盯着冬日阳光下暗绿色的麦田，猛地觉得自己长大了不少。

当红兵从马兰姑姑的婚车上一觉醒来，发现自己的期望全落了个空时，我们特别能体味小男孩心里的那份沮丧。故事最后，一件神秘的事情在孩子眼里忽然失去了它的神秘性，它意味着，童年又朝着长大的方向迈出了一大步。这一步使孩子拥有了新的生活领会，但与此同时，世界对他来说，也永远地失去了一部分神秘的魅力。"猛地觉得自己长大了不少"，说的正是这样一种难以言传的成长顿悟。

"成长"的主题在以青春期少年为主人公的儿童小说中最

为常见，也最是鲜明。对于这个年龄段的孩子来说，身体和精神的双重成长是以某种格外突出的方式降临在他们身上的。这类儿童小说既关注成人在少年青春期成长过程中的引路人角色，也书写着少年在这一成长过程中的自我努力。例如，在殷健灵的小说《纸人》中，作家塑造了带有一定幻想色彩的"纸人"丹妮来承担少年成长临时监护人的职责。在她的陪伴和指引下，女孩苏了了得以安全地越过那不无危险的青春门槛，顺利完成身体和心灵的蜕变。而在钟麦的《大饼对油条说》中，我们更多地看到了成长中的少年自己的心路历程：

　　那时候我念初中。每天早晨，外婆给我一个钢精锅子和几张毛票，去弄堂口排队买大饼和油条。外公是一个半大饼两根油条，外婆是半个大饼一根油条，天天忙着逛街买零头布料做嫁妆的小姨不要吃大饼，但要两根油条，我是一个大饼一根油条。常有外地的亲戚路过上海借住，碰到这样的时候，还要加一些大饼和油条。

　　我外公外婆在吃上面是比较疙瘩的那种人。每天早晨，外婆递给我钢精锅子的时候都提醒我不要图方便拿已经炸好变冷掉的油条，而应该排队等刚出锅的。我听她的话，先去排买筹子的队，然后再去排大饼炉子前的队，最后去热腾腾的油锅前排拿油条的队。刚出锅还在沥油的油条很烫，拿第一二根还好，从第三根开始我就常常被烫得受不了，眼泪拼命打转。又不能拿得太慢，太慢的话，后面排队的人就会骂。人人都急着快点排完队好去上班上学，油锅前大家都心急如焚。坐在高凳上煎油条的有时候是一个很胖的女人，有时候是一个很瘦的男人。胖女人在我吹着气拿油条的时候总是不耐烦地大声呵斥："快点，快点。"瘦男人则会用他手里那双煎焦掉了的大毛竹筷把油条直接撅到我锅子里面，一点也不可惜没有沥干净的油。然后他会对我笑笑，眨眨眼睛。我一看到他眨眼睛，就打个战，快步跑回家。

吃早饭的时候，我对外婆说一副大饼油条我吃不饱，到上午第三节课肚子就开始饿了。那就加一个好了，外婆问，你要大饼还是油条？

大饼，我说。其实，我心里想要的是油条。弄堂口的油条炸得又松又脆，一根吃下去常常还是意犹未尽，我真想再吃一根。一个大饼是四分钱，一根油条也是四分钱。对外婆来说并没有什么区别。但是我心里觉得，大饼是实在饱肚的东西，油条是好吃的虚头。要油条的话，人家会觉得我是嘴馋。要大饼，是我青春期生长发育的正常需要。

那么，明天多买一个大饼好了。外婆说。

多吃了一个大饼的我走在上学的路上，常常饱得想吐出来。这种要吐的感觉，当我与邻居家那个高年级男生在上学路上不期而遇时，就变得更为强烈。

不过是上个星期，他们班的一个女孩子在朋友的陪同下到我们班来找我。找到了以后，她们七嘴八舌地盘问了我好一会儿。是的，他好像是住在我们那条弄堂里。不熟，我刚搬到外婆家不久，这一带的人谁也不熟。没有，我从来没有跟他说过话。电影？我从来不看电影的。我不认识他，我不认识他……到最后，我只会说那句话。看着一个比我大三岁的女孩子要哭出来的样子，让我很惶恐。她的同学愤慨地盯着我的样子，让我害怕。

在这之前，我从来没有认真地看过这个男生。上学放学的路上，我总是佝着肩背着很重的书包，眼睛看着地走路，嘴巴里哼着歌。那个年头，我不说话的时候，总是一首接一首地哼歌。闲人闲眼，从来进不了我的世界。

　　看他的第一眼，心想，要死了，这个男生怎么长得这么好看？再看第二眼，他正好也朝我看过来，眼神炯炯。我，红脸，低头。年少时候经过的很多事，总是在无意间塑造了我们。直到现在，我眼中男人长得好不好，还是以那时的感觉为标准。而一旦对人动心，就开始窘得要命，眼神涣散，满脸通红。

　　这个男生怎么长得这么好看？我心里嘀咕着，快步走开。觉得他好看的，显然不只是我一个人。我们班很快传开他跟那个高年级女生的早恋关系，还有其他一些很痴情的女孩子，在一边等待。那个女生，就是传言中他的恋人，还是不断地来找我，像大姐姐一样带着我聊天、玩。她再也没有进入过正题，但正题总好像在我们周边的空气里打转。

　　这个男生怎么长得这么好看？初中女生也好，高中女生也好，在那个年纪里，我们的眼光，总是停留在最表面的阶段。好看的人一定是花心的吧？我暗地猜测，这个校园里满天飞的谣言好像都跟他有关。那么，为什么要扯上我呢？我突然感觉很愤慨，清白的人总是委屈的。是他在说喜欢我吗？我突然觉得有点激动，这么好看的一个高年级男生，喜欢我呐。可是，为什么呢？我有什么值得喜欢的呢？我深深地疑惑起来。

　　我开始照镜子，镜子里的人总是那么陌生，每照一遍都好像又换了一张脸，哪一张都不能让我肯定。好看的人应该喜欢好看的人，但我怎么看都不觉得自己好看。我鼓起勇气去问班上的女生，她们惊讶地看着我，一下子礼貌与世故起来：

"好看？我不懂什么是好看什么是不好看。"

"嗯，我想你是好看的吧。不过××和×××更好看一些。"

"好看！我真的觉得你很好看！"然后，热切地，"你觉得，我好看吗？"

我觉得，在我没有长得更好看之前，还是不要再让他看见为好。可是，一条弄堂，一个学校，要做到这一点，真的不是一件容易的事。做早操的时候，他们班的队排在我们班后面；上体育课的时候，他们班的男生在操场中央打排球，我们班的女生跑八百米，一圈又一圈地围着他们转；中午回家吃饭的路上，下午放学的路上，迎面碰上的时候，他会冲我笑一笑，我就头重脚轻走路不成直线。当我终于在一个早晨捧着满锅的大饼油条与他狭路相逢的时候，我绝望得要哭出来了。

"我以后早上只吃泡饭，谁要吃大饼油条自己去买！"回到外婆家，我重重地放下锅子，发布宣言。平静下来以后，我还是很庆幸自己没有住在弄堂口的那些平房里，不用天天去公共厕所倒痰盂。如果是捧着个痰盂罐碰上他，我还是死了算了。

泡饭是吃不饱的。就算我装着吃饱了，其他人还是要吃大饼油条的。我只有起得更早，这样不仅避开了弄堂里的热闹人流，买油条的队也短得多。吃是多么庸俗的一件事情，我暗自感叹，不明白为什么自己会想多吃一根油条，更不明白每天硬塞下去的第二个大饼。

我唯一摆脱庸俗的方法是开始偷偷地写小说，偷偷地去投稿。编辑部回信说会登的时候，我高兴得不得了，与外公一起算计着可能会有多少稿费。"大概会有四块吧。"他说。真的吗？真有四块那么多吗？我很兴奋。

我的第一笔稿费是四十元人民币。青春期的萌动与绝望即使没有给我带来别的什么，至少让我成了一个十几岁的富人。我从此常常写小说，常常发表。很多人给我写信，我很少回。我笔下的女主人公在男生的青睐下谈笑风生，意气风发，勇往直前，毫不动容。你的生活真精彩啊！我的读者感叹。我捧着钢精锅子一路小跑回家。

天气热起来的时候，我开始窒息。"那个大饼是无论如何也吃不下去了。"我跟外婆说。"大饼不要了。那么，还是加一根油条吧。"外婆说。我想了一想。"不要了吧。"我说。我错过这第二根油条已经大半年了，不吃也罢。

那个暑假，我收到一张卡片，他寄来的卡片。我把卡片留了下来，写了一封信。信上说，我们还是做朋友吧，友谊万岁。

夏天过去以后，我们都成了毕业班的学生。在前途面前，其他的都显得无足轻重起来。我也大方了，放学回家的路上，碰上了，我们会一起走着说话。说着说着，好像什么都没有过一样。我先是松了一口气，然后，觉得怅惘。

不停地做着卷子的时候，我会停下来，算一算等到进大学之前，我还要考多少次期中考和期末考。这些考试，是躲不掉的。考得好些，我也许就不用参加要命的升学考了。发布直升榜的日子近了，我挺胸抬头地在马路上旁若无人地行走，四平八稳地端着那只钢精锅。

　钢精锅里，油条向大饼抱怨女小囡的痴头怪脑。大饼对油条说：再烘一烘，煎一煎，老了就好。

小说写出了青春期女孩开始觉醒的自我意识和朦胧的两性情感。那个"长得很好看"的男生的出现，有些莫名其妙地搅乱了"我"的世界，使"我"仿佛忽然从大饼油条的"庸俗"生活里醒过来，从此多了一种纷乱、飘忽的情绪。而我们知道，这份如春天的草芽般从"我"身上自然生长出来的情绪，正是"我"的身体和精神开始步入青春成长期的标记。作者用生动的细节描摹出了这种青春期的特殊情感。成长中的身体处在最不甘于庸俗的年龄，却又那么自然地需要被"我"目为庸俗的"大饼和油条"。"我"那少女的自尊、自卑和自恋，也就这样地纠结在自己以现实和想象、物质与精神构筑起来的双重世界里。捧着一锅大饼油条、一路小跑着的女孩和优雅地穿行在小说里的女主人公，一起出没在少女不为人知的精神世界里。直到有一天，女孩也终于能够如她笔下的女主人公那样，尽管还是端着盛满大饼油条的钢精锅，却可以"挺胸抬头""旁若无人""四平八稳"地行走在马路上。这里面有一种褪去了酸涩的自信和一种成长之美。

"成长"是童年生活最重要的关键词之一，也是儿童小说普遍而永恒的文学主题。通过表现和书写这一特殊的身心发展过程，儿童小说既描画着童年成长的多元景观，也通过这样的描画，为成长中的孩子提供着经验的陪伴和指引。

第三节 幻想小说与动物小说

幻想小说和动物小说是格外受到当代儿童读者青睐的两类儿童小说作品，在儿童小说的类型谱系中，它们也呈现出一定的特殊性。前者的特别之处在于它将幻想因素引入儿童小说的文学表现范畴，并将它作为这类小说最重要的艺术手段；后者的特殊性则在于它所书写的不再是儿童的生活世界，而是另一个区别于人类社会的动物世界。本节将简要阐说这两类儿童小说的艺术特点。

一、幻想小说

简单地说，幻想小说是将幻想素材揉入小说艺术世界的一类儿童小说，或者说，它是以小说手法来书写幻想内容的儿童小说。它的两个基本要素，顾名思义，一是幻想，二是小说，前者主要揭示了幻想小说的题材特征，后者则主要是指它所运用的创作手法。但这两者之间又彼此交汇融合：当童年的幻想融入小说时，它不可避免地重塑着儿童小说的某些表现手法，由此形成了幻想小说特殊的文本体式；反过来，当小说的手法被用来表现幻想而非现实的题材时，它也赋予了幻想的内容以新的艺术面貌。

幻想小说是一种具有当代性的文体，相比于传统童话和一般儿童小说，它是伴随着儿童文学艺术的成熟而发展起来的一种新文体。它虽然也常运用从童话中借来的魔法之类的意象、手段等，但在英文语境下，它与童话的区别较为明显。英语中，与童话相对应的 fairy tale 一词主要是指传统童话以及延续这类童话基本母题、手法等的一类儿童文学作品，而与幻想小说对应的 fantasy 一词则指向一种在题材、手法各方面均体现出典型的当代化、小说化特征的儿童文学文体，两者的文本面貌差异明显。不过，在当代中文语境下，幻想小说的概念与童话却有着诸多交叉。我们在谈论童话文体时已经提到，中文语境里的"童话"是一个艺术涵盖面十分宽广的概念，作为一类以"幻想"为其艺术核心的儿童文学文体，在当代，它通过借鉴和运用小说的创作手法，进一步发展出了更为丰富的幻想艺术表现力。因此，英文语境中的大量幻想小说，在中文语境下也常被归入童话的行列，比如《爱丽丝漫游奇境记》《讲不完的故事》等。实际上，幻想小说所对应的英文名词 fantasy 本身并无小说文体的特指，而是指儿童文学中一个特殊的虚构文学门类，它与其他儿童文学文体的界限常常也不十分分明。

我们可以把中文语境下的幻想小说视为小说与童话之间的某种交叉文体，它结合并发扬了小说和童话的某些艺术特性。它的童话式的离奇幻想使它区别于一般小说作品；而它的小说化的叙事艺术则使它区别于一般童话作品。我们要强调的是，在儿童文学的语境下谈论幻想小说的问题，最重要的不是如何将幻想小说与其他儿童文学文体完全区隔开来，而是在一种类型化的考察中认识这一特殊的儿童小说体式的基本艺术特征，以及这些特征对于儿童文学艺术发展的不可替代的价值和意义。

就此而言，幻想小说的艺术特点主要体现在以下两个方面：

首先，幻想小说是从现实世界中幻化出的另一个幻想世界，它指向的是与现实逻辑相对的幻想逻辑。在幻想小说中，必定存在着一个有别于现实生活的幻想世界，在这个世界里，生活依照幻想的语法重新得到组织。

幻想小说的幻想世界与现实世界之间往往呈现为三种关系。

第一，幻想小说的故事展开完全设置在幻想的世界里，现实世界则被暂时悬置。比如托尔金的"魔戒"系列、菲利普·普尔曼"黑质三部曲"中的《黄金罗盘》等。在这些小说所提供的故事里，所有角色从一开始就生活在一个奇异的幻想世界中，他们可能在不同的幻想世界之间行走，但始终不离开幻想的语境。

第二，幻想小说会在现实世界和幻想世界之间安排一个特殊的通道，借助这一通道，主人公得以在现实和幻想之间穿行。这也是幻想小说最常见的手法。我们所熟悉的这类幻想通道包括《爱丽丝漫游奇境记》中爱丽丝掉入其中而得以漫游奇境的兔子洞，"纳尼亚传奇"系列中那个通往纳尼亚王国的神秘衣橱，《汤姆的午夜花园》里当古老的大钟敲响十三点时那扇通往神秘花园的后门，《讲不完的故事》里那本题名《讲不完的故事》的神奇大书，"哈利·波特"系列中哈利·波特和他的朋友进入霍格沃兹魔法学校的 9¾ 车站，等等。这类作品的现实世界与幻想世界之间存在着真幻的界限，只有当主人穿越这一界限，他才能从一个世界进入或回到另一个世界。这两个世界之间可能相对独立（如《爱丽丝漫游奇境记》），也可能互相联系进而彼此塑造（如《讲不完的故事》）。这类作品与一般童话的区别在于，它同时拥有现实和幻想两套不同的生活语法。例如，在《尼尔斯骑鹅旅行记》中，当变成小人的尼尔斯骑上鹅背，飞离家园时，他并未进入另一个有别于当下的幻想世界，而只是走进了同一个世界里他所不知道的那些空间和角落，这里发生的一切仍然遵循着生活的正常逻辑。这是典型的童话手法。而在《爱丽丝漫游奇境记》

中，掉进兔子洞的爱丽丝来到的完全是另一个我们在生活中不可能遇见的世界和另一种令我们感到陌生乃至荒唐的生活。同时，幻想相对于现实的性质在小说中往往体现为一种"梦"一般既真实又虚妄的存在。例如，幻想世界与现实世界之间常给人不同的时间感，在幻想世界里经历的一长段时间，在现实世界里则只是过去了一两天甚至几分钟，以至于主人公从幻想回到现实时，一时分不清自己究竟是否经历过这一切。但与此同时，在回到现实的主人公身上又往往会留下一些幻想世界的标记。这是典型的幻想小说的艺术手法。

第三，幻想的世界融入现实世界，两个世界之间产生直接的交会和碰撞，前者通常给后者带来真实而显在的影响。如果说第二类幻想世界往往给人真幻莫辨的感觉，那么在这第三类关系中，幻想世界的真实性则在现实生活中得到了切实的印证。比如陈丹燕的《我的妈妈是精灵》中，主人公陈淼淼在小学五年级的某一天意外发现，自己的妈妈竟然是一个精灵：

> 妈妈是另外一种人，就像爸爸说的一样，他们是那种蓝色会飘的人，住在另外一个空间里的，和故事里的仙女、人鱼住在一起。他们是一种比人还要脆弱的人，风都能把他们吹跑。可是平时我们人不能到他们的地方去，而他们，在一天里的一个特定的时候可以到人间来。他们会走，也会飞。说起来，他们比人要高级一些。
>
> 所以，妈妈他们是那种比我们真正的人要高级，可是也要脆弱的人。
>
> "真的？"我问。
>
> "真的。"妈妈用力点着头，"你也是我的孩子，我

为什么要骗你呢！……你可以看我的眼睛。"

妈妈把她的脸伸到我的眼前，她的眼睛是棕色的，像一只睡着了的小熊一样温和和诚实。

她这样看着我说："我的孩子，你千万不要怕我。我会做许多事，那是别的妈妈不能为孩子做的，我都能为你做。"

"我"的生活从此变得有些神奇。精灵妈妈可以把眼睛或耳朵变成一朵会飞的小蓝花，这样她就能看见或听见别的地方正在发生的事情。她以这样的方式帮"我"解决了请家庭老师的难题。她还会带着"我"像鸟儿一样飞起来，飞出屋子，从城市的上空风一般掠过。然而，精灵妈妈也要依赖喝青蛙血才能在人间长久地待下去。当爸爸和"我"都不再能够接受这一事实时，妈妈也不得不告别我们，在"人间的时间和精灵世界的时间有几分钟重合"的午夜十二点，踏上了返回精灵世界的路途。小说中，幻想世界的加入在某种程度上改变了现实世界的面貌和性质。尽管精灵妈妈最后离"我"而去，现实世界也重新恢复原状，但她曾经到来过的事实，无疑已经在"我"和爸爸的生命中烙下不可磨灭的印迹。

其次，幻想小说还是对于幻想世界的小说化的书写和呈现。这里的"小说化"，不但是指幻想小说的叙事手法体现了小说艺术的典型特征，还是指它的书写不只以幻想的奇趣取胜，而且能够抵达小说所特有的人物性格、情感、心灵等方面的表现深度。上面提到的《我的妈妈是精灵》即是典型的例子。这部小说中的"我"、"我"的精灵妈妈，还有"我"的爸爸，无不体现出小说人物性格的深度。那决定着精灵妈妈能否待在人间的逻辑不是简单的亲情联系，而是与另一些更复杂的人间生活情感交织在一起。小说中，在得知妈妈的精灵身份后，甚至在目睹她喝青蛙血的场景后，"我"仍然爱着"我"的妈妈，那是一种发自生命根部的深情；然而反过来，"我"对妈妈的爱也并不能掩盖或消除"我"无法接受她喝青蛙血的那种情感。这不是感情的多与少的问题，而是人的生命感觉构成中无法比较的不同维度的冲突。这样，作品在幻想与现实相交织的语境中，写出了生活的这种复杂的真实。这在很大程度上是小说的艺术手法所赋予它的表现力。

我们看到，在所有幻想类儿童文学作品中，幻想小说是最具表现深度的一类体式。由于充分发挥了小说创作手法的优势，它得以在曲折、复杂的幻想故事中表现复杂的人物性格、情感以及那深不可测的人性世界，从而大大丰富和提升了幻想类儿童文学的表现可能。

幻想小说相对于儿童文学的独特艺术价值正在于此：一方面，它以其所创造和构想的丰富的幻想世界，极大地拓展了儿童文学幻想艺术的广度；另一方面，它也以小说特有的艺术表现力，极大地开掘着儿童文学幻想艺术的深度。这两者的结合，使幻想小说成为当代儿童文学中一个具有特殊美学价值的小说门类。

二、动物小说

动物小说是以动物世界及其生存故事为基本素材的一类儿童小说。它是以小说的体式虚构动物世界的传奇，因而有别于一般的动物故事；但它又在很大程度上遵循着动物世界自身的生存逻辑，因而也有别于以动物为主角的拟人童话。一方面，儿童天性喜爱这类以动物为主要角色的儿童小说，另一方面，动物小说也为儿童开辟了远离日常生活的另一个充满传奇感的丛林世界。这种亲近感与传奇性的结合，加强了动物小说对于儿童读者的艺术魅力，也特别能够激发他们投入阅读的热情。

动物小说通常采用两种不同的叙事角度，它们有着不同的故事叙述和表现能力，也使相应的动物小说呈现出不同的艺术面貌。

一是动物叙事角度。

这类动物小说选择从动物自身的角度来呈现场景和叙述故事。比如沈石溪的《狼王梦》《乌凤与赤莲》《兵猴》等动物小说，其叙事镜头完全聚焦在这些动物出没的丛林，不但小说的主角是动物，其中所见、所闻、所想、所感，也是透过动物的眼睛、感官、思想等得到呈现的结果。在一些动物小说中，人类也参与到了动物的生存故事之中，但其叙事视角主要仍然来自动物，是透过动物的眼睛来看人和人的生活，比如黑鹤的小说《黑狗哈拉诺亥》。

由于从动物的视角来观察和讲述故事，使这些小说带上了一定的拟人特征。苏联作家特罗耶波尔斯基的动物小说《白比姆黑耳朵》中，这样描写黑耳朵比姆在主人被"白大褂"医生带走后的心情：

它相信，朋友会回来。多少次都是这样：他只要说＂等着＂，他就一定回来。

等着！现在这便是比姆生活的全部目的。

但在那个夜里，独自孤零零地待着真不是滋味儿，太难过了！这跟平日总不大一样……白大褂预示着祸事的降临。比姆伤心透了。

到了半夜，等月亮一升上来，更觉得心痛难熬。即使有主人在身旁，比姆一看到月亮便心烦意乱：月亮有一双毫无生气的眼睛，她把那冷寂的清辉洒向大地，每逢这个时候比姆总是找一个黑暗的角落藏起来。而现在，一看到她，身子便禁不住要发抖，主人又不在家。就在这个夜阑人静的时候，它嗥起来了，叫声拉得很长，还带有拖音，仿佛灾难即将临头似的。它相信，会有人听见的，也许，主人自己就能听见。

（曹苏玲　粟周熊　李文厚　译）

"相信""真不是滋味儿""太难过了""伤心透了""心痛难熬"等感觉，以及与"月亮"的"毫无生气的眼睛"有关的心理感受，无疑是对一只狗的意识和情感的拟人摹写。

再比如沈石溪的动物小说《乌凤和赤莲》中对失去伴侣后的母豺赤莲的描写：

半夜，它才战战兢兢地摸回山垭，来到黑项圈被枪弹击中的地方，只找到几撮豺毛，闻到几丝若有若无的血腥味。

它失去了相依为伴的伴侣，变成了一匹孤豺。

天上仍没完没了地飘洒着雨夹雪，黑夜沉沉，风雨凄迷，它的心比这凄风苦雨的夜更苦涩一百倍。

它孤独地活着。

这里，母豺的"苦涩""孤独"的心理体验，显然也带有拟人化的色彩。

不过，尽管存在着拟人化程度较高的动物小说，但这种拟人有其严格的逻辑限制，那就是它并不越出动物生活和习性的基本逻辑。这是这类小说与拟人体童话之间的最大区别。一方面，动物小说非常尊重动物的自然习性。这些小说中的动物角色绝不会像童话里的拟人角色那样，过上住房子、吃面包、喝咖啡之类的拟人生活。另一方面，它也尊重动物的语言方式。当它以一种拟人化的手法描写特定的动物对象时，它只是以人的语言来解释动物的情绪、感受等，却不会让动物真正说出人的话语。比如，在动物小说《乌凤和赤莲》中，动物之间的沟通借助的是本能的叫声、目光、肢体动作等：

> 乌凤刚转身拐进一条岔路，突然，远远跟在它后面的母豺赤莲飞快奔上前来，拦在它面前，豺头翘向半山坡的杂树林，不断耸动长着两块莲花状红斑的肩胛，呜哟咆哟轻声嚣叫着。

> 乌凤虽然听不懂豺的语言，但同属犬科动物，彼此的形体语言差别不大，脸部表情也大同小异，它立刻猜懂了赤莲所要表达的意思，是在责问它干吗对猪崽子不感兴趣。

我们把这段叙述跟萨尔登的童话《小鹿班比》中的一段动物对话比较一下，就能立即看出两者的区别：

> 他诞生在这片丛林当中，在一个小小的、隐蔽的林中空地上。这空地看起来是完全敞开的，但实际上四面八方都被遮挡住了。这儿只有很小的空间，刚好容得下他和他的母亲。

> 他站在那儿，靠着四条纤细的腿子不稳定地摇来晃去，用什么也看不见的蒙眬的眼睛毫无表情地呆望着前面。他垂下头来，剧烈地哆嗦着，还完全处于昏迷状态。

> "多么漂亮的孩子！"喜鹊大声叫着。

> 她从旁边飞过，被母亲分娩时发出的低沉的呻吟声吸引住了。喜鹊落在一条附近的树枝上。"多么漂亮的孩子，"她不断重复着，没有听见回答，她又哇啦哇啦地讲下去，"想想看，他竟然能够

马上站起来走路，多么令人惊奇！多么有趣！我一生还从来没有看见过这样的事情。当然喽，你可以说，我还年轻，离开鸟窝才一年。但我认为这件事真了不起。像他这样的孩子，生下来几乎不到一分钟，就已经开始走路了！我认为这了不起。真的，我发现你们鹿子所做的事情样样都了不起。他也能够跑吗？"

"当然啦，"母亲轻柔地回答，"但要是我现在不同你讲话，那就请你一定原谅我。我有这么多事情要做，而且我还有点头晕。"

（邹绛　译）

很明显，在前一段叙述中，豺与狼之间是通过食肉动物的嗥叫和肢体动作来进行交流的，而在后一段对话中，喜鹊与鹿妈妈则可以直接通过人的语言进行对话。这一对比生动地揭示了动物小说与童话的文体界限。

动物小说采用动物叙事视角的优势，是叙述者可以较为自由地进入动物的生存、活动乃至情感世界，从而较大限度地表现动物的传奇生活。当然，作为一类虚构的叙事，动物小说并非对于动物世界的客观描写，而是客观的事实与作家的想象相结合的产物。

二是人的叙事角度。

这类动物小说选择从人的角度来讲述与动物有关的故事，与此相应地，它的叙事也往往离不开人与动物的共同参与。如果说动物叙事角度关注的大多是动物自身的故事，那么人的叙事角度则不但聚焦于动物的生活和情感世界，也往往格外关注人与动物之间关系的表现。

加拿大作家欧内斯特·汤普森·西顿的一些短篇动物小说即采用了这一叙事角度。在《泉原狐》中，他从一个既是参与人也是旁观者的"我"的视角讲述泉原狐一家的生存故事以及它们与追猎者之间的各种周旋。老公狐疤癞脸的狡猾在这一带的住户中出了名，它不但来去自如地偷窃母鸡，而且游刃有余地捉弄猎犬和猎人，上演着一出出丛林的小喜剧。终于有一天，疤癞脸被早已不堪其扰的"我"的叔叔射杀。于是，母狐狸薇克森不得不独自承担起养育一窝小狐的重担。由于失去了公狐的配合，没多久，这一整窝小狐狸就被猎犬们端个正着。四只小狐狸中只有一只幸存下来，被猎人用铁链拴在院子里。它的母亲每晚冒着危险前来探望它，为它送上新杀的母鸡和其他猎物，并且尝试各种办法营救它：

被俘的迪普，是薇克森最为弱小的儿子，他现在得到了妈妈的全部关爱。为了保护母鸡，那些狗都被释放出来。那位雇工接到命令，一看见老狐狸就立刻开枪——我也必须如此，但我决心永远都不再看她一眼。下过毒的鸡头被散布在树林里，因为狐狸喜欢吃鸡头，狗却对它不屑一顾。要想进入拴着迪普的院子，必须冒着各种风险，从柴堆上爬进去，此外再没有其他道路。但老薇克森依然每晚去那里照看她的小宝贝，为他送去新杀的母鸡和猎物。我现在经常看到她，尽管在她来的时候，那位俘虏还没有发出不满的叫声。

在迪普遭到囚禁的第二天晚上，我听到铁链的哗啦声，然后辨认出那只老狐狸。她站在小家伙的箱子旁边，正在艰难地挖洞。当那个洞深得足够藏住她半个身子，她把拖在地上的那部分铁链统统埋进洞里，用泥土埋住。然后她非常高兴，以为她已经除掉那根铁链，就叼住小迪普的脖子，转身冲上柴堆。可是……唉！

铁链竟然粗暴地把她的宝贝抢了回去。

可怜的小家伙只好伤心地呜咽着，爬回那个箱子。半小时后，那些猎犬开始大吼。我知道，他们正在追赶薇克森，因为他们一直在冲着远处的树林吼叫。他们向北边跑去，朝着铁路的方向，吼叫声离我越来越远。

（肖毛　译）

当一切营救孩子的尝试都宣告失败之后，母狐狸最后一次来到迪普跟前喂食，此时的她已经做出了重大的决定——

生活在天然森林之中的母亲，全都具有真知灼见，知道什么最值得热爱，什么最值得痛恨。她唯一的心愿，就是让儿子获得自由。她尝试了她所知道的每种方法，勇敢地面对所有危险，细心照料儿子，帮他摆脱铁链。但是，一切尝试都已失败。

她来去匆匆，宛如幻影。迪普抓住她丢下的什么东西，嘎吱嘎吱地咀嚼，吃得津津有味。就在他大啃大嚼的时候，他突然感到刀割般的剧痛。一声痛苦的尖叫，把他引向自由之门。接下来，小狐狸挣扎几下，倒地死去。

薇克森有着强烈的母爱，但她还有一种比母爱更为强烈的意念。她完全明白毒药的力量，因为她认识毒饵，要是迪普已经长大，她本来会教给他识别和躲避毒饵的本领。但现在她必须做出抉择，究竟让儿子继续过悲惨的囚犯生活，还是让他突然死去。于是，她忍痛熄灭心中的母爱，使出最后的办法，为儿子打开自由之门。

（肖毛　译）

小说中，有关狐狸一家的种种趣闻和后来的变故，是通过

"我"的观察得到间接呈现的。这一叙事角度具有双重功能。一方面，"我"以一个旁观者的视角保持着较为冷静的叙事姿态。"我"的记述使读者得以目睹丛林中狐狸一家生动的日常生活。小说毫不回避自然生物链的弱肉强食规则，但也绝不将人间伦理粗暴地强加于自然。狐狸夫妇用计猎杀小动物的伎俩和捉弄猎人、猎狗的手段，带着这一丛林猎食者天性的凶残和狡诈，却也不无令人欣赏和佩服的地方。这不是拟人的动物故事，而是真实的自然生活。但另一方面，随着"我"对狐狸一家生活的逐渐熟悉，"我"的旁观者的情感也逐渐发生着变化。尤其是在叙述母狐薇克森深切的丧子之痛和它竭尽全力拯救幼子，最后不得不以一种令人震撼的方式给予幼子自由的行为时，其叙事口吻中甚至包含了一份不易察觉却言而由衷的惊叹之情。从母狐的举动中体现出的最原始的自然之爱和自由精神，使我们的同情心与故事中的叙述者一道愈益倾向于狐狸一家。这样，它又不再是一个自然的动物生存故事，而带上了由人的目光所赋予的某种深刻的伦理内涵。母狐薇克森对于自由的本能理解，对人类来说也足以成为一种深刻的教益。这种自然与人的目光的交叠，在很大程度上得益于它所采用的上述叙事视角。我们可以说，它的自然性加强了它的人文情感的震撼力，它的人文性则进一步提升了它的自然故事的精神内涵。

沈石溪的《再被狐狸骗一次》与西顿的《泉原狐》采用了相近的叙事角度，但其叙事者的身份感又有所不同。在这篇动物小说中，作为叙述人的"我"首先不是站在一定距离之外来看待动物世界的旁观者，而是一个心怀私欲、觊觎狐皮的人世间普通饮食者。因为受到这私欲的驱使，"我"在赶集回来的道上被诈死的公狐狸骗了一次，不但没能捞到狐皮，反而被狐狸夫妇乘机掠走了自己买的大阉鸡。当同一场景第二次在"我"面前上演时，"我"识破它调虎离山的诡计，直逼它的洞穴。让"我"没有料到的是，为了引开"我"的注意，让洞内的狐狸母子得以逃生，公狐狸开始以一种近乎疯狂的方式"自戕"：它咬破胸口的皮肉，不断地用爪子撕弄伤口，最后甚至不惜咬断自己的小腿，一瘸一拐地将"我"引向他处——

《再被狐狸骗一次》

我心里很明白，公狐狸现在所做的一切，从本质上讲仍然是一种骗术，它用残忍的自戕骗我离开树洞，好让母狐狸一只一只把小狐狸转移到安全的灌木丛去。但面对这种骗术，我虽然能识破，却无力抗拒。我觉得我面前的树洞变得像只滚烫的油锅，变得像只令人窒息的蒸笼，我是一秒钟也待不下去了。我想，我只有立刻接受心脏移植手术，将我十七岁少年的心，换成七十岁奸商的心，或许还能面带冷静的微笑继续举着柴刀守在树洞口。我觉得有一股强大的力量在推着我，使我不得不举步向公狐狸追去。

公狐狸步履踉跄，一路逃，一路滴着血，逃得十分艰难。好几次，我都可以一刀腰斩了它，可我自己也说不清是一种什么原因，刀刃快喋到狐血时，我的手腕总是不由自主地朝旁边歪斜，砍在草地上。

公狐狸痛苦地哀啸着，挣扎着，顽强地朝与树洞背离的方向奔逃，我紧跟在它的后面。我再没有回头去看树洞，不用看我也知道，此时此刻，母狐狸正紧张地在转移它们的小宝贝……

　　终于，灌木丛中传来母狐狸悠悠的啸叫声，声调平缓，犹如寄出了一封报平安的信。公狐狸脸上露出了欣慰的表情，它调整了一下姿势，昂起头挺起腰，似乎要结束这场引诱我追击的游戏，刹那间"活"过来，飞也似的蹿进灌木丛去与母狐狸和小狐狸们团聚。我也希望公狐狸能狡黠地朝我眨眨眼睛，摇甩那条红白相间的大尾巴，然后一溜烟地消失得无影无踪。可是，它只做了个要蹿跳的样子，突然栽倒在地，再也没能爬起来。它的血流得太多了，它死了。

随着小说叙事的推进，"我"从一个满怀着对猎物的欲望的"猎人"，逐渐被一种莫可名状的情感所影响，到最后心甘情愿地投入公狐设下的骗局，这个转折的过程充满了情节的戏剧性和情感的震撼力。在很长一段叙事时间里，我们主要是被叙述者所满心怀着的对狐狸的憎恶和对狐皮的万分垂涎的心理所吸引，并且从他的叙述中不断听见那个肯定自我、否定狐狸的声音。但越到后面，我们越是从这个叙述声音中辨出了他对原来那个自我的嘲讽和他对公狐的步步加深的敬畏。小说结束在了公狐死亡这一突然静止的场景；也是在这一场景中，那始终伴随着叙述声音的各种反讽、疑惑、惊叹、感慨等完全消失了，取而代之的是一种无声的静默。但它显然比任何有声的表达都更能击中我们的心扉。小说所采用的这一凡俗生活中的普通人的叙事角度，使这则动物故事具有了一种特别的叙事面貌和情感效果。

　　需要指出的是，不论一部（篇）动物小说在具体的叙事策略上采用的是动物还是人的叙事角度，其背后归根结底有一个隐藏于整个叙事进程中的作者。正是作者的知识、观念、情感等，赋予了他笔下的动物生存故事以特别的艺术滋味和精神蕴涵。从这个意义上说，动物小说从来不是只与动物有关的一类儿童小说体式，它最终要告诉孩子的还是关于"人"的事情。

思考与练习

1. 儿童小说的基本艺术特征体现在哪些方面？结合作品谈谈儿童小说中的典型形象塑造。

2. "成长"主题的儿童小说与成长小说之间存在着哪些共性和区别？儿童小说中"成长"主题的艺术表现包括哪两种基本类型？

3. 举例说说幻想小说中幻想世界与现实世界之间的三种关系。

4. 动物小说通常采用哪两种叙事的角度，它们各有什么样的艺术表现效果？

注 释

[1] 芮渝萍：《美国成长小说研究》，北京：中国社会科学出版社 2004 年版，第5—6页。

第十四章　其他文体

五四时期，由于人们对儿童文学的倡导，"儿童文学的高潮就大涨起来，所谓新学制的小学国语课程，就把'儿童的文学'做了中心，各书坊的国语书，例如商务的《新学制》，中华的《新教材》《新教育》，世界的《新学制》……就也拿儿童文学做标榜，采入了物话、寓言、笑话、自然故事、生活故事、传说、历史故事、儿歌、民歌等等。"

——吴研因《清末以来我国小学教科书概观》

从上面所引用的这段话来看，早在五四时期，人们就已经意识到了儿童文学体裁的多样性。随着儿童文学史的发展，其体裁的种类也在不断发生着演进，不同的教科书对此也会有不尽一致的归类和描述。除了我们已经介绍的几种主要体裁外，一般认为，儿童文学的体裁还包括儿童散文、儿童故事、寓言、儿童剧、儿童科学文艺、儿童报告文学、儿童影视文学，等等。本节将扼要介绍儿童散文、寓言、儿童剧、儿童科学文艺和儿童报告文学这五类体裁的基本体式与艺术特征。

第一节　儿童散文

儿童散文是以儿童为读者对象的一类散文作品，它通常使用儿童自己的语言或者适宜儿童理解的语言来记写童年人事、传达童年情趣、抒发生活感慨、传递生活领悟等。

儿童散文的体式较为自由，题材也十分广泛。这类散文可以写人、记事、状物、抒情、议论等等，其写作风格也十分多样。不过，无论儿童散文选择什么样的写作题材和风格，其书写始终与儿童以及童年生活紧密联系在一起。这也是儿童散文区别于一般散文的基本特征。

与这一基本特征相关，儿童散文的写作也总是离不开童年视角的参与。一般说来，这类散文有三种常见的视角。

一、儿童生活的视角

这是透过儿童自己的感官来表达儿童对生活的观察、体悟等的散文。由于儿童散文的写作者大多是成人，这类视角也往往是由成人作家创造的儿童视角。比如张秋生的儿童散文《铺满金色巴掌的水泥道》：

一夜秋风，一夜秋雨。

我背着书包上学去的时候，天开始放晴了。

啊！多么明朗的天空。

可是，地面上还是潮湿的，时时还都看见一个亮晶晶的水塘，映着一角小小的蓝天。

道路两旁的法国梧桐树，掉下了一片片金黄金黄的叶子。这一片片闪着雨珠的叶子，一掉下来，便被紧紧地粘在湿漉漉的水泥道上。

我走在院墙外的水泥道上。

水泥道像铺上了一块彩色的地毯，这是一块印着落叶图案的、闪闪发光的地毯，从脚下一直铺到很远很远的地方，一直到路的尽头。

……

我一步一步地小心地走着，我一片一片仔细地数着。我穿着一双棕红色的小雨靴。你瞧，这多像两只棕红色的小鸟，在秋天里变得金黄的叶丛间，愉快地欢跳着、歌唱着……

要是不怕上学迟到，我会走得很慢、很慢的。

一夜秋风，一夜秋雨。

当我背着书包上学去的时候，我第一次觉得，门前的水泥道真美啊！

这篇散文的儿童视角十分明显。文中的"我"是一个"背着书包去上学"的孩子，秋雨过后，那"铺满金色巴掌的水泥道"引起了"我"情不自禁的欣赏和赞叹，而这欣赏和赞叹的方式则带着一个孩子观看事物的天真而生动的感觉。他把铺满落叶的水泥道比作"彩色的地毯"，把自己脚上"棕红色的小雨靴"比作两只在金黄的秋叶丛中欢跳、歌唱的小鸟。透过这些文字，我们仿佛看到了这个活泼可爱又对身边事物充满美的敏感的孩子的身影。

再比如吴然的儿童散文《太阳鸟》：

你们喜欢集体的生活，太阳鸟。你们生活在我们村后的树林里。

在我到树林里去拾蘑菇的时候，在我到树林里去摘野果的时候，或者在我到树林里去拾柴火的时候，我常常看见你们成群地穿枝绕林而过，像许许多多会飞的花朵。

你们也喜欢热烈的、快乐的生活。

你们在树林里唱歌，唱许多歌。

吱吱吱，喳喳喳，你们嘈杂一片地唱着。

你们的歌声很好听。

你们身上的颜色特别好看。

你们有火红的，灰蓝的，金黄的，翠绿的……还有紫亮紫亮的。

从你们身上，可以找到大自然里的各种颜色。

我不知道，你们为什么会有这么多的颜色，我只是想，你们的颜色是太阳给的。假使没有太阳、没有光亮，谁又能看见你们有这么多好看的颜色呢？

你们喜欢集体的生活，你们喜欢热烈的、快乐的生活，太阳鸟。

你们生活在我们村后的树林里。

早晨，当你们——火红的太阳鸟、灰蓝的太阳鸟、金黄的太阳鸟、翠绿的太阳鸟、紫亮的太阳鸟……迎着晨光飞蹿起来的时候，太阳的光芒在你们身上闪亮，太阳的光芒在你们的翅膀上闪亮，天空中好像有许多红宝石、绿宝石、蓝宝石、黄宝石在闪亮、闪亮。当你们在太阳光里闪耀着美丽的色彩，从太阳光里传来你们嘈杂一片的喜歌的时候，我们——村里的小学生们，正背着书包，蹦蹦跳跳走向学校。

散文以孩子的热烈而天真的口吻称呼太阳鸟，赞美太阳鸟，其遣词用句在明艳的色彩中又带着儿童口语表达的清新感，其诗意也并不越出儿童语言能力的范围。那"拾蘑菇""摘野果""拾柴火"的生活，透露了散文中这个乡村孩子的身份，这一身份在文章结尾处得到了完全的印证。显然，这是作家为散文设置的一个儿童视角。金波的《阳光》、李昆纯的《怕痒树》等，都属于这类视角的儿童散文作品。

随着当代儿童越来越多地参与到儿童文学的创作尝试中，来自儿童本人的童年生活视角也成为儿童散文中值得关注的一个现象。这类视角最大的优势是能够最为直接地书写和反映儿童的生活体验和感受。比如孙雪晴的《我和妈妈的粥》，是一个女孩对于发生在"我"和妈妈之间的一场日常生活交锋的感受和体悟。散文对于"我"在整个事件过程中的感觉、心理等的坦率而生动的描写不但令人感动，也让我们看到了一个孩子真实而丰富的情感世界。

二、童年回忆的视角

这是成年后的作家回忆自己童年时代的视角，在这类视角的儿童散文中，过去的时间和生活是透过童年的眼睛得到呈现的，但又与成年后的经验和感悟相交织，从而营造出一种特殊的散文氛围。

童年回忆中那些珍贵而难忘的人与事，是儿童散文书写的常见题材。殷健灵的散文《我拿什么还你，外婆》，写到成年后的"我"对日益衰老中的外婆的生活回忆。散文中，作者的思绪在过去与当下之间闪回，现在的经验照亮了过去的回忆，我们从中感受到了作者对那个永远免不了粗心和自私的"孩子"的自我责备和对外婆的无言歉疚。

儿童散文中的童年回忆视角常伴随着一份与逝去童年有关的甜蜜而不无伤感的乡愁。林芳萍的《阿嬷家的樱花，开了》回忆童年时代嫣红的樱花树下那个"记忆里最美"的春节，郁雨君的《遥远的年历片》回忆小时候收藏年历片的小幸福，无不透着童年怀旧的甜蜜与伤感。谢武彰的散文《第一双皮鞋》，回忆小时候得到第一双皮鞋时兴奋而尴尬的经历。那是在全校"没有一个人穿鞋子上学"的年代，一天晚上，爸爸外出归来，带给"我"一个盒子，盒子里是一双神气黑亮的皮鞋。然而，新皮鞋并未带给我想象中的快乐。第二天，我穿着皮鞋去上学时，先是在一群咿咿哦哦指指点点的堂兄姐妹中"觉得很不好意思"，走起来又发现"这么重的皮鞋套在脚上实在不习惯"；到了学校，同学、校友看到穿着皮鞋的"我"，"像是看到了外星人"，于是"有高年级的男生来踩我的皮鞋"；我又因为上课"老是在想皮鞋"而走神，被老师罚站……最后，"我"把皮鞋脱下来藏进书包，这才觉得自己"从异族和外星人，恢复到同类的位置"。散文中，"新皮鞋"带来的烦恼构成了一幕生活的喜剧，它属于那个已经离我们远去的艰辛时代，但它所书写的那个时代的童年生活感觉及其幽默况味，却令我们久久回味。

过去童年的回忆有时也伴随着一种不无酸涩的生活沧桑感。比如聂作平的散文《童年的馒头》：

> 如今的幸福生活使我欣慰，不过有时心底也会泛起一缕儿时的苦涩。那时候，娘拉扯着我和妹妹，家里穷得叮当响。我在五里外的村小上学，六岁的妹妹在家烧锅做饭，背着那个比她还高半截的竹篓打猪草，娘起早摸黑挣工分，日子清贫得像一串串干枯的灯笼花。

有年"六一"，学校说是庆祝儿童节，每个学生发三个馒头。我兴冲冲地对娘和妹妹说："明天发馒头，妹妹一个，娘一个，我一个。"妹妹笑了，娘也笑了。

那天，学校真的蒸了馍。开完典礼，手里多了片荷叶，荷叶里是三个热腾腾的大馒头。

回家路上，我看着手中的馒头，口水一咽再咽，肚皮也发出咕咕的叫声。吃一个吧，我对自己说，于是先吃了自己那一个。三两口下去，嘴里还没品出味儿，馒头已不见了。又走了一段路，口水和肚子故技重演，而且比刚才更厉害。咋办？干脆，把娘那个也吃了，给妹妹留一个就是了。娘平时不是把麦粑让给我和妹妹，她只喝羹羹吗？娘说过，她不喜欢麦粑呀！

……等回到家时，我呆呆地看着手中空空的荷叶，里边连馒头渣也没一星儿了。我不知道自己怎样进了门，怎样躲开妹妹的目光。娘笑笑，没吭声。

呆立间，同院的二丫娘过来串门儿，老远就嚷嚷："平娃娘，平娃娘！你家平娃带馒头来了吗？你看我家二丫，发三个馒头，一个都舍不得吃，饿着肚皮给我带回家来了！"

娘从灶间抬起头说："可不，我家平娃也把馒头全带回来了！你看嘛！"娘说着打开锅盖，锅里奇迹般地蒸着五个白中带黄的大馒头！"你看，人家老师说我家平娃学习好，还多奖励了两个呢！"

二丫娘看着我，我慌乱地点点头……

那天晌午，娘把馒头拾给我和妹妹，淡淡地说："吃吧，平娃，不就是几个馒头嘛！"妹妹大口大口地咬着馒头，我却哇的一声哭了。

后来，我发现，就是那一天，我的童年结束了。

散文关于馒头的童年记忆透着苦涩的温情。清贫的生活使孩子忍不住在路上吃掉了原本许诺给母亲和妹妹的馒头，他的这一举动得到的却是母亲无声的原谅和理解。这份贫苦生活中的温情"催熟"了一个孩子，使他在精神上过早地告别了稚气的童年。这使散文平实的童年回忆带给读者情感上的强烈震撼。

三、童年启悟的视角

这是一种以散文的方式向儿童传递生活启悟的视角。这类散文常常带有一定的说理性，但其中之"理"又巧妙地融化在文学的意象和语言之间。比如金波的散文《做一片美的叶子》：

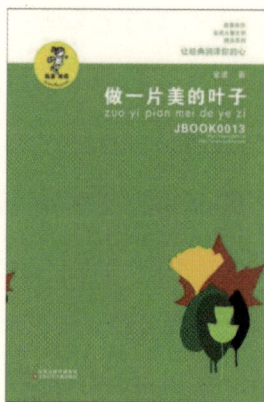

《做一片美的叶子》

　　远远望去，那棵大树很美。

　　树像一朵绿色的云，从大地上升起。

　　我向大树走去。

　　走近树的时候，我发现，枝头的每一片叶子都很美。每一片叶子形态各异——你找不到两片相同的叶子。

　　无数片不同的叶子做着相同的工作，把阳光变成生命的乳汁奉献给大树。

　　绿叶为大树而生。春天的时候，叶子嫩绿。夏天的时候，叶子肥美。秋叶变黄，冬日飘零——回归大树地下的根。

大树把无数的叶子结为一个整体。

无数的叶子在树上找到了自己的位置。

我们每个人都像叶子，为生活的大树输送着营养，让它茁壮、葱翠。

大树站在太阳和土地之间。

每一棵大树都很美，每一片叶子都很美。

为了我们的大树，做一片美的叶子啊！

我们的目光跟随着作者的笔尖慢慢靠近这棵"很美"的大树，逐渐看清了枝头的每一片叶子。原来，正是这无数形态各异的叶片之美成全了大树之美。这样一个由远及近、由整体到部分的镜头推移过程，使我们对大树与叶子之间的关系有了一种切身的体验，作者接下去的评点和议论也因此显得水到渠成。散文中的大树和叶子既保持着它们的本色之美，又被赋予丰富的比喻和象征内涵，后者为我们理解生活、理解自己在生活中的责任和位置，提供了一个形象而又充满诗意的参照。

再比如桂文亚的散文《秩序之美》：

美是什么呢？

若是你问，我就这么回答：美是一种令人舒服的感觉，一种秩序，一种和谐。它透过眼睛，一亿两千万个杆状感官细胞和七百万个圆锥感官细胞的混合和分析，把信息传送到脑部，在十分之一秒内，让你像一朵刹那间绽放的昙花，尽情舒展，感到愉悦和自在。

一叠方正的书，两排长长的落地窗，三篮毛茸茸的水蜜桃，构成了秩序美的基调；急急行军的蚂蚁，成群南飞的雁鹅，原野上驰骋的羚羊队伍，也构成了美的秩序。

散文以充满美感的语言来传达"美是什么"的意思和意境。起笔看似科学分析般的"回答"与随后充满质感的各种生活和自然意象，准确而生动地诠释了作为散文题名的"秩序之美"——它是客观存在着的科学的事实，它同时又指向着我们心灵镜像中的生活艺术。散文在优美而活泼、诗意而智性的语言中带小读者领略着"秩序之美"的内涵和意义。

儿童散文还包括以儿童为读者对象的随笔、游记、书信体文字等。此外，一些起初并非专为儿童而创作，却因其题材的童年性和适于儿童接受的特征而被儿童"拿来"阅读的散文作品，也会被逐渐吸收入儿童散文的范围。

第二节　寓言

寓言是以短小的故事来传达生活的道理、教训等的一类文体。寓言的形式古已有之。中国古代流传下来的"掩耳盗铃""揠苗助长""刻舟求剑""买椟还珠""画蛇添足""叶公好龙"等生动形象而又脍炙人口的寓言故事，在今天仍被人们广泛引用。古希腊的伊索寓言、古印度《五卷书》中的寓言故事，同样代表了古代寓言重要的艺术成就。

寓言在其最初诞生的时候，并不是一类专以儿童为接受对象的故事。它的对象包括所有人，尤其是普通民众，它所传达的寓意也往往与平民的生活实务密切相关。不过，因其通俗浅显的表达和充满趣味的故事，这些寓言作品也受到了古代儿童读者的欢迎。随着现代寓言逐渐成为一种自觉的儿童文学文体，寓言创作的儿童性得到了进一步的凸显。

寓言的艺术特征主要体现在以下三个方面：

第一，在文本形式上，寓言作品通常篇幅短小，结构紧凑。

寓言是一类形式精练的文体，其篇幅通常十分短小，少则几十字，多则几百字。与此相应地，寓言的结构也往往十分紧凑，其故事展开明白而迅速，不讲究悬念，也很少曲折，从开头至结尾一气呵成。

比如下面这则藏族寓言《猴子笑人》：

> 在南方康地的一个大森林里，住着很多猴子。一天，有个人到那里去玩儿，被这群猴子捉住了。它们把他围起来，讽刺他说："这个人跟我们一样，但却没有尾巴，真是奇怪、可笑。"

这则寓言虽不足百字，却已经清楚地道明事情发生的来龙去脉，其叙事通畅，首尾完整，篇幅的紧凑毫不影响寓意的传达。我们从这则"猴子笑人"的滑稽寓言中，既可以读出对"人"的讽刺，也可以读出"猴"的某种象征讽刺意义。

再看伊索寓言中的这则《狐狸和鹤》：

> 狐狸请鹤吃饭，什么也没有，只有豆汤，盛在一个平底大碟子里。狐狸很容易舔，但鹤每吃一口，汤都从他的长嘴上流下来。他喝不着的苦恼样子，让狐狸看了觉得好玩得不得了。接下来鹤回请狐狸吃饭，在狐狸面前放了一个大肚细颈壶，壶颈细长，鹤很容易把嘴伸进去，舒舒服服地享用壶里的东西，而狐狸连一点滋味也尝不着，她自己的待客之道得到了合适的回报。
>
> （任溶溶 译）

这则寓言同样在十分短小的篇幅里完成了两个回合的叙事。

不论是狐狸请鹤吃饭的过程还是鹤回请狐狸的过程，其叙述既清楚完整又简明扼要，两个过程之间的对比及其寓意表达也十分鲜明。

第二，在艺术手法上，寓言常使用白描勾勒和连类譬喻的手法。

寓言的文本形式决定了它在艺术手法上不会采用细致的铺叙，而是多用白描的勾勒。这白描手法既体现在故事的情节安排上，也体现在最具体的语言细部上。当然，我们也可以反过来说它的艺术手法决定了它的文本形式。

比如俄国作家克雷洛夫的寓言《特里什卡的外套》：

> 特里什卡的那件外套，在臂肘地方破了一个洞。这有什么值得长时间考虑的。他立刻拿起针和线，又把衣袖剪下四分之一，缝补好肘部的破洞，于是又是一件完整的外套了；只不过一只手臂露出了四分之一。可是这又有什么值得担心的？
>
> 然而大家一看到特里什卡，都忍不住要发笑。
>
> "我又不是一个傻瓜，"特里什卡说道，"这种毛病是可以补救的：我要使衣袖比原来的还长。"
>
> 啊，特里什卡这小子真不简单，他在衣襟下摆截下一段，补上了袖子，于是我们的特里什卡穿了件比无袖外套还要短的外套，心里还得意非凡。

（辛未艾 译）

故事里的特里什卡是一个生动的寓言形象，但其生动感不是来自油画般细致的艺术描绘或文学渲染，而是一种素描式的粗线条、大轮廓的勾勒。特里什卡剪下衣袖的四分之一去补肘部，又剪下衣襟的下摆去补袖子，最后得到了一件"比无袖外套还要短的外套"，"心里还得意非凡"。透过寓言简洁的叙事，其"拆东墙补西墙"的寓意得到了充分而幽默的传达。

与寓言语言上的白描勾勒特征相对应的是其连类譬喻的手法。这是指寓言的故事并不停留在故事趣味的层面，而是以象比类，以物喻人。它主要体现在类比、讽刺和象征三种寓言常用的表现手法上。

类比。寓言的类比是利用事物之间的相类性以一样事物来比拟另一事物的表现手法，其长处是可以通过准确、形象的物象使原本抽象的事理得到令人印象深刻的生动传达。比如德国作家莱辛的寓言《弓的主人》：

> 一个人有一张出色的由黑檀木制成的弓。他用这张弓射得又远又准，因此非常珍爱它。有一次，他仔细观察它时，说道："你稍微显得有些笨重！外观毫不出色。真可惜！——不过这是可以补救的！"他思忖："我去请最优秀的艺术家在弓上雕一些图画。"——他去了，艺术家在弓上雕了一幅完整的行猎图。还有什么比一幅行猎图更适合这张弓的呢？

> 这个人充满了喜悦。"你正配有这种装饰，我亲爱的弓！"一面说着，他就试了试；他拉紧了弓，弓呢——断了。

（高中甫　译）

这则寓言以一个人由于过分看重弓的外观而失去一把好弓的故事，告诉人们要认清事物的真实价值、不要被虚荣的表象所迷惑等道理。但这些道理如果以平白的话语直接道出，不但显得缺乏生趣，而且难以将这些生活道理的微妙处阐说完整。比如，一个人出于珍爱的心情而对弓的外观产生期待，也是一种自然的情感，只是当这种付诸表象的情感遮蔽了观看本质的理智，就走向了一定程度上的过失乃至愚蠢。而通过关于弓的这样一个明白而简单的故事的类比，上述道理的曲折奥妙也得到了生动的传达。

寓言也常常以物喻人、以物喻事。比如意大利作家达·芬奇的寓言《火石和火镰》：

一天，火石遭到火镰的猛烈敲打，它怒不可遏地质问对方说：

"我不认识你，你干吗直冲着我来？莫非你看花了眼睛找错了对象？我没有招谁惹谁，请你让我安静一下吧！"

"朋友，请不要生气。"火镰微笑着回答，"如果你多少能学会一点忍耐，你就会发觉，我在你身上将创造出什么奇迹。"

这些话让火石安静下来。它耐心地忍受着火镰的撞击。最后，火石迸发出了能创造奇迹的火焰。火石的忍耐终于获得了奖赏。

这则寓言是针对那些缺乏信心的初学者写的。唯有坚韧和勤奋的品格，才会使知识的种子萌生出美好的嫩芽。须知，学习的根是苦的，结出的果实却是甜的。

（张浩　乔传藻　译）

这则寓言通过火石和火镰的形象譬喻，告诉"初学者"刻苦的耐性和韧性在学习生活中的价值。作家在故事结尾处直陈寓意。而我们会发现，除了学习，这一譬喻也可用来思考我们的全部生活。

讽刺。寓言的讽刺是在故事里对愚蠢、好笑或丑陋的事物加以揭露、嘲讽和否定的表现手法。在寓言中，这一讽刺总是与类比的手法结合在一起，也就是说，它不是针对一人一事的嘲讽或否定，而是针对一种普遍现象的批评。我们看下面这则金江的寓言《歪头看戏》：

> 一个歪头的人去看戏，戏看完后，人家问他："戏做得怎样？"
>
> 他说："戏做得不错，只是戏台搭得不正。"
>
> 人家说："咦！我们怎么没看出戏台是歪的？恐怕毛病还是在你自己身上吧！"

这则寓言以"歪头看戏"的故事，生动地讽刺了那些遇事只知责怪他人而不懂反省自身的好笑之人。这类人在我们的生活中显然并不少见。故事中那句简单而直白的"戏做得不错，只是戏台搭得不正"，生动地刻画出了"歪头看戏"的滑稽情状及其讽刺内涵。

再比如孙建江的寓言《关于回声》：

> 在山谷里，回声可是个非常独特的人物。他从不冒昧失言，也从不冷落别人。
>
> 别人怎么说，他也怎么说。别人说一句，他也说一句。别人不说话，他也不说话。
>
> "这家伙，总是跟在人家屁股后面，重复别人的话，没主见，蠢透了。"
>
> "可别这么说，他一点都不蠢，聪明着呢。他之所以这样做，是因为他可以不负任何责任。"

寓言借回声的意象讽刺了那些从无立场、见风转舵的圆滑之人。显然，不论是"歪头看戏"还是"回声"的譬喻，都传达了作家对生活中某些人事的批判。借助寓言的讽刺手法，这一批判的意图得到了既生动又准确、既尖锐又幽默的表达。

象征。寓言的象征是指借某一具体事物的特征来刻画和表现另一抽象事物的本质特征的表现手法。寓言的象征具有一定的普遍性。比如达·芬奇的寓言《毛虫》：

　　毛毛虫趴在树叶上，饶有兴趣地观察昆虫的活动，它们有的在唱，有的在跳，有的在跑，有的在飞……周围的一切都在运动，只有它这个可怜虫既不会吱声，也不会奔跑，更不会飞翔。

　　它只能艰难地在树叶上蠕动。当它从一片叶子爬到另一片叶子上的时候，它觉得自己仿佛周游了整个世界。

　　它并不抱怨命运，也不羡慕其他昆虫的生活，毛毛虫知道，每种昆虫都有自己该干的事情。对它来说，眼前最紧要的是学会抽丝纺织，学会用细丝为自己编造一幢牢实的小茧屋。

　　毛毛虫没有空发议论，它埋下头去勤奋工作；到了结茧的时候，它把自己从头到脚都裹进了温暖的茧子里。

　　"下一步我该做什么？"它在与世隔绝的茧屋里问自己。

　　"万事万物都有自己的规矩！"它仿佛听到了内心的回答，"你要耐心等待，事情总会有眉目的。"

　　时辰一到，它醒来了，它再也不是那条动作迟缓的毛虫了。它灵活地从茧套中挣脱出来，惊异地发现自己长出了一对轻便的色彩斑斓的翅翼。它愉快地扇了扇，身子像羽毛那么轻盈，它从树叶上起飞了，翩然融进了淡蓝色的雾霭。

（张浩　乔传藻　译）

　　这则寓言故事中尽其本职勤奋工作，最后长成美丽轻盈的蝴蝶的毛毛虫，是一种生命精神的象征，它包括对生活的无所抱怨的勤劳、耐性和热情，以及认真而投入地对待当下每一时刻的智慧。寓言告诉我们，只要坚持这一生命的精神，终有一天，我们将像故事里最初毫不起眼的毛毛虫一样，迎来自己"色彩斑斓"的未来。实际上，这一"毛虫变蝴蝶"的意象，也已经成为我们今天生活中最常使用的一个象征符号。

第三，在文学功能上，寓言强调因事说理的生活教育。

寓言是一类故事性的儿童文学文体，但它首要的目的不是追求故事讲述的文学性，而是通过故事的形象说理来传达对儿童的生活教育。这种"寓意于言"的特性，体现了寓言最基本的文学功能，也是寓言之为寓言的基本特质。

在越是早期的寓言中，这一生活教育的文学功能越是突出。很多时候，寓言会在结尾处明白地宣示个中的生活教训，以达到教育听者（读者）的目的。伊索寓言中有一则名为《男孩和榛子》的故事，情节非常简单：一个男孩把手伸进装满榛子的瓶子里，满满地抓了一大把榛子。当他想把这满手榛子取出来时，却被瓶口箍住。他既不愿放掉榛子，又没办法把手从瓶子里拔出来，一时急得大哭。这时走过来一个人，告诉他，只要放掉一半的榛子，就能把手拿出来了。故事最后明白地告诫人们："不要一下子想得到太多"。

寓言是一种从普通民众中诞生的文体，它所传递的生活教育主要也是一种日常生活的实用教育。比如伊索寓言中的《城里老鼠和乡下老鼠》，讲一只乡下老鼠受邀去城里老鼠家享受好日子。城里虽然有着琳琅满目的美食，却得时时提心吊胆地提防着人的到来，乡下老鼠由是感慨道："我宁愿回到我光秃秃的地里去啃小树根，也好过得平平安安，不用担惊受怕。"故事告诉人们，生活中宁要贫穷的安宁，不要忧虑的富足。这显然是一类带有鲜明实用色彩的生活教训。莱辛的寓言《鹅》，也寄托了类似的实用生活训诫。一只鹅因为一身洁

538 | **539**

白的羽毛而把自己看作天鹅。它离开同类，独自来到池塘，一会儿像天鹅那样伸长脖子，一会儿又设法把脖子弯成天鹅般的漂亮曲度。然而，"她费了九牛二虎之力，也没有变成一只天鹅，依然还是一只可笑的鹅"。我们看到，这则寓言虽与"丑小鸭"的童话有着相近的素材，却绝无童话那样的浪漫气息，而是着眼于最现实的生活，告诉人们有关自知之明的道理。

寓言的生活教育中有时也包含了生活的哲理。比如伊索寓言中这则《老人和死神》的故事：

> 有个老人砍了柴，扛在肩上，走了很远的路，累极了，便把柴放下，呼唤起死神来。死神来了，问为什么呼唤他？老人说："为的请你把那捆柴放到我肩上！"

> 这故事是说，人人都爱惜生命，即使遭受了无数灾难，也还是不想死。

（罗念生等　译）

这则同时带着生活的沉重感和幽默感的寓言故事，除了诠释"人人都爱惜生命"的朴素生活道理外，也传达出了人类心灵深处对生命的本能执着和热爱。后者使寓言的实用生活教育进一步上升到了生命的某种诗性感悟。这也是最有文学生命力的一类寓言作品。

第三节　儿童剧

儿童剧是以儿童为主要接受对象的戏剧作品的总称。与其他儿童文学文体不同，由剧本和舞台演出两个部分共同构成的儿童剧，不但包括静态的文学文本，也包括动态的表演过程。由于儿童剧的演出本身主要是对剧本内容的表演呈现，因此，我们在这里所说的儿童剧，主要也是指作为戏剧演出底本的儿童剧本。

儿童剧的分类有不同的标准。依照主要呈现形式的不同，可将儿童剧分为话剧、音乐剧和歌舞剧。儿童话剧是以语言对白为主的儿童剧形式，比如任德耀创作的《马兰花》；儿童音乐剧是以音乐为主要呈现形式的儿童剧形式，如欧阳逸冰编剧的大型音乐剧《香格里拉》、法国儿童音乐剧《艾米莉·朱莉》等；儿童歌舞剧则是主要以歌舞呈现剧情的儿童剧形式，比如黎锦晖创作的《葡萄仙子》等。

依照场次和容量的不同，儿童剧又有独幕剧和多幕剧之分。在戏剧表演中，舞台上的大幕每启闭一次便为一幕。独幕剧的整个剧情集中在一幕一场内完成，其相对短小的戏剧长度比较适合低幼儿童的接受特征，比如方圆创作的《"妙乎"回春》。多幕剧则由两幕以上的演出构成，时间相对较长，其剧情通常也更为复杂，比如《马兰花》。

此外，依照表现题材的不同，儿童剧又可分为现实剧和童话剧。前者以现实生活为主要表现题材，如刘厚明的《夏天来了》、任德耀的《友情》等；后者则以童话故事为主要表现题材，如张天翼的《大灰狼》、老舍的《宝船》等。

当代儿童剧的艺术特点主要体现在题材、手法和形式三个方面：

第一，从题材角度看，当代儿童剧表现的通常是儿童当下的现实生活或儿童喜闻乐见的其他题材。

当代儿童剧的主要题材有两类。一是儿童当下的现实生活。

这类剧作题材内容贴近儿童，也富于时代感。比如永涓等创作的儿童剧《宝贝儿》，讲述了发生在北方某城市小区里的一个感人的生活故事。几个孩子从一位老奶奶手上领养了一只名叫"宝贝儿"的小狗。他们来到一个本以为"无主"的院子里遛狗玩耍，不小心攀倒了这里的葡萄架，还放走了鸟笼里的鸟儿。见到屋子的主人出来，大家四散而逃。原来，屋主梁爷爷刚从医院回来，他是个独居的盲人，平时全靠鸟儿做伴解闷。得知原委后，孩子们决定将功赎罪，把"宝贝儿"训练成导盲犬送给梁爷爷。功夫不负有心人，他们的努力获得了回报，不但"宝贝儿"成了梁爷爷的"腿"和"眼"，飞走的鸟儿也回来了。这部儿童剧的故事发生在当代社会生活背景上，其中的儿童角色性格和他们的生活也十分富于当代气息。例如，故事开场不久，孩子们与老奶奶之间有这么一段对话：

> 丁　放　老奶奶，您真要把它送走？
>
> 老奶奶　刚才不是说了嘛。
>
> 丁　放　那您……您不如把它交给我吧……
>
> 老奶奶　那哪儿行啊，你还需要人照顾呢。老年人养狗是为解闷儿，因为孤独……
>
> 丁　放　我们更孤独！
>
> 肖　巧　就是！我们脖子上挂把钥匙，自己开门……
>
> 丁　放　一个人做作业，一个人看电视……
>
> 曹　威　大人光忙他们的事儿……
>
> 肖　巧　我爸、我妈叽叽咕咕地说不完的话，把我晾到一边。

这段对话所表达的正是当代孩子特有的生活烦恼，它也反映了这些孩子渴望大人陪伴和理解的心声。此外，如《托起明天的太阳》《享受艰难》《窗外有片红树林》《明天起航》《春雨沙沙》《我要做个好孩子》等一批儿童剧，以直接反映小学高年级和中学生现实生活为题材，其内容触及了如何面对挫折、救助失学儿童、怎样与家长沟通等当代儿童的生活现实以及他们所关切的问题。

二是儿童喜闻乐见的其他题材。这其中，带有幻想色彩的童话题材格外受到他们的欢迎。在儿童剧的创作中，童话剧一直是其中一个主要的类型。前面提到的儿童剧《马兰花》，其中的故事即是由民间童话改编而来。此外如乔羽的《果园姐妹》、柯岩的《娃娃店》等，都是童话题材的儿童剧作品。在当代，童话题材的儿童剧发展出了更为多样的表现内容和形式，在新兴的当代儿童文化产业链中，它们也构成了一个重要的产业链环。

第二，从表现手法的角度看，当代儿童剧格外注重戏剧悬念或冲突的设置和表现，以渲染舞台表演的效果，增强戏剧故事对孩子的吸引力。

儿童剧采用什么样的表现手法，在很大程度上取决于儿童读者的接受特征。我们知道，儿童既对各种各样的故事充满了阅读和探索的好奇，但其注意长度和能力又受到身体发展的限制。尤其是对幼儿读者和观众来说，从头到尾完整地欣赏一部儿童剧，无疑有着较高的注意力要求。为了使剧情最大限度地吸引儿童的注意，引起儿童的兴趣，儿童剧往往需要在戏剧的悬念或冲突上做足文章。

比如柯岩创作的儿童剧《小熊拔牙》，剧情虽然短小而简单，却从一开场就埋下了小小的悬念：狗熊妈妈出门上班前，嘱咐小熊要洗脸刷牙，小熊的回答却透着打马虎眼的嫌疑：

　　妈妈：妈妈要去上班。

　　小熊：小熊在家玩耍。

　　妈妈：不对，你要先洗脸……

　　小熊：嗯嗯……好吧，洗一下。

　　妈妈：不对，你还要刷牙……

　　小熊：嗯嗯……好吧，刷一下。

　　妈妈：不对，要好好刷，还有……

　　小熊：还有，还有……

　　什么也没有啦！

　　妈妈：不对，想想吧！

　　……不自己拿饼干，

　　……不自己拿……

　　小熊：好啦，好啦，都知道啦！

　　对话中，小熊"好吧，洗一下""好吧，刷一下"的勉强妥协，以及想要结束妈妈唠叨的那份迫不及待，为剧情接下去的转折埋下了伏笔。果然，妈妈走后，小熊忙开了："先吃一勺蜜，真甜！再吃一勺酱！真鲜！勺儿才舀一点点，不如盛上一小盘；越吃越想吃，干脆添一碗。一勺，一盘，一大碗，吃完挨个舔三舔……"贪吃引发了牙疼，小熊不得不找来大夫拔牙，这就自然地引出了"小熊拔牙"的戏剧性场景。

　　儿童剧《马兰花》则通过步步设置剧情悬念来引发儿童读者的兴趣。故事中，先是王老爹坠落山崖遇险；险情排除后，马郎给的那朵马兰花的归属又成了新的悬念；小兰带着马兰花进山与马郎成亲后，嫉妒的大兰与恶毒的老猫设计陷害小兰，又将剧情推入新的波澜；最后，马郎在朋友们的帮助下消灭敌人，救回小兰，这才最终使情节走向了圆满的结局。剧中故事的发展一波三折，对孩子来说，这样的剧情无疑提供了极大的观赏乐趣。

第三，从形式角度看，当代儿童剧除了以语言为基本的呈现形式外，还吸收了现代音乐、舞蹈、游戏等多种表现形式，并辅之以表现声光的高科技手段，从而使儿童剧呈现更丰富的文本和舞台面貌。

随着儿童剧自身表现艺术的拓展以及现代光电技术在儿童剧舞台上的应用，当代儿童剧的创作和演出呈现更为丰富的面貌，不但大量吸收现代音乐和舞蹈元素，更将现代多媒体技术的舞台表现力发挥得淋漓尽致。如中国福利会儿童艺术剧院创作演出的儿童剧《带绿色回家》，讲述来自安卡拉星球的年轻人阿汀来到地球寻找绿色种子的故事。与该剧的科幻题材相配合，其舞台演出也采用了若干高科技手段。当阿汀到达地球时，天体突然从中间裂开，走出了高大英俊、全身银光的阿汀，从而制造出外星人降临地球的逼真效果。当阿汀带着小朋友穿越时空隧道时，那变幻着的光束营造出恍惚迷离的舞台效果，仿佛时光在这一刻果真实现了倒流。出现在舞台上的数米高的恐龙，更是引起了孩子们的惊叹和欢呼。再如欧阳逸冰编剧的青春话剧《享受艰难》，将舞台设计别出心裁地改平面为立体，形成多空间、多视角、多色彩、多变化的立体组合画面。美国芝麻街儿童音乐剧《艾摩和超级英雄》，同样通过调用各种多媒体技术手段，大大加强了其中童话剧情的奇幻效果和感染力。

第四节　科学文艺

　　科学文艺是以文学艺术特有的方式向儿童介绍、解释和传递科学知识，或者利用科学知识编织和讲述故事的一类儿童文学文体。

　　由于科学文艺的文体主要是依其内容来进行界定的，其形式则与其他文体有所交叉。科学文艺包括科学诗、科学童话、科学小品、科学散文、科学寓言、科幻小说等多种体式。在中外科学文艺的发展史上有一批重要的作家和作品，比如法国昆虫学家、科普作家法布尔的十卷本科学散文《昆虫记》，法国作家儒勒·凡尔纳、英国作家威尔斯和俄裔美国作家阿西莫夫的科幻小说，中国作家高士其的科学诗，等等。这些作品不但为读者贡献了科学文艺阅读的乐趣，也为人类科学知识的传播和探索提供了独特的方式和渠道。

　　总体上看，作为一类儿童文学文体的科学文艺具有以下两方面主要特点：

　　第一，在艺术形态方面，科学文艺是科学知识与文学形式的融合。

　　科学文艺是以文学的方式来呈现科学知识，也是以科学知识来编织文学的文本。当特定的科学知识与具体的儿童文学文体相结合形成科学文艺作品时，它使科学知识的呈现获得了一种审美的面貌。像高士其的《我们的土壤妈妈》、张伟的《种子的旅行》这样的科学诗，将客观的科学知识融入儿童诗的表现形式，赋予它儿童诗特有的童趣想象和节奏、韵律、意象之美。受到孩子青睐的科学童话，是以童话的手法来向儿童读者介绍和讲解科学知识。比如郑文光的科学童话《飞上天去的小猴子》，从一只被选中参与航天实验的小猴子的视角，深入浅出地向孩子介绍了航天实验的相关知识。科学小品则往往擅长通过生动形象的文学类比向小读者介绍相应的科学知识。这是高士其的科学小品《细菌的衣食住行》中的一段描写：

> 细菌是贪吃的小孩子，它们一见了可吃的东西便抢着吃，吃个不休，非吃得精光不止。但它们也有吃荤绝对不吃素的，也有吃素绝对不吃荤的，所以我们有动物病菌与植物病菌之分。大多数的细菌都是荤素兼吃。有的细菌荤素都不吃而去吃空气中的氮，或无机化合物如硝酸盐、亚砷酸盐、阿摩尼亚、一氧化碳之类。此外还有吃铁的铁菌和吃硫黄的硫菌。更有专吃死肉不吃活肉的腐菌和专吃活肉不吃死肉的病菌。麻风的病菌只吃人及猴子的肉，不肯吃别的东西。平常住在水里或土壤里的细菌，到了人或动物的身上就要饿死。然而结核杆菌及鼠疫杆菌等这些穷凶极恶的病菌就很调皮，它们在离开人体到了外界之后又能暂吃别的东西以维持生活。在吃的方面，细菌还有一种和人类差不多的脾气，我们不可不知道的，就是太酸的不吃，太咸的不吃，太干的不吃，太淡而无味的也不吃，大凡合人类的胃口也就合它们的胃口。所以人类正在吃得有味的东西，想不到它们也在那里不露声色地偷着吃。

文中把细菌比作"贪吃的小孩子"，又以"吃"的形象譬喻来描述细菌的营养方式，这就使原本客观而抽象的微生物知识变得具体可感而趣味十足。

再比如19世纪法国作家法布尔的科学散文《昆虫记》，将一位科学家对昆虫世界的精确、细致的实证观察与生动的文学构思和笔法相结合，从而将昆虫知识变得引人入胜、妙趣横生。例如，松树毛虫列队游行，沿着树干而下，还吐丝铺成一条丝路，天黑时好顺着丝路回家——究竟是谁教会了它们这种本领？又比如，大孔雀蛾这位新娘一出世，远在一二十里路以外的情人雄孔雀蛾便会在黑夜里穿过一重重树林来求婚——又是谁给它们传递的消息？在法布尔的笔下，这些"昆虫之谜"

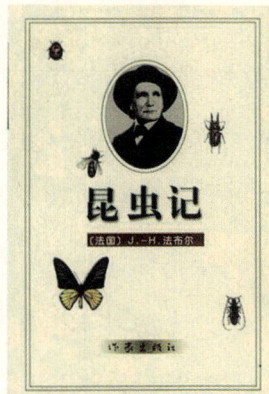

《昆虫记》

的引出、呈现、索解都充满了情味和妙趣。请看第一卷的《圣甲虫》中对金龟子合伙运送"珍贵的粪球"一幕的描述：

> 合伙运送粪球，会不会是异性间的合作呢？它们是不是即将配对儿的一公一母？有段时间，我确实以为是这么回事。两只食粪虫，一前一后，怀着同样高涨的劳动热情，双双推动沉重的粪料团；这情形令我想起从前，人们手上摇着风琴，口中唱着这样的歌："——为把几件家具添哪，我说咱俩怎么办？——咱俩一道推酒桶吧，我在后来你在前。"

（王光　译）

在这里，观察是细致入微的，联想和思考更是新奇而又富有情趣的。法布尔就这样把知识的探求和介绍变得妙不可言、充满光彩。他笔下的昆虫故事和自然奥秘不但显得有趣有味，也充满了诗意的美感。瞧他怎样用拟人的笔法描写荒石园这片乐土上的昆虫居民们的生活：

> 我这个稀奇而冷落的天国，正是无数蜜蜂与黄蜂的快乐的猎场，我从来没有在单单一块地方，看见这么多的昆虫过。各种生

意都以这里做中心，来了猎取各种野味的猎人、泥土匠、纺织工人、切叶者，同时也有石膏工人在拌和泥灰，木匠在钻木头，矿工在掘地下隧道，各种各样的都有。

（王光　译）

整本《昆虫记》都被这样迷人的笔调浸润着，这种充满痴迷和喜悦的描写，仿佛教人走进了童话的氛围。可以说，《昆虫记》这样的科学散文，是在科学与文学的交叉地带创造了最纯真、最优美、最迷人的叙述形式。[1]

最为突出地体现了科学与文学之间这种奇妙融合的文体应该是科幻小说。与基于现有科学知识的科学小品、科学散文等相比，科幻小说是一种以科学知识的想象编织幻想故事的特殊文学体式。在这类作品中，科学知识赋予了小说以独特的叙事基点和依托，而小说所打开的那个丰富绚丽的艺术世界则使这些知识焕发出了奇异的光彩。

有着"科学幻想小说之父"美誉的法国作家儒勒·凡尔纳的科幻小说作品，无疑是将科学知识和科学幻想与引人入胜、耐人寻味的小说叙事策略精巧地融为一体的典范。《气球上的五星期》讲述的是探险家萨梅尔·费尔久逊博士带着他的朋友凯乃第和仆人乔，乘坐双层气球"维多利亚号"由东向西飞越整个非洲的历险故事；《格兰特船长的儿女》描述了格兰特船长的一对儿女随一支旅行队驾驶邓肯号游船去寻找两年前失踪的父亲的神奇经历，一路上他们穿越大西

儒勒·凡尔纳

洋、印度洋，先后到达了南美洲、澳大利亚、新西兰，最后无意中在太平洋荒岛——达抱岛上找到了格兰特船长；《海底两万里》叙述的是生物学家阿龙纳斯等人跟随诺第留斯号潜艇船长尼摩航行海底的惊险、奇妙的故事；而较晚发表的《神秘岛》则以五位美国人在荒岛上的创业经历为故事框架，描述了神秘曲折、斑斓多姿的冒险生活。在这里，地理、历史、天文、海洋、生物、科技等各种科学知识，被融会在了主人公充满奇趣的历险故事中。

在具体构思和情节设置方面，凡尔纳十分善于巧设悬念，制造种种神秘、惊险、紧张、神奇的叙事氛围。这种氛围吸引着读者的好奇心，刺激着读者的阅读神经，诱导读者进入一种沉醉的阅读状态。例如，《海底两万里》一开始就抓住了读者的探求欲望：海面上出现了一个大怪物，被认为是独角鲸，究竟是什么？追捕开始了……而在《神秘岛》中，那个总是在紧要关头暗中支持、帮助史密斯和少年赫伯特他们的神秘人物究竟是谁？更有趣的是，《八十天环游地球》中的福克先生在俱乐部与牌友打赌：环游地球一周，他只要80天，而且不管途中发生什么事故！他以两万英镑作押开始了这次轰动全国的环球旅行。于是，一个巨大的悬念也搁在了人们面前。福克和他的仆人路路通按照预定的日程紧赶慢赶，一路上险象环生、意外不断，当他们终于在预定的最后一天，即12月21日赶回伦敦，到达终点站时，已是晚上8点50分，比预定的时间晚了5分钟。福克先生输了，彻底破产了。不料第二天晚上，他们才弄清今天是21号！当福克先生再一次在俱乐部大厅里露面的时候，大钟正指着8点45分……原来，福克的旅行是由西往东走的，所以每当他跨过一条经线，就提前4分钟看到日出，因此他们在不知不觉中正好赢得了一天的时间。凡尔纳在作品构思上的确是煞费苦心的。所以他的作品叙事细密、起伏跌宕、前后照应、张弛自然，显示了很高的艺术智慧。而所有这些，又总是得到了其作品中那些严谨的科学知识描述的有力支持。[2] 这样，通过科学知识与小说艺术的奇妙融合，科幻小说为我们开辟了一个同时充满科学精神与想象奇趣的文本世界。

第二，在阅读接受方面，科学文艺是科学启蒙与文学欣赏的统一。

与一般的儿童文学文体不同，科学文艺天然地包含了向儿童读者传递科学知识以对其进行科学启蒙和教育的意图。不论是科学诗、科学小品、科学散文，还是科学童话、科学寓言等，其创作的出发点都是为了帮助孩子初步了解特定的科学知识。苏联科普作家伊林的科学小品《大自然的文字》，其意图在于引领孩子读懂自然界独特的"语言"表达，进而丰富他们的生活知识，提升他们的生存能力。刘兴诗的科学童话《小英子迷路》，其主要写作目的也是教孩子认识自然界那些可以帮助我们辨识方向的特殊记号：北斗星，太阳，山坡上的积雪，树桩上的年轮等，这些都是我们在野外可以依赖的方向标。

在科幻小说中，这种面向读者的科学知识启蒙不但表现为对既有知识的介绍和应用，也表现为对未来科技的独特预言。以凡尔纳的科幻小说为例。当年在他的小说中被想象和描述过的许多事物，如电视、电影、传真、无线电话、无线电广播、人造钻石、原子分裂、氖光灯、汽车、远射程炮、导弹、坦克、激光、直升机、飞机、登月火箭、人造卫星等，今天都已变成了现实。从某种意义上我们几乎可以说，凡尔纳的小说参与了我们今天这个世界的创造，因为他启发了后人的想象力和创造力。例如，自动陀螺仪的发明者拉·谢尔巴、霓虹灯的完

儿童文学教程
第十四章
其他文体

成者乔治·克劳德、现代潜艇之父西蒙·莱克、同温层开拓者兼深海探险家奥古斯特·皮卡尔、无线电报的创始人马可尼、火箭动力学家齐奥尔科夫斯基、航空学家茹可夫斯基、北极探险家伯德和南极探险家贝尔得等，都曾在不同场合公开表示过，对自己的最初想象给予启示的正是凡尔纳。法国的利奥台元帅甚至这样说过："现代科学只不过是将凡尔纳的预言付诸实践的过程而已！"不仅如此，20世纪人类在对自然和宇宙的科学挺进过程中所发生的许多具体事件，在凡尔纳的小说里也都有过逼真的预测或类似的描绘，例如意大利探险家诺比莱乘坐"诺吉号"飞艇在北极的洪荒世界上空滑翔而过；斯科特船长及其伙伴在人类进军南极的尝试中悲壮牺牲；法国人诺比尔·卡斯特雷深入比利牛斯山脉的大岩洞，发现了失踪的湖泊和被人遗忘了的原始人圣堂；哈朗·塔齐夫为了探索地心的奥秘，爬进了扎伊尔北部一个隆隆作响的火山口；美国的核潜艇"鹦鹉螺号"升出北极的海面，用无线电向华盛顿的总统报告它在北纬90度的位置：在苏联的一颗人造卫星环绕地球飞行12年之后，一个美国人踏上了月球的表面。而凡尔纳的有些幻想直到今天仍然还是人类的幻想，例如环游太阳系的旅行……从科学技术的现状和知识出发，通过幻想实现对于未来社会的准确预测和描绘，这是凡尔纳的科幻小说带给读者的独特科学启蒙。

然而，在阅读科学文艺作品的过程中，我们显然不只是把它们当作一般的科学知识读物。这些作品在读者眼里也充满了文学欣赏的情趣和滋味。阅读维·比安基的《森林报》，读者不但了解了有关森林的各种知识，也在作者创造的优美、生动的文字空间里悠然漫游。其中一则《写在雪地上的书》，以脚印的"秘密"带出森林动物的生存知识，

其清新而生动的文学讲述带给读者的是一种怡人的阅读享受:

> 野兽走来走去,把脚印留在雪地上。那些脚印并不是一下子都能弄清楚的。

> 左边,那矮树林下面出现的是兔子的脚印。后脚留下的脚印是长条形的,前脚留下的脚印是小圆形的。兔子的脚印多半留在旷野间。右边,是另一种野兽的脚印,要略大一点,雪地上留下它锋利爪子的深痕,这是狐狸的脚印。而兔子脚印的另一边还有一串脚印,那是狐狸留下的,只不过这只狐狸是向后跑的。

> 兔子在旷野里兜了个圈子,狐狸也跟着兜了个圈子。兔子的脚印向另一个方向延伸,狐狸也跟着。两串脚印在旷野中不见了。

> 瞧,在另一边又出现了兔子的脚印。一下不见了,一下又出现了……

> 兔子走着,走着,后来突然不见了,就像是钻进了地里! 在兔子脚印消失的地方,留下一个乱糟糟的雪窝,四面有一条条光滑的痕迹,仿佛是人用手指头抹过似的。

> 狐狸哪儿去了?

> 兔子哪儿去了?

(王汶 译)

顺着雪地上留下的脚印的踪迹,一个关于兔子如何先后机灵地躲过狐狸和大雕的追猎的故事在作家笔下被生动地复现在了我们的眼前。

科幻小说的阅读也是如此。在凡尔纳的科幻作品中,读者既从中尽情汲取着作品所提供的科学知识和想象的丰饶营养,同时更沉浸于作品中一系列性格鲜明、令人难忘的小说人物群像以及他们引人入胜的冒险故事。《海底两万里》中爱憎分明又对科学事业充满热爱和执着的尼摩船长，《格兰特船长的儿女》中机智、勇敢、执着的 12 岁少年罗伯尔以及身兼旅行家和地理学家双重身份的博闻强记、幽默风趣却又颇为粗心大意的巴加内尔，以及《八十天环游地球》中那位沉着、果断、严肃、冷静、行动精确的福克先生和他那位办事勤快、对主人忠心耿耿的仆人路路通，等等，这一个个活跃于故事中的生动人物形象，使作品的阅读不只在我们心中激发起科学探险和思考的乐趣，更像所有优秀的小说作品那样，启迪着我们对世界和人生的理解与思索。同时，凡尔纳的科幻小说具有一种发人深省的力量：它让我们思考人与科学技术的潜能和力量，也让我们关注这个世界以及人与世界的未来。

科幻小说特有的文学感染力极大地强化了其阅读带给读者的情感和思想冲击。翌平的科幻小说《病毒，正在扩散》，从一架"具有独立思维能力的智能战机"的视角讲述一个可能发生在未来世界的故事。小说中，名叫"隼"的智能战机在与敌人的厮杀中被俘，进而被植入了可疑的病毒。这未知的机器病毒如同一个阴影笼罩在隼和它所来自的人类指挥中心，最后却被证明它并非源于机器，而是源自人心。作者将人的思维、情感与机器的身躯相结合，随着故事情节的推进，将我们不断地带入隼的内心深处。在这里，我们看到了智能机器世界与人类世界一样的喜怒哀乐。正因为这样，当隼感到他和他的队员们并未被人们当作真正的生命看待时，才会感到那样失望和沮丧。在最后一刻，隼明白了，"最致命的病毒"并非其他，而"就是人们心中相互的敌视和猜忌"，这样，关于智能机智的这个科学幻想故事，最后仍然回到了"人"和"人性"的思考上。这也是科幻小说以其文学的审美欣赏能够带我们抵达的独特的启蒙反思。

科学文艺的上述特性使其成为儿童文学中一个有着特殊面貌的文体门类。而它自身所具有的多样的文学体式和多元的艺术样貌，也使它在儿童阅读中得到了广泛的应用。

第五节　儿童报告文学

儿童报告文学是记述当代生活中与儿童及童年生活有着重大关系的真人真事并以儿童为主要读者对象的一类儿童文学文体。儿童报告文学以直接书写和反映当代儿童的生活现实和生活心声为主要职责，一般具有以下三方面特征：

第一，及时反映当代儿童生活的重要现实。

这是儿童报告文学的基本职责所在，也是体现这一文体写作价值的基本特征。作为一类带有一定新闻性的儿童文学文体，儿童报告文学始终保持着对儿童当下生活现实的密切关注和贴近观察。与此相应地，那些在儿童报告文学中得到书写和呈现的人物、事件、现象等，往往也是儿童生活视野中具有一定典型性或代表性的现实对象。

儿童报告文学的题材内容因此体现出两方面特征：一是时效性，二是真实性。时效性是指儿童报告文学总是将写作的镜头对准当前正在发生的生活现实，及时记录和书写其中富于时代性的新现实、新话题等。真实性则是指儿童报告文学的写作必须尊重生活的真实面貌，其文学书写应自觉地保持在真实性的准线以内，不能随意发挥，更不能虚构事实。例如，刘保法发表于上世纪80年代末90年代初的《你是男子汉吗》《亚妮和她的爸爸》《中学生圆舞曲》等报告文学作品，是对那个年代最鲜活的中学少年生活以及中学生的欢乐和苦恼等的充满时代感的书写。这些作品记录着一代中学生的生活现实与青春面貌，也记录着他们真实的成长风景。孙云晓发表于1993年的报告文学作品《夏令营中的较量》，则是对结束不久的一次中日夏令营探险活动的引人震撼的真实记录。作家以旁观性的视角再现了发生在夏令营过程中的中日孩子间各种无声的"较量"。再如2008年5月12日汶川大地震发生后，连续出现了一批以地震中发生在儿童群体和个体身上的真人真事为题材的报告文学作品，如兆福的《可乐男孩：折断翅膀依然飞翔》，艾考、张宁的《不一样的"哭泣"》，陈丹燕的《春日探寻聚源中学》等。这些报告文学作品真实地记录了这场突如其来的大地震带给童年的灾难和不幸、地震营救中与孩子有关的动人事迹，以及地震后他们面临的身体和精神的漫长康复之路，等等。

儿童报告文学以其对于当代儿童生活现实的及时而真实的书写，成为记录和反映当代童年面貌的一面特别的镜子。

第二，发掘、传播当代儿童生活的正面价值。

儿童报告文学的题材涉及童年生活的方方面面，其写作面貌和写作方式也十分多样，它可以记写人物、描绘现象、提出问题、激发思考，等等。然而，不论这类作品选择什么样的题材和手法，它们都有一个默认的精神旨归，即致力于发掘和传播当代儿童生活中的正面价值和正能量。

这一价值取向在人物题材的儿童报告文学作品中往往最为突出。

谢华、罗姗的报告文学《永远的女孩》，讲述的是一个名叫王颖的高中二年级平凡女孩的平凡故事。女孩在如花的年龄忽然被查出患有恶性肿瘤，开始接受痛苦的治疗。而比化疗的痛楚更令她倍受折磨的是她不得不离开学校，离开老师和同学，也远离了自己对未来满怀着憧憬的那些梦想。在这个过程中，她的不无稚嫩的身体和心灵既深切地体验着生活带来的种种苦痛乃至绝望，却也以她一贯的坚强、勇敢和乐观坦然面对着这到来的一切，包括死亡。女孩"就这么潇潇洒洒地把她十六年的人生旅程走完了，把永远的青春、永远的微笑留给了爱她的亲友……"这篇报告文学记下了女孩生命中最灿烂的一段时光，也记下了女孩的生命在这段时光之后的悄然陨落。这样美丽而短暂的绽放令读者惊愕而唏嘘。然而，尽管青春的生命在刚开启时忽然谢幕，女孩的勇敢、懂事、乐观和对生活单纯的热爱，却深深地感染着我们每个人。正如这篇报告文学结尾所点明的那样，生命尽管充满遗憾，但更充满了美丽。在这类报告文学作品的阅读中，儿童不但体验着属于他们自己的生活经验、思考、感动和启悟，也从这些真实的故事中领受着一种积极的生活态度和一种向上的生命精神。

第三，激发人们关于当代童年命运的深入思考。

儿童报告文学以儿童为主要的读者对象，以书写和记录当代童年生活的现实为主要的写作旨归。但与此同时，它也传递着作家对童年的现实及其未来命运的深入思考。这样的思考使儿童报告文学的意义不只停留在儿童的阅读欣赏及教育的层次，而是同时成为对我们整个社会文化的一种重要的反思和警醒。

例如，1992 年 8 月，全国少工委及中国宋庆龄基金会等单位与日本有关方面合作，在内蒙古举办了一场草原探险夏令营，共有 77 名日本孩子与 30 名中国孩子参加。随后，孙云晓发表了以这次活动为题材的报告文学作品《夏令营中的较量》，在媒体和公众中一时引发了激烈的反响：

《夏令营中的较量》

1992 年 8 月，77 名日本孩子来到了内蒙古，与 30 名中国孩子一起参加了一个草原探险夏令营。

A 中国孩子病了回大本营睡大觉，日本孩子病了硬挺着走到底。

在英雄小姐妹龙梅、玉荣当年放牧的乌兰察布盟草原，中日两国孩子人人负重20公斤（经核实应为 11 公斤以下——作者1994 年更正），匆匆前进着。他们的年龄在 11—16 岁。根据指挥部的要求，至少要步行50 公里路（经核实应为 19—21 公里——作者 1994 年更正），而若按日本人的计划，则应步行 100 公里！

说来也巧，就在中国孩子叫苦不迭之时，他们的背包带子纷纷断落。产品质量差给他们偷懒制造了极好的理由。他们争先恐后地将背包扔进马车里，揉揉勒得酸痛的双肩，轻松得又说又笑起来。可惜，有个漂亮女孩背的是军用迷彩包，带子结结实实，使她没有理由把包扔进马车。男孩子背自己的包没劲儿，替女孩背包不但精神焕发，还千方百计让她开心。他们打打闹闹，落在了日本孩子的后面。尽管有男孩子照顾，这位漂亮女孩刚走几里路就病倒了，蜷缩一团瑟瑟发抖，一见医生泪如滚珠。于是，她被送回大本营，重新躺在席梦思床上，品尝着内蒙古奶茶的清香。

日本孩子也是孩子，也照样生病。矮小的男孩子黑木雄介肚子疼，脸色苍白，汗球如豆。中国领队发现后，让他放下包他不放，让他坐车更是不肯。他说："我是来锻炼的，当了逃兵是耻辱，怎么回去向教师和家长交代？我能挺得住，我一定要走到底！"在医生的劝说下，他才在草地上仰面躺下，大口大口地喘息。只过了一会儿，他又爬起来继续前进了。

B 日本家长乘车走了，只把鼓励留给发高烧的孙子；中国家长来了，在艰难路段把儿子拉上车。

下午，风雨交加，草原变得更难走了，踩下去便是一脚泥水。当晚7点，队伍抵达了目的地——大井梁。孩子们支起了十几顶帐篷，准备就地野炊和宿营。内蒙古的孩子生起了篝火。日本孩子将黄瓜、香肠、柿子椒混在一起炒，又熬了米粥，这就是晚餐了。日本孩子先礼貌地请大人们吃，紧接着自己也狼吞虎咽起来。倒霉的是中国孩子，他们以为会有人把饭送到自己面前，至少也该保证人人有份吧，可那只是童话。于是，有些饿着肚子的中国孩子向中国领队哭冤叫屈。饭没了，屈有何用？

第二天早饭后，为了锻炼寻路本领，探险队伍分成十个小组，从不同方向朝大本营狼宿海前进。在茫茫草原上，根本没有现成的路，他们只能凭着指南针和地图探索前进。如果哪一组孩子迷失了方向，他们将离大队人马越来越远，后果难以预料。

出发之前，日本宫崎市议员（经核实应改为日方队长————作者1994年更正）乡田实先生驱车赶来，看望了两国的孩子。这时，他的孙子已经发高烧一天多，许多人以为他会将孩子接走。谁知，他只鼓励了孙子几句，毫不犹豫地乘车离去。这让人想起昨天发生的一件事：当发现道路被洪水冲垮时，某地一位少工委干部马上把自己的孩子叫上车，风驰电掣地冲出艰难地带。

中日两位家长对孩子的态度是何等不同！我们常常抱怨中国的独生子女娇气，缺乏自立能力和吃苦精神，可这板子该打在谁的屁股上呢？

C 日本孩子吼声在草原上震荡

经过两天的长途跋涉，中日两国孩子胜利抵达了目的地狼宿海。

当夏令营宣告闭营时，宫崎市议员（同上）乡田实先生做了总结。他特意大声问日本孩子："草原美不美？"

77个日本孩子齐声吼道："美！"

"天空蓝不蓝？"

"蓝！"

"你们还来不来？"

"来！"

这几声狂吼震撼了在场的每一个中国人。天哪！这就是日本人对后代的教育吗？这就是大和民族精神吗？当日本孩子抬起头时，每个人的眼里都闪动着泪花。

在这群日本孩子身后，站着的是他们的家长乃至整个日本社会。

据悉，这次由日本福冈民间团体组织孩子到中国探险的活动得到日本各界的广泛支持。政府和新闻机构、企业不仅提供赞助，政界要员和企业老板还纷纷送自己的孩子参加探险队。许多教授、工程师、医生、大学生、小学教师自愿参加服务工作。活动的发起者、该团体的创始人河边新一先生与其三位女儿都参加了探险队的工作。他们的夏令营向社会公开招生，每个报名的孩子需交纳折合7000元人民币的日元。一句话，日本人愿意花钱送孩子到国外历险受罪。

D 中国孩子的表现在我们心中压上沉甸甸的问号

日本人满面笑容地离开中国，神态很轻松，但留给中国人的思考却是沉重的。

刚上路时，日本孩子的背包鼓鼓囊囊，装满了食品和野营用具；而有些中国孩子的背包却几乎是空的，装样子，只背点吃的。才走一半路，有的中国孩子便把水喝光、干粮吃尽，只好靠别人支援，他们的生存意识太差！

运输车陷进了泥坑里，许多人都冲上去推车，连当地老乡也来帮忙。可有位少先队"小干部"却站在一边高喊"加油"，当惯了"官儿"，从小就只习惯于指挥别人。

野炊的时候，凡是又白又胖抄着手啥也不干的，全是中国孩子。中方大人批评他们："你们不劳而获，好意思吃吗？"可这些中国孩子反应很麻木。

在咱们中国的草原上，日本孩子用过的杂物都用塑料袋装好带走。他们发现了百灵鸟蛋，马上用小木棍围起来，提醒大家不要踩。可中国孩子却走一路丢一路东西……

短短的一次夏令营，暴露出中国孩子的许多弱点，这不得不令人反思我们培养目标与培养方式的问题。第一，同样是少年儿童组织，要培养的是什么人？光讲大话空话行吗？每个民族都在培养后代，日本人特别重视生存状态和环境意识，培养孩子的能力加公德。我们呢？望子成龙，可是成什么龙？我们的爱心表现为让孩子免受苦，殊不知过多的呵护可能使他们失去生存能力。日本人已经公开说，你们这代孩子不是我们的对手！第二，同样是少年儿童组织，还面临一个怎样培养孩子的问题。是布道式的，还是野外磨炼式的？敢不敢为此承担一些风险和责任？许多人对探险夏令营赞不绝口，可一让他们承办或让他们送自己的孩子来，却都缩了回去，这说明了什么呢？

是的，一切关心中国未来命运的人，都该认真想一想，这个现实的矛盾说明了什么。

全球在竞争，教育是关键。假如，中国的孩子在世界上不具备竞争力，中国能不落伍？

在这篇记录和报道中日两国共百余名孩子在内蒙古草原探险夏令营中的不同表现的报告文学作品中，作者将两国孩子和家长在同样境遇下的不同反应和表现，以鲜明的对比方式展现在了我们面前。在这样的呈现中，作者本人的价值判断也得到了鲜明的表达。20 世纪 90 年代初，当人们第一次讲到这篇报告文学时，所受到的震撼与冲击是难以用语言完全传达的。它使人们对中国的现行教育体制和体系提出了激烈的抨击和质疑，甚至激起了全国范围内教育界的普遍关注与热烈讨论。今天，当我们回过头来重新阅读这篇作品时，会发现文中所做出的一部分判断与批评，其实也存在着可以讨论的空间，但它针对当代中国儿童的生活和教育现实所提出的尖锐思考和批判，在今天也仍然有着其深刻的现实针对性和社会批判力量。这种与当代童年现实直接相对接的深刻的文化反思，既带来了儿童报告文学的震撼力，也体现了儿童报告文学不可替代的文化价值。

当然，儿童报告文学的上述现实书写、价值传递和文化反思，都是在文学的形式中得以表现和传达的。儿童报告文学具有一定的生活实录性质，但它不是新闻，而是以文学特有的方式来组织和呈现相应的生活事件。它与其他叙事类儿童文学文体一样，需要在故事的技法、语言的表达等方面细加琢磨，以增强作品的叙事趣味，加强作品的情感感染力。优秀的儿童报告文学作品，正是可靠的现实录写与生动的文学表达的完美结合。

思考与练习

1. 什么是儿童散文？儿童散文常采用哪三种童年写作的视角？

2. 寓言的艺术特征主要体现在哪三个方面？试举具体的作品实例加以分析。

3. 儿童剧在题材、手法和形式上呈现出什么样的艺术特点？

4. 儿童科学文艺包括哪些类型？谈谈儿童科学文艺在艺术形态和阅读接受方面的主要特点。

5. 谈谈儿童报告文学的概念与主要特征。

注 释

[1] 参见方卫平：《法国儿童文学导论》，长沙：湖南少年儿童出版社 1999 年版，第 138—140 页。

[2] 参见方卫平：《法国儿童文学导论》，长沙：湖南少年儿童出版社 1999 年版，第 189—200 页。

第十五章　儿童文学的接受与教学应用

　　据我想来：人生在小学的时期内，他的内部生命，对于现世，都没有什么重要的要求，只有儿童的文学，是这时期内最不可缺的精神上的食料。因此，我以为真正的儿童教育，应当首先注重这儿童文学。

——严既澄《儿童文学在儿童教育上之价值》

　　20 世纪 20 年代，中国现代儿童文学诞生伊始，一些教育者就已经强烈地意识到了儿童文学在儿童教育中的不可替代的功能与价值。今天，儿童文学的阅读接受和教学应用在全社会得到了前所未有的关注与实践，不过，关于它们的理论认知和实践策略则仍然是一个启蒙中的话题。本章我们将一起来探讨有关儿童文学的阅读接受与教学应用的若干基本问题。

第一节　儿童文学的阅读接受

　　儿童文学的阅读接受是儿童文学活动中的一个重要环节。任何一个具体的儿童文学文本，其文学目标、艺术价值等的实现，最终都要体现在这一由读者参与的阅读接受环节中。关于儿童文学的接受过程的考察，不但有助于我们更完整地理解儿童文学的艺术特质，也有助于我们更好地将儿童文学运用于儿童阅读和教学的应用实践。

一、儿童文学的读者

儿童文学的读者包括儿童读者和成人读者两类。其中，儿童文学的第一读者对象是儿童，这一特殊的读者群体在很多方面影响乃至决定着儿童文学的基本艺术面貌。

1. 儿童读者

儿童作为处于生长发育中的特殊读者，其语言水平、生活经验和文学能力由于受到特定身心发展阶段的制约而呈现出自身的特点。这些特点是我们在为儿童创作或选择儿童文学作品时需要充分予以考虑的方面。

首先，儿童的语言水平处于一个相对不成熟的发展阶段，这一不成熟性不但体现在词汇、语法等基本的语言知识层面，也体现在修辞等较深入的语义理解层面。儿童的年龄越小，其语言发展水平也相应地越低。例如，幼儿读者词汇量一般较小，其有限的词汇掌握呈现出从名词到动词、形容词再到虚词的逐步扩展；能够理解的句型以结构简单的单句为主，较少复句；对于略显复杂的语言修辞显然缺乏理解的能力；等等。

由于儿童文学是以语言作为文学表现的首要媒介，因此，在为儿童读者选择儿童文学读物时，应充分考虑特定年龄段儿童读者的语言发展水平，挑选符合儿童现有语言能力，从而能够为他们所理解和接受的阅读材料。实际上，许多儿童文学作家尤其是低幼儿童文学作家在创作时也需要充分尊重这一语言上的客观约束。例如，关于美国儿童文学作家苏斯博士的知名图画书《戴高帽的猫》的由来，流传着这么一则趣闻：当时还是霍顿·米夫林出版社教育分部主任的威廉·斯波丁（后来成为该出版社社长）交给苏斯博士一份包括 348 个幼儿常用词汇的清单，请他将清单再删至 250 字后，只使用这些词语来创作一本图画书。9 个月后，苏斯博士创作出了《戴高帽的猫》，其中文字部分仅用了清单上的 236 个词。作品出版后，果然大受儿童读者的欢迎。这一例子十分典型地说明了对于儿童读者语言能力的了解和考察在儿童文学的创作及阅读接受活动中的重要意义。

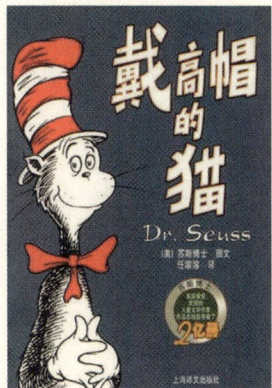

《戴高帽的猫》

其次，儿童的生活经验相对有限，他们主要的日常活动集中在家庭、学校及附近社区，他们的生活见识、情感体验等也不可避免地局限于自身目力所及的狭窄范畴，对于那些超出他们日常经验之外的人事、生活等，则往往缺乏足够的理解能力。以不同年龄段儿童为接受对象的儿童文学读物，也应充分考虑这一儿童生活经验的现实。

例如，低幼年龄段的孩子，其生活的经验很少越出家庭和游戏同伴的圈子，其儿童文学阅读也往往以贴近这类生活的小童话和小故事为主。与此同时，为这一阶段的孩子挑选的儿童文学作品大多以单纯的欢乐和温情为主调，而很少触及更复杂的生活现实和问题。随着儿童读者年龄的增长和生活经验的增加，相应的儿童文学阅读也可以拓展到更为丰富的私人生活领域和更为广泛的社会生活领域。

最后，与语言水平和生活经验的双重制约有关，儿童的文学能力也处在较初级的发展阶段。我们知道，文学作品有一套特定的结构和意义符码，读者因而能用一种特定的方式来阅读它，接受它。这种特定的接受和解码方式是在读者对文学特性的种种知识和文学阅读经验的累积基础上获得的。美国学者乔纳森·卡勒因此认为，对于任何缺乏这种知识的人，任何对文学一窍不通的人，如果把一首诗摆在他的面前，他就会感到困惑不解。他的语言知识能使他理解短语和句子，但是他简直不知道把这些短语奇怪地连在一起的是什么。他不可能把它作为文学来阅读，因为他缺乏复杂的"文学能力"，或者说，他还没有掌握文学的特殊"语法"，这"语法"可以指引他把连续的语言变成文学的结构和意义。[1] 与一般文学作品一样，儿童文学也有这样一套特殊的文学"符码"或"语法"，它要求儿童读者具备一定的"解码"经验和"解码"能力，才能顺利地阅读并理解它。

儿童的文学能力获得是一个渐进的过程。以叙事类儿童文学的读解为例。低幼儿童能够理解和接受的是简单的线性叙事，其角色性格较为单一，情节推进一目了然。而那些较为复杂的叙事技巧，比如叙事时间的有意颠倒、移换以及元叙事手法的运用等，则需要孩子在文学阅读的经验积累中才能逐渐获得相应的读解能力，它们显然更适合年龄较长的读者。再比如文学的修辞。尽管低幼儿童已经开始学习理解一些简单的文学比喻、拟人等修辞手法，但像双关幽默之类更为复杂的文学修辞艺术，其读解能力则还有待孩子在后来的文学阅读练习中逐渐获得。需要强调的是，儿童对文学作品的感受能力是随着他们文学经验的不断积累而逐渐增强的。如果一个儿童具备了一般的智能条件，甚至具备了相当的语言智能，然而却缺乏一种文学氛围的熏陶和文学经验的累积，他的文学能力也难以得到相应的培养和自觉的建构。因此，儿童文学的阅读一方面考验着儿童读者的文学能力，另一方面无疑也助于培养和提升他们的这一能力。

儿童读者在语言水平、生活经验和文学能力方面表现出的上述特点，是当代儿童文学艺术创作的出发点之一，也是我们考察儿童文学阅读接受现象的起点。

2. 成人读者

儿童文学是以儿童为主要读者对象的文学，但它同时也吸引着成人读者关注的目光。儿童文学主要以两种方式进入成人读者的阅读视野。

首先，优秀的儿童文学作品也给成人读者带来了特别的阅读享受。

儿童文学并不因其以儿童为主要读者对象而降低文学性的要求。我们因此常说，优秀的儿童文学适合的是 0—99 岁的读者，也就是说，它不存在读者年龄的界限。作家宗璞在一篇题为《也是成年人的知己》的文章中写道："童话是每个童年的好伴侣。近年来更体会到，真正好的童话，也是成年人的知己。"的确，像《小王子》这样的童话所编织的不但是儿童的幻想，它也给成年人带来了无穷的回味。历史上，我们可以看到许多成人如痴如醉、为儿童文学作品而倾倒的阅读事实。英国作家格雷厄姆的童话《柳林风声》，据说是作家在为他儿子讲故事的过程中写成的。作品出版后却同时受到了大读者的欢迎。曾经的美国总统西奥多·罗斯福在读完作品后写信告诉读者，他把《柳林风声》从头至尾一口气读了三遍。而英国作家高尔斯华绥在为奥地利作家费里克斯·萨尔登的童话《班贝》（中译名《小鹿班比》）所撰写的前言中称这部作品是"一本有趣的书","就其感觉的细腻和本质的真实来说，我还没有见过任何一本描写动物的故事能同它比美"，"这是一部小小的杰作"。高尔斯华绥还特别描述了自己一家四个成人被《班贝》所吸引的阅读情景：

> 我是在巴黎到加来的路上，在过海峡之前读它的，我读的是校样。我读完一张，就递给我的妻子；她读完后，递给我的侄媳；侄媳读完后，又递给我的侄子。就这样，我们四个人静静地、专心致志地读了三个小时。凡是读过样校、尝过渡越海峡滋味的人都知道，能经得住这样考验的作品是不多的，而《班贝》则是其中之一……

（邹绛　译）

我们还可以举出一个典型的例子，就是柯罗连科。这位俄国作家在遭受被流放厄运的时候，从流放地给自己家人的信中所痴痴不忘的也是儿童文学："我请求你们尽可能邮些儿童读物给我，原有的、新出的都给我邮来……越快越好。"这种痴迷，或许正是日后柯罗连科走向儿童文学创作的一个重要的驱动力。[2]

在当代，越来越多的儿童文学作品同时成为成人读者的枕边读物。这些作品所传递的童年生活的情味、童年想象的自由以及童年思考的哲理等，丰富和润泽着机械时代日益干涸的成年人的心灵。

其次，成人在为孩子挑选以及陪伴他们阅读儿童文学的时候，也自然而然地成为儿童文学的阅读者和接受者。

除了以儿童文学研究为业的理论工作者外，儿童文学的这类成人读者主要包括孩子的父母、学校教师以及儿童图书馆等相关机构的成人工作者。

随着亲子共读的观念和实践在当代儿童养育中得到进一步普及，陪伴孩子阅读儿童文学作品也成为许多家长的日常功课。在这个过程中，成人既是儿童阅读的陪伴者，也是这一阅读的分享者。可以说，很多父母正是在与孩子共读的过程中发现和体味到了儿童文学作品的独特乐趣，进而也成为儿童文学的忠实读者。

在当代童年的校园和公共空间中，儿童文学的阅读也得到了持续的推广。这其中，教师、儿童图书馆员等儿童教学者和儿童公共阅读的服务者，还担负着为孩子鉴别、挑选儿童读物的职责。为了从海量的儿童图书市场挑选出适宜儿童阅读的优秀作品，除了借鉴相关专业机构和研究人士的指导意见，他们还需要以亲身的阅读和鉴赏来判断一部作品的优劣。同时，为了帮助孩子更完整、深入地领略作品的艺术滋味，他们也要借助大量作品阅读的经验累积，培养自己对儿童文学作品的品读与鉴赏能力。

成人读者的参与不但丰富着儿童文学的阅读生态，拓展着儿童文学的接受实践，也在这一文类的当代发展进程中扮演着不可或缺的重要角色。

二、儿童读者的阅读接受特征

儿童是一类在语言水平、生活经验、文学能力上均区别于成人的特殊读者群体，儿童读者的儿童文学阅读和接受活动也呈现出自身的规律和特征。了解这些规律与特征，可以帮助我们更好地理解儿童文学的接受实践，进而更好地胜任儿童文学阅读指导的职责。

1. 学习与欣赏的结合

对成人而言，文学的阅读所提供的主要是一种审美的欣赏和熏陶，而对儿童来说，儿童文学的阅读则是一个同时包含了学习活动和欣赏活动的双重接受过程。也就是说，儿童文学的接受活动既是一个一般意义上的文学欣赏过程，又是一个特殊而重要的学习过程。

这一双重接受特征是由儿童读者和儿童文学的特性共同决定的，它表现在儿童文学的欣赏总是伴随着人之初的语言、知识和生活的学习。

首先，儿童文学的欣赏包含了语言的学习。我们在前面谈到，儿童的语言发展尚处于一个较不成熟的水平，其语言能力也有待逐步的培养和获得；而在阅读儿童文学作品的过程中，在欣赏这一以儿童为明确接受者的语言艺术的过程中，儿童也进入一个语言认知、理解和表达的重要学习过程。这种学习式的欣赏甚至可以追溯到婴儿阅读时期。一位母亲曾这样记述她为自己九个月的孩子阅读《小蝌蚪找妈妈》《快乐王子》《丑小鸭》等故事时孩子的反应：

> 只见婴儿目光直视，紧紧追随着我书页的翻动。婴儿听得呆住了，仿佛坠入了音韵与色彩交织的世界，新生活、新屏幕已经足以把他吸引！下意识使我不断关注着婴儿的神采。我欣然自诩，我更加自信地装饰和调整我的语韵，我想用我的语调悄悄照料和调动起婴儿正在萌生着的语调敏感、快感和人生语言的全部储能。[3]

在这里，主要以语言声韵为媒介和内容的文学欣赏活动与最初的语言学习在婴儿身上得到了奇妙的统一。随着年龄的增长，儿童从儿童文学的阅读中获得的这种语言学习将由声韵进一步扩展到语言的各个层面。在儿童文学的欣赏语境中展开的语言学习既充满愉悦，又富于成效。我们会发现，那些经常接受这类阅读熏陶的孩子在日常的生活和学习中，往往擅长调用更丰富的口头和书面词汇、句式、语体等，来表达自己的感受与想法。

其次，儿童文学的欣赏也包含了知识的学习。这里所说的知识，主要是指我们在教育活动中有意向儿童传递的各种人类文化知识，它既包括人们在普通生活中积累起的各种日常事物知识，也包括人类在自然科学、社会文化等领域获得的认识成果。我们在谈到科学文艺时已经触及这一欣赏与学习相结合的话题。而除了含有明确知识教育目的的科普文学外，儿童文学的其他文体接受也常常伴随着知识的学习。例如，瑞典作家拉格洛芙的《尼尔斯骑鹅旅行记》，不但是一部充满想象和冒险奇趣的童话故事，也是一本博大而生动的国家地理知识大书。它最初是作家应瑞典全国教育者学会的委托而创作，目的是为公共学校创作一本地理教育读物。据说，为了创作这部童话，拉格洛芙花费了三年时间来学习相关的自然知识，熟悉动物和飞禽的生活习性，搜集和了解瑞典各省的传统文化。在《尼尔斯骑鹅旅行记》中，尼尔斯的冒险旅行从他在瑞典南部的家乡启程，一路向北飞越瑞典的各个历史名胜地区，最后回到家乡。跟随着主人公的故事，小读者也仿佛"走"遍了瑞典各地，见识了那里的地理风光、自然特性以及风土人情。

低幼儿童文学的阅读，其知识学习的性质尤为明显。比如艾瑞·卡尔的图画书《好饿的毛毛虫》，其中毛毛虫变蝴蝶的有趣故事同时包含了以幼儿读者为对象的数字和生物知识内容。还有我们在前面曾分析到的德国图画书《是谁嗯嗯在我的头上》，故事里的小鼹鼠四处寻找那个"嗯嗯"在他头上的家伙的过程，也是作家和画家带着孩子认识鸽子、马、野兔、山羊、奶牛、猪、狗等各种人类生活中的常见动物的过程。随着儿童年龄的增长，这类知识开始更多地以故事背景的方式存在于儿童文学的文本之中，比如卡特的儿童小说《少年小树之歌》中的自然和野外生存知识，弗吉尼亚·汉弥尔顿的《但尔司－屈里尔之屋》等儿童小说作品中的历史知识，等等。

最后，儿童文学的欣赏还包含了人生经验的学习。缺乏生活经验的儿童几乎时刻要面对各种新的生活经历，而儿童文学则书写着童年可能经历的各种生活，以及它可能遭遇的各式困境。对孩子来说，从儿童文学的阅读中了解这些经历以及相应的生活经验，不但是一种欣赏性的温习，更是成长过程中的一种学习。例如，低幼儿童文学经常表现童年"第一次"的经历。第一次自己尿尿，第一次看见外面的世界，第一次上幼儿园，第一次独自出门买东西，等等。这些作品除了提供令孩子们倍感亲切的生活体验外，也在通过故事主人公的行动告诉他们如何认识和应对这些无处不在的生活挑战。

儿童文学的阅读为孩子提供了丰美的文学欣赏趣味，也为他们打开了一个丰富多彩的生活经验世界，它们向初入人生门槛的孩子传递着各种有益的人生指引：如何打理自己的生活，如何管理自己的情绪，如何理解亲情的矛盾，如何认识友情的意义，如何承受人生的挫折，如何面对亲人的离去，如何应对青春期身体和精神的危机……许多人在童年的特定阶段阅读到的儿童文学作品，会在他们的当下和未来生活中发挥重要的作用，产生深远的影响。

儿童阅读儿童文学作品时，语言、知识和人生经验的学习与文学欣赏是如水乳般交融在一起的。这一文学接受的特征提醒我们，在带领孩子进入儿童文学的阅读世界时，不但要让他们领略儿童文学欣赏的乐趣，也要充分考虑这一欣赏活动对儿童心智的塑造作用，从而使儿童文学的阅读接受活动能够充分实现其欣赏和学习的双重价值。

2. 部分理解与整体感知的结合

儿童读者在语言水平、生活经验和文学能力方面受到的客观限制，也在很大程度上制约着他们的儿童文学接受活动。这一制约表现在特定年龄段的儿童宜于阅读的儿童文学作品，总是那些在表现内容和表现形式上与其语言及认识能力相符合的作品。一旦越出儿童理解力的范围，相应的作品则难以引起孩子的阅读兴趣。

不过，我们也要看到，儿童的阅读接受活动一方面受到其理解能力的客观约束，另一方面也无时不在挑战和冲破这一约束。很多时候，尽管一个儿童文学文本对特定的孩子来说存在着部分理解的困难，但孩子仍然能够以其独特的整体感知能力顺利完成文本的阅读。我们许多人都有过这样的童年阅读体验：当我们阅读一则故事时，尽管其中有不少我们尚未认识的字词、概念、表达等，但我们却能够越过这些陌生的词汇和概念的障碍，以一种积极的"囫囵吞枣"的方式理解故事并获得乐趣。作家钟叔河在散文《我的第一位老师》中这样回忆自己五岁时初读《列那狐》的故事时的情景：

> 这本书中的字，我最多只能认得一半，可是这又有什么关系呢？我一遍又一遍地看着书上的图画，同时半懂不

懂地看着书中的文字。

列那狐跟狼打架，先让婶母把橄榄油擦在自己的头上和身上。"橄榄"二字我不认识，去问连生表哥，才知道原来是那种咸不咸甜不甜一点也不好吃的干果，还被表哥奚落了一顿。字虽然认识了，我还是不明白，打架为什么要擦油？干巴巴的橄榄又怎么能榨出油来？再去问表哥吗，那可不敢，他会把书抢走的——"看不懂就莫看，真讨嫌！"——在他答不出来的时候。那时候，当然我不会知道油橄榄和"青果"的区别，更不会知道拳击手在上台前曾经要涂油——听说现在健美运动员还是这样的。

于是，我只好半懂不懂地看下去，有的地方慢慢地也就看懂了。有的当时自以为懂了的，其实倒是错了，而且错得很滑稽。列那狐在打架中使出绝招，猛击狼的睾丸。丸字我早认识，是从咳嗽时给我吃的橘红丸纸盒上认识的。橘红丸很好吃，有桂圆大一颗。可睾丸是什么东西呢？苦思冥想了好久，我才"恍然大悟"，一定是眼珠子啰。平日大人告诫我不准打架，"打坏了眼珠，眼睛就瞎了"。前几天，汪小小拂了我的眼珠一下，不是痛得我眼泪直流吗，痛了还不敢告诉大人。那么，一定是眼珠子了，不会错。不然的话，怎么一碰那宝贝，狼就痛得大叫，成了列那狐的手下败将呢？

就这样，列那狐把我引进了书的世界，文学的世界。

作者小时候读"列那狐"的故事，虽然只认得书中的一半文字，也不理解其中的许多知识，但阅读过程中的种种"不解"和"误解"，却并不妨碍他以自己的方式理解并"占有"这些故事。这正体现了儿童时代阅读的部分理解与整体感知相结合的典型特征。

皮亚杰

儿童的这一接受特征有着认识论的基础。按照皮亚杰的发生认识说，个体儿童期的认识发展是在"同化"和"顺应"的双重过程中得到实现的。"同化"是指儿童主体在接受外界讯息的刺激时，将这一讯息纳入自己已有认识图式之内，进而消化为自己能够理解的认识对象。以儿童文学的阅读为例。孩子在读过若干童话故事并了解这类故事基本形态的基础上，能够将新的童话故事"同化"入已经建立起来的理解模式，从而顺利完成对新故事的接受。"顺应"则是指当新的讯息刺激超出了儿童主体的同化能力时，主体通过拓展或改变原有的认识图式，以主动适应新讯息的要求，进而获得理解新讯息的能力。比如，当儿童在故事阅读中接收到一种新的叙事修辞时，通过认识并接受这一新的文学表达方式，他就顺应了新的故事知识对他提出的新挑战，进而获得了认识能力的新发展。[4] 简单地说，"同化"是以"我"的标准来容纳新的认识对象，"顺应"则是使"我"去适应新的认识对象的标准，二者共同配合，促成了个体认识能力的持续发展。

在儿童文学的阅读接受过程中，儿童主体表现出了强大的"同化"和"顺应"的能力。当儿童进入一部儿童文学作品所提供的文学世界时，一方面，哪怕阅读的过程充满了各种各样的"不解"和"误解"，他也能够以强大的消化能力来"同化"陌生的故事。这部分的不理解并不影响他对作品的整体感知和把握。另一方面，在这一"同化"

的过程中，他也在逐渐"顺应"新的故事对他提出的理解力要求，正如上文中的作者一样，"半懂不懂地看下去，有的地方慢慢地也就看懂了"。这是整体感知反过来促进着部分的理解。这样，借助部分理解与整体感知的结合，儿童的阅读能力和阅读范围均得到了极大的拓展。

这一接受特征提醒我们，儿童的儿童文学阅读行为并不存在固定僵化的边界，而是有着很大的调度空间。儿童阅读的事实证明，许多看似超出儿童理解力的作品不但能够为他们所顺利占有和接受，而且大有益于提升他们的阅读兴趣和阅读能力。因此，在引导儿童的阅读行为时，我们也应充分预计并发挥上述阅读能力的弹性，为他们营造一个开阔的阅读空间和一种开放的阅读环境。

第二节　儿童文学的教学应用

今天，人们已经越来越认识到儿童文学的阅读在儿童的成长、发展和教育中扮演着不可替代的角色。与此相应地，儿童文学的教学应用也越来越成为现代学校教学活动的一项基本内容。尤其是在小学语文教学领域，针对儿童文学教学应用的探索热情持续高涨。本节将介绍儿童文学教学应用的若干基本要求，并结合具体的教学案例，探讨儿童文学教学活动的一些实践策略。

一、儿童文学教学的基本要求

儿童文学教学的展开方式十分多样。按照教学活动开展的场所，可分为课内教学和课外教学；按照教学活动的基本目的，可分为阅读教学、作文教学等；按照教学活动开展的形式，有课堂教学、自主阅读、班级读书会等；按照教学内容的组织方式，有单篇作品教学、整本书教学、主题单元教学等；按照教学内容的文体性质，又有儿歌教学、儿童诗教学、童话教学、寓言教学等。在具体的教学活动中，教学者可依据教学的目标灵活选择相应的活动方式，以期达到最佳的教学效果。

儿童文学的教学活动对教学者提出了新的挑战。除了具备一般的教学知识和技能外，儿童文学的教学者还应使自己具有以下三点素养和能力：

第一，理解儿童文学的艺术内涵与艺术特征，具备一定的儿童文学阅读和鉴赏素养。

儿童文学的教学既是一般教学活动的类型之一，所以应遵循一般教学活动的基本原则，同时又需充分考虑儿童文学作为教学内容的特殊性。对于教学者来说，顺利开展儿童文学的教学活动，首先必须对儿童文学的艺术内涵和特征有较为全面的了解和把握。面对特定的儿童文学教学任务或教学材料，这一艺术知识的储备可以帮助教学者准确定位教学目标、处理教学材料、编制教学方案等。例如，在儿童诗的教学中，如果教学者对这一儿童文学韵文文体的艺术内涵及其韵律、意象、语言方面的艺术特质缺乏了解，不但不能完整把握教学材料的内容，做到"吃透教材"的基本要求，更难以在教学活动中指引学生领略相应作品的艺术美感和趣味。

对于儿童文学艺术内涵和特征的理解，也有助于培养教学者的儿童文学阅读和鉴赏素养。这一素养对于儿童文学的教学活动来说至为重要。由于儿童文学的教学不像一般的课程教学那样可以依赖既有的固定教材，执教者通常面临着两个特殊的教学准备任务：一是如何从数量众多的儿童文学作品中选择上佳的文本作为儿童文学的教学素材？二是面对一篇（部）具体的儿童文学作品，如何引导学生准确地、艺术地开展文本的解读？为了达到这一要求，教育者既要努力加强自身的儿童文学理论修养，以提升儿童文学艺术的理解力和读解力，又需要通过大量的儿童文学阅读实践，在实践中培养作品的艺术判断和鉴赏能力。

第二，理解儿童文学的接受规律，并能将其充分运用于儿童文学的教学实践。

儿童文学的教学者除了具备对儿童文学文本的艺术理解和鉴赏能力，也需熟悉儿童的文学阅读和接受规律。教学者应充分了解不同年龄段儿童的阅读能力与接受特征，并且理解性别、性格等方面的其他差异在其儿童文学接受活动中的相应体现，从而能够在教学活动中根据儿童接受者的特点为其选择合适的教学材料。同时，教学者也应充分理解儿童文学的接受具有学习与欣赏相结合、部分理解与整体感知相结合的特征，并恰当运用于教学的实践。例如，从学习与欣赏相结合的特点出发，教师可以借助儿童文学的欣赏教学开展有效的语言、知识和情感教育。这一方面可使儿童文学的教学成为课堂教学的重要辅助和补充（比如语言和知识的教育），另一方面也可使儿童文学的教学实现一般课堂学习教学所不可替代的功能（比如情感的宣泄、阅读的治疗等）。而从部分理解与整体感知相结合的特点出发，教师在儿童文学教学材料的挑选和准备过程中，在充分了解儿童理解力水平的同时，也不妨有意识地选择那些对孩子来说构成一定挑战性的阅读文本，以部分理解来带动整体感知，也通过整体感知来拓展部分理解，从而最大可能地发挥和提升孩子的阅读能力。

此外，在儿童文学的接受活动中，儿童也扮演着主导性的角色。它突出表现为针对儿童的儿童文学阅读指导将促进儿童自主探索、培育儿童阅读兴趣作为最主要的目标。考虑到这一点，儿童文学的教学活动就不能仅是一般意义上的知识授受，而应充分调动儿童自己对作品的感受力、判断力，甚至以孩子自己的阅读发现和感悟作为教学成果的主要呈现方式。当然，这也对教学者的教学智慧和应变能力提出了比较高的要求。

第三，在教学中，实现儿童文学的艺术规律与教学活动的教育规律的统一。

儿童文学教学区别于一般课程教学的一个重要特征，是其教学活动始终以"艺术"为核心。当然，这里的"艺术"，乃是特指与儿童文学独特的"文学性"相关联的那些艺术特质。这意味着，在儿童文学的教学活动中，从教学目的的确定、教学材料的选择到教学方法的制定、教学效果的评估等，都离不开上述艺术原则的考虑。例如，即便一位教师在儿童文学的教学活动中将知识而非文学的教育作为教学的首要目标，为了实现这一目标，他也不能只是简单地挑选若干涉及相关知识介绍的儿童文学文本作为教学材料（虽然这么做也能实现一般意义上的知识教育），而应当选择同类作品中那些具有较高艺术价值的儿童文学文本。这是儿童文学教学实践对其艺术规律的尊重。

反过来，作为艺术的儿童文学，其一般的阅读方式主要表现为一种个体性的体验和感悟。而当它进入教学活动时，这种带有私人性的个体感受恰恰成为集体教学的内容对象。这时，我们显然不能以艺术的借口过于随意地对待这一教学过程，而应通过周密、有序的教育设计、启发、引导等，将一种可以总结和共享的艺术经验传递给孩子，以利于他们在将来的阅读中举一反三，获得更佳的能力发展。通过教育规律与艺术规律的统一和相互促进，既实现了儿童文学的艺术文本对其教学实践的独特意义，也彰显了教学实践对于儿童文学艺术接受的独特价值。

二、儿童文学的课堂教学

儿童文学的课堂教学是以课堂形式展开的儿童文学教学活动，其教学准备、展开等既要遵循课堂教学的一般规律，又要根据儿童文学特殊的文本和艺术特点来确定教学目的、选择教学文本、设计教学方法、编写教学方案等。

今天，课堂教学形式在儿童文学的教学活动中得到了越来越多的运用；出于教学目的、教学材料等方面的不同考虑，其教学展开方式也十分多样。这里，我们将结合一个具体的儿童文学课堂教学实例，来探讨一堂优秀的儿童文学教学课的可能形态。

回望生命开始的地方

——《摇啊摇》教学记录

主讲教师：周益民（小学语文特级教师）

教学年级：五年级

教学时间：60 分钟

师：首先和大家讨论一个有意思的话题：你想长大还是变小？

生：我想变小，长大了会有烦恼，变小了就无忧无虑。

师：这也是很多成年人羡慕孩子的原因。

生：我想长大，长大了有自由。

师（追问）：你现在缺少自由？

生：是的，总被大人管这管那的。

师：孩子的身后总有一双警察一样的眼睛。不过告诉你，大人有时也有人管着的。（众笑）

一、感受摇篮曲风格

师：有的同学想长大，有的同学又想变小。下面，我们来听一首歌，闭上眼睛，安安静静地听，感觉一下自己是长大了，还是变小了，或者看到了一幅怎样的画面。（播放影片《乡情》插曲）

师：有什么感觉？看到画面了吗？

生：我仿佛看到一位妈妈怀里抱着一个小宝宝摇啊摇，是小宝宝睡觉的情景。

师：妈妈怀里的小宝宝怎么样呢？

生：小宝宝闭着眼睛，很舒服的样子。

师：哦，你看到宝宝在妈妈怀里甜甜地睡了。谁能做做妈妈摇宝宝的样子？

（一生演示，众笑）

师：嗯，有点意思。你们看到妈妈的眼睛、妈妈的手了吗？

生：妈妈一直注视着小宝宝，目光那么慈爱。她的手轻轻拍着小宝宝。

师：轻轻地拍，叫拍抚。还有谁看到的画面不太一样的？

生：我看到了自己的小时候，正躺在摇篮里，妈妈唱着好听的摇篮曲。

生：从妈妈的《摇篮曲》中，我还听见了快快长大，这也是妈妈对小宝宝的一种期望。

师：是啊，《摇篮曲》抒发了妈妈的爱，抒发着妈妈对宝宝殷切的期望。

生：我看到小宝宝睡在摇篮里，妈妈一边摇摇篮一边哼着摇篮曲。

师："哼"用得好，妈妈的声音那么轻柔。你们见过摇篮吗？

生：摇篮是小宝宝睡觉用的，有点像篮子。

生：摇篮是可以左右摇摆的，可以让宝宝在里面睡得更安心、更舒服。

师：对，摇篮是给宝宝睡觉的。我们小时候都睡过摇篮。看，这幅图上就是一种摇篮。（显示摇篮图）摇篮有很多样式，小宝宝躺在里面，爸爸、妈妈、爷爷、奶奶就摇啊，摇啊，小宝宝就甜甜地睡着了。我们一起来摇摇篮。伸出手，扶着摇篮，摇过来，摇过去（学生一起跟着教师做摇摇篮动作）。妈妈就是这样，一边摇着摇篮，一边哼着——

生（齐）：摇篮曲。

师：刚才我们听到的就是老电影《乡情》中的摇篮曲。（出示）

> 摇啊摇，摇啊摇，
>
> 宝宝快睡觉。
>
> 摇啊摇，摇啊摇，
>
> 宝宝快睡觉。
>
> 盼儿快长大呀，
>
> 盼儿快长高。
>
> 好宝宝，好苗苗，
>
> 快呀快睡觉呀，
>
> 睡觉了。

师：摇篮曲，又称摇篮歌、催眠曲，古代曾经称作抚儿歌，主要是哄孩子入睡时哼唱的。（显示）

> 摇篮曲，又称摇篮歌、催眠曲，古代曾称抚儿歌，主要是哄孩子入睡时哼唱的。

师：想想，小宝宝听着这样的摇篮曲为什么会睡着？

生：因为妈妈的声音很轻柔，加上她不停地摇着小宝宝，小宝宝感觉非常舒服，所以就睡着了。

生：因为摇篮曲里面有妈妈的爱。

师：妈妈的爱表现在声音里就是——

生：歌声很甜美、温馨。

师：又安静又美好，叫作恬静。有这么美妙的歌声陪伴，小宝宝当然甜甜地入睡了。据德国科学家研究表明，摇篮曲催眠的效果胜过了各种安眠药物。人们在摇篮曲的陪伴下睡得特别香甜。摇篮曲的这种安静、柔和，我们能通过朗读表现出来吗？试一试！

（学生练习朗读后，教师指名一学生读，并提醒学生声音要轻柔，"不能把小宝宝吓哭了"。）

师：这首摇篮曲里，有不少反复的词句。妈妈为什么不这么干脆地唱：（出示）

> 摇啊摇，
>
> 宝宝快睡觉。
>
> 盼儿快长大，
>
> 快长高。
>
> 快睡觉。

生：我觉得这样唱就缺少妈妈温柔的情意，重复的话可以让宝宝感到很舒服。

师：重复能让宝宝感到舒服，我们来体会这个重复就像什么？摇啊摇，摇啊摇——

生：就好像妈妈在一次一次地抚摸宝宝。

师：怎么都爱抚不够。还有别的体会吗？咱们一块儿做做动作，再感受一下。你可以是拍抚小宝宝，也可以是摇小宝宝。一边摇一边说歌词。

生齐：（边做动作）摇啊摇，摇啊摇——

生：我感觉这个重复的话就像妈妈在反复地拍抚孩子。

生：我感到这个重复就像妈妈在不断地摇着摇篮。

师：歌词的反复就像摇篮反复地摇动，就像不断地轻轻拍抚。这就是语言跟动作的协调，这就是语言的节奏。

师：说到反复，下面这首就更加明显了。(出示陈伯吹《摇篮曲》)

摇篮曲

陈伯吹

风不吹，

浪不高，

小小船儿轻轻摇，

小宝宝啊要睡觉。

风不吹，

树不摇，

小鸟不飞也不叫，

小宝宝啊快睡觉。

风不吹，

云不飘，

蓝蓝的天空静悄悄，

小宝宝啊好好睡一觉。

师：大家看看，既然是反复，三节是否就应该读得一样呢?

（指名一学生读，读后教师追问。）

师：想请问你，为什么三节越读越轻柔?

生：因为这三节感觉越来越美，读起来越来越让人痴迷。

师：越来越美? 小宝宝快要入睡了，妈妈轻轻地摇着他，摇啊摇，摇啊摇，小宝宝有什么变化吗?

生：小宝宝慢慢地慢慢地睡着了。我明白了，所以，三节要越读越轻柔，越读越缓慢。

生（另一生补充）：妈妈开始摇宝宝的时候宝宝很有精神，在妈妈的歌声里，宝宝越来越痴迷，就越来越想睡觉，最后就沉睡了。如果这时妈妈声音再高的话，小宝宝就被惊醒了，所以要越来越轻。

师：可见，声音的高低起伏都是有感情在里边的。刚开始，这位同学说到是因为感觉三节"越来越美"，那么，这儿的"美"可以理解为宝宝睡得——

生：甜美。

师：说得好。我们一起来读这首摇篮曲。第一节，全体同学一起读，第二节请一二两组同学读，第三节请这一小小组读。（学生齐读该首摇篮曲，注意到了声音的变化。）

二、诵吟摇篮曲作品

师：刚才我们听着摇篮曲，体验了一把长大或变小的感觉。听着这样的摇篮曲，是否让你想起了谁?

生：我想起了妈妈。我小时候，妈妈经常唱着摇篮曲哄我入睡。

生：一次，我生病高烧，睡不着觉，妈妈就唱摇篮曲哄我睡觉。

生：我想起了小姨。我弟弟每天晚上睡觉的时候，小姨都会唱摇篮曲，弟弟就会从一天的疲倦中进入甜美的梦乡。

师：一天的疲倦随着摇篮曲而烟消云散。妈妈唱过，奶奶唱过，小姨唱过，其实爸爸也会唱。摇篮曲，是儿歌中的一种。不过，大部分的儿歌都是小孩子游戏时吟唱的，叫"儿戏"（板书：儿戏）。摇篮曲不同，是大人，主要是妈妈唱给孩子听的，叫作——"母歌"。（板书：母歌）只要有母亲、有孩子的地方，就会有摇篮曲。我是江苏海门人，在我的家乡，就流传着这么一首摇篮曲：（显示）

摇摇摇

　　　海门童谣

摇啊摇，

摇啊摇，

一摇摇到外婆桥。

外婆叫我好宝宝，

横一抱，竖一抱。

又有饼来又有糕，

吃得宝宝眯眯笑。

（教师用海门方言念诵，学生边听边笑。）

师：刚才我是用海门话念的。海门话是吴方言的一种，跟上海话很接近。走近一种方言，其实就是了解一种地域文化。我想请各位同学跟着我，来说说海门话，念念这首摇篮曲。

（逐句领着学生用海门话念摇篮曲，气氛活跃。）

师：真希望各位宝宝能够在这样的摇篮曲中甜甜地、安然地入睡。摇篮曲的世界是非常丰富、非常美妙的。接下来，请拿出讲义，选择你特别喜欢的一首，念一念，可以随着做做动作，也可以填上熟悉的曲调唱一唱，待会儿交流。

（学生阅读讲义，而后组织交流，学生或念或唱，教师强调要体现摇篮曲的感觉。）

三、研究摇篮曲特点

师：接下来，请各位来做一点小研究。（出示）

> 选择研究（可以合作）
>
> （1）1—5首和6—10首有什么不同？你更喜欢哪一类？
>
> （小提示：注意6—10首中的景物描写）
>
> （2）1—5首是同一个地区的摇篮曲吗？能否从内容体会出？

（学生或独立或合作开始思考、比较、研究，而后交流讨论。）

师：我们先来交流第一题的研究情况。要求语言简洁，不重复别人的话。

生：我觉得1－5首是某一个地区流传下来的，而6－10首是一些作者给作词的。

师：是有创作者的。1－5首是各地流传的，是传统童谣，我们都不知道作者是谁。其实，这也就是民间文学和作家文学的区别。你们更喜欢哪一类呢？

生：我更喜欢民间的。因为民间的有它自己的特点，让人能更好地体会它。

师（追问）：是什么特点让你去更好地体会了？

生：（一时表达不出）……

师：太丰富了，可能一下子无从说起？选一首说说吧。

生：比如第3首四川童谣，它就写了日常生活中，大家都比较流行的哄宝宝的一种形式。

师：我有点明白你的意思了，你是觉得传统童谣更质朴，更自然，是吗？（该生点头）

生：我更喜欢6－10首。因为它们比较富有诗意。

师：具体说说怎么有诗意。

生：比如第6首：月儿明，风儿静，这些都是写景物的。

师：这一首尽管是民歌，但是一个叫郑建春的作者填词的，所以也具备了一些作家文学的特点。我们来具体看看，作家创作的摇篮曲里是怎么写景物的。（出示）

> 月儿明，风儿静
>
> 树叶儿遮窗棂
>
> 风不吹
>
> 浪不高
>
> 小小船儿轻轻摇
>
> 明月静悄悄
>
> 把你摇篮儿照

> 蓝天是摇篮
>
> 摇着星宝宝
>
> 白云轻轻飘
>
> 星宝宝睡着了
>
>
> 小鸟儿早已回去
>
> 花园里多么安静
>
> 小羊和蜜蜂已休息
>
> 天上月亮笑眯眯

生：一般都是写的月亮、风、浪、船儿，还写了摇篮、白云、星星、小鸟、小羊、蜜蜂。

师：为什么这么写？

生：因为这些都是大自然里的景物……

师：那我这样写：太阳照，大风吹，海浪高又高，那也是大自然里的景物啊。

生：月儿明，风儿静，这都是写的比较轻柔的场面。

师："柔"，这个感觉抓得准！这样写就——

生：都是写的轻柔、柔和的景物，可以让宝宝更容易熟睡。

师：全体女同学试一试，把这种柔和宁静的感觉读出来。月儿明，风儿静——

（女生齐读）

师：看来，作家文人创作的摇篮曲更注重意境的营造，讲究语言的优雅。

生：我更喜欢传统的，因为传统的流传更广，它们是单哄孩子睡觉的，6—10首还寄托着对孩子未来的希望之情，比如，第6首就寄托着对孩子的希望。

师：你更喜欢单纯一点的，作家创作的内容上一般更丰富一些。你们发现了吗，民间摇篮曲里还常常提到什么内容？它要叫孩子睡觉……"麻胡子来喽！狼来喽！"

生：民间摇篮曲里面经常说，狼来了！狼来了！你要不睡觉，妈妈就不抱你，你睡觉了妈妈是护着你的。

师：你小时候，妈妈有没有这样吓唬过你？

生：妈妈没有这样吓唬过我，怕我胆子小。（笑）

生：爸爸吓唬过我的，我有时候不睡觉，爸爸说，你再不睡我就把你喂给狼吃了……（笑）

师：民间摇篮曲常常用怪物吓唬小孩儿。你们再不睡觉，麻胡子来了！狼来了！这也是它的一个特点。另外，有很多民间摇篮曲其实没有具体内容，就是随口哼哼。请同学们听——（播放宜兴原生态摇篮曲）

师：这是江苏宜兴的原生态摇篮曲，里面的歌词没有任何内容，就是妈妈、奶奶在哄着宝宝睡觉，在哼鸣。

生：我觉得，各个地方的东西比较俗气，每首都有每首的特点，可以传诵很广，不识字的妈妈们也可以唱给孩子听。

师：换个说法，不用"俗气"，叫有乡土气息，或者泥土气息，好吗？刚才有位同学说，民间摇篮曲更单纯，更质朴，作家创作的摇篮曲常常更优美，更富于意境。作家文学我们经常说是"雅文学"，民间文学我们经常说是"俗文学"。"俗文学""雅文学"是文学中的两道风景，两条河流，各有风采，就好比公园里的鲜花和山沟里的野花一样。民间文学滋养着我们一代一代人的幸福成长，形成了久远的文化，也永远滋养着作家们的创作。古老的童谣作为民间文学的一种，就影响了一代又一代人。

师：第一道题同学们思考研究得很不错，注意通过比较来发现问题。咱们接着讨论第二个问题。1—5首是不是同一个地区的摇篮曲？

生：肯定不是同一地区的，不少题目下就标明了，比如四川童谣、河北童谣之类。

师：如果不标注，我们光从内容上能不能看出来？

生：我从第5首"我的小牛犊啊"这句看出，这是西藏或者新疆地区的，因为那里才有大草原，才有小牛犊。

师：牧场体现了西藏风情。

生：而且它们的风格也不一样。

师：请讲。

生：比如海门童谣，摇啊摇，摇啊摇，感觉很……（一时找不着合适的话语）

师：海门以及江南一带的，比较柔和、抒情，是吗？（该生点头）童谣反映了地域的文化特点。

生：我从内容看，第1首《摇啊摇》，唱的时候有一种幻想，这摇篮就像小车一样，把宝宝摇到外婆桥，宝宝非常开心地吃到了饼和糕。第3首让人感觉不清楚，也许是掺杂地方的一些俗语，

第 4 首整个读不懂，什么猫推磨，狗烧锅啊。（其余学生大笑）

师：读不懂是正常的，这些传统的地方童谣都是几百年流传下来的，烙上了浓郁地域特点。刚才我们说到摇篮曲都是轻柔、舒缓的，但是，有一个地方的摇篮曲却是大声喊叫。满族地区，小孩儿睡在悠车，也就是摇篮里。很久很久以前，这悠车有时挂在行进的马匹上，有时挂在野营的树权上。晚上，营地野兽吼声四起，妈妈为了孩子安静地睡下，就呼喊着唱起摇篮曲，声音大得盖过了野兽的吼叫。小孩子感到了安全，幸福地睡着了。直到今天，在东北有些屯子里，妈妈们还是用力地推送悠车，大声地唱摇篮曲。这就是地域文化特点。（学生听得都很入神）

四、体验摇篮曲情感

师：下面，我给大家带来一个与摇篮曲有关的故事，题目叫《温情的狮子》（出示图画书，教师讲述）。在一个动物园里，有一只失去了爸爸妈妈的小狮子。小狮子孤苦伶仃，整天浑身发抖，哆哆嗦嗦，大家都叫它"哆哆"。动物园给它找了个狗妈妈，狗妈妈胖乎乎，圆墩墩，大家都叫它"胖墩儿"。狗妈妈为培养小哆哆付出了自己全部的爱。你们看，教他吃饭，教他学本领。狗妈妈唱摇篮曲给哆哆听："小哆哆，乖宝宝。宝宝快睡觉，好好睡觉睡好觉。宝宝要喝奶，好好喝奶喝好奶。小哆哆乖宝宝，宝宝睡觉啦！"

小哆哆长成了一头大雄狮，可狗妈妈却一天天老了。我们看，尽管小哆哆已经成了一头又壮又高大的雄狮，但是在妈妈的身旁，他永远是个孩子，是个宝宝。他和妈妈多亲热啊，尾巴都缠绕在一块。

有一天，哆哆被送到城里的马戏团，哆哆和狗妈妈分别了。狗妈妈站在路边，目送着哆哆远去的方向，泪流满面。

好几年过去了，狮子哆哆现在是马戏团走红的大明星了。可是到了晚上，哆哆就会想念狗妈妈，想起那首温情的摇篮曲。这一天，哆哆又在笼子里睡着了。这时，从遥远的地方传来了那首熟悉的摇篮曲。那是苍老的妈妈，苍老的狗妈妈哼唱的摇篮曲。同学们，大狮子已经那么高大了，狗妈妈为什么还在唱摇篮曲？

生：因为在所有妈妈的面前，自己的儿子、自己的女儿无论多大了，仍然是个孩子。

师：妈妈一直在想着他，在念着他，就在这个夜晚，苍老的妈妈又唱起了摇篮曲，唱给远方的儿子听。狮子听到了，感应到了——是妈妈！

哆哆使出浑身的力量，撞坏笼子冲了出去。快跑！哆哆如同金色的风！快跑！哆哆就像发光的箭！快跑！哆哆的鬃毛迎风飘动！快跑！快跑！快跑！

师：我们同学一起读——（师生合作读）

生齐：快跑！

师：哆哆如同金色的风！

生齐：快跑！

师：哆哆就像发光的箭！

生齐：快跑！

师：哆哆的鬃毛迎风飘动！

师生齐：快跑！快跑！快跑！

师：城里一片混乱，端着来复枪的警察在追赶狮子。在小城边白雪覆盖的小山坡上，哆哆找到了狗妈妈！狗妈妈已经老态龙钟，奄奄一息了。"妈妈，这次我们再也不分开了，永远生活在一起吧。"可是，警察端起了枪——同学们，你想对警长说什么？

生：警长，她是我妈妈，我已经跟她分别多年了，是她把我从小养大的，我不能离开她，不能离开她！

生：妈妈养育我多年，她对我的爱是十分伟大的，我不能离开她。

生：不要开枪，我自己的妈妈没有了，是狗妈妈养育了我。

师：但是，警长的命令下达了。

哆哆是一只温和善良、有情有义的狮子，可是——可是——哆哆把狗妈妈紧紧地抱在怀里倒下了。狗妈妈在哆哆的怀里，就像一个孩子一样，她笑了。奇怪的是，脚印在小山坡的中央突然不见了。有好多人说，当天晚上他们看见一头狮子背上驮着一只老狗飞走了。

同学们，是什么使得狮子不顾牢笼的禁闭，冲了出去？

生：是狗妈妈的那首摇篮曲。

师：是温柔的摇篮曲。是什么使得狮子不顾被警察开枪打中的危险？

生：是摇篮曲有伟大的力量，里面倾注着狗妈妈对小狮子哆哆的爱！

师：是温柔的摇篮曲！有时候，最柔软的往往最有力量。这堂课一开始，我们就听了影片《乡情》的插曲。这是一部差不多30年前的老电影，主人公是个叫田桂的小伙子。战争年代，生下不久的田桂被亲生父母寄养在别人家，被农村妇女田秋月抱养了。田秋月含辛茹苦把他抚养成人。后来，田桂的亲生父母打听到田桂的下落，把田桂接到了城里。离开养母，来到城里的第一个夜晚，田桂躺在床上，翻来覆去，怎么也睡不着。你们猜猜，他的耳边回响起了什么？

生：他耳边回响起了妈妈的摇篮曲。

（播放课开始时的《乡情》插曲）

师：那是我们生命里听到的最早的歌谣，是我们最初的家园。所以，古今中外，有那么多成年人去写作摇篮曲。著名作曲家舒伯特、莫扎特、勃拉姆斯的摇篮曲就在全世界唱响。

难怪诗人们这样说：（出示，师生齐读）

> 我最初的世界＼是外婆唇边的摇篮歌
>
> ——傅天虹《摇篮歌》
>
>
> 从母亲嘴里听来的儿歌倒是孩子们最初学到的文学，在他们的心上具有吸引盘踞的力量。
>
> ——泰戈尔《我的童年》

五、爱的反哺

摇篮曲摇着我们最初的世界。当我们逐渐长大，当我们的翅膀逐渐丰满，你可发现，当年给我们唱摇篮曲的奶奶已经衰老，妈妈的脸庞开始有了浅浅的皱纹。他们为我们、为家庭而辛劳。夜晚，月亮爬上了树梢，星星眯起了眼睛，你可愿为爸爸妈妈、爷爷奶奶唱一支摇篮曲？请愿意的同学回去后，仿照着写一首《唱给＿＿＿＿（爸爸、妈妈、爷爷、奶奶……）的摇篮曲》。这堂课一开始，问过各位同学想长大还是变小，其实，这是一个可以追问一生的问题，也是个没有标准答案的问题。但是，我希望你们记住，无论走到哪里，即便天涯，即便海角，永远不要忘记生命最初到来的地方！

附：摇篮曲阅读材料

1. 摇摇摇

海门童谣

摇啊摇，

摇啊摇，

一摇摇到外婆桥。

外婆叫我好宝宝，

横一抱，竖一抱。

又有饼来又有糕，

吃得宝宝眯眯笑。

2．睡觉觉

河北童谣

日公公，

下山了，

猫儿狗儿呼噜呼噜睡得多么好。

噢，噢，噢，

宝宝快睡觉。

月婆婆，

笑弯弯，

黄鹂鸟儿叽里叽里睡在树梢。

噢，噢，噢，

宝宝睡着了。

3．觉觉喽

四川童谣

啊哦，

啊哦，

乖乖哟，

觉觉喽，

狗不咬哟，

猫不叫哟，

乖乖睡觉觉喽。

4. 杨树叶儿

杨树叶儿，

哗啦啦啦。

小孩儿睡觉找他妈，

乖乖宝贝儿你睡吧，

麻胡子来了我打它。

注：传说隋朝修运河时，有一个监工的官员叫麻叔谋，每天都要吃小孩子，百姓称他为"麻胡子"。小孩儿一听麻胡子的名字，没有一个敢再哭闹的。

5. 我的小牛犊啊

西藏摇篮曲

哟，哟，哟，

我的小牛犊啊，

天黑哩，

天暗哩，

再不睡觉狼来了。

狼来了，

你要不睡觉，

阿妈不抱你，

十根指头都要咬掉哩。

哟，哟，哟，

我的小牛犊啊，

别哭了，

快睡觉。

6. 摇篮曲

　　东北民歌　郑建春词

月儿明，　风儿静，

树叶儿遮窗棂，

蛐蛐儿叫铮铮，

好比那琴弦儿声。

琴声儿轻，

调儿动听，

摇篮轻摆动，

娘的宝宝，闭上眼睛，

睡了那个睡在梦中。

7. 摇篮曲

　　　　　　陈伯吹

风不吹，

浪不高，

小小船儿轻轻摇，

小宝宝啊要睡觉。

风不吹，

树不摇，

小鸟不飞也不叫，

小宝宝啊快睡觉。

风不吹，

云不飘，

蓝蓝的天空静悄悄，

小宝宝啊好好睡一觉。

8. 摇 篮

黄庆云

蓝天是摇篮，

摇着星宝宝，

白云轻轻飘，

星宝宝睡着了。

大海是摇篮，

摇着鱼宝宝，

浪花轻轻翻，

鱼宝宝睡着了。

花园是摇篮，

摇着花宝宝，

风儿轻轻吹，

花宝宝睡着了。

妈妈的手是摇篮，

摇着小宝宝，

歌儿轻轻唱，

宝宝睡着了。

9. 摇篮歌

　　（俄罗斯）莱蒙托夫

睡吧，我可爱的小宝宝，

睡吧，睡吧!

明月静悄悄，

把你摇篮儿照。

我给你讲故事，

我给你唱歌谣，

你闭上眼快睡觉。

睡吧，睡吧!

10. 摇篮曲

　　（奥地利）戈特儿

快睡吧，我的宝贝，

小鸟儿早已回去，

花园里多么安静，

小羊和蜜蜂已休息，

天上月亮笑眯眯，

银色光辉照耀大地，

你安睡在月光里，

快睡吧，我的宝贝，

快睡，快睡！

有谁比你更愉快。

有谁比你更幸福，

小宝宝，乖乖地睡觉！

不要吵，不要闹，

让妈妈给你摇一摇。

小小月亮挂在柳树梢，

花儿休息，鸟儿也不叫了，

小宝宝乖乖地睡觉。

  这是一堂童谣教学课，它采取的主要是主题单元教学的形式，也就是说，它所选择的教学材料不是单篇儿童文学作品，而是一组相关的文本。采用这一形式的长处是可以在有限的课堂教学时间里容纳更为丰富的阅读内容，同时，通过不同文本之间的关联和比较，也可以进一步拓展文学分析和体验的广度，帮助学生领略相关文体的艺术特点及多元艺术面貌。但这一形式也有它的难度。在教学活动的准备和展开过程中，如何恰当地选择关联文本并使这些文本构成一个有机的阅读整体，如何引导学生完成从文体到文本、又从文本到文体的艺术分析与综合，这一切既考验着教师的儿童文学理论和欣赏素养，也考验着教师对这一特殊的儿童文学课堂的驾驭和把握能力。

围绕着"摇篮曲"的阅读和分析,课堂教学"回望生命开始的地方"大体由四个部分构成:

第一,艺术的品悟。

这是该课堂教学的主体部分,教学活动主要聚焦于童谣文本的细读和欣赏。教师紧紧抓住摇篮曲作为一类童谣最重要的语言韵律特征,引导学生从针对摇篮曲文本的总体语言感觉、气氛和意境的初步感受出发,一步步走向更细致的韵律表现技巧分析。首先是总体的语言声韵特征。通过"想想,小宝宝听着这样的摇篮曲为什么会睡着"的发问,教师引导学生认识了摇篮曲最显在的语音特点,并指导学生在朗读中表现出"摇篮曲的这种安静、柔和"的声音感觉。其次是具体的语言节奏特征。老师提醒学生注意,"这首摇篮曲里,有不少反复的词句",并让学生比较这一修辞手法的有无在艺术表达效果上的不同,进而结合学生的发现指出,"歌词的反复就像摇篮反复的摇动,就像不断的轻轻拍抚。这就是语言跟动作的协调,这就是语言的节奏"。最后,由节奏的分析再度回归到更细腻的声韵体味,以深化对摇篮曲韵律特征的认识。"既然是反复,三节是否就应该读得一样呢?"教师的这一提问让学生意识到了摇篮曲的反复修辞与其声韵特征之间的彼此成全和相互衬托。通过这样的解读和分析,短小的摇篮曲的韵律艺术得到了淋漓尽致的发掘。

在引导学生了解摇篮曲声韵特征的基础上,教师又进一步将他们带入相应作品的意象和意境分析。在"研究摇篮曲特点"部分,教师引导学生思考,同样是"大自然里的景物",作家创作的摇篮曲所选择的意象通常具有什么样的特点?一个"柔"字,简洁而生动地概括了这类摇篮曲的"诗意"特征。

当然，所有这些语言艺术的分析始终与摇篮曲独特的情感表达紧密结合在一起。不论是针对作品文本的语言声音、节奏还是意象、意境的分析，无时不导向着对作品情感的内在体验。这也是以文学作品为对象的艺术品悟的核心所在。

第二，情感的迁移。

文学的精神核心是情感，文学教育归根到底也是一种情感的教育。在关于摇篮曲的这一课堂教学实例中，教师从一开始就十分注重文学阅读中从"他"到"我"的移情，通过动作扮演、移情想象等，唤起学生对清浅的摇篮曲背后那深厚的"爱"的情感的切身记忆和体验。

教学者十分注重这种情感迁移的自然性，比如谈到一些传统摇篮曲中带有一定吓唬性质的"狼""麻胡子"等意象时，他向学生发问："你小时候，妈妈有没有这样吓唬过你？"这个问题既是对摇篮曲的生活实践内涵的补充阐说，同时也引出了学生与摇篮曲有关的最日常的情感记忆。通过这样融会在艺术分析中的情感唤起和激发，课堂最后"爱的反哺"环节的教学总结和延伸练习，就有了充分的情感铺垫和基础。

第三，视野的拓展。

这一拓展表现在两个方面。首先，本节课堂教学的核心是摇篮曲，但并不局限于艺术本体的分析，而是在艺术的分析中自然地融入与摇篮曲有关的开阔的文化知识。例如，在认识并体味了摇篮曲的语言韵律特征后，教师进一步引导学生关注这类童谣蕴含的地域文化内容。这一引导从亲切的本地文化和方言开始，拓展至更为阔大、丰富、多样的他域生活，既以有趣的文学知识开阔了学生的文化眼界，也让他们更深切地体认到了简单的童谣所蕴藏的丰富的文化和情感内涵。实际上，这一民族和地域文化的烙印，也是传统童谣最重要的艺术特征之一。

其次，本节课堂教学讲授的是摇篮曲，但并不只局限于该文体的文本，而是将授课内容拓展至电影、音乐、诗歌、故事、散文等各类艺术文本。这一互文的拓展一方面由单一的摇篮曲教学延展开去，大大丰富了课堂学习的内容，增添了课堂学习的趣味，拓展了课堂学习的视野，另一方面又反过来证明、烘托了摇篮曲的艺术及其情感的广度与宽度。

第四，思考的延伸。

本节课堂教学有一个特别值得一提的课堂"研究"环节。在这一环节，教师通过提供特定的阅读材料，引导学生发现和认识民间传统的摇篮曲与文人创作的摇篮曲在艺术面貌上的不同，以及不同摇篮曲所体现的地域生活和文化特征。这是从一般的文学欣赏进入了更深的文学探究层面，尤其是对前一个问题的思考，已经由文学的欣赏上升到一定的文学理论层级。在这一环节中，学生遭遇的某些表达困难也进一步证实了这一教学环节的难度。不过，依托教师的引导、启发和分析，师生共同顺利地解决了这一教学的难点。教师就此做出总结："刚才有位同学说，民间摇篮曲更单纯，更质朴，作家创作的摇篮曲常常更优美，更富于意境。作家文学我们经常说是'雅文学'，民间文学我们经常说是'俗文学'。'俗文学''雅文学'是文学中的两道风景，两条河流，各有风采，就好比公园里的鲜花和山沟里的野花一样。民间文学滋养着我们一代一代人的幸福成长，形成了久远的文化，也永远滋养着作家们的创作。古老的童谣作为民间文学的一种，就影响了一代又一代人。"

这段带有一定理论性的话语，以通俗、简洁、生动的比喻道出了两种文学类型的不同风格和价值，既是对学生的研究发现的一种总结和提升，又反映了教师本人的文学修养。对学生来说，这类看似一笔带过的理论阐说包含了文学发现的独特乐趣和文学知识的最初熏陶。

上述艺术的品悟、情感的迁移、视野的拓展和思考的延伸在本节课堂教学中交融为一体，落实在教学活动的各个环节中。它们互为依托，彼此借力，共同呈现了儿童文学课堂教学活动的丰富性、趣味性及其独特的教学效果。

儿童文学课堂教学的形式是多种多样的，上述课案只是其中一种具体形态的呈现。事实上，与一般课堂教学活动相比，儿童文学的课堂为师生开辟了更多教与学的自由空间，教师在其中可以充分发挥教学的自主性和创造性，规划、设计适合教学者和学习者的个性化的课堂教学形式。不过，上面的课堂教学实例也包含了可供所有儿童文学教学活动分享的一些经验和启迪。

第一，儿童文学的教学应准确把握儿童文学作品的艺术特点，展开相应的阅读引导和分析。

儿童文学教学活动的一个基本特点在于其教学的素材媒介是文学，因此，其教学设计的聚焦点也是针对特定儿童文学作品的艺术解读。不过，与一般学科的教学不同，文学的分析和解读没有唯一的标准答案，而是一项仁者见仁、智者见智的工作。那么，这是不是意味着儿童文学的教学只需遵从教师和学生的主观解读，而不受任何文学标准的约束呢？显然不是。我们要知道，文学的鉴赏固然尊重读者的个性和自由，却并不意味着随意的阅读，而是需要在贴紧文本的感悟中准确地揭示作品的艺术特点与内涵。尤其是在儿童文学的教学活动中，文学作品的阅读行为只是最基本的起点，在这一起点之上，教师不但有责任引领学生体味儿童文学作品真正的艺术妙处，更有责任把一种开阔而纯正的文学欣赏的趣味和能力传授给学生。也就是说，在以儿童文学作品为素材的教学活动中，不论教师选择从哪个角度来分析和解读作品，他都应该在准确把握作品艺术特点的基础上，将学生真正带进文本的艺术世界，领略其中最有价值的艺术内涵。在这里，教师提供给学生应该是一种纯正的艺术鉴赏。比如，在上面谈到的课堂教学案例中，教师对摇篮曲这一儿童文学的文体样式以及相应的作品文本的艺术分析，就是很不错的"艺术鉴赏"的例子。

从反面来说，儿童文学的教学活动一定要避免偏离乃至完全背离艺术性的解读，或者以其他解读（比如狭隘的教育内容解读）替代艺术的解读。在这种情况下，儿童文学教学就失去了它作为一种文学教学活动的独特价值和意义。

第二，儿童文学的教学应注重激发孩子自主阅读和发现的能力与兴趣。

与知识类学科的教学不同，在儿童文学的教学中，教师最主要的任务不是让孩子"知道"或"记住"什么，而是让他们"感受"、"体验"和"领会"什么，后者体现为一种与情感密切相关的教学目标。要实现这一教学目标，学生就不能只是知性地接收教师发出的教学讯息，而需要通过全身心的情感"卷入"去体验儿童文学阅读和欣赏的乐趣，进而借助课堂教学的平台，进一步培养自主阅读的能力和兴趣。

因此，儿童文学的教学格外注重儿童在教学活动中的主体地位和能动作用。一方面，在教学互动中，教师不是将阅读欣赏的发现直接出示给学生，而是依据教学内容设计有效的、循序渐进的阅读引导策略，使儿童文学的课堂在一种以学生为主体乃至主导的体验和探究氛围中展开。实际上，对于任何文学的教学而言，在学生就作品获得相应的内在情感体验之前，相关知识的传授都是缺乏意义的。而体验本身恰恰是不能直接"传授"的，唯有通过学生的自主感受和切身体味，这一体验的获得才成为可能。另一方面，儿童文学的课堂除了承担文学欣赏的教学任务外，更十分注重学生阅读兴趣的培育和激发，从而使学生在课堂获得的能力和兴趣迁移、延伸至更广阔的课外阅读生活。这一课外文学生活将与课堂文学教育之间形成良性的互动和激发，使儿童文学相对于儿童生活的独特意义和作用得到充分的施展与发挥。

第三，儿童文学的教学应有开阔的儿童文学和大文化的视野。

单位时间内的儿童文学教学活动，其教学内容总有一定限度。然而，对于任何一个儿童文学的教学课堂而言，仅仅把目光锁定在进入教学内容的儿童文学文本之上，而缺乏更为开阔的儿童文学阅读和理论的视野，则往往难以完整、深入地把握儿童文学作品的艺术精髓与精神内涵。从这个意义上说，儿童文学的课堂教学应追求一种"窥一斑而见全豹"的风采和状态。这里的"一斑"是指课堂教学所直接呈现的针对特定儿童文学作品的解读和教学，"全豹"则是指隐藏在这些教学活动背后的开阔的儿童文学视野和素养。正是那不可见的"全豹"赋予了可见的"一斑"以生动的面貌和充沛的精神。例如，在上述摇篮曲的教学课例中，我们不但看到了教师对这一特殊的童谣体式及其艺术特征的熟稔把握，也能够见出他对整个童谣文体及对儿童文学艺术的深入了解。正是这一视野的底蕴使这堂摇篮曲的教学课带给学生和其他观听者一种丰富而充实的听课体验。另一位小学语文特级教师何夏寿的"机智人物故事"教学课，则通过将乡土知识和文化的元素融入教学活动，既拓展了课堂教学的容量，也巧妙地突出了作为授课内容的民间故事的文体特质。因此，在面对特定的教学文本时，教师的儿童文学视野和素养越是开阔，其艺术分析和把握便越是精准而到位。当然，这一视野不只限于作品语言艺术的分析，而是弥散在与儿童文学密切相关的多方面内容中，包括儿童观、儿童文化、童年精神，等等。

儿童文学并不是一个孤立存在的文类；儿童文学的艺术世界及其所指向的审美精神，乃是整个人类大文化的构成部分之一。因此，优秀的儿童文学教学也离不开一种大文化的视野。历史上，童年不但是一个重要的生理范畴，也是一个重要的精神范畴。古往今来，对于童年身体和精神的关注体现在人类文化的方方面面，这些来自大文化背景的关注为现代儿童文学的发展提供了强大的动力，也启迪并推进着我们对于儿童文学的艺术特质及其文类价值的思考。在教学活动中，教师对于相应文化素材的信手拈来的征引和举重若轻的运用，既丰富着儿童文学课堂教学的内容，深化着儿童文学课堂教学的精神，也赋予了儿童文学的课堂教学以独特的艺术魅力。

思考与练习

1. 儿童文学的读者包括哪两类？其中作为主体的儿童读者具有什么样的特点？与

这些特点相呼应，儿童读者在儿童文学的阅读活动中表现出什么样的接受特征？

2. 成人读者主要以哪些方式参与儿童文学的阅读活动，这一参与有什么样的意义？

3. 儿童文学的教学活动向教学者提出了哪些基本要求？

4. 儿童文学的课堂教学实践应注意哪些问题？

5. 在儿童文学研究界存在两种关于儿童审美能力的不同观点。一种观点认为儿童的审美能力尚未成熟，其审美水平也处在一个相对较低的发展阶段；另一种观点则认为将儿童视为能力较低的审美个体是以成人的标准来片面地理解儿童，事实上，儿童拥有自己完整、成熟的审美感觉和能力。你怎么看待这个问题？

注 释

[1] 参见方卫平：《儿童文学接受之维》，武汉：湖北少年儿童出版社 1995 年版，第 110—111 页。

[2] 参见方卫平：《儿童文学接受之维》，武汉：湖北少年儿童出版社 1995 年版，第 30—32 页。

[3] 参见谢亚力：《早慧儿童的奥秘》，成都：四川少年儿童出版社 1989 年版，第 48 页。

[4] 关于"同化"和"顺应"理论的更详细的阐说，可参见方卫平：《从发生认识论看儿童文学的特殊性》，转引自方卫平《儿童文学的当代思考》，济南：明天出版社 1995 年版。